KNAUR

Heidi Rehn

Die Liebe der Baumeisterin

Roman

KNAUR

Besuchen Sie uns im Internet:
www.knaur.de

FSC
www.fsc.org
MIX
Papier aus verantwortungsvollen Quellen
FSC® C083411

Ein Unternehmen der Droemerschen Verlagsanstalt
Th. Knaur Nachf. GmbH & Co. KG, München

Umschlaggestaltung: ZERO Werbeagentur, München
Umschlagabbildung: Bridgeman Art Library;
Gettyimages, De Agostini Picture Library
Karte: Computerkartographie Carrle
Satz: Adobe InDesign im Verlag
Druck und Bindung: CPI books GmbH, Leck
ISBN 978-3-426-65313-5

2 4 5 3 1

Für Ingeborg

*»Tradition ist nicht das Halten der Asche,
sondern das Weitergeben der Flamme.«*

Thomas Morus (1478–1535)

*»In dir muss brennen,
was du in anderen entzünden willst.«*

Augustinus (354–430)

Prolog

KÖNIGSBERG
Ende März 1542

Mit einem lauten Poltern wurde die Tür zur Werkstatt aufgestoßen. Erschrocken fuhr Dora zusammen, wagte kaum, von den Entwürfen auf dem Tisch aufzusehen. Wenn der Vater dort unter dem Türstock stand, würde es gleich ein gewaltiges Donnerwetter setzen. War ihr der Aufenthalt in der Werkstatt streng verboten, so war es ihr erst recht strengstens untersagt, an den Bauplänen zu arbeiten. Ihre Finger zitterten, als sie vorsichtig den Reißstift zur Seite legte, das aufgeschlagene Buch über den Entwurf zog und zur Tür spähte. Jörg! Sobald sie den vier Jahre älteren Bruder im Türstock erkannte, atmete sie auf. »Was willst du?«

Er sparte sich die Antwort, zu sehr war er noch mit Luftholen beschäftigt. Die steile Treppe in den zweiten Stock des Hauses musste er regelrecht hinaufgeflogen sein, so glutrot leuchtete sein Gesicht. Breitbeinig stand er da, den Daumen der linken Hand locker in der Gürtelschlaufe eingehakt, die Schultern leicht nach vorn gebeugt. Das tropfnasse Barett auf dem Kopf verriet ebenso wie die vor Regen triefende Schaube, dass er lange draußen unterwegs gewesen war. Unter dem schwarzen Revers des Überwurfs blitzte der beige Faltrock hervor, ebenso schimmerten die Strumpfhosen an den Waden heller als die Kniehose darüber. Das Leder der Kuhmaulschuhe war durchweicht. Auf den Holzdielen bildeten sich dunkle Lachen. Seit Stunden prasselte der Regen gegen die Fenster, ein kräftiger Wind fegte durch die Gassen. Nicht eben das Wetter, um sich außerhalb der schützenden vier Wände aufzuhalten. Einem Kunstdiener wie Jörg aber blieb nichts anderes übrig, als auch an einem solchen Tag brav auf der Baustelle zu sein.

Fahrig fuhren Doras Finger den bestickten Rand ihres Gollers entlang, glitten über den flachen Busen zum Gürtel hinunter, um das daran befestigte Besteckkästchen sowie die Schlüssel und das Nadeldöschen zu sortieren. Leise klirrten die Ketten gegeneinander. Eigentlich war es höchste Zeit, Renata in der Küche beim Kochen zur Hand zu gehen. Längst hatte es von der Uhr am nahen Dom zehn geschlagen. Andererseits schien der Bruder etwas Dringendes auf dem Herzen zu haben, sonst hätte er kaum die Baustelle verlassen, noch dazu wahrscheinlich ohne das Wissen des Vaters. Das zumindest meinte sie aus seinem gehetzten Gesichtsausdruck abzulesen.

»Komm rein, wenn du mit mir reden willst.« Sie machte keinen Hehl aus ihrem Unmut über die Störung. »Wieso bist du nicht auf der Baustelle? Gab es etwa schon wieder Streit zwischen Vater und dir?«

»Keine Sorge«, wiegelte er ab und schloss vorsichtig die Tür. In wenigen Schritten stand er bei ihr, nahm schwungvoll das Barett vom hellbraunen Haar. Wild spritzten die Regentropfen durch die Luft. Der pelzverbrämte Kragen seiner Schaube glitzerte feucht, an den Enden perlten dicke Wassertropfen.

Eilig versuchte Dora das aufgeschlagene Buch vor der Nässe in Sicherheit zu bringen. Dabei fielen die getrockneten Reste einer Schafgarbendolde heraus. Vor Scham glühten ihre Wangen. Wieder zitterten ihr die Finger, als sie versuchte das bröselig gewordene Kraut zwischen die Seiten zurückzuschieben. Zu spät! Jörg hatte sowohl das Buch wie auch die Schafgarbenreste entdeckt. Seine vollen Lippen verzogen sich zu einem wissenden Grinsen. Für einen Moment verloren seine rehbraunen Augen darüber sogar den traurigen Schimmer, der ihnen eigen war und dem vollen, bartlosen Gesicht einen Anstrich von Schwermut zu verleihen pflegte.

»Schafgarbe, schöner Schafgarbentraum, hilf mir, meinen Liebsten zu schau'n«, spöttelte er. »Da hat dir unsere verrückte Renata letztens einen schönen Brauch ans Herz gelegt. Bestimmt hast du das Schicksal schon auf die Probe gestellt. Sag schon, wer ist der Glückliche?«

»Lenk nicht ab und verrate endlich, warum du mitten am Tag so kopflos in die Werkstatt gerannt kommst. Das tust du wohl kaum mit Vaters Einverständnis, sonst wärst du nicht derart abgehetzt. Also hat es doch wieder Krach gegeben.« Verzweifelt schüttelte sie den Kopf, legte ihm die Hand auf den Arm. »Mit deinem Weglaufen machst du das alles immer nur noch schlimmer.«

»Schlimmer als jetzt geht es doch schon gar nicht mehr«, erwiderte er heiser. Sein Antlitz verfinsterte sich von neuem, bis er sich wieder gefasst hatte und weitaus bestimmter erklärte: »Dir ist hoffentlich klar, dass auch du gerade gefährlich mit dem Feuer spielst. Nicht nur, dass du dich Vaters

Verbot zum Trotz hier oben in der Werkstatt herumtreibst, statt dich unten in der Diele der Hausarbeit zu widmen, obendrein studierst du mal wieder heimlich das Werkmeisterbuch unseres Urahns Laurenz Selege. Dabei hat der gute Laurenz seine Lehren zur Baukunst ausschließlich für die männlichen Nachfahren verfasst. Für die weiblichen gibt es das Haushaltsbüchlein seiner Gemahlin Agnes.«

»Ich weiß schon«, winkte Dora matt ab. »Deren Braukunst sollte uns Selege-Frauen stets zum Vorbild dienen. Schließlich war ihr Bier in allen drei Städten Königsbergs hochgeschätzt. Nach ihrer Rezeptur zu brauen nährt unsere Familie bis auf den heutigen Tag, derzeit sogar weitaus besser als das Bauen. Ihr Buch aber steckt vermutlich unter deinem Kopfkissen, damit du des Nachts besser von einem erfüllten Dasein an der Sudpfanne träumen kannst.«

Nun war es an Dora, wissend zu lächeln. Jörgs heimliche Begeisterung für das Bierbrauen kannte sie nur zu gut. Er wich ihrem Blick aus, trat näher zum Tisch und tat, als betrachtete er die Entwürfe ausgiebig.

»Wie findest du den Aufriss?« Neugierig linste sie ihm über die Schulter.

»Das soll wohl die Front für das neue Haus von Gerichtsrat Jonas nahe bei der Schlosstreppe sein, oder?« Jörg beugte sich tiefer über die Zeichnung. »Die Dienstleute aus dem Schloss verstehen es wirklich, sich die besten Bauplätze zu sichern. Hoffentlich hat Vater Glück und Gerichtsrat Jonas erteilt ihm den Auftrag. Wir könnten das Geld gut gebrauchen.«

»Mehr als gut«, pflichtete Dora bei. »Jonas zahlt großzügig, und kraft seines Amtes ist er eng mit dem Herzog verbunden. Das könnte Vater helfen, weitere Aufträge zu erhalten. Im nördlichen Schlossflügel steht nach der Explosion im

Gewölbe unter der Ratsstube im letzten Frühjahr ein großer Neubau an. Eigentlich wäre es an der Zeit, dabei Vater als Baumeister zu berücksichtigen. Immerhin war sein Großvater in den Bauhütten der Deutschordensleute beschäftigt. Allerdings hat er dabei weitaus mehr gewagt als Vater mit diesem Entwurf.«

»Dir juckt es wohl kräftig in den Fingern, den Aufriss im Sinne unseres Ahns zu ergänzen. Pass gut auf! Wenn Vater davon erfährt, fallen für dich Ostern und Weihnachten auf einen Tag.«

»Stimmt. Der Aufriss ließe sich leicht noch um die ein oder andere Kleinigkeit ergänzen. Doch auf meine Vorschläge hört Vater leider nicht.« Jörg nickte zustimmend. Das ermutigte sie. »Von dir würde er sich gewiss einen Vorschlag anhören.«

»Hm«, war zunächst alles, was der Bruder darauf erwiderte.

»Begreifst du nicht, worauf ich hinauswill? Es ist mehr als einfach. Ich entwerfe etwas zur weiteren Ausschmückung des Baus für Gerichtsrat Jonas, und du zeigst es Vater als deinen Entwurf. Er wird stolz auf dich sein. Für eine Weile wird er ganz bestimmt aufhören, an deinen Fähigkeiten zu zweifeln.«

Zu ihrer Enttäuschung schwieg Jörg weiter. Seine traurigen Augen blickten bekümmert, bis er sich einen Ruck gab und das Gesicht zu einem zaghaften Lächeln verzog. »Ist das dein Ernst?«

»Natürlich!« Sie bemühte sich um einen beiläufigen Ton, obwohl sie innerlich vor Aufregung lichterloh brannte. »Uns allen ist geholfen, wenn der Gerichtsrat Vater als Baumeister beauftragt.«

»Was schlägst du also als kleine Veränderung vor?« Aus Jörgs schüchternem Lächeln wurde ein siegesgewisses

Schmunzeln. Auf einmal hatte er es eilig, in den Plan eingewiesen zu werden. Dora fühlte einen Stich in der Brust. Auch wenn ihr Ansinnen somit leichter umzusetzen war als zunächst befürchtet, schmerzte sie genau das. Zumindest der Form halber hätte er sich etwas mehr zieren und sich schließlich für ihre Uneigennützigkeit bedanken können.

Um sich von der Enttäuschung abzulenken, deutete sie mit dem Zeigefinger auf den mit brauner Tinte ausgeführten Entwurf. »Den Erker im ersten Geschoss würde ich nicht mittig über das Eingangstor setzen, sondern dort vorn an der südwestlichen Hausecke anbringen. Zum einen schenkt das Freiraum für einen Wimperg über dem Tor, der sich mit Fialen und Krabben reichlich schmücken lässt, zum anderen wird dadurch innerhalb des Hauses ein kleiner Saal gewonnen, der einen sehr schönen Ausblick zum Schloss hinüber gewährt. Darin kann Jonas der Würde seines Amtes entsprechend Gäste empfangen. Auch von außen wird der Erker für Aufsehen sorgen. Einem hochrangigen Schlossbediensteten steht es durchaus an, mit solch außergewöhnlichen Räumlichkeiten aufzuwarten.« Erwartungsvoll sah sie zu Jörg. Der rieb sich das runde Kinn, deutlich von der Anstrengung gezeichnet, den Ausführungen zu folgen. Sie zwang sich zu mehr Geduld, bevor sie nach einer Weile flehentlich hinzufügte: »Versteh doch, was diese winzige Änderung bewirken würde. Einerseits schmeichelt der prächtigere Entwurf dem Bauherrn, weil er Jonas' herausgehobene Stellung bei Hofe innen wie außen am Wohnhaus sichtbar werden lässt. So macht man sich als Baumeister den Bauherrn wohlgesinnt. Andererseits erregt man als Baumeister mit einem derart schmucken Bau selbst großes Ansehen. Das beschert einem weitere Aufträge von Bürgern, die ebenso stattlich wohnen wollen.«

»Ich weiß nicht«, war alles, was Jörg dazu sagte.

Aufgebracht schnaubte Dora, sah ihn an, wartete. Als er ihr keinen weiteren Blick mehr schenkte, nahm sie das Werkmeisterbuch, ging zum zweiten Tisch an der Stirnseite der Werkstatt, blätterte in Laurenz Seleges Aufzeichnungen. Tränen standen ihr in den Augen. Wenn Jörg sie doch nur machen ließe! Der Oktavband steckte voller Anregungen für ein Gebäude wie das von Gerichtsrat Jonas. Gemeinsam könnten der Bruder und sie dem Vater zu neuen Aufträgen verhelfen und damit der gesamten Familie einen besseren Stand verschaffen. Zudem würde Jörg die lang ersehnte Achtung des Vaters gewinnen.

Behutsam strich sie über den Einband des Werkmeisterbuchs. Das braune Schweinsleder war reichlich abgegriffen, die Seitenränder wellten sich bereits deutlich nach oben, waren an manchen Stellen sogar eingerissen. Auf jeder einzelnen Seite, mittels jeder der unzähligen Zeichnungen, Erläuterungen und Berechnungen in dem Buch wurde klar, um welch außergewöhnlichen Schatz es sich handelte. Dora war sich gewiss: So eifersüchtig der Vater das Buch hütete, so wenig begriff er, was sich damit zu ihrer aller Vorteil anfangen ließe. Für ihn war es vor allem ein wertvolles Andenken an seinen Vater und seines Vaters Vater. Gedankenverloren fuhren ihre Fingerkuppen über das rauhe Papier. Deutlich spürte sie die Rillen des Reißstifts, mit denen der Blindriss eines Wimpergs gefertigt worden war. Fast hundert Jahre waren vergangen, seit Urahn Laurenz Selege die Zeichnung mit dunkelbrauner Tinte nachgefahren sowie die knappen, aber äußerst hilfreichen Anweisungen für das Anlegen eines Grund- und Aufrisses, die Konstruktion eines Gebäudes und die notwendige Beschaffenheit des Bauuntergrundes niedergeschrieben hatte. Dazwischen fanden sich immer wieder Abbildungen von

Ordensburgen, Häusern, Stadt- und Wallanlagen, wie sie vor langer Zeit von den damaligen Kreuzherren errichtet worden waren. So viele Jahre seit dem Anfertigen der Aufzeichnungen vergangen waren, so wertvoll blieben sie bis in alle Ewigkeit. Wut erfasste Dora. Offenbar war sie die Einzige in der Familie, die sich dessen bewusst war.

»Lernst du das alte Zeug etwa auswendig?« Jörgs Stimme erklang dicht neben ihr. Auf leisen Sohlen musste er zu ihr gekommen sein. Sie hob den Kopf, sah, wie er mit ausgestrecktem Zeigefinger auf die Seiten wies. Seine Augen spiegelten Unverständnis. Dabei war der Wimperg mit seinem spitzen Giebel, den eine Kreuzblume krönte und den zwei Fialen rechts und links der Bogenansätze bekränzten, trotz dieser Schlichtheit in seiner Kunstfertigkeit mehr als beeindruckend. Ahn Laurenz benötigte nur eine Handvoll Zeilen, um die Berechnung der Größenverhältnisse von Portal, darüber zu errichtendem Wimperg, den Fialen und der Kreuzblume vorzuführen. Ohne weitere Umschweife ließe sich das als Anleitung auf das Haus des Gerichtsrats übertragen.

»Das stünde dir wohl weitaus besser an als mir. Dann würdest du vielleicht endlich begreifen, wie leicht du den Plan für Jonas' Haus verbessern und wie sehr du damit Vater beeindrucken könntest.« Langsam richtete sie sich auf, stemmte die Hände in die schmalen Hüften und reckte das spitze Kinn trotzig nach oben. Für eine Frau war sie groß gewachsen. Jörg überragte sie nur wenig. Sein breites Kreuz, die kräftigen Arme und vor allem die großen Hände ließen trotz seiner vornehmen Kleidung keinen Zweifel daran, dass er schwere körperliche Arbeit gewohnt war. Leider verriet allerdings auch schon der erste Blick in seine rehbraunen Augen, wie wenig er mit schriftlichen Aufzeichnungen wie denen in dem Werkmeisterbuch anzufangen wusste. Dora pustete eine Strähne ihres welligen dunkelblonden Haares von der leicht nach oben gebogenen Nasenspitze. Ihre verschiedenfarbigen Augen ruhten auf Jörgs rundem Gesicht.

Der Anblick des blauen rechten und grünen linken Auges war ihm bestens vertraut. Geduldig hielt er ihm stand. »Du hast natürlich recht, Schwesterherz. Doch ebenso gut wie ich weißt du, wie wenig es nützen würde, wenn ich über Jahre Nacht für Nacht diese Aufzeichnungen studiere. Mein Kopf ist für diese Dinge einfach nicht geschaffen. Bis heute verstehe ich kaum, um was es im Bauwesen eigentlich geht, außer, dass fleißig Stein auf Stein gesetzt werden und am Ende ein Dach über allem errichtet werden muss.«

»Dafür verstehst du dich umso besser auf das Brauen des besten Bieres dies- und jenseits des Pregels.« Aufmunternd tätschelte sie ihm den Arm.

»Was unser Vater aber leider gar nicht hören mag.« Schwungvoll pfefferte er das Barett in die entgegengesetzte Ecke der Werkstatt. »Für ihn ist es undenkbar, dass er mir das Brauen als Aufgabe zugestehen würde, auch wenn es für uns derzeit die einzige Möglichkeit ist, sicher Geld zu verdienen. Matas und Szymon vom Tragheim sind zwei hervorragende Brauknechte. Gern würden die fest für uns arbeiten. Was könnte ich mit ihnen gemeinsam aus dem Braurecht auf unserem Haus machen! Aber Vater schenkt mir nicht einen Augenblick, meine Pläne zu erläutern. Stets haben sich nur die Frauen unserer Familie um das Brauen gekümmert, und so soll es seiner Meinung nach bis in alle Ewigkeit bleiben.«

»So, wie sich immer nur die Männer mit dem Bauwesen beschäftigen dürfen«, ergänzte Dora und beobachtete, wie er sich auch der nassen, stoffreichen Schaube entledigte und sie umständlich zusammenlegte. Suchend sah er sich nach einer Möglichkeit um, sie abzulegen. Sie deutete auf einen Schemel vor dem deckenhohen, offenen Regal an der der langen Fensterfront gegenüberliegenden Längswand. »Doch genug des Lamentierens, Bruderherz! Du bist nicht durch den Regen nach Hause gerannt, um mit mir die ewige Klage über das männliche und weibliche Erbe unserer Familie anzustimmen. Was brennt dir wirklich auf der Seele, dass du dafür riskierst, Vaters Zorn auf dich zu ziehen? Früher oder später wird er dein Fehlen auf der Baustelle bemerken, und dann bricht ein Donnerwetter los.«

»Eigentlich ist es keine große Sache«, begann er zögerlich, schaute zu Boden, kratzte mit den breiten Kuhmaulschuhen über die Holzdielen, um hastiger hinzuzufügen: »Zumindest nicht für dich, die du trotz deines Geschlechts und deiner Jugend besser mit den Geheimnissen der Baukunst vertraut bist als so manch gestandener Werkmeister. Das heißt, nein, gerade für dich wäre es eine große Sache, weil du bestimmt Feuer und Flamme wärst, wenn es dich beträfe.«

»Du sprichst in Rätseln. Um was geht es genau?«

Ihren forschenden Blick konnte Jörg nicht lange ertragen, wandte sich ab, um ins Weite der über die gesamte Hausbreite verlaufenden Werkstatt festzustellen: »Vater will mich in die Fremde schicken.«

»Was?«

»Schon nächste Woche soll ich aufbrechen.«

»Wohin genau? Und warum so eilig?« Dora legte den Oktavband zurück auf den Tisch. Unbändiger Neid erfasste sie. Jörg hatte recht, für sie wäre das eine große Sache, einmal herauszukommen aus den drei Städten Königsbergs, einmal mit eigenen Augen etwas von der weiten Welt zu sehen, vor allem von den prächtigen Bauwerken, von denen Ahn Laurenz in seinem Buch schrieb. Dicht stellte sie sich vor den Bruder und zwang ihn, sie anzuschauen.

In seinen Augen flackerte die altbekannte Unsicherheit, um seine blutleeren Lippen zuckte es verräterisch. Die ohnehin schon sehr helle Gesichtshaut schimmerte im dämmrigen Licht des Regentages weiß. Kein Zweifel, er fürchtete sich vor dem, was sie als größtes Glück empfinden würde. Bitterkeit befiel sie. Warum durfte sie nicht an seiner Stelle gehen?

»Der Herzog schickt seinen neuen Baumeister Christoff Römer zu Studien zur Marienburg und auf andere ehemalige Ordensburgen«, fuhr Jörg fort. »Vor allem die kunstvollen Gewölbe soll er studieren. Eine Gruppe junger Kunstdiener wird ihn auf einem Teil der Reise begleiten und dann die Weichsel aufwärts nach Süden reisen. Letztlich sollen sie für mindestens ein Jahr bei verschiedenen Baumeistern in Nürnberg Aufnahme finden, um dort ihr Wissen zu vervollkommnen. Frag mich bitte nicht, wie Vater es geschafft hat, aber es ist ihm gelungen, dass Römer ausgerechnet mich als einen der Kunstdiener mit auf die Reise nimmt.«

»Du? Mit all den anderen Kunstdienern um Meister Römer allein in der Fremde unterwegs? Großer Gott!« Dora biss sich auf die Lippen. Für eine Weile studierte sie die Spitzen ihrer Schlappen an den Füßen. Die aus Filz gefertigten Hausschuhe fransten an den Rändern aus, insbesondere vorn an der Kappe war der Stoff bereits reichlich fadenscheinig. Jede Bewegung ihrer Zehen schimmerte durch. Angestrengt überlegte sie, tippte mit dem Zeigefinger gegen die Lippen, als ließen sich auf diese Weise die Gedanken beschleunigen. »Es wird nicht zu schaffen sein«, erklärte sie schließlich, »selbst wenn wir fortan Tag und Nacht daran sitzen, dich besser in der Baukunst zu unterweisen. Nie und nimmer werden Römer und seine Kunstdiener dir abnehmen, du stündest kurz davor, ein echter Meister zu sein. Schon nach kurzer Zeit werden sie dir auf die Schliche kommen, wie wenig du gewohnt bist, dir aus eigenen Stücken Gedanken über das Bauwesen zu machen. Selbst die Anfertigung des einfachsten Risses gelingt dir kaum, vom Berechnen der Größenverhältnisse ganz zu schweigen, und an eigene Entwürfe ist erst recht nicht zu denken.«

»Eben hast du noch vorgeschlagen, dass wir Vater den von dir erweiterten Entwurf für Gerichtsrat Jonas als den meinen vorlegen. Ebenso gut können wir den Plan hernehmen, um auch Meister Römer und die anderen von meinem Können zu überzeugen.«

»Aber das reicht nicht! Nur zu gern mag Vater dir das abnehmen, weil er glauben will, dass du dazu fähig bist. Bei Römer und seinen Leuten sieht das anders aus. Mag sein, dass sie den Entwurf zunächst als den deinen akzeptieren. Doch vergiss nicht, über Wochen wirst du mit Meister Römer reisen, dich ein ganzes Jahr lang mit den klügsten Kunstdienern des Herzogtums in Nürnberg aufhalten. Ausgerechnet Nürnberg! Von dort kommen derzeit die besten Baumeister. Binnen kürzester Zeit werden sie herausfinden, wie dünn deine Kenntnisse sind. Anders als Vater werden sie sich eben nicht davon täuschen lassen, etwas in dir sehen zu wollen, was du nicht bist.«

Vor Entrüstung konnte sie kaum Luft holen, so heftig pochte ihr das Herz. Viel zu spät erst wurde sie gewahr, wie blass Jörg über ihren Worten geworden war.

»Ich habe es gewusst. Du lässt mich im Stich.«

»Wie soll ich dir beistehen? Vater wird mich wohl kaum mit auf die Reise schicken.«

»Ganz bestimmt nicht!«, dröhnte eine dunkle Stimme von der Tür her. Entsetzt wandten sie sich um. Wieder stand der

Türflügel weit offen. Breitbeinig wie vorhin Jörg hatte sich dort nun der Vater aufgebaut. Seine Reglosigkeit wie seine Bemerkung ließen darauf schließen, dass er ihrer Unterhaltung schon seit längerem gelauscht hatte. Dora fühlte sich unbehaglich, Jörg wurde noch blasser. Vor Wut war Wenzel Seleges Antlitz dunkelrot angelaufen. Der eckige Bart um Kinn und Wangen bebte, selbst die riesige Nase schien vom zornigen Zittern erfasst. Die braunen Augen zu schmalen Schlitzen verengt, schaute er sie beide durchdringend an. Es kümmerte ihn wenig, dass sein mächtiger Körper in einer völlig durchnässten Schaube steckte und sein kantiger Schädel barhäuptig war, das spärliche Haar in sämtliche Richtungen davon abstand.

»Soll ich Euch trockene Kleidung holen, Vater?« Dora rang sich ein scheues Lächeln ab. »Ihr seid nass bis auf die Knochen.«

»Was treibt ihr hier?« Er schenkte ihr keinerlei Beachtung, sah allein Jörg an.

»Also, Ihr müsst wissen, wir, also, Dora und ich haben, wahrscheinlich versteht Ihr das jetzt …«, stammelte der Zwanzigjährige.

Wenzel Selege fuhr ihm ungeduldig über den Mund: »Genug! Schweig still!«

Wütend warf er die Tür hinter sich zu. Der laute Knall hallte im ganzen Haus wider. Zielsicher steuerte er auf den langen Arbeitstisch vor der Fensterfront zu und schob sich die Rolle mit dem Aufriss des Hauses von Gerichtsrat Jonas zurecht. Das Rascheln des Papiers erschien Dora unendlich laut. Bei all dem Lärm, den der Vater verursachte, wunderte sie sich, wie Jörg und sie sein Auftauchen völlig hatten überhören können. Sie äugte zu Jörg. Starr blickte der mit nach vorn gesackten Schultern auf den Vater, die hellen Augenbrauen hochgezogen, Gesicht und Lippen blutleer.

»Habt ihr euch etwa an meinem Entwurf zu schaffen gemacht?« Anklagend tippte Wenzel auf das Papier. Seine bernsteinfarbenen Augen funkelten böse. »Wieso seid ihr beide überhaupt um diese Zeit in der Werkstatt?« Sein Blick fiel auf Dora. Sein Gesicht verfärbte sich noch dunkler, blau und dick traten die Adern an den Schläfen hervor. »Du warst an dem Plan! Du hast etwas daran verändert. Er liegt nicht mehr so, wie ich ihn hingelegt habe.« Patsch! Die Maulschelle traf Dora auf der linken Wange. Es brannte fürchterlich. Sie schluckte die Tränen hinunter und hielt sich trotzig aufrecht. Das erzürnte den Vater noch mehr. »Habe ich dir nicht ausdrücklich verboten, in meiner Werkstatt etwas anzufassen? Du hast hier oben gar nichts zu suchen. Dein Platz ist unten in der Küche. Kümmere dich um das Bierbrauen, sieh Renata auf die Finger. Mehr kommt dir als Weib nicht zu.«

»Doch!«

»Halt dein Maul!« Wieder hob er die Hand und wollte zuschlagen.

»Nicht, Vater, bitte!« Schützend warf sich Jörg vor sie. »Ich kann Euch alles erklären. Letzten Montag habt Ihr mir den Plan gezeigt. Dabei habt Ihr Eure Sorge geäußert, dass Gerichtsrat Jonas noch immer nicht entschieden hat, ob er Euch mit dem Bau beauftragen soll. Das hat mich zum Grübeln gebracht. Seit Tagen sitze ich jede freie Minute über dem Entwurf. Verzeiht meine Kühnheit, aber vielleicht fehlt dem verehrten Jonas noch etwas? Es mag nur eine Kleinigkeit sein. Bitte schenkt mir kurz Gehör. Vielleicht kann Euch mein Einfall helfen, um Jonas zu überzeugen.«

»Was sagst du da?« Verdutzt schaute Wenzel zwischen seinen beiden ältesten Kindern hin und her. Der Ärger auf seinem Gesicht schwand langsam. Jörg reckte sich, Dora duckte sich hinter seinem Rücken fort. Bald spiegelte Wenzels

Miene einen Anflug von Stolz wider. »Wusste ich es doch, mein Sohn. Eigentlich habe ich fest damit gerechnet, dass dir etwas einfällt. Lass hören!«

Er zog ihn näher zum Tisch und wies auf den Entwurf. Erstaunt verfolgte Dora das Geschehen. Sollte sie sich freuen oder vor Wut platzen? Schon beugten sich die beiden einträchtig über den Aufriss. Auf Zehenspitzen schlich sie sich zu ihnen und lauschte.

»Über dem Eingangstor wäre ein Wimperg geschickt«, begann Jörg. Fast im gleichen Wortlaut wie sie vorhin ihm erläuterte er nun dem Vater, wie sich der schlicht gehaltene Entwurf zu einem eindrucksvollen Gebäude umgestalten ließ, das dem Rang und Ansehen seines Bauherrn gerecht wurde. Geduldig hörte Wenzel zu. Dora wunderte sich immer mehr. Hatte sie sich doch in ihrem Bruder getäuscht? Tatsächlich hatte er begriffen, worauf es bei dem Bau für den Gerichtsrat ankam. Bald erfasste sie Eifersucht. Wie selbstverständlich Jörg ihre Gedanken als die seinen ausgab! Er schien völlig vergessen zu haben, wie der Entwurf zustande gekommen war. Je mehr sie der Begeisterung des Vaters gewahr wurde, je mehr verdrängte der aufkeimende Stolz auf das eigene Können allerdings wieder ihren Unmut. Ihr Plan war hervorragend. Es ging allein um die Sache, und die war sehr gut. Es war nicht wichtig, wer sie ins Rollen gebracht hatte. Am Ende zogen sie alle ihren Vorteil daraus, wenn Jonas Baumeister Wenzel Selege mit dem Bau seines neuen Hauses beauftragte.

»Ausgezeichnet, mein Sohn«, lobte der Vater, kaum dass Jörg geendet hatte, und klopfte ihm wohlwollend auf die Schulter. »Wahrscheinlich hätte ich dir schon eher freie Hand lassen sollen. Ich war einfach blind. Der Funke von unserem Ahn Laurenz ist längst auf dich übergesprungen, und ich merke das erst jetzt. Aber noch ist es nicht zu spät. Gleich nachher wirst du die Änderungen am Aufriss vornehmen. Dann werde ich morgen damit bei Jonas vorsprechen. Gewiss ist es nur eine Frage von Tagen, bis er uns den Auftrag erteilt.« Sein Zorn war verraucht. Zufrieden wandte er sich um, schaute mit einem siegesgewissen Lächeln in seiner Werkstatt umher, winkte Jörg schließlich an seine Seite. »Der Herzog schickt nächste Woche seinen neuen Baumeister Christoff Römer mitsamt einigen Kunstdienern in die Fremde«, fuhr er fort. »Mir ist es gelungen, dich in diese Gruppe aufnehmen zu lassen. Das ist eine ungeheure Ehre. Du bist noch jung und hast dir noch keinen Ruf erworben. Solltest du den hohen Ansprüchen der Herren nicht genügen, fällt das auf mich als deinen Vater und Lehrmeister zurück. Deshalb hatte ich zunächst schon überlegt, dich vielleicht erst später …«

»O Vater, nur zu gern«, warf Jörg ein. Deutlich war zu hören, wie eine zarte Hoffnung in ihm aufkeimte. »Nur zu gern verzichte ich und bleibe hier bei Euch in der Werkstatt. Es gibt noch so viel zu lernen und an meiner Kunst zu feilen. Ihr sagt es selbst oft genug: Nie ist man wirklich Meister seiner Kunst.«

»Nein, nein«, wehrte Wenzel ab, »da bringst du einen Ausspruch meines ehrwürdigen Großvaters Laurenz Selege durcheinander. Doch lassen wir das. Solche Bescheidenheit ist bei dir jetzt fehl am Platz. Deine Änderungen an Jonas' Entwurf bestätigen mir, wie gut es war, für deine Teilnahme an der Reise zu kämpfen. Baumeister Römer wird von deinem Können höchst beeindruckt sein.«

»Aber ich kann Euch doch schlecht so lange Zeit allein lassen«, versuchte der Bruder es abermals. »Dora muss sich um das Brauen und den Haushalt kümmern, und Lienhart ist mit seinen acht Jahren noch viel zu klein, um Euch zur Hand zu gehen. Wie wollt Ihr den Bau von Jonas und weitere Aufträge …«

»Das werde ich wohl schaffen.« Entgegen seiner sonstigen Art blieb Wenzel trotz des vorlauten Zweifels an seinem Können ruhig. »Unsere drängendsten Sorgen sind bald Vergangenheit. Für deine Schwester wird sich in nächster Zeit nämlich ebenfalls Entscheidendes ändern, aus dem wir alle unseren Vorteil ziehen werden.«

Nun winkte er auch Dora zu sich und legte beiden Kindern die Arme um die Schultern. Er roch nach Schweiß und saurem Atem. Dora hielt die Luft an. Sie meinte das Trippeln der Siebenschläfer auf dem Dachboden zu hören, so angestrengt harrte sie dem, was der Vater mitzuteilen hatte.

»Eigentlich wollte ich es euch erst am Sonntag nach der Messe verkünden, aber jetzt ist wohl ein weitaus besserer Moment. Kammerrat Urban Stöckel hat um Doras Hand angehalten.«

»Was?« Entsetzt riss Dora sich los.

»Sie ist erst vor wenigen Wochen sechzehn geworden!«, warf Jörg ein und befreite sich ebenfalls aus der Umarmung.

»Damit ist sie genau im richtigen Alter.« Auf Wenzel Seleges Stirn gruben sich nun doch wieder Unmutsfalten ein. »Wir können froh sein, sie so gut unter die Haube zu bringen. Denk nur an ihre verschiedenfarbigen Augen und was manche ihr deswegen nachsagen.«

»Vater, wie könnt Ihr nur!«, empörte sich Dora, Jörg aber gebot ihr mit einer überraschend entschlossenen Handbewegung zu schweigen.

»Seit Mutters Tod führt Dora Euren Haushalt, kümmert sich um Lienhart und braut unser Bier. Wie soll das alles ohne sie weitergehen?«

»Kammerrat Stöckel ist ein wohlhabender Mann. Er kann abschätzen, was Doras Weggang für uns bedeutet. Selbstverständlich wird er dafür sorgen, dass wir keinen Nachteil davon haben. Noch dazu ist er in einem Alter, in dem er kaum länger warten kann, endlich eine Familie zu gründen.«

»Sonst ist er ein Greis und wird eher für den Großvater als für den Vater seiner Kinder gehalten«, platzte Dora dazwischen.

»Der ehrwürdige Urban Stöckel ist gerade so alt wie ich.«

»Dann gebt Ihr mir also keinen Ehemann, sondern einen zweiten Vater an die Hand! Hoffentlich ist er wenigstens etwas mitfühlender als Ihr.«

Wütend raffte sie ihren Rock und stürmte aus der Werkstatt. Kurz vor der Treppe aber stockte sie, machte noch einmal kehrt und lief zurück. Blindlings stürzte sie in der Werkstatt an den Tisch vor der Stirnseite. Mit einem Griff hatte sie, was sie suchte – Laurenz Seleges Werkmeisterbuch. Kurz äugte sie hinein, sah die getrocknete Schafgarbe zwischen den Seiten, klappte den abgegriffenen Lederband wieder zu und drückte ihn im Hinausrennen fest gegen die Brust.

Erster Teil

KÖNIGSBERG
Frühjahr 1544

1

Der Tag begann verheißungsvoll. Mit einem seligen Lächeln auf den Lippen schlug Dora die Augen auf. Ein wundervoller Traum hatte ihr die Nacht versüßt. Erfüllt von der Erinnerung, streckte sie den Arm zur Seite, tastete über die Laken. »Liebster, stellt Euch vor, was mir träumte.«

Ihre Hand glitt ins Leere. Sie erschrak, setzte sich kerzengerade auf. Es war helllichter Tag! Weit waren die dicken roten Samtvorhänge an der Bettstatt zurückgezogen und gaben den Blick frei auf das großzügige Schlafgemach. Ein kühler Lufthauch zog unter den Ritzen zur Tür herein und ließ sie frösteln. Rasch raffte sie das Federbett bis zum Kinn und sah sich um. Die bunten Teppiche an den holzgetäfelten Wänden strahlten mit ihren Geschichten aus dem Alten Testament die vertraute Behaglichkeit aus. Auch der dunkle, reichgeschnitzte Schrank an der gegenüberliegenden Wandseite, den Urban einst von einer Reise aus Flandern mitgebracht hatte, wirkte heimelig. Dennoch schien Dora an diesem Morgen etwas entscheidend anders als sonst. Es musste an dem Traum liegen, der ihr Gemüt so sonderbar berührt hatte. Über den schwarz-weiß gefliesten Boden schaute sie weiter zum Fenster an der gegenüberliegenden Längswand. Die Vorhänge waren dort ebenfalls schon zurückgezogen. Stück für Stück setzte sich hinter den gitterartigen Bleirutenfenstern der tiefblaue Märzhimmel zusammen. Er verhieß einen sonnigen Frühlingstag.

Aus der benachbarten Küche drang Gepolter herüber, riss Dora aus der friedlichen Morgenstimmung. Ein irdener Krug klirrte zu Boden und zerbrach. Sofort ertönte Mathildas keifende Stimme. Urbans Base schimpfte der Ungeschicklichkeit wegen mit Elßlin. Das vierzehnjährige Bauernmädchen aus einer kleinen Lischke südlich des Habergs tat sich auch vier Wochen nach ihrer Ankunft schwer, mit den Gepflogenheiten eines städtischen Haushalts vertraut zu werden. Mathildas zornigen Worten folgte das Klatschen einer deftigen Maulschelle. Elßlin wimmerte. Um ihr Klagen zu übertönen, klapperte Mathilda energisch mit den Töpfen. Das klang nicht nach einem guten Anfang für die neue Woche. Dabei war der Montag ohnehin ein schwieriger Tag. Höchste Zeit, die Bettstatt zu verlassen und draußen nach dem Rechten zu sehen.

Immer noch fröstelnd, rieb sich Dora die Arme. In der Schlafstube gab es keinen Ofen. Das Bett war an die Wand zur Küche gerückt, durch die der Kamin verlief und somit das Schlafgemach mitheizte. Im Sommer bedeutete das oft schon in den frühen Morgenstunden ein Zuviel an Wärme. An einem kalten Märzmorgen wie diesem aber strahlte viel zu wenig Wärme in die Stube aus. Dora hoffte, die Sonne vor dem Fenster täuschte nicht allzu sehr und es hatte dennoch keinen Frost mehr gegeben. Am Tag der vierzig Märtyrer entschied sich das Wetter der nächsten vierzig Tage. Noch einmal schmiegte sie den Rücken gegen die Wand, wärmte sich an dem Gemäuer auf. Nach einiger Zeit streckte sie den ersten Fuß unter der Decke hervor, bewegte die Zehen, kreiste mit dem ganzen Fuß. Vorsichtig ließ sie den zweiten Fuß folgen. Das Nachtgewand aus Leinen bedeckte die Beine nur bis knapp zu den Knöcheln. Die Kälte kroch an den Oberschenkeln herauf. Schnell zog sie die Beine eng vor die

Brust und schmiegte sich von neuem an die warme Kaminwand.

In der Küche war es wieder ruhig geworden. Dafür drangen plötzlich aufgebrachte Männerstimmen aus der gegenüberliegenden Wohnstube herüber. Eine davon gehörte ihrem Gemahl, die zweite kannte sie nicht. Offenbar stritten die Männer heftig. Als sie gerade versuchte Genaueres zu verstehen, ebbten sie so schnell, wie sie eben laut geworden waren, wieder ab. Dora wurde unruhig. Draußen auf dem Mühlenberg ging es ebenfalls umtriebig zu. Fuhrwerke knarrten mit ihren eisenbeschlagenen Rädern über das holprige Pflaster. Unter lautem Fluchen und Peitschenknallen trieben die Fuhrleute ihre Zugochsen an. Ziel war das herzogliche Schloss, dessen Einfahrt am Ende des Mühlenbergs Urbans Haus schräg gegenüberlag. Je länger Dora dem Treiben lauschte, je mehr wunderte sie sich, wie sie bei dem Lärm so lang hatte schlafen können. Verwundert wühlte sie die Leinentücher auf der zweiten Betthälfte durch. Längst schon hatten sie die Wärme von Urbans Leib verloren. Lediglich die Kuhle, die er mit seinem Gewicht der Matratze eingedrückt hatte, zeichnete sich noch deutlich darauf ab.

Klammheimlich musste er sich im ersten Morgengrauen erhoben und davongestohlen haben, um sie weiter ihren Träumen zu überlassen. Nicht zum ersten Mal in ihrer fast zweijährigen Ehe beschämte sie die liebevolle Rücksichtnahme des Gemahls. Sie beschloss, das Versäumnis rasch wieder wettzumachen und Mathilda vorzuschlagen, für den Abend außer der Reihe Urbans Leibgericht vorzubereiten. Die für das Wildbret nötigen Zutaten wollte sie gleich nach dem Morgenimbiss mit Elßlin auf dem Markt besorgen.

Wohlgemut schwang sie die Beine über die Bettkante, suchte mit den nackten Zehen nach den Schlappen und schlüpfte hinein. Noch im Aufrichten zog sie das Nachtgewand über den Kopf. Sobald ihr schmächtiger Leib bar allen Stoffes war, erfasste sie ein regelrechtes Zittern. Das Wasser in der bereitgestellten Schüssel war eisig. Wenige Spritzer ins Gesicht mussten genügen. Ohnehin stand morgen wieder ein ausgiebiges Bad an. Auf der reichgeschnitzten Truhe am Fußende des Bettes lag ihre Kleidung bereit. Zuerst streifte sie das frische Leinenhemd über, verschnürte es mit geübten Handgriffen vorn am Hals. Dem folgte das Kleid aus dickem rotem Tuch und schließlich der farblich abgestimmte Goller aus Samt. Sorgfältig strich sie ihn über den Schultern glatt. Besteck- und Nadeldose klirrten gegeneinander, als sie sich den ledernen Gürtel um die Hüften band. Kurz stutzte sie, tastete nach dem Schlüsselbund. Wahrscheinlich hatte sie ihn am Vorabend in ihrer Werkstatt im zweiten Obergeschoss liegenlassen. Gleich nach dem Auslöffeln der Suppe musste sie ihn holen, bevor Base Mathilda das bemerkte und über ihre Nachlässigkeit missbilligend die Stirn runzelte.

Sie stellte sich vor den Spiegel und kämmte das wellige dunkelblonde Haar. Längst störten sie ihre verschiedenfarbigen Augen kaum mehr. Anders als der Vater ihr einst eingeredet hatte, sagte ihr deretwegen niemand etwas Böses nach. Urban schätzte den besonderen Blick, den sie damit auf die Welt richtete. Die Augen standen etwas weiter auseinander als üblich, was die Eigenart noch stärker hervorhob. In wenigen Handgriffen flocht sie die Haare zu einem Zopf und steckte sie auf dem Kopf fest, bevor sie die Bundhaube aufsetzte und mit drei Klammern fixierte. Prüfend betrachtete sie ihr Antlitz, fuhr mit angefeuchteter Fingerspitze die fein geschwungenen Augenbrauen nach und kniff sich in die Wangen, um ihnen zu etwas mehr Röte zu verhelfen. Die Lippen brachte sie mit Spucke zum Glänzen. Schwungvoll tippte sie mit dem

Finger gegen die leicht nach oben gebogene Nasenspitze. Fehlten nur die Sommersprossen wie bei ihrem jüngeren Bruder Lienhart.

Schon wollte sie nach draußen hasten, da verharrte sie noch einmal vor dem Fenster, das zum nahen Schlossteich hinter der nördlichen Stadtmauer zeigte. In einem Gebüsch nah vor dem Fenster reckte ein Rotschwanz sein weiß bestirntes Köpfchen in die Lüfte und trällerte ein erstes Frühlingslied. Seine gelbroten Brustfedern schimmerten, der lange Schwanz zitterte. Freudig gesellte sich ein hellbraun gefiedertes Weibchen hinzu, stimmte in seinen Gesang mit ein. Das traute Miteinander der Vögel weckte in Dora die Erinnerung an ihren Traum. Ein Unbekannter war ihr darin erschienen. Je länger sie an ihn dachte, je mehr war ihr, als hätte sie die Begegnung mit ihm tatsächlich erlebt, hätte ebenso einträchtig wie das Rotschwanzpärchen mit ihm zusammengesessen und unbefangen mit ihm gescherzt. Bei der Vorstellung, ihn nah bei sich zu haben, seinen Duft zu riechen, seine zufälligen Berührungen zu spüren, stieg brennendes Verlangen in ihr auf.

War sie von Sinnen? Jäh fuhr ihr ein Stich durch die Brust. Wie hatte sie vorhin auch nur im Entferntesten daran denken können, Urban von diesem Traum zu erzählen? Ihre Wangen begannen zu glühen. Ihren Gemahl würde es schmerzen zu erfahren, dass seine um fast dreißig Jahre jüngere Frau von einem fast ebenso viele Jahre jüngeren Fremden träumte.

Wieder trat ihr das nächtliche Bild vor Augen. Wie der Mann sie ansah, lächelte, ihr die Hände entgegenstreckte. Das Verlangen nach ihm wuchs ins Unermessliche. Am liebsten wollte sie sich auf der Stelle in seine Arme stürzen, das Gesicht an seiner Brust verbergen. Als fremd erschien er ihr nicht. Im Gegenteil. In seinem Gebaren lag etwas zutiefst Vertrautes. Vielleicht war es Urban in jungen Jahren?

Der Gedanke gefiel ihr, ließ das Prickeln in ihrer Brust stärker werden. Wie oft verstand er es, trotz seiner weißen Haare und des ernsten Gesichts Verlangen in ihr zu wecken. Die letzte Nacht fiel ihr ein, die zärtlichen Umarmungen, mit denen er sie gehalten, die sanften Berührungen, mit denen er sie gestreichelt, das behutsame Begehren, mit dem er sie Kälte und Dunkelheit der Märznacht hatte vergessen lassen. Entrückt strichen ihre Fingerkuppen über die nackte Haut ihres Halses, glitten zum Ansatz der flachen Brüste hinunter, um im nächsten Moment abrupt innezuhalten. Das Wecken des Verlangens war das eine, das Stillen der Leidenschaft das andere. Plötzlich fühlte sie sich um etwas Wesentliches betrogen. Nicht zum ersten Mal in ihrer zweijährigen Ehe hatte sie die Nacht mit Urban zunächst als sehr verheißungsvoll, zuletzt aber doch als sehr unbefriedigend erlebt. Ihr Gemahl war viel zu vorsichtig, stets darauf bedacht, ihr nicht zu viel zuzumuten. Bittere Enttäuschung machte sich in ihr breit. Er hatte ihr einfach zu viel an Leben voraus. Wie gern hätte sie ihn in jungen Jahren gekannt. Gewiss hatte es ihn einst ebenso ungestüm wie sie danach verlangt, sich im nächtlichen Ehelager die geheimsten Lüste zu befriedigen. Wie eben der Mann aus ihrem Traum. Sie atmete auf. Das Begehren nach ihm war tatsächlich das Begehren nach Urban in jungen Jahren. Deshalb wollte sie ihn leibhaftig vor sich haben, ihn überall berühren und leidenschaftlich küssen, ganz wie es ihr behagte. Gleich in der nächsten Nacht würde sie Urban das deutlich machen.

Entschlossen wandte sie sich um, trat zur Tür. Die Hand bereits auf der Klinke, hielt sie abermals inne. Wieder schwollen die aufgebrachten Männerstimmen in der Stube gegenüber an. Etwas knallte laut, dann kehrte von neuem Stille ein. Nie zuvor hatte sich Urban derart mit einem Gast aufgeführt.

Auf einmal war ihr, als blickten ihr die grünbraunen Augen des Fremden aus dem Traum einladend entgegen. Die hohe Stirn leicht gerunzelt, die Kerbe am Kinn scharf gezeichnet, wirkte sein Gesicht sehr interessant. Dunkles, kurzgeschnittenes Haar umrahmte den breiten, kantigen Kopf. Seine Figur war stattlich, prächtig, aber nicht zu auffällig in dunkle, teure Stoffe gekleidet. Weit breitete er die Arme aus, die Handflächen nach oben gerichtet, als wollte er sie abermals ermuntern, sich ihm entgegenzuwerfen, um dem seltsamen Streit in der Wohnstube zu entfliehen. Etwas aber hielt sie zurück. Eiskalt lief es ihr plötzlich den Rücken hinab – Urbans Augen waren blau!

Erschüttert schlug sie die Hand vor den Mund. Sie musste einer Täuschung aufgesessen sein. Was kümmerte sie sich überhaupt um die Augenfarbe eines Traumgespinstes? Abkühlung für ihr erhitztes Gemüt suchend, presste sie die Stirn gegen die weißgetünchte Kalkwand neben dem Türpfosten.

Ein dumpfes Glucksen entstieg ihrem Innersten, brach sich in einem albernen Lachen Bahn. Natürlich war sie selbst schuld an der Verwirrung. Warum glaubte sie immer noch an diesen törichten Zauber? In wenigen Schritten stand sie neben dem breiten Ehebett und hob das Kissen hoch. Genau so, wie sie sie vor dem Einschlafen hingelegt hatte, lag die Schafgarbe noch da. Behutsam nahm sie sie mit beiden Händen auf und presste sie gegen das Gesicht. Das war die Pflanze für alle am Theobaldtag Geborenen, so wie sie. Als die getrocknete Dolde ihre Wange berührte, stieg ihr die Erinnerung an den krautigen, leicht bitteren, aber dennoch sehr angenehmen Geruch in die Nase, den die unzähligen kleinen Blüten im Sommer verströmten. Den ganzen Winter über hatte der Stengel zwischen den Seiten des Werkmeisterbuches ihres

Ahns gelegen, dabei nicht nur an Geruch, sondern auch an Farbe eingebüßt. Von dem frischen Grün des Sommers war nur ein schaler Abglanz übrig. Die Nacht unter dem Kopfkissen hatte den Stiel, die gefiederten Blätter und die weißen Dolden endgültig zerdrückt.

Renata, die Magd im Haus ihres Vaters, die ihr die viel zu früh verstorbene Mutter ersetzte, hatte ihr vor vielen Jahren eine getrocknete Dolde geschenkt und ihr von dem Brauch erzählt, mittels Schafgarbe die wahre Liebe zu finden. Wer einen Stengel davon vom Grab eines Jünglings pflücke und sich unter das Kopfkissen lege, träume des Nachts von seinem Liebsten. Lange Zeit hatte Dora nicht gewagt, die Probe zu machen. Letzte Nacht aber hatte sie es trotz zweier überraschend glücklicher Jahre an Urbans Seite wissen wollen, ob sie mit dem richtigen Mann verheiratet war. Vor Scham über die eigene Unvernunft röteten sich ihre Wangen abermals.

Was aber war schon dabei? Sie hatte einfach wissen wollen, ob es wirklich Liebe war, die sie an den ehrwürdigen Kammerrat band, oder ob es sich nur um die Macht der Gewohnheit handelte, die sie gelehrt hatte, den Mann, der vom Alter her ihr Vater sein konnte, als den Richtigen zu empfinden. Womöglich wartete draußen in der Welt noch ein anderer, ihr vom Alter weitaus näher stehender Mann auf sie. Vergangene Nacht, als Urban mit seinen kundigen Berührungen wieder einmal erst die größte Leidenschaft in ihr entfacht, kurz vor dem Ziel aber zu ihrer Enttäuschung mit einem tiefen Seufzen von ihr abgelassen und sie mit ihrer ungestillten Lust allein gelassen hatte, war der alte Zweifel in ihr wieder hochgekocht. Nie kamen Urban und sie einander nah genug, um ganz in ihrer Liebe zu versinken. Was oder vielmehr wer stand zwischen ihnen? Um das herauszufinden, war sie heimlich aus dem Bett geschlüpft, nach oben in die Werkstatt geschlichen, um die getrocknete Schafgarbe aus dem Buch zu nehmen und sie kurz darauf unter ihr Kissen zu legen. Zur Verstärkung hatte sie eindringlich noch die Verse »Gute Nacht, schöne Schafgarbe,/Dreimal Gut' Nacht für dich,/Ich hoffe, noch vor dem Morgengraun/Werd ich meinen Liebsten schau'n« leise aufgesagt.

Wieder hob sie den zerdrückten Pflanzenstengel an die Nase, schnupperte daran. Entschlossen trat sie zum Fenster, öffnete es und schleuderte die Schafgarbenreste schwungvoll hinaus. Das Rotschwanzpärchen begleitete ihr Tun mit einem freudigen Gesang. Verschämt schneuzte sie sich die Nase in die langen Enden ihrer Ärmel, strich sich das Haar unter die Haube und zupfte den Umhang zurecht. Hocherhobenen Hauptes verließ sie das Schlafgemach und ging in die gegenüberliegende Wohnstube, um ihren Pflichten als Frau des Hauses nachzukommen und den fremden Gast bei ihrem Gemahl willkommen zu heißen.

2

Sobald Dora die Tür öffnete, verstummten Urban und sein hochgewachsener, in fahles veilchenblaues Tuch gekleideter Besuch auf einen Schlag. Wie von Sinnen starrte sie der Unbekannte für einen kurzen Moment an, dabei spiegelten seine Augen blankes Entsetzen wider. Schnell aber gewann er seine Fassung zurück und nickte ihr grüßend zu. Ehe sie ihn standesgemäß willkommen heißen konnte, setzte er das Barett auf das kinnlange kupferbraune Haar und stürmte hinaus. Erstaunt sah Dora ihm nach. Gerade als sie sich bei Urban erkundigen wollte, wer der unfreundliche, ihr gegenüber auffallend wortkarge Besucher gewesen war, kam ihr Gemahl mit einem betont freudigen Lächeln um die leicht nach unten gezogenen Mundwinkel auf sie zu. »Gott zum Gruße, mein Augenstern.« Die Arme weit ausgestreckt, machte er Anstalten, sie herzlich zu umarmen.

Dora stutzte. Für einen Augenblick verwischten sich Traum und Wirklichkeit, schob sich die nächtliche Traumgestalt an Urbans Stelle. Je näher er ihr jedoch kam, je mehr verblasste die Erinnerung. Die Gesichtszüge wurden hagerer, die Bewegungen überlegter. Kein Zweifel, vor ihr stand ein fast fünfzigjähriger weißhaariger Mann und nicht der Mittzwanziger von letzter Nacht. Ihr seit zwei Jahren angetrauter Gemahl Urban Stöckel, einstmals stolzer Herr des Deutschen Ordens, seit bald zwanzig Jahren herzoglicher Kammerrat, betonte mit jeder einzelnen Regung seine strenge Selbstbeherrschung. Schwerer denn je fiel es Dora, sich auszumalen, dass er als Fünfundzwanzigjähriger jemals leidenschaftlich aufgetreten wäre.

»Wer war dieser Mann, und was wollte er von Euch? Es hörte sich an, als hättet Ihr heftig miteinander gestritten«, erkundigte sie sich. Der Besucher interessierte sie zwar eigentlich kaum, bot aber eine gute Möglichkeit, ihre Verwirrung zu überspielen. Unauffällig glitt ihr Blick über Urbans Gestalt. Viel eher interessierte sie nach wie vor, ob das Traumgespinst von letzter Nacht nicht vielleicht doch die fast drei Jahrzehnte jüngere Version ihres Gemahls darstellen konnte. Dagegen sprach allerdings schon die Größe. Urban überragte sie um kaum eine Handbreit, um dem Mann im Traum in die Augen sehen zu können, hatte sie den Kopf heben müssen. Zu früh gebeugt hatte Urban das Leben jedoch keinesfalls. Trotz seines Alters und der ermüdenden Schreibstubentätigkeit im Schloss besaß er noch immer eine tadellos aufrechte Haltung. Genauso wenig hatten die Jahre seiner stattlichen Statur geschadet. Auf dem kantigen Gesicht zeigten sich erst wenige Falten, die lange Nase teilte es in zwei gleiche Hälften. Die Lippen waren gerade, das Kinn leicht spitz geformt, was den Hals umso länger erscheinen ließ. Dora meinte sich an eine Kerbe am Kinn des Traumgespinstes zu erinnern, ebenso schien ihr dessen Gesicht eckiger, die Nase kürzer, dafür breiter und die Stirn höher gewesen zu sein. Das aber waren nur flüchtige Eindrücke. Die offenkundige Übereinstimmung in Kleidung und Gebaren der beiden Männer machte sie rasch mehr als wett. Wie üblich steckte Urbans schlanker Leib in einem Faltrock aus dunklem, glänzendem Atlas, der an den Rändern mit helleren Streifen sowie an Revers und Kragen mit Stickereien aus Goldfäden abgesetzt war. Die Kniehose war vom gleichen Stoff, in den Falten und am Bund zusätzlich mit schwarzem Samt verziert. Goldknöpfe setzten glänzende Akzente, ebenso die breiten Kuhmaulschuhe an den großen Füßen. Jeden Abend hatte die Magd das in breiten Längsstreifen gearbeitete Leder auf Hochglanz zu polieren.

Urbans blassblaue Augen huschten einen Moment unruhig umher, sein Lächeln wirkte gequält. Dann aber rang er sich zu einem Schmunzeln durch. »Das war der neue Hausvogt bei Hofe. Gewiss wird er sich Euch bei Gelegenheit noch gebührend vorstellen, bislang aber fehlt ihm dazu die Zeit. Das sollte Euch jedoch nicht weiter kümmern, mein Augenstern. Ich war vorhin bereits in der Rentkammer. Am Nachmittag werde ich zum Oberteich reiten, um die Bauarbeiten an der Mühle zu besichtigen. Seit Schnee und Eis getaut sind, geht es mit der neuen Scheune in großen Schritten voran. Das prächtige Wetter am heutigen Märtyrertag verheißt auch für die nächsten Wochen nichts anderes. Höchste

Zeit, den fleißigen Zimmerern einmal wieder auf die Finger zu schauen, damit sie auch das Richtige tun. Und Ihr, mein Augenstern? Habt Ihr wohl geruht? Selige Träume müssen Euch erfreut haben, wie mir Euer schönes Antlitz verriet. Deshalb wollte ich Euren Schlaf nicht stören und habe mich im Morgengrauen leise davongestohlen.«

»Zu gütig von Euch.« Dora spürte von neuem Röte in ihr Gesicht schießen.

»Ist Euch nicht wohl?« Behutsam legte Urban ihr seine große, erstaunlich fleischige Hand an die Wange, neigte sich nah zu ihr vor. Eine Strähne seines dichten, sorgfältig auf Kinnlänge gestutzten Haarschopfs streifte ihr Kinn. Der zarte Veilchenduft seiner Seife wehte ihr entgegen.

»Nein, nein, es ist nur die Ofenhitze, die mir zu Kopf steigt. Elßlin hat wohl zu kräftig eingeheizt.«

Wie zur Bestätigung knisterte das Feuerholz im mannshohen Kachelofen. Die Luft in der Stube war staubtrocken.

»Nehmt Platz, mein Augenstern, und trinkt einen Schluck Bier. Das wird Euch guttun.«

Er führte sie zu einem Stuhl, der über Eck zu seinem eigenen am Kopfende der Tafel stand, und blieb neben ihr stehen. Seine Fürsorglichkeit war rührend, nährte zugleich jedoch ihr schlechtes Gewissen. Um Urban nicht ansehen zu müssen, betrachtete sie prüfend den Tisch. Wie üblich war die Tafel für drei gedeckt. Mathilda, Urbans Base dritten Grades, pflegte die Mahlzeiten mit ihnen gemeinsam einzunehmen. Dora verkniff sich, nach ihrem Verbleib zu fragen. Ihre Anwesenheit hätte sie nur weiter verwirrt. Gewiss sah Mathilda ihr das schlechte Gewissen bereits an der Nasenspitze an.

Zwischen Bechern und Tellern stand eine dampfende Schüssel mit Suppe bereit, daneben fanden sich weitere zum Teil schon auf-, zum Teil noch zugedeckte Schüsseln mit

Lachs und Neunauge, Salzfisch und Gemüse sowie Platten mit reichlich Brot und Käse. Zu Hause befolgte Urban die gleiche Essensfolge wie auf dem Schloss. Montags, mittwochs und freitags waren das vor allem Fischgerichte. Lediglich auf den Wein verzichtete er, wenn er nicht mit seinesgleichen in der Rentkammer speiste. In seinem eigenen Heim bevorzugte er das Bier aus dem Haus seines Schwähers, dessen Brauen nach wie vor Dora zu beaufsichtigen hatte.

»Oh, Ihr seid endlich wach?« Nahezu geräuschlos tauchte Mathilda neben ihr auf und stellte eine Schüssel mit eingelegten Heringen auf den Tisch. Geschäftig rückte sie an der Platte mit Brot, schob den Käse beiseite und zupfte am Tischtuch. Dann erst sah sie Dora mit einem süßlichen Lächeln auf dem ebenmäßigen Gesicht an. »Ich habe mir schon große Sorgen gemacht, ob Ihr unpässlich seid, meine Liebe. Bei einer jungen Frau wie Euch sollte man stets damit rechnen.«

Während ihrer letzten Worte drehte sie sich halb zu Urban um. Der Vetter schenkte ihrer Bemerkung keinerlei Beachtung, was Mathilda wiederum einen leisen Seufzer entlockte. Dora ahnte, was hinter der hohen Stirn der Base vorging, und behielt sie genau im Blick.

Wie stets war Mathilda trotz ihrer Tätigkeit in der Küche aufs sorgfältigste gekleidet. Jede Falte an dem dunkelblauen Goller und dem ebenfalls dunkelblauen Rock saß, wie sie sollte. Die weiße Schürze legte sich fleckenlos darüber. Das sanfte Klirren ihres eigenen Schlüsselbundes an Mathildas Gürtel machte Dora stutzig. Mathilda musste ihr Erstaunen sofort gespürt haben und löste den Schlüsselbund sogleich, um ihn ihr zu reichen. »Fast hätte ich vergessen, Euch die Schlüssel zurückzugeben. Es schien mir ratsam, sie an mich zu nehmen, um Eurem Gemahl pünktlich das Essen zu richten. Ihr schlieft so fest und friedlich, dass ich gar nicht erst wagte, Euch zu stören. Das Kochen sollte mir schließlich auch ohne Euch gelingen. Die Schlüssel lagen übrigens auf der Truhe unten in der Diele.«

Dora meinte ein triumphierendes Flackern in Mathildas grünen Augen zu erspähen. Ehe sie sich dessen vergewissern konnte, war es bereits wieder erloschen. Dennoch verweilte ihr Blick auf dem glatten Gesicht mit den hohen Wangenknochen und der schlanken, langen Nase. Die mittlerweile zweiunddreißig Lebensjahre waren Mathilda kaum anzumerken. Exakt bis zum Haaransatz bedeckte die weiße Bundhaube ihr wohlgeformtes Haupt. Die bogenförmig gezupften Augenbrauen verrieten ein wenig von dem Blond, das der Haarschopf darunter besitzen musste. Den Rücken kerzengerade aufgerichtet, machte die Base Anstalten, sich auf ihren angestammten Platz an Urbans rechter Seite, Dora gegenüber, hinzusetzen.

»Habt Dank für Euer umsichtiges Verhalten«, brach Urban das Schweigen. »Wie immer wissen wir Eure Mühe um unser Wohl sehr zu schätzen. Darf ich Euch bitten, mir für den Nachmittag Schaube und Barett zu richten? Gleich nachher breche ich zu einem Ritt an die Mühlen hinter dem Schlossteich auf.«

»Wie Ihr wünscht«, erwiderte Mathilda und erhob sich wieder von ihrem Stuhl. Am leichten Kräuseln der Stirn erkannte Dora, wie sehr ihr Urbans Bitte missfiel. Wohlweislich verzichtete sie jedoch darauf, sich das anmerken zu lassen, und verließ die Stube.

»Wann seid Ihr heute Abend zurück?«, fragte Dora, sobald sich die Tür wieder geschlossen hatte.

»Ich hoffe, nicht zu spät, damit wir beide noch etwas vom Abend haben.« Urban zwinkerte ihr zu, füllte ihr eigenhändig den Becher mit Bier und reichte ihn ihr. »Ihr seht verwirrt aus, mein Augenstern. Hängt das mit Eurem Traum zusammen? Erzählt mir davon. Vielleicht verschafft Euch das Erleichterung.« Langsam ging er zu seinem Stuhl, schob ihn umständlich zurecht, bevor er sich niederließ und nach ihrer linken Hand griff. Sanft, aber bestimmt drückte er sie. Sie schürzte die Lippen. »Verzeiht, wie töricht von mir. Es geziemt sich nicht, jemanden nach seinen Träumen zu fragen. Ein Gemahl sollte sich hüten, in die Geheimnisse seiner Gattin einzudringen. Was wäre die Liebe ohne ihre kleinen Geheimnisse, insbesondere bei einer so zauberhaften jungen Gemahlin wie Euch?«

Mit einem wissenden Schmunzeln um die Lippen zog er seine Hand zurück. Dora nutzte die Gelegenheit, nach dem Brot zu greifen und sich ein Stück davon abzubrechen.

»Gewiss geht Ihr gleich nach oben in Eure Werkstatt und setzt Eure Arbeit an dem neuen Aufriss fort.« Urban verfiel in belanglosen Plauderton, brach sich ebenfalls ein Stück Brot, schnitt ein Stück von dem würzigen Käse ab und schob sich beides abwechselnd in den Mund. Genüsslich kauend fuhr er fort: »Um die Mittagsstunde habt Ihr an Eurem Tisch bestes Licht.«

»Das hat noch Zeit«, erwiderte Dora und aß ebenfalls von dem Brot.

»Aber nein!« Urban legte Brot und Käse beiseite. »Arbeitet unbedingt an den Zeichnungen weiter. Euer Entwurf für unser neues Haus muss rasch fertig werden. Deshalb habe ich Euch doch die Werkstatt eingerichtet. Wenn der Herzog Wort hält und mir das Grundstück in der Junkergasse noch dieses Frühjahr zuteilt, beginnen wir sofort mit dem Bau. In wenigen Monaten schon werden wir das Anwesen beziehen. Das wird ein prächtiges Haus! Jeder wird ihm ansehen, welche Stellung ich bei Hofe bekleide. Ach, wie freue ich mich darauf.«

Mit jedem Wort war seine Stimme lauter geworden. Sein sonst so ernstes Gesicht bekam einen schwärmerischen Ausdruck, die blassblauen Augen leuchteten. Kaum hielt es ihn ruhig auf seinem Stuhl. Dora stutzte. Zu welchen Gefühlswallungen er fähig war, wenn er einmal seine Besonnenheit vergaß! Seltsam nur, dass es anlässlich des Bauvorhabens in der Junkergasse geschah und nicht bei ihrem Anblick zu später Stunde im ehelichen Schlafgemach. Dabei wartete er seit Jahren auf die Zuteilung des Grundstücks, während er das nächtliche Zusammensein mit ihr erst seit zwei Jahren genoss.

»Noch ist nichts begonnen, geschweige denn überhaupt entschieden«, versuchte sie seinem Übermut Einhalt zu gebieten.

»Warum so verhalten, mein Augenstern? Das klingt fast, als ängstigte Euch auf einmal die Vorstellung, Euren Entwurf in die Tat umgesetzt zu sehen. Seid nicht so bescheiden. Er ist großartig! Niemand in allen drei Städten Königsbergs wird ein vergleichbares Haus besitzen. Es beweist meinen hohen Rang bei Hofe und meine herausragende Stellung in der Stadt. Zugleich aber stößt es nicht durch übertriebenen Schmuck ab. Allein, wie es Euch gelungen ist, die Fassade durch einfache, aber eindrucksvolle Fensterreihen zu gestalten, ist beachtlich. Ganz zu schweigen von dem prächtigen Wimperg über dem Eingang. Auch die Anlage eines Erkers als Erweiterung des Saales im ersten Geschoss ist ein trefflicher Einfall, ebenso der wundervolle Stufengiebel mit den Steinfiguren. Ganz zu schweigen von dem Eindruck, den man gleich beim Betreten der Diele haben wird. Die Gewölbe werden vielversprechend sein. Fast könnte man meinen, Ihr hättet die Marienburg gesehen und Euch an deren Vorbild gehalten. Eure Leistung erfüllt mich mit großem Stolz.

Von Anfang an habe ich an Euer Können geglaubt. Eure Begabung verdient höchste Anerkennung. Dafür werde ich sorgen, mein Augenstern, verlasst Euch darauf.« Ergriffen hielt er inne. Nach einer Weile beugte er sich zu ihr hinunter und hauchte ihr einen Kuss aufs Haupt. Mahnend hob er zugleich den Zeigefinger. »Meine Tätigkeit als herzoglicher Kammerrat zeigt mir die Arbeit der besten Baumeister im Land. Wer, wenn nicht ich, kann die Spreu vom Weizen trennen?«

»Ich bin keine richtige Baumeisterin.« Dora wusste nicht so recht, was sie sagen sollte. Die Leidenschaft, mit der er ihre Fähigkeiten pries, schmeichelte ihr. Wieder schob sich ihr das Traumbild vor Augen. Ein jüngerer Urban hatte gewiss noch zu anderen Gelegenheiten seine Begeisterungsfähigkeit bewiesen.

»Das hat Euch Euer Vater eingeredet, nicht wahr?« Behutsam fasste Urban unter ihr Kinn, zwang sie, zu ihm aufzusehen. »Euer Vater scheint mir allerdings kaum der Richtige, Euch und Eure Fähigkeiten richtig einzuschätzen. Ich habe selten jemanden getroffen, dem es derart schwerfällt, seinen Kindern ihre besonderen Gaben zuzugestehen. Das hat uns die Sache mit dem Haus für Gerichtsrat Jonas vor zwei Jahren bestens gezeigt. Euer Bruder hatte einen sehr eindrucksvollen Entwurf vorgelegt. Den hätte Euer Vater einfach nur umsetzen müssen. Doch nicht einmal das ist ihm gelungen. Immer wieder meinte er es doch besser zu können als sein Sohn und hat es am Ende ganz verpfuscht. Falls es ihm zuwider war, nach fremden Vorgaben zu arbeiten, weil ein Baumeister am liebsten seine eigenen Vorstellungen umsetzt, hätte er Euch den Bau überlassen sollen. Ihr hättet es mit Leichtigkeit zu Jonas' Zufriedenheit fertiggebracht, so gut hat Euch Euer Bruder in das Vorhaben eingeweiht. Fast hätte man meinen können, der Entwurf stammte von Euch. Mühelos konntet Ihr die Feinheiten daran erklären.«

Dora erblasste. Wusste er etwa über die wahre Entstehung des Entwurfs Bescheid? Zum Glück übersah Urban ihre Bestürzung und ereiferte sich weiter über Wenzel. »Undenkbar, Euren Vater danach noch für Bauvorhaben am Schloss auch nur in Erwägung zu ziehen. Doch was halte ich mich lange mit ihm auf? Schon allein sein Rat, ich solle Euren verschiedenfarbigen Augen keine besondere Bedeutung beimessen, erklärt sein völliges Unverständnis. Als wäre mir je in den Sinn gekommen, diese Eigenheit als böses Zeichen zu deuten! Gerade Eure ungewöhnlichen Augen sind ein Hinweis, was Gott, der Allmächtige, mit Euch im Sinn hat – Euch auszuzeichnen vor allen anderen mit einer ganz besonderen Gabe. Wer solche Augen hat, mein Augenstern, der besitzt einen Blick auf die Welt, wie ihn kein Zweiter hat. Um das zu erkennen, muss man in seiner Einschätzung für andere jedoch stets offen bleiben und in der frohen Erwartung leben, eines Tages den besonderen Sinn hinter ihren Eigenarten zu verstehen. Euer Vater aber hat all die Jahre versäumt, sich Eurer Begabung bewusst zu werden und sie zu fördern. Und warum? Nur weil er Euch nach dem Tod Eurer Mutter für den Haushalt gebraucht hat. Dabei liegt es auf der Hand, woher Eure ungewöhnlichen Fähigkeiten stammen. Euer Ahn Laurenz Selege ist einer der wenigen Baumeister auf den Ordensburgen, dessen Schaffen bis auf den heutigen Tag namentlich überliefert ist. Das haben wir auch seinen vortrefflichen Aufzeichnungen zu verdanken. Wenigstens hat mir Euer Vater das Werkmeisterbuch überlassen. Mit dessen Hilfe werdet Ihr Eure Kunst weiter verfeinern.«

»Dafür hättet Ihr ihm aber nicht die ungeheure Summe von fünfzig Mark zahlen dürfen.« Dora nutzte die Empörung, sich aus seiner Hand zu befreien und auf etwas mehr Abstand zu gehen. »Das ist nahezu der Jahreslohn eines Schreibers aus der Rentkammer.«

»Ihr wisst, wie dringend Euer Vater das Geld braucht. Verstünde er sich besser auf die Baukunst, täte er sich leichter, es auf dem üblichen Weg zu verdienen.« Leise seufzte Urban, richtete sich wieder zu seiner vollen Größe auf und verschränkte die Hände hinter dem Rücken. »Glaubt mir, mein Augenstern, nichts auf der Welt ist mir je zu teuer für Euch! Da ich weiß, wie viel Euch das Buch bedeutet, bin ich jederzeit wieder bereit, eine so hohe Summe dafür zu zahlen. Wenn es sein muss, würde ich dafür alles hergeben, was ich besitze. Euch glücklich zu sehen gilt mein ganzes Trachten.«

Sein Ton wurde weich, seine Gesichtszüge entspannten sich. Umständlich kniete er vor ihr nieder, nahm ihre Hand in die seine und überdeckte sie mit Küssen.

»Ihr seid zu gütig.« Dora wurde warm ums Herz. Voller Dankbarkeit betrachtete sie das Antlitz ihres Gemahls. Jede einzelne Furche darauf war ihr vertraut, jedes leichte Zucken bestens bekannt. Sie meinte um das Zustandekommen der kleinsten Falten in seiner Mimik Bescheid zu wissen. Sie waren die sichtbaren Spuren dessen, was Urban in seinen bald fünfzig Lebensjahren gesehen, erlebt und letztlich zu einer klugen Einsicht geformt hatte.

»Wie Ihr wisst«, fuhr er mit leicht bebender Stimme fort, »bin ich in jungen Jahren schon an der Seite des damaligen Hochmeisters Albrecht aus unserer fränkischen Heimat ins Ordensland gezogen. Als Kreuzherr habe ich unseren späteren Herzog Albrecht zu den verschiedensten europäischen Höfen sowie auf die Schlachtfelder nach Polen begleitet und letztlich wieder zurück nach Preußen geführt. Stets habe ich meinen Dienst im weißen Mantel mit dem schwarzen Kreuz ernst genommen. Auch als Albrecht dem geistigen Leben entsagt und mit Gottes und des polnischen Königs Hilfe das Herzogtum begründet hat, bin ich sein treuergebener Diener geblieben. Jegliches private Trachten habe ich fortan dem Dienst am herzoglichen Hof untergeordnet. Lange Jahre hat es nicht danach ausgesehen, dass mir eines Tages doch noch das Glück der Liebe beschieden sein würde. Umso kostbarer aber ist es mir nun, mein Augenstern, da ich Euch getroffen habe. Ich danke Gott jeden Tag aus tiefstem Herzen, trotz meines fortgeschrittenen Alters dieses unverhoffte Glück mit Euch genießen zu dürfen.«

Noch einmal küsste er ihre Hand, neigte schließlich den Kopf und bettete ihn in ihren Schoß. Verwundert starrte sie auf den weißen Haarschopf. Langsam hob sie die Hand, zögerte einen Moment, um sie schließlich sacht auf Urbans Haupt zu legen.

Bei dem Gedanken, dass ausgerechnet sie als erste und einzige Frau die Liebe dieses weisen Mannes geweckt hatte, überlief sie ein Schauer. Wieder trat ihr das Traumbild vor Augen. Nun aber wusste sie ganz genau, was es bedeutete. Jener kräftige, anziehende Mann war tatsächlich Urban in jungen Jahren. Er und niemand sonst war ihr Liebster. Das hatte die getrocknete Schafgarbendolde unter dem Kopfkissen bewiesen. Nachdem ihr gelungen war, das Feuer der Liebe in ihm zu entfachen, galt es nun, die Glut der Leidenschaft kräftiger auflodern zu lassen.

3

Trotz der frühen Stunde schien an diesem Morgen bereits die halbe Stadt auf den Beinen. Gregori machte seinem Namen alle Ehre. Die Bauern zogen aufs Feld, um die Aussaat zu beginnen. Doch nicht allein die Bauersleute waren unterwegs, wie Mathilda gleich auf den ersten Blick in die Gasse feststellte. Sie stand in der halboffenen Haustür, schirmte die Augen gegen das erste grelle Tageslicht ab. Vor dem nahen Schlosstor stauten sich Fuhrwerke und Händler. Die Schlange reichte zurück bis kurz vor Urban Stöckels Haus am oberen Ende des Mühlenbergs. Von der Stadt her drängten immer neue Leute heran, manche schwer beladen mit Kiezen auf dem Rücken, andere mit prall gefüllten Karren, die sie schnaufend bergan schoben. Wer dem Menschenstrom entgegen den Berg hinunterwollte, musste ab und an die Ellbogen einsetzen, um sich Durchlass zu verschaffen. Entschlossen lief Mathilda los.

»Der Torwächter nimmt seine Aufgabe heute mal wieder ganz genau«, murmelte sie, als die achtzehnjährige Dora endlich zu ihr aufschloss. »Man könnte meinen, Steffen Hans zählt die Körner in den Säcken auf den Wagen einzeln, bevor er die Leute in den Schlosshof lässt. Fort mit dir, du Teufelsbraten!« Sie trat nach einem räudigen Hund, der sich nah vor ihren Füßen herumdrückte. Verängstigt duckte sich das Tier weg, knurrte aus sicherer Entfernung. Noch einmal holte sie aus, da zog der Hund den Schwanz ein und schlich davon.

»Hört Ihr das Knarren?« Dora packte sie am Arm, hob mahnend den Finger und lauschte angestrengt in Richtung des Schlosses. »Wenn die Wachen nicht aufpassen, stürzt die Holzbrücke über dem Graben ein. Sie ist nicht dafür ausgelegt, so viele Menschen und ihre Lasten zu tragen.«

»Ihr hört mal wieder die Flöhe husten.« Unwillig lauschte Mathilda einige Atemzüge lang. »Grübelt nachts besser nicht mehr so lang über den Büchern. Eine junge Frau wie Ihr gehört ohnehin an die Seite ihres Gemahls und nicht in eine Werkstatt. Schlimm genug, dass Urban so viel Zeit in seiner Studierstube verbringt. Es ist an Euch, ihn davon abzuhalten.«

Vorwurfsvoll schaute sie Dora an. Die achtzehnjährige Gemahlin ihres Vetters ertrug den Blick nur kurz, dann senkte sie das Antlitz. Zum hundertsten Mal fragte sich Mathilda, was Urban an ihr so Besonderes fand. Natürlich war ihr gleich bei der ersten Begegnung die Ähnlichkeit mit jener Nürnbergerin aufgefallen, für die der Vetter einst entflammt war. Aber das lag bald zwanzig Jahre zurück und reichte wohl kaum für mehr als eine rührselige Erinnerung, gerade bei einem so vernunftbetonten Mann wie ihm. Viel anderes aber hatte Dora ihrer Ansicht nach kaum zu bieten. Der gute Eindruck des wohlgeformten Gesichts wurde durch die verschiedenfarbigen, eine Spur zu weit auseinanderstehenden Augen gleich zerstört, ebenso lag um den zierlichen Mund eine aufmüpfige Entschlossenheit, die einer Frau nicht anstand. Die gerade, schmale, am Ende leicht nach oben gebogene Nase unterstrich das sogar noch. Ebenso erschreckte die aufrechte, schlanke Gestalt so manchen durch ihre für eine Frau ungewöhnliche Größe. So sollten Doras wahre Werte wohl eher bei ihren inneren Werten liegen, doch auch da meinte Mathilda wenig Einnehmendes entdecken zu können. Das stete Zeichnen, Entwerfen und Lesen in der Werkstatt, für die Urban sogar seine eigene Studierstube in einen wesentlich kleineren Raum verlegt hatte, hielt sie nur von den Pflichten einer guten Ehe- und Hausfrau ab. Zwei Jahre nach der Hochzeit war es höchste Zeit für eine erste Schwangerschaft. Wie zufällig verharrte ihr Blick auf Doras zierlichem Leib. Noch immer blieben die sicheren Hinweise aus. Mit einer blutjungen Frau eine Familie zu gründen schien wohl weitaus schwieriger, als der Vetter gehofft hatte. Ein Anflug von Genugtuung überkam sie. Dabei wäre er bestimmt ein guter Vater. Wie oft hatte sie sich ausgemalt, wie er einen hübschen Sohn auf den Knien schaukelte, während sie die gemeinsame Tochter an ihr Herz drückte. Vielleicht gab es doch Gerechtigkeit auf Erden, und die Kinderlosigkeit mit Dora war die Strafe für Urbans Gefühllosigkeit ihr gegenüber. Sie reckte das Kinn, verdrängte die aufsteigende Wehmut. Die vergangenen zwölf Jahre durfte sie nicht als verschenkte Zeit betrachten. Ihr Tag würde noch kommen, daran musste sie einfach fest glauben.

»Seht nur, wie herrlich die Sonne aufgeht.« Fröhlich wies Dora gen Himmel. Widerwillig folgte Mathilda dem Fingerzeig. Tatsächlich schälte sich die Sonne als gleißende Verheißung eines weiteren strahlend schönen Frühlingstages am Horizont heraus. Dünne blaurote Wolkenschlieren schmückten das Firmament wie bunte Bänder. Die oberen Fenster im Haberturm spiegelten die ersten Sonnenstrahlen wider. Wie von Zauberhand waren die Mauern und Zinnen der Häuser ringsum bald von goldenem Licht übergossen.

»Das sieht in der Tat nach einem vielversprechenden Tag aus«, entgegnete Mathilda und schaute Dora an. Der blaue Schimmer in Doras rechtem und der grüne in ihrem linken Auge entfaltete auf einmal einen seltsamen Sog, dem sie sich nur schwer entziehen konnte. Ein geheimnisvolles Leuchten blitzte darin auf. Das musste es sein, was Urban so an Dora begeisterte. Noch bevor sie etwas erwidern und damit den Zauber des Augenblicks durchbrechen konnte, wandte Mathilda sich um und hastete weiter. »Es wird wirklich höchste

Zeit, in den Kneiphof zu gelangen«, mahnte sie Dora. »In Eurem Elternhaus wird längst alles zum Brauen bereit sein. Oder habt Ihr vergessen, dass im Kneiphof dank der neuen Brauordnung das Feuer jetzt schon vor der dritten Stunde des Tages geschürt werden darf?«

»Dafür sind Szymon und Matas bestellt. Die beiden Brauknechte werden so wie sonst auch bis zu unserer Ankunft schon eingemaischt und den Hopfen sortiert haben.«

»Trotzdem sollten wir nicht zu spät kommen. Ihr wisst, wie sehr es Euren Vater erzürnt, wenn ausgerechnet Ihr am Brautag unpünktlich seid. Niemals würde er zulassen, dass die Knechte ohne Euch mit der Arbeit beginnen, auch wenn sie das Brauen dreimal besser beherrschen als Ihr. In den Augen Eures Vaters ist und bleibt es Eure Aufgabe. Das wird sich wohl erst ändern, wenn Euer Bruder aus dem fernen Nürnberg zurückkehrt und hoffentlich eine Frau mit nach Hause bringt, die das dann übernimmt.«

»Falls er überhaupt jemals zurückkehrt«, entfuhr es Dora. Mathilda stutzte. Deutlich schwang Verzweiflung in den Worten mit. Ehe sie nachhaken konnte, setzte Dora eilig nach: »Ihr habt recht, wir sollten uns sputen. Je eher wir in der Domgasse sind, je schneller haben wir es hinter uns und können uns wieder anderen Dingen widmen.«

Schon lief sie weiter, und bald tauchte ihre helle Bundhaube im Gewühl um die ersten Buden am Fuß des Mühlenbergs unter. Mathilda musste aufpassen, sie nicht aus den Augen zu verlieren. Das Gedränge wurde dichter. Käskrämer, Bäcker, Gewürzhändler und andere Krämer legten ihre Waren aus. Der Duft nach frisch Gebackenem, fremden Gewürzen und würzigen Käsen erfüllte die enge Gasse. Hausfrauen und Mägde sammelten sich, um die nötigen Einkäufe für den Tag zu tätigen. Artig grüßte Mathilda nach allen Seiten. An der Ecke zum Haus des Münzmeisters erspähte sie Hubart, einen der Schreiber aus Urbans Rentkammer. Der dicke Wanst und die unterwürfige, falsche Art waren ihr zutiefst zuwider. Offenbar war er mit einem anderen Mann in ein angeregtes Gespräch vertieft. Sobald er ihrer gewahr wurde, erblasste er und verdrückte sich hastig. Seine Verlegenheit war Mathilda ein schwacher Lichtblick an diesem verwirrenden Frühlingsmorgen. Urban würde es zu schätzen wissen, wenn sie ihm berichtete, was seine Leute während seiner Abwesenheit taten oder besser nicht taten. Zufrieden wollte sie weiterlaufen, da erhaschte sie einen flüchtigen Blick auf den Mann, mit dem Hubart so angeregt gesprochen hatte, statt in der Schreibstube seinen Pflichten nachzukommen – Göllner! Der Rock aus fahlem Veilchenblau und die hochaufgeschossene Statur mit dem kinnlangen kupferbraunen Haar waren unverwechselbar, ebenso die dicken Warzen, die die linke Wange des neuen herzoglichen Hausvogts verunzierten. Seit Urbans Nürnberger Zeit war ihr sein Anblick ebenso vertraut wie die tiefe Verachtung, die der Vetter für den böhmischen Emporkömmling hegte. Ihn mit Hubart bei einem geheimen Treffen fernab des Schlosses ertappt zu haben war eine noch größere Wonne, als den Schreiber nur beim Faulenzen erwischt zu haben. Urban würde ihr die Füße küssen vor Dankbarkeit, wenn sie ihm das berichtete. Plötzlich gutgelaunt, holte sie Dora ein und hakte sich bei ihr unter. Nach einem kurzen Stück auf der von prächtigen Kaufmannshäusern gesäumten Langgasse erreichten sie die Ecke zur Schmiedegasse.

»Was missfällt Euch eigentlich am Bierbrauen?«, erkundigte sich Mathilda scheinbar beiläufig bei der Base. »Es ist doch eine wundervolle Aufgabe, die Euch jedes Mal hervorragend gelingt. Mein Vetter hat Eures Bieres wegen sogar den geliebten Frankenwein von seiner Tafel verbannt, und das will etwas heißen.«

»Mir liegt es einfach nicht.« Dora machte Anstalten, sich von ihrem Arm zu befreien, Mathilda aber blieb hartnäckig. Die nahezu feindselige Reaktion der Base machte sie hellhörig.

»Aber Ihr kennt es doch gar nicht anders«, erklärte sie so harmlos wie möglich. »Alle Frauen Eurer Familie waren Brauerinnen. Von klein auf ist Euch das Bierbrauen vertraut, und bislang habt Ihr es auch bestens bewältigt. Zudem haltet Ihr damit das Erbe Eurer verstorbenen Mutter lebendig. Die habt Ihr doch sehr geliebt.«

»Meine Mutter war eine weitaus bessere Bierbrauerin als ich. Es steht mir kaum zu, mich als ihre rechtmäßige Erbin zu betrachten.«

»Aber wer sonst, wenn nicht Ihr, besäße ein Recht dazu?« Mathilda tat entrüstet. »Das sage ich nicht nur, weil Ihr die einzige Tochter Eures Vaters seid, sondern weil Ihr Eure Sache hervorragend macht. Gerade einmal acht Jahre wart Ihr alt, als Eure Mutter starb, dennoch ist es Euch von Anfang an gelungen, ihrem Vorbild nachzueifern und Eurem Vater die fehlende Hausfrau zu ersetzen.«

»Wie schön, das ausgerechnet aus Eurem Mund zu vernehmen. Doch wisst Ihr ebenso gut wie ich, dass mich das Konstruieren von Gebäuden weitaus mehr begeistert als das Kochen der Würze. Deshalb bin ich wohl nie mit ganzem Herzen beim Brauen dabei.«

»Allein der gute Wille zählt.«

»Euer Wort in Gottes Ohr oder vielmehr in das meines Vaters.«

Dora sah betont geradeaus. Der Kopf der Schmiedebrücke tauchte vor ihnen auf. Den Durchgang in die Stadt auf der Dominsel konnten sie rasch passieren.

Die Schmiedebrücke war nicht so dicht mit Buden bebaut wie die ein Stück flussabwärts gelegene Krämerbrücke. Zwischen den Ständen erhaschte Mathilda einen Blick auf den Fluss. Der erste Lichtstreif des Tages tanzte über das Wasser, verwandelte das träge dahinfließende Wasserband in ein silbern funkelndes Sternenmeer. Die zweitälteste der drei Städte Königsbergs schloss sich im Osten gleich hinter der Mauer der Altstadt an. Ein großer Teil des Löbenichts lag auf dem Berg, bekrönt von der stolz in den Himmel aufragenden Spitze der Barbarakirche. Anders als die meisten einst vom Deutschen Orden gegründeten Siedlungen besaß der Löbenicht kein schnurgerade angelegtes Netz aus Gassen, Häusern und Gärten, sondern glitt den natürlichen Gegebenheiten gemäß in vielen Winkeln, Kurven und Ecken den Hang hinunter, der sacht zu den Ufern des Neuen Pregels auslief.

Über den sanften Wellen des Flusses zogen Möwen ihre Bahnen. Aufgeregtes Schnattern von einem Dutzend Enten begleitete sie. Die braunen und buntgefiederten Wasservögel bauten sich in großer Eile auf dem schmalen Uferstreifen ihre Nester. Fischer ruderten in ihren Booten flussaufwärts dicht an ihnen vorbei. Oberhalb des Löbenichts würden sie die Angeln auswerfen, um Fische für den Markt in der Altstadt zu fangen. Noch war es zu früh, um die hochbeladenen Lastkähne aus Litauen zur Lastadie hinabgleiten zu sehen. Die ersten Schiffe, die während der Nacht am Ufer des Neuen Pregels vertäut gewesen waren, lichteten gerade die Anker. Mit leisen Rufen verständigten sich die Bootsleute, alles zum Ablegen bereitzumachen. Mathilda mochte diese Aufbruchstimmung und bedauerte, sie nicht länger auskosten zu können.

Im Kneiphof herrschte ebenfalls bereits ausgelassenes Frühlingstreiben. Rund um den Petersplatz vor dem Dom hatten die Krämerbuden bereits geöffnet. Vom Rathausturm wehte die rote Marktfahne. Die berüchtigten Kellerschotten aus dem Tragheim machten sich in jedem Winkel mit ihren Körben breit, boten zum Verdruss der übrigen Händler die verschiedensten Waren zu den unglaublichsten Preisen feil. Argwöhnisch beäugten die städtischen Marktaufseher ihr Tun, fanden jedoch so leicht keinen Anlass, einzugreifen.

Der geschäftige Trubel setzte sich in den Bürgerhäusern entlang des Platzes und der anschließenden Straßen fort. Mägde schüttelten Federbetten aus den Fenstern, kehrten den Staub aus den Stuben und putzten in den oberen Geschossen die kostbaren Fensterscheiben aus Glas. Zuhauf waren Dachdecker und Zimmerleute unterwegs, lehnten ihre überlangen Leitern an die Mauern, um auf den Dächern die Frostschäden an den Ziegeln auszubessern, die Festigkeit der gemauerten Schornsteine zu überprüfen oder gar die Möglichkeiten für weitere Aufstockungen zu erkunden. Auf den Straßen wurde das Steinpflaster erneuert. Der strenge Winter und das viel zu rasch einsetzende Tauwetter hatte es an vielen Stellen aufplatzen lassen. Schwere Wagen und schlecht beschlagene Räder hatten ein Übriges getan, die Furchen und Schlaglöcher tiefer auszuwalzen.

»Da sieht man mal wieder, wie viel Geld der Kneiphof hat«, stellte Mathilda fest und stieß mit dem Fuß gegen einen lockeren Pflasterstein, um ihn aus dem Weg zu schieben. »Eine Bürgerschaft mit vielen Kaufleuten ist eben Gold wert. In den anderen beiden Städten Königsbergs gibt es nur auf den wichtigen Straßen und Zufahrten zum Schloss gepflasterte Wege. Rund um den Dom aber wird sogar der Weg zum Abtritt noch gepflastert und gleich bei Frostende wieder instand gesetzt.« Ihr Blick wanderte weiter umher. »Natürlich leben auch die Kneiphofer Handwerker gut davon. Seht nur, wie fleißig der Kaufmann Knipprode sein Haus umbaut. Dank der herzoglichen Bestellungen von Tapisserien aus Flandern ist er kräftig zu Geld gekommen. Auch direkt neben Eurem Elternhaus entstehen neue Häuser. Euer Vater hat es wohl leider wieder nicht geschafft, sich wenigstens bei seinen Nachbarn als Baumeister ins Gespräch zu bringen.«

»Er hat eben keinen leichten Stand«, setzte Dora halbherzig an. »Das Schicksal hat ihm in den letzten Jahren übel mitgespielt. Mutters früher Tod im Kindbett hat ihm arg zugesetzt. Außerdem hat er mit der Baukunst wohl immer schon seine Schwierigkeiten gehabt, sonst fiele es ihm gewiss leichter, neue Aufträge zu erhalten.«

»Nicht jedem passt eben der Schuh, den sein Ahn ihm bereitstellt. Einen anderen anzuziehen traut Euer Vater sich wohl nicht.«

»Was wollt Ihr damit sagen?«

In Dora regte sich Empörung, wie Mathilda mit Genugtuung feststellte. Sie reckte das Kinn, spitzte die Lippen, bevor sie der jungen Base mit süßlichem Lächeln versicherte: »Oh, tut mir leid, das habe ich nur so dahingesagt. Lasst uns einfach auf die baldige Rückkehr Eures Bruders hoffen. Damit wird sich alles zum Guten wenden, denn bestimmt hat er in der Fremde viel Neues gelernt, was ihm daheim zuträglich sein wird. Habt Ihr mittlerweile eigentlich Nachricht von ihm, wann er genau wiederkommt? Zwei Jahre ist er jetzt fort, ohne dass er sonderlich oft hat von sich hören lassen. Dabei ist Nürnberg wirklich eine Stadt, zu der viele Kaufleute hier am Pregel und vor allem der Herzog selbst beste Beziehungen pflegen. Regelmäßig gehen Briefe hin und her. Die Kunstdiener, die damals mit Eurem Bruder und Baumeister Römer aufgebrochen sind, haben sich längst wieder zu Hause eingefunden. Der Letzte soll vor zwei Wochen über den Umweg nach Krakau zurückgekehrt sein. Hat der gute Jörg ihm vielleicht ein kurzes Schreiben über seine weiteren Pläne mitgegeben?« Obwohl sie die Antwort längst kannte, legte sie tiefstes Mitgefühl in ihre Worte. Es war Dora anzusehen, dass sie sie durchschaute. Dennoch würde sie nicht wagen, ihr offen ins Gesicht zu sagen, was sie über ihr Verhalten dachte. Als Dora einfach schwieg, fügte Mathilda mit bedauerndem Unterton hinzu: »Das verheißt nichts Gutes. Man könnte meinen, er setze alles daran, um in seiner Heimat und seiner Familie in Vergessenheit zu geraten.«

»Sagt so etwas nicht!« Empört schaute Dora sie an.

»Verzeiht, meine Liebe.« Mathilda legte ihr beschwichtigend die Hand auf den Arm. »Ich wollte Euch nicht beunruhigen.«

Aus den ungleichen Augen der Base traf sie ein gefährlicher Blick. Geflissentlich überging sie den.

4

Endlich gelangten sie zum Haus der Familie Selege. Schon lange hatte Dora sich bei seinem Anblick nicht mehr so erleichtert gefühlt, befreite es sie doch für einige Stunden von der unbehaglichen Gegenwart Mathildas. Bestens fügte sich das Anwesen mit seiner auf den ersten Blick recht schlicht wirkenden Fassade und dem ausgewogen gestalteten Giebelschmuck in die Reihe der übrigen Steinhäuser der Domgasse ein. Ahn Laurenz hatte das Gebäude unweit des mächtigen Backsteinkirchenbaus mit den beiden gewaltigen Türmen vor gut einhundert Jahren erworben.

Wie die meisten anderen Häuser auf der Dominsel war es in jeder neuen Besitzergeneration prächtiger ausgebaut worden. Da die Größe der Parzellen seit der Stadtgründung unwiderruflich festlag, hatte man es dazu in der Höhe aufgestockt. So besaß das ursprünglich recht bescheidene Haus inzwischen über der Diele noch zwei weitere Wohn- und drei niedrigere Giebelgeschosse.

Die Entwürfe dazu hatte Laurenz in seinem Werkmeisterbuch aufs genaueste aufgeführt. Unzählige Male hatte Dora sie studiert und kannte seine Anmerkungen dazu längst auswendig. Wichtigstes Element war ihm das Errichten eines Beischlags gewesen, der sich über die gesamte Hausbreite erstreckte und mit einer breit angelegten, von einem säulenverzierten Geländer geschmückten Treppe zum Hinaufsteigen einlud. Der mittig ausgerichtete Eingang war zudem mit einem Wimperg geschmückt und von Fialen bekrönt. Zwei große bleiverglaste Fenster rechts und links des Eingangs erlaubten einen ersten Blick in das weitläufige Erdgeschoss. Anders als etwa in Urban Stöckels Haus in der Altstadt besaß die von kunstvollen Kreuzgewölben durchzogene Diele keine Einfahrt für Fuhrwerke. Das war auch nicht nötig, diente das Gebäude wie nahezu alle Kaufmannshäuser im Kneiphof nicht als Lager. Dafür unterhielt man die Scheunen an der Lastadie beim Alten Pregel. Im ersten Stock hatte Laurenz Selege zum Schmuck der Wohnstube statt eines Erkers, wie er vor allem an den Häusern der Altstadt zu bewundern war, auf drei mit Spitzgiebeln versehene, kunstvoll verglaste Fenster gesetzt. In den nachfolgenden Stockwerken wurden die Fenster von ihren Maßen her zwar wieder bescheidener, waren allerdings alle vollständig mit Bleiglas bestückt. Auf den seitlichen Stufen des Giebels fanden sich kleine Steinfiguren, die Spitze bekrönte ein Wetterhahn aus vergoldetem Kupfer. Während Dora noch einmal einen verzückten Blick auf die im frühen Sonnenlicht blinkende Wetterfahne warf, pochte Mathilda an die Tür.

»Ob Euer Vater Renata endlich eine zweite Magd zur Seite gestellt hat? Letzte Woche erst habe ich es ihm noch einmal gesagt. Renata hat wohl schon zu Eurer Zeit in der Domgasse kaum gewusst, ob sie morgens zuerst die Suppe aufsetzen, die Betten ausschütteln oder den Hof fegen soll. Sie hat einfach ein Hirn wie ein Spatz. Auch wenn Euer Vater und Euer kleiner Bruder keine allzu großen Ansprüche stellen, sollte der Haushalt ordentlich geführt werden. Es reicht eben nicht, dass ich alle zwei Wochen an den Brautagen das Schlimmste wieder geradebiege. Renata braucht danach nur wenige Stunden, um alles wieder durcheinanderzubringen. Wenn Ihr wollt, spreche ich mit Eurem Gemahl. Mein lieber Vetter wird gewiss die Großzügigkeit besitzen …«

»Renata ist eine treue Seele und die beste Magd der Welt.« Dora hatte genug von dem ewig gleichen Geschimpfe und wandte sich ab. Schwere Schritte waren hinter der Tür zu hören, im nächsten Moment wurde geöffnet. »Jörg!« Ein spitzer Schrei entfuhr ihr. Freudig warf sie sich dem Bruder entgegen und überdeckte sein Gesicht mit Küssen, drückte und liebkoste ihn, bis er sich unter lautem Protest aus ihren Umarmungen befreite.

»Lass mich leben, Schwesterherz!« Auf Armlänge hielt er sie von sich, betrachtete sie ausgiebig. Klopfenden Herzens musterte auch sie ihn. Äußerlich hatte er sich wenig verändert. Auf dem breiten Kinn wie auf den blassen Wangen spross kaum ein Barthaar, dafür war der hellbraune Schopf um seinen Kopf wild durcheinandergewirbelt, als hätte er lange keinen Kamm mehr gesehen. Die Schultern leicht nach vorn geneigt, die Beine in den hellen Strumpfhosen keck eins vors andere gestellt, strahlte seine Haltung größere Zuversicht aus als vor seiner Abreise vor zwei Jahren.

»Seit wann bist du zurück? Warum hast du keine Nachricht geschickt? Was hast du in Nürnberg gemacht? Bei wem hast du in der Werkstatt gesessen? Wen hast du kennengelernt? Ach, du musst mir alles erzählen. Ich platze vor Neugier!« Wild sprudelten die Fragen aus Dora heraus.

»Komm doch erst einmal herein.« Er trat zur Seite, um sie in die Diele zu lassen. Flink schob sich Mathilda ebenfalls hinein, als befürchtete sie, die Tür vor der Nase zugeschlagen zu bekommen. Dora war viel zu sehr mit Jörg beschäftigt, um weiter auf sie zu achten. Auch der Bruder nahm kaum etwas anderes als seine Schwester wahr. Hand in Hand standen sie eine Weile nebeneinander, ließen die Freude über das Wiedersehen schweigend auf sich wirken.

In der weitläufigen Diele herrschte reges Treiben. Die beiden Brauknechte Matas und Szymon hatten nicht nur bereits das Feuer unter der Sudpfanne geschürt, auch der Maischbottich fand sich schon daneben, ebenso die Körbe mit dem Hopfen. Gerade rollte der kräftige Litauer Matas aus dem Hof einen weiteren Bottich herein. Den würde er später für das Läutern der Maische benötigen. Ob der Anstrengung stand auf seinem halbkahlen Schädel der im Feuerschein glitzernde Schweiß. Sein kurzer Nacken staute sich in dicken Wulsten am Kragenrand des Leinenkittels. Wach blickten seine leicht vorstehenden hellen Augen aus dem rot angelaufenen Gesicht umher. »Pass doch auf!«, rief er, als Renata ihm genau vor die Füße lief. Fast wäre sie gegen den Bottich geprallt. Verdutzt schaute sie ihn aus großen grünen Augen an, riss den Mund wie zu einem spitzen Schrei auf, blieb jedoch stumm. »Trampel!«, knurrte Matas und wich ihr schnaubend aus.

Als er Doras ansichtig wurde, lächelte er und stieß im Vorbeigehen seinen Gefährten, den Polen Szymon, in die Seite. Kurz nur blickte der auf und grüßte mit einem Nicken. Er war einen halben Kopf kleiner und höchstens halb so breit wie Matas. Schwarze Locken umrahmten sein Gesicht, am Kinn lief es in einem besonders spitzen, von einigen grauen Fäden durchzogenen Bart aus. Noch ehe Dora seinen Gruß erwidern konnte, beugte er sich wieder über die Körbe und sortierte mit flinken Fingern die Hopfendolden nach Geschlecht. Des besseren Geschmacks wegen wurden ausschließlich weibliche Ähren zum Würzen verwendet. Einmal mehr freute sich Dora an der Selbstverständlichkeit, mit der die beiden Knechte ihre Tätigkeiten verrichteten. Sie kannten sich mit dem Brauen weit besser aus als sie. Schon seit den Zeiten von Doras verstorbener Mutter Enlin verdingten sie sich bei den Seleges als Brauknechte.

»Dora!« Die Magd Renata erblickte sie endlich und trottete trotz ihrer dürren Figur schwerfällig auf sie zu. Wie immer saß die graugewaschene Haube schief auf dem aschblonden Haar, das äußerst spärlich auf dem kleinen Kopf spross. Auf dem spitzen Mausgesicht lag ein freudiges Strahlen, dabei entblößte sie zwischen den vorderen Schneidezähnen eine Zahnlücke. Dora wurde warm ums Herz. Wie liebte sie diese Frau! Vielleicht waren es gerade ihre Tolpatschigkeit und ihre Hässlichkeit, die sie so für sie einnahmen. Nach dem Tod der Mutter war sie immer für sie da gewesen. »Wie schön, dass du gekommen bist«, verkündete Renata mit ihrer piepsigen Stimme. Die Hände nach vorn gestreckt, wollte sie ihr und Mathilda helfen, die Schauben von den Schultern zu nehmen. Schon auf halbem Weg aber verhedderte sie sich mit den Füßen und stolperte über einen leeren Korb. Dora wollte sie auffangen, doch Mathilda kam ihr zuvor.

»Schon gut!«, erklärte sie barsch und nahm an Renatas Stelle ihren Umhang entgegen.

»Wer seid Ihr?« Erst in diesem Moment wurde Jörg Mathilda gewahr.

»Das ist Mathilda Huttenbeck, eine Base dritten Grades meines Gemahls«, holte Dora die versäumte Vorstellung nach. »Seit vielen Jahren steht sie seinem Haushalt am Mühlenberg vor. Nach meiner Heirat ist sie freundlicherweise bei uns geblieben und hat ganz selbstlos angeboten, mich alle zwei Wochen zum Brauen hierher in die Domgasse zu begleiten. Während ich mit den Knechten am Braukessel stehe, greift sie Renata unter die Arme. Du weißt, wie nötig …«

»Das tue ich so lange, bis Euer Vater endlich einsieht, wie unerlässlich eine ordentliche zweite Magd in seinem Haushalt wäre. Lass sehen, wo wir beide heute am besten mit der Arbeit anfangen, Renata«, beeilte Mathilda sich, die eigene Unentbehrlichkeit unter Beweis zu stellen. Geschäftig schubste sie die dürre Magd zur Treppe. Verärgert sah Dora ihr nach. Wie sollte Renata je allein den Haushalt führen, wenn Mathilda stets alles an sich riss?

»Ist genug Wasser da? Hier steht noch ein leerer Bottich. Was ist damit?«, ertönte eine fremde Frauenstimme.

Verwundert drehte Dora sich zur Hintertür um und erstarrte. Im ersten Moment wähnte sie sich einer Täuschung aufgesessen. Sie rieb sich die Augen. Es änderte nichts, die Fremde ähnelte ihr wie eine Zwillingsschwester. Lediglich das bernsteingoldene Haar, das unter dem Rand der strahlend weißen Bundhaube hervorblitzte, unterschied sie von Dora. Ebenso strahlend weiß wie ihre Haube sah die Schürze der anderen aus, die sie vor das hellgrüne Kleid gebunden hatte. Auf einen Goller über den Schultern hatte sie verzichtet. Umso freizügiger gewährte der Ausschnitt ihres Mieders Einblick auf den Ansatz ihres Busens. Der fiel weitaus üppiger aus als bei Dora. Ihn so schamlos zur Schau zu stellen, gefiel ihr offenbar. Aufreizend wiegte sie sich in den Hüften, stützte die Hände in den Seiten ab.

Allein schon die Haarpracht weckte Doras Neid. Damit schien sie wie für Königsberg geboren. Ans kräftige Zupacken war sie offenbar gewöhnt, wie die rauhe Haut an den Händen und das vor Unternehmungslust gerötete Antlitz verrieten. Zwei helle blaue Augen schauten erst zu den beiden Knechten, dann zu Dora. Die linke Augenbraue zog sich nach oben. Ein leises »Oh!« entfuhr ihr, der Mund verzog sich zu einem Lächeln. Geschäftig rieb sie sich die Hände, dann strich sie wie zufällig an dem Gürtel entlang, der den schweren Schlüsselbund zum Klimpern brachte. Überrascht gewahrte Dora, dass es sich dabei um denjenigen ihrer verstorbenen Mutter Enlin handelte.

»Darf ich dir Gret vorstellen, Schwesterherz?«, erwachte Jörg aus seiner Tagträumerei und schob sich zwischen beide. Behutsam legte er der Fremden den Arm um die Schultern, zog sie ein Stück näher zu sich heran, pustete zärtlich über das wundervolle Haar. Beglückt strahlte sie ihn an. Wie Dora, so war auch sie höchstens eine Handbreit kleiner als er. »Gret und ich haben uns im Haus ihres Oheims Wolf Wurfbein in Nürnberg kennengelernt. Er führt den Krug am Frauentor gleich neben Sankt Clara. Gret ist übrigens der Grund, warum ich so lange fortgeblieben bin.« Vergnügt zwinkerte er der Blonden zu. »Ein wundervoller Grund, den ich niemals bereuen werde. Ohne sie wollte ich nicht mehr fort aus Nürnberg. Bis sie mit mir gehen konnte, dauerte es allerdings sehr lange Zeit. Doch jetzt darfst du uns gratulieren. Seit einigen Wochen sind wir Mann und Frau.«

»Was?« Dora war erstaunt. Einerseits war ihr das klar, seit sie den Schlüsselbund an Grets Gürtel entdeckt hatte. Andererseits hätte sie Jörg das Heiraten einer solchen Frau niemals zugetraut. Gret wirkte so viel zielstrebiger als er.

»Welch große Überraschung!« Mathilda, die bei Jörgs Worten auf dem oberen Treppenabsatz aufgetaucht war, eilte flugs die Stufen herunter und begutachtete die Fremde unverhohlen. Etwas in ihrem Blick erweckte den Anschein, als wäre ihr Gret bereits vertraut. Das aber konnte schlecht sein, stand sie Gret doch ebenfalls zum ersten Mal gegenüber. »Was haltet Ihr von ihr?«, raunte sie Dora ins Ohr. »Eine heimliche Heirat hätte ich Eurem Bruder nicht zugetraut. Ebenso wenig eine solche Frau.«

Dora ärgerte sich über die Einmischung und wandte sich deshalb gleich wieder an Jörg. »Hattest du Vater von deiner Heirat geschrieben? Mir hat er nichts erzählt.«

»So?« Über Jörgs Gesicht huschte ein Schatten. Als sie den bemerkte, fiel ihr auf, was sich an ihm verändert hatte. Der traurige Ausdruck war aus seinen Augen verschwunden, auch die Mundwinkel waren stärker nach oben gezogen als früher. Das musste Grets Verdienst sein.

»Du kennst doch Vater«, wiegelte sie gleich ab. »Mir hat er noch nie wirklich Wichtiges erzählt. Seit ich mit Urban verheiratet bin und in der Altstadt wohne, empfängt er mich ohnehin nur noch zum Bierbrauen. Dafür aber spricht er öfter als nötig bei Urban in der Rentkammer auf dem Schloss vor.« Sie schaute Jörg genauer an. Dabei fiel ihr noch etwas auf, was sie in der ersten Wiedersehensfreude völlig übersehen hatte. Er hatte die Ärmel seines Faltrocks bis zu den Ellbogen aufgekrempelt und eine große Schürze umgebunden. »Du wirst doch nicht etwa beim Brauen mit anpacken wollen? Du weißt, was Vater davon hält.«

»Warum nicht?«, mischte sich Gret ein. »Jörg versteht sich hervorragend aufs Brauen. Das hat er im Haus meines Oheims mehr als einmal bewiesen. Keiner wollte ihn ziehen lassen, so gut hat sein Bier den Gästen gemundet.«

Grets Stimme klang angenehm. Selbst das harte K hörte sich bei ihr an wie ein weiches G. Zudem sprach sie sehr melodisch. Sie musste eine angenehme Singstimme besitzen.

Neugierig betrachtete Dora sie noch einmal. Sie war in etwa so alt wie sie, ähnelte ihr auf den zweiten Blick allerdings doch nicht mehr so stark. Die Haarsträhnen, die unter der Haube hervorlugten, lockten sich auf Stirn und Schläfen. Um ihre Augen bildeten sich bereits muntere Falten, ebenso waren die leicht geröteten Wangen sowie die Stupsnase Zeichen der guten Laune, die sie versprühte. Ihr Mund war auffallend klein, das Kinn wohlgeformt. Keck reckte sie es nach oben. Den Kopf hielt sie leicht geneigt. Die Arme weiterhin in die Seiten gestemmt, den schmächtigen Leib mit dem auffallend großen Busen in den Hüften wiegend, ließ sie trotz aller Munterkeit keinen Zweifel, fortan die Herrin im Haus zu sein.

»Freut mich, Euch kennenzulernen.« Dora streckte ihr die Hand entgegen, Mathilda schnaubte verächtlich.

»Jörg hat mir schon viel von dir erzählt.« Gret stellte die vertraute Anrede gar nicht erst in Frage, wie die Bestimmtheit verriet, mit der sie Dora duzte. Um ihre Mundwinkel zuckte es verräterisch, dabei zeichneten sich zwei Grübchen auf den Wangen ab. »Ich freue mich sehr, dich endlich leibhaftig vor mir zu haben. Wie schön, dass wir gleich gemeinsam ans Brauen gehen. Brautage liebe ich. Hier bei euch in Königsberg wird es dabei kaum anders zugehen als bei uns in Nürnberg. Lass uns also endlich anfangen. Gewiss werden wir uns nicht nur dabei gut verstehen.«

»Bei der solltet Ihr auf der Hut bleiben.« Wie zufällig schob sich Mathilda noch einmal dicht zu ihr heran. »Mit der stimmt etwas nicht. Ich werde noch herausfinden, was.«

»Lasst das bitte«, wisperte Dora. Mehr als Grets zupackende Art störte sie Mathildas ungewohnte Vertrautheit. Unwillkürlich trat sie einen Schritt beiseite. »Es reicht, dass heute Mittwoch ist. Ein Tag, an dem eigentlich nichts Neues anstehen sollte.« Laut erklärte sie: »Ihr wolltet Renata oben in der Küche zur Hand gehen. Bestimmt braucht sie auch Hilfe in der Wohnstube. Der Frühjahrsputz steht bald an. Helft Renata bei der Vorbereitung.«

Missgestimmt verschwand Mathilda aus der Diele.

Entschlossen trat Dora zur Sudpfanne, prüfte den Hopfen im Korb und nickte Matas und Szymon zu. »Worauf wartet ihr? So, wie es aussieht, haben wir heute gleich zwei erfahrene Helfer mehr beim Brauen. Mit Leichtigkeit sollten wir also bis zur Vesper fertig werden, damit mein Vater zufrieden ist. Wo steckt er überhaupt?«, wandte sie sich an Jörg.

»Er begleitet Veit Singeknecht zu Tschakert in die Langgasse. Es heißt, Tschakert will sein Haus umbauen. Vater hofft, den Auftrag zu erhalten.«

»So früh am Morgen?« Fahrig fuhren ihre Finger durch den Hopfen, genossen es, die vertrauten trockenen Ähren zu fühlen. »Und wer ist dieser Veit Singeknecht?«

Als wäre das ein Zeichen gewesen, pochte es laut an der Tür. Ehe Jörg öffnen konnte, wurde sie bereits schwungvoll aufgestoßen. Der Vater kam herein, murmelte einen Gruß und nahm das Barett vom Kopf. Als er ein Stück beiseitetrat, tauchte ein zweiter Mann hinter ihm auf. Er war ebenso groß und breitschultrig wie Wenzel, allerdings gut fünfundzwanzig Jahre jünger. Neugierig sah Dora ihm entgegen, bis ihr Herzschlag stockte. Das war er!

Sie fasste sich an den Hals, schnappte nach Luft, konnte den Blick nicht von dem Unbekannten abwenden. Auch er starrte sie unverhohlen an. Kein Zweifel, vor ihr stand der Mann aus dem Schafgarbentraum.

»Damit erübrigt sich deine Frage, Schwesterherz«, meldete sich Jörg vergnügt zu Wort. Aus weiter Ferne drangen seine Worte an ihr Ohr. »Das ist mein Freund Veit Singeknecht. Er ist Baumeister wie ich, allerdings mit weitaus mehr Begabung, wie du leicht feststellen wirst. Er stammt aus Nürnberg. Kurz nach meiner Ankunft im vorletzten Herbst haben wir uns kennengelernt und seither nahezu jeden Tag miteinander verbracht. Die Kunstdiener von Christoff Römer haben ihn schon vor Jahresfrist eingeladen, nach Königsberg zu kommen und sich am herzoglichen Hof vorzustellen. Allerdings ist er erst jetzt mit mir zusammen hierhergereist. Gret ist seine Base vierten Grades. Der gute Wolf Wurfbein hat unserer Heirat nur unter der Bedingung zugestimmt, dass Veit sie auf ihrem Brautzug an den Pregel begleitet.«

Mühsam schluckte Dora. Hatte sie es nicht beim Aufstehen am Morgen schon geahnt? Gregori an einem Mittwoch, das verhieß nichts Gutes. Erst kehrte Jörg frisch verheiratet mit einer Frau nach Hause zurück, die jeder für ihre blonde Schwester halten konnte, dann brachte er zu allem Überfluss auch noch den fremden Mann aus ihrem Traum in ihr Elternhaus.

Den düsteren Vorzeichen zum Trotz sträubte sich alles in ihr, der außergewöhnlichen Begegnung etwas Schlechtes beizumessen. Es musste eine höhere Bedeutung haben, vor zwei Tagen von Veit geträumt und ihn nun leibhaftig vor sich zu haben. Wie hatte sie sich nur einreden können, es hätte sich bei der Traumgestalt um Urban in jungen Jahren gehandelt? Jetzt, wo er vor ihr stand, schien ihr diese Vorstellung abwegiger denn je. Aus jeder einzelnen Faser seines Körpers spürte sie eine Kraft, die sie mit sich fortzureißen drohte. Wie sollte sie sich dem drohenden Sturm nur erwehren?

»Dora?« Besorgt rüttelte Jörg sie am Arm. Unwirsch schüttelte sie ihn ab und trat einen Schritt näher auf Veit zu.

Auffordernd hob er beide Arme, breitete die Handflächen wie zum Willkommensgruß aus. Sein kantiges Gesicht überlief ein mildes Lächeln, die grünbraunen Augen funkelten. Selbst die ausgeprägte Kerbe am Kinn war deutlich erkennbar. Dora musste an sich halten, nicht Raum und Zeit um sich herum zu vergessen und sich ihm blindlings an den Hals zu werfen. Auch er schien von ihrer Begegnung verwirrt.

»Ihr seid also Dora, Jörgs wundervolle Schwester. Ich freue mich, Euch endlich kennenzulernen. Jörg hat mir schon viel von Euch erzählt.«

Zögernd streckte er ihr die Hand entgegen. Das Zittern war unübersehbar. Sie scheute davor zurück, sie zu ergreifen. »Die Freude ist ganz meinerseits«, erwiderte sie leise.

»Doras Gemahl ist übrigens der ehrwürdige Kammerrat Urban Stöckel«, mischte Wenzel Selege sich ein, baute sich breitbeinig neben ihnen auf, fuhr in wichtigtuerischem Ton fort: »Das Wort meines Eidams besitzt am Hof des Herzogs großes Gewicht. In der Rentkammer obliegt ihm die Aufsicht und Abrechnung mit den Handwerkern. Demzufolge ist er auch für uns Baumeister zuständig. So schnell wie möglich werde ich Euch bei ihm vorstellen. Das wird Euch helfen, den Herzog auf Euch aufmerksam zu machen.«

Seine Worte ärgerten Dora. Sie kam sich vor wie ein lästiges Stück Vieh, vom Vater an den Meistbietenden verschachert. Eine spitze Bemerkung lag ihr auf der Zunge. Jörg schien das zu ahnen und mischte sich beflissen ein: »Veit ist gestern Abend erst bei uns in Königsberg angekommen.

Schenkt ihm ein paar Tage Zeit, Vater, damit er sich von der anstrengenden Reise erholen kann. Gewiss wird uns Doras Gemahl so schnell wie möglich zu sich einladen.«

»Urban ist bis Sonnabend verreist«, stellte Dora kühl fest. »Es steht eine Visitation im Amt Labiau an.«

»Es wird mir eine große Ehre sein, ihn nach seiner Rückkehr kennenzulernen«, versicherte Veit und warf ihr einen eigentümlichen Blick zu.

»Die Freude wird ganz seinerseits sein«, presste sie heiser heraus, raffte ihren Rock und eilte zur Sudpfanne.

Dort hatte sich Gret bereits aufgebaut. Die Hände in die Hüften gestemmt, unternahm sie keinerlei Anstalten, zur Seite zu rücken. Matas hatte damit begonnen, die geläuterte Maische in die Pfanne zu geben, Szymon rückte schweigend den Hopfenkorb zurecht. Auf einmal fühlte Dora sich überflüssig. Die drei erweckten den Eindruck, miteinander im besten Einvernehmen zu arbeiten. Sie hörte ein betontes Räuspern. Aus dem Augenwinkel sah sie, wie Jörg sacht den Kopf schüttelte. Der Bruder hatte recht, ihr stand der Platz an der Sudpfanne zu. Noch hatte der Vater sie nicht vom Bierbrauen entbunden. Sie bückte sich nach dem Korb mit dem Hopfen, schob Matas ein Stück beiseite und griff sich den Löffel. Vorsichtig gab sie die Dolden in die Maische. Nach einiger Zeit des Rührens wurde ihr wohler.

»Ich zeige Euch die Werkstatt«, schlug der Vater unterdessen Veit vor. »Dort gibt es einige Entwürfe, die Euch interessieren werden.«

Ohne sich umzudrehen, spürte sie Veits Zögern. Es fiel ihr schwer, nicht wieder zu ihm hinzusehen.

»Wo bleibst du, Jörg?«, fragte der Vater barsch. »Hier unten hast du nichts verloren. Du bist doch kein Löbenichter Mälzbrauer.«

»Das wäre gar nicht das Schlechteste«, knurrte Jörg. »Die sind schließlich sehr angesehen in der Stadt.«

»Was?« Die Stimme des Vaters klang wenig erfreut.

»Bis später, Schwesterherz«, rief Jörg unterdessen Dora mit einem bedauernden Lächeln zu. Scheu streifte sein Blick Gret. Jede Spur von Fröhlichkeit war aus ihrer Miene verschwunden. Deutlich hingen ihre Mundwinkel herab. Dora meinte ein leises Grummeln zu vernehmen.

»Los, geh schon.« Dora stieß ihn mahnend in die Seite. »Das Brauen überlässt du heute wirklich besser uns. Ich bleibe den ganzen Tag über im Haus. Nachher beim Essen haben wir ausreichend Zeit, miteinander zu reden. Du musst mir von Nürnberg, seinen wundervollen Bauwerken und all den berühmten Künstlern erzählen. Auch die weite Reise war sicher aufregend. Darüber will ich alles wissen.«

»Es wird uns ein Vergnügen sein, Eure Neugier zu befriedigen«, erwiderte Veit anstelle Jörgs. Dora errötete. Gret entging das nicht, wie das Schmunzeln auf ihrem Gesicht verriet. Hastig griff Dora wieder nach dem Löffel und tat, als gäbe es nichts Wichtigeres auf der Welt als das Kochen der Würze.

5

Der Weg zum Schloss erwies sich als weitaus beschwerlicher, als Gret erwartet hatte. Kurz hinter dem Schmiedetor in der Altstadt blieb sie stehen, spähte die steile, verwinkelte Gasse hinauf. Die Morgensonne sparte sich die Mühe, sich in diese Enge herunterzuquälen. Umso zärtlicher tupfte sie die hoch aufragenden, schmalen Hausgiebel mit ihren Strahlen an, zauberte der ein oder anderen goldkupfernen Wetterfahne auf den Spitzen ein glitzerndes Gewand. Das feucht schimmernde Pflaster auf dem Boden der Gasse wirkte dagegen umso ärmlicher. Es roch modrig. Gret zögerte einen Moment, ob sie wirklich weitergehen sollte. Gewiss fiel es Wenzel Selege auf, wenn sie zu lange fortblieb. Der Schwäher achtete sehr darauf, was in seinem Haus geschah. Ohne sein Wissen konnte die Katze kaum eine Maus fangen oder die Magd ein Bett aufschütteln, geschweige denn jemand aus der Familie einen Schritt vor die Tür tun. So würde ihr Vorwand, Schwägerin Dora aufsuchen zu wollen, früher oder später gewiss als Lüge entlarvt. Ein kräftiger Stoß von hinten enthob sie jedoch der Entscheidung.

»Zur Seite!«, rief jemand brüsk. Im nächsten Moment wurde sie am Arm gerissen und fand sich gegen die Wand eines Hauses gedrückt wieder. Dicht vor ihren Füßen trottete ein gewaltiger Ochse vorbei, der einen noch gewaltigeren Wagen zog. Sie schätzte sich glücklich, keine allzu großen Füße zu haben, sonst wären sie Gefahr gelaufen, von den Rädern des schwerbeladenen Gefährts platt gewalzt zu werden. Rücksichtslos schwang der Fuhrmann auf dem Bock seine Peitsche, um den Ochsen mit einem entschlossenen Hieb auf den Nacken den steilen Berg hinaufzujagen.

»Was fällt Euch ein!«, brauste sie empört auf. Weiter kam sie nicht. Schon erhielt sie abermals einen kräftigen Stoß in die Seite.

»Verzeiht, meine Liebe, aber mit dem Burschen dort oben solltet Ihr Euch nicht anlegen«, riet der Jemand, der sie gegen die Hauswand gezogen hatte. »Oder seid Ihr Eures Lebens überdrüssig? Das wäre sehr schade.«

Verwundert betrachtete Gret ihren Retter. Es war ein nachlässig gekleideter Mann, ein oder zwei Handbreit kleiner als sie, allerdings gut zwanzig Jahre älter und ziemlich wohlbeleibt. Unter einem federngeschmückten Hut mit einer auffällig breiten, löchrigen Krempe blickten ihr zwei fröhliche Augen aus einem bartlosen Gesicht entgegen. Nahtlos ging das Antlitz in den kurzen, dicken Hals und die nicht weniger dicken Schultern über. Der pelzverbrämte Kragen seiner Schaube fand kaum Gelegenheit, sich zwischen die massigen Hautwülste zu schmiegen. So fielen die kahlen Stellen des Pelzes und der schäbige Zustand des Mantels umso stärker ins Gewicht. Verlegen senkte Gret den Blick. Dabei gewahrte sie die mehrfach gestopfte Strumpfhose an den stämmigen Beinen sowie die reichlich abgestoßenen Kuhmaulschuhe.

»Erlaubt, dass ich mich vorstelle. Mein Name ist Felix König, aber alle nennen mich Polyphemus, den Bibliothekar.« Schwungvoll riss er den Hut vom Kopf, entblößte einen halbkahlen Schädel und verneigte sich vor ihr. Zumindest versuchte er es, denn obwohl das Fuhrwerk die schmale Durchfahrt längst passiert hatte, blieb es weiterhin eng in der Gasse. Dicht an dicht drängten sich Menschen, Karren und Tiere den Weg zum Schloss hinauf. »Anders als mein Name verheißt, bin ich weder ein menschenfressender Riese noch ein einäugiger Zyklop. Auch darf ich mich glücklich schätzen, dass meine Liebe freudig von meiner Gemahlin erwidert wird. Ihr müsst Euch also nicht vor mir fürchten, ich bin lediglich ein harmloser alter Bücherwurm. Gestattet, dass ich Euch ein Stück des Wegs begleite. Mir scheint, Ihr wollt zum Schloss und seid Euch der Gefahren, die dieser Anstieg hier bietet, noch nicht so recht bewusst.«

»So sieht es aus.« Gret erwiderte sein vergnügtes Lächeln. »Mein Name ist Gret Selege. Ich bin die Frau des Baumeisters Jörg Selege. Seit wenigen Tagen erst lebe ich in der Stadt.«

»Und seid trotzdem schon ganz allein unterwegs«, ergänzte Polyphemus mit einem belustigten Augenzwinkern. »Sehr mutig von Euch, Euch gleich aus dem übersichtlichen Kneiphof in die Altstadt zu wagen.«

Sie erschrak. Da er wusste, dass sie aus dem Kneiphof kam, kannte er die Seleges also. Ehe sie sich recht besinnen konnte, nahm er sie beim Arm und zog sie weiter.

Der Anstieg machte ihn kurzatmig. Seine Worte kamen stoßartig aus seinem Mund. Das hinderte ihn trotzdem nicht, weiterzureden. »Der junge Selege ist also wieder zurück in der Stadt. Schön zu hören. Er hat sich reichlich Zeit gelassen. Die anderen Kunstdiener von Christoff Römer sind schon im letzten Herbst wieder hier am Pregel eingetroffen. Anscheinend hat der gute Selege also in der früheren Heimat unseres Herzogs viel Neues gelernt. In jedem Fall hat er dort eine so wunderschöne Frau wie Euch getroffen. Ihr stammt doch wohl aus Nürnberg? Eure Art zu sprechen ist einfach unverkennbar.«

»Ja, natürlich«, erwiderte sie und raffte den Rock, um einem Haufen Dreck auszuweichen, der mitten auf dem Weg prangte. Die Gasse war zwar als Schlossauffahrt ordentlich gepflastert, allerdings nicht in der sonst für große Straßen üblichen Weise. Dazu war es zu eng. Ebenso schmal war auch die Breite der Parzellen. Dicht und unübersichtlich wie die Hühner auf der Stange schmiegten sich die Häuser aneinander. Obwohl ausnahmslos aus Stein gemauert, schienen sie kaum gerade Wände zu besitzen. Das Krumme machte der Fassaden- und Giebelschmuck mehr als wett. Selbst im Erdgeschoss gewährten bereits vollständig bleiverglaste Fenster Einblick in das reich ausgestattete Innere. Die Eingänge waren von Säulen flankiert. Welch Jammer, diesen Reichtum nicht im strahlenden Sonnenlicht bewundern zu können.

»Sehr beeindruckend, nicht wahr?« Polyphemus schob seinen Bauch stolz heraus und strahlte Gret an. »Nürnberg gilt zu Recht als eine der reichsten und schönsten Städte im Heiligen Römischen Reich. Allerdings muss sich Königsberg daneben kaum verstecken. Es mag kleiner und weniger berühmt sein, dafür kommt ihm im Handel mit dem hohen Norden eine wichtige Rolle zu. Herzog Albrecht tut das Seine, damit auch die Wissenschaften und die Künste an Bedeutung gewinnen. Seine frühere fränkische Heimat wie auch Nürnberg dienen ihm als Vorbild, die reich sprudelnden Einnahmen der Kaufleute liefern ihm die Mittel dazu. Trotz allem aber bleibt den Bürgern noch ausreichend Geld, ihre wundervollen Häuser immer weiter auszugestalten. Den Grundstein dazu haben sie sich übrigens im wahrsten Wortsinn vor gut einhundert Jahren beim Sturm auf die damalige Ordensburg gelegt.«

»Wie meint Ihr das?«

»Das ist eine lange Geschichte. Lasst sie mich kurz erzählen. Damals führte ein Großteil der preußischen Städte Krieg gegen den Deutschen Orden. Der Hochmeister meinte das immer größer werdende Loch in seinem Geldsäckel mit Hilfe immer neuer Akzisen stopfen zu können. Das aber wollten sich die Stände und Städte nicht mehr gefallen lassen. Eines Tages kam es zum offenen Kampf. Wutentbrannt stürmten die Bürger die Ordensburgen. Dieser Ausfall war so überraschend, dass den einst so tapferen Kreuzherren nichts anderes übrigblieb, als schnell ihre Pferde zu satteln und das Weite zu suchen oder aber sich den wütenden Aufständischen kampflos zu ergeben und kläglich um Gnade zu winseln.« Polyphemus blieb stehen, reckte den Zeigefinger in die Luft. Sie zog die Augenbraue nach oben, woraufhin er abermals wissend lächelte, bevor er fortfuhr: »Den Bürgern ging es natürlich keinesfalls ums Morden und Drangsalieren. Den braven Rittern haben sie auch nichts zuleide getan. Stattdessen haben sie die Mauern und Türme der Burgen niedergerissen und die Steine zum Ausbau ihrer Häuser verwendet. Einer der meistbeschäftigten Baumeister jener Jahre hieß übrigens Laurenz Selege. Das ist der Urahn Eures verehrten Herrn Gemahls. Sowohl bei den reichen Königsbergern als auch bei den bald wieder in Macht und Würde stehenden Deutschordensleuten erwarb er sich große Verdienste. Binnen weniger Jahre ist von Leuten wie ihm die Burg hier in Königsberg noch eindrucksvoller als ehedem wieder aufgebaut worden. Ebenso sind zu beiden Seiten des Pregels die stolzesten Kaufmannshäuser entstanden. Falls Ihr mehr darüber erfahren wollt, wie Euer Ahn dabei vorgegangen ist, solltet Ihr Euch das aufschlussreiche Werkmeisterbuch aus seiner Feder zu Gemüte führen. Soweit ich weiß, ist es mit der Heirat Eurer Schwägerin Dora in den Besitz Eures Schwagers übergegangen. Der ehrwürdige Kammerrat Urban Stöckel wird es Euch gewiss gern einmal zeigen. Doch zurück zu Euch, meine Liebe.« Wieder hielt er inne, schöpfte nach Luft und betupfte sich mit einem Tuch die schweißnasse Stirn. Neugierig musterte er sie von der Seite. »Darf ich fragen, aus welcher Nürnberger Familie Ihr gebürtig seid? Ihr habt es noch gar nicht erwähnt. Oder habe ich das vorhin überhört?«

»Ihr kennt Euch in Nürnberg aus?«, gab Gret zurück, um ihre Verlegenheit zu verbergen. Ihr Herz klopfte heftig. »Dabei klingt Eure Sprache, als kämt Ihr aus dem Norden. Lasst mich raten, aus den Niederlanden vielleicht?«

Sie rang sich ein gewinnendes Lächeln ab und schob sich wieder näher an ihn heran. Dabei roch sie den typischen Altmännergeruch nach zu viel Veilchenöl, Schweiß und saurem Atem. Hinzu kam eine Erinnerung an Staub. Das mochte an seiner Beschäftigung liegen. Der tägliche Umgang mit den schweren Folianten und den in Leder gebundenen Drucken hinterließ seine Spuren. Unauffällig spähte sie auf seine Hände. An Daumen und Zeigefinger der Rechten entdeckte sie dunkle Verfärbungen. Die mussten von der Tinte stammen, die beim Umblättern der Seiten mit den angefeuchteten Fingern an der Haut haften blieb. Ihr schauderte bei der Vorstellung, wie er mit seinen breiten Lippen die Finger leckte.

»Mit den Niederlanden liegt Ihr richtig.« Erfreut über ihren Scharfsinn, schickte er sich an, weiterzugehen. »Man merkt eben, dass Ihr aus einer wichtigen Kaufmannsstadt stammt. Das hat Euer Ohr für die leichten Unterschiede im Sprechen geschult. In Nürnberg treiben viele meiner Landsleute Handel. Auch ich habe dort einige Zeit gelebt und kenne mich dank meines regen Briefwechsels gut in der Bürgerschaft aus.« Abermals erschrak Gret. Polyphemus war jedoch so von seinen Ausführungen eingenommen, dass er das nicht bemerkte. »Meine Geburtsstadt ist Gent. Das Schicksal hat mich schon in jungen Jahren von dort weggeführt. Zunächst gehörte ich dem Orden der Kartäuser an. Die Brüder ließen mich meine Bücherstudien betreiben und mein Wissen über die Schriften vervollkommnen. Luther und die Reformation haben mir dann jedoch die Augen über den Glauben und die falsche Lehre der katholischen Kirche geöffnet. Wer viel liest, lernt eben auch viel, und wer viel lernt, begreift mehr. So habe ich dem Orden den Rücken gekehrt, was ich bis heute nicht bereue. Seither bin ich viel herumgekommen, war einige Zeit bei dem berühmten Drucker Johann Froben in Basel, anschließend bei Erzherzog Ferdinand von Österreich, der zu jener Zeit zum König von Böhmen, Kroatien und Ungarn gekrönt wurde, sowie am Hofe des sächsischen Kurfürsten in Dresden. Zuletzt bin ich einige Jahre in Nürnberg ansässig gewesen, was mich dann schließlich nach Königsberg, an den Hof Herzog Albrechts, geführt hat. Meine gelehrten Freunde in Franken haben mir übrigens zu meinem Namen verholfen. In Anspielung auf meine Wissbegier haben sie mich nach dem griechischen Zyklopen Polyphem benannt. Der Unterschied ist nur, dass ich keine Menschen, sondern das Wissen in Büchern in mich hineinfresse. Daran hat sich wenig geändert, seit ich vor zehn Jahren an den Hof Herzog Albrechts gekommen bin. Inzwischen habe ich hier nicht nur eine neue Heimat, sondern auch meine über alles geliebte Frau Katharina gefunden. Sie steht übrigens als Bleicherin und Spitzenwäscherin im Dienste der Herzogin und leitet deren Nähschule für junge Mädchen.«

»Oh«, entschlüpfte es Gret beeindruckt. Unauffällig beäugte sie ihren Begleiter noch einmal von der Seite. Seine Kleidung hatte nicht darauf hingedeutet, einen solch einflussreichen Mann des herzoglichen Hofs vor sich zu haben, der zuvor sogar schon in Sachsen und Wien mit den höchsten Herrschaften zu tun gehabt hatte. Sich schlicht, wenn nicht gar ein wenig schäbig zu kleiden war wohl ein Relikt seiner Jahre bei den Kartäusern. Wahrscheinlich gab er nicht das Geringste auf sein Äußeres, sondern lebte allein für seine Wissenschaft.

»Es wäre mir eine Freude, Euch einmal zu Gefallen zu sein, meine Liebe. Zwar steht Euer Schwager als Kammerrat fest in Diensten des Herzogs, doch schadet es nie, noch einen zweiten Zugang zum erlauchten Kreis zu besitzen. Wendet Euch also jederzeit gern vertrauensvoll an mich.«

Wieder zwinkerte er ihr verschwörerisch zu. Schon erreichten sie ein weiteres Tor, hinter dem sich ein Badehaus befand. Das Gedränge vor dem mehrgeschossigen Haus auf der rechten Seite enthob Gret vorerst der Notwendigkeit, auf Polyphemus' Äußerung einzugehen. Eine Weile war er mit dem Grüßen in sämtliche Richtungen beschäftigt. Erleichtert wandte sie sich um. Linker Hand hatte ein zunächst unübersichtlich scheinendes Gewirr aus Backsteinmauern die Reihe der schlanken, himmelwärts strebenden Bürgerhäuser abgelöst. Die Morgensonne tanzte über die bleigedeckten Dächer, malte übermütig Wolkenschattenbilder auf die roten Steine, ließ Fensterscheiben golden funkeln. Schließlich wagte sie sich weiter in die Gasse hinein, kitzelte die Krone der brusthohen Grabenmauer mit ihren Strahlen wach.

»Wollt Ihr die fetten Schweine im Schlossgraben bewundern?« Das feiste Gesicht des Bibliothekars strahlte. »Ihr glaubt nicht, welche Vorteile ein solches Plätzchen für die Tiere hat. Da das Schloss mitten in der Stadt liegt, muss der Herzog gar nicht erst die Fütterung seiner Schweine verfügen. Ganz von selbst werfen die Bürger aus den umliegenden Häusern ihre Abfälle hinunter. Da ihnen das Halten von Schweinen verboten ist, wissen sie nicht, wohin sonst mit den Resten ihrer gut gefüllten Küchen. Seht Euch nur an, wie die Menschen hier leben, dann könnt Ihr abschätzen, welchen Speck die Schweine auf den Rippen haben. Und natürlich auch diejenigen, die an der Tafel des Herzogs sitzen und nahezu jeden Tag eines der fett gemästeten Schweine vor sich auf dem Teller haben.«

Vergnügt klopfte er sich auf den Wanst. Gret war froh, im selben Moment wieder einen Wagen passieren lassen zu müssen. Dieses Mal fuhr er von oben den Berg herunter. Polyphemus sah ihrem verwunderten Blick an, was sie dachte.

»Natürlich ist die Gasse zu eng, um zwei entgegenkommende Fuhrwerke aneinander vorbeizulassen. Deshalb möchte ich jetzt nicht Fuhrmann sein und meinen Wagen gerade erst unten durch das enge Schmiedetor bugsiert haben. Aber vielleicht hat der Bursche hier Glück und schafft es, bevor ein anderer den Berg hinaufwill.«

Er winkte dem Fuhrmann zu, dann schob er Gret weiter den Berg hinauf. Nach einem dritten Tor endete auch rechts die Reihe der Bürgerhäuser, und die Sonne schaffte es endlich, den gepflasterten Grund zu erreichen und zu trocknen.

»Da seht Ihr schon den Marstall. Unzählige Pferde, mehrere Dutzend Wagen der verschiedensten Größe sowie zwei Schmieden nennt der Herzog derzeit sein Eigen.«

Stolz wies Polyphemus auf ein weit ausladendes, im Vergleich zu den bisherigen Bürgerhäusern allerdings beschämend schlicht anmutendes Gebäude. Das Tor stand weit offen und erlaubte einen Blick in den Innenhof. Pferde und Wagen standen dort, Feuer brannten, Schmiede schlugen ihre Eisen. Gret missfiel der strenge Geruch, der aus den Stallungen herüberwehte. Rasch wandte sie sich ab. Dem Marstall schräg gegenüber erstreckte sich bereits die Schlossbrücke über den Graben. Die aus Holz gezimmerte Brücke knarrte bedenklich unter der Last der sie befahrenden Fuhrwerke und Karren.

»Da wären wir also«, erklärte Polyphemus überflüssigerweise und verharrte auf dem weiten Platz vor der Brücke, in den rechter Hand auch der Mühlenberg einmündete. Die kurzen Arme hinter dem Rücken verschränkt, sah Polyphemus Gret erwartungsvoll an und kaute seine fleischigen Lippen. Seine hellen Augen funkelten wie kleine Sterne.

Keck reckte Gret das rundliche Kinn und überlegte angestrengt, wie viel sie ihm über sich und ihre Herkunft preisgeben sollte. Einerseits konnte er ihr wichtig sein, um bei Hofe die erforderlichen Erkundigungen einzuziehen, andererseits war er gefährlich, weil er sich mit den Nürnberger Verhältnissen sehr gut auskannte. Davon abgesehen erweckte er nicht gerade den Eindruck, ein Geheimnis für sich behalten zu können.

Ihr Blick schweifte ab, glitt über die Menge der auf der Brücke Wartenden. Jung und Alt, Arm und Reich, Frauen, Männer und Kinder drängten sich dort zwischen Karren und Fuhrwerken. Ein Esel blökte, ein Hund kläffte. Eine Handvoll Knaben machte sich einen Spaß daraus, die Tiere weiter aufzuhetzen.

»Lienhart!«, rief sie und stürzte los. Die Knaben erstarrten, stoben auseinander. Einer jedoch blieb wie angewurzelt stehen.

»Gret!«, antwortete seine krächzende Jungenstimme kummervoll. Die eingezogenen Schultern und der gesenkte Blick offenbarten sogleich sein schlechtes Gewissen.

»Was tust du hier?« Sie erreichte Jörgs zehnjährigen Bruder und riss ihn am Ohr. Zu ihrer Überraschung widersetzte er sich nicht. Ein Stück abseits der Menge blieb sie stehen, hob drohend die Hand, versetzte ihm jedoch keine Maulschelle. Durchdringend sah sie auf ihn hinunter. Das Barett auf seinem glatten braunen Haar war verrutscht. Sie rückte es gerade, fasste unter sein Kinn und hob es an. Das mit Sommersprossen übersäte Gesicht war kreidebleich, die grünbraunen Augen irrten in dem verzweifelten Versuch, nicht zu ihr aufschauen zu müssen, unruhig umher. »Solltest du nicht drüben in der Domschule sitzen und fleißig dein Latein lernen?«

»G-G-G-Gewiss«, stammelte der Junge. »M-M-M-Magister St-St-St-Stein hat m-m-m-mich g-g-g-geschickt, um ein B-B-B-Buch aus der Bibliothek abzuholen.«

»Du wolltest wohl sagen, dich und die vier, fünf anderen, die sich gerade schleunigst aus dem Staub gemacht haben.«

Unbemerkt war Polyphemus zu ihnen getreten und tätschelte Lienhart wohlwollend die Schulter. »Am besten begleitest du mich. Ich weiß zwar nicht, welches Buch der ehrwürdige Magister haben will, doch uns wird etwas einfallen, was ihn interessieren könnte.« Er wandte sich an Gret. »Das wäre doch eine schöne Gelegenheit für Euch, ebenfalls mit ins Schloss zu kommen. Dann könnt Ihr es von innen bewundern. Vielleicht trefft Ihr auch den ein oder anderen Bekannten aus Nürnberg. Ständig weilt Besuch von dort beim Herzog. Wie war noch einmal der Name Eurer Familie?«

Dieses Mal war sein Blick so eindringlich, dass sie sich ihm nicht entziehen konnte. Noch dazu machte Lienhart Anstalten, an ihrer statt zu antworten. »Meine Eltern sind leider beide früh verstorben. So bin ich im Haus meines Oheims Wolf Wurfbein aufgewachsen.«

»Wolf Wurfbein? So heißt doch der Wirt am Frauentor neben dem Kloster der Caritas Pirkheimer.«

»Caritas Pirkheimer ist schon viele Jahre tot.«

»Ich weiß. Ihren Tod habe ich seinerzeit noch miterlebt. Ich bin erst zwei Jahre später aus Nürnberg fort. Auch an Euren Oheim kann ich mich gut erinnern. Sein Gasthaus besitzt einen guten Ruf. Das Bier ist köstlich.« Die Erinnerung an vergangene Genüsse verklärten sein Antlitz. Auf einmal schien er gänzlich entrückt, gab sich jedoch rasch einen Ruck und schaute Gret prüfend ins Gesicht. »Dann müsst Ihr also das kleine Mädchen mit den blonden Zöpfen sein, das den Wirtsleuten Wurfbein so fleißig beim Ausschank zur Hand ging. Ich hätte Euch nicht erkannt. Welch wunderbarer Zufall, Euch hier in Königsberg wiederzutreffen. Es ist mir eine große Freude.« Tief verbeugte er sich vor ihr.

Gret atmete erleichtert auf. Dass ihn gute Erinnerungen mit ihrem Oheim und seinem Gasthaus verbanden, rührte sie. Zugleich beruhigte sie die Tatsache, dass er ihre Heimatstadt rechtzeitig verlassen und somit die zweite Frau ihres Oheims nicht mehr kennengelernt hatte.

Mit seiner schäbigen Kleidung, dem gewaltigen Bauch und vor allem dem Hang zur Geschwätzigkeit war Polyphemus eigentlich eine sehr eindrucksvolle Erscheinung. Warum erinnerte sie sich nicht an ihn? Von klein auf hatte sie gelernt, sich jedes Gesicht, jeden Namen und vor allem sämtliche Wünsche und Eigenheiten der Gäste in der Wirtsstube einzuprägen. Es hätte Maulschellen gehagelt, wenn sie dem alten Huttenbeck das Rotbier des Wolfgrabers vorgesetzt oder den Meister Sachs mit dem falschen Namen angesprochen hätte. Warum nur war ihr Polyphemus, oder wie auch immer er sich damals genannt hatte, nicht im Gedächtnis geblieben?

»Komm schon.« Lienhart zupfte sie am Ärmel. »Wir sollten uns beeilen. Der Bibliothekar wird uns helfen, dem Ärger mit Vater zu entgehen. Bringe ich Magister Stein eines der begehrten Bücher aus der herzoglichen Bibliothek, wird er mein Fernbleiben in der Schule verschweigen. Du solltest dir etwas Ähnliches überlegen, um dein langes Wegbleiben zu erklären.«

»Was fällt dir ein?«, brauste Gret von neuem auf. Es war ungeheuerlich, von Jörgs kleinem Bruder geduzt zu werden. Noch dazu erdreistete er sich, sie auf ihr unerlaubt langes Weggehen hinzuweisen. Plötzlich aber rang sie sich ein süßes Lächeln ab. »Also gut, begleiten wir Polyphemus in die Bibliothek. Du hast ja gehört, er kennt meinen geliebten Oheim aus Nürnberg. So war es drei Tage nach meiner Ankunft hier am Pregel allerhöchste Zeit, ihn im Schloss aufzusuchen und ihm die Grüße meiner Familie zu bestellen. Gewiss wird es nicht das letzte Mal gewesen sein, dass ich zu ihm gehe. Alte

Erinnerungen aufzufrischen hilft mir, mein Heimweh zu überwinden. Weise deinen Vater bei Gelegenheit darauf hin, sollte er mich einmal suchen und nicht gleich im Haus finden. Es wäre sonst zu schade, wenn er von mir erfahren würde, wie unregelmäßig du in der Schule anzutreffen bist.«

An Lienharts verblüffter Miene las sie ab, wie gut ihre Worte wirkten. Zufrieden zog sie ihn mit sich zum Tor, wo Polyphemus sie an der Schlange der Wartenden vorbei ins Schloss führte.

6

Den ganzen Nachmittag schon war Dora unruhig. Immer wieder trat sie zum Fenster, sah auf den Mühlenberg hinunter. Urbans Verspätung konnte nur eins bedeuten, ihm war etwas zugestoßen. Schwer verletzt lag er irgendwo im Graben, des Pferdes und sämtlichen Besitzes beraubt, der schützende Begleiter erdolcht. Nicht mehr lange, und man würde ihr die schlimme Nachricht überbringen. Fortan würde sie mutterseelenallein sein, konnte weder auf den Beistand ihres Vaters noch auf Jörgs Hilfe hoffen. Das also war die Strafe für ihre sündigen Träume von der Liebe zu einem jüngeren Mann. Tränen traten ihr in die Augen. Kaum ertrug sie es mehr, zu Hause zu sitzen und tatenlos der Nachricht von einem Unglück zu harren, das längst geschehen war. Sie ging zur Stirnwand der Stube und betrachtete den kunstvollen Teppich, der über der prächtigen Eichenholztruhe hing. Auf dem von Blau-, Grün- und Brauntönen beherrschten Webbild riss ein mächtiger Löwe einen großen Hirschen. Nicht zum ersten Mal fragte sich Dora, aus welchem Zusammenhang dieses Bild stammen mochte. Gedankenverloren strich ihre rechte Hand über die glattpolierte Oberfläche der Truhe, stieß gegen etwas Hartes. Überrascht sah sie hin, entdeckte ein Buch im Oktavformat.

Der braune Ledereinband war fleckig, die abgegriffenen Kanten verrieten die häufige Benutzung. Sie nahm es in die Hand, wickelte die Schnur darum auf und blätterte es durch. Urbans ganz persönliche Aufzeichnungen! Bei seinem frühen Aufbruch letzten Mittwoch musste er vergessen haben, das Buch mitzunehmen. Soweit sie wusste, trug er es sonst stets bei sich. Zumindest hatte er das ihr gegenüber einmal behauptet. Ihr Herz begann zu rasen. Seit Jahr und Tag notierte er die wichtigsten Ereignisse in den Städten Königsbergs sowie im Herzogtum Preußen, ergänzt um seine eigenen Gedanken und Einschätzungen. In den Kreisen um den Herzog war es nach dem Beispiel des vor zehn Jahren verstorbenen Paul Pole Mode geworden, solche Chroniken zu führen. Der ehemalige Ratssekretär der Altstadt, Johannes Beler, hatte das ebenso getan wie sein Amtsnachfolger Caspar Platner. Urban hatte beide gekannt, wie er auch mit Pole zu tun gehabt hatte. Stolz hatte er sich in diese Tradition eingereiht und ihr gelegentlich abends aus seinen Aufzeichnungen vorgelesen.

Unschlüssig strichen ihre Finger über den unebenen Schnitt des Papiers, tasteten genauer, zögerten, sich zwischen zwei Seiten zu schieben und sie aufzuschlagen. Ob er etwas zu letztem Montag notiert, sein rührendes Liebesgeständnis schriftlich festgehalten oder am Ende gar Zweifel an ihrer Lauterkeit aufgeschrieben hatte? Die Versuchung, einfach nachzulesen, wuchs. Heftig pochte es hinter ihrer Stirn. Die Finger bohrten sich in den Schnitt, blätterten zwei dicht beschriebene Seiten auf. Zeile um Zeile füllten die gleichmäßigen Schwünge von Urbans Kanzleischrift aus. Beim Überfliegen des Geschriebenen sprangen Dora einzelne Wendungen wie »erste Begegnung mit der wahren Liebe«, »selige Verzückung«, »unschuldige Liebe«, »bittere Erfahrung« oder »besser verschweigen« entgegen. Erschrocken fuhr sie zusammen. Was tat sie da? Sie spürte die Hitze auf ihren Wangen sich bis zu den Ohren ausdehnen. Rasch schlug sie das Buch zu und legte es wieder zurück auf die Truhe, schob es bis an die Wand. Welch törichte Idee, Urbans persönliche Aufzeichnungen auszuspähen! So etwas tat man nicht. Wenn er ihr daraus einzelne Exempel vorgetragen hatte, war das seine eigene Entscheidung gewesen. Hinter seinem Rücken darin zu lesen kam einem Vertrauensbruch gleich. Um der neuerlichen Versuchung zu widerstehen, stellte sie sich zurück ans Fenster, schaute wieder hinaus und wartete.

Längst hatte sich die Straße geleert, an den umliegenden Häusern waren die Türen und Fensterläden bereits geschlossen. Sogar das Läuten der Vesperglocken an der Altstädter Pfarrkirche war verklungen. Nur mehr vereinzelt liefen Leute über die Straße, eine Handvoll Mägde eilte mit einem Korb voller Brot oder einer Kanne Bier in der Hand vorbei. Dora presste die Nase gegen das kalte Glas. Die letzten Reste der Abendsonne färbten die gegenüberliegende Häuserzeile gelbrot. Die Fenster in den oberen Geschossen spiegelten das verlöschende Sonnenlicht. Laut bellend jagte ein zotteliger Hund eine geschmeidige Katze über die Straße, ein Mann scheuchte die beiden in einen Hauseingang. An seinem umständlichen Gehabe meinte Dora Buchbindermeister Kuhnert zu erkennen. Ehe sie sich sicher sein konnte, verschwand auch er in der Tür. Seltsamerweise handelte es sich um das Haus der Lölhöffels, einer in sämtlichen drei Städten Königsbergs weitverzweigten Familie, die wie die Seleges seit Generationen das Braurecht besaß. Auf einmal war das Klappern von Hufen zu hören. Erwartungsvoll drehte sie den Kopf in die Richtung, aus der sie es vernahm. Ihr Herz klopfte heftiger.

»Er kommt!«, rief Elßlin durch das ganze Haus. Vor Aufregung überschlug sich ihre Stimme. »Er kommt, er kommt!«

Dora eilte in die Diele. Ein starker Luftzug wehte von unten herauf. Die junge Magd musste die Haustür weit aufgerissen haben. In Doras Rücken fiel die Tür zur Wohnstube krachend ins Schloss.

»Was ist denn los?«, hörte sie Mathilda rufen, als sie an der Küche vorbeilief. Es duftete wunderbar nach frischer Suppe, gebratenem Wildbret und gesottenem Gemüse, Urbans Leibspeise. »Vorsicht, meine Liebe! Ihr könnt Eurem Mann doch nicht kopflos wie ein junges Füllen entgegenspringen. Das schickt sich nicht.«

Dora beachtete sie nicht und stürmte die Treppe hinunter. Auf halbem Weg kam ihr die vierzehnjährige Elßlin entgegen, die Wangen vor Aufregung gerötet, die Augen weit aufgerissen. »Euer Gemahl ist zurück!«

Voller Ungeduld drängte Dora sie beiseite. So schnell wie möglich wollte sie zur Tür und Urban willkommen heißen. Atemlos erreichte sie die Schwelle, sah den Mühlenberg hinunter. In gemächlichem Tempo kamen zwei Reiter die abendlich leere Gasse herauf. Der eine saß auf einem stämmigen Braunen, der andere auf einem Rappen. Die Haltung der beiden war tadellos, ebenso bewies ihre vornehme dunkle Kleidung, dass es sich bei ihnen um zwei hochrangige Vertreter der herzoglichen Kammer handelte. Im Näherkommen zeichneten sich Urbans Umrisse deutlich ab. Über sein schmales Gesicht huschte ein Lächeln. Die blassblauen Augen glänzten im letzten Sonnenlicht. Kurz vor Erreichen des Nachbarhauses zügelte er den Rappen, auch sein Kumpan hieß den Braunen stehen bleiben. Die Männer wandten einander zu, wechselten leise Abschiedsworte, dann saß Urban von seinem Pferd ab. Flink griff er nach dem Gepäck. Es bestand aus einem Felleisen sowie einem Brotbeutel und einer gerollten Wolldecke, die vor dem Sattel auf dem Widerrist des Pferdes festgeschnallt gewesen war. Zum Abschied klopfte er dem Rappen auf die Flanke. Freudig prustete das Pferd durch die Nüstern. Sein Begleiter führte es mit sich fort, nickte Dora im Vorbeireiten kurz zu und verschwand am Ende des Mühlenbergs nach links hinüber Richtung Schlossbrücke.

»Dora, mein Augenstern!« Urban strahlte vor Freude, als er sie erblickte. Sie wagte kaum, sich zu bewegen. Je näher er kam, je deutlicher schob sich ihr das Antlitz von Veit Singeknecht vor Augen. Sie schloss die Lider, holte tief Luft, öffnete sie erneut. Dicht vor ihr blieb Urban stehen und erkundigte sich besorgt: »Ist Euch nicht wohl?«

»Nein, nein«, beeilte sie sich zu versichern, »alles bestens. Wie schön, Euch wohlbehalten zurückzuhaben.«

Er legte ihr den Arm um die Schultern, und so betraten sie das Haus. In der Diele eilte Elßlin herbei, um ihm das Felleisen, den Brotbeutel und die gerollte Decke abzunehmen. Lautlos huschte sie mit dem Gepäck die Treppe hinauf. Als sie außer Sicht war, umschlangen sie einander und küssten sich.

»Liebster, endlich!« Dora genoss die Wärme seines Körpers, seinen Herzschlag durch den dicken Stoff der wollenen Schaube zu spüren und den vertrauten Veilchenduft einzuatmen. Der Pelzkragen kitzelte ihr die Nasenspitze. Sanft strich Urban ihr über den Kopf, hauchte ihr einen Kuss auf die Stirn und schob sie auf Armlänge von sich. Nachdenklich betrachtete er sie vom Scheitel bis zur Sohle.

Ihr Herz raste. Es gelang ihr kaum, ihm geradewegs in die Augen zu schauen. Die Strenge des herzoglichen Kammerrats war zu deutlich auf seinem Antlitz eingeschrieben. Zum hundertsten Mal bereute sie die unsägliche Schafgarbenprobe. Was war nur in sie gefahren, ihr Schicksal derart unnötig auf die Probe zu stellen? Vom ersten Tag ihrer Ehe an hatte Urban ihr den Himmel auf Erden bereitet, sie immer wieder seiner aufrichtigen Liebe versichert. Nun hielt der Traum sie fest in seinen Fängen. Nie mehr konnte sie Urban gegenübertreten, ohne zugleich an Veit zu denken. Was aber das Schlimmste war: Seit sie ihn leibhaftig vor sich gehabt hatte, wusste sie, wie wahr der Traum war – das war ihr Liebster! Sie senkte den Blick, fasste nach den Händen ihres Gemahls. Die fühlten sich seltsam feucht und kalt an.

»Ihr ahnt nicht, welch große Sorge mich überfiel, als der Bote am Sonnabend die Nachricht brachte, Ihr würdet noch zwei Tage länger in Labiau bleiben«, erklärte sie so unbefangen wie möglich. »Zum ersten Mal habt Ihr eine solche Reise verlängert. Zuerst befürchtete ich, es wäre Euch etwas zugestoßen, und man wollte mir die Wahrheit vorenthalten. Erst als ich mich mit eigenen Augen davon überzeugen konnte, dass die Zeilen wirklich von Euch niedergeschrieben waren, war ich etwas beruhigter. Trotzdem habe ich in den letzten beiden Tagen jede Minute an Euch gedacht und zu Gott, dem Allmächtigen, für Eure gesunde Rückkehr gebetet.«

»Zu Gott beten ist immer gut«, erwiderte Urban. »Verzeiht, dass ich Euch Sorgen bereitet habe. Das lag nicht in meiner Absicht. Doch es gab leider Schwierigkeiten, die zuvor nicht absehbar waren.« Eine Weile blickte er zu Boden, rieb sich das Kinn und verharrte in der leicht nach vorn geneigten Haltung. Dann aber richtete er sich mit einem Ruck wieder auf und zwinkerte ihr zu. »Vergessen wir das. Das Einzige, was zählt, ist: Wir beide haben uns gesund wieder. Übrigens bin ich sehr hungrig. Täusche ich mich, oder duftet es nach Wildbret? Lasst uns nach oben gehen. Wenn mein knurrender Magen wieder besänftigt ist, müsst Ihr mir ausführlich berichten, was sich in den letzten Tagen hier zugetragen hat. Besonders freue ich mich, später die Fortschritte an Eurem Entwurf für unser neues Heim bewundern zu dürfen. Ich hoffe, Ihr habt die Zeit gut genutzt, um weiterzukommen. So, wie es aussieht, gewährt der Herzog mir das Grundstück in der Junkergasse tatsächlich in den nächsten Wochen.«

Behutsam schob er sie zur Treppe und folgte ihr nach oben. Die Tafel in der Wohnstube hatte Elßlin festlich mit einem weißen Tuch und dem blankpolierten Zinngeschirr gedeckt. Sogar einen ersten Strauß Frühlingsblumen hatte sie besorgt. Der zarte Duft betörte die Nase, das frische Blau, Rot, Gelb und Grün erfreute die Augen. Urban nickte zufrieden.

»Ihr habt Glück«, Dora nahm die Kanne und goss ihm Bier in den bereitstehenden Zinnbecher. »Erst heute Nachmittag hat mir Matas ein Fass des frisch gebrauten Bieres von letzter Woche gebracht. Es ist das erste, das ich zusammen mit meiner Schwägerin Gret gebraut habe.«

»Ihr habt eine Schwägerin?« Erstaunt horchte Urban auf. »Aber das heißt, dass Euer …«

»Dass mein Bruder Jörg endlich aus Nürnberg zurückgekehrt ist«, ergänzte sie. »Zu unser aller Überraschung hat er sich eine Ehefrau aus der Fremde mitgebracht.«

»Das ist eine wundervolle Nachricht! Es freut mich für ihn und natürlich auch für Euren Vater. Nun gibt es wieder eine richtige Hausfrau in seinem Haus in der Domgasse. Das wird einiges erleichtern, auch für uns. Wer ist sie? Vielleicht kenne ich die Familie. Nürnberg ist schließlich auch meine Vaterstadt.«

»Ihre Eltern sind früh verstorben, der Vater wohl noch vor ihrer Geburt, die Mutter im Wochenbett. Sie ist bei ihrem Oheim Wolf Wurfbein im Gasthaus beim Frauentor aufgewachsen.«

Täuschte sie sich, oder erblasste Urban ob ihrer Worte? Verlegen wich er ihrem Blick aus, tat, als kostete er das Bier, räusperte sich mehrmals, bevor er wieder etwas zu sagen bereit war. »Ich erinnere mich dunkel. Wurfbein war Einspänniger. Gelegentlich habe ich mich seiner Dienste bedient. Ein sehr zuverlässiger Mann. Er wird seine Nichte gut erzogen haben. Was aber noch besser ist, sie ist das Bierbrauen also gewohnt. Das wird Euch hoffentlich bald dieser leidigen Pflicht im Haus Eures Vaters entledigen.«

Er tätschelte ihre Wange, dann setzte er von neuem den Becher an die Lippen und nahm einen weiteren tiefen Zug. Dora sah, wie sich der spitze Kehlkopf bei jedem Schlucken über den Rand seines schwarzen Faltrocks schob. Im Profil zeichneten sich die Züge von Urbans Gesicht noch schärfer ab als sonst. Die Wangen waren leicht eingefallen, die Augenlider geschwollen. Müde und ziellos blickte er umher. Die Reise musste ihn sehr angestrengt haben. Ehe sie ihn nach den genaueren Umständen fragen konnte, öffnete sich die Tür, und die vierzehnjährige Magd trat mit einem großen Tablett herein. Das irdene Geschirr klirrte gegeneinander, so eng standen die vielen Schüsseln darauf aneinander. Elßlins Zungenspitze blitzte zwischen den Lippen hervor, ihre Wangen waren gerötet. Man sah ihr die Anstrengung an, die es sie kostete, das schwere Tablett mit den dampfenden Schüsseln heil auf dem Tisch abzustellen. Dora gab ihr ein Zeichen, schnell wieder aus der Stube zu verschwinden. Urban ließ sich an seinem angestammten Platz am Kopfende des Tisches nieder und sah erwartungsvoll zu, wie Dora ihm zunächst von der Suppe in eine Schale schöpfte. Voller Genuss machte er sich daran, zuerst die Suppe, dann den gebratenen Hasen, das geschmorte Hirschfleisch und die verschiedenen Gemüse zu kosten. Den Kapaun sparte er sich wie stets bis zum Schluss auf.

»Wie ich sehe, habe ich Euren Geschmack getroffen.« Mit einem zufriedenen Lächeln betrat Mathilda die Stube. Umständlich wischte er sich die Lippen, bevor er sich erhob und die Arme zum Gruß ausbreitete.

»Wie immer ist Euch alles bestens gelungen. Ihr seid eine hervorragende Köchin. Selbst der Herzog neidet mir Eure Künste.« Herzlich schloss er sie in die Arme, was sie mit einem siegesgewissen Blick auf Dora gern geschehen ließ.

»Ich gebe mein Bestes, um es Euch in Eurem Heim recht zu machen. Elßlin hat saure Bohnen, Erbsen, Linsen sowie zweierlei Sorten Kohl gekocht. Das mögt Ihr doch gern zum Wildbret. Seht, das helle Brot dampft sogar noch. Erst wenige Augenblicke vor Eurer Ankunft hat es der Knecht von Bäckermeister Zells ins Haus gebracht. Mir ist, als hätte ich genau geahnt, wann Ihr zu Hause eintrefft.« Sie beugte sich derart galant über den Tisch, dass ihr wohlgeformter Leib dicht vor Urbans Angesicht gelangte. Er konnte nicht anders, als jede einzelne ihrer Bewegungen mit einem bewundernden Blick zu verfolgen. Behende rückte sie die Platte mit dem würzigen Käse und die Schalen mit verschiedenem Mus zurecht. »Sogar Nüsse und getrocknete Pflaumen habe ich noch herbeigezaubert«, säuselte sie. »Gegen Ende des Winters sind die Vorräte im Keller erschreckend dünn. Dennoch habe ich noch einige Schätze in der Hinterhand. Im eigenen Haus sollt Ihr niemals darben. Bis zum Eintreffen der ersten frischen Gerichte kann ich Euch jederzeit noch mit einigen unerwarteten Köstlichkeiten aufwarten. Das ist eben die hohe Kunst der Haushaltsführung.«

In einer atemberaubend anmutigen Bewegung richtete sie sich wieder auf und zwinkerte Dora zu. Dora hielt den Atem an. Zwar war es nicht das erste Mal, dass Mathilda sie in Urbans Gegenwart spüren ließ, wer nach wie vor die eigentliche Herrin am Mühlenberg war, dennoch brachte es sie an die Grenzen ihrer Langmut, den unwürdigen Auftritt zu ertragen. Sie äugte zu ihrem Gemahl, dem Mathildas Wettstreit offenbar völlig verborgen blieb. Er setzte sich. Seine Augen huschten gierig über den Tisch, er schnupperte den Duft der Speisen und wandte sich von neuem der Suppe zu.

»Greift zu, mein Augenstern«, forderte er Dora auf. »Allein zu essen bereitet mir kein Vergnügen. Auch Ihr, meine liebe Base, solltet Euch zu uns setzen.«

»Nein, nein«, wehrte Mathilda ab. »Am ersten Abend nach Eurer Rückkehr sollt Ihr allein mit Eurer Gemahlin speisen. Wenn Ihr erlaubt, sehe ich bei Elßlin nach dem Rechten. Die Kleine ist sehr ungeschickt. Es wird wohl noch einige Zeit dauern, bis sie ihre bäuerliche Herkunft überwunden hat.«

Sie wartete Urbans Zustimmung gar nicht erst ab, sondern verließ auf leisen Sohlen die Wohnstube. Als sich die Tür hinter ihr schloss, atmete Dora auf.

»Eine bewundernswerte Frau«, verkündete Urban. »Bis heute ist es mir ein Rätsel, warum sie darauf verzichtet hat, einen eigenen Hausstand zu gründen. Anträge sind ihr viele unterbreitet worden, ausgeschlagen aber hat sie selbst die vielversprechendsten Angebote. Und das alles nur, weil sie sich ihrem Versprechen, mir den Haushalt zu führen, verpflichtet fühlt.« Es war Dora, als verklärte sich der Blick seiner blassblauen Augen. Sie räusperte sich. Wie aus einem Traum erwachte er, sah sie einen Moment entrückt an, bis er begriff. Er streckte die Hand nach der ihren aus, drückte sie.

»Entschuldigt vielmals. Die lange Reise hat mir wohl zu arg zugesetzt. Doch jetzt bin ich wieder bei Euch und genieße das Zusammensein mit Euch in vollen Zügen.«

»Die Freude ist ganz meinerseits«, erwiderte sie. Der Anblick seiner Hand verwunderte sie. Wie gebannt hing ihr Blick darauf. Plötzlich verwandelte sie sich, war nicht mehr weiß und massig, sondern vom Wetter gegerbt und sehnig. Ein Schaudern erfasste sie, als sie sich vorstellte, was diese Hand zu packen und zu formen vermochte. Gerade malte sie sich aus, wie es sich anfühlte, von ihr berührt oder gar liebkost zu werden, da zerstob der Zauber so schnell, wie er aufgetaucht war. Vor ihr auf dem Tischtuch blieb Urbans gepflegte helle Schreibstubenhand mit den dicken blauen Adern zurück, die kaum jemals mehr als eine Feder oder ein paar Bogen Papier zu tragen hatte, geschweige denn mehr als einen flüchtigen Strahl Sonnenlicht zu sehen bekam.

»Erzählt mir mehr von der Frau Eures Bruders.« Urban bemerkte ihre Wirren nicht. Nachdem er Fleisch und Gemüse verzehrt hatte, schnitt er ein großes Stück vom Käse ab, spießte dazu eine Dörrpflaume auf die Gabel und schob sich beides zugleich in den Mund. Dora verfolgte jede einzelne seiner Bewegungen. Fürchtete oder hoffte sie, dass sich Veits Antlitz ein weiteres Mal vor ihre Augen schob? »Schade, dass Euer Vater uns nicht eher von der Hochzeit erzählt hat. Jörg wird ihm natürlich davon geschrieben haben. Auch wenn ich den alten Wurfbein gut kenne, ist mir seine Nichte leider völlig unbekannt. Wenn Ihr wollt, ziehe ich weitere Erkundigungen über ihre Eltern ein. Dora? Was ist mit Euch?«

Er beugte sich vor, sah sie eindringlich an. Seine Augen erschienen ihr noch wässriger als sonst. Allein das Drängende seines Blicks verlieh ihnen Lebendigkeit. Das aber genau war es, was Dora in diesem Moment berührte. Sie fasste nach seiner Hand. Das Kaltfeuchte von vorhin war verschwunden, sie fühlten sich wunderbar weich und warm an. Erfreut über ihre Geste, verschränkte er seine Finger mit den ihren, hielt sie fest. Eine ungeahnte Kraft strahlte plötzlich von ihm aus. Gern ließ sie sich davon forttragen.

»Besser, wir reden morgen über Jörgs Gemahlin und ihre Familie«, sagte er. »Die ersten Stunden des Wiedersehens sollten uns beiden ganz allein gehören.«

Sie nickte. Er hob ihre Hand zum Mund, hauchte einen Kuss darauf. Sacht glitt er mit den Lippen über die Haut, verharrte in einem zärtlichen Kuss an der Handwurzel. Sie streckte die Finger, berührte mit den Kuppen zart seine Wange. Er schmiegte sich dagegen. Tief versanken ihre Blicke ineinander. Je weiter sie in das Blau seiner Augen eintauchte, je eher meinte sie darin jenes verräterische Flackern zu erspähen, das sie letzte Woche schon einmal kurz hatte auflodern sehen. Auf einmal war es deutlich zu erkennen. Es lag also allein an ihr, die Glut zu schüren. War es ihr gelungen, in so späten Jahren überhaupt erst das Liebesglück in ihm zu entfachen, wie er es letzte Woche behauptet hatte, so war sie auch diejenige, die das Feuer zum Brennen brachte. Bedächtig erhob sie sich von ihrem Platz, stellte sich hinter ihn und schlang ihm die Arme um den Hals. Ihre Wange rieb an der seinen, genoss das Rauhe der kaum sichtbaren Bartstoppeln. Als sie die Augen schloss, hatte sie allein das Gesicht ihres Gemahls vor Augen. Endlich hatte sich das Traumgespinst in Luft aufgelöst.

Sanft, aber bestimmt lotste Urban sie ins Schlafgemach. Kaum hatten sie die Tür hinter sich geschlossen, begann er mit zittrigen, aber geschickten Fingern die Kleider von ihrem Leib zu lösen. In froher Erwartung ließ sie ihn gewähren. Als sie splitternackt vor ihm stand, betrachtete er sie ausgiebig. Ein angenehmes Schaudern erfasste sie. Scheu stellte sie den rechten Fuß leicht vor, schob Becken und Brust aufreizend heraus. Ihr zierlicher Leib gefiel ihm sehr gut, wie das Leuchten seiner Augen verriet. Davon ermutigt, schüttelte sie das Haar auf, hob die Arme und drehte sich zur Seite.

»Mein Augenstern!«, flüsterte er, nahm sie auf die Arme und trug sie zum Bett. Sie meinte vor Wonne zergehen zu müssen. Nur zu gern half sie ihm, sich ebenfalls zu entkleiden und zu ihr unter die Decke zu schlüpfen. Ihrer beider Atem wurde schneller, immer gieriger berührten sie einander, um schließlich ganz in einer innigen Umarmung aufzugehen. Alles um sie herum hüllte sich in Nebel, bis es ganz aus ihrem Bewusstsein verschwand. Einzig das Zusammensein mit Urban zählte. Verzückt spürte sie das Wachsen seiner Lust und begann auf die Erfüllung der eigenen hinzuarbeiten. Wie von brennendem Fieber erfasst, umklammerten ihre Hände sein hageres Gesicht. Inständig suchte sie seinen Blick, wollte sich auch darin ganz mit ihm vereinen. Sein Antlitz schwebte dicht über ihrem, ihre Nasenspitzen berührten sich fast.

»Veit!«, stöhnte sie plötzlich genussvoll auf, um im nächsten Moment vor Schreck zu erstarren. Was hatte sie da getan?

Urban hielt ebenfalls inne, sah verwundert auf sie herab, um schließlich mit einem tiefen Seufzer zur Seite zu gleiten.

»Verzeiht!«, wisperte er, dicht neben ihr auf dem Rücken liegend, den Blick starr nach oben zum hölzernen Betthimmel gerichtet. »Ich habe mich völlig vergessen.«

Ehe sie sichs versah, schlüpfte er in Hemd und Rock, zog Kniehose und Strümpfe an und deckte sie behutsam mit dem Federbett zu. Auf Zehenspitzen verließ er das Zimmer.

Sobald die Tür ins Schloss gefallen war, griff sie nach dem Kissen neben sich und schleuderte es wutentbrannt Richtung Tür.

Eine Weile stierte sie fassungslos auf die geschlossene Tür. Viel zu langsam begriff sie, was da gerade Ungeheuerliches geschehen war. Sie meinte vor Scham vergehen zu müssen. Vor Verzweiflung raufte sie sich die Haare, warf sich rücklings ins Bett.

Kaum hatte sie das Gesicht in den Laken vergraben, die noch immer Urbans zarten Lavendelduft ausatmeten, drängte sich wieder Veits Anblick in ihr Bewusstsein. Mit einem bedauernden Kopfschütteln sah er sie an, breitete die Arme aus und winkte sie zu sich.

Entsetzt riss sie die Augen auf. Es nützte nichts. Je mehr sie sich bemühte, das vermaledeite Traumgespinst aus ihren Gedanken zu verdrängen, umso deutlicher hatte sie es vor Augen. Zugleich wuchs die Begierde wieder an. Mit einem Aufschrei vergrub sie das Gesicht abermals in den Kissen und weinte sich in den Schlaf.

7

Der Geruch am Fischmarkt war übel. Schützend hielt Dora sich einen Zipfel ihrer Schürze vor die Nase, stieß Elßlin in die Seite, es ihr gleichzutun. Die vierzehnjährige Magd lachte auf. Über ihr blasses, sommersprossiges Gesicht huschte ein keckes Grinsen. »Ihr hättet mal in der Augusthitze bei uns zu Hause den Abtritt ausheben müssen, dann wüsstet Ihr, was Gestank ist«, erklärte sie übermütig, während sie eine dicke Frau unsanft beiseiteschob und über eine kleine Pfütze sprang, um mit Dora Schritt zu halten.

»Bei fünf Kindern und drei Erwachsenen, darunter ein verfressener alter Großvater und ein kräftiger Bauersmann wie mein Vater, kommt in der Grube einiges an Scheiße zusammen, von all dem anderen Mist gar nicht erst zu reden. In einer ärmlichen Lischke wie der unsrigen hat jeder so ein Loch hinterm Haus. Da müssen wir Mädchen kräftig anpacken.«

So unangemessen Elßlins Worte waren, so sehr genoss Dora ihr unbekümmertes Erzählen. Es lenkte sie für eine Weile von ihren Grübeleien ab, ließ gar die unglückselige Erinnerung an Veit Singeknecht in den Hintergrund treten. Lediglich der Schmerz über Urbans Verschwinden aus dem Schlafgemach blieb. Seit jenem unbefriedigenden Ende ihres Beilagers vor zwei Tagen nächtigte er in seinem Studierzimmer im zweiten Geschoss, suchte nur bei der gemeinsamen Vesper am Abend ihre Gesellschaft, sprach dabei lediglich das Notwendigste mit ihr. Für Mathilda war die merkwürdige Stimmung zwischen den Eheleuten ein gefundenes Fressen, wie ihre spitzen Bemerkungen bewiesen. Einzig Elßlin schien von dem Geschehen unberührt.

An den Ständen und Fischbänken herrschte reges Getümmel. Bald gingen Dora und Elßlin mehr hintereinander denn nebeneinander. Trotz des lutherischen Bekenntnisses hielten die Königsberger in den Wochen vor Ostern gern am Fisch auf dem Speisezettel fest. Dem beißenden Gestank zum Trotz scharten sich Hausfrauen und Mägde um die Fischbänke. Eine jede gierte danach, die besten Stücke zu ergattern. Der Platz am Ufer des Neuen Pregels war viel zu beschränkt, um dem gewaltigen Andrang Herr zu werden. Vor den doppelreihig aufgebauten Ständen beidseits der Schmiedebrücke wurde in vielen Sprachen gefeilscht und gestritten. Litauische wie polnische, deutsche und sogar holländische

Händler buhlten um die Gunst der Käuferinnen. Nur unter großen Mühen gelang es Dora und Elßlin, sich bis zu den offenen Fässern der Fischhändler vorzukämpfen.

»Leider hat es beim Abtrittsäubern immer mich getroffen«, plapperte Elßlin treuherzig weiter, während Dora sich auf die Zehenspitzen reckte, um über die Schultern zweier schwatzender Frauen auf die Auslagen eines samländischen Händlers zu spähen. »Das ist wohl das Schicksal der Jüngsten, noch dazu, wenn es das einzige Mädchen im Haus ist. Meine vier Brüder sind älter und gerissener als ich. Die haben lange vor mir gewusst, wie man der lästigen Aufgabe entgeht, Pisse und Scheiße eimerweise zum Misthaufen zu schleppen.«

»Was?« Empört drehten sich die Frauen vor ihnen um und erkannten Dora.

»Aber liebe Stöckelin«, ergriff die Ältere der beiden das Wort und blinzelte sie betont auffällig an, was, wie Dora wusste, ein versteckter Hinweis auf ihre unterschiedlich gefärbten Augen war. »Wie redet Eure Magd? Wenn das Euer Gemahl erfährt, wird er außer sich sein.«

»Oh, verzeiht.« Erschrocken hielt Elßlin inne, die Wangen glutrot angelaufen. »D-D-D-Das w-w-w-w-wollte ich n-n-n-nicht. M-M-M-Mir s-s-s-s-sind d-d-d-d-da wohl wieder die Zügel durchgegangen. So darf ich nicht reden.«

»Schon gut.« Dora tätschelte ihr die Schulter, bevor sie die Frauen süß anlächelte. »Habt bitte Verständnis, meine liebe Papin, liebe Lohmännin. Wie soll ein Kind vom Land es binnen weniger Wochen lernen, uns Königsbergern geschliffen nach dem Mund zu reden?« Leicht verneigte sie sich vor ihnen und schob Elßlin weiter.

»Aber das ist doch …« »Was soll das …« Die beiden Frauen schnappten nach Luft. Dora freute sich. Urban würde ihre schlagfertige Antwort gutheißen, ärgerte er sich doch jeden Tag über das scheinheilige Getue der Bürgerschaft in den drei Pregelstädten, die nach außen gern vornehm tat und insgeheim doch wie alle anderen verbotenerweise den Nachttopf auf die Gassen leerte.

»Da werden die zwei sich wohl noch ein bisschen ärgern«, erklärte sie der jungen Magd. »Mir gegenüber kannst du ruhig weiter reden, wie dir der Schnabel gewachsen ist. Ich bin auch unter zwei Brüdern aufgewachsen und kann mir gut vorstellen, wie es bei dir zu Hause zugegangen ist.«

Sie hakte sich bei Elßlin unter. Fast war ihr zum Singen zumute, derart hatte sie der kleine Zwischenfall aufgeheitert. Sie reckte die Nase in die Luft, genoss die warme Märzsonne. Viel zu selten kam sie in letzter Zeit aus dem Haus. Gerade als sie die Augen schließen und sich ganz dem Genuss hingeben wollte, zupfte Elßlin sie am Ärmel.

»Da, seht nur!« Aufgeregt wies sie mit dem ausgestreckten Zeigefinger auf eine Fischbank links der Gasse. Das Gedränge hatte sich etwas gelichtet, so konnten sie direkt darauf schauen. »Sucht Ihr nicht genau danach?«

»Wo kommt denn jetzt schon der Stör her?« Beglückt über die Entdeckung, stürzte sich Dora auf die Fischbank, betrachtete den etwa zwei Fuß langen Fisch mit den gebuckelten Knochenplatten und der spitz auslaufenden Schwanzflosse. Es handelte sich um ein recht junges Tier, wie die rauhen, sehr deutlich ausgeprägten Knochenplatten sowie die geringe Größe zeigten. In Erwartung eines guten Geschäfts rieb sich der Händler bereits die Hände. Erst als er Doras auffälligen Blick mit den verschiedenfarbigen Augen gewahr wurde, stockte er, wusste nicht so recht, wohin er schauen sollte.

»Passt gut auf«, ertönte da die Stimme der untersetzten Lohmännin, die sich eben so über Elßlin erregt hatte. Schwer atmend tauchte sie neben der Magd auf und presste sich die

Hand gegen den kurzen Hals. Beim Laufen hatte sie sich deutlich übernommen, wie der sich heftig hebende und senkende Brustkorb sowie die ungesunde Gesichtsfarbe verrieten. Im sachten Wind flatterten die Flügel ihrer Haube. »Habt Ihr nicht gehört, dass ein fremder Fleminger sämtlichen Fang im Pillauer Tief aufgekauft hat? Einsalzen will er den Stör und weit übers Meer verkaufen, weil er dort mehr Geld dafür bekommt. Wollen wir überhaupt noch welchen haben, gibt er ihn uns nur zum völlig überteuerten Preis ab. Woher aber sollen wir sonst Stör bekommen? Fragt also den Burschen hier, was er haben will, und Ihr werdet merken, dass er mit dem Halunken unter einer Decke steckt. Dabei ist Fürkauf verboten! Ganz abgesehen davon, dass wir Königsberger immer das Vorkaufsrecht auf den Pillauer Stör gehabt haben. Unser Herzog ist viel zu gutmütig, wenn es um den Schutz der Holländer Lieger geht. Nur, weil er denkt, ihnen aus Glaubensgründen eine Zuflucht bieten zu müssen, darf er nicht vergessen, ihnen beim Handeln besser auf die Finger zu schauen. Aber wem sage ich das? Ihr, liebe Stöckelin, werdet von Eurem Gemahl mehr als einmal davon gehört haben. Seid also vorsichtig, bei wem Ihr Euren Fisch kauft. Mitte März hat Stör sowieso noch nichts auf den Tellern zu suchen.« Ein siegessicheres Schmunzeln spielte um ihre Mundwinkel.

»Danke für Euren Rat. Habt keine Sorge, ich weiß, was ich tue, wenn ich Fisch kaufe. Auch wenn ich in Euren Augen noch sehr jung bin, so habe ich doch schon einiges gelernt, was mein Gemahl zu schätzen weiß.«

»So?« Abfällig musterte die Lohmännin sie vom Scheitel bis zur Sohle, verharrte lange auf ihrem Gesicht, studierte ihren besonderen Blick. Dora zwang sich, der frechen Musterung standzuhalten. Endlich drehte sich die Lohmännin um und verschwand. Aus dem Augenwinkel beobachtete Dora, wie sie zur alten Papin zurücklief, die immer noch einige Stände entfernt Neuigkeiten austauschte. Gewiss würde sie ihr gleich einen weiteren Beweis von Doras Unfähigkeit als Hausfrau und Gemahlin des herzoglichen Kammerrats liefern.

»Wenn Ihr so früh im Jahr schon eifrig mit Stör handelt, werdet Ihr mir auch zu einem guten Preis seine Fischblase verkaufen«, wandte Dora sich dem Mann an der Fischbank zu. »Auch von den anderen Abfällen nehme ich gern.«

»Ihr wollt nur von den Abfällen?« Verdutzt schaute er sie an, packte aber, als Dora bestätigend nickte, das Gewünschte in eine tönerne Schüssel, die Elßlin ihm aus dem Korb an ihrem Arm reichte. Kaum hörbar raunte er Dora eine lächerlich geringe Summe als Preis ins Ohr. Sie war sich sicher, es keinesfalls mit einem Fleminger Lieger zu tun zu haben. Von der holländischen Art, die Worte sehr kehlig auszusprechen, war bei ihm nicht die geringste Spur zu hören. Als sie ihm die Münzen in die Hand zählte, war das Zittern seiner sehnigen Finger kaum zu übersehen.

»Keine Sorge, mein Gemahl, der herzogliche Kammerrat, kümmert sich vor allem um die Baumeister, Maurer und Zimmerleute. Mit dem Störfang und dem Fürkauf der Fleminger Kaufleute hat er nichts zu tun.«

Mit Genugtuung bemerkte sie das Aufatmen des Mannes, den sie, anders als die Lohmännin, niemals als »Burschen« bezeichnet hätte. Dazu schien er zu alt, wenngleich auch die von Wind und Wetter gegerbte Haut sowie das schüttere Haar unter der schäbigen Kappe über sein wahres Alter hinwegtäuschen mochten.

Gutgelaunt ging sie Elßlin voraus. Von der Krämerbrücke trennten sie nur noch wenige Schritte. Schon wollte sie sich rechts hinüber der Altstadt zuwenden, da kam ihr ein Gedanke. »Lass uns noch beim Käskramer Töppen einkaufen«, schlug sie Elßlin vor und steuerte bereits eine der Buden mitten auf der Brücke an. Dort erstand sie Käse, Butter und Schmalz, um wie zufällig zu einer weiteren Bude am Kneiphofer Ende der Brücke zu schlendern, wo sie einen Beutel Mandeln sowie ein kleines Fass Honig erwarb. Elßlin stöhnte leise. Keine dieser Besorgungen hatte Mathilda ihnen aufgetragen. Dora kümmerte das wenig, sie hatte anderes im Sinn. Von den Krämerbuden war es nicht weit bis zum Anwesen von Kaufmann Tschakert gleich neben dem Badehaus in der Kneiphofer Langgasse. Die Gelegenheit schien günstig, es sich einmal aus der Nähe anzusehen.

»Was wollt Ihr hier?« Ratlos schaute Elßlin zwischen ihr und dem Haus hin und her, warf auch einen verwunderten Blick zum benachbarten Badehaus.

»Ich muss mir etwas ansehen.« Dora war bereits tief in Gedanken zu Tschakerts Haus versunken. »Geh nach Hause und bring die Fischblase mit den übrigen Resten des Störs in die kleine Küche neben meiner Werkstatt. Dort werde ich sie am Nachmittag erhitzen.«

Ungeduldig wartete sie, bis das Mädchen fort war. Dabei behielt sie Tschakerts Anwesen genau im Blick und postierte sich auf der gegenüberliegenden Seite der Langgasse. Jörgs beiläufige Bemerkung letztens, der in den vergangenen Jahren zu Reichtum gelangte Kaufmann plane einen Umbau, für den sich Vater Wenzel als Baumeister empfehlen wollte, hatte sie neugierig gemacht. Noch war von außen nichts von dem Vorhaben zu erkennen, allerdings verriet die im Vergleich zu den umliegenden Gebäuden recht schlichte Fassade, wie lange schon nichts mehr an dem Haus verschönert worden war. Auch ein mehrgeschossiger Giebel wie bei den Nachbarn fehlte. Der würde weiteren Wohn- und Lagerraum schaffen.

Mit gekonntem Blick maß Dora, was sich an zusätzlichem Platz durch Aufstockung der Grundmauern sowie Ausweitung des Beischlags in die Gasse hinein gewinnen ließ. Ebenso schätzte sie ab, welcher Zierat an Fensterbögen und Stufengiebel möglich war, ohne dass Tschakerts Haus zu sehr aus der Reihe der anderen Gebäude herausstach. Ein ähnliches Bauvorhaben aus den Aufzeichnungen ihres Ahns kam ihr in den Sinn. Sehr genau hatte er seinerzeit festgehalten, welche Materialien er dabei verwendet hatte und wie teuer das Ganze geworden war. Leicht konnte sie daraus einen neuen Entwurf anfertigen, den Jörg dem Vater als den seinen vorlegen konnte. Dieses Mal würde das besser gelingen als bei dem Bauauftrag für Gerichtsrat Jonas vor zwei Jahren. Jörg blieb vor Ort und konnte somit genau darauf achten, dass Wenzel das Vorhaben den Plänen gemäß ausführen ließ.

»Dora, welch Überraschung!« Sie zuckte zusammen. Kaum dachte sie an Jörg, da hörte sie schon seine Stimme. Verwundert schaute sie zum Hauseingang. Tatsächlich trat da gerade ihr Bruder von dem bislang noch recht schmalen Beischlag herunter. Freudig winkte er mit seinem Barett zu ihr herüber. Das Lächeln erstarb auf ihrem Gesicht, sobald sie erkannte, wer hinter ihm die Treppe herabstieg – Veit Singeknecht. Die Knie wurden ihr weich. Nach allem, was er in ihr aufgewühlt hatte, konnte sie ihm unmöglich gegenübertreten. Sofort würde er merken, wie es um sie bestellt war. Zum Weglaufen war es allerdings zu spät. Längst war auch ihr Vater in der Tür aufgetaucht, verabschiedete sich herzlich von Kaufmann Tschakert und folgte Jörg und seinem Freund über die Straße. Erstarrt sah sie ihnen entgegen.

»Du bist ganz allein unterwegs? Weiß dein Gatte von deinem Ausflug?« Der Vater verhehlte nicht, wie sehr es ihm missfiel, sie um diese Zeit allein in der Langgasse anzutreffen.

Gleich erfasste sein strenger Blick das Fehlen eines Einkaufskorbes und damit das Fehlen jeglichen für ihn nachvollziehbaren Grundes, der ihr Auftauchen an diesem Ort zu dieser Tageszeit rechtfertigte. »Was führt dich ausgerechnet zum Haus von Tschakert?« Seine Stimme klang vorwurfsvoll. Das wenige weiße Haar stand unter dem Rand seines Baretts wirr nach allen Seiten ab, das ebenso weiße Barthaar zitterte. Der Pelzkragen seiner Schaube wirkte struppig, das schwarze Tuch speckig. Beinkleider und Schuhe strotzten vor Schmutz. Renata wurde der vielen Aufgaben im Haus einfach nicht Herr. Ein Anflug von Mitleid überfiel Dora.

»Es ist mir eine Freude, Euch wiederzusehen«, drängte sich Veit Singeknecht nach vorn. Ehrerbietig nahm er das Barett vom Kopf und verneigte sich tief. Dora erblasste. Sie fühlte sich außerstande, den Gruß zu erwidern. Wenn er ihr jetzt auch noch die Hand reichen oder gar in die Augen sehen würde, würde sie im Erdboden versinken. Der Gedanke, in welcher Situation ihr sein Name zuletzt entschlüpft war, raubte ihr schier den Verstand. Zugleich spürte sie wieder dieses innere Feuer in sich auflodern.

»Du darfst uns gratulieren«, verkündete Jörg mit stolzgeschwellter Brust. »Tschakert hat uns gerade den Auftrag für den Umbau seines Hauses erteilt. Veit wird Vater und mir dabei zur Hand gehen. Gestern noch haben wir fleißig am Entwurf gearbeitet, eben hat Tschakert ihn für äußerst gelungen erklärt.«

»Das freut mich«, brachte Dora mühsam heraus. Die Augen auf den Bruder gerichtet, spürte sie, wie Veits Blick auf ihr haftete.

»Du siehst, wir haben alle Hände voll zu tun.« Der Vater tat geschäftig. »Im Frühling wird fleißig zu Maurerkelle und Zimmermannsaxt gegriffen. Rund um das Schloss und in den

Königsberger Städten gibt es einiges zu richten. Gut, dass Jörg aus Nürnberg zurückgekehrt ist, um bei den anstehenden Aufträgen mit anzupacken. Auch die helfende Hand seines Freundes nutzt uns sehr. Dein Gemahl hat uns für heute Nachmittag zu sich in den Mühlenberg gebeten. Gewiss will er Veit Singeknecht kennenlernen, damit sich unser Freund bald am herzoglichen Hof als Baumeister vorstellen kann. Hofbaumeister Römer hat wohl neue Pläne für den weiteren Ausbau des Schlosses vorgelegt und wird dabei auch so erfahrene Baumeister wie mich gern zu Rate ziehen. Hat dein Gatte dir gegenüber schon etwas verlauten lassen?«

»Bitte?« Dora versuchte sich nicht anmerken zu lassen, wie sehr sie die Nachricht von Urbans Einladung überraschte. Kein Wort hatte er am Morgen darüber verloren, streng genommen hatte er in den letzten beiden Tagen ohnehin kaum ein Wort an sie gerichtet. »Ich freue mich, wenn Ihr unsere Gäste seid«, rang sie sich zu einer Erwiderung durch. »Bleibt Ihr zum Abendessen? Zwar wird bei uns mittwochs wie bei Hofe Fisch gereicht, doch Ihr kennt Mathildas Künste, selbst aus dem trockensten Stockfisch ein fürstliches Mahl zu bereiten. Darben werdet Ihr also ganz sicherlich nicht.«

»Du hast mich falsch verstanden«, stellte der Vater fest. »Bei unserem Gespräch geht es allein um geschäftliche Belange. Dein Gemahl und wir haben unter Männern zu reden.«

»Gewiss findet sich bald eine Gelegenheit, in den Genuss Eurer hochgeschätzten Gastfreundschaft zu gelangen«, schaltete sich Veit mit einem Lächeln ein, das ihr den Atem raubte. »Gerade erst eine Woche bin ich hier am Pregel. Wenn Euer Vater einverstanden ist, werde ich die Gastfreundschaft Eurer Familie gern für einige Monate nutzen. Wo, wenn nicht in den drei Städten Königsbergs sowie am

Hofe Herzog Albrechts, können sich die Künste derzeit in voller Pracht entfalten? In Preußen herrscht eine Aufbruchstimmung, wie wir Künstler sie uns gern erträumen.«

Der Vater begleitete Veits Schwärmerei mit einem misslichen Brummen, Jörg schmunzelte still in sich hinein. Auf einmal wusste Dora: Wollte sie ihr Seelenheil retten, sollte sie dem Vater zutiefst dankbar sein, sie von der anstehenden Begegnung fernzuhalten. Veit Singeknecht war ihr Verderben. Um ihren sicheren Untergang zu verhindern, musste sie ihm fortan tunlichst aus dem Weg gehen.

8

Der Gestank nach altem Fisch durchzog das gesamte Haus. Selbst bei geschlossener Tür war er in der Wohnstube noch gut zu riechen. Angewidert verzog Mathilda das Gesicht. So kurz nach dem Mittagessen fand sie den Geruch besonders unerträglich. Ebenso unerträglich fand sie allerdings auch, dass Urban in der Wohnstube saß und arbeitete. War es schon seltsam, dass er ohne Vorankündigung zum Mittagessen im Haus aufgetaucht war, so war es noch eigenartiger, dass er danach keine Anstalten machte, in die Rentkammer aufs Schloss zurückzukehren. Wie selbstverständlich war er nach dem Ende des Mittagsmahls sitzen geblieben und hatte seine Schreibutensilien auf dem frei gewordenen Tisch ausgebreitet. Von dem Gestank schien er ebenso wenig etwas zu bemerken wie von Mathildas Empörung darüber. Vertieft in seine Schreiberei, thronte er auf seinem gewohnten Platz am Tischende. Das emsige Kratzen der Feder auf dem rauhen Papier verriet, wie eilig er es mit seinen Aufzeichnungen haben musste.

»Wie haltet Ihr das nur aus?«, fragte sie ihn nach einer Weile und tat, als müsste sie nah bei ihm den Tisch wischen. Wie zufällig stieß sie dabei gegen das Buch, das dort aufgeschlagen lag, und versuchte einen Blick auf die Seiten zu erhaschen. Es handelte sich um die Chronik, an der der Vetter seit Jahren schrieb, wie sie an den ersten Sätzen erkannte. Allzu gern wüsste sie, was er für wert erachtete, der Nachwelt zu überliefern. Ob ihr eine kleine Rolle darin zukam? Sie reckte sich weiter nach vorn, wollte mehr lesen. Vergeblich. Urban schlug das Buch zu, starrte gedankenverloren vor sich hin, spielte mit der Feder in seinen Händen. »Riecht Ihr das denn gar nicht?«

»Was?« Langsam drehte er den Kopf zu ihr. Der Blick seiner hellblauen Augen wirkte entrückt, sein kantiges Antlitz erschlafft. Alles Strenge, Kammerherrliche, was es sonst so markant zeichnete, war daraus verschwunden. Das Grübeln über seine Chronik musste ihn völlig erschöpft haben.

»Diesen üblen Gestank«, setzte sie nach und schaute ihn weiterhin aufmerksam an. Zugleich bemühte sie sich, so unbeschwert wie möglich zu klingen. »Meidet Ihr deshalb Eure Studierstube? Oben im zweiten Geschoss muss es am schlimmsten sein, kocht Eure Gemahlin doch ihre Fischabfälle in der Küche direkt neben Eurer Kammer. Soll ich sie bitten, mit ihrem seltsamen Gebräu zu warten, bis Ihr wieder im Schloss seid? Sie kann es auch gut an einem anderen Tag aufkochen. Die Fischabfälle sind ohnehin schon verdorben, da können sie gut und gern noch ein paar Tage länger liegen. Denkt Euch nur, sie ist sich nicht zu fein, unten am Fischmarkt ausdrücklich selbst um die Reste der Händler zu bitten. Was sollen die Leute nur denken, wenn sie hören, dass die Frau des ehrwürdigen herzoglichen Kammerrats …«

»Genug!« Urbans Faust sauste auf den Tisch. Erschrocken fuhr sie zusammen. »Die Arbeit meiner Gemahlin kann und darf niemals warten. Ebenso ist überhaupt nichts dabei, wenn sie sich die Zutaten für ihre Fischleimpausen eigenhändig auf dem Markt besorgt. Sie weiß am besten, was sie für ihre Arbeit benötigt. Keinen Deut kümmert es mich, wie sich die Königsberger darüber ihr schändliches Maul zerreißen. Dora besitzt eine besondere Gabe. Allein darauf kommt es an.«

Verächtlich warf er die Feder in die Schale und erhob sich von seinem Platz. Die schneeweißen, schlanken Hände hinter dem Rücken verschränkt, begann er vor der Fensterfront auf und ab zu gehen. Seine Lippen bildeten einen geraden Strich, in den Mundwinkeln zeichneten sich tiefe Furchen ab. Wieder blickte er starr ins Nichts. Anscheinend beschäftigte ihn immer noch das eben in der Chronik Beschriebene. Es musste etwas sehr Aufwühlendes sein.

»Verzeiht«, hob Mathilda abermals an, »ich dachte nur, der aufdringliche Geruch hindere Euch daran, oben in Ruhe …«

»Schon gut.« Jäh blieb er stehen. Es gelang ihm sogar eine Andeutung von einem Lächeln, als er sie ansah. »Ihr könnt nicht wissen, was meine Gemahlin dort oben tut. Für Außenstehende mag es etwas befremdlich erscheinen, doch es hat seinen Sinn, glaubt mir. Daraus wird Großes entstehen.«

Das hörte sich an, als spräche er mit einer ungebildeten Magd. Sie musste an sich halten. War sie das nicht auch längst für ihn, seit er mit der jungen Selege verheiratet war? Sie ballte die Hände zu Fäusten, spitzte den Mund. Er stellte sich auf der gegenüberliegenden Seite des Tisches hinter einen der Stühle, umfasste zunächst die aufwendig gedrechselte Rückenlehne, bevor er mit den Fingerkuppen beinahe zärtlich die einzelnen Verzierungen nachstrich.

»Heute gehe ich übrigens nicht mehr ins Schloss zurück«, erklärte er beiläufig. »Ich erwarte noch Besuch.«

»Doch nicht etwa Hausvogt Göllner? Wollt Ihr wieder mit ihm ein vertrauliches Gespräch führen, so wie Anfang letzter Woche hier in der Wohnstube?« Kaum hatte sie die Worte ausgesprochen, bereute sie ihr Vorpreschen. Urbans Miene verfinsterte sich, ungeduldig trommelte er mit den Fingern auf die Kante der Stuhllehne. Dennoch musste sie weiterreden: »Wisst Ihr eigentlich, dass sich Göllner während Eurer Abwesenheit mit Eurem Schreiber Hubart in der Stadt getroffen hat? Vor einigen Tagen, als Ihr in Labiau wart, habe ich die beiden in der Nähe der Schlosstreppe gesehen. Es hatte den Anschein, als würden sie bei ihrem Treffen ungern beobachtet werden. Sie müssen sehr Vertrauliches miteinander …«

»Davon weiß ich längst!« Brüsk unterbrach er sie. »Denkt Euch nichts dabei. Das geschah natürlich auf meine eigene Anweisung. In meinem Auftrag soll Hubart einige Erkundigungen bei dem Hausvogt einholen, die ich für weitere Entscheidungen benötige. Das alles ist mehr als belanglos, eigentlich kaum der Rede wert.«

»So wie überhaupt Göllners unerwartete Rückkehr an Albrechts Hof? Noch dazu ausgerechnet als Hausvogt, nach allem, was damals in Nürnberg vorgefallen ist? Deshalb trefft Ihr Euch mit ihm wohl auch außerhalb des Schlosses.« Ergrimmt sah sie ihn an. Urban sollte nicht glauben, sie hätte vergessen, wer Egbert Göllner war und was sich einst zwischen ihnen ereignet hatte. Auch wenn sie seinerzeit erst zwölf Jahre alt gewesen war, so hatte sie doch ihre Beobachtungen gemacht, wahrscheinlich sogar weitaus treffender, als er je vermutete.

»Hört auf, Euch in diese Geschichte hineinzusteigern. Mit Göllner bin ich fertig. Ihn wieder in Dienst zu nehmen, ist allein die Entscheidung des Herzogs gewesen. Damit kann ich allerdings gut leben.«

»Schön zu hören.« Sie tat, als wäre das Thema damit für sie ebenfalls beendet. »Wen erwartet Ihr also dann?«

Ein kaum merkliches Flackern in seinen hellblauen Augen verriet einen kurzen Moment seine Unsicherheit. Das machte sie abermals stutzig. Sie zog die Augenbraue nach oben. Verlegen hüstelte Urban in die Faust, sah an ihr vorbei zu einem der Wandteppiche neben der Tür zum Flur. »Mein Schwäher und sein Sohn werden mich gleich aufsuchen. Wie Ihr wisst, ist mein Schwager vor einigen Tagen von seiner zweijährigen Reise zurückgekehrt und hat einen Freund aus Nürnberg mitgebracht. Den soll ich bei Hofe einführen. Er ist Baumeister wie er.«

»Darf ich fragen, wie er heißt?« Mathilda wunderte sich, bei ihrem Besuch in der Kneiphofer Domgasse letztens nichts von diesem Gefährten mitbekommen zu haben. Dass die wirre Renata nichts davon erzählt hatte, wunderte sie wenig. Dass aber Dora kein Wort darüber verloren hatte, war seltsam.

»Veit Singeknecht«, erwiderte Urban knapp.

»Veit Singeknecht?«, wiederholte Mathilda, weil sie meinte, sich verhört zu haben. »Doch nicht etwa *der* Veit Singeknecht, den Ihr seinerzeit einen Eurer besten …? Ach nein«, unterbrach sie sich selbst und schüttelte den Kopf. »Der ist viel zu alt, um als Freund des jungen Selege durchzugehen. Außerdem habt Ihr gerade gesagt, er wäre ebenfalls Baumeister. Also handelt es sich wohl um den Sohn. Stimmt, ich erinnere mich, Singeknechts Sohn trug denselben Namen wie sein Vater. Ein Baumeister ist er also geworden, kein Rechtsgelehrter wie sein Vater. Ich bin gespannt, ihn nach all den Jahren wiederzusehen. Erst also Göllner, nun Singeknecht. Es hat den Anschein, als befändet Ihr Euch auf dem besten Weg, alte Zeiten wieder aufleben zu lassen. Wie schön, dass Ihr Euch immer noch so sehr Eurer fränkischen Heimat verbunden fühlt und alte Weggefährten in Eurem Haus willkommen heißt.«

Ehe er sie von neuem zurechtweisen konnte, nahm sie ihr Poliertuch und verließ die Wohnstube. In der Küche gab es genug zu tun. Elßlin war eigentlich viel zu jung und unbedarft, um mit den ihr zugewiesenen Aufgaben zurechtzukommen. Als es laut gegen die Tür pochte, schickte sie sie zum Öffnen nach unten. Sie selbst würde den Besuch erst im Obergeschoss empfangen und dann zu Urban in die Wohnstube geleiten. Gebannt wartete sie in der Küche, bis sie die ersten Schritte auf dem Treppenabsatz vernahm. Fröhliche Männerstimmen verrieten gute Laune. Sie wischte die Hände an der Schürze trocken, prüfte den Sitz ihrer Haube, dann trat sie auf den Flur.

»Liebe Mathilda Huttenbeck! Wie schön, Euch zu sehen.« Die Hand zum Gruß ausgestreckt, kam Wenzel Selege direkt auf sie zu. Auf seinem breiten Gesicht lag ehrliche Wiedersehensfreude. Kräftig schüttelte er ihre Hand. »Darf ich Euch endlich meinen ältesten Sohn Jörg und seinen Freund Veit Singeknecht aus Nürnberg vorstellen?«

Er winkte zur Treppe, auf deren oberster Stufe soeben zwei junge Männer im Alter von etwa Mitte zwanzig auftauchten. Der erste wirkte etwas blass, die Augen unsicher durch den dämmrigen Flur huschend, die schmalen Lippen aufeinandergepresst. Das war Doras vier Jahre älterer Bruder, dem sie bislang nur einmal kurz persönlich begegnet war. Zögernd trat er auf sie zu und grüßte sie knapp. Es wunderte sie, wie kraftlos seine Schultern nach vorn fielen. Offenbar behagte ihm die Gegenwart des Vaters wenig. Sein Begleiter allerdings übersprang übermütig die vorletzte Stufe und stand in wenigen Schritten vor ihr. Schwungvoll nahm er das Barett vom Kopf und verbeugte sich artig. Sie meinte, die Zeit hätte stillgestanden. Als er den Kopf hob und sie ansah, war es, als wäre sie wieder ein zwölfjähriges Mädchen und träte dem Rechtsgelehrten Veit Singeknecht gegenüber. Fast hätte sie artig wie ein kleines Kind vor ihm einen Knicks gemacht. »Ihr seht Eurem Vater sehr ähnlich.«

»Das sagen viele«, entgegnete er. »Umso besser, dass ich nicht in seine Fußstapfen getreten bin und mich ebenfalls der Rechtswissenschaft gewidmet habe. Das hätte nur für weitere Verwirrung gesorgt.«

»Auch wenn es das Beste ist, dass der Sohn dem Weg des Vaters folgt, wie zumeist schon der Vater dem seines Vaters gefolgt ist.« Wenzel Selege klopfte seinem Sohn Bestätigung heischend auf die Schulter. Der aber zog seinen Kopf noch tiefer zwischen die Schultern.

»Manchmal muss der Sohn sich auch vom Vater lösen und eigene Wege ausprobieren.« Von ihnen allen unbemerkt, war Urban aus der Wohnstube gekommen und begrüßte die Besucher ebenfalls.

Mathilda entging nicht, wie Wenzel Selege auf die Bemerkung reagierte. Schlagartig verfinsterte sich sein Antlitz. Erst als er ihres Blickes gewahr wurde, fasste er sich wieder und rang sich ein zustimmendes Lächeln ab.

»Seid froh, meine Liebe, dass Ihr als Frau solcher Verpflichtungen enthoben seid und von Anfang an wisst, was genau Eure Bestimmung auf Erden ist.«

»Lasst uns nicht im Flur solch tiefschürfende Gedanken austauschen. Kommt lieber in meine Stube, damit wir in Ruhe miteinander reden können.« Einladend breitete Urban die Arme aus und wies auf die weit offenstehende Tür. Wenzel folgte seiner Aufforderung sogleich, Jörg zögerte jedoch und drehte sich zu Veit um. Auch Mathilda wunderte sich auf einmal, warum der junge Singeknecht nicht gleich nachkam. Als sie zu ihm sah, stutzte sie. Veit war zurück zur Treppe gegangen und schaute dort mit einem verzückten Lächeln hinauf. Mathilda folgte seinem Blick. Gerade noch nahm sie wahr, wie Dora sich auf der halben Treppe nach oben umdrehte und auf leisen Sohlen ins zweite Geschoss verschwand.

9

Voller Erwartungen betrat Dora die Junkergasse. Sie wollte den linden Frühlingsmorgen nutzen, um sich einige der neuen Häuser anzusehen. Von dem ein oder anderen konnte sie gewiss etwas für ihre eigenen Entwürfe lernen. Urban fragte immer ungeduldiger danach, dabei stand es weiterhin in den Sternen, wann und ob der Herzog ihm überhaupt je das seit langem in Aussicht gestellte Grundstück übertrug. Das fröhliche Zwitschern der Vögel ließ sie ihre trüben Gedanken rasch vergessen. Gutgelaunt schritt sie aus.

In einem leichten Bogen führte die Junkergasse nordwärts vom Schloss weg zu den herzoglichen Gärten hinüber. Somit lag sie bereits außerhalb der Stadtmauern und gehörte zur Burgfreiheit. Dank Albrechts Großzügigkeit hatten sich dort in den letzten Jahren vor allem hochrangige Hofbedienstete sowie einige von ihm besonders privilegierte Handwerker wie etwa der ehemalige Danziger Druckermeister Hans Weinrich oder der Buchbinder Kaspar Angler und der herzogliche Leibarzt Andreas Aurifaber, Breslauer Eidam des vielgerühmten Osiander, niedergelassen. Albrecht liebte es, als Dank für jahrelange treue Dienste Grundstücke an seine Untergebenen zu verschenken. Umso bitterer war es für Urban, als herzoglicher Kammerrat und einer der engsten Vertrauten Albrechts bislang leer ausgegangen zu sein. Die Hofstellen in der Junkergasse außerhalb der drei eigentlichen Städte Königsbergs besaßen den Vorteil, weitaus großzügiger vermessen zu sein als diejenigen innerhalb der Stadtmauern. Das erlaubte eine weitaus prachtvollere Bauweise, insbesondere, was die Breite der Gebäude betraf. Viele von ihnen besaßen statt eines schlichten Hofs sogar einen kunstvoll angelegten Garten, der durch einen eigenen Torbogen neben dem Haus betreten werden konnte. Über die Torbögen nach draußen wuchernde Sträucher ließen vermuten, wie üppig diese grünen Oasen im Innern gediehen. Sie lockten Scharen bunter Vögel an, wie das Gezwitscher der Spatzen verriet, unter das sich auch das abwechslungsreichere Singen der Drosseln und das bestimmte Rufen der Meisen mischten.

Vor dem Anwesen von Druckermeister Hans Weinrich blieb Dora stehen, ließ den Blick ihrer verschiedenfarbigen Augen über den roten Backsteinbau wandern. Im Vergleich zum benachbarten Haus von Buchbindermeister Kaspar Angler wirkte es erstaunlich schlicht. Wie auf den Freiheiten üblich, verzichteten beide Gebäude auf einen Beischlag als Vorbau, sondern ragten gleich von der Straße auf. Das lenkte das Augenmerk sofort auf den von Säulen und Wimperg flankierten Eingang mit den daraus emporsprießenden Fialen. Bei Weinrich ragte ein Erker im ersten Stock so weit heraus, dass er eine Art Überdachung bot, was Dora gut gefiel. Bei Angler dagegen fand sich der Erker um ein Doppelfenster nach links versetzt, was eine großzügigere Ausgestaltung desselben erlaubte, musste er doch nicht mehr der Breite der darunterliegenden Tür angepasst sein. Zwei Wohn- und drei Giebelgeschosse umfasste Weinrichs Haus, das von Angler dagegen erlaubte sich eine zusätzliche dritte Wohnetage, wenn auch die Höhe und Breite der Fenster in der obersten darauf schließen ließen, dass es eine weitaus einfachere war als die übrigen. Dora legte den Kopf in den Nacken, um die Giebelgestaltung besser in Augenschein nehmen zu können.

»Ihr nehmt Eure Aufgabe sehr ernst«, sprach eine angenehme Männerstimme dicht neben ihr. Sie erschrak. Über ihrer Begeisterung für die Bauten hatte sie ihre nächste Umgebung völlig ausgeblendet. Als sie sich zur Seite drehte, gewahrte sie Veit Singeknecht. Er grüßte sie mit einem bewundernden Lächeln. Sie meinte im Boden versinken zu müssen vor Scham. Er hatte die flüchtige Begegnung im Treppenhaus vor zwei Tagen völlig missverstanden. Nie mehr wollte sie ihn wiedersehen, nie mehr daran erinnert werden, wie ihr letztens ausgerechnet im innigsten Moment des Beisammenseins mit Urban sein Name entschlüpft war. »Die Pracht der Häuser nimmt Euch ganz gefangen«, redete er begeistert weiter. »Dabei bin ich mir sicher, Ihr würdet aus den Wünschen der Bauherren und den Vorgaben des Herzogs weitaus mehr aus diesen Gebäuden herausholen, als es unsere Zunftgenossen bislang getan haben.«

»Woher wisst Ihr, dass ich …«

»Neulich hat Euer Gemahl Eure Entwürfe in den höchsten Tönen gelobt.« Veit schmunzelte versonnen, gab jedoch keinerlei Hinweis, was ihn mehr belustigte, ihre Entwürfe oder Urbans begeisterte Schwärmerei. »Es war eine wahre Wonne, ihm zuzuhören. Eigentlich ist es überflüssig, Euren Aufriss zu sehen. So genau, wie Euer Gemahl es verstand, jede Einzelheit zu schildern und jede Besonderheit daran hervorzuheben, steht er mir ganz klar vor Augen. Ich bin schon gespannt, ob Ihr beim Schmuck der Torbögen Bacchus bevorzugt oder doch lieber Ceres. Der Wein spielt in der Geschichte Eurer Familie ja keinerlei Rolle, wohingegen man die Göttin des Ackerbaus durchaus in Zusammenhang mit dem Bierbrauen sehen könnte. Hopfen und Malz sind schließlich kostbare Früchte, für deren Gedeihen man im Zweifelsfall um ihre Hilfe bitten würde. Andererseits passt diese Einfallslosigkeit nicht so recht zu Euch. Bacchus auf seinem Fass und Ceres mit ihrem Früchtekorb tauchen viel zu oft an den Fassaden ringsum auf. Als Abwechslung werden höchstens einmal so grimmige Gestalten wie dort drüben diese prußischen Krieger geboten. Wem gehört das Anwesen eigentlich?« Er wandte sich um und wies auf einen Hofeingang auf der gegenüberliegenden Straßenseite.

»Das ist das Haus von Andreas Aurifaber«, erklärte sie.

»Oh, der herzogliche Leibarzt.« Veit nickte zustimmend, als würde er ihn persönlich kennen. »Ich habe bereits von ihm reden hören. Kein Wunder, nur ein so eigenständiger Geist wie er wagt es, die herkömmlichen Muster außer Acht zu lassen und etwas Neues zu wagen. Daran werdet Ihr Euch gewiss ein Beispiel nehmen und Euch für Euren Gemahl noch etwas weitaus Auffälligeres ausdenken. Wie wäre es etwa mit dem Abbild von antiken Philosophen? Am besten mitten im anregenden Gespräch vertieft, die Gesichter streng und weise, die Gesten eindrucksvoll. Euer Gemahl liebt die Welt der Bücher und der Wissenschaften. Das würde ihm gewiss gut anstehen. Jeder wüsste gleich bei Betreten des Hauses, mit wem er es zu tun hat.«

»Ihr habt Euch bereits ein sehr genaues Bild von meinem Gemahl gemacht.«

»Nach dem anregenden Besuch in Eurem Haus vorgestern fällt mir das umso leichter. Nicht nur, dass ich ihn habe reden hören, zudem durfte ich sehen, wie er lebt, wie er sich einzurichten pflegt. Gerade seine Vorliebe für Tapisserien verrät mehr, als tausend Worte über ihn sagen können. Schade nur, dass Ihr an dem Gespräch nicht teilgenommen habt. Gerade weil Euer Gemahl so viel von Euren Fähigkeiten in der Baukunst und dem geplanten Bau seines neuen Hauses geredet hat, wärt Ihr eine angenehme Bereicherung gewesen. Ich habe Euch sehr vermisst.«

Sein Ton wurde weicher, er beugte sich nah zu ihr hin und schaute ihr eindringlich in die Augen. Ihr wurde schwindlig, zugleich spürte sie eine unerträgliche Hitze in sich aufwallen.

»Ihr habt doch gehört, wie nachdrücklich mein Vater darauf bestanden hat, mich nicht dabeizuhaben. Schließlich sollte es darum gehen, wie mein Gemahl Euch bei Hof am günstigsten einführen kann.«

»Viel eher wohl auch wieder einmal, wie er Eurem Vater dort zu mehr Ansehen verhilft«, entgegnete Veit und zwinkerte ihr vergnügt zu. »Aber das stört mich nicht. Ich finde meinen Weg allein. Das habe ich bislang immer so gehalten. Doch verzeiht, natürlich bin ich Eurem Gemahl für seine Unterstützung sehr dankbar. Als herzoglicher Kammerrat sitzt er genau an der richtigen Stelle, um einen Baumeister voranzubringen. Umso mehr freue ich mich, dass er auch Euch in Euren Entwürfen und Plänen unterstützt. Den Bau Eures neuen Hauses will er Euch allein überlassen, wie er immer wieder betont hat, mag es Eurem Vater auch noch so sehr missfallen. Bleibt nur zu hoffen, dass der Herzog endlich ein Einsehen hat und Eurem Gemahl das lang erhoffte Grundstück zuweist, damit Ihr anfangen könnt. Habt Ihr Euch eigentlich schon Gedanken gemacht, wie Ihr den Garten gestalten wollt? Wie es aussieht, besitzen die Häuser hier alle eine sehr weitläufige Anlage.«

»Einige durfte ich bereits besichtigen. Größtenteils folgen sie dem Beispiel des Schlossgartens, der sich am Ende der Junkergasse befindet.«

»Wollen wir ihn uns anschauen? Vier Augen sehen mehr als zwei. Gewiss werdet Ihr so noch die ein oder andere völlig überraschende Vorstellung entwickeln.« Übermütig griff er nach ihrer Hand und machte Anstalten, sie gleich mit sich zu ziehen.

Sie zögerte, ob sie es wagen sollte, allein mit ihm dorthin zu gehen. Die Wärme seiner Haut in ihrer Hand zu spüren, erfüllte sie mit einem eigenartigen Gefühl, das einer ganz besonderen Freude gleichkam. Deutlich spürte sie, dass das Urban gegenüber nicht recht war. Wieder meinte sie sein Gesicht vor Augen zu haben, wie er nach jener verhängnisvollen Nacht schweigend das gemeinsame Bett verlassen hatte. Ihre Wangen glühten. Sie wandte sich ab.

»Ihr müsst mir den Garten unbedingt zeigen. Ich habe schon viel davon gehört und brenne darauf, ihn mit eigenen Augen zu sehen. Noch dazu, wenn mir ihn jemand so fachkundig erklärt, wie Ihr das sicherlich könnt.«

»Von Gärten verstehe ich wenig«, wiegelte sie ab. »Verzeiht, aber ich muss gehen. Zu Hause wartet viel Arbeit auf mich.«

»Die muss warten.« Entschieden schob er sie mit sich. »Ihr werdet sie nachher umso besser erledigen, wenn Ihr noch eine Weile diese wundervolle Frühlingsluft eingeatmet und mir einiges über die Umgestaltung des alten Würz- und Kräutergartens der Ordensritter erzählt habt. ›Sankt Benedikt den Garten schmückt‹, lautet eine alte Weisheit. Also, lasst uns sehen, was sich am heutigen Tage davon bewahrheitet hat. Gewiss ist die erste Saat schon aufgegangen, und frühe Blumen recken ihre Blüten der Sonne entgegen. Heißt der neue Gärtner des Herzogs nicht Hansen? Ihm soll der Ruf vorauseilen, sich bestens darauf zu verstehen, einen Garten in einen kunstvollen Ort der Erbauung zu verwandeln. Das wäre doch ganz im Sinne des Herzogs, der viel Sinn für solche Künste hat und ihnen einen neuen Frühling bereiten will.«

»Auch darüber wisst Ihr also bestens Bescheid.«

»Natürlich habe ich mich genau informiert, was mich in Königsberg erwarten wird. Viel zu lange schon ist in mir der Plan gereift, hierherzureisen. Deshalb habe ich auch schon einige Erkundigungen eingezogen und mir einen Plan gemacht, was ich alles hier sehen und genauer kennenlernen möchte. Nie aber hätte ich darauf zu hoffen gewagt, dafür eine so reizende Lehrmeisterin wie Euch zu treffen.«

Sein Griff um ihre Hand wurde fester, er suchte den Blick ihrer Augen, ließ ihr keine Möglichkeit, sich ihm zu entziehen.

»Wie ich schon sagte, zu Hause wartet viel Arbeit auf mich«, wiederholte sie halbherzig. Im selben Moment spürte sie, wie wenig sie tatsächlich daran dachte, ihn stehenzulassen. Die Versuchung war einfach zu groß, ihn in den nahen Schlossgarten zu begleiten. Was war auch schon dabei? Ehe sie sichs versah, lief er bereits los und zog sie einfach mit sich.

Zu ihrem Glück waren an diesem Samstagmorgen nur wenige Bekannte auf der Junkergasse unterwegs. Die Hofbediensteten gingen allesamt auf dem Schloss ihrer Arbeit nach, Druckermeister Weinrich wie auch Buchbinder Angler hatten in ihren Buden an der Schlosstreppe zu tun, und den Mägden und Frauen oblag die übliche Arbeit in den Haushalten. Gelegentlich öffnete sich ein Fenster, und jemand schüttelte ein Laken heraus, an einem anderen Haus putzte eine Magd die Fenster, zwei kleine Mädchen eilten mit Körben voller Blumenschmuck vorbei. Kurz vor Ende der Gasse, wo die Bebauung sich lichtete und mehr und mehr freie Flächen in Sicht kamen, fegte ein Greis das Straßenpflaster. Lange schon war der Regen ausgeblieben. Umso mehr Staub bedeckte die Steine. Jenseits des Pflasters aber zogen sich immer noch einige Lachen mit Regenwasser über die grasüberwucherten freien Grundstücke. Das wunderte Dora. Viel Aufmerksamkeit aber konnte sie dem nicht schenken. Bevor die Lage allzu verfänglich wurde, wollte sie Veit den Garten zeigen und dann wieder in den Mühlenberg zurückkehren.

Gleich nach dem Tor zum umzäunten Schlossgarten endete das Straßenpflaster und lief in einen festgestampften Pfad aus, den Bruchsteine am Rand von den Wiesen abgrenzten. Je weiter Dora und Veit ins Innere des Gartens gelangten, je feuchter wurde der Pfad. Gelegentlich fanden sich an schattigen Stellen unter einem Strauch oder Baum sogar noch richtige Pfützen. Auf den immer wieder von kleinen Bächen und Tümpeln durchbrochenen Wiesen schälten sich die ersten Sumpfdotterblumen heraus. An den Birken sprang das zarte Frühlingsgrün der ersten Blätter auf, das im vorwitzigen Licht der Märzsonne ein ganz besonderer Genuss für das vom langen Winter farbentwöhnte Auge war. Knechte von Gärtnermeister Hansen nutzten die milde Witterung, um Obstbäume zu beschneiden, Blumenbeete anzulegen und die Wege vom letzten Winterdreck zu befreien. Einige waren damit beschäftigt, unweit des Wegs einen der alten Karpfenteiche auszuheben und trockenzulegen. So gewannen sie Platz für ein weiteres Blumenbeet.

»Das Gelände ist reichlich sumpfig.« Zur Bestätigung hob Veit seinen rechten Fuß. Die Schuhsohle war schlammverschmiert.

»Die Kreuzherren haben hier früher ihre Fischzucht gehabt, der Herzog aber will davon nichts mehr wissen, wie Ihr seht.« Dora wies auf die Aushubarbeiten. »Lasst uns zu der Linde gehen. Von dort aus hat man einen guten Überblick über das gesamte Gelände.«

Sie raffte ihren Rock und eilte voran. Die weit ausladende Linde bildete nicht allein ihres gigantischen Ausmaßes in Höhe und Breite wegen den unbestreitbaren Mittelpunkt des Gartens. Der Umfang ihres Stamms betrug mehr als ein Dutzend Ellen, ihre Krone ragte höher als ein Kirchturm in den Himmel hinauf. Über ihr Alter kursierten die verschiedensten Erzählungen. Sicher war allein, dass sie schon zur Zeit der Deutschordensleute das auf fünf Geschosse angelegte Holzgerüst erhalten hatte, dessen sich nach oben verjüngende Plattformen beste Gelegenheit zur Aussicht über Garten, Schloss und Stadt boten.

Außer Atem erreichte Dora die Treppe, Veit folgte ihr dicht auf den Fersen. Flugs stieg sie die Stufen hinauf. Erst als sie die erste Ebene erreichte und ihn ein Stück von der Treppe wegführte, um ihm den Blick nach Osten zu zeigen, wurde sie gewahr, in welch heikle Lage sie sich mit dem Vorschlag gebracht hatte. Auf dem hölzernen Gerüst waren sie allein, die Knechte des Gärtners weit entfernt und ganz in ihre schwere Arbeit vertieft. Wenigstens aber war das Laubwerk noch nicht dicht geschlossen, so dass die verschwiegenen Plätze, für die die Linde bei Liebenden berühmt war, erst spärlich gesät waren. Dennoch klopfte Dora das Herz bis zum Hals. Was mochte Veit von ihr denken, nachdem sie ihn ausgerechnet an diesen einsamen Ort geführt hatte? Sie eilte weiter voran, tat, als suchte sie die beste Stelle für die Aussicht. So entging sie wenigstens der Verlegenheit, ihn direkt ansehen zu müssen.

»Seht Ihr dort hinten? Das ist die Löbenichter Barbarakirche.« Sie wartete gar nicht erst ab, bis Veit neben ihr stand, sondern wies bereits mit ausgestreckter Hand nach Osten. »Von hier aus sieht man ganz gut, wie bunt gewürfelt die Häuser im Löbenicht stehen. Die Hanglage hat die kerzengerade Ausrichtung der Straßen unmöglich gemacht. Wenn Ihr nach Süden zum Kneiphof hinüberschaut, wird das umso deutlicher. Schnurgerade verlaufen dort Mauern und Zinnen.«

»Auch gleich hier vorn in der Altstadt erkennt man den Plan der einstigen Lokatoren sehr gut.« Veit hatte sie erreicht und stellte sich so dicht neben sie, dass sein Atem sie im Nacken kitzelte. Durch den Stoff ihres Kleides spürte sie die Wärme seines Leibs. Zärtlich wisperte er ihr ins Ohr. Sie erstarrte, wagte kaum, Luft zu holen, derart verwirrte sie die verbotene Nähe. »Warum zeigt Ihr mir erst die Ferne und nicht das Naheliegende?«

»Das seht Ihr wohl schon selbst am besten.« Durch eine geschickte Drehung entwand sie sich und hastete über die Holzplanken weiter um den Baumstamm herum. Direkt neben der Treppe, wo kaum Äste und Laub den Steg verhüllten, blieb sie stehen, wartete auf Veit. Langsam schlenderte er auf sie zu, die Hände hinter seinem Rücken verschränkt, den Blick träumerisch in die Weite gerichtet. Wenige Schritte vor ihr blieb er ebenfalls stehen, blickte allerdings weiter über die Ebene. Sosehr ihr gerade noch die Nähe zu viel gewesen war, so sehr bedauerte sie nun, dass er ihren Wunsch beherzigt hatte und fortan auf gebührenden Abstand zwischen ihnen achtete.

»Die Aussicht ist wahrlich großartig«, stellte er fest und hob wie beiläufig die linke Hand an die Stirn, um die Augen gegen die Sonne abzuschirmen. »Von den oberen Geschossen aus sieht man wohl ganz über das Schloss und den Kneiphof hinweg zum Haberberg. Im Westen mag der Blick vielleicht sogar bis zur Pregelmündung reichen. Vermutlich habt Ihr es zu eilig, um mich bis ganz nach oben zu begleiten. Mir steht es nicht an, Euch von Euren Aufgaben zu Hause länger fernzuhalten.«

Auf seinem Gesicht lag tiefes Bedauern. In seinen grünbraunen Augen schimmerte Trauer. Es fiel ihr schwer, ihm nicht tröstend in die Arme zu fallen. Die Vernunft jedoch gebot ihr, sich zurückzuziehen. »Achtet beim Hinaufsteigen auf lose Bretter. So manch einer ist einem Tritt ins Leere zum Opfer gefallen. Lebt wohl!«

Damit eilte sie an ihm vorbei die schmale Treppe hinunter. Sie war froh, ebenfalls auf ihre Schritte aufpassen zu müssen. So widerstand sie der Versuchung, sich noch einmal umzudrehen. Es reichte schon, seinen sehnsüchtigen Blick sich auf dem Rücken einbrennen zu spüren.

10

Von der Uhr am nahen Dom schlug es zehn. Gret stöhnte. Viel Zeit blieb ihr nicht mehr, um die Regale in der Werkstatt zu durchstöbern. Spätestens gegen Mittag würden Jörg, der Schwäher Wenzel sowie Vetter Veit von Tschakerts Baustelle in der Langgasse heimkehren. Dabei wollte sie unbedingt mehr über die Familie ihres Gatten sowie über ihre Tätigkeiten in den Königsberger Städten wissen. Das, was Jörg ihr bislang erzählt hatte, war sehr lückenhaft. Polyphemus' rätselhafte Andeutungen über den Urahn Laurenz sowie das eigentümliche Verhalten von Jörgs Schwester Dora hatten ihre Neugier geweckt. Es war, als gäbe es da noch einiges Wissenswerte zu erfahren. Doch weder Jörg noch der Schwäher durfte sie in der Werkstatt antreffen. Sie galt als das Allerheiligste im Haus. Wenzel erlaubte der Magd Renata lediglich einmal in der Woche, notdürftig darin sauber zu machen. Dabei hätte es der große Raum im zweiten Obergeschoss mehr als nötig, bis in den letzten Winkel gründlich geputzt und aufgeräumt zu werden.

Erbarmungslos schien die Vormittagssonne durch das Seitenfenster, legte die Staubflocken auf den breiten Dielen bloß, ließ das Holz des mächtigen Tresors an der zweiten Seitenwand grau schimmern. Dick bedeckte der Staub die einstmals prächtigen Drechselarbeiten an den verschlossenen Türen. Gret fluchte leise, wenn sie sich vorstellte, dass ihr das Innere des Schranks wohl vorenthalten blieb. Sämtliche Schlüssel ihres Bundes, der einstmals Wenzels Frau Enlin gehörte, hatte sie bereits ausprobiert. Vergeblich. Ob Jörg einen besaß? Längst hätte sie den bei ihm entdeckt, kannte sie doch inzwischen selbst die geheimsten Verstecke des Gemahls oben auf dem Speicher zwischen den losen Dachbalken oder unten im Vorratskeller zwischen den gelockerten Mauersteinen.

Sie richtete sich auf, stemmte die Hände in den Rücken und streckte sich. Erschöpft sah sie über die verschiedenen Regalböden. Höchstens die Hälfte davon hatte sie bislang geschafft. Ihr Blick streifte ein dickes Buch, das in Augenhöhe quer im Regal lag. Einige Bogen Papier sowie mehrere Rollen Pergament bedeckten es, weshalb es erst auf den zweiten Blick auffiel. Vorsichtig schob sie die oben aufliegenden Blätter beiseite. Allein schon die Dicke und das Format des Bandes unterschieden ihn von den anderen. Zudem war es in weißes statt wie die anderen Bücher in braunes Leder eingebunden, der Titel am Rücken mit goldenen Lettern eingeprägt.

Sie hob das Buch behutsam heraus, pustete den Staub ab, musste husten. Offenbar war lange nicht mehr darin gelesen worden. Voller Erwartung schlug sie es auf. Sofort stieg ihr der trockene Modergeruch, vermischt mit süßlichem Blumenduft, in die Nase. Es kitzelte furchtbar, sie nieste. Gepresste Rosenblätter sowie die Reste einiger anderer nicht mehr erkennbarer Blumen wirbelten durch die Luft, rieselten lautlos wie Schneeflocken im Winter zu Boden. Entsetzt machte sie sich daran, sie aufzusammeln und wieder zwischen die Seiten zu legen. Dann blätterte sie ganz nach vorn.

Auf dem Vorsatzblatt fand sich ein kunstvoll in Gold, sattem Grün und leuchtendem Rot gestaltetes Exlibris. Wesen aus der Fabelwelt sowie Rosen, Blätter und Ornamente rankten sich um die ineinander verschlungenen Buchstaben G und F. Das Titelblatt auf der nächsten Seite kündigte dem Leser die herrlichsten Gesänge sowie wundersame Geschichten von Helden aus der fernen Vergangenheit an. Die Ecken der folgenden Seiten waren stark abgegriffen, das Papier mitunter speckig, was auf eifrigen Gebrauch schließen ließ. Gebannt betrachtete Gret die Zeichnungen und Verzierungen, von denen der zweispaltig gesetzte Text immer wieder unterbrochen wurde. Mutige Ritter auf stolzen Pferden, das Schwert gegen einen feuerspeienden Drachen oder einen finster aussehenden Gegner erhoben, fanden sich darin ebenso wie anbetungswürdig schöne Damen, in die prächtigsten Kleider gewandet, vor denen ein nicht minder prächtiger Mann kniete, den Kopf demütig geneigt, die Hand aufs Herz gelegt. Aus jedem Pinselstrich sprach eine Lebendigkeit, die Gret das Herz rührte. Kaum musste sie die Texte lesen, erzählten doch auch schon die Bilder genug von dem, wovon es handelte – von gefährlichen Abenteuern und hoher Minne. Je weiter sie darin blätterte, je mehr wuchs ihre Begeisterung. An einer Seite mit verschiedenen Sprüchen blieb sie hängen. Mehrere Stengel getrockneter Schafgarbe lagen dazwischen. Neben dem Vierzeiler »Gute Nacht, schöne Schafgarbe, / Dreimal Gut' Nacht für dich, / Ich hoffe, noch vor dem Morgengraun / Werd ich meinen Liebsten schau'n« hatte jemand ein dickes Ausrufezeichen gesetzt. Gret schmunzelte. Der Brauch, mittels der vom Grab eines Jünglings gepflückten Schafgarbe das Antlitz des Liebsten zu träumen, war ihr bestens vertraut. Mehr als einmal hatte sie es selbst ausprobiert, dabei allerdings keinen Erfolg gehabt. Jörg hatte sie zum Glück auch ohne Schafgarbentraum gefunden, und bislang hatte sie nicht den geringsten Anlass, an ihrer Liebe zu zweifeln. Versonnen strich sie über die vom langen Trocknen brüchig gewordene Schafgarbe und malte sich aus, wer aus der Familie sich ihre Hilfe wohl erhofft hatte.

»Was tust du da?«

Wie aus dem Nichts stand Jörg vor ihr. Erschrocken schlug sie das Buch zu, ließ es dabei fast zu Boden fallen. Im letzten Moment gelang es ihr, es mit zittrigen Händen festzuhalten und die spärlichen Reste der getrockneten Blumenblätter zwischen die Seiten zurückzuschieben.

»I-I-I-Ich w-w-w-w-wische S-S-S-Staub«, krächzte sie, um sich dann jedoch wieder auf ihre Würde als Gattin und Hausfrau zu besinnen und in festem Ton zu erklären: »Kennst du dieses Buch? Eine wahre Schatztruhe! Nie im Leben hätte ich damit gerechnet, etwas derartig Kostbares in der Werkstatt deines Vaters zu finden.«

»Nie im Leben solltest du hier oben in der Werkstatt meines Vaters überhaupt etwas suchen, geschweige denn finden.« Jörg nahm ihr das Buch aus der Hand, betrachtete es von allen Seiten, schlug es auf. Seine breiten Hände erschienen ihr viel zu grob für ein Buch wie dieses, wenn er damit auch das schwere Gewicht und die großen Seiten weitaus besser handhaben konnte als sie. Unruhig wanderte sein Blick über die Zeilen, verweilte gelegentlich auf einer Zeichnung, verfolgte die Schwünge der Ornamente, die sich von den Initialen die Seitenränder entlangzogen. Bald spielte ein zartes Lächeln um seine Mundwinkel, ein Leuchten glomm in seinen Augen auf. Ihn einmal derart verzückt zu sehen, hätte sie sich nie erträumt, noch weniger, Verse als Auslöser einer solchen Regung zu vermuten. Neugierig reckte sie sich auf die Zehenspitzen und erspähte die ersten Worte, an denen er hängengeblieben war: »Dû bist mîn / ich bin dîn …« Am liebsten wäre sie ihm um den Hals gefallen und hätte seine Wangen über und über mit Küssen bedeckt.

»Und?«, fragte sie mühsam beherrscht. Alles in ihr brannte vor Verlangen. »Was sagst du dazu? Du siehst das Buch wohl auch zum ersten Mal. Wem mag es gehört haben? Wie ist es ins Haus oder vielmehr in die Werkstatt deines Vaters gelangt?«

Während sie sprach, blätterte Jörg vorsichtig zurück zum Vorsatzblatt, musterte das Exlibris. »F und G, G und F«, murmelte er mehrmals vor sich hin, um das Buch schließlich schwungvoll zuzuschlagen und sie freudestrahlend anzuschauen. »Das muss einem der Fischarts gehört haben. Das sind entfernte Verwandte aus der Altstadt. Direkt am Altstädter Markt haben sie gewohnt. Vater hat einmal einen Oheim namens Georg erwähnt, den er als Kind noch kennengelernt hat, angeblich ein Neffe unseres berühmten Ahns Laurenz. Vielleicht stammt es von ihm. Soweit ich weiß, hat es bei den Fischarts keine direkten Nachfahren gegeben. Die Familie ist ausgestorben, das Haus verkauft. Das darauf liegende Braurecht gehört übrigens uns.«

»Ist das nicht eigenartig? Ein solches Buch im Regal deines Vaters – nie hätte ich ihm das zugetraut. Die darin gepressten Blumen sind erst wenige Jahre alt. Also muss es jemand unlängst in Gebrauch gehabt haben. Vielleicht hat jener Oheim früher deinem Vater aus dem Buch vorgelesen und es ihm deshalb nach seinem Tod vermacht?«

»Das glaube ich kaum. Die Abenteuergeschichten haben ihm zwar sicherlich gefallen. Welches Kind hört nicht gern von Rittern, die gegen Drachen kämpfen oder sich ihrer bösen Feinde erwehren? Aber Minnelieder? Das passt ganz und gar nicht zu ihm, von getrockneten Rosen- und Veilchenblättern ganz zu schweigen.«

»Weil du nicht willst, dass es zu ihm passt.« Behutsam nahm sie ihm das Buch aus der Hand, strich noch einmal versonnen über den Buchdeckel, dann legte, vielmehr bettete sie es vorsichtig zurück ins Regal, genau an die Stelle, an der es zuvor gelegen hatte. Sorgfältig zog sie die Papiere und Pergamentrollen darüber. Nur wer genau wusste, wo es lag, würde es finden. »Kein Mensch ist unbedingt der, den er auf den ersten Blick zu sein scheint.«

»Worauf willst du hinaus?« Als sie sich umdrehte, hatte Jörg sich breitbeinig vor ihr aufgebaut, die Arme vor der Brust verschränkt, das sonst eher weiche Antlitz zu einer angriffslustigen Miene verzogen.

»Worauf wohl?« Ihr war nicht zum Streiten zumute. Zu verheißungsvoll klangen ihr noch die Zeilen im Ohr, die sie vorhin gelesen hatte. In der Nacht, wenn alle schliefen, würde sie noch einmal in die Werkstatt schleichen und in Ruhe weiter in dem Buch lesen. Dann würde sie sich die getrocknete Schafgarbe nehmen und unters Kopfkissen legen. Bei der Vorstellung, von wem sie wohl als Liebsten träumen mochte, schlug ihr Herz heftiger. Eine Sehnsucht hatte sie. Mitleidig schaute sie Jörg an. »Auch dein Vater hat noch andere Seiten als nur die des strengen Familienoberhaupts.

Hast du dir niemals Gedanken darüber gemacht, wie eine so zarte, gefühlvolle Frau wie deine Mutter es einst mit ihm ausgehalten hat? Nach allem, was man so hört, waren die beiden einander in aufrichtiger Liebe zugetan. Bis auf den heutigen Tag vergeht keine Stunde, in der er nicht um sie trauert. Das nenne ich wahre Liebe.«

»Wer sagt das? Renata? Hör nicht auf sie. Sie ist nicht recht bei Sinnen. Alles leeres Geschwätz! Du hast meine Mutter nicht gekannt. Sprich also bitte nicht über sie.«

»Ich spreche nicht über sie, sondern darüber, dass dein Vater sie aus tiefster Seele geliebt haben muss. Nach ihrem Tod hat er nicht noch einmal geheiratet, so groß war sein Schmerz. Dabei hätte eine Frau im Haus wirklich notgetan. Lienhart war erst wenige Tage alt, als sie starb, Dora viel zu jung, um sich um alles zu kümmern, von dir ganz zu schweigen.«

»Was erzählst du da für Geschichten? Wahrscheinlich hast du schon viel zu lang in diesem Buch gelesen. Geh lieber zurück in die Küche, schau Renata besser auf die Finger. Mein Vater wird es nicht gern sehen, dass du hier oben in der Werkstatt seine Sachen durchwühlst.«

Er wollte sie zur Tür schieben, sie aber wehrte sich heftig dagegen. »Mein Vater will nicht, mein Vater wird nicht, mein Vater mag nicht – immerzu versteckst du dich hinter solchen Sätzen! Deinen Vater als strenges Ungeheuer darzustellen kommt dir sehr gelegen. Das enthebt dich der Verpflichtung, das zu tun, was du selbst am liebsten tun würdest, aber in Wahrheit einfach nur nicht wagst zu tun.«

»Was sagst du da? Nennst du mich etwa feige?« Über ihren Worten war Jörg noch blasser geworden. In die Augen kehrte der vertraute Ausdruck von Kummer zurück.

»Feige, das hast du gesagt, nicht ich oder sonst wer. Überhaupt stehst vor allem du selbst dir stets im Weg, mein Lieber«, fügte sie betont sanft hinzu und stellte sich dicht vor ihn hin. Aufmunternd lächelte sie ihn an und legte ihm versöhnlich die Hand auf den Arm. »Längst weißt du es selbst. Es liegt allein an dir, deine Träume in die Tat umzusetzen. Dein Vater kann dir das Brauen nicht verbieten. Wenn du ihm zeigst, wie gut du es beherrschst und welche Pläne du damit verfolgst, wird er früher oder später froh sein, dass du diesen Weg einschlägst, statt dich und letztlich uns alle noch länger mit deiner Unfähigkeit als Baumeister zu quälen. Der Erfolg wird dir am Ende recht geben, glaub mir.«

»Ich verstehe immer noch nicht …«, sagte er, beendete den Satz jedoch nicht. Durch eine jähe Drehung entwand er sich ihr und eilte zum Tisch vor dem Fenster. Geschäftig begann er die Pläne dort zu sortieren. In wenigen Schritten stand sie neben ihm.

»Wovor hast du Angst?« Wieder erwachte der Ärger in ihr. »Dass es dir nicht gelingt, ein gutes Bier zu brauen, das alle Welt kaufen will? Fang doch erst einmal an, dann wirst du schon sehen. In Nürnberg bei meinem Oheim ist es dir mehr als einmal gelungen. Matas und Szymon sind zwei sehr gute Brauknechte, die werden dir helfen, deine Pläne umzusetzen. Und dein Schwager Urban leiht dir bestimmt etwas Geld, damit du mehr Brau dazu kaufen kannst. Bis zum Sommer könntest du …«

»Hör auf!«, fuhr er ihr unerwartet scharf über den Mund. »Du hast letzte Woche selbst gehört, was mein Vater davon hält – als gemeiner Löbenichter Mälzbrauer beschimpft er mich, wenn ich es wage, an der Sudpfanne zu stehen.«

»Was ist so schlimm daran? Soweit ich mitbekommen habe, sind die Mälz- und Schuffenbräuer sehr ehrbare und einflussreiche Leute. Im Löbenicht kommt ihnen derselbe Rang zu wie den Kaufleuten hier im Kneiphof.«

»Der Löbenicht ist aber nicht der Kneiphof! Von allen drei Königsberger Städten ist sie die geringste.«

»Was streiten wir beide uns über das Ansehen der Königsberger Städte?«, versuchte sie abermals, ihn wieder friedlicher zu stimmen. »Bist du ein Mann? Dann zeig es endlich und versteck dich nicht hinter der Behauptung, dein Vater würde dir bei deinen Plänen im Weg stehen. Du selbst stehst dir im Weg, niemand anderer. Erinnere dich, wie weit du in Nürnberg schon gewesen bist. Was hast du mir nicht alles erzählt über den Handel der Einbecker Brauleute mit ihrem Bier. Bis an den Münchener Hof wird es verkauft! Und die Lübecker liefern bis weit nach Norden hinauf. Ihnen willst du es gleichtun, hast du mir gesagt. Warum auch nicht? Es ist alles nur eine Frage der Menge und des richtigen Biermusters. Sobald du mit dem Bier viel Geld verdienst, wird dein Vater der Erste sein, der einsieht, wie richtig du dich entschieden hast. Noch dazu, wo das mit dir und dem Bauen ohnehin nichts Rechtes wird.«

»Da täuschst du dich gerade gewaltig. Immerhin haben mein Vater und ich den Auftrag von Tschakert bekommen. Der Umbau seines Hauses in der Langgasse wird uns einige Monate lang beschäftigen. Zudem wird mein Schwager uns helfen, künftig bei Hofe besser dazustehen und bei Bauvorhaben nicht mehr übergangen zu werden. Die ersten Schritte sind also getan. Sieh nur die Entwürfe an, die ich hier liegen habe. Darin steckt noch sehr viel, was uns in Zukunft goldene Zeiten bescheren wird.«

»Mach dir nichts vor.« Verächtlich nickte sie auf die Zeichnungen auf dem Tisch. Die Vormittagssonne warf ihr Licht durch das Fenster mitten auf das Papier. Der braunen Tinte war anzusehen, wie oft das schon geschehen und wie stark sie darüber bereits ausgebleicht war. Deutlich zeichneten sich die Stiche des zugrunde liegenden Risses ab. Selbst Gret erkannte, dass sie von einer sehr sicheren Hand gefertigt worden waren. Kein Strich war zu viel, kein Stich daneben. In einem Zug musste der Riss erfolgt und mit der Tinte nachgezeichnet worden sein. Jörg war viel zu zögerlich, um Derartiges zuwege zu bringen. »Das sind noch alte Pläne. Nichts davon ist wirklich von deiner Hand. Der Auftrag von Tschakert und die Gespräche mit deinem Schwager sind nur deshalb zustande gekommen, weil Veit dir und deinem Vater geholfen hat. Ewig aber kannst du nicht auf alte Pläne oder Veits Unterstützung zählen. Glaub mir, ich kenne meinen Vetter. Er ist mit uns nach Königsberg gekommen, weil er hier über kurz oder lang seinen eigenen Weg gehen will. Er weiß genau, was er kann und was hier gefordert ist. Dank deiner Hilfe hat er Zugang zum herzoglichen Kammerrat Urban Stöckel bekommen. Mit den Kunstdienern von Hofbaumeister Römer steht er schon seit Nürnberg in Verbindung. Nur wenige Wochen wird es dauern, bis er direkt mit dem Herzog verhandelt. Veit weiß immer ganz genau, was er will, und das werden auf Dauer keine Handlangerdienste bei mittelmäßigen Baumeistern wie dir und deinem Vater sein.«

»Er ist mein Freund.« Jörgs Einwand klang trotzig. Von neuem dauerte Gret sein Gebaren. Sie hob die Hand, wollte ihm sacht über die Wange streichen, er wich zurück.

»Liebster! Was ist los? In Nürnberg hattest du so viele Pläne. Kaum sind wir hier, willst du nichts mehr davon wissen. Was ist dabei, auch als Mann sein Geld mit Bierbrauen zu verdienen? Gerade wenn man sich so gut darauf versteht wie du, sollte man das tun. Noch dazu hast du ebenso einen guten Sinn fürs Geschäftliche. Hol das Buch, das du mir so oft schon gezeigt hast, und erzähl mir wieder mehr davon.«

»Hast du etwa danach hier oben gesucht? Willst du hinter meinem Rücken darin lesen?« Barsch schob er sie von sich und blitzte sie böse an.

»Aber Jörg! Vertrau mir doch. Ich bin deine Frau. Ich will nur dein Bestes.«

»Dann lass mich in Frieden. Du siehst, wie mein Vater ist. Nie wird er mir zugestehen, dass ich das Bauen lasse und mich allein aufs Bierbrauen beschränke. Halbtot würde er mich prügeln, sollte ich gegen seinen Willen aufbegehren.«

»Also gut«, lenkte sie seufzend ein und wandte sich zum Gehen. Kurz vor der Tür hielt sie noch einmal inne, trat zum Regal und nahm das schwere Buch mit den Abenteuergeschichten und Minneliedern heraus. Den Band wie ein Schutzschild vor der Brust, sah sie noch einmal zu ihrem Gemahl. »Wenn es dir lieber ist, deinen Vater als Ungeheuer darzustellen, hinter dem du feige Schutz vor deinem eigenen Wagemut suchen kannst, dann tue es ruhig weiter.«

»Mir ist ein Ungeheuer als Vater allemal lieber, als gar keinen Vater zu haben so wie du.«

»Was?« Sie schloss die Augen, atmete tief durch, bevor sie gefährlich ruhig erwiderte: »Sag so etwas nie wieder!«

11

Wie all die Tage zuvor fiel es Dora auch an diesem Sonntagabend schwer, in den Schlaf zu finden. Unruhig wälzte sie sich im Bett herum, sagte sich endlos lange Zeilen erst von Gebeten, dann von Gedichten und Liedern auf. Es half nichts. Sie blieb wach. Sie versuchte es mit alten Abzählreimen aus der Kindheit, die die Mutter sie einst gelehrt hatte, wiederholte Rechenaufgaben, sprach das Alphabet rückwärts. Schließlich drehte sie sich zur Wandseite, ließ die Finger über die Falten der Laken wandern, in denen sonst Urban gelegen hatte. Es tat weh, ihn nicht neben sich zu wissen. Am Nachmittag noch hatte sie zarte Hoffnung auf Besserung gehegt. Seite an Seite waren sie zum Markt spaziert, hatten dem Todaustragen des Winters zugeschaut. Lichterloh hatte die Strohpuppe gebrannt, als die Mädchen und Burschen übermütig um sie herumgetanzt waren. Selbst auf Urbans hagerem Gesicht hatte sich ein kleines Schmunzeln gezeigt. Inständig hatte Dora gewünscht, das Verbrennen des Winters würde ihre törichten Traumgespinste ein für alle Mal in Rauch auflösen und Urbans seltsame Laune vertreiben. Veit würde sie fortan weitläufig aus dem Weg gehen, das stand fest. Wenn sie nur wüsste, ob Urban letztens ihr Aufstöhnen tatsächlich verstanden hatte oder doch, wie sie trotz allem noch hoffte, allein aus Furcht vor der eigenen Zügellosigkeit so verstört gewesen war. Mutlos knüllte sie einen Teil des Lakens zu einem Ball, hieb mit der Faust mitten hinein, um ihn wieder zu zerstören.

Urban ging ihrer Gesellschaft weiter aus dem Weg. Gleich nach der Vesper hatte er sich in seine Studierstube im zweiten Geschoss zurückgezogen. Die vierzehnjährige Elßlin hatte er zuvor angewiesen, ihm dort auch für diese Nacht wieder das Bett zu richten. Mathilda hatte das mit einem vielsagenden Augenbrauenrunzeln kommentiert, Dora hatte geschwiegen. Was sollte sie auch dazu sagen, dass ihr Gemahl seit letztem Montag das gemeinsame Lager mied, als fürchtete er, dort dem Leibhaftigen höchstpersönlich zu begegnen? In gewisser Weise hatte er sogar recht, ihm war dort der Teufel begegnet. Im innigsten Moment ihrer Zweisamkeit hatte Dora ihn als Dritten im Bunde hinzugerufen. Vor Scham wurde ihr heiß. Sie wollte die Augen schließen und vergessen. Sogleich aber stand ihr Veit vor Augen, verzauberte sie wie ehedem mit seinem Blick, führte sie mit seiner Unternehmungslust gefährlich in Versuchung. Ein verräterisches Kribbeln breitete sich in ihrem Leib aus. Hörte das nie auf?

Wieder und wieder sah sie vor sich, wie Veit Urban letztens in seinem eigenen Haus gegenübergestanden, ihn in seiner wunderschönen, volltönenden Stimme angesprochen hatte. Aus unerfindlichen Gründen hatte Urban ihm lediglich zögernd zu antworten vermocht. Die beiden Männer direkt vor sich gehabt zu haben und dabei unwillkürlich miteinander vergleichen zu müssen, war die reinste Tortur gewesen. Wie festgewachsen hatte Dora sich in ihrem Versteck auf dem Treppenplatz gefühlt, unfähig, sich dieser Qual aus eigener Kraft zu entziehen. Immerzu hatte sie Veit und Urban anstarren müssen. An jeder einzelnen Faser seines Leibes war Veit die Selbstgewissheit anzusehen gewesen, mit der er durchs Leben schritt. Beeindruckend kräftig und zu allem entschlossen hatte er dem hageren, würdevollen Urban gegenübergestanden. Beide pflegten sich in elegante, dunkle Tuche zu kleiden und sich fließend zu bewegen, Veit jung und leidenschaftlich, zu allem bereit, Urban dagegen älter und besonnener, zurückhaltend in allem Tun, Denken und Fühlen. Kein Zweifel, für wen ihr Herz höherschlug. Stundenlang hatte sie das gespürt, während sie schließlich in der geräumigen Werkstatt über der Wohnstube ausgeharrt und Veit genau unter ihren Füßen gewusst hatte. Arbeiten war ihr unter diesen Umständen unmöglich gewesen. Die kostbare Fischblasenpause war ihr an diesem Nachmittag gründlich misslungen. Voller Scham vergrub sie ihr glühendes Gesicht in den Kissen.

Schritte aus der Stube über ihr lenkten ihre Aufmerksamkeit Richtung Decke. So wie letzten Mittwoch Veit im Raum unter ihr, so weilte Urban seit bald einer Woche nächtens im Raum über ihr. Jede seiner Bewegungen konnte sie verfolgen, jedes noch so leichte Räuspern von ihm hören. Ebenso wie ihr war auch Urban keine Ruhe vergönnt.

Die gestrige Begegnung mit Veit ging ihr durch den Kopf. Regelrecht aufgelauert schien er ihr in der Junkergasse zu haben. Sie ärgerte sich noch immer darüber, ihn zum Schlossgarten geführt und ausgerechnet auf die Aussichtsplattform der Linde begleitet zu haben. Nur zu gut hatte sie gewusst, dass es ein Spiel mit dem Feuer war, sie sich damit selbst bedenklich nah an den Rand des Abgrunds brachte. Längst musste Veit wissen, wie es um sie stand. Von Urban ganz zu schweigen. Wie in einem offenen Buch konnten die beiden in ihr lesen. Sie stöhnte, hielt die brennende Hitze in ihrem Leib nicht mehr aus, schlug die Decke zurück, starrte ins Dunkel. Offenbar drängte es sie tief in ihrem Inneren danach, sich der Gefahr stets von neuem auszusetzen.

Irgendwann musste sie eingeschlafen sein. Großes Glockengeläut weckte sie. Verdutzt fuhr sie auf, rieb sich die Augen. Um sie herum lag alles in tiefster Nacht. Das Lärmen, Rufen, Bellen und Jaulen vor dem Fenster erweckte jedoch den Anschein, als wäre die Hölle losgebrochen. Über ihr im zweiten Geschoss stürmte Urban aus der Studierstube, polterte mit seinen schweren Schritten die Treppe herunter. Am Trippeln von leichteren Schritten erkannte Dora, dass Elßlin und Mathilda aus dem Dachgeschoss eilten. Erstere wimmerte, Letztere schimpfte aufgebracht, bis Urban beide barsch zurechtwies. Es musste etwas Schlimmes geschehen sein. Sie setzte sich auf, schlüpfte mit den nackten Zehen in die Schlappen und eilte auf den Flur. Gerade noch sah sie, wie Urban mit der Fackel in der Hand aus der Küche lief und ins Erdgeschoss hinunterrannte.

»Wartet!«, rief sie ihm nach, stieß Mathilda beiseite, die sie am Treppenabsatz aufhalten wollte. Elßlin kreischte auf, wäre ihr doch beinahe das Talglicht aus der Hand gefallen. »Was ist geschehen?«

Erst unten in der Diele, kurz vor der Haustür, blieb Urban stehen und drehte sich um. Der Schein der Fackel beleuchtete sein kalkweißes Gesicht. Sie erschrak. Obwohl es mitten in der Nacht war, war er vollständig bekleidet. Selbst die Schaube hatte er übergezogen. Die Fackel in der einen, das schwarze Barett in der anderen Hand, sah er sie mit todernstem Gesicht an. »Es brennt. Ich muss ins Schloss.«

»Wartet! Woher wisst Ihr …« Sie wollte ihn zurückhalten, er aber schüttelte sie ab, setzte das Barett auf und öffnete den schweren Holzflügel der Tür.

Auf dem Mühlenberg herrschte wilder Aufruhr. Kopflos rannten Menschen umher, die einen mit Ledereimern in der Hand, andere mit Fackeln, wieder andere mit Leitern und Schaufeln. Karren mit leeren Fässern wurden den Berg hinuntergeschoben, von Eseln und Ochsen gezogene leere Wagen kamen den Berg herauf. Anscheinend wusste kaum jemand, wohin es genau gehen sollte. Das Einzige, was sicher schien, war: Auf dem Schloss brannte es nicht. Wachleute kamen von dort herübergelaufen, fuchtelten wild drohend mit den Piken durch die Luft und versuchten die Ordnung auf der Straße wiederherzustellen. Harsche Befehle wurden erteilt, Widerworte gegeben. Jemand stimmte ein Vaterunser an, einige fielen ein, andere begannen ein Ave-Maria, bis jemand wütend schrie: »Hört auf mit dem törichten Pfaffengesang!«

Dora vergaß, dass sie lediglich mit einem Nachthemd bekleidet war, und lief weiter in die Straße hinein. Von Urban fand sich keine Spur mehr. Sie konnte nicht einmal sagen, ob er wirklich zur nahen Schlossbrücke gelaufen war. Viel zu viele Menschen drängten sich um sie, einige vollständig bekleidet, andere im Nachtgewand wie sie. Ratlos schauten sie umher, keiner wusste mit Bestimmtheit, in welcher Richtung die Ursache für den Aufruhr zu suchen war, bis jemand entsetzt aufschrie: »Der Dom! Der Dom brennt!«

Wie auf Befehl wandten sich alle nach Süden. Tatsächlich! Über den Dächern und Zinnen der Altstadt loderte der Nachthimmel gelbrot auf. Dort, wo sonst die beiden mächtigen Türme des trutzigen Kneiphofer Kirchenbaus in den Himmel ragten, schlugen Funken und Flammen wild in die Luft. Plötzlich wurde es totenstill. »Gott, der Allmächtige, steh uns bei!« Die Menschen schlugen ein Kreuz vor der Brust. Von neuem erhob sich eine Stimme, die das Vaterunser sprach. Dieses Mal stimmten alle andächtig mit ein.

Der Vater! Lienhart! Jörg! Doras Herz raste. Ihre Familie war im Kneiphof, nur wenige Schritte vom Dom entfernt. Sie musste zu ihnen! Als sie losrennen wollte, packte sie jemand am Arm.

»Nein!«, rief Mathilda. »So könnt Ihr nicht fort. Kommt nach Hause. Euer Gemahl erlaubt es nicht.«

»Schaut nur!« Verzweifelt versuchte Dora sich ihr zu entreißen. »Der Kneiphof brennt! Meine Brüder und mein Vater sind dort. Ich muss zu ihnen. Ich muss ihnen beistehen.«

»Wie denn? Im Nachtgewand und mit bloßen Füßen? Sich zu retten schaffen die drei besser ohne Euch. Anscheinend sind die Tore der Altstadt verschlossen. Niemand kommt aus der Altstadt heraus, geschweige denn vom Kneiphof zu uns herein. Wie wollt da ausgerechnet Ihr auf die Dominsel gelangen? Kräftige Männer mit großen Eimern und starken Armen sind dort nötiger als schwache Frauen wie wir.«

Als gälte es, ihre Worte zu bestätigen, ging im selben Moment ein Ruck durch die Menschenmenge. »Zur Brücke!« –

»Öffnet die Tore!« – »Auf, auf!« – »Hört ihr die Schreie? Worauf wartet ihr?«

Schon setzte sich der Zug der Menschen den Mühlenberg hinunter in Bewegung. Unsanft wurden Dora und Mathilda herumgeschoben, auseinandergerissen, zur Seite gedrängt. Nur mit Mühe gelang es Dora, sich zum Hauseingang zu kämpfen und in die Diele zu schlüpfen. Mathilda hatte sie völlig aus den Augen verloren.

Auf einmal spürte sie, wie ihr die Kehle eng wurde, wie stark es sie in der Brust schmerzte. Es war ihr, als fühlte sie das Feuer am eigenen Leib, den beißenden Rauch von brennendem Holz und die Staubwolke von einstürzendem Mauerwerk einatmen. Wieder ertönte draußen schrilles Geschrei. Vorsichtig spähte sie hinaus. Der Wind frischte von Osten her auf und fachte das Feuer auf der Kneiphofinsel noch kräftiger an. Hell loderte es in den Nachthimmel, verwandelte sich in eine riesige Feuerwand, die erbarmungslos über Dom und Häuser hinwegfegte. Ein entsetzliches Knattern und Knistern hob an. Eiskalt lief es Dora den Rücken hinunter. Nie mehr würde sie dieses böse Geräusch je vergessen. Das Gestühl des Kirchenschiffs war plötzlich ein entblößtes schwarzes Skelett mit rotglühenden Querbalken, kurz davor, zu Asche zu zerfallen. Schauerliches Gebrüll erklang, als das Holzgerüst des nördlichen Kirchturms ein letztes Mal kräftig aufloderte, um dann unter mächtigem Getöse zusammenzustürzen. Ein grollendes Donnern folgte, die Erde zitterte. Auch die beiden Glocken krachten mitsamt den Mauern zu Boden. Selbst auf dem sicheren Mühlenberg in der Altstadt war das gierige Knurren des hungrigen Feuers erschreckend gut zu hören. Dora presste die Hände auf die Ohren und starrte nach Süden, auf die jüngste und stolzeste der drei Königsberger Städte, die sich vor ihren Augen mehr und mehr in eine glühende Hölle verwandelte. Ein einziger gellender Schrei brandete über die Straßen und Häuser hinweg. Auf einmal gab es kein Halten mehr. Die Menschen ließen Karren wie Wagen stehen und rannten den Mühlenberg hinunter.

Dora wollte es ihnen nachtun. Erneut spürte sie einen Widerstand. Dieses Mal war es Elßlin, die sich mit beiden Händen verzweifelt an ihr festklammerte. »Bleibt hier! Das ist unser Untergang. Die Heiligen im Himmel haben dafür gesorgt, dass wir im Feuer der Hölle schmoren bis zum Jüngsten Tag. Gott, der Allmächtige, straft uns damit für den Abfall vom rechten Glauben.«

»Hör auf mit diesem Unsinn!« Voller Wut verpasste Dora ihr eine schallende Maulschelle. Statt wieder zur Vernunft zu kommen, faselte das Mädchen jedoch weiter wie von Sinnen.

»Heiliger Florian! Hilf uns in der großen Stunde unserer Not. Sechs Kerzen aus reinstem Bienenwachs werde ich dir spenden und morgens und abends dreimal das Ave-Maria beten, wenn du uns jetzt nicht vergisst.«

»Sei endlich still! Hier in der Altstadt passiert nichts. Drüben im Kneiphof tobt die Hölle. Für die Menschen dort solltest du beten. Doch vergiss deine Heiligen. Die werden nichts für dich tun. Zu Gott allein musst du beten. Nur er kann uns helfen.«

Noch während sie das sagte, spürte sie die Leere dieser Worte. Was gäbe sie darum, wenn sie wüsste, ob das Anzünden von echten Bienenwachskerzen wirklich helfen könnte, die Brüder und den Vater vor dem Schlimmsten zu bewahren? Bis an ihr Lebensende würde sie Kerzen stiften und endlose Gebete sprechen. Als sie von Elßlin abließ, sank das Mädchen winselnd zu Boden.

»Was ist mit Euch?« Plötzlich stand Mathilda in der Tür. Den vom Feuer grell erleuchteten Nachthimmel im Rücken, wirkte sie noch ehrfurchteinflößender als bei Tageslicht. »Geht nach oben und lasst uns für die armen Seelen im Kneiphof beten. Gott soll ihnen gnädig sein und sie vor dem Schlimmsten bewahren.« Wie Kinder scheuchte Mathilda sie ins erste Geschoss. Oben angekommen, schickte sie das Mädchen in die Küche, drängte Dora in die vom Flammenschein gespenstisch beleuchtete Wohnstube, führte sie zu einem der Stühle am Tisch. »Ich hole eine Decke und bereite Euch ein warmes Bier. Das wird Euch beruhigen.« Schon war sie wieder zur Tür hinaus. Das eifrige Klappern von Geschirr verriet, dass sie Elßlin in der schräg gegenüberliegenden Küche ebenfalls mit etwas Warmem versorgte. Einmal ertönte ein klatschendes Geräusch, das auf eine Maulschelle schließen ließ, die sie dem Mädchen verpasste. Daraufhin verstummte das Wehklagen der Vierzehnjährigen schlagartig. »Warum nicht gleich«, stellte Mathilda trocken fest.

Das Feuer im Kneiphof verwandelte auch den Altstädter Nachthimmel. Unheilvolle Schatten tanzten über die Holzdecke der Wohnstube und die getäfelten Wände ringsum. Absonderliche Wesen lösten sich aus dem Wandteppich an der Stirnseite, erschreckten Dora mit ihren wüsten Zuckungen. Es hätte sie kaum gewundert, wenn der Löwe von dem Hirschen abgelassen und sich brüllend auf sie gestürzt hätte. Brandgeruch stieg ihr in die Nase, dabei waren sämtliche Fenster fest verschlossen. Wenigstens ebbte der Lärm auf der Gasse langsam ab. Vermutlich waren die, die zu helfen bereit waren, inzwischen durch die engen Stadttore an den beiden Pregelbrücken in den Kneiphof gelangt. Alle anderen hatten sich ähnlich ängstlich wie Dora in ihre Häuser geflüchtet und aufs Bangen und Beten verlegt.

Sie setzte zum Vaterunser an, brach allerdings schon nach »Dein Wille geschehe« wieder ab. Ob ein solches Unglück wirklich von Gott gewollt war? Urban wüsste es ihr zu sagen. Wo er wohl gerade steckte? Mit Löscheimer und Feuerschaufel bewaffnet konnte sie sich ihn schwerlich vorstellen. Umso beunruhigender fand sie die Vorstellung, ihn dennoch draußen in der glühenden Feuerhölle zu wissen. Ganz zu schweigen vom Rest der Familie, deren Haus gefährlich nah am lichterloh brennenden Dom stand.

»Brennt wirklich schon der gesamte Kneiphof?«, fragte sie, als Mathilda nach einer halben Ewigkeit mit einer Kanne warmen Biers und einer Decke zurückkehrte. Statt zu antworten, schüttelte die Base den Kopf und bedeutete ihr zu schweigen. Sie rückte ein Talglicht auf dem Tisch zurecht, das sie ebenfalls aus der Küche mitgebracht hatte. Der Schein der rußigen Flamme lenkte vom unruhigen Flackern des Feuerhimmels vor den Fenstern ab, verscheuchte auch die sich wild gebärdenden Schatten. Umsichtig legte Mathilda Dora die Decke um die Schultern, reichte ihr den Becher mit dem dampfenden Getränk. Gierig trank Dora, genoss die Wärme, die sich bei jedem Schluck von der Kehle aus in ihrem Körper verbreitete.

Als sie den geleerten Becher absetzte und Mathilda genauer betrachtete, gewahrte sie, wie tief das sonst so gepflegte Antlitz von den Spuren des Brandes gezeichnet war. Ruß und Staub hatten schwarze Rinnsale auf die Wangen gemalt, das helle Haar hing der Base wirr um den Kopf, die Haube fehlte. Mathildas Kleid strotzte vor Schmutz, die Hände waren zerkratzt. Das Schlimmste aber war das Entsetzen, das in ihren grünen Augen stand. Wie blind war sie gewesen, das jetzt erst zu bemerken?

»Wart Ihr drüben am Dom, mitten im Feuer?« Eine böse Ahnung überfiel sie. Kaum brachte sie die nächsten Worte heraus, so sehr fürchtete sie die Antwort. »Was ist mit Vater, Jörg und Lienhart?«

»Ich weiß es nicht«, murmelte Mathilda, um im nächsten Moment völlig erschöpft auf einen Stuhl zu sinken, den Kopf in die Hände zu stützen und so stumm zu verharren.

»Lieber Gott!« Dora schnappte nach Luft, fasste sich an die Kehle, um die sich eine Schlinge zuzuschnüren drohte. »Nimm mir bitte nicht noch meinen Vater und meine Brüder.«

»Wir müssen Ruhe bewahren, dürfen nicht gleich an das Schlimmste denken«, erwachte Mathilda aus der Starre. »Gott hält allzeit seine schützende Hand über uns.«

»Aber …«, wollte Dora widersprechen, doch Mathilda sah sie eindringlich an.

»Wir müssen auf Gott vertrauen. Er wird ihnen beistehen.«

»Wie könnt Ihr …«

»Bis zur Schmiedebrücke bin ich gelaufen«, begann Mathilda leise zu erzählen. »So viele Menschen habe ich kaum je auf einmal in der Stadt gesehen. Die Tore waren viel zu lange geschlossen. Immer dichter haben sich die Altstädter von der einen Seite dagegen gedrängt, mit Eimern, Schaufeln und Leitern bewaffnet, um auf der Dominsel beim Löschen zu helfen. Von der anderen Seite hat man die Kneiphofer klopfen, schreien und jammern gehört. Immer dichter wurden die Rauchwolken, die alles einhüllten. Als der Wind ins Feuer geblasen und es in die Buden und Häuser um den Dom herum getrieben hat, hat es kaum ein Halten mehr gegeben. Endlich ist daraufhin der Befehl ergangen, die Tore zu öffnen. Nur unter Mühen sind die Kneiphofer von der Insel herübergekommen. Zugleich wollten unzählige Altstädter hinüber, um dem Feuer zu Leibe zu rücken. Ich bin mir sicher, sie werden es schaffen, der Flammen Herr zu werden und noch viele Menschen aus der Hölle zu retten.«

»Euer Wort in Gottes Ohr.« Fahrig knetete Dora ihre Hände, sah in die Flamme des Talglichts, bis sie auf einmal wusste, was zu tun war. Sie sprang auf, hastete ins Schlafgemach. In Windeseile schlüpfte sie in Kleid und Schuhe, schnappte sich die Schaube und stürmte die Treppe hinunter.

»Bleibt!« Mathilda begriff erst viel zu spät, was sie vorhatte. Doch Dora öffnete bereits die Tür und stürmte auf den Mühlenberg.

Gespenstische Stille hing über der Gasse. Von den vielen Menschen, die sich vorhin noch ängstlich zusammengedrängt hatten, war keine Spur mehr zu sehen. Erst nahe am Fuß des Berges geriet Dora wieder in den Lärm hinein. Das Feuer auf der Dominsel knisterte unheilvoll, das einstürzende Gebälk und Mauerwerk krachten. Menschen schrien. Der Qualm wurde dichter, Brandgeruch hing über der Stadt. Noch immer brauste das Flammenmeer unerbittlich über den Kneiphof hinweg. Atemlos erreichte sie den Altstädter Markt. Dort sammelten sich die der Feuerhölle Entronnenen. Einige Frauen aus der Altstadt verteilten Decken, andere reichten Krüge mit Bier und Wein, wieder andere trösteten Kinder oder versorgten Verletzte. Zögernd machte Dora einige Schritte in den Platz hinein. Hilfesuchend reckten sich ihr die ersten Arme entgegen, verzweifelte Augen sahen zu ihr auf. »Zu mir, gute Frau!« – »Helft mir!« – »Ich brauche Euch!« – »Nein, ich!« Das Jammern und Wehklagen schien ihr bald lauter als das Prasseln des Feuers und das Donnern der einstürzenden Gebäude auf der nahen Pregelinsel.

Ohne nachzudenken, nahm sie die Schaube von den Schultern, kniete neben einem Verletzten auf dem Pflaster nieder und deckte ihn zu. »Durst!«, krächzte er heiser. Dora beugte sich vor, konnte in dem rußgeschwärzten Antlitz kaum erkennen, ob es ein alter oder junger Mensch, eine Frau oder ein Mann war. Stumm nickte sie, erhob sich und sah sich um, ob sie jemanden mit einer Kanne Bier oder Wein erwischte. Da erst fielen ihr die geordneten Reihen auf, die sich von der Schmiedebrücke kommend jeweils zu den Brunnen in den vier Ecken des langgezogenen Marktplatzes zogen. Als hätten die Leute nie etwas anderes getan, reichten sie in Windeseile leere Eimer von Hand zu Hand, um sie gefüllt wieder zurückzugeben.

»Aus dem Weg!«, rief eine dunkle Stimme. Mit grimmigem Blick schob sich ein schwarzbärtiger Mann vorbei, dicht gefolgt von zehn nicht minder grimmig schauenden Bürgern. Haken und Schaufeln geschultert, steuerten sie im Gleichschritt die am südwestlichen Ende des Platzes gelegene Gasse zur Krämerbrücke an. Jemand schob einen mit Fässern und Decken bepackten Karren hinterher, ein Zweiter folgte mit einem Karren voller Sand. Dora nutzte die Schneise, die sie ins Getümmel auf dem Platz zogen, um sich ebenfalls durch das Gedränge zu kämpfen, bis sie endlich auf eine Frau stieß, die ihr eine Kanne Bier reichte.

»Gut, dass auch Ihr da seid, Stöckelin.« Die Frau fasste sie am Handgelenk. Verwundert sah Dora sie an, fühlte sich jedoch außerstande, das von Ruß und Schmutz übersäte Gesicht mit jemand Bekanntem in Einklang zu bringen. »Euer Gemahl hat es vorhin richtig gesagt: In dieser Nacht können wir jede helfende Hand gebrauchen. Beruhigend, dass wir einen so besonnenen Mann unter uns haben. Im Gegensatz zu den Ratsherren hat er gleich gewusst, was zu tun ist, und jedem den für ihn besten Platz zugewiesen. Nur so werden wir es schaffen, das Unglück zu meistern.«

Sie drückte ihr die ganze Kanne gegen die Brust und wandte sich bereits wieder ab, um im Gewühl zu verschwinden. Ein paar Schritte eilte Dora ihr nach, wollte sie nach

Urbans Verbleib fragen, längst aber war die Unbekannte damit beschäftigt, mit zwei anderen Frauen einen Schwerverletzten auf eine Trage zu hieven.

»Durst!« – »Meine Kehle brennt!« – »Ich kriege keine Luft!« Die Schreie rissen Dora aus der Starre. Kaum gelang es ihr, auf dem Rückweg zu dem ersten Verletzten, den sie mit ihrer Schaube bedeckt hatte, ausreichend Bier in der Kanne aufzuheben, zu viele andere begehrten unterwegs ebenfalls einen Schluck des kostbaren Nasses. Schließlich kniete sie wieder neben dem Ersten nieder und setzte ihm das Bier an die ausgetrockneten Lippen. »Langsam!«, mahnte sie ihn, in winzigen Schlucken zu trinken. Dankbar blickten sie seine Augen an. Plötzlich meinte sie ihn wiederzuerkennen. War das nicht Schuhmacher Jobst aus der Goldgasse? Die lag nah bei der Domgasse, wo ihr Elternhaus stand. Vorsichtig wischte sie ihm den Schmutz aus dem Gesicht. Zum Vorschein kam tatsächlich das Antlitz des Schuhmachers. »Erkennt Ihr mich? Ich bin es, Dora Stöckelin, die Tochter von Wenzel Selege aus der Domgasse.«

»Die Stöckelin? Euch schickt Gott, der Herr!« Langsam kam wieder Leben in das eben noch von Todesangst gezeichnete Gesicht.

Dora atmete auf. War es Schuhmachermeister Jobst gelungen, der Hölle im Kneiphof zu entfliehen, bestand Hoffnung, dass auch dem Vater und den Brüdern Gleiches gelungen war. Ziellos schweifte ihr Blick über den Platz. Der gewaltige Feuerschein über dem Kneiphof hatte auch mitten in der Altstadt die Märznacht vorzeitig beendet. Plötzlich röteten sich ihre Wangen vor Scham. Bei all ihrer Angst um die Brüder und den Vater hatte sie die Schwägerin völlig vergessen. Und nicht nur sie, auch Veit Singeknecht hatte sie aus ihrem Bangen um die vom Feuer Heimgesuchten ausgeschlossen. Ihre Augen blieben an den Resten des Scheiterhaufens hängen, der am Nachmittag für das Winteraustragen errichtet worden war. Zugleich erinnerte sie sich an ihren Wunsch, die Flammen würden das Traumgespinst mitsamt ihrer verbotenen Sehnsucht nach Veit vernichten. War sie zu weit gegangen?

»Dora, mein Augenstern!« Sie fuhr auf. Vor ihr stand Urban, die Arme weit ausgebreitet. Auf zittrigen Knien erhob sie sich und fiel ihm in die Arme. »Das ist gut, dass Ihr helft. Es wird den Leuten Mut machen, wenn sie meine Frau als rettenden Engel vor sich sehen.«

Er strich ihr über den Kopf. Seine Worte behagten ihr wenig. Als sie zu ihm aufsah, entdeckte sie jedoch dasselbe zaghafte Lächeln um seinen Mund wie am Nachmittag, als sie gemeinsam den ausgelassenen Tanz der Mädchen und Burschen um die lichterloh brennende Strohpuppe verfolgt hatten.

»Ich muss in den Kneiphof. Die Quartiermeister brauchen meinen Rat, um den Neubau des Kollegiums vor den Flammen zu sichern. Wir sehen uns zu Hause, wenn das Schlimmste überstanden ist.«

»Bleibt«, versuchte Dora ihn zurückzuhalten. »So nah beim brennenden Dom ist es viel zu gefährlich.«

»Ich muss! Ich werde dort gebraucht. Jedes Zögern wäre eine unverzeihliche Sünde.« In seinen Augen blitzte Entschlossenheit auf. Unerwartet beugte er sich zu ihr herunter, küsste sie voller Leidenschaft auf den Mund. Gerade als sie in dem unverhofften Glück versinken wollte, ließ er wieder von ihr ab. »Macht Euch keine Sorgen. Mir wird nichts geschehen.« Liebevoll strich er ihr über die Wange, dann eilte er in weit ausholenden Schritten davon, direkt auf die Schmiedegasse zu, die zur Brücke in den Kneiphof führte.

Auf einmal erfüllte sie Stolz. Wie hatte vorhin die Unbekannte gesagt? Niemand anderer als Urban sorgte dafür, dass in dieser Nacht das Schlimmste verhindert wurde. Die Tatkraft ihres Gemahls war beeindruckend. Sämtliche Traumgespinste zerrissen ob des entschlossenen Funkelns in Urbans hellen Augen.

12

Der Vormittag war weit fortgeschritten, als Dora wieder zu Hause eintraf. Nach dieser Feuernacht erschien ihr das unbekümmerte Zwitschern der Spatzen fehl am Platz. Kaum nahm sie die Blüten an den Hecken wahr oder beachtete die Sonne am strahlend blauen Märzhimmel. Selbst die Rückkehr des Storchenpaares in sein Nest auf dem Torwächterhaus munterte sie nicht auf. Bevor sie das Haus betrat, drehte sie sich noch einmal um, sah den Mühlenberg hinunter. Über dem ausgebrannten Dachstuhl des Doms schwebte noch immer eine Rauchfahne. Mahnend verwies die Leere am Himmel auf den fehlenden Nordturm, flankiert von den traurigen Überresten der benachbarten Häuser des Kneiphofs. Selbst in der Altstadt hatte sich der Brandgeruch hartnäckig eingenistet. Gebückt und zermürbend langsam schlichen die Menschen durch die Straßen, die einen in Antlitz und Kleidung deutlich von den Ereignissen der vorangegangenen Nacht gezeichnet, die anderen beschämt, weil sie sich der geforderten Mithilfe feige entzogen hatten. Kaum ein Händler ging zum Markt. Wie auf eine geheime Übereinkunft hin blieben die Buden geschlossen. Selbst vor dem Eingang zum herzoglichen Schloss fanden sich nur eine Handvoll fremder Kaufleute und Reisende, die Einlass erbaten. Schlaff hingen die Fahnen an den Masten, müde taten die Wachleute ihren Dienst.

Dora fühlte sich leer und ratlos. Sie ließ Mathilda einfach gewähren, als sie Elßlin anwies, Wasser zu erhitzen, um ihr außer der Reihe ein Bad zu bereiten. Unter lautem Getöse rollte die junge Magd den hölzernen Badezuber ins Schlafgemach, kleidete ihn sorgfältig mit einem Leinentuch aus und gab unter Mathildas strengem Blick eine genau bemessene Menge getrockneter Rosen- und Veilchenblätter hinein. Zum Abschluss träufelte die Base höchstpersönlich einige Tropfen Rosenöl ins dampfende Wasser. Der aufsteigende Duft war eine Wohltat und weckte kurzzeitig Doras Lebensgeister. Eilig stieg sie aus den verschmutzten, nach beißendem Rauch stinkenden Kleidern.

»Bring die in den Hof und lass sie einige Tage draußen hängen, bevor du sie wäschst. Nur so wird der Brandgeruch verschwinden.« Mathilda verzog angewidert das Gesicht und reichte Elßlin mit spitzen Fingern die Kleider. »Habt Ihr etwas von Eurem Vater gehört?«, platzte es aus ihr heraus, sobald das blasse Mädchen die Stube verlassen hatte und Dora sich in dem Bad räkelte. »Sind er und Eure Brüder rechtzeitig vor dem Feuer in die Altstadt geflohen? Was ist mit Eurem Haus? Gibt es Nachrichten von Eurer Schwägerin?«

»Ich weiß es nicht.« Plötzlich sank Dora in sich zusammen, weinte. Während der letzten Stunden war es ihr gelungen, ihre Ängste unter der Sorge um die Verletzten zu vergraben. Auch die unverhoffte Begegnung mit Urban hatte ihr Zuversicht gespendet. Mathildas Frage aber riss die Wunde der Furcht wieder auf. »Ich muss nach Urban suchen.« Sie hielt es nicht länger im Bad. Hastig richtete sie sich auf, griff nach dem Leinentuch, das zum Abtrocknen bereitlag, und stieg aus dem Zuber. Die Base stierte sie an. Auf einmal begriff Dora, worauf sie so genau schaute – auf ihren flachen Unterleib. Sie wickelte sich in das Leinentuch. »Was ist?«

»Es ist nur, also ich frage mich gerade«, stammelte Mathilda, bis sie sich einen Ruck gab, nah zu Dora herantrat, ihr die Hand auf den Arm legte und ihr eindringlich in die Augen blickte. »Muss ich mir Sorgen um Euch machen? Ihr wisst, nichts liegt mir ferner, als mich in Eure Angelegenheiten einzumischen, doch vergesst bitte auch nicht, Urban ist mein Vetter, mein einziger Verwandter. Sein Glück wie auch der Fortbestand unserer Familie liegen mir sehr am Herzen. Deshalb muss ich Euch geradeheraus fragen: Stimmt alles mit Euch? Zwei Jahre seid Ihr nun schon verheiratet, und noch immer tragt Ihr kein Kind von ihm unter dem Herzen. Seit ein paar Tagen schon nächtigt er oben in der Studierstube und Ihr allein hier unten.« Bedeutungsschwanger hielt sie inne. »Wenn Ihr wollt, wende ich mich an die Kräuterfrau auf dem Sackheim. Oder an die Hebamme vom Haberberg. Es muss nicht allein an Euch liegen. Euer Gatte könnte vom Alter her genauso gut Euer Vater wie Euer Mann sein. Unter diesen Umständen muss man zu besonderen Mitteln greifen.«

»Hört auf!« Dora geriet außer sich. »Wie könnt Ihr ausgerechnet jetzt daran denken? Noch weiß ich nicht einmal, ob mein Gemahl gesund und wohlbehalten aus dem brennenden Kneiphof nach Hause zurückkehrt, vom Rest meiner Familie ganz zu schweigen.«

Auf dem Weg zum Schrank stieß sie die Base kräftiger als nötig beiseite. Wortlos drehte Mathilda sich um und verließ das Schlafgemach.

Dora war froh, endlich allein zu sein. Auf einmal fühlte sie sich außerstande, sich anzuziehen und nach draußen zu eilen, um Urban zu suchen. Müde ließ sie das nasse Leinentuch zu Boden gleiten und warf sich nackt aufs Bett. Die Erschöpfung war größer als alle Sorgen und Ängste. Von jetzt auf gleich übermannte sie der Schlaf. Als ihr jemand sacht über die Wange strich, erwachte sie verwundert aus tiefsten Träumen.

»Mein Augenstern!« Beseelt vom betörenden Klang der Stimme, schlug sie die Augen auf. Zu ihrer Überraschung hatte sie Urbans Gesicht nah vor sich, spürte seinen Atem auf der Haut. Sie streckte sich, fröstelte. Voller Scham gewahrte sie, dass sie noch immer unbekleidet auf dem Laken lag. Als sie versuchte, ihre Blöße zu bedecken, fasste Urban nach ihrer Hand, hielt sie zurück. Erstaunt schaute sie ihn an. Die letzte Nacht hatte deutliche Spuren an ihm hinterlassen. Das schlohweiße Haar war zerzaust, die Augenbrauen teilweise versengt, das Gesicht von Rußschlieren verunziert. Der Faltrock starrte vor Schmutz und war an den Ärmeln zerrissen. Vorn fehlte ein Knopf. Trotzdem leuchteten Urbans Augen von innen heraus. Verheißungsvoll lächelte er sie an, strich ihr versonnen über das offene Haar und neigte sich zu ihr herunter, um sie ähnlich leidenschaftlich zu küssen wie nachts auf dem Markt.

Ohne sich lange zu besinnen, schlang sie die Arme um seinen Hals, zog ihn ganz zu sich herunter. Eine gewaltige Begierde erfasste sie beide. In großer Hast entledigten sie ihn gemeinsam der störenden Gewänder und versanken in einer Umarmung. Bald waren sie beide davon beseelt, den Augenblick auszukosten und sich in ihrer zügellosen Leidenschaft gegenseitig anzuspornen. In harmonischen Bewegungen hievten sie sich auf eine heftig aufbrausende Woge der Lust, die sie weit fort von dem Elend auf Erden zu den höchsten Wonnen der Liebe trug. Dora meinte vor Glück bersten zu müssen. Ein spitzer Schrei entfuhr ihr. Selig vertraute sie sich ganz Urbans ungeahnten Künsten an.

Wieder musste sie rasch eingeschlafen sein. Sie erwachte von einem unerklärlichen Geräusch vor dem Bett. Suchend tastete sie nach Urban, fand die zweite Betthälfte jedoch leer.

»Gut geschlafen, mein Augenstern?« Es plätscherte laut, als er sich im Badezuber zu ihr umdrehte. Das musste das Geräusch gewesen sein, das sie aus ihren Träumen geholt hatte.

»Warum sitzt Ihr im kalten Wasser?« Sie richtete sich auf. »Lasst Elßlin heißes Wasser nachfüllen, sonst holt Ihr Euch den Tod.«

»Elßlin holt sich eher den Tod, wenn sie mich nackt im Badewasser entdeckt und Euch ebenso nackt zwischen den aufgewühlten Laken findet. Davon abgesehen kann es nichts Schöneres geben, als in Eurem erkalteten Badewasser zu sitzen. Allein der Gedanke, Euch wenige Stunden zuvor ebenso darin zu wissen, wärmt mir die Glieder.«

Er streckte den Arm aus dem Zuber, angelte nach dem Leinentuch, das sie vorhin auf den Boden hatte fallen lassen, und erhob sich aus dem Wasser. Dabei schlang er sich das Tuch so gewandt um die Hüften, dass sie keinen Moment lang seiner Blöße ansichtig wurde. Ähnlich geschickt schlüpfte er in frische Kleidung, ließ das Handtuch erst fallen, als Hose und Hemd den Körper bereits vollständig bedeckten. Dora bedauerte seine übertriebene Scham, hatte sie doch vorhin erst erlebt, welche Freuden auch sein fast fünfzigjähriger Leib noch bereithielt. Klopfenden Herzens verfolgte sie, wie er zu ihr ans Bett trat. Erwartungsvoll streckte sie ihm ihren Mund entgegen und schloss die Augen. Zu ihrer großen Enttäuschung küsste er sie dieses Mal jedoch lediglich flüchtig aufs Haar.

»Die Pflicht ruft. Begleitet Ihr mich in den Kneiphof?«

Seine Worte rissen sie jäh in die Wirklichkeit zurück. Plötzlich standen ihr die schrecklichen Ereignisse der letzten Nacht wieder vor Augen. Wie hatte sie so selbstsüchtig sein und das alles verdrängen können? Während sie sich selig Urbans Liebkosungen hingegeben hatte, verharrten ihre Brüder und ihr Vater weiter in Todesangst. Die Angst um ihre Familie flammte wieder auf.

»Verzeiht, das war kein guter Vorschlag. Ihr solltet Euch besser schonen. Ich gehe allein.« Noch einmal hauchte er ihr einen Kuss auf die Stirn, strich ihr sanft über die Wange. Sie fasste nach seiner Hand, umklammerte sie wie eine Ertrinkende.

»Ich komme mit.«

13

Seite an Seite verließen Dora und Urban das Haus, liefen den Mühlenberg hinunter. Die festtägliche Schaube wärmte viel zu sehr, der kostbare Pelzkragen war Dora unbehaglich. Schmerzlich vermisste sie den schlichten Umhang, den sie in der Nacht einem der Verletzten überlassen hatte. Sie lockerte den Kragen, fächelte sich ein wenig Luft zu, wedelte so auch den beißenden Geruch nach Verbranntem weg, der nach wie vor über der Stadt hing.

Die bedrückte Stimmung lastete schwer auf Dora, steigerte ihre Sorge, wie es um ihre Familie im Kneiphof stehen mochte. Noch immer waren die Straßen nahezu leer und die Buden geschlossen. Lediglich die hie und da herumrollenden leeren Eimer, liegengebliebene Schaufeln sowie verlorene Becher und Kleidungsstücke kündeten von dem, was in der vergangenen Nacht geschehen war. Eine Handvoll verwahrlost aussehende Kinder und Landstreicher streunte über den Marktplatz, durchstöberte die Reste nach Verwertbarem. Der Wind frischte auf, wirbelte einige leere Blätter Papier durch die Luft.

»Die Verletzten hat man entweder zu Verwandten oder ins Rathaus gebracht«, erklärte Urban, sobald er Doras suchenden Blick über den verlassenen Markt gewahr wurde. Flüchtig wies er auf das prächtige Rathaus an der Ostseite des langgestreckten Platzes, das erst wenige Jahre nach Doras Geburt errichtet worden war. Auf der astronomischen Uhr an einem der Türme rückte gerade der große goldene Zeiger auf die Zwölf vor, der kleine sprang auf die Drei. Begleitet vom Schlag der hellen Glocke im zweiten Turm, riss der dort angebrachte Japper sein Maul auf und streckte die Zunge heraus.

»Ihr werdet sehen, Eure Familie ist sicher noch einmal davongekommen.« Zur Beruhigung legte Urban ihr den Arm um die Schultern und zog sie sanft an sich. Sie genoss die ungewohnte Zärtlichkeit, schmiegte im Weitergehen die Wange gegen den wollenen Kragen seiner Schaube. »Nicht alle Kneiphofer haben sich in der letzten Nacht auf die andere Pregelseite flüchten müssen«, fuhr er fort. »Im westlichen Teil der Stadt gab es für die Brandopfer ebenfalls reichlich Hilfe. Trotz der gewaltigen Feuersbrunst ist das Unglück erstaunlich glimpflich abgelaufen. Die lange Trockenheit der letzten Wochen hat dem Feuer zwar leichtes Spiel bereitet, doch es hätte weitaus schlimmer kommen können. Wir haben keine Toten zu beklagen. Außer dem Nordturm des Domes sind zwar auch einige Häuser und Buden Opfer der Flammen geworden, größtenteils handelt es sich jedoch um neu errichtete Gebäude, die noch leer stehen. Das neue Kollegium wurde verschont. Ebenso ist am Dom außer dem Turm lediglich der Dachstuhl im Hauptschiff zerstört.«

»Was ist mit meinem Elternhaus? Wisst Ihr schon Genaueres?« Dora wagte kaum, die Frage auszusprechen. Urban kam jedoch nicht dazu zu antworten.

»Gut, dass Ihr kommt, Kammerrat Stöckel!« Das Barett wild durch die Luft schwenkend, eilte von der Schmiedebrücke her ein untersetzter Mann auf sie zu. Dora erkannte in ihm den Schreiber Hubart aus der Rentkammer. Sein kahler Schädel glänzte im Sonnenlicht, der Schweiß stand ihm auf der Stirn. Er keuchte vor Anstrengung. »Habt Ihr schon gehört, was das Feuer an der Honigbrücke angerichtet hat? Leider ist sie gänzlich zerstört.«

»Was?« Sichtlich getroffen von der Nachricht, blieb Urban stehen und nahm den Arm von Doras Schultern. Schweigend starrten sie zur Kneiphofinsel. Der westliche Teil schien gänzlich unversehrt, aus verschiedenen Ecken der östlichen Hälfte stiegen dagegen weiterhin dünne Rauchsäulen in den Himmel. Die Rauchschwaden über dem Dom aber hatten sich nahezu vollständig aufgelöst. Hilflos ragten die kläglichen Reste des Nordturms in den tiefblauen Frühlingshimmel. Der stark beschädigte Dachstuhl des Hauptschiffs tat ein Übriges, die einst so stolze Kirche in eine armselige Ruine zu verwandeln. Am schlimmsten war jedoch der Anblick der teilweise oder ganz eingestürzten Häuser in der Nachbarschaft des Kirchenbaus. Dora versuchte auszumachen, um welche Anwesen es sich genau handelte, konnte aber nur wenig Genaues erkennen. »Das sieht alles bei weitem wüster aus als direkt nach dem Feuer«, sagte Urban nachdenklich. »Dabei bin ich bei meinem letzten Erkundungsgang am frühen Morgen fast ganz um den Dom herumgekommen.«

»Die Honigbrücke war völlig verkohlt. Vorhin ist sie zusammengebrochen und in den Pregel gestürzt. Zum Glück ist niemand zu Schaden gekommen.« Hubart wischte sich übers Gesicht. Seine schmutzigen Hände verteilten den Aschestaub über das gesamte Antlitz.

»Wenn es die Honigbrücke so schlimm getroffen hat, hat dort das Feuer wohl am heftigsten gewütet«, stellte Urban fest. »Das lässt erste Rückschlüsse auf die Ursache zu. Habt Ihr dazu schon etwas herausgefunden?«

Eindringlich musterte er seinen Untergebenen. Der wand sich ein wenig, sah unschlüssig zu Dora, verzog das Gesicht, als er ihre pelzverbrämte Schaube bemerkte, bevor er berichtete: »Das Feuer muss kurz nach zehn Uhr am gestrigen Abend direkt an der Honigbrücke ausgebrochen sein. Thomas Schacken hat wohl das Feuer zum Darren zu stark geschürt. Dabei darf er es eigentlich erst um Mitternacht anfachen. In Windeseile hat es sich …«

»An Thomas Schacken muss es gar nicht gelegen haben«, mischte sich Dora ein. »Ich kenne ihn gut. Er ist Kneiphofer wie ich und besitzt ebenso wie meine Familie seit Generationen das Braurecht. Die Vorschriften der Brandordnung hat er stets strikt befolgt.«

»Aber er darf nicht abends um zehn das Feuer entzünden«, beharrte Hubart.

»Ihr irrt, mein Lieber«, entgegnete sie in scharfem Ton. »Die jüngste Brandordnung schreibt lediglich vor, dass das Braufeuer erst ab Mitternacht für den folgenden Brautag angefacht werden darf. Ebenso darf ein Brauer immer nur ein Braufeuer am Tag entzünden, damit er dieses aufmerksam in Obhut behält. Vom Feuer für das Darren des Malzes auf dem Speicher ist allerdings nicht die Rede. Auch in der Willkür für das Bierbrauen findet sich dazu keinerlei Vorgabe. Der sorgfältige Umgang mit dem Darrfeuer ist der Verantwortung eines jeden Brauers überlassen. Da Schacken ein erfahrener Brauer ist, muss das Feuer aus einem anderen Grund …«

»Danke Euch, meine Liebe«, ging Urban dazwischen. »Ihr als Kneiphofer Bierbrauerin kennt die Willküren naturgemäß besser als wir alle. Doch berichtet rasch, Hubart, wie es letzte Nacht weitergegangen ist.«

»Eindeutig von Schackens Speicher aus hat sich das Feuer über die benachbarten neuen Häuser zunächst ostwärts zur hölzernen Honigbrücke ausgebreitet«, fuhr der Schreiber fort, deutlich zufrieden über die Zustimmung, auf die seine Schilderung bei Urban stieß. »Als der Wind aus Osten plötzlich stark aufbrauste, hat es sich gedreht. Ungehindert haben die Flammen auf die Holzbuden vor dem Dom sowie auf den nördlichen Glockenturm übergreifen können. Auch die ersten Häuser in der angrenzenden Domgasse fingen rasch Feuer. Womöglich hat auch dort der ein oder andere Brauer früher als erlaubt mit dem Darren seines Malzes auf dem Dachboden …«

»Das sind üble Verleumdungen!«, entfuhr es Dora entrüstet. »Solange Ihr nichts Genaues wisst, solltet Ihr mit solchen Unterstellungen vorsichtig sein.«

»Lasst ihn weitererzählen«, wies Urban sie zurecht. »Später sehe ich mir alles mit eigenen Augen an und bilde mir an Ort und Stelle ein Urteil über den genauen Verlauf.«

»Zum Glück ist das neue Kollegium verschont worden. Nicht auszudenken, wenn der Herzog die geplante Eröffnung der Universität im Sommer verschieben müsste.«

»Was ist mit den anderen Gebäuden und ihren Bewohnern? Die Bebauung rund um den Domplatz ist äußerst dicht. Eine gewaltige Feuersbrunst ist über den Kneiphof hinweggefegt. Wäre es allein bei den von Euch erwähnten Schäden geblieben, hätten die Kneiphofer wohl kaum derart kopflos in die Altstadt fliehen müssen.« Zitternd vor Empörung, hielt Dora inne. Sie versuchte sich zu sammeln, was angesichts der Trostlosigkeit in den Gesichtern der Menschen ringsumher schwerfiel. »Kein Wort habt Ihr für die Ärmsten übrig, die in der letzten Nacht dem Feuertod mitten ins Auge gesehen und einen Großteil ihrer irdischen Habe verloren haben. Außer dem nackten Leben ist ihnen nichts geblieben.«

»Beruhigt Euch, mein Augenstern.« Beschwichtigend tätschelte Urban ihr den Arm. Das erzürnte sie noch mehr.

»Es geht nicht allein um den herzoglichen Besitz.« Fast überschlug sich ihre Stimme, so aufgebracht war sie. »Der dürfte wohl am allerwenigsten in Mitleidenschaft gezogen worden sein. Die Kneiphofer Bürger dagegen haben Schlimmes zu ertragen. Ihre Häuser sind zerstört oder stark beschädigt. Was aber noch ärger ist, viele bangen nach wie vor um ihre Liebsten. Bis zum Morgen habe ich mit einigen anderen Frauen auf dem Altstädter Markt versucht den Verletzten beizustehen. Manche haben vor Verzweiflung laut geschrien, andere haben unablässig geweint, wieder andere sind vor Schreck stumm geworden. Nicht einmal ihre eigenen Namen haben sie noch preisgeben können, so tief steckte ihnen das zuvor erlebte Grauen in den Gliedern. Das Gedränge auf der Schmiedebrücke muss fürchterlich gewesen sein. Eine halbe Ewigkeit waren die Menschen darauf wie Vieh vor der Schlachtbank zusammengepfercht, dann erst wurde das Tor zur Altstadt endlich geöffnet. Einige haben mir erzählt, sie wären überzeugt gewesen, entweder in der Menge zu ersticken oder vom Feuer erfasst zu werden. Dabei war das rettende Ufer der Altstadt zum Greifen nah. Nie mehr in ihrem Leben werden die Menschen diese schreckliche Zeit des Wartens vergessen.«

Über ihren Worten senkten Urban und sein Schreiber die Köpfe. Der dickliche Hubart sortierte mit seinen breiten Fußspitzen kleine Steine auf dem Pflaster, Urban rieb sich das Kinn. Mit einem Ruck richtete er sich wieder auf, schenkte ihr einen mitfühlenden Blick. »Ihr habt recht, an erster Stelle sollte immer die Sorge um unsere Mitmenschen stehen. Lasst uns deshalb gleich in die Domgasse gehen und versuchen etwas über den Verbleib Eurer Familie zu erfahren.«

»Oh«, entschlüpfte es Hubart zerknirscht, »ich wusste nicht, also verzeiht, bitte seht mir nach, liebe Stöckelin, mir war nicht bewusst, dass Ihr noch keinerlei Nachricht vom Schicksal Eurer Familie habt.«

»Lasst uns gehen«, stimmte sie Urban zu und versuchte das bange Herzklopfen zu verdrängen, um so ruhig wie möglich neben ihm über die Schmiedebrücke zu gelangen.

Es war, als trennten an diesem Märztag die Brücke über den Neuen Pregel weitaus mehr als nur zwei der insgesamt drei Königsberger Städte voneinander. Immer noch strahlte die Frühlingssonne von einem wolkenlosen Himmel, dennoch hing ein unheilvolles Grau über dem Kneiphof. Hie und da blitzten an einem Zweig zwar noch Blüten auf, ihr zartes Weiß aber wirkte seltsam fremd inmitten der rußgeschwärzten Mauern. Gleich hinter dem Brückenende verstummte das Zwitschern der Vögel. Die Möwen drehten knapp vor dem Südufer des Flusses ab.

Je näher Dora und Urban dem Viertel um den Dom kamen, umso stiller wurde es. Manche schoben mit tief gesenkten Blicken Karren vor sich her, brachten ihre wenigen aus den Trümmern geretteten Habseligkeiten fort. Andere schleppten Bretter vorbei, um an den ausgebrannten Häusern Türen und Fenster zu vernageln, und wieder andere karrten verkohlte Holzbalken sowie ersten Schutt weg. In der unheilvollen Stille knarrten die Räder der Karren über das dreckige Straßenpflaster.

Der Platz vor dem Dom sah gespenstisch aus. Die Holzbuden der Krämer waren vollständig niedergebrannt, die verkohlten Trümmer des Nordturms lagen über den gesamten Platz verstreut. Dazwischen fanden sich die beiden einst so stolzen Kirchenglocken, die der schmähliche Absturz arg zerbeult hatte. Eine graue Ascheschicht bedeckte die Trümmer, hie und da schwelten einzelne Glutnester. Wie abgebrochene hohle Zahnstümpfe ragten einige Bürgerhäuser um den Platz aus der Erde empor. Die Dächer waren eingestürzt, die Fensterscheiben in der Gluthitze zerborsten, das Innere war bis auf die Grundmauern ausgebrannt. Dort, wo letztens noch mit Fialen und Blendwerk verzierte Hauseingänge oder stilvoll gestaltete Wimperge zu bewundern waren, schaute man nun in schwarz klaffende Löcher. Die Scherben der Fensterscheiben waren reichlich über das Straßenpflaster ausgesät. Bei jedem Schritt knirschte es unter den Schuhsohlen.

Als sie um die letzte Ecke der Domgasse bogen und den ersten Blick auf das Anwesen der Seleges werfen konnten, das sich seit ziemlich genau einhundert Jahren im Besitz der Familie befand, stockte Dora der Atem. Der breite Beischlag mit dem säulenverzierten Aufgang schien unversehrt, ebenso ragte die Vorderfront stolz wie eh und je in den Himmel empor. Der vergoldete Wetterhahn auf der Giebelspitze hatte jedoch sämtlichen Glanz eingebüßt, die Steinfiguren waren von den Giebelstufen herabgestürzt und auf dem Vorplatz zerschellt. Von dem hölzernen Dachstuhl war nur mehr ein rauchendes Skelett übrig, das einen traurigen Einblick in den gründlich ausgebrannten Speicher gewährte. In den tieferen Geschossen prangten rund um die Fensterstürze schwarze Rußfelder, die das erzürnte Aufzüngeln der Feuersäulen auch einen halben Tag nach der Brandnacht bestens nachvollziehen ließen. Sämtliche Fensterscheiben waren zerborsten. Mitten in der kunstvoll geschnitzten Eingangstür steckte eine Axt, spaltete das Eichenholz. Die dahinter liegende Diele wirkte überraschend unversehrt, wie der Blick durch die leeren Fensterhöhlen bewies. Beim Näherkommen entpuppte sich das jedoch als Trug. Ein Teil der Holztreppe ins Obergeschoss war verbrannt, die kläglichen Reste stark verkohlt. Schuttberge auf dem arg in Mitleidenschaft gezogenen Fliesenboden verrieten, dass noch weitere Überreste von oben heruntergefallen waren. Das Ärgste war für Dora jedoch der Anblick einer mutlosen Gestalt, die inmitten der Trümmer auf einem umgedrehten Fass kauerte.

»Vater!«, rief sie, riss sich von Urbans Seite los und stürmte in das halb zerstörte Haus. Träge wandte Wenzel Selege sich um und schaute ihr aus leeren Augen entgegen. Sie meinte der größten Hoffnungslosigkeit ins Auge zu sehen.

14

Später erinnerte sich Dora nicht mehr, wie lange sie neben dem Vater ausgeharrt hatte. Schweigend hatte sie einfach neben ihm gestanden, hatte nicht einmal gewagt, ihm die Hand tröstend auf die Schulter zu legen. Nichts an ihm verriet, ob er ihre Anwesenheit überhaupt bemerkte. Urban hielt sich einige Schritte entfernt, um ihr notfalls sofort beistehen zu können. Erst als eine schrille Frauenstimme auf der Domgasse ertönte, erwachte Dora aus ihrer Starre.

»Hör endlich auf mit dem Geplärre«, forderte eine energische Frauenstimme mit weichem Zungenschlag. Dem Befehl folgte eine laut klatschende Maulschelle, was das Schreien einen Moment lang unterbrach. Umso fürchterlicher setzte es wenig später wieder ein. Kurz darauf zerrte die gertenschlanke Gret die spindeldürre Renata die Treppen des Beischlags hinauf. Oben angekommen, hielt sie keuchend inne. Obwohl Renata kaum mehr als über das Gewicht eines Spatzes verfügte, kostete Gret das Schleppen immense Kraft. Ihr schmales Gesicht glühte vor Anstrengung. Im Eifer des Gefechts musste sie ihre Haube verloren haben. Die Sonne ließ ihr dickes blondes Haar bernsteingolden aufleuchten. Dora spürte einen Anflug von Neid, als sie sich vorstellte, wie samtig weich sich die Pracht anfühlen mochte. »Oh!«, entschlüpfte es der Schwägerin überrascht, als sie beim Betreten der Diele Doras und Urbans ansichtig wurde. Mit einem sanften, aber bestimmten Schubs stieß sie Renata beiseite. Einem Sack Malz gleich fiel die Magd zu Boden und igelte sich zusammen. Endlich hörte das Schreien auf.

»Ihr solltet Euch setzen.« Urbans Stimme klang zunächst heiser, dann räusperte er sich. Flink stellte er einen dreibeinigen Schemel auf, der auf wundersame Weise das Feuer nahezu heil überstanden hatte, und wies einladend mit der Hand darauf. Die Art, wie er Gret dabei anschaute, verwunderte Dora. »Gestattet, dass ich mich vorstelle: Urban Stöckel, herzoglicher Kammerrat und Doras Gemahl. Ihr seid vermutlich meine Schwägerin Gret, die Gattin meines lieben Schwagers Jörg. Wie schade, dass wir uns unter diesen Umständen kennenlernen. Darf ich Euch etwas Wein oder Bier holen? Ihr solltet Euch eine Weile ausruhen.«

Dora ärgerte das dienstbeflissene Gebaren ihres Gemahls. Er tat geradezu so, als hätte er Herzogin Dorothea persönlich vor sich. »Wo sind Jörg und Lienhart?«, platzte sie ungeduldig dazwischen.

»Dora, Liebe!«, mahnte Urban in ungewohnt strengem Ton. »Lasst die arme Frau erst einmal zu Atem kommen.«

Umsichtig bot er Gret den Arm, geleitete sie zu dem Schemel. Die ganze Zeit über schaute er sie wohlwollend an. Dora blieb die Luft weg. Natürlich freute es sie, dass ihr Gemahl im Gegensatz zu so manch anderem ein geschliffenes Betragen an den Tag legte, aus unerfindlichen Gründen aber schien ihm gerade die Sorge um das Befinden der Schwägerin weitaus wichtiger als die Suche nach Lienhart und Jörg. Ungeheuerlich! Gret war in Sicherheit, von den Brüdern aber fehlte jede Spur. Wenzel Selege begann leise zu wimmern. Beunruhigt sah Dora zu ihm. Der Vater wischte sich mit der Rechten über das Gesicht. Dabei wurde Dora des kleinen Buches gewahr, das er zuvor umständlich in die Linke gewechselt hatte. Bislang hatte sie das ganz übersehen. An dem schweinsledernen Einband mit dem eingeprägten Familienwappen erkannte sie das Buch sogleich. Es handelte sich um das Haushaltsbuch von Agnes Selege, der Gemahlin von Ahn Laurenz. Es rührte Dora zu sehen, wie teuer Wenzel offenbar die Rettung dieses Buches war. Andererseits erschreckte es sie auch. Gewiss wäre es für Jörg aus allen Besitztümern im Haus das Wichtigste gewesen, was er dem Feuer entrissen hätte. Wo also steckte der Bruder, wenn nicht hier bei diesem für ihn so bedeutsamen Schatz?

»Vater«, Dora berührte Wenzel an der Schulter, »wo sind Jörg und Lienhart? Was ist mit den beiden geschehen?«

»Mach dir keine Sorgen«, schaltete sich Gret ein. »Jörg ist wohlauf. Die ganze Nacht hat er fleißig mit angepackt, um den Flammen die Stirn zu bieten. Leider war der Kampf nahezu aussichtslos. Dabei hat Jörg bis zuletzt alles darangesetzt zu retten, was noch zu retten war.« Müde nickte sie in das halb zerfallene Haus.

»Und Lienhart?« Doras Herz pochte heftig. »Sagt mir endlich, was mit ihm ist. Großer Gott, er ist gerade erst zehn!«

»Dora, mein Augenstern, beruhigt Euch!« Urban kam auf sie zu. Sie wehrte ihn ab.

»Vater! Wo ist Euer jüngster Sohn?«, schrie sie Wenzel an.

»Als das Feuer alles im Griff hatte, muss Lienhart davongerannt sein«, sagte Gret leise, dann räusperte sie sich, bis ihre Stimme zur gewohnten Festigkeit zurückgefunden hatte. »Niemand von uns hat es so richtig mitbekommen. Wir waren einfach alle zu sehr damit beschäftigt, die Flammen zu bekämpfen und ein paar wenige Habseligkeiten vor der Feuersbrunst zu retten. Du machst dir keine Vorstellung, wie es letzte Nacht hier im Kneiphof zugegangen ist.« Vorwurfsvoll sah sie Dora an. Dabei wurde sie Doras Feiertagsschaube gewahr. Missbilligend verzog sie den Mund. Am Tag nach dem Unglück im besten Gewand in den Kneiphof zu gehen, musste ihr bitter aufstoßen. Verlegen strich Dora über den Stoff und suchte nach einer Erklärung, doch Gret redete bereits weiter: »Kaum mehr als das nackte Leben haben wir retten können und sollten trotz allem dafür dankbar sein. Der Dom stand lichterloh in Flammen, der Marktplatz war eine einzige Feuerhölle. Aus jedem Haus drang dichter Qualm. Kaum hat man die eigene Hand vor Augen sehen können. Von überall her drangen Schreie. Zwar ist es den Rottmeistern gelungen, einigermaßen schnell die Löschketten aufzustellen, trotzdem sind viele wie von Sinnen herumgeirrt. In all dem Rauch war schlecht zu erkennen, wer wer ist. Als es dann hieß, die Tore zur Altstadt stünden offen, hat es kein Halten mehr gegeben. Wie die Wahnsinnigen ist ein Großteil der Leute Richtung Pregelbrücken gestürmt. So manche Kinder sind in dem kopflosen Gerenne verlorengegangen, auch kleinere und größere als Lienhart. Seit der Morgendämmerung wird nach ihnen gesucht. Jörg hat sich einigen Nachbarn angeschlossen, die den westlichen Teil des Kneiphofs Haus für Haus durchkämmen. Dort ist alles vom Feuer verschont geblieben. Wer weiß, ob Lienhart nicht bei einem der Burschen aus seiner Schule Unterschlupf gefunden hat. Hätte er es in die Altstadt geschafft, wäre er sicher direkt zu dir gelaufen.«

Dem konnte Dora nur zustimmen. Trotz seiner knapp zehn Jahre besaß ihr Bruder bereits genug Verstand, im Falle eines Falles bei ihr und Urban Schutz zu suchen. Dass er das nicht getan hatte, konnte nur Schlimmes bedeuten.

»Ich muss ihn finden«, murmelte sie und stürzte davon, ehe sie jemand aufhalten konnte. So schnell sie konnte, lief sie in den unversehrten Westen des Kneiphofs. Erst als am Ende der Brotbänkengasse die von Süden nach Norden verlaufende Kneiphofer Langgasse in Sicht rückte, begann sie darüber nachzudenken, wo sie mit ihrer Suche überhaupt beginnen wollte. Ein Stechen in der Seite hieß sie anhalten. Sie presste die Hand auf die schmerzende Stelle, zwang sich, gleichmäßiger zu atmen und langsam weiterzugehen. Vorsichtig schaute sie sich um. Zwar hatten auch in diesem Teil des Kneiphofs die üblichen Werktagsbeschäftigungen ausgesetzt, ebenso waren sämtliche Verkaufsstände und Werkstätten geschlossen. Immer wieder zogen Karren mit Schutt oder Resten von geretteten Hausständen aus dem östlichen Teil der Stadt vorbei. Dennoch herrschte eine weitaus bessere Stimmung als rund um den Dom. Dazu trugen allein schon die unversehrten Hausfassaden, die sauberere Luft sowie das gelegentliche Zwitschern der Spatzen und Meisen bei. Die Menschen, die Dora begegneten, waren wie sie selbst in frische, saubere Kleidung gewandet. An der Ecke zur Langgasse sprach sie einen der Kneiphofer Bürger an, ohne zunächst genau zu erkennen, um wen es sich handelte. »Könnt Ihr mir helfen? Ich suche meinen zehnjährigen Bruder.«

»Stöckelin!«, grüßte der Mann, lupfte sein Barett und deutete eine Verbeugung an. Die Vorsehung meinte es gut mit ihr. Bei dem Angesprochenen handelte es sich um Götz Steinhaus, einen Kaufmann aus der Brotbänkengasse. Für ihn hatte der Vater erst im letzten Jahr den Ausbau des Giebelgeschosses geleitet. Er kannte die gesamte Familie. »Wie steht es um das Haus Eures Vaters? Gerade bin ich auf dem Weg zum Dom, um meine Hilfe anzubieten. Man hört Schreckliches. Von Schackens Haus soll das Unglück seinen Lauf genommen haben. Weil die Bierbrauer so leichtfertig das Feuer zum Darren auf den Speichern schüren …«

»Ich suche meine Brüder, Jörg und Lienhart«, fiel Dora ihm ins Wort. »Habt Ihr sie gesehen? Lienhart ist wohl aus Angst vor dem Feuer zu einem seiner Freunde geflohen. Jörg sucht nach ihm. Mein Vater und meine Schwägerin sind allein zu Haus. Leider hat es mein Elternhaus schlimm getroffen.«

»Oh, das tut mir leid. Vorhin sind mir einige Männer aus Eurer Nachbarschaft begegnet. Wenn ich gewusst hätte, dass Ihr nach Euren Brüdern sucht, hätte ich mehr darauf geachtet, um wen es sich genau gehandelt hat. Sie sind zum Badehaus. Dort werden noch immer Verletzte versorgt, bis ihre Angehörigen sie nach Hause holen. Sofern es noch ein solches Zuhause gibt.«

»Habt vielen Dank!« Dora schöpfte zarte Hoffnung und lief los. Sie war nicht die Einzige, die zum Badehaus eilte. Je näher sie ihm kam, umso dichter wurde das Gedränge. Dora beschleunigte ihre Schritte, ließ ihren Blick über die Gesichter der Leute gleiten. Ob Jörg irgendwo unter ihnen steckte? Sie stellte sich auf die Zehenspitzen, versuchte an dem breiten Rücken vorbeizusehen, der sich plötzlich vor sie schob.

»Aufpassen!« Sofort stieß sie jemand in die Seite. »Alle wollen zum Badehaus.«

»Was fällt Euch ein?« Auch von der anderen Seite erhielt sie einen Hieb in die Rippen.

»Verzeiht, aber ich suche ...«, hob sie an, um sogleich wieder unterbrochen zu werden.

»Wir suchen alle!« Eine kräftige Frau mit einer schmutzigen Haube auf dem Kopf und einem verlotterten Kleid funkelte sie böse an. Auf ihren feisten Wangen glänzte der Schweiß. Spuren von Ruß zeugten von der letzten Nacht. Fest packte sie Dora am Arm, rüttelte an ihr. »So sauber, wie Ihr ausseht, kommt Ihr wohl eher aus der Altstadt.«

»Das sieht man doch gleich an der kostbaren Schaube!«

»Wie ein Festgewand sieht sie aus.«

»Wollt Ihr Euch anschauen, wie übel es uns hier im Kneiphof erwischt hat?«

»Seht Euch nur ihre Augen an! Grün das eine, blau das andere. So blickt das Böse leibhaftig auf uns«, zischte eine bucklige alte Frau.

»Menschen wie die sind schuld an unserem Unglück!«, stellte die schmutzige Frau fest und maß Dora mit einem weiteren abschätzigen Blick.

»Ich habe gleich gesagt, den Altstädtern ist nicht zu trauen!«, krähte die Bucklige. »Letzte Nacht haben sie uns mit Absicht so lang auf unserer Insel schmorenlassen. Damit haben sie uns doch nur zeigen wollen, wie sehr wir sie brauchen.«

»Wütend sind sie, weil der Herzog uns vor zwei Jahren den Bau der Honigbrücke erlaubt hat«, raunzte die Erste.

»Stimmt! Deshalb haben sie die Brücke in Brand gesteckt und damit riskiert, dass sich das Feuer von dort ausgebreitet hat.«

»Und jetzt kommen sie, um sich an unserem Unglück zu weiden«, ergänzte die Erste und rüttelte noch einmal an Doras Arm. »Fast erstickt wären wir im Rauch.«

»Oder bei lebendigem Leib verbrannt!«

»Dabei wüsste ich eine Hexe, der dieser Tod zu wünschen ist.«

Der Kreis um Dora verengte sich. Drohend blickten ihr die Frauen ins Gesicht. Hinter der Verlotterten bückte sich ein Mann und nahm einen Stein vom Boden auf. Ein Zweiter hielt plötzlich einen Knüppel in der Hand. Die bucklige Alte machte einen Schritt zur Seite, um ihn vorbeizulassen. Doras Herz raste. Ängstlich suchte sie nach einem Fluchtweg. Dazu aber standen die Leute viel zu dicht um sie herum.

»Nehmt Eure dreckigen Finger von der Stöckelin! Sie ist gebürtige Kneiphoferin wie Ihr. Ihrem Gemahl habt Ihr es zu verdanken, dass sich die Altstädter Tore letzte Nacht für Euch geöffnet haben.«

Unverhofft tauchte ein Mann mittleren Alters auf und drängte die Frauen und Männer von Dora fort. Seinen Worten folgte ein anerkennendes Raunen, das durch die Reihen der Wartenden wallte.

»Stimmt, das ist die Tochter von Wenzel Selege.«

»Sie hat die Augen ihres Urgroßvaters. Meine Großmutter hat mir von dem ungleichen Blick erzählt.«

»Wie gut, dass Ihr Gemahl so umsichtig gehandelt hat.«

Schlagartig änderte sich die Stimmung. Auf einmal musterten Dora neugierige statt bedrohliche Blicke. Das Geschiebe um sie herum nahm zwar wieder zu, weil jeder sehen wollte, wer sie tatsächlich war, aber da die Hand mit dem

Knüppel ebenso verschwunden war wie der Mann mit dem Stein, atmete Dora dennoch auf. Ein jüngerer Mann klopfte ihr von hinten anerkennend auf die Schulter. Als der Erste sich halb zu einer weiteren Frau nahe bei Dora umdrehte, um sie wegzuschieben, erkannte sie in ihrem neuen Beschützer den Kaufmann Tschakert, der das Gebäude direkt neben dem Badehaus besaß und unlängst den Vater mit dem Ausbau seines Besitzes beauftragt hatte.

»Es war nicht sonderlich glücklich von Euch, heute in Eurem Feiertagsaufzug in den Kneiphof zu kommen«, wisperte er ihr zu, als er sie entschlossen aus der Menge wegführte. Dora wollte das erklären, er aber achtete nicht darauf, sondern eilte zielstrebig weiter. Erst auf der Treppe des Beischlags vor seinem Haus blieb er stehen. Er mochte in etwa die gleiche Größe und dasselbe Alter wie ihr Vater haben. Das schüttere graue Haar hatte er mit einem schwarzen Barett aus Fell bedeckt. Seine erfolgreiche Stellung innerhalb der Bürgerschaft kehrte er mittels eines eleganten, mit Goldknöpfen und golddurchwirkten Borten bestückten Faltrocks sowie mit dem kostbaren Pelzkragen am Mantel und den auffälligen Schnallen an seinen Kuhmaulschuhen heraus. Angesichts dessen hielt Dora seinen Hinweis auf ihre Festtagsschaube für umso unverständlicher. Auf seinem bartlosen Antlitz aber lag eine entwaffnende Güte, die ihr gleich Vertrauen einflößte und die Zurechtweisung rasch vergessen ließ. Freundlich blickte er ihr aus seinen bernsteinfarbenen Augen entgegen. Schon wollte sie ihn nach ihren Brüdern fragen, da lächelte er sie fürsorglich an und schüttelte sacht den Kopf. »Macht Euch keine Sorgen, bei mir ist er in Sicherheit. Zwar hat ihn ein herabstürzender Balken verletzt, doch Wundarzt Berges war vorhin da und hat bereits die Brandwunden versorgt sowie den gebrochenen Arm geschient. Die nächsten vier, fünf Wochen wird ihn das zwar viel Geduld kosten, dennoch sollte man Gott danken, dass er so glimpflich davongekommen ist. Wenn Ihr wollt, begleite ich Euch beide in Euer Haus in der Altstadt. Dort könnt Ihr ihn besser pflegen. Euer Elternhaus in der Domgasse ist derzeit wohl kaum bewohnbar, wie ich gehört habe. Längst wollte ich zu Eurem Vater, um ihm meine Hilfe anzubieten, aber …«

»Habt vielen Dank«, unterbrach Dora seinen Redefluss, »und bringt mich bitte gleich hinein. Ihr könnt Euch denken, wie eilig ich es habe, ihn zu sehen.«

»Verzeiht, natürlich. Ihr wollt Euch mit eigenen Augen von seiner Rettung überzeugen, um Eurem Vater sogleich Bericht zu erstatten.«

In der Diele empfing sie wohltuende Stille. Sobald sich die Tür hinter Tschakert geschlossen hatte, schien der Aufruhr in der Langgasse ebenso vergessen wie der furchtbare Brand im östlichen Teil des Kneiphofs. Es roch nicht einmal nach Feuer und Verwüstung, wie Dora erleichtert feststellte. Zielstrebig geleitete der Kaufmann sie zur Treppe. Sie folgte ihm nach oben. Die Tür zur Küche im ersten Stock stand offen. Zwei junge Mägde halfen der Hausfrau beim Kochen. Töpfe klapperten, Fleisch wurde geklopft, Gemüse geputzt. Eine der Frauen summte leise vor sich hin, die beiden anderen verrichteten schweigend ihre Arbeit. Der Duft nach Braten und Suppe besaß etwas Heimeliges. Wie sehnte sich Dora auf einmal nach Mathilda und Elßlin, die drüben am Altstädter Mühlenberg gewiss gerade ähnlich geschäftig am Herd hantierten. Rasch lief sie den Flur weiter. An der Flügeltür zur Wohnstube wartete Tschakert bereits auf sie. Aufmunternd tätschelte er ihr den Arm, dann öffnete er.

»Besuch, mein Lieber!«, flötete er in den Raum hinein. Dora wunderte sich über seine zuvorkommende Art einem erst zehnjährigen Knaben gegenüber. Andererseits hatte Tschakert sich auch ihr gegenüber sehr fürsorglich gezeigt. Offenbar schätzte er sowohl ihren Gemahl als auch ihre gesamte Familie sehr. Sie holte Luft, breitete die Arme aus und wollte ihrem jüngeren Bruder freudig entgegenstürzen.

»Dora!«

Jäh hielt sie inne. Die Stimme kam ihr vertraut vor, zu vertraut, wie sie im nächsten Moment entsetzt feststellte. Plötzlich war es wieder da, was sie seit der letzten erfüllenden Begegnung mit Urban so erfolgreich aus ihrem Kopf verdrängt hatte – das Traumgespinst. Nur dass Veit Singeknecht in diesem Augenblick kein Traum war, sondern leibhaftig in einem Armlehnstuhl im Erker der Tschakertschen Wohnstube saß und ihr erwartungsvoll entgegensah.

»Veit, Ihr?« Langsam ließ sie die Arme sinken, suchte nach Worten, während sie ihn verwirrt anstarrte.

»Leider habe ich Euren Rat letztens nicht befolgt und wohl nicht sonderlich gut auf mich aufgepasst.« Er verzog das Gesicht zu einem schiefen Lächeln. Deutlich war ihm der Schmerz anzusehen, den ihm das bereitete.

Sie schaffte es nicht, etwas Geistreiches zu erwidern. Sein Anblick war einfach nur erbarmungswürdig. Das kurze helle Haar stand wild vom Kopf ab, war auf der linken Seite teilweise versengt. Das linke Auge war angeschwollen, knapp darunter fand sich eine frisch genähte Platzwunde. Die Wangen waren eingefallen, von blonden Bartstoppeln übersät. Um die Mundwinkel klebten Reste von Blut. Wahrscheinlich hatte er sich beim Versorgen seiner Wunden zu stark auf die Lippen gebissen. Zumindest aber den Ruß hatte ihm jemand wohl noch vor dem Eingriff des Wundarztes aus dem Gesicht gewischt. Dafür legte seine Kleidung ein erschütterndes Zeugnis seiner Erlebnisse ab. Die Ärmel des

Faltrocks waren zerrissen, der Stoff mit Flecken verschiedenster Art übersät. Ebenso waren die Kniehose wie die Strümpfe kaum mehr länger zu tragen, die Schuhe von Staub und Asche verdreckt. Wie von Tschakert bereits erwähnt, hatte man Veits linken Arm bandagiert und mit Stöcken geschient. So ruhte er auf der Lehne des Stuhls. Jede unbedachte Bewegung verursachte ein gequältes Seufzen. Trotz alledem aber spürte Dora sofort wieder den Sog, sich ihm entgegenzuwerfen.

»Was habt Ihr nur getan?«, stieß sie mühsam beherrscht hervor, bevor sie sich hastig zu Tschakert umdrehte und stammelte: »W-W-W-Wo ist Lienhart, m-m-m-mein kleiner Bruder? Ich dachte, Ihr hättet ihn gefunden?«

»Lienhart?« Tschakert schaute überrascht. »Ich dachte, das wüsstet Ihr längst. Der ist zusammen mit Eurem älteren Bruder über die Krämerbrücke in die Altstadt. Jörg will den Kleinen zu Euch an den Mühlenberg bringen.«

»Das hättet Ihr mir gleich sagen müssen.« Dora merkte, wie ihr die Knie weich wurden. Erschöpft sank sie auf einen Stuhl, den der Kaufmann ihr hinschob. So saß sie Veit plötzlich direkt gegenüber und konnte seinem drängenden Blick nicht mehr ausweichen.

15

Wie immer setzte Mathilda sich als Letzte. Dabei wanderten ihre Augen noch einmal prüfend über die dampfenden Schüsseln und Platten auf der Tafel, bevor sie wie zufällig über die Gesichter der Anwesenden streiften. Zur Vesper strahlte die Abendsonne von der Schlossseite her in milchig mildem Licht durch die drei großen Fenster in die

Wohnstube von Urbans Haus. Mathilda hatte einen Platz an der Wandseite eingenommen, die Gesichter der ihr Gegenübersitzenden lagen im Schatten, um ihre Köpfe zauberte das Sonnenlicht einen gleißenden Schimmer.

Zu acht saßen sie am Tisch. Durch den Brand im Kneiphof obdachlos geworden, hatten Wenzel Selege und seine beiden Söhne mitsamt der Schnur Gret sowie ihrem Vetter Veit Singeknecht Urbans Einladung, vorübergehend im Haus am Altstädter Mühlenberg Obdach zu finden, nur zu gern angenommen. Selbst die verrückte Magd Renata lebte nun im Stöckelschen Haushalt, wenn sie derzeit auch kaum für die einfachsten Aufgaben zu gebrauchen war. Das Feuer musste den letzten Rest ihres Spatzenhirns versengt haben. Wie von Sinnen rannte sie seither den ganzen Tag umher, füllte sämtliche Eimer und Schüsseln mit Wasser und kreischte schon beim Anblick eines brennenden Talglichts los, als begänne sie bei lebendigem Leib in der Hölle zu schmoren. Des Nachts weigerte sie sich, an einem anderen Ort als neben der Eingangstür auf dem steinernen Dielenboden zu schlafen. Inständig wünschte sich Mathilda, Urban wäre weniger mitfühlend. Das würde es leichter machen, Renata ins Tollhaus zu stecken. Im Großen Hospital im Löbenichter Münchenhof würde man sich bestens um sie kümmern. Dora aber betrachtete Renata als Mitglied der Familie und weigerte sich, sie wegzuschicken. Dem Willen seiner Frau wollte der Vetter nicht zuwiderhandeln.

Wie gewohnt am rechten Kopfende thronend, gab er das Zeichen zum Tischgebet. Gehorsam falteten alle die Hände, neigten die Köpfe und lauschten seinen frommen Worten. »Komm, Herr Jesus, und sei unser Gast, und segne, was du uns bescheret hast.« Am Ende stimmten alle in sein »Amen« ein. Urban hob den Blick. »Lasst es Euch schmecken.«

Mathilda griff nach dem Löffel und begann mit der Suppe. Die anderen folgten schweigend ihrem Beispiel. Bald war nur das Kratzen der Löffel in den tönernen Schalen zu hören. Rechts von Mathilda erklang ein leises Aufstoßen. Sie runzelte die Stirn. »Lienhart«, mahnte sie und schaute streng zu dem zehnjährigen Knaben, der zwischen ihr und Urban saß.

»Entschuldigung«, murmelte er zerknirscht. Seine Wangen glühten. Sie tätschelte ihm tröstend den Hinterkopf und versuchte sich in einem aufmunternden Lächeln. »Schon gut, mein Junge, du lernst das noch. In zehn Tagen kann man nicht die Versäumnisse der letzten Jahre aufholen.«

Mit Genugtuung gewahrte sie, wie Dora, die über Eck auf ihrem früheren Platz zu Urbans Rechter saß, die Augenbraue hochzog. Um ihren kleinen Mund zeichneten sich Unmutsfalten ab. Urban dagegen nickte ihr dankbar zu. Des Öfteren hatte er in den letzten Tagen sein Gefallen daran bekundet, wie sie sich Lienharts vernachlässigter Erziehung annahm. Ein zarter Hauch rührte ihr Herz. Wäre es nicht schön, Urban und sie hätten einen Sohn gehabt wie ihn? Vom Alter her würde das passen. Seit zwölf Jahren lebte sie im Haus des Vetters. Doch leider hatte das Schicksal anders über sie beide entschieden. Sie tupfte sich die Stirn. Winzige Schweißperlen standen darauf. Der Dampf der Speisen wie auch die Märzsonne und die vielen Menschen an der Tafel heizten den langgestreckten Raum mit der niedrigen Kassettendecke kräftig auf.

»Wie weit seid Ihr mit dem Entwurf für unser neues Heim, mein Augenstern?«, wandte sich Urban an seine Gemahlin. »Jetzt, wo Ihr derart fachkundige Unterstützung vonseiten Eures Bruders und seines Freundes Singeknecht bei uns im Haus habt, sollte er Euch rascher von der Hand gehen.«

»Ja, schon«, setzte Dora zögernd an, bevor sie sich für ein heftiges Husten unterbrechen musste. Fast verschluckte sie sich an der Suppe. Unbeholfen versuchte Veit Singeknecht ihr auf den Rücken zu klopfen. Da er rechts von ihr Platz genommen hatte und seine gebrochene linke Hand nach wie vor geschient war, versuchte er sie mit der gesunden Rechten zu erreichen. Dora war das sichtlich unangenehm. Mit einer heftigen Handbewegung wehrte sie seine Hilfe ab. Erschrocken zog er die Hand zurück und stieß dabei gegen die vor ihm stehende Kanne Bier. Geistesgegenwärtig fing Jörg, der neben ihm saß, sie vor dem Umfallen auf. Mathilda beobachtete, wie Jörgs Gattin Gret ihren Vetter seltsam anstarrte, dann zu Dora und schließlich wieder auf Veit Singeknecht schaute und dabei ungläubig den Kopf schüttelte. Erstaunt zog Mathilda die Augenbraue hoch.

»Ich glaube, mein Lieber«, mischte sich Wenzel Selege vom anderen Ende des Tisches in das Gespräch, »Ihr solltet meine Tochter besser an ihre Aufgaben als Hausfrau erinnern. Sie ist keine ausgebildete Baumeisterin. Auch wenn sie das Zeichnen einigermaßen gut beherrscht, so stößt sie spätestens bei den notwendigen Berechnungen an die Grenzen ihres Könnens. Das kann man einer Frau wie ihr schlecht vorwerfen. Dazu bedürfte sie in jedem Fall der Hilfe von erfahrenen Baumeistern wie meinem Sohn und seinem Freund. Allerdings wäre es wohl sinnvoller, die Planung von Anfang an in die Hände der beiden zu legen. Dora stiftet nur Verwirrung. Noch dazu, wo sie der Zunft nicht angehört und deshalb der Baustelle gar nicht vorstehen darf.«

»Vater, bitte«, warf Jörg zaghaft ein, was seiner ihm gegenübersitzenden Gemahlin Gret ein warnendes Zischen entlockte. Mathilda hob die Hand vor den Mund, um ein

Schmunzeln zu verbergen. Das Gespräch schlug eine Richtung ein, die sie sehr belustigte.

Dora wollte etwas gegen ihren Vater einwenden, doch Urban gebot ihr zu schweigen. Auf seiner Miene lag deutlicher Unmut. In ungewöhnlich scharfem Ton stellte er klar: »Als herzoglicher Kammerrat steht es mir vollkommen frei, wen ich mit einem Bau beauftrage. Davon abgesehen solltet Ihr es mir überlassen, welche Aufgaben ich meiner Gemahlin übergebe. Vor zwei Jahren habt Ihr mir Eure Tochter anvertraut, um jedweder Verantwortung für sie enthoben zu sein.«

Wenzel Selege erblasste, die übrigen Tischgefährten senkten die Blicke. Mathilda dagegen hob das Kinn, sah voller Stolz über die Tafel, bevor sie sich zufrieden wieder ihrer Suppe zuwandte. Aus dem Augenwinkel bemerkte sie, dass auch Lienhart das Geschehen aufmerksam verfolgt hatte. Zufällig trafen sich ihre Blicke. Sie zwinkerte, er lächelte scheu. Erneut spürte sie eine ungewohnte Wärme in ihrem Leib aufwallen. Unauffällig schob sie dem Knaben den Teller mit dem Braten zu und ermunterte ihn, sich ein großes Stück zu nehmen.

»Nichts liegt mir ferner, als mich in Eure Haushaltsangelegenheiten einzumischen, lieber Eidam.« Nach einer kleinen Pause hatte Wenzel seine Fassung wiedergefunden. »Angesichts der vielen Menschen, die dank Eurer Güte derzeit in Eurem Haus weilen, wollte ich meine Tochter lediglich an ihre Pflichten als Hausfrau und Gastgeberin erinnern. Jede helfende Hand in der Küche tut not, solange Renata zu nichts zu gebrauchen ist. Auch wenn nach dem Brand fürs Erste das Bierbrauen ruht, sollte Dora Eure Base bei den Sorgen um den Haushalt kräftig unterstützen.«

Bei Erwähnung ihrer Person meinte Mathilda eine ganz besondere Betonung herauszuhören. Verwundert schaute sie links an Gret vorbei zu Wenzel. Ein versonnenes Lächeln umspielte seine schmalen Lippen. Das verlieh dem eckigen Kinn eine außergewöhnliche Milde. Sobald er ihres Blickes gewahr wurde, wich er aus. Ein leichtes Flackern in seinen Augen verriet Verlegenheit. Ohne so recht zu wissen, warum, spürte sie ein unerklärliches Ziehen in der Brust. Rasch wandte sie sich wieder von ihm ab.

»Dass Ihr derzeit Euer berühmtes Bier nicht brauen könnt, ist ein arger Verlust, lieber Schwäher«, fuhr Urban betont ruhig fort. »Mit dem vorübergehenden Verkauf Eures Braus an andere Brauer werden Euch zumindest die fehlenden Einnahmen ersetzt. Bei Gelegenheit sollten wir uns allerdings darüber unterhalten, ob meine Frau nach dem Wiederaufbau Eures Hauses tatsächlich noch alle vierzehn Tage das Brauen in Eurem Haus beaufsichtigen muss. In Eurer Schnur habt Ihr eine äußerst fachkundige Brauerin zur Seite. Allein schon ihre Herkunft aus einem Gasthaus befähigt sie für diese Aufgabe, die ihr als Hausfrau ohnehin eigentlich allein zukommt.«

Bei dieser längst überfälligen Feststellung ruhte Urbans Blick einen Moment zu lang auf Gret. Beunruhigt musterte Mathilda ihn, meinte in seinen blassblauen Augen ein schwaches Glimmen aus längst vergangenen Jugendjahren zu entdecken. Sie schaute zu Gret. Die bernsteinblonde Schönheit saß aufrecht zu ihrer Linken und sonnte sich in Urbans Lob. Dabei funkelten ihre blauen Augen, der schön geschwungene Mund lächelte. Als sie dessen gewahr wurde, fiel es Mathilda wie Schuppen von den Augen, und sie fühlte sich knapp zwanzig Jahre zurückversetzt nach Nürnberg. Wie hatte ihr das bislang entgehen können? An der Pegnitz hatte es eine junge Frau von verblüffend ähnlichem Aussehen gegeben, die dem Vetter ein vergleichbares Funkeln in den Augen entlockt hatte. Noch einmal schaute sie zu Urban, der weiterhin verzückt wirkte, und dann wieder zu Gret und beschloss letztlich, ihre Vermutung vorerst für sich zu behalten. Die Zeit würde kommen, daraus einen Nutzen zu ziehen.

»Mit Verlaub, lieber Kammerrat, Eure Gemahlin hat einen ganz außergewöhnlichen Entwurf für Euer neues Haus angefertigt«, erhob unterdessen Veit Singeknecht seine Stimme. Die Art, wie er das sagte und dazu Dora anschaute, lenkte Mathilda alsbald von Gret ab. Singeknecht steigerte sich mit jeder Silbe in seine Begeisterung hinein. »Gerade der Aufriss der Frontansicht beweist, wie umsichtig ihre Überlegungen zu Proportionen, Aufteilungen und geschicktem Einsatz des Materials sind. Schon auf den ersten Blick war mir, als sähe ich dabei die Arbeit eines sehr erfahrenen Baumeisters vor mir.«

Das unverhoffte Lob brachte Dora aus dem Gleichgewicht. Verlegen senkte sie das Antlitz. Mathilda spitzte den Mund, setzte sich unwillkürlich aufrechter hin und wartete gebannt auf Urbans Reaktion.

»In Doras Namen danke ich Euch von Herzen für Euer erfreuliches Urteil.« Als hätte das Lob ihm selbst gegolten, strahlte Urban über das ganze Gesicht. »Damit bestätigt Ihr meine eigene Einschätzung. Wie Ihr wisst, habe ich dank meiner Aufgaben im Schloss sehr oft Entwürfe und Pläne zu neuen Gebäuden vorliegen. So war auch mir auf Anhieb klar, welch hervorragende Arbeit meine Gattin geleistet hat. Ein Wunder, wenn man bedenkt, dass sie sich das alles selbst beigebracht hat. Niemand hat ihren Blick für das richtige Maß an bestehenden Bauwerken geschult, sie auf dic Feinheiten der Fialen und Wimperge an Kirchenportalen aufmerksam gemacht oder über die geschickte Konstruktion von Kreuzgewölben unterrichtet. Einzig ein schmales, hundert Jahre altes Werkmeisterbuch ihres Urahns hat ihr zur Verfügung gestanden, um diesen Entwurf zu entwickeln. Kaum zu glauben, dass das wirklich ihr erster ist.«

Er legte seine rechte Hand auf Doras linke. Dora zuckte zusammen, ihre Wangen glühten. Verschämt äugte sie ans andere Tischende. Mathilda folgte ihrem Blick. Völlig unberührt von Urbans Worten, saß Wenzel Selege da, während Doras Bruder unruhig auf seinem Stuhl nach hinten rutschte. Mathilda begriff. Noch so ein Geheimnis, das ihr bei Gelegenheit nützlich sein konnte. Bevor Urban zu neuerlichen Lobpreisungen ansetzte, schob sie Dora die Platte mit dem Fleisch zu und lächelte süß. »Es wird Zeit, dass wir von dem ausgezeichneten Braten kosten. Mit hungrigem Magen wird fürderhin weder unsere liebe Dora noch einer der anwesenden Herren zu weiteren Glanzleistungen fähig sein. Seid so gut, meine liebe Dora, und helft dem armen Singeknecht beim Schneiden des Fleisches. Wenn Ihr ihm fortan bei den täglichen Kleinigkeiten zur Seite steht, wird er bestimmt so gütig sein und Euren Blick für die praktische Seite der Baukunst schulen. Zumindest so lange, wie er im Hause meines lieben Vetters und Eures Gemahls zu Gast ist.« Von neuem lächelte sie, schaute erst zu Dora, die noch stärker errötete, dann zu dem ebenfalls reichlich verlegen wirkenden Veit Singeknecht. Zuletzt wandte sie sich ihrem Vetter Urban zu. »Ihr seid ein sehr großzügiger Mann, mein Lieber. Selbstlos habt Ihr die gesamte Familie Eurer lieben Frau bei Euch aufgenommen und sogar deren Gast zu dem Euren gemacht.«

»Das fällt mir umso leichter, als mir der Herzog heute Mittag verkündet hat, dass das Grundstück an der Junkergasse ab sofort zu meiner Verfügung steht. Das heißt, wir können gleich mit dem Bau beginnen.«

»Das ist großartig! Ich gratuliere Euch, mein lieber Vetter!« Mathilda sprang auf, stellte sich vor Urban und schüttelte ihm die Hand. Als sie sich umdrehte, stieß sie mit Wenzel Selege zusammen, der ebenfalls flugs von seinem Stuhl aufgestanden und zu Urban geeilt war. Einen Moment länger als nötig sah er sie an. Sie nickte knapp und setzte sich hocherhobenen Hauptes auf ihren Platz zurück.

»Auch ich beglückwünsche Euch zu dieser großartigen Neuigkeit«, hörte sie Wenzel sagen. »Gewiss hat Euer verdienstvolles Verhalten in der furchtbaren Brandnacht dazu beigetragen, dass der Herzog sich endlich zu diesem Schritt entschlossen hat. Ohne Euren mutigen Einsatz wären unzählige Kneiphofer auf der Krämer- und Schmiedebrücke erdrückt worden, nur weil die Tore geschlossen waren.«

»In der Tat hat es damit zu tun. Die Fürsprache des Kneiphofer Bürgermeisters Lorenz Weidenhammer und die Zustimmung seines Altstädter Kollegen Jochen Streckfuß haben beim Herzog Entscheidendes bewirkt. Endlich hat er mir die lang schon in Aussicht gestellte Belohnung für meine Verdienste zukommen lassen. Selbst wenn das einige Herrschaften bei Hofe anders sehen, so weiß ich doch, dass sie mir seit langem zusteht.«

»Damit haben wir in den nächsten Monaten alle Hände voll zu tun.« Unternehmungslustig rieb sich Wenzel die Hände. »Erst der Umbau bei Tschakert in der Langgasse, dann der Wiederaufbau unseres Hauses in der Domgasse und jetzt also Euer und Doras neues Heim in der Junkergasse. Bis Ende des Sommers brauchen wir keine weiteren Aufträge. Gleich heute noch spreche ich mit Maurermeister Kölges und frage ihn, ob wir auch hier in der Altstadt mit ihm rechnen können.«

»Wie kommt Ihr darauf, den Neubau meines Gemahls gleich als Euren Auftrag zu betrachten? Es ist mein Vorhaben, wie Urban vorhin schon gesagt hat.« Doras überraschend bestimmter Ton ließ keinen Zweifel an ihrer Entschlossenheit, notfalls mit allen Mitteln für diese Aufgabe zu kämpfen. »Selbstverständlich werde ich in der Junkergasse mit Handwerkern aus der Altstadt zusammenarbeiten. Deshalb werde ich Meister Zahnke mit den Maurerarbeiten beauftragen und für die Zimmerei Carl Necker hinzuziehen. Als Steinmetz kommt eigentlich nur Jörgs Freund Miehlke in Frage.«

»Das halte ich für eine sehr gute Wahl, mein Augenstern. Auch ich habe bereits an diese Meister gedacht. Sie scheinen mir die Besten für die Umsetzung Eures Entwurfs.«

Umständlich erhob sich Urban und baute sich hinter Doras Stuhl auf. Empört holte Mathilda tief Luft.

»Ich beglückwünsche dich zu dieser Wahl, mein Kind.« Die sonst so mürrisch wirkende Miene Wenzel Seleges spiegelte für einen Moment aufrichtige Anerkennung. Er wagte sogar, seiner Tochter auf die Schulter zu klopfen. »Da es jedoch dein erster Bau ist, solltest du einen anerkannten Baumeister um Beistand bitten. Die Handwerker sind es nicht gewohnt, die Anweisungen einer jungen Baumeisterin zu befolgen. Dein Gemahl wird gewiss nichts dagegen haben, wenn dein Bruder, Singeknecht und ich uns absprechen, wer von uns dir am besten beisteht.«

Zufrieden ging er ans andere Tischende zurück und nahm wieder Platz. Während er sich den Teller großzügig mit Braten und Soße füllte, pflichtete Urban ihm versöhnlich gestimmt bei: »Ihr habt recht, mein lieber Schwäher, nach außen hin sollte meine liebe Gemahlin einen männlichen Baumeister zur Seite haben. Das festigt ihre Stellung gegenüber den Maurern und Steinmetzen.« Er hielt inne, tätschelte beruhigend Doras Schulter und fügte dann an Wenzel gewandt hinzu: »Dazu habe ich mir auch schon einige Gedanken gemacht.

Machen wir uns nichts vor, in unserem Haus ist es auf Dauer zu eng für uns alle. Deshalb werdet Ihr dem Wiederaufbau Eures eigenen Heims in der Domgasse dem Umbau bei Tschakert den Vorzug geben und die Aufsicht selbst in die Hand nehmen. Je schneller er vorangeht, je schneller seid Ihr wieder Herr im eigenen Haus. Seid gewiss, ich werde alles tun, Euch nach Kräften zu unterstützen, damit Ihr Steine, Holz, Dachziegel und dergleichen in ausreichendem Maß zur Verfügung habt.« Wenzel Selege nickte zustimmend und begann aufreizend sorgfältig, das Fleisch auf seinem Teller zu zerteilen. Ruhig fuhr Urban fort: »Euer Sohn Jörg wird Euch dabei natürlich zur Seite stehen. Eines Tages wird das Haus seine eigene Familie beherbergen. Da macht es Sinn, ihn bereits jetzt in die Pläne mit einzubeziehen. So bleibt Euch beiden zudem ausreichend Gelegenheit, den Erweiterungsbau bei Tschakert in der Kneiphofer Langgasse gemeinsam zu beaufsichtigen.«

Er legte abermals eine Pause ein. Mathilda beobachtete, wie Selege sich ein viel zu großes Stück Fleisch in den Mund schob. Als er den Mund zum Kauen schloss, triefte die Soße aus den Mundwinkeln am Kinn herunter. Ärgerlich wischte er sie mit dem Handrücken fort. Angewidert wandte Mathilda sich ab. Zu ihrem Erstaunen bemerkte sie, wie sich auch Lienhart alles andere als erfreut über das Gebaren seines Vaters zeigte. Sobald er ihres Blickes gewahr wurde, senkte er beschämt das sommersprossenübersäte Antlitz.

»Du hast sicher Hunger, mein Junge.« Verständnisvoll strich sie ihm über den braunen Haarschopf. Als er stumm nickte, angelte sie nach der Fleischplatte und schob sie vor ihn hin. Fürsorglich legte sie ihm eine weitere, ungewöhnlich dicke Scheibe Braten auf den Teller. Plötzlich merkte sie, wie ruhig es in der Stube geworden war. Offenbar verfolgten alle am Tisch mit, wie sie Lienhart mit dem Fleisch versorgte. Sie schürzte die Lippen, überlegte, dann sah sie schmunzelnd in der Runde umher, ließ die Augen zuletzt auf Dora ruhen, die ihr schräg gegenübersaß. »Ein Bursche in seinem Alter muss tüchtig essen. Schließlich wollen wir alle, dass etwas Ordentliches aus ihm wird. In den letzten Monaten ist viel zu wenig darauf geachtet worden. Es fehlte einfach die Frau im Haus an der Domgasse.«

»Macht Euch keine Umstände«, meldete sich Gret zu Wort. »Seit ich da bin, kann Lienhart sich beileibe nicht beklagen. Jeden Wunsch habe ich ihm von den Augen abgelesen.«

»Es geht nicht darum, Kindern blindlings jeden Wunsch zu erfüllen, sondern zu jeder Zeit das Beste für sie zu tun. Was das ist, das wissen im Zweifelsfall wir Erwachsenen besser als sie, auch wenn das bedeutet, mitunter ihren Wünschen zuwiderzuhandeln.«

Beifallheischend sah sie zu Vetter Urban, darauf hoffend, er würde ihr zustimmen. Zu ihrem Erstaunen aber runzelte er die Stirn und würdigte sie keines Blickes. Umso gefälliger nickte er Gret am anderen Tischende zu, was diese wiederum ermutigte, von neuem das Wort zu ergreifen.

»Wie schön, Euch so klug über die Erziehung von Kindern reden zu hören. Man könnte glatt meinen, Ihr hättet bereits eine große Schar erfolgreich aufgezogen.«

»Ich denke, mein lieber Gemahl hat recht, für acht ist es in unserem Haus auf Dauer viel zu eng«, merkte Dora in scharfem Ton an. »Je eher das Haus in der Domgasse wiederhergestellt ist, je wohler wird es uns allen sein.«

»Ganz wie Ihr meint«, entfuhr es Mathilda spitz. Ihr Blick wanderte zwischen Dora und dem neben ihr sitzenden Veit hin und her, was der jungen Gemahlin ihres Vetters von neuem die Röte auf die Wangen trieb. Veit hingegen rückte seinen Teller zu ihr hin, streifte dabei wie zufällig ihre Finger.

Sie zuckte zurück. Mathilda schmunzelte böse in sich hinein. Ihre Ahnung hatte sie nicht getäuscht. Rasch wandte sie sich wieder ihrem eigenen Teller zu.

»Euer Vater und Euer Bruder werden alles daransetzen, dass Euer Elternhaus bald wieder bewohnbar ist.« Liebevoll strich Urban seiner Frau über die Wange, bevor er der übrigen Tischgesellschaft erklärte: »Da also Ihr, lieber Schwäher, im Kneiphof gut beschäftigt seid, werdet Ihr sicher zustimmen, dass Euer hochverehrter Gast aus Nürnberg derweil hier in der Altstadt meiner Gemahlin beim Bau meines neuen Heims zur Hand geht. Sein gebrochener Arm hindert ihn ohnehin noch einige Wochen daran, auf einer Baustelle kräftig anzupacken. Deshalb ist er in Doras Werkstatt wohl weitaus besser aufgehoben.«

»Wie bitte?« Verstört schaute Dora auf, doch Urban überging das.

»Der Entwurf ist bereits sehr weit gediehen. Woran es nun vor allem mangelt, ist ein männlicher Beistand, der Euch bei den Handwerkern unterstützt. In diesem Punkt muss ich Eurem Vater zustimmen. Das kann der gute Singeknecht mit einem Arm genauso gut wie mit zweien. Vorausgesetzt natürlich, er selbst ist mit dieser Aufgabe einverstanden.«

»Natürlich«, erwiderte Veit eine Spur zu hastig. Es fiel ihm schwer, die Freude auf seinem Gesicht zu verbergen. Darüber verloren die letzten Spuren seiner Brandverletzungen unter dem linken Auge völlig an Gewicht.

»Ich hoffe, Ihr wisst, was Ihr tut«, sagte Mathilda leise und erhob sich von ihrem Platz, um Elßlin zum Abräumen des Tisches aus der Küche zu holen.

16

Der gewaltige Aufruhr in der Brotbänkengasse war der Würde eines Karfreitags völlig unangemessen. Dora tat sich schwer, die Worte zur Passionsgeschichte Christi, die Urban beim gemeinsamen Morgengebet hatte verlauten lassen, mit dem Geschrei vor dem Kneiphofer Rathaus in Einklang zu bringen. Vielleicht aber war es gerade die Karfreitagsstimmung der Menschen, die solches Aufbegehren möglich machte. Am liebsten hätte Dora sich die Ohren zugehalten. Das Geschrei war ihr zutiefst zuwider.

»Bringt sie raus, die Tollwütige!« – »Büßen muss sie!« – »An den Pranger mit ihr!« Die Rufe wurden lauter und hitziger. Die Ersten reckten die Fäuste in die Luft. Auf den Gesichtern stand zügellose Wut. Wie eine gewaltige Wand schwappten die Körper nach vorn, auf die Treppe zum Eingang zu. Nur mit Mühe gelang es Dora, sich aus der Masse zu lösen und die Stufen bis zum Eingang des Rathauses hinaufzustolpern. Böse Blicke streiften sie.

»Seht nur, die Stöckelin!« – »Traut sich tatsächlich aus der Altstadt her, um die verrückte Magd ihres Vaters abzuholen.« – »Lasst sie durch, sie hat ein Recht dazu.« – »Hast du Angst, ihr Mann hetzt die Wachen vom Schloss auf dich?« – »Hast du vergessen, was der Kammerrat letztens für uns getan hat?«

Dora wurde mulmig. Mit einer derart feindseligen Begrüßung durch die Kneiphofer hatte sie nicht gerechnet. Sich allein auf den Weg zu machen, war nicht sonderlich klug gewesen. Sie hätte warten sollen, bis Jörg oder der Vater sie hätten begleiten können. Zumindest hätte sie Mathilda bitten können, mitzukommen. Die bissigen Bemerkungen der Base über das endgültige Tollwerden der armen Renata zu ertragen, wäre allemal besser gewesen als dieser Spießrutenlauf durch die unberechenbare Meute. Dass sie Veit Singeknechts Geleit abgelehnt hatte, war trotzdem eine gute Entscheidung gewesen. Mit ihm als alleinigem Begleiter in ihrer Vaterstadt aufzutauchen, wäre ihr noch übler ausgelegt worden.

Keuchend vor Anstrengung und zugleich schwitzend vor Anspannung, erreichte sie die reichverzierte Haupttür des Rathauses. Als sie gerade den goldenen Klopfer betätigen wollte, schwang sie wie von Geisterhand auf. Mit wichtigem Gesicht trat Kaufmann Götz Steinhaus heraus. Sofort breitete sich Ruhe aus. Steinhaus war nicht nur ein angesehener Bürger, sondern saß auch im Rat des Kneiphofs, weshalb seinem Auftreten gebührender Respekt gezollt wurde.

»Gut, dass Ihr da seid! Wir warten schon auf Euch.« Er musste ihr Erscheinen heimlich hinter der Tür erwartet haben, anders war sein passgenaues Auftauchen nicht zu erklären. Fast schon unfreundlich zog er sie am Arm zur Tür herein und schloss sie sofort hinter ihr. Mit beiden Händen musste er sich dazu gegen den Flügel stemmen. Frech versuchten einige Leute, mit Dora ins Rathaus zu schlüpfen. »Fort mit euch! Gebt endlich Ruhe!«, schimpfte er.

Dora schaute sich in dem düsteren Vorraum um. Kein Stadtknecht war zu entdecken, ebenso fand sich keiner der anderen Ratsherren. Das überraschte sie, hatte Steinhaus eben doch ausdrücklich von »wir« gesprochen und auch der Botenjunge den Eindruck erweckt, der gesamte Rat würde nach ihr schicken.

»Wahnsinnig, die sind alle wahnsinnig!«, knurrte Steinhaus. »Da fragt man sich, wer größeren Schaden anrichtet, die Tollwütige von letzter Nacht oder die Kneiphofer mit ihrem Gebrüll, die arme Frau an den Pranger zu stellen.«

»Denkt Ihr, es liegt am heutigen Tag?«

»Ihr meint, am Karfreitag sind sie besonders empfänglich für solches Wüten? Christlich ist es gerade nicht zu nennen, was sie da tun. Vor dem hohen Osterfest sollten einige noch ihr Gewissen erleichtern und einen Pfarrer aufsuchen.«

Das aufgebrachte Zetern vor der Tür hob von neuem an. Selbst durch das dicke Holz war noch jedes einzelne Wort gut zu verstehen. Dora war, als spürte sie sogar noch die grapschenden Hände am Leib, die auf der Treppe nach ihr gefasst hatten. Eine Frau hatte sie sogar angespuckt.

»Nach mir ist geschickt worden«, sagte sie, um die Bilder aus dem Kopf zu verdrängen. »Es gehe um die Magd meines Vaters, hieß es. Sie hat letzte Nacht wohl für einigen Wirbel gesorgt.«

»›Für einigen Wirbel gesorgt‹ – das habt Ihr sehr schön ausgedrückt.« Steinhaus konnte sich ein empörtes Aufschnauben nicht versagen. Er rieb sich den grauen Spitzbart. Am dritten Finger der rechten Hand glänzte ein goldener Siegelring, daneben steckte einer aus gelbem Bernstein. Die linke Hand galant in die Seite gestützt, stellte er den Fuß etwas vor. Das verlieh ihm ein seltsam keckes Aussehen, was so gar nicht zu seiner sonstigen Erscheinung passte. Seit den Zeiten seines Großvaters gehörten die Männer der Familie Steinhaus dem Rat an. Entsprechend würdevoll bewegte er sich stets, ließ das Ansehen des Amtes in jeder einzelnen Geste durchscheinen. Unter der Schaube mit dem kostbaren Pelzkragen lugte der Faltrock aus schwerem dunklem Tuch hervor. Dazu trug er passende Hosen sowie dunkelrote Strümpfe. Die Kuhmaulschuhe waren auf Hochglanz poliert, als wäre er an diesem sonnigen Karfreitag noch keinen Schritt auf den staubigen Straßen unterwegs gewesen. »Wie Ihr gerade selbst feststellen konntet, dauert der Aufruhr der letzten Nacht weiter an«, brummte er. »Man kann es den Leuten kaum verdenken.«

»Was hat Renata Schlimmes verbrochen? Die Kneiphofer spucken mir schon ins Gesicht. Dabei wissen sie genau, wer ich bin und wer mein Gemahl ist.«

»Ich fürchte, das hilft Euch in diesem Fall nicht sonderlich viel. Die Magd Eures Vaters hat letzte Nacht die ganze Stadt in unfassbare Angst und Schrecken versetzt. Durch sämtliche Straßen ist sie gerannt, hat an den Türen gerüttelt und geschrien, es gelte, Leib und Leben zu retten. Brennen würde es wieder und dieses Mal weitaus fürchterlicher als vor zehn Tagen. Kein Haus bliebe verschont, es käme zu unzähligen Toten. In der Altstadt und dem Löbenicht wäre man auch nicht mehr sicher. Dort bräche nach dem verheerenden Feuer auf der Dominsel eine schlimme Not aus, die alle Königsberger über Wochen bis aufs ärgste quälen würde. Dieses Mal würden sie die Tore vor den Kneiphofern deshalb fest verschlossen halten.«

»Das ist furchtbar.« Fassungslos schüttelte Dora den Kopf. »Seit dem Unglück hat die arme Renata den Verstand verloren. Sie ist schon immer etwas schwachsinnig gewesen. Das Feuer letztens hat ihr mehr zugesetzt als so manch anderem. Das wissen die Kneiphofer. Warum geben sie sich so rachsüchtig? Man hätte die arme Renata einfangen und beruhigen müssen. Ihrem Wüten hat doch wohl keiner Glauben geschenkt. Schließlich gab es keinerlei Anzeichen für einen neuerlichen Brand.«

»Verzeiht, liebe Stöckelin, aber Ihr wohnt weit weg am Altstädter Mühlenberg und habt über diesen Vorfall leicht reden. Für die Menschen hier im Kneiphof dagegen hat das Schreien der Frau sehr bekannte Ängste geweckt. Bedenkt auch, beim letzten Mal, als das Feuer seinen Ausgang in Thomas Schackens Haus nahm, dauerte es viel zu lang, bis jemand mit Rufen auf die Flammen aufmerksam machte und seine Nachbarn warnte, wie es die Brandordnung vorschreibt. Schacken selbst begriff viel zu spät, dass er dem Feuer auf seiner Darre allein nicht mehr Herr werden konnte. Dazu kam der kräftig aufbrausende Ostwind, der binnen weniger Augenblicke selbst den Dom auflodern ließ wie ein Herdfeuer. Wie eine Walze rollte der Brand über den Kneiphof hinweg und hatte bereits ganze Häuser, Buden und Dachstühle verschlungen, ehe den meisten überhaupt klarwurde, was genau los war. So etwas wollten die Leute letzte Nacht nicht noch einmal erleben. Aus lauter Angst vor der Rückkehr des Flammenmeers folgten sie der Magd gleich mit Eimern voll Wasser auf die Gassen und schrien ebenfalls lauthals ›Feuer!‹. Manche packten gar schon ihre Bündel und flüchteten zu den Brücken. Wieder andere verschanzten sich in ihren Häusern. Als sich im Morgengrauen noch immer keine neue Feuersbrunst zeigte, wuchs allmählich die Einsicht, einer bösen Täuschung aufgesessen zu sein. Sofort drehte sich die Stimmung gegen die Magd.« Er hielt inne, betrachtete sie ruhig, um bedeutungsschwanger nachzusetzen: »Nichts ist schlimmer, als plötzlich festzustellen, von einem Narren zum Narren gemacht worden zu sein.«

»Da habt Ihr recht«, stimmte Dora zu. Geradeheraus blickte sie dem etwa vierzigjährigen Kaufmann entgegen. Auch wenn er mehr als einen Kopf größer und von sehr beeindruckender Statur war, sollte er nicht glauben, sie mit seiner Schilderung des Vorfalls eingeschüchtert zu haben. Dennoch fühlte sie sich unbehaglich. Der Vorraum war mehr als unpassend für eine Unterhaltung wie diese. Die dunkel getäfelten Wände und der schwarz-weiß geflieste Boden gaben zwar einen Vorgeschmack auf die reiche Ausstattung des großen Ratssaales, dessen Decke mit buntbemalten Eichenholzbalken und riesigen Kerzenleuchtern geschmückt war, aber das änderte wenig daran, ihr das Gefühl einer Bittstellerin zu vermitteln, die um die Gnade eines Ratsherrn flehte. Der Gemahlin des herzoglichen Kammerrats jedoch war das kaum angemessen. Entschlossen streckte sie den Rücken, sah Steinhaus herausfordernd an. Gleich erlag er dem Reiz ihrer verschiedenfarbigen Augen. Mit einem entschuldigenden Lächeln auf den schmalen Lippen führte er sie in den angrenzenden kleinen Saal, der als Sprechstube diente, und wies auf eine der Bänke an der Seitenwand. Erleichtert, einen Schritt weitergekommen zu sein, nahm sie Platz.

»Zumindest ist es uns gelungen, die arme Frau hier im Rathaus in Sicherheit zu bringen«, erklärte er bereits eine Spur beflissener als vorhin. »Auf der Straße hätten sie ihr bei lebendigem Leib die Haut abgezogen.«

Er verschränkte die Hände auf dem Rücken, begann auf den Fußspitzen zu wippen und richtete das Gesicht zu den Fenstern, die auf die Brotbänkengasse hinausgingen. Draußen lärmte es nach wie vor, als gälte es, mit dem Gebrüll Gott, den Allmächtigen, als Richter auf Erden hinabzurufen.

Dora erinnerte sich des Spruchs, der über der Eingangstür des Rathauses prangte: *»Ein Staat ist nichts nütze, der keine Macht und Energie besitzt gegen die Verbrecher.«* Wie wahr das gerade angesichts von Renatas verzweifelter Lage war. Nicht die arme Magd hatte ein Verbrechen begangen, die Kneiphofer selbst waren in blinder Wut dabei, eines an ihr zu begehen. Und der Staat, verkörpert durch den Kneiphofer Rat, wusste nichts Besseres, als die arme Frau im Kerker gefangen zu setzen und von den Ihren abzuschotten wie eine böse Übeltäterin, statt die wahren Verbrecher zur Rechenschaft zu ziehen.

»Wo ist sie jetzt? Führt mich bitte zu ihr«, verlangte sie mit fester Stimme und erhob sich. In wenigen Schritten stand sie wieder an der Tür. Flüchtig glitt ihr Blick durch den Raum, in dessen Mitte ein Tisch mit zehn Stühlen für die kleine Versammlung bereitstand. An der Stirnseite hing ein Gemälde von Herzog Albrecht in schmuckem Staatsgewand, das vor vier Jahren erst von einem Nürnberger Maler angefertigt worden war. Streng schaute der Herrscher auf das Geschehen herab. Eine Landkarte an der Längsseite zeigte die beeindruckende Größe seines Preußenlandes. In dem daneben befindlichen fest verschlossenen Schrank wusste Dora die dreizehn mit schwarzem Wachs überzogenen Holztafeln, auf denen die Namen derjenigen verzeichnet waren, die seit 1400 das Bürgerrecht im Kneiphof erlangt hatten. Seit Urahn Laurenz Selege fand sich darunter jeder männliche Spross ihrer Familie, versehen mit dem stolzen Zusatz »Vielgerühmter Baumeister allhier«. Es gab also keinerlei Grund, sich vor Steinhaus oder sonst wem aus dem Rat der toll gewordenen Magd wegen rechtfertigen zu müssen. Wenn ihr Vater und Vatersvater und dessen Vater auch kein Ratsherr gewesen waren, so besaßen die Seleges dennoch die gleichen Rechte wie auch die Steinhaus' und all die anderen Bürger des Kneiphofs. Das galt ebenso für ihr Gesinde, solang es sich keines nachweisbaren Verbrechens schuldig gemacht hatte. Und das hatte sich Renata letzte Nacht ganz sicher nicht.

Viel zu langsam drehte sich der Kaufmann zu ihr um, sah sie matt an. »Ihr wollt mir doch nicht etwa sagen, Ihr seid gekommen, um sie mit Euch nach Hause zu holen? Ihr allein? Und niemand sonst, der Euch durch die wütende Meute da draußen begleiten wird?«

»Was sollte ich sonst hier wollen außer sie abholen?«, überging sie geflissentlich die Warnung, die sich in seiner letzten Frage verbarg. Angst vor der Wut der Kneiphofer hatte sie auch so schon genug. »Da sie niemandem ernsthaft Schaden zugefügt hat, gibt es keinerlei Grund, sie länger im Kerker festzuhalten. Die Ärmste ist von Sinnen, wie Ihr selbst bereits mehrfach gesagt habt und wie ihr Verhalten beweist. Sie muss nach Hause gebracht und von den Menschen versorgt werden, die ihr seit langem nahestehen. Also führt mich zu ihr, damit sie endlich erfährt, dass wir uns um sie kümmern. Wer weiß, was sonst noch mit ihr geschieht.«

»Ihr seid eine sehr mutige Frau.« Steinhaus baute sich so dicht vor ihr auf, dass sie seinen Atem auf den Wangen spürte, den bitteren Geruch darin deutlich wahrnahm. »Trotzdem wage ich zu bezweifeln, dass es Euch gelingen wird, zusammen mit Eurer Magd weiter als bis zur obersten Treppenstufe vor dem Rathaus zu gelangen. Das heilige Osterfest werdet Ihr kaum mehr erleben, die Freude über die Auferstehung unseres Herrn Jesus Christus leider nicht mehr mit uns teilen. Während sich die rasende Menge auf Euch stürzt, wird Euch von den beiden Türmen des Rathauses die Totenglocke läuten.« Wie zur Bekräftigung schwoll im selben Moment der Lärm draußen noch stärker an. Steinhaus gab sich einen Ruck. »Wie Ihr wollt«, lenkte er ein und eilte ebenfalls zur Tür. Ein entsetzliches Krachen ließ ihn auf halbem Weg innehalten. Glas klirrte, eine der Scheiben zerplatzte. Ein Scherbengewitter prasselte zu Boden. »Achtung!« Unwillkürlich duckte er sich zur Seite, Dora presste sich gegen die Wand. Auf dem Boden zwischen ihnen schlug ein faustgroßer Stein ein. Von dem Aufprall zerbarsten die Fliesen. In Windeseile zog sich ein spinnenartiges Netz von Rissen darüber.

Das Gejohle vor dem Fenster wurde noch lauter. »Wo ist die Hexe?« – »Bringt sie raus!« – »Wir wissen, was mit ihr zu tun ist.« – »Brennen soll sie!« – »Auf den Scheiterhaufen mit ihr!« Die nächsten Forderungen gingen in lautem Beifall unter.

»Schnell fort von hier!« Ehe sie sichs versah, packte Steinhaus sie am Arm und zog sie nach draußen. Im ersten Schreck fürchtete sie, er wollte tatsächlich der Forderung der grölenden Menge Genüge tun und sie vor die Tür setzen. Dann aber hastete er durch den dämmrigen Flur in den hinteren Teil des Rathauses. Vor einer unscheinbaren Tür kurz vor Ende des Ganges hielt er an. »Sie wollen nicht Euch, sondern Eure Magd. Bringt sie weg und sorgt dafür, dass sie so schnell nicht wieder in den Kneiphof zurückkehrt. Ich werde Euch einen Weg zeigen, den Ihr unbehelligt nehmen könnt.«

»Danke.« Knapp drückte sie ihm die Hand. Er nickte und pochte einmal kurz und zweimal lang gegen die Tür. Umständliches Schlüsselrasseln war zu vernehmen, bevor sich die Tür öffnete und ein Stadtknecht seinen schwarzen Kraushaarkopf herausstreckte.

»Lasst uns durch!«, befahl Steinhaus und schob den Mann beiseite. Dora folgte ihm in den Keller. Sie hörte den Stadtknecht die Tür wieder fest verschließen. Zu ihrer Beruhigung blieb er als Wachposten zurück, während Steinhaus halb gebückt durch den Gang hastete. Sie musste sich sputen, um Anschluss zu halten.

Eine beredte Stille hing in dem kargen Gang. Er war so eng, dass sie die Arme nicht zur Seite ausstrecken konnte. Auch über ihrem Kopf blieb kaum mehr als eine Elle Luft. Im Abstand von einem Klafter steckte jeweils eine Fackel in einer gusseisernen Halterung. Ihr im Luftsog unruhig flackerndes Licht ließ den breiten Rücken des wenige Schritte vor ihr gehenden Steinhaus' gespenstisch wirken. Gelegentlich tauchte eine Tür oder eine Wandnische auf, einmal fand sich darin ein in die Lücke genau eingepasstes, von grauem

Staub und dicken Spinnennetzen überzogenes Regal. So unheimlich der Keller auch war, fühlte Dora sich angesichts des vor dem Rathaus wartenden Pöbels gut darin geborgen. Nie zuvor war sie in diesem Teil des Kneiphofer Rathauses gewesen, dabei war der Vater vor einigen Jahren mit dem Ausbau des unterirdischen Gewölbetraktes beschäftigt gewesen. Dora stolperte, stützte sich unwillkürlich an der rauhen Ziegelwand ab. Dabei riss sie sich die Haut an den Handballen auf. Es brannte entsetzlich. Steinbrösel bröckelten von der Wand. Achtlos schob sie sie mit der Fußspitze weg. Mäuse- und Rattenkot übersäte den unebenen Boden. Wenn sie die Ohren spitzte, meinte sie entferntes Fiepen zu vernehmen. Oder war das das Wimmern der armen Renata?

Endlich stoppte Steinhaus an einer Tür auf der rechten Seite des schmalen Ganges. Auf einem Schemel kauerte ein zweiter Stadtknecht. Das Kinn war ihm nach vorn auf die Brust gesackt, angesichts der muffigen Luft und dem schlechten Licht kein Wunder. Unsanft rüttelte Steinhaus ihn wach. Erschrocken fuhr der Mann auf, nahm vor dem Ratsherrn Haltung an. »Mach die Tür auf, wir holen die Frau.«

Gehorsam tat der verwachsene Mann, wie ihm geheißen. In den Angeln quietschend, öffnete sich die niedrige Tür. Es blieb seltsam still. Kaum wagte Dora, Steinhaus in die Zelle zu folgen. Stockfinster war es darin. Der Stadtknecht brachte eine Fackel, die den winzigen fensterlosen Raum sofort in helles Licht tauchte. In der hintersten Ecke, in der ein Haufen schmutzigen Strohs zusammengefegt war, kauerte eine Gestalt. Der Stadtknecht schob sich an Dora und Steinhaus vorbei und trat mit dem Fuß gegen das reglose Bündel. »He, aufwachen! Du kommst raus.«

Es dauerte eine Weile, bis sich das Bündel bewegte. Nur mit Mühe konnte Dora in ihm die dürre Renata erkennen. Keuchend setzte sie sich auf, stützte die mageren Arme auf die Beine, erhob sich schließlich in den Stand und starrte die Besucher ausdruckslos an. Das faserige aschblonde Haar hing schlaff von dem kleinen Kopf, die Augen waren rot verquollen, die Nase triefte. Wie ein zahnloses altes Weib kaute sie unablässig auf den Lippen, die davon blutig geworden waren. Das Leinenkleid und die ursprünglich weiße Schürze waren grau vor Schmutz, die Haube wie auch den wollenen Umhang hatte sie verloren. Lediglich die Schuhe sahen noch einigermaßen brauchbar aus.

»Gnade uns Gott, dass wir die Zeichen nicht haben sehen wollen! Zu Asche verbrannt ist unser Leben, für alle Ewigkeit zerstört, was wir für wichtig gehalten haben. Aus Staub sind wir gemacht, zu Staub werden wir wieder zerfallen. Nichts anderes soll uns das große Feuer zeigen. Seht, wie es dort auflodert! Selbst das Haus unseres Herrn hat es nicht verschont. Zu viele gottlose Reden sind darin gehalten worden.«

Steinhaus quittierte die wirren Sätze mit einem missfälligen Brummen, der Stadtknecht kicherte in sich hinein.

»Komm, Renata, lass uns gehen.« Sanft fasste Dora sie an der Hand, dabei den strengen Geruch nach Urin und Kot ignorierend, den die Ärmste verströmte. »Zu Hause wartet ein duftendes Bad und saubere Kleidung. Elßlin wird dir eine kräftige Suppe bereiten. Du wirst sehen, alles wird sich zum Besten fügen.«

»Feuer, überall Feuer! Seht Ihr das nicht? Niemals kommen wir ungeschoren davon. Unsere Hoffart hat dazu geführt, dass Gott uns strafen muss. Viel zu kühn haben wir uns gegen ihn und seine Lehren gestellt. Wer hoch hinauswill, der wird tief fallen, bis in die glühend heiße Hölle, wo er verbrennt wie ein elender Kienspan.«

Renatas Augen leuchteten auf, als sie ihre Ahnungen weiter kundtat. Dora vermied es, darauf einzugehen. Sie vermutete, allein das Wort Feuer oder Brand von neuem auszusprechen würde die arme Frau nur immer tiefer in den Abgrund der Tollheit stürzen.

Ohne ein weiteres Wort geleitete Steinhaus sie beide durch den schmalen Gang zurück. Zu Doras Verwunderung führte er sie jedoch an der Tür, vor der der Kraushaarige Wache hielt, vorbei. Dass der Gang in die entgegengesetzte Richtung eine Fortsetzung besaß, war Dora vorhin gar nicht aufgefallen. Dieses Mal fehlten die Fackeln an den Wänden, dafür trug Steinhaus nun die Fackel des verwachsenen Stadtknechts vor sich her und beleuchtete damit den Weg. Dora musste aufpassen, nicht noch einmal zu stolpern, denn sie sah kaum mehr bis zum Boden. Renata zog sie am Handgelenk hinter sich her. Seit Verlassen der Zelle murmelte sie statt der Feuerprophezeiungen unablässig Gebetszeilen vor sich hin.

»So, da wären wir«, verkündete Steinhaus, blieb unerwartet stehen und drehte sich mit hoch über dem Kopf erhobener Fackel um. Da erst bemerkte Dora, dass der Gang sich zu einem Vorraum geweitet hatte, der von einem hohen Gewölbe überspannt war. Die Tür, auf die der Kaufmann zeigte, war schmal und ungewöhnlich hoch. Umständlich kramte er in den Weiten seines Faltrocks einen Schlüssel heraus und schloss auf. Zu Doras Enttäuschung öffnete sich die Tür nicht nach draußen, sondern in einen weiteren Keller. Zögernd trat sie ein, sah sich um. Mannshohe Holzfässer lagerten an den Wänden, Wasser tropfte aus dem schwitzenden Gestein auf den Boden. Das stete Blubbern verhallte in dem Kreuzgewölbe.

»Das ist der Weinkeller von Domenicus Gutjahr. Wenn Ihr gestattet, gehe ich voraus, bis wir auf der Fleischbänkengasse angelangt sind. Von dort werdet Ihr den Weg ohne meine Hilfe finden. Denkt bitte daran, so schnell wie möglich in die Altstadt zu gelangen. Sollte jemand hier im Kneiphof Eure Magd erkennen, wird Euch beiden niemand mehr helfen können.«

Erneut wartete er ihren Dank nicht ab, sondern eilte voraus, bis sie tatsächlich über eine schmale Treppe die Diele des Hauses von Gutjahr und von dort über den Beischlag die Fleischbänkengasse erreichten. Anders als in der parallel verlaufenden Brotbänkengasse herrschte dort erholsame Ruhe. Eine Handvoll Kinder spielte vor einem Haus, zwei Frauen standen, in ein aufregendes Gespräch vertieft, beieinander. Sonst war weit und breit niemand zu sehen. Rasch verabschiedete sich Dora von Götz Steinhaus und dankte ihm nochmals für seine großzügige Hilfe.

»Wartet mit Eurem Dank lieber, bis Ihr wirklich in Eurem Haus am Mühlenberg eingetroffen seid. Bitte schickt mir von dort eine Nachricht. Es wäre ein großes Unglück für mich, die Gemahlin des herzoglichen Kammerrats in Gefahr gebracht zu haben.«

Dora verkniff sich den Hinweis, dass er sie dann besser höchstpersönlich über die Schmiedebrücke in die Altstadt geleiten sollte. Darauf aber hatte sie selbst keine Lust. Entschlossen nahm sie ihre Feiertagsschaube von den Schultern und hüllte Renata darin ein. Den braunen Pelzkragen hochgeschlagen, erkannte man sie kaum. Ehe Renata aufbegehren konnte, hakte Dora sie unter und marschierte so schnell als möglich mit ihr über die Pregelbrücke zurück in die Altstadt. Erfreulicherweise hörte Renata mit ihrem rätselhaften Gemurmel bald auf und gab sich größte Mühe, mit ihr Schritt zu halten. Gelegentlich traf sie ein mitfühlender, manches Mal ein erstaunter, selten jedoch ein abschätziger Blick. Niemand aber bereitete ihnen Schwierigkeiten oder stellte sich ihnen in den Weg. Diejenigen, die des Aufruhrs in der letzten Nacht wegen wütend waren, mussten weiterhin sämtlich vor dem Haupteingang des Rathauses in der Brotbänkengasse versammelt sein und auf ihr Auftauchen warten.

»Gott im Himmel, wie seht Ihr aus?« Fassungslos schlug Mathilda die Hände über dem Kopf zusammen, als sie ihnen in der Diele des Hauses am Mühlenberg entgegenkam. »Dieses tollwütige Weib wollt Ihr doch nicht ernsthaft zurück in unser Haus bringen? Sofort lasse ich nach Urban schicken. Er ist der Herr im Haus und wird entscheiden, was mit der Wahnsinnigen zu geschehen hat.«

»Das werdet Ihr nicht tun«, entgegnete Dora bedrohlich ruhig.

»Das werden wir doch einmal sehen.« Mathilda stemmte die Hände in die Hüften und reckte das Kinn. »Der ehrwürdige Kammerrat wird wohl kaum dulden, eine Närrin unter seinem eigenen Dach zu beherbergen, die letzte Nacht den halben Kneiphof in Aufruhr versetzt hat. Für solche Fälle gibt es das Tollhaus im Großen Hospital. Wenn Ihr Euch erinnert, meine Liebe, so ist Euer Gemahl einer derjenigen, die sich beim Herzog für die Einrichtung ebendieses Tollhauses im ehemaligen Kloster im Löbenichter Münchenhof starkgemacht haben. Wie stünde es ihm an, darauf zu verzichten, die verwirrte Renata in die Obhut der Schwestern zu bringen? Selbst Euer Vater wird es gutheißen, wenn seine frühere Magd dort unterkommt. Was sollen wir länger mit ihr anfangen? Derzeit leben wir hier im Haus enger beieinander als die Tauben in ihrem Schlag. Renata kann weder im Haushalt helfen noch später wieder den Haushalt Eures Vaters führen. Das ist ihr schon vor dem Tollwerden kaum gelungen. Los, Elßlin«, rief sie nach der jungen Magd, »lauf ins Hospital und frag, wann wir Renata bringen können.« Sie wollte sich umdrehen und wieder nach oben gehen, doch Dora packte sie am Arm. Erbost fuhr sie herum. »Was fällt Euch …« Als sie Doras wild entschlossenes Gesicht sah, verstummte sie auf der Stelle. Böse blitzte Dora sie aus ihren verschiedenfarbigen Augen an.

»Renata bleibt hier. Ihr wisst genau, dass sie weitaus mehr als eine Magd für mich ist. Nach dem Tod meiner Mutter habe ich sie gebraucht, jetzt braucht sie mich. Also bin ich für sie da. Wenn Euch irgendetwas daran stört, könnt Ihr gern selbst ins Spital gehen. Die frommen Frauen freuen sich gewiss über Eure tatkräftige Hilfe.«

»Wollt Ihr mich etwa aus dem Haus werfen?«

»Das habt Ihr gesagt.«

Gefährlich nah standen sie voreinander, schauten sich tief in die Augen.

»Passt lieber auf, meine Liebe.« Überraschend trat Mathilda als Erste einen Schritt zurück. »Nur weil Ihr Urbans Gemahlin seid, habt Ihr noch lange nicht das Sagen in diesem Haus. Vergesst nicht, ich lebe bereits zehn Jahre länger hier am Mühlenberg als Ihr.«

»Falls er Euch zur tonangebenden Frau im Haus hätte machen wollen, hätte er zehn Jahre lang Zeit dazu gehabt. Da das nicht geschehen ist, solltet Ihr besser nicht vergessen, wer Ihr nach wie vor seid – Urbans Base dritten Grades und seine Wirtschafterin am Mühlenberg. Weder tragt Ihr denselben Namen wie er, noch habt Ihr sonst eine engere Bindung.«

»Seid da mal lieber nicht so sicher.«

Zunächst wollte Dora ihr von neuem über den Mund fahren, etwas in Mathildas Stimme aber hielt sie davon ab. Sowohl der Altersvorsprung als auch die lange Zeit, die die Base bereits vor ihrer Heirat mit Urban allein im Haus gelebt hatte, sprachen für sich. Dora zog die stumm auf dem Boden hockende Magd hoch und trieb sie die Treppe nach oben, schaute nicht einmal auf, als sie Mathilda im Vorbeigehen anrempelte.

Am Absatz zum ersten Geschoss wartete Gret. Sobald Dora auf ihrer Höhe ankam, streckte sie die Hand nach ihr aus und hielt sie fest.

»Pass gut auf«, raunte sie ihr verschwörerisch ins Ohr. »Mit der wirst du noch eine böse Überraschung erleben.«

»Nur ich?«, war alles, was Dora sich dazu entlocken ließ. Grets ratlosen Blick meinte sie noch bis ins zweite Geschoss hinauf in ihrem Rücken zu spüren.

17

Der Regen war unangenehm. Dabei war er nicht einmal sonderlich kräftig, fiel aber seit Stunden in der immer gleichen Stärke. Zudem war es empfindlich kühl geworden, was wieder einmal an dem kräftigen Ostwind lag. Über die flache Ebene vor dem Löbenicht fegte er unerbittlich in die drei Königsberger Städte hinein. Die lange Trockenzeit hatte den Boden stark verkrustet. Das Wasser konnte nicht in der Erde versickern, sondern musste gleich ablaufen. Schon nach wenigen Stunden ergossen sich unzählige hellbraune Sturzbäche den Mühlenberg hinunter. Vermischt mit dem Staub der letzten Wochen, hatte sich auf dem Pflaster eine schmierige Schicht gebildet, die das Gehen mit den Trippen in eine halsbrecherische Schlingerpartie verwandelte. Dora fühlte sich wie ein Storch, als sie vorwärtsstakste, sorgfältig darauf bedacht, einen Schritt nach dem anderen zu setzen. Sollte sie ausrutschen und hinschlagen, wäre das äußerst fatal. Sie hatte sich die kostbaren Entwürfe für das neue Haus unter den

Arm geklemmt. Der Stoff der Schaube schützte die Papierrollen zwar gut vor der Nässe, beim Hinfallen aber würden sie gewiss gnadenlos im Schmutz landen. Das einzig Gute an dem angestrengten Schauen auf den Weg war, dass es Dora daran hinderte, auch nur einen flüchtigen Blick nach Süden zum Kneiphof zu werfen. Der Anblick der verkohlten Brandstümpfe rund um die Domruine hätte ihr die Laune bestimmt noch mehr verdorben. Den Rock mit der freien Hand leicht angehoben, die Augen fest auf das schlammige Straßenpflaster gerichtet, hastete sie, so schnell es unter diesen Umständen möglich war, zur Baustelle in der Junkergasse.

»Eine verrückte Idee, im strömenden Regen mit dem Schnurgerüst zu beginnen«, begrüßte sie Steinmetzmeister Miehlke mit grimmiger Miene. »Aber wenigstens kommt Ihr so einmal auf die Baustelle. Bislang habt Ihr Euch sehr rar gemacht.«

»Bislang wurde auch lediglich der Grund vorbereitet. Was hätte ich dabei tun sollen? Sträucher ausreißen und Bäume fällen? Soweit ich weiß, seid auch Ihr heute zum ersten Mal da.« Dora verzichtete ebenfalls auf Höflichkeiten. Es reichte schon, dass Miehlke das förmliche Ihrzen gewählt hatte. Dabei kannten sie sich seit Kindertagen, war er doch ein langjähriger Freund von Jörg. So ungleich die beiden nach außen wirkten, so dick waren sie bislang miteinander durchs Leben gegangen. Daran hatte auch Jörgs zweijährige Reise in die Fremde nichts geändert. Verstohlen musterte sie Miehlke. Von der Krempe seines breiten Hutes tropfte der Regen, ebenso triefte der knielange Umhang vor Nässe. Dennoch stand er breitbeinig und mit hocherhobenem Haupt da, als machte ihm das nicht das Geringste aus. Er war ein »Baum von einem Mann«, wie der Vater ihn zu beschreiben pflegte, unerschütterlich gegen Sturm, Regen, bröckelnde Steine und sonstige Widrigkeiten, die einem gestandenen Steinmetzmeister drohen mochten. Besonders Jörg gegenüber pflegte Wenzel das gern hervorzuheben, wirkte der neben dem Freund doch geradezu schmächtig. Dabei war er ebenfalls recht breitschultrig gebaut.

Miehlkes dicke rotgeäderte Nase wie sein vorspringendes, schlecht rasiertes Kinn verliehen seinem Antlitz einen groben Zug. Auf den ersten Blick mochte man ihn durchaus älter als Mitte zwanzig schätzen. Das jahrelange Arbeiten auf den Baustellen, egal, ob sommers oder winters, bei Schnee, Regen oder drückender Hitze, hatte eindeutige Spuren hinterlassen. Ebenso bewies ein Blick auf die riesigen Hände mit der aufgerissenen, trockenen Haut, wie eng er auch als Meister seiner Zunft tagtäglich mit Steinen und Mörtel umzugehen pflegte. So ungehobelt sein Auftreten schien, lag andererseits genau darin der Grund, warum Dora ihn mit den Steinmetzarbeiten betraut hatte – er verstand sich einfach aufs beste darauf. In den drei Königsberger Städten wusste sie niemanden, der ihm das Wasser reichen konnte. Das hatte auch Urban bestätigt, der Miehlke beim Umbau des Schlosses bereits einige Male beschäftigt hatte.

»Eigentlich bin ich heute überflüssig. Noch lange ist hier kein Stein für mich zu setzen.« Unwirsch verschränkte Miehlke die Arme vor der Brust und grinste sie frech von oben herab an. »Dafür will ich einfach mal sehen, wie eine Frau wie Ihr uns vorführt, was hier zu tun ist. Zwar seid Ihr schon als kleines Mädchen an der Hand Eures Vaters über die Baugruben geklettert, aber es ist etwas völlig anderes, einer Baustelle vorzustehen. Ich habe zwar nie zuvor gehört, dass eine Frau sich das anmaßt, doch Ihr seid die Gattin des Bauherrn. Noch dazu ist er herzoglicher Kammerrat. Also ist dagegen wohl wenig zu sagen, wenn einem die Arbeit hier lieb ist.« Mit einem Ruck drehte er den Kopf. Dabei löste sich ein besonders großer Regentropfen von seiner breiten Hutkrempe und plumpste auf seine Nasenspitze. Mit einer ärgerlichen Handbewegung wischte er ihn ab. Gegen ihren Willen musste Dora schmunzeln. Das schien Miehlke ein wenig zu besänftigen. »Eins muss man Euch jedenfalls lassen, Euer Entwurf sieht sehr beeindruckend aus.« Er hielt inne, rieb sich das Kinn. Dora verstand, wie viel Mühe es ihn gekostet hatte, das zuzugeben. Gerade wollte sie ihm für das unverhoffte Lob danken, da schob er bereits grimmig hinterher: »Auch wenn er mich stark an einen anderen aus dem Werkmeisterbuch Eures Ahns Laurenz erinnert. Euer Vater hat mich früher öfter darin lesen lassen. Euch ist der Band wohl die liebste Lektüre. Es heißt, Euer Gemahl hat ihn Eurem Vater für viel Geld abgekauft. Also habt Ihr ihn in den Mühlenberg mitgenommen und studiert ihn fleißig weiter. Darf ich Euch als guter Freund Eures Bruders einen Rat geben?« Darum bemüht, sie nicht mit dem Wasser von der Hutkrempe zu bespritzen, neigte er den Kopf zu ihr, suchte den Blick ihrer verschiedenfarbigen Augen. Leise wisperte er, als gälte es, ein Geheimnis weiterzugeben: »Bücherwissen allein reicht nicht, um Häuser aus echtem Stein zu bauen. Über die Fialen am Wimperg des Erkers im ersten Geschoss müssen wir bei Gelegenheit reden. Entweder habt Ihr da falsch abgezeichnet oder Euch verrechnet. So, wie Ihr sie geplant habt, werden wir sie jedenfalls nicht bauen können. Die sind entweder zu dünn oder fallen zu hoch aus. Beim ersten Sturm knicken sie ab wie ein hohler Zahn.«

»Miehlke, was soll das?« Hinter einem Geröllhügel tauchte Jörg auf. Wie ein Hund schüttelte er die Regentropfen von

Kopf und Schaube ab, stapfte mehrmals mit den Füßen auf die Erde, um die Schuhe vom Schlamm zu befreien. »Du kennst meine Schwester seit Ewigkeiten und weißt ebenso gut wie ich, was sie kann. Sie zeichnet nicht einfach aus Büchern ab. Das hat sie nicht nötig. Finde dich damit ab, dass sie auf der Baustelle das Sagen hat und du tun musst, was sie von dir verlangt. Sie versteht sich besser auf alles als wir beide zusammen.«

»So wie beim Entwurf für Gerichtsrat Jonas vor zwei Jahren? Oder beim Umbau von Tschakerts Haus in der Kneiphofer Langgasse?« Das Grinsen auf Miehlkes Gesicht wurde hämisch. Kein Zweifel, er wusste Bescheid. Die Erkenntnis traf Dora wie ein Schlag ins Gesicht. Jörgs mangelndes Talent und ihre heimliche Hilfe für ihn, damit er den Vater mit eigenen Entwürfen beeindrucken konnte, waren Miehlke nicht entgangen. Auf einmal lockerte der Steinmetz seine Haltung, zwinkerte Jörg vertraulich zu und legte ihm den Arm um die Schultern. »Keine Sorge, du weißt, was du an mir als Freund hast. Daran wird sich nie etwas ändern. Deshalb sage ich es auch gern so laut, dass es jeder hört, der es hören will: Am liebsten hätte ich hier in der Junkergasse mit dir als Baumeister zusammengearbeitet. Es wäre unser erster gemeinsamer Bau als Meister unserer Zunft. Daraus hätten wir mit Leichtigkeit einen kleinen Palast gemacht, der so manchem vor Staunen den Mund weit offen stehen ließe. Kammerrat Stöckel wäre geplatzt vor Stolz.«

»Ich hoffe, wenigstens Ihr verzichtet aufs Platzen und stellt Euer meisterhaftes Können unter der Anweisung der Stöckelin ebenso gern unter Beweis.« Plötzlich stand Veit Singeknecht vor ihnen. Nass klebte das Barett auf seinem Kopf, ebenso hing seine dunkle Schaube regenschwer auf seinen Schultern. Die dreckbespritzten Schuhe und Strumpfhosen ließen darauf schließen, dass er bereits einen Rundgang über das Gelände hinter sich hatte. Der nasskalte Wind hatte seine Wangen gerötet. Streng fixierten seine grünbraunen Augen den Steinmetzmeister. Dessen Gesicht verfinsterte sich. Jörg dagegen strahlte den neuen Freund nicht weniger herzlich an als den alten. »Letztlich bleibt doch alles in der Familie«, fuhr Veit fort und weidete sich sichtlich daran, wie verdutzt Miehlke auf die Feststellung reagierte. Er rieb seine schönen schlanken Hände und lächelte versonnen.

»Das scheint Euch am meisten zu freuen«, knurrte der Steinmetzmeister und musterte Veit mit einem verächtlichen Blick, bevor er sich Dora zudrehte. In seinen dunklen Augen lag ein Ausdruck, der ihr einen kalten Schauer über den Rücken jagte. »Und Euch wohl auch, gute Frau.«

»Den Entwurf kennt Ihr also schon gut, wie Ihr vorhin laut genug verkündet habt.« Veit tat unbekümmert, dennoch war zu spüren, wie sehr ihn Miehlke reizte. »Also wisst Ihr, um was es der Stöckelin dabei geht. Der herzogliche Kammerrat wird sich übrigens sehr freuen, wenn Ihr ihm Euer großes Talent unter Beweis stellt. Daraus könnten noch so manche Aufträge auf dem Schloss herausspringen, die sonst gern an Steinmetze aus der Fremde vergeben werden. Mit denen mitzuhalten ist doch eine große Sache für Euch. Leider seid Ihr bislang noch nie aus Königsberg hinausgekommen. Dass der Kammerrat Euch also zutraut, trotz Eurer Stubenhockerei Großes zu leisten, ist eine gewaltige Ehre.«

Miehlke schluckte mehrmals. Sein großer Adamsapfel bewegte sich deutlich über dem Kragenrand seines Rocks. Dora erstarrte. Allein der Blick auf die zu Fäusten geballten Hände und die weiß hervorstechenden Knöchel genügte, um zu wissen, wie heftig er um seine Beherrschung rang. Veit indes focht das nicht an. Die gereizte Stimmung unter den

Männern missfiel Dora. »Gewiss wird sich der Steinmetzmeister allem würdig erweisen. Ich selbst wollte ihn schließlich unbedingt dabeihaben. Von klein auf kennen wir uns und wissen also, was wir einander zutrauen. Das macht es für uns alle leichter.«

Mit ihren Vorschusslorbeeren erntete sie bei Miehlke lediglich ein verzerrtes, fast schon selbstgefälliges Grinsen, wohingegen Veit verständnislos den Kopf schüttelte. Allein Jörg strahlte sie aufmunternd an.

»Da hörst du es, mein Lieber«, wandte er sich an den Freund. »Dora hält dich für den Besten. Tu einfach so, als arbeitest du mit mir zusammen, dann wirst du es allen zeigen. Außerdem hat meine Schwester mit dem guten Veit eine erfahrene Hilfe zur Seite. Du musst also nicht unbedingt denken, den Anweisungen einer Frau zu gehorchen.«

»Auch wenn das vielleicht das Beste wäre«, konnte Veit sich nicht verkneifen, einzuwerfen.

»Für Euch vielleicht schon«, brummte Miehlke und verschränkte wieder die Arme vor der Brust.

»Du schaffst das«, ermunterte Jörg ihn und tippte grüßend an die Stirn, um sich aus der Runde zu verabschieden. Stumm sahen sie ihm nach, wie er Richtung Steindamm verschwand.

»Sein Wort in Gottes Ohr«, murmelte Miehlke.

Dora beschloss, das als Friedensangebot zu verstehen. Sie streckte die Hand flach zur Seite aus. Zu ihrer Erleichterung blieb sie trocken. »Der Regen hat aufgehört. Wenn wir uns beeilen, können wir das Schnurgerüst fertigstellen, bevor es von neuem anfängt.«

Sie sah nach oben, betrachtete die Wolken. In der Tat lichtete sich das Grau. Der Wind blies kräftig in die oberen Luftmassen. Rasch rissen sie auf, gaben an den ersten Stellen bereits eine Ahnung von Blau frei, gelegentlich blitzte der erste Sonnenstrahl durch. Behutsam zog Dora die aufgerollten Entwürfe unter ihrer Schaube hervor. Zum Glück waren sie von der Nässe unbeschädigt geblieben. Die Knicke, die das Festhalten verursacht hatte, waren rasch wieder glatt gestrichen.

»Legt sie dort hinten ab. Ich habe Euch einen Tisch bereitstellen lassen.« Veit wies auf eine Ecke des Grundstücks, an der ein Apfelbaum stand. Als einer der wenigen hatte er stehen bleiben dürfen, die übrigen Bäume waren in den letzten Tagen zur Vorbereitung des Aushubs gefällt worden. Ohnehin wollte Dora später weniger Obstbäume anpflanzen lassen, um den Garten ähnlich dem Schlosspark zu einem Ort der Erbauung zu gestalten. Unter dem verbliebenen knorrigen Apfelbaum war mit zwei Brettern und einigen aufgetürmten Steinen tatsächlich eine Art Tisch entstanden. Im Lauf des Frühlings würde sich darüber ein Blätterdach wölben, das den Tisch vor weiterem Regen wie auch vor zu viel Sonne schützen würde.

»Das war sehr vorausschauend von Euch«, bedankte sich Dora und folgte Veit. Kurz vor dem Ziel versperrte eine große Pfütze den Weg. In der weichen Erde geriet Dora ins Schlittern. Unwillkürlich streckte sie die Hand zur Seite. Veit fing sie auf. Bedächtig geleitete er sie an dem Hindernis vorbei zum Tisch. Ein laut vernehmliches Schnaufen in Doras Rücken verriet, dass Miehlke sie genau beobachtet hatte. Röte stieg ihr in die Wangen, und sie vermied, den Steinmetzmeister anzusehen. Veit tat, als wäre nichts geschehen.

Hastig wischte sie die Tischplatte mit den Zipfeln ihres Umhangs trocken, breitete vorsichtig die Pläne darauf aus und beschwerte die Ecken sorgfältig mit Steinen. Wieder kam ihr Veit zu Hilfe. Miehlke baute sich dagegen breitbeinig zu ihrer Rechten auf und linste neugierig auf die Zeichnungen. Langsam schlurfte Maurermeister Zahnke heran. Offenbar hatte er unter einem der Bäume auf dem noch unbebauten Nachbargrundstück Zuflucht vor dem Regen gesucht. Das aber hatte ihm wenig genutzt. Schwungvoll nahm er das durchweichte Barett vom Kopf, wrang es aus und strich sich das struppige, rotblonde Haar aus dem bärtigen Gesicht, bevor er sich die Kopfbedeckung wieder aufsetzte.

»Ich dachte schon, das wird heute nichts mehr«, erklärte er und grüßte knapp in die Runde. »Meine Leute kann ich rufen, sobald sicher ist, dass wir tatsächlich anfangen. Gleich sind sie hier. Müssen ja nicht alle im Regen stehen so wie wir.«

»Gut zu wissen.« Dora nickte ihm zu. »Jetzt fehlt nur noch Carl Necker. Hat jemand gesehen, wo der Zimmermann steckt?«

»Er wird schon noch auftauchen. Seine Leute fehlen auch. Fürs Erste kommen wir ohne ihn klar.« Veit verteidigte den Platz zu ihrer Linken und drängte Zahnke behutsam, aber zielsicher ein wenig ab.

Ihn wieder so nah bei sich zu wissen wie bei ihrem Ausflug zum Schlossgarten, verunsicherte Dora. Sie hoffte, ihre Finger fingen nicht zu zittern an. Sie räusperte sich und begann ihren Entwurf zu erklären. Mit jedem Satz gewann sie an Sicherheit, bald war sie ganz in ihrem Element und erläuterte die Ausmaße des Baus, wies auf die ersten Besonderheiten bei der Anlage des Kellers hin und deutete den Verlauf der Mauerfluchten an. Aufmerksam hörten die Männer zu. Aus dem Augenwinkel sah sie, dass selbst auf Miehlkes Antlitz das spöttische Grinsen einem ernsten Ausdruck Platz gemacht hatte.

»Wenn alles so weit klar ist, sollten wir beginnen.« Unter seiner Schaube zog Veit Schnur, Holzpflock und Hammer hervor, kaum dass sie den letzten Satz beendet hatte. Die linke Hand wollte ihm noch nicht so recht gehorchen. Viel zu früh hatte er die Schiene von dem verletzten Arm entfernt. Als er den Pflock damit fassen wollte, fiel er zu Boden.

Unwillkürlich bückte sich Dora, hob ihn auf und reichte ihn ihm. Dabei trafen sich ihre Blicke. Für einen Moment meinte sie in dem unendlichen Grünbraun seiner Augen versinken zu müssen.

»Danke Euch.« Veits rauh klingende Stimme verwirrte sie vollends. Eilig wandte er sich ab und stapfte durch den aufgeweichten Boden tiefer in das Grundstück hinein. Die anderen folgten ihm schweigend. Als Letzte erreichte Dora die hintere Ecke, von der aus die auszuhebende Grube vermessen wurde. Veit reichte ihr den Pflock und den Hammer. »Oder soll ich für Euch den Einschlag vornehmen?«

»Wenn Ihr der Stöckelin alles abnehmt, könnt Ihr auch gleich selbst der Wortführer hier sein.« Sofort nutzte Miehlke die Gelegenheit, den alten Streit wieder aufflammen zu lassen. »Doch seid vorsichtig! Ihr Gemahl sieht es nicht gern, wenn man seiner Gemahlin zu nahe tritt.«

Entsetzt starrte Dora ihn an. Das hämische Grinsen auf dem breiten Gesicht bewies ihr, wie richtig sie mit ihrer Befürchtung lag. Seinem ungehobelten Auftreten zum Trotz erfasste Miehlke immer genau das am besten, was man eigentlich vor ihm verbergen wollte. Ihre Hand zitterte, als sie das Werkzeug von Veit entgegennahm. Sorgfältig achtete sie darauf, seinen Fingern nicht zu nahe zu kommen, und bückte sich, um mit einem kräftigen Schlag den ersten Pflock für den Aushub zu setzen.

18

Gedankenverloren rührte Dora im Topf. Den beißenden Fischgeruch, der ihm entstieg, nahm sie kaum wahr. Zu sehr war sie damit beschäftigt, sich ganz auf die Berechnungen für den Erker im ersten Geschoss von Urbans neuem Haus zu konzentrieren. Am Morgen hatte Steinmetzmeister Miehlke zum wiederholten Mal seine Weigerung kundgetan, die Fialen über dem Erker in der von ihr berechneten Höhe und Form auszuführen. Gegen ihren Willen grübelte sie nun doch darüber, ob ihr bei der Planung ein Fehler unterlaufen war. Mittels der Kopie des von ihm so spöttisch erwähnten Entwurfs für ein »Bürgerhaus aus Ziegelstein mit drei Stockwerken und einem mehrgeschossigen Stufengiebel« aus Laurenz Seleges Werkmeisterbuch wollte sie dem aufmüpfigen Steinmetzmeister beweisen, dass wirklich möglich war, was sie sich ausgedacht hatte. Leute wie ihn musste man mit den eigenen Waffen schlagen. Wahrscheinlich aber wollte er auch danach nicht so, wie sie wollte. Dora ahnte genau, warum das so war. Zumindest stand er zu seiner Einstellung. Auf der Baustelle letztens hatte er kein Blatt vor den Mund genommen, leider nicht allein zu der leidigen Frage mit der Fiale.

Im Topf begann es zu brodeln. Aus der zähflüssigen Masse stiegen dicke Blasen auf. Sie rührte kräftiger von unten herauf. Ein Tropfen des heißen Leims spritzte auf ihren Handrücken. »Autsch!« Erschrocken zog sie die Hand zurück. Es brannte höllisch. Tränen traten ihr in die Augen. Am liebsten hätte sie das Aufkochen gleich wieder seinlassen. Es fehlte ihr derzeit einfach der Kopf dafür. Die Rechnerei für die Fiale war es nicht allein, die sie durcheinanderbrachte. Seit dem Besuch auf der Baustelle war ihr inneres

Gleichgewicht völlig aus dem Lot. Veit bei jeder Mahlzeit direkt neben sich zu wissen, die Wärme seines Körpers zu spüren, seinen Geruch einzuatmen, das alles war schon Folter genug. Warum aber bestand ausgerechnet Urban noch darauf, dass sie beim Bau des Hauses so eng zusammenarbeiteten? Noch dazu, wo Miehlke gleich durchschaut hatte, wie es um sie beide stand?

Dora rieb sich die schmerzende Stelle an der Hand. Dabei verfing sich ihr Blick in den Flammen unter dem Topf. Sie musste die Glut in sich niederringen. Veit und sie besaßen keinerlei Zukunft. Urban war ihr Gemahl, seine Leidenschaft musste sie zum Lodern bringen. Je eher Veit wieder aus ihrem Leben verschwand, umso besser für ihrer beider Seelenfrieden. Warum quälte er sie nur immerzu mit seiner Nähe? Hieß aufrichtig lieben nicht, nur das Beste für den anderen zu wollen?

Wieder brodelte es im Topf kräftig. Rasch rührte sie weiter. Die Fischblase war nicht so ergiebig wie die letzte, doch sie schätzte sich glücklich, überhaupt noch eine ergattert zu haben. Ostern war vorüber, der Frühling nahm seinen Lauf. Langsam machte sich der von der Lohmännin angesprochene Fürkauf der Holländer bemerkbar. Auf dem Fischmarkt gab es immer weniger Stör, die Preise waren hoch wie nie zuvor. Dennoch blieb der Herzog untätig und nährte damit den Verdruss der Königsberger. Sogar einem Fremden wie Veit fiel das auf. Doras Herzschlag wurde schneller. Seine schöne Stimme klang ihr im Ohr, wie er den Missstand angeprangert hatte. Alles, was er sagte, schien ihr eine einzige versteckte Liebkosung. Halt!, schalt sie sich. Sie durfte sich nicht wieder der gefährlichen Schwärmerei hingeben.

Um sich abzulenken, rief sie sich die Größenverhältnisse der geplanten Wimperge an Urbans Haus in den Sinn, setzte sie in Vergleich zur Höhe der Stockwerke und der Dicke der Mauern. Ebenso überdachte sie die gesamten Ausmaße des Hauses hinsichtlich Höhe, Breite und Tiefe. Darüber wurde der Fischleim schließlich weich. Sie zog die Kette hoch, an der der Topf befestigt war, angelte mit der zweiten Hand nach einem Tuch, wickelte es um den Griff und trug den Topf zum Tisch. Der Weg war kurz. Die kleine Küche im zweiten Obergeschoss des Hauses maß kaum mehr als eineinhalb Klafter in der Breite. Ein Erwachsener füllte sie mit zur Seite ausgestreckten Armen fast aus. Schon schoss ihr wieder Veit in den Sinn. Tauchte er in der winzigen Küche auf, nähme ihr das die Luft. Ihr wurde heiß, die Wangen begannen zu glühen. Statt so wirres Zeug zu denken, sollte sie sich besser auf die Arbeit besinnen, sonst wurde der Leim kalt und unbrauchbar. Vom Gestell neben der Tür nahm sie einen zweiten Topf, strich ein grobes Leinentuch über der Öffnung glatt und befestigte es mit einer Schnur, die sie um den Topf band. Vorsichtig goss sie den noch heißen Leim aus dem ersten Topf darauf, verteilte die Masse gleichmäßig mit einem breiten Holzlöffel, sah zu, wie sie träge durch das Gewebe tropfte. Es dauerte sehr lang, bis der Leim gefiltert war. Um die Fischleimpause für ihre Zwecke zu nutzen, war es allerdings wichtig, einen möglichst klaren, feinen Leim aus der ausgekochten Fischblase zu gewinnen. Leicht angewidert betrachtete sie die schmierige Masse, die auf dem Leinen zurückblieb.

Plötzlich spürte sie etwas Weiches, Geschmeidiges an ihren Beinen. Die Katze! Wie aus dem Nichts tauchte das buntgestreifte Tier auf und strich mit aufgestelltem Schwanz zwischen ihren Füßen herum. Seit wenigen Tagen erst lebte die Katze bei ihnen im Haus. Mathilda missfiel sie. Das war für Dora Grund genug, auf ihrer Duldung zu bestehen. Woher sie kam und wieso sie sich ausgerechnet das Stöckelsche Anwesen als Heim ausgewählt hatte, blieb ein Rätsel. »Eine Feuerkatze im Haus bewahrt vor Brand und Unglück«, hatte Renata geraunt und das seltsame Tier sofort in ihr Herz geschlossen. Im Schein des Herdfeuers kamen die Rot- und Brauntöne ihres Rückens vor dem weißen Bauch und den ebenso weißen Pfoten besonders gut zur Geltung. Als sie den Kopf drehte, blitzte es in ihren bernsteinfarbenen Augen unternehmungslustig auf. Eine Hälfte des Katzengesichts war rot, die andere braun, die Nase wiederum weiß. Schweren Herzens widerstand Dora der Versuchung, sich zu bücken und sie zu liebkosen. Sie sollte nicht verweichlichen, sonst wurde sie zu träge für die Mäusejagd. Die Tür zu dem kleinen Vorraum, in dem Lienhart ein schlichtes Nachtlager auf dem Boden bereitet war, stand weit offen. Auf dem Weg zum Spitzgiebel, der das vierte Geschoss des Hauses bildete und wohin sich Renata seit Tagen verkrochen hatte, musste die edle Katze den verführerischen Fischgeruch in die Nase bekommen haben. Auffordernd miaute sie.

»Schon gut, ich habe verstanden!« Dora zog eine hölzerne Schale heran, in der sich weitere Fischabfälle befanden, die der Händler ihr geschenkt hatte. Flink sortierte sie sie durch, zog noch einige winzige Gräten heraus, bis sie sicher war, nichts Gefährliches übersehen zu haben, und stellte sie der Katze hin. Sogleich beschnupperte das Tier die Schale, schnurrte glücklich. Dora betrachtete sie mit liebevollem Blick. Renata war sie derzeit die beste Vertraute, ließ oftmals über Stunden niemand anderen als nur das Tier an sich heran. Steif und fest behauptete sie, eine solche Feuerkatze könne sogar Flammen löschen, wenn man sie hineinwarf. Dora beschloss, sich endlich einen Namen für das schöne Tier zu überlegen. Gewiss würde Elßlin etwas einfallen. Sie mochte die Katze ebenfalls sehr. Als Dora den Topf zum Herdfeuer bringen wollte, rieb sie zum Dank noch einmal schnurrend den Kopf an ihren Beinen, dann verspeiste sie die Leckereien. »Auf zu Renata! Gib gut auf sie acht.« Schmunzelnd scheuchte sie die Katze fort.

Der Leim musste ein zweites Mal aufgekocht werden. Nach dem Filtern war die Masse feiner und so durchsichtig, dass man fast bis auf den zerkratzten Topfboden schauen konnte. Dora rührte den Leim von Grund auf durch. Bald war er fertig. Auf dem Tisch bereitete sie eine glatte Marmorplatte zum Bestreichen vor. Sorgfältig putzte sie sie mit einem feuchten Tuch sauber, nahm den Pinsel aus dem bereitstehenden Topf mit Leinöl und trug das gelblich braune Öl gleichmäßig auf dem Marmor auf. Der heuartige Geruch des Öls war über dem Fischdunst kaum zu erahnen. Dennoch wusste Dora, dass das Öl noch frisch genug für ihre Zwecke war, andernfalls wäre es bereits beim Aufstreichen strohiger gewesen. Ein letztes Mal rührte sie den Fischleim, stellte den Topf auf den Tisch und verteilte den Leim sorgfältig über dem Leinöl. Mehrfach prüfte sie, ob sie keine Stelle zu dick und keine zu dünn damit versehen oder eine winzige Stelle gar ganz ausgelassen hatte. Als sie sicher war, dass alles stimmte, gab sie eine letzte Schicht Leinöl darüber. Anschließend musste die Masse trocknen. Zufrieden betrachtete sie ihr Werk.

»Ihr seid eine wahre Meisterin«, hörte sie im selben Moment Veit Singeknechts viel zu angenehme Stimme von der Tür her. Überrascht fuhr sie herum. Sein unverhofftes Auftauchen in der winzigen Küche brachte sie im ersten Moment völlig aus der Fassung. Viel zu nah stand er vor ihr. Nicht zum ersten Mal fiel ihr auf, wie klar seine grünbraunen Augen schauten, wie wettergegerbt die Haut seines Gesichts war. Die Naht knapp unterhalb des linken Auges vernarbte langsam und bildete einen wunden roten Strich. Es juckte sie in den Fingerspitzen, sacht darüberzustreichen.

»Von der Herstellung einer Fischleimpause versteht Ihr viel. So glatt und gleichmäßig gelingt sie den wenigsten. Euer Vater ist wahrlich ein Tor, Eure vielseitigen Fähigkeiten nicht besser zu nutzen.«

»Seine Uneinsichtigkeit kostet ihn in diesem Fall sogar richtig viel Geld«, erwiderte sie und versuchte ihre Aufregung niederzuringen. »Erst vor zwei Tagen hat er für eine hohe Summe bei Meister Herweg Fischleimpausen bestellt.«

»Mir ist es ein Rätsel, wofür er die braucht.« Obwohl Veit beim Thema blieb, verrieten seine Augen, dass er in Gedanken anderes im Sinn hatte. »Jörg weiß nicht damit umzugehen, ich kann derzeit leider immer noch nicht richtig zeichnen, und Euer Vater wird selbst vor vielen Jahren zum letzten Mal gepaust haben.«

»Ich weiß leider auch nicht, was er mit den Pausen anfangen will.« Dora tat, als benötigte das Werk auf dem Tisch ihre ganze Aufmerksamkeit. Von neuem musterte sie gründlich, ob es wirklich völlig glatt und ohne Risse trocknete.

»Zum Glück haben gleich mehrere Kopien der Aufrisse von Tschakerts Haus den Brand im Kneiphof überstanden. Die müssen nicht erst hergestellt werden.« Veit machte noch einen Schritt auf sie zu, was ihren Atem zum Stocken brachte. Angestrengt sah sie weiter auf die Fischleimpause. Dicht an ihrem Ohr sprach er weiter: »An dem Abend des Brandes lagen die Entwürfe zufällig in der Langgasse zur Begutachtung. Fast könnte man meinen, die Vorsehung habe das mit Absicht so gemacht. Die Pläne für den Wiederaufbau Eures Elternhauses in der Domgasse sind dagegen noch nicht fertig. Dafür also dürfte Euer Vater auch keine Pausen benötigen.«

»Am besten, Ihr fragt ihn selbst, was er vorhat«, entgegnete Dora hastig und versuchte ein Stück von ihm abzurücken, was sich in der winzigen Küche als äußerst schwierig erwies. »Über seine Pläne hat mein Vater noch nie mit mir geredet.«

Fahrig strich sie mit den Fingern über die Schürze, die sie beim Hantieren in Werkstatt und Küche über dem guten Rock zu tragen pflegte. Sorgfältiger als nötig säuberte sie die Fingerkuppen von den letzten Spuren des Leinöls und des Leims. »Ich muss in die Werkstatt.« Rasch schlängelte sie sich an Veit vorbei auf den Gang, emsig darum bemüht, jede noch so kleine Berührung mit ihm zu vermeiden. Ihr Herz raste, die Knie wurden ihr weich. Kaum gelang es ihr, ohne zu stolpern den Flur zu überqueren.

In der gegenüberliegenden Werkstatt, die die gesamte Vorderseite des Hauses einnahm, war es heller und zudem weitaus weniger eng als in der fensterlosen Küche. Dort konnte sie Veit ohne große Mühe aus dem Weg gehen, sich notfalls hinter dem großen Zeichentisch vor dem Fenster verschanzen. Wie befürchtet, folgte er ihr dicht auf den Fersen. Sie verbarg sich hinter der Aufgabe, den Aufriss, der auf dem Tisch auslag, genauestens zu prüfen. Tief beugte sie sich darüber. Ehe sie sichs versah, tat Veit es ihr von der gegenüberliegenden Tischseite aus nach, kam ihr mit dem Gesicht so nah, dass sich ihre Nasenspitzen fast berührten. Sie schreckte hoch.

»Was habt Ihr?« Langsam richtete auch er sich wieder auf, sah sie eindringlich an. Sie begann am ganzen Leib zu zittern und wusste nicht, wie sie ihm ausweichen sollte. Irgendwo im Haus knallte eine Tür, Mathilda schimpfte. Gleich räusperte sich Veit in die gesunde rechte Faust und brachte in heiserem Ton heraus: »Glaubt mir, Euer Aufriss stimmt in allen Punkten. Es liegt allein an Miehlkes Unfähigkeit, den richtigen Stein für das Haus zu beschaffen. Das habe ich ihm vorhin bereits gesagt.«

»Ihr wisst, was er bemängelt hat?«

»Natürlich. Kaum habt Ihr ihm gestern den Rücken gekehrt, hat er sich bei mir beschwert. Ausführlich hat er mir erklärt, was ihn an Eurem Entwurf stört. In Wahrheit aber fällt es ihm einfach nur schwer, mit einer Frau als Baumeisterin zu arbeiten. Ihr kennt ihn schon lang, oder? Euer Bruder Jörg ist mit ihm befreundet, hat er mir erzählt. Am liebsten würde er das Haus unter Anleitung Eures Bruders errichten. Es wäre wohl ihre erste gemeinsame Baustelle als Meister ihrer Zunft.«

»Insgeheim hält Miehlke sich einfach für den besseren Baumeister und möchte die Fassade nach seinen Vorstellungen gestalten.« Langsam kehrte ihre Sicherheit zurück. »Mein Entwurf gefällt ihm nicht. Die Ausmaße des Erkers erscheinen ihm zu groß, zugleich bemängelt er zu viele und zu hoch aufragende Fialen. Die Fensterkreuze möchte er sowieso weitaus schlichter haben. Ohnehin hält er vier statt fünf Fenster im ersten Geschoss für ausreichend. Das aber stört den Gesamteindruck, und zudem fehlt es dann in der Wohnstube am richtigen Licht, um den schönen Ofen sowie die von meinem Gemahl in Gent bereits in Auftrag gegebenen Teppiche zur Geltung zu bringen. Über Wochen hat Urban mit dem herzoglichen Bibliothekar die Bücher gewälzt, um sich über die passenden Motive klarzuwerden. Als ehemaliger Ordensmann hegt er ganz bestimmte Vorlieben.«

»War Euer Gemahl eigentlich in den letzten Jahren auf dem Wawel in Krakau zu Gast? Zygmunt ist ein großer Sammler von Teppichen. Er lässt sie in Arras fertigen, heißt es. Auch wenn er als mächtiger König von Polen und Großfürst von Litauen aus Goldfäden wirken lässt, so dürfte seine

Auswahl für Euren Gemahl hinsichtlich der Motive doch eine hervorragende Anregung bieten.«

»Ich glaube, die Idee mit den Teppichen geht tatsächlich auf Urbans Besuche auf dem Wawel zurück.« Fasziniert schaute Dora Veit an. Sein Wissen begeisterte sie. Anders als sie war er schon viel in der Welt herumgekommen. »Als herzoglicher Kammerrat genießt er das Privileg, gelegentlich an Albrechts Seite zu reisen und die Kostbarkeiten der Potentaten in Augenschein zu nehmen. Herzog Albrecht legt bei der Einrichtung seines Schlosses großen Wert auf den Rat meines Gatten.«

Urbans selbstverständlicher Umgang mit den Großen und Mächtigen flößte Veit offenbar Respekt ein. Kaum merklich zog er die Schultern hoch. Schon überlegte sie, wie sie den Eindruck wieder wettmachen konnte, sich mit dem Ansehen ihres Gemahls brüsten zu wollen.

Veits hohe Stirn glänzte, die grünbraunen Augen funkelten, um seinen geraden Mund lag ein spöttischer Zug. »Im Gegensatz zu Eurem Gemahl hat Miehlke seine Heimat Königsberg wohl noch nie verlassen. Andernfalls wüsste er besser, wie man ein angemessenes Bürgerhaus für einen Mann von der Stellung Eures Gemahls baut.« Binnen weniger Atemzüge verwandelte sich sein Antlitz vollständig. Der eben noch so deutliche Spott machte einem schwärmerischen Ausdruck Platz. Die Augen blickten in unergründliche Fernen. Aufgeregt sprudelte er los: »Wie kann einer sich einen wahren Baumeister oder Steinmetz nennen, ohne je durch die Welt gereist zu sein? Zu Hause in der Stube zu hocken und alte Pläne oder Bücher zu wälzen, reicht einfach nicht. Jeden Tag aufs Neue heißt es für einen wahren Baumeister Eindrücke sammeln, das Auge für die Kleinigkeiten schulen, in natura Beispiele studieren, Altes und Neues miteinander vergleichen und dabei das Beste für die eigenen Pläne lernen.«

»Ihr sprecht mir aus dem Herzen«, stimmte sie begeistert zu. »Was gäbe ich darum, ebenso zu Städten wie Marienburg, Krakau oder Nürnberg reisen zu dürfen so wie Ihr oder mein Bruder oder andere Kunstdiener.«

»Das ist wahrlich ein großer Vorzug«, pflichtete er bei und ergriff ihre Hand. »Schon allein auf der Reise von Nürnberg hierher habe ich in Thorn, Marienburg, Elbing und natürlich in Danzig Bauten gesehen, die mir großartige Eindrücke für mein weiteres Arbeiten beschert haben.«

»Erwähnt Danzig hier in Königsberg nicht mit derart leuchtenden Augen«, mahnte Dora. »Seit gut einhundert Jahren wetteifern die Bürger unserer drei Städte aufs erbittertste mit Danzig. Die Königsberger haben den Danzigern letztlich nie verziehen, sich nach dem Dreizehnjährigen Krieg aus freien Stücken der polnischen Krone unterstellt zu haben. Noch dazu, wo der polnische König Kasimir IV. Pommerellen das mit Sonderrechten gedankt hat, die die wirtschaftliche Vorrangstellung von Danzig mehr als gefestigt hat. Das werden die Königsberger nie aufholen, wenn auch Herzog Albrecht alles tut, das unter den Kreuzherren Versäumte mit der Unterstützung seines Oheims Zygmunt von Polen wieder aufzuholen.«

»Mir scheint, Danzigs bauliche Pracht spiegelt diesen Vorsprung mehr als deutlich«, erwiderte Veit. »Mein Notizbuch hat kaum ausgereicht, all die reichhaltigen Eindrücke darin festzuhalten. Jedes Ornament, jeder Fassadenschmuck zeugt vom Selbstbewusstsein der Danziger Bürger und ihrer Überzeugung, etwas aus eigener Kraft erreicht zu haben. Ich muss Euch meine Aufzeichnungen einmal zeigen, dann könnt Ihr Euch selbst ein Bild davon machen.«

»Oh, schwärmt mir nicht so viel von Danzig«, wiederholte Dora. Es schmerzte sie, nicht mit seinen Erfahrungen mithalten zu können. Er aber lächelte aufmunternd.

»Danzig ist wundervoll, doch es gibt eine Stadt, die Danzig noch übertrifft, und das ist Krakau. Nicht allein der italienischen Gemahlin von Zygmunt, Königin Bona Sforza, ist es zu verdanken, dass seit einigen Jahren schon die besten welschen Künstler am polnischen Hof wirken. Der König selbst hat ein besonderes Interesse, sich als Förderer der Künste in all ihren Bereichen zu behaupten, worin ihn auch sein seit einigen Jahren mitregierender Sohn unterstützt. So entstehen derzeit in der Stadt Dutzende von Palästen sowie eindrucksvolle Bürgerhäuser, die denen in Italien ganz bewusst nacheifern. Zugleich verkörpern sie in jedem einzelnen Stein auch das Ringen mit der Besonderheit der nordischen Gefilde. Selbst Nürnberger Künstler haben überall in der Stadt ihre Spuren hinterlassen. Meine Heimatstadt steht seit gut zwei Menschenaltern in regem Austausch mit Krakau, wie Ihr vielleicht wisst. Um sein Studium der Baukunst zu verfeinern, sollte Meister Miehlke deshalb unbedingt auch bis an die Pegnitz reisen. Nicht von ungefähr schickt Euer Herzog Albrecht die hiesigen Kunstdiener dorthin. In Nürnberg würde Miehlke erst so richtig begreifen, was es heißt, in die Lehre der besten Baumeister zu gehen. Es reicht nicht allein, ihre Werkmeisterbücher zu lesen, man sollte stets auch mit eigenen Augen jeden gemauerten Stein, jede Fuge prüfen. Die große Kunst besteht letztlich darin, Hausfassade und Stellung des Hausbesitzers in das rechte Maß zueinander zu bringen. Das eine soll das andere bedingen, so dass selbst der flüchtigste Blick erfasst, mit wem man es als Bauherrn zu tun hat, wer als Besitzer hinter den Steinen steht und welchen Rang er in der Stadt einnimmt.«

Mit jedem Satz steigerte er sich in größere Begeisterung hinein. Er begann vor dem Tisch geschäftig auf und ab zu gehen. Der immer noch geschwächte linke Arm hing schlaff an der Seite hinunter, mit dem rechten kreiste er aufgeregt durch die Luft, um die Wirkung des Gesagten zu untermalen.

Dora konnte sich dem Reiz seiner Ausführungen schwerlich entziehen und trat ebenfalls hinter dem Tisch hervor. Die eben noch gescheute Nähe wuchs zu einer unstillbaren Sehnsucht. Auf einmal wollte sie ihn mit allen Sinnen fassen, ihn nicht nur hören, sondern auch fühlen, riechen und schmecken, eben so, wie er es auch von der wahren Baukunst lehrte. Schließlich sprach er ihr aus der Seele. Beim Bau des Hauses an der Junkergasse verstand sie es als ihr innigstes Anliegen, zu zeigen, wer sich als Bauherr hinter den Steinen und Fenstern verbarg. Ähnlich wie Veit es gerade formulierte, hatte auch Urahn Laurenz in seinem Werkmeisterbuch davon geschrieben, das Haus solle das Spiegelbild von Stellung und Wesen seines Besitzers werden. An mannigfaltigen Beispielen, die ihm im Lauf seiner Wanderjahre vertraut geworden waren, hatte er das aufgezeigt. Für Dora war es zum Leitsatz des eigenen Schaffens geworden. Die mangelnde praktische Erfahrung musste sie mit noch emsigerem Bücherstudium wettmachen. Sie stutzte, gewahrte mit klopfendem Herzen eine überraschende Übereinstimmung zwischen Ahn Laurenz und Veit. Dabei war es unmöglich, dass Veit das Buch einmal in Händen gehalten und darin gelesen hatte. Seit der Vater im Haus weilte, bewahrte sie es in ihrem Schlafgemach auf, wagte nur noch selten, es in die Werkstatt mitzunehmen. Zu groß war die Angst, es unbeabsichtigt liegen zu lassen und damit dem Vater wieder in die Hände zu spielen. Auch wenn Urban es ihm teuer bezahlt hatte, traute sie dem Vater zu, es ihr unter einem fadenscheinigen Vorwand wieder wegzunehmen und dann für immer vor ihr zu verbergen.

»Als Steinmetz darf man sich ebenso wenig wie als Baumeister jemals satt zurücklehnen und sich der kühnen Vorstellung hingeben, ein für alle Mal Bescheid zu wissen, wie das Bauen vonstattengeht«, fuhr Veit fort. »Wer sich mit dem Erreichten zufriedengibt, hat das wahre Wesen der Baukunst nicht verstanden. Stets gilt es, die Augen offen zu halten und durch die Lande zu ziehen, um neue Anregungen in sich aufzusaugen wie ein Schwamm. Ein Baumeister wie auch ein Steinmetz können schwerlich jemals sesshaft werden, sich träge auf dem ausruhen, was sie gelernt und daraus geschaffen haben.«

Vor dem Regal mit Büchern und gerollten Plänen blieb er stehen, studierte die Rückenschilder, bevor er sich langsam zu ihr umdrehte und den Blick ihrer verschiedenfarbigen Augen suchte. Das Schweigen zwischen ihnen entwickelte sich zu einer gefährlichen Mischung aus Anspannung, unbändigem Verlangen und dem verzweifelten Versuch, vernünftig zu bleiben.

»Als Mann habt Ihr leicht reden«, ergriff Dora endlich das Wort und knetete angespannt ihre eiskalten, steif gewordenen Finger. »Für Euch ist das Umherreisen und Studieren fremder Städte eine Selbstverständlichkeit. Wie aber soll ich als Frau zu diesen Eindrücken anders als durch das Bücherstudium gelangen? Niemals ist mir gestattet, mich zu Studienzwecken auf große Wanderschaft zu begeben. Mein Lebtag bleibe ich auf die Aufzeichnungen und Schilderungen anderer angewiesen, werde kaum je auch nur annähernd den Stand der Kunst erreichen, den ein Knecht in seinen ersten Jahren bei seinem Meister erlangt.« Sie hielt inne, blickte zu Boden, musterte die Maserung der von der Sonne grau gewordenen Holzdielen.

»Am besten, ich lasse es gleich sein«, setzte sie leise nach. »Es war ein Traum, ein sehr schöner Traum sogar. Das Lob meines Gemahls hat mich glatt vergessen lassen, dass all meine Kunst auf dem Studium eines einzigen Werkmeisterbuches und dem Betrachten einiger in den Königsberger Städten umgesetzter Entwürfe besteht. Natürlich habt Ihr recht. Sich damit zufriedenzugeben wäre ein Verrat an der wahren Baukunst. Davon schreibt auch mein Lehrmeister, Urahn Laurenz Selege. Auch er ist der Ansicht, ein Baumeister müsse die Seele des Bauherrn in der Gestaltung des Gebäudes erfahrbar machen. Dazu aber muss er wissen, wie er der Seele auf den Grund geht und welche Möglichkeiten es gibt, das in Stein und Ziegel umzusetzen. Wie anders als in der Begegnung mit den verschiedensten Seelen in den unterschiedlichsten Städten kann er das erfahren? Ein Buch und eine Stadt allein reichen dazu einfach nicht aus.«

Ihre Stimme zitterte. Kaum wagte sie, Veit anzusehen. Er machte einen Schritt auf sie zu. Sie spürte seine verbotene Gegenwart in jeder Faser ihres Körpers. Sein Atem wurde zu einem unerlaubten, aber wonnigen Streicheln ihrer nackten Haut. Sacht legte er die gesunde rechte Hand auf ihre Schulter. Sie meinte zergehen zu müssen unter dieser Berührung. Unwillkürlich neigte sie den Kopf seiner breiten Brust entgegen, berauschte sich an dem herben Geruch, der ihn umfing.

»Dora, Liebste, verzagt nicht. Eure Entwürfe zeugen schon jetzt von Eurer ungeheuren Begabung, Eurem besonderen Gespür für das Wesentliche der Baukunst. Es wird einen Weg geben, Euren Gemahl zu überzeugen …«

»Wovon soll ihr Gemahl überzeugt werden?« Urbans Frage hallte schneidend in ihrem Kopf wider. Voller Entsetzen fuhr sie herum.

»Urban, Liebster! Was ist …, was tut …, nein, was denkt Ihr? Es ist alles ganz anders, also, lasst mich einfach erklären, dann werdet Ihr sehen …«, stammelte sie, um abzubrechen, sobald sie die bittere Enttäuschung in Urbans blassblauen Augen gewahr wurde. Unfähig, auch nur einen klaren Gedanken zu fassen, geschweige denn einen vernünftigen Satz zu Ende zu formulieren, rang sie mit sich. Die Vorstellung, was ihr Gemahl in diesem Moment von ihr und Veit dachte, war zu grauenvoll. Zugleich zweifelte sie, ob sie es nicht noch grauenvoller fand, dass es gar nicht so weit gekommen war, wie Urban vermutete. Dieser Gedanke beschämte sie bald weitaus mehr, als die Tat der Untreue es je vermocht hätte. »Meine Fischleimpause, ich muss in die Küche, sie wird inzwischen längst trocken und gebrauchsfertig sein«, erklärte sie hastig und wollte sich an ihrem Gemahl vorbei nach draußen drängen.

»Bleibt!« Überraschend fest umschloss er mit der Hand ihren Oberarm, zwang sie, dicht neben ihm stehen zu bleiben. Sie wollte aufschreien, so weh tat sein Griff, unterdrückte den Laut jedoch, sobald sie auf seinem Antlitz einen nie zuvor gesehenen Ausdruck von tiefstem Abscheu erblickte.

»Kammerrat Stöckel, erlaubt …«, versuchte Veit die Situation zu retten, brach jedoch ebenfalls mitten im Satz ab. Urban zeigte sich nicht bereit, ihm auch nur den kleinsten Zoll Aufmerksamkeit zu schenken.

»Es trifft sich gut, mein Augenstern, dass Ihr unseren lieben Gast gerade so ausführlichst in Euren Entwürfen zu unserem neuen Haus unterwiesen habt. Die anstehenden Arbeiten wird er die nächste Zeit ohne Eure Unterstützung beaufsichtigen können. Bei Sonnenaufgang werden wir beide zu einer längeren Reise aufbrechen. Die Inspektion des Amtsbezirks Ragnit steht an. Es wird eine willkommene Abwechslung für Euch sein, mich zu begleiten. So entgeht Ihr für einige Zeit der drängenden Enge in unserem Haus. Mir war so, als sehntet Ihr Euch bereits seit längerem danach, etwas Neues zu sehen, Eure wundervollen Augen an fremden Eindrücken und Anregungen zu schulen. Auch dazu werdet Ihr auf unserer Reise reichlich Gelegenheit finden.«

»Das ist sehr großzügig von Euch.« Mehr brachte sie nicht heraus, so arg kämpfte sie mit den Tränen. Stumm nickte er, lockerte endlich den Klammergriff an ihrem Arm und gab sie schließlich ganz frei. Sie rieb sich die schmerzende Stelle, während sie Urban weiter im Blick behielt.

Auf einmal wirkte er ihr fremd und vertraut zugleich. All seine Güte, Beherrschtheit, Vernunft schienen aus seinem Wesen verschwunden. In seinen hellblauen Augen loderte ein wildes Feuer. Sie sollte sich freuen, abermals Zeuge seiner Leidenschaft zu sein, stattdessen übermannte sie tiefe Traurigkeit.

»Ich werde gleich mit dem Packen beginnen«, presste sie mühsam zwischen den bleichen Lippen hervor. »Die Arbeit mit der Fischleimpause werde ich wohl besser nach meiner Rückkehr fortsetzen.«

Damit eilte sie aus der Werkstatt. Draußen rief sie laut nach Elßlin. Allein die Gegenwart der unschuldigen vierzehnjährigen Magd würde sie die nächsten Stunden ertragen können.

19

Kaum hatte Gret die Wachen passiert und lief im Strom der fliegenden Händler, Gaukler und Handwerker Richtung Schlosshof, wunderte sie sich, wie einfach es gewesen war, Einlass in das herzogliche Anwesen zu erhalten. Dabei war die Schlange der Maurer- und Zimmerleute, die ungeduldig zu ihren Baustellen im Innern des Schlosses drängten, wie jeden Tag erschreckend lang gewesen. Fluchend mussten die Handwerksknechte mit den schweren Gerätschaften auf den Schultern und den hoch mit Steinen, Sand, Ziegeln und mächtigen Holzbalken beladenen Karren zusehen, wie Fußgänger wie Gret nachlässig durchgewunken wurden. Dagegen untersuchten die Wachen umständlich jedes einzelne Packstück der Bauleute. Kein Wunder, dass die Holzbrücke unter dem Stau bedrohlich knarzte, als wollte sie gleich einstürzen. Der schmale, von einem Tonnengewölbe beherrschte Gang direkt dahinter stellte ein weiteres Mauseloch dar, um die Massen aufzuhalten. Jeder einzelne Schritt darin dröhnte wie ein Paukenschlag. Die eisenbeschlagenen Räder der Fuhrwerke knirschten über das Pflaster, dass einem die Ohren schmerzten. Darüber schoben sich die aufgeregten Stimmen, die sich flugs über den neuesten Klatsch bei Hofe verständigten oder über die Wachen schimpften.

Gret hatte den Eindruck, eine der wenigen zu sein, die sich nicht sonderlich gut im Innern des herzoglichen Hofes auskannten. Unschlüssig blieb sie gleich nach dem Torgang stehen. Sofort wurde sie verärgert von den geschäftigen anderen Schlossbesuchern beiseitegeschubst. Äußerst vage erinnerte sie sich, wie Polyphemus sie letztens zu einem der ersten Eingänge auf der linken Hofseite geführt hatte. Ihre kurzen Finger umklammerten den schweren Folianten, den sie bei sich trug. Wie ein Schutzschild hielt sie das Buch vor die Brust. Sein weißgefärbtes Leder wies deutlich sichtbare Brandspuren auf. Auch die Goldprägung am Buchrücken hatte unter dem Unglück im Kneiphof vor knapp drei Wochen stark gelitten. Brandgeruch hing immer noch in den Seiten.

Gret schätzte sich glücklich, an die Rettung des kostbaren Schatzes gedacht zu haben. Weder ihr Schwäher noch ihr Gemahl schienen es zu vermissen, selbst Schwägerin Dora, von der sie vermutete, eine eifrige Leserin des Buches gewesen zu sein, fragte nicht danach. Offenbar hielten alle es für verbrannt. Umso leichter war es für Gret gewesen, das Buch heimlich an sich zu bringen, um damit auf dem Schloss von dem geschwätzigen Polyphemus mehr über die Nürnberger Jahre des Herzogs zu erfahren. Eine zarte Ahnung beschlich Gret, damit genau die Fährte aufgenommen zu haben, die sie letztlich zu dem gut gehüteten Geheimnis ihres leiblichen Vaters führen würde. Andeutungen ihres Nürnberger Oheims bestärkten sie seit langem in der Vermutung, der müsse aus dem fränkischen Umfeld der früheren Deutschordensleute in Königsberg stammen.

Voller Erwartung sah Gret sich um. Beidseits des weitläufigen Schlosshofes wuchsen mehrgeschossige Gebäude empor. Die schlicht gehaltenen Fassaden waren lediglich von regelmäßig angeordneten quadratischen Fenstern durchbrochen. In der Mitte des Hofes beherrschte ein Brunnen den Platz, rundherum sammelten sich Händler und priesen die verschiedensten Waren an, angefangen bei den ersten Kräutern und Blumen des Frühlings über Stoffe, Bänder und Haarschmuck bis hin zu geflochtenen Körben, kleinen Fässern und Truhen. Ein Seiltänzer versuchte sein Seil zwischen zwei Wagen aufzuspannen, ein Zwerg in buntem Narrenkostüm half ihm dabei. Fröhlich sich um die eigene Achse drehend, verlor er das Gleichgewicht und prallte gegen eine Wahrsagerin. Rückwärts radschlagend entkam der Kleinwüchsige ihrem wütenden Geschrei und drehte ihr aus sicherer Entfernung eine lange Nase. »Scher dich fort, du Ausgeburt der Hölle!«, schimpfte die Frau, woraufhin sie jemand rüde zur Ordnung rief. »Nur weil die Herzogin die Zwerge liebt, muss ich mir von der Missgeburt nicht auf dem Kopf rumtanzen lassen«, zeterte sie. Daraufhin tauchte wie aus dem Nichts ein Wachmann auf und packte sie.

Verwundert verfolgte Gret, wie die Frau sich mit Händen und Füßen gegen das Fortschleppen zu wehren versuchte. Der Wachmann aber blieb unerbittlich und schleifte sie schließlich an den Haaren quer über den Hof durch den engen Durchgang nach draußen. Zufrieden klatschte der Zwerg in die Hände, auch die anderen Leute fielen nach und nach ein. Am preußischen Hof genossen Kleinwüchsige höchsten Beistand.

Grets Blick wanderte weiter. Emsiges Hämmern und Klopfen hallte von allen Seiten des geschlossenen Gevierts wider. An einem der Seitenflügel rechter Hand ragte ein gewaltiger Kran aus einem Fenster im zweiten Geschoss. Maurer beförderten Säcke mit Sand und Eimer mit Wasser nach oben. Nur wenige Schritte weiter behauten Steinmetze Quader, und Höker priesen geflochtene Körbe sowie irdenes Geschirr an. Der Schlosshof schien ein einziger Jahrmarkt mit buntem Volk, flankiert von unzähligen Baustellen. Wie selbstverständlich wurde dicht nebeneinander gehandelt und gebaut. Ein Wunder, dass in der Enge kaum ein Unglück geschah.

»Kann ich Euch helfen?« Ein junges Mädchen tauchte neben Gret auf und schaute sie freundlich an.

»Ich will zur Bibliothek.« Gret erwiderte das Lächeln. Das Mädchen mochte etwa Elßlins Alter haben, trug wie die Magd ein einfaches Kleid und eine Schürze, hatte die braunen Haare zu Zöpfen geflochten und ein helles Kopftuch darüber gebunden. Seine Füße steckten in schlichten Bundschuhen. Sobald Gret ihr Ziel genannt hatte, zog es die Augenbrauen hoch. Gret meinte Spott auf seinem Antlitz aufblitzen zu sehen. Verärgert erklärte sie: »Dieses Buch will ich Polyphemus bringen. Er erwartet mich.«

Das Erwähnen des Bibliothekars verfehlte seine Wirkung nicht. Sogleich änderte sich die Mimik des Mädchens. Sicherheitshalber schob Gret nach: »Die Nova Bibliotheca steht jedem offen. Herzog Albrecht will das Streben nach Weisheit und Bildung fördern, auch bei Frauen.«

Entschlossen drehte sie sich um, ließ das Mädchen stehen und hielt auf den erstbesten Eingang des Ostflügels zu. Es sollte mit dem Teufel zugehen, wenn sie die Bibliothek nicht auch ohne die Hilfe einer Magd fand, die wahrscheinlich nicht einmal des Lesens kundig war.

Wie schon bei ihrem ersten Besuch wunderte sie sich auch dieses Mal, wie schlicht der herzogliche Wohntrakt nach außen gehalten war. Für einen so hohen und mächtigen Herrn residierte Albrecht eher mönchisch-karg, was mit seiner Vergangenheit als Hochmeister des Deutschen Ordens zusammenhängen mochte. Andererseits war seine Familie nicht eben für übertriebene Bescheidenheit bekannt. Sein Vater, Markgraf Friedrich, hatte in seiner Heimatstadt Ansbach als sorgloser Verschwender gegolten, der sein kleines Fürstentum an den Rand des Ruins gewirtschaftet hatte, bis einer seiner Söhne ihn gewaltsam zum Abdanken gezwungen hatte. So emsig Albrecht seit bald zwanzig Jahren die vormalige Königsberger Ordensburg zu einem fürstlichen Sitz ausbauen ließ, so sehr achtete er deshalb darauf, zumindest nach außen hin nicht allzu prunksüchtig zu wirken. Gret erinnerte sich, wie Schwager Urban das an der abendlichen Tafel mehrfach hervorgehoben hatte.

Schade, dass Oheim Wurfbein im fernen Nürnberg nichts von ihrem neuen Königsberger Leben mitbekam, durchzuckte es sie bei diesem Gedanken. Was würden er und insbesondere seine zweite Frau, Muhme Anna, Augen machen, könnten sie sehen, in welche Familie sie eingeheiratet hatte. Von wegen »der nichtsnutzige Kunstdiener aus Königsberg ist gut genug für eine vaterlose Göre wie dich!«. Ihr Schwager war hochrangiges Mitglied des Hofes und unterhielt sich des Abends mit ihrem Gemahl und ihrem Schwäher über wichtige Angelegenheiten des Herzogtums. Muhme Anna würde platzen vor Neid. Was würde sie erst sagen, sollte sie erfahren, dass Gret gerade zum herzoglichen Bibliothekar unterwegs war? So schnell als möglich wollte sie ihr einen Brief schreiben und darin wie selbstverständlich von ihrem neuen Umgang berichten. Beschwingt sprang sie die drei Stufen bis zum schlichten Eingang des Ostflügels hinauf. Ihr Herz raste, als sie den großen Klopfer gegen das Eichenholz fallen ließ. Niemand öffnete. Ohne nachzudenken, stieß sie die Tür auf.

Im Innern empfing sie Stille. Die wurde umso erdrückender, sobald die Tür ins Schloss fiel und den Lärm von draußen versiegen ließ. Die kleine Diele war menschenleer. Ein Oberlicht über der Tür sorgte für etwas Helligkeit auf der steinernen Treppe, die, wie Gret erinnerte, in die oberen Geschosse des Herzogs führte. Rechts des Eingangs gingen drei schmale Türen von dem schwarz-weiß gefliesten Vorraum ab. Welche davon hatte der Bibliothekar letztens nur gewählt? Es wollte ihr beim besten Willen nicht mehr einfallen. Kurz zögerte sie, dann wählte sie die äußerste. Gleich dahinter lag eine Schreibstube. Ein halbes Dutzend Schreiber beugte sich über Pulte und kritzelte eifrig aufs Papier. Niemand von ihnen hob den Kopf, um Gret zu begrüßen. Allein das kratzende Geräusch ihrer Federn über dem Papier erfüllte den Raum.

Gret räusperte sich. »Ich suche die herzogliche Bibliothek.«

Es dauerte, bis sich einer der Männer in den schwarzen, unauffälligen Röcken endlich bequemte, den Kopf zu heben und sie verächtlich anzusehen. Kaum hatte er ein ungläubiges »Ihr?« zwischen den blutleeren Lippen herausgepresst, da folgten die anderen Schreiber seinem Beispiel und schauten sie ebenfalls mit abschätzigen Blicken an.

Gret versuchte sich nicht einschüchtern zu lassen und setzte in festem Ton nach: »Polyphemus erwartet mich.« Kaum ausgesprochen, wurde ihr bewusst, dass dieses kühne Vorpreschen schiefgehen konnte. Möglicherweise war der Bibliothekar gar nicht da.

»So?« Umständlich legte der erste Schreiber den Federkiel in die Schale, faltete die Hände und verharrte eine unerträglich lange Weile in der Position, bevor er erwiderte: »Dann wollen wir mal sehen, ob dem tatsächlich so ist.« Zu ihrer Verwunderung machte er tatsächlich Anstalten, sein Pult zu verlassen und zur Tür zu gehen. Von dort rief er ungeduldig: »Nun macht schon!«

Gemessenen Schrittes stolzierte sie an den Pulten der übrigen Schreiber vorbei zurück in die Diele. Wie zufällig strichen ihre Finger über den weißen Ledereinband des Buches vor ihrer Brust, ein gut sichtbares Zeichen, wie rechtens ihr Vorsprechen in der Bibliothek war. Der Schreiber eilte bereits die Treppen hinauf. Sie musste sich sputen, mitzuhalten, nahm er mit seinen langen Beinen doch immer gleich zwei Stufen auf einmal.

Das steinerne Treppenhaus wirkte ähnlich einfach wie das Äußere des Gebäudes. Die Stufen aus grauem Granit waren in der Mitte stark ausgetreten, der ebenfalls steinerne Handlauf glänzte speckig, ein karges Zeugnis der vielen Generationen, die diesen Weg bereits genommen hatten. In mehreren Windungen führte die Treppe an den weißgekalkten Wänden mit schmalen Fenstern vorbei in den ersten Stock. Der Zutritt in die dortigen Gemächer war durch eine schwere doppelflügelige Tür verwehrt. Polyphemus hatte sie letztens, ohne anzuklopfen, geöffnet, der Schreiber aber hastete die Stufen weiter hinauf. Erst auf dem Absatz zum zweiten Obergeschoss blieb er stehen und erwartete sie mit einem breiten Grinsen. Von einem der schmalen Fenster fiel zaghaftes Sonnenlicht genau auf sein Gesicht. Zum ersten Mal gewahrte Gret des bartlosen Antlitzes, dessen Blässe eindeutig von seiner Tätigkeit in geschlossenen, schlecht gelüfteten Räumen stammte. Die eingefallenen Wangen und die dunkel umrandeten Augen schienen ihr ebenso wie der leichte Buckel, der seine Gestalt nach vorn zwang, weitere Begleiterscheinungen des tristen Schreiberdaseins.

»Hier entlang«, verkündete er und wies mit seinen käsig weißen Händen zu ihrer Verwunderung nicht auf die breite doppelflügelige Tür, die derjenigen im ersten Geschoss ähnelte, sondern auf eine viel unscheinbarere, kleinere, die sich über Eck davon in einer Wandnische befand. Ein niedriger, von winzigen Fenstern zur Hofseite belichteter Gang tat sich dahinter auf. Sofort wusste Gret, dass sie mit Polyphemus niemals in diesem Teil des Schlosses unterwegs gewesen war. Was führte der Schreiber im Schilde?

Argwöhnisch huschten ihre Augen umher. Weit und breit war niemand außer ihnen beiden zu sehen. Die wenigen Türen im Flur waren allesamt fest verschlossen, die Mauern ellendick. Sollte sich der Mann ihr auf ungebührliche Weise nähern, würde niemand ihre Hilfeschreie hören. Törichtes Weibsstück!, schalt sie sich selbst. Wie recht hatten Oheim und Muhme Wurfbein, sie war eine Pechmarie! Wie hatte sie nur so einfältig sein und sich einbilden können, unbeschadet mit den hohen Herrschaften bei Hofe verkehren zu können? Dass ihr der geschwätzige Bibliothekar letztens wie ein Wasserfall von den Geschicken Preußens erzählt und sie sogleich ins Schloss mitgenommen hatte, bedeutete noch lange nicht, dass sie fortan dazugehörte. Polyphemus war eben doch ein Ungeheuer, das die Menschen zwar nicht auffraß, sie aber mittels seiner bleichgesichtigen Gehilfen in seine abgründige Höhle lockte. Von wegen enge Verwandtschaft mit besten Beziehungen zum herzoglichen Hof! Wie eine liederliche Hure würde man sie gleich davonjagen, nachdem der Schreiber sich an ihr vergangen und Polyphemus ihre Einfalt entlarvt hatte.

»Wo bleibt Ihr?« Ungeduldig schaute ihr der Schreiber vom Ende des Ganges entgegen und scharrte mit den Füßen. Sie beschloss, dem Unheil wenigstens mit erhobenem Kopf entgegenzutreten. Das Buch wieder wie ein Schild vor der Brust, schritt sie auf ihn zu, allzeit bereit, sich trotz aller Ausweglosigkeit dem Unheil bis aufs äußerste zu erwehren. »Bitte«, erklärte der Schreiber, öffnete die Tür und ließ ihr abermals den Vortritt. Ihre Beine waren wie Blei, dennoch gelang es ihr, einen Fuß vor den anderen zu setzen und sich an dem Mann vorbeizuzwängen, ohne ihm näher als nötig zu kommen. Wider Erwarten hielt er alle Finger bei sich und ließ sie unbehelligt eintreten.

Was aber staunte sie, sich kurz darauf nicht mit dem lüsternen Schreiber in einer schummrigen Kammer wiederzufinden. Stattdessen erwartete sie hinter der Tür ein als überaus großzügig zu bezeichnender Saal. Durch die schmalen Spitzbogenfenster flutete die Aprilsonne einen riesigen Tisch, der nahezu die gesamte Breite des Raums einnahm. An seinen Längsseiten saßen brav nebeneinander ein knappes Dutzend junger Mädchen, die züchtig mit weißen Kopftüchern bedeckten Häupter über Näharbeiten gebeugt. Schweigend stachen sie die Nadeln durch die Stoffe, lauschten dabei dem gleichmäßigen Singsang einer Frauenstimme, die vom Tischende durch den Raum wehte und Minneverse vortrug. Gret war sprachlos. Zum Glück trug sie den Folianten vor der Brust und konnte sich daran festklammern.

»Gott zum Gruße, lieber Löwener«, flötete die Stimme mit einem eigenartig kehligen Unterton, ihren Vortrag unterbrechend. In wenigen Schritten stand die dickliche kleine Frau vor ihnen und musterte Gret unverhohlen. Gret glaubte die Art zu sprechen in letzter Zeit schon einmal gehört zu haben. Polyphemus!, schoss ihr in den Sinn. Bei ihm klangen die Worte ähnlich aus dem Rachen hervorquellend wie bei dieser Frau. Vermutlich war sie eine Landsmännin, stammte wie er aus Flandern.

»Wen bringt Ihr mir?«, fragte die Frau unterdessen den Schreiber. »Habe ich Euch nicht längst mitgeteilt, dass ich kein weiteres Fräulein mehr aufnehmen kann? Ihr seht es selbst: Alle Plätze in der Nähschule sind besetzt.«

Ihre kurzen Arme vollführten eine weit ausholende Bewegung, die den gesamten Raum und die darin befindlichen Mädchen einschloss, bevor sie sich vor ihrem üppigen Busen verschränkten. Helle, wache Augen strahlten Gret aus einem nahezu kreisrunden, faltenlosen Gesicht entgegen. Dennoch war unschwer zu übersehen, dass die Frau bereits eine beeindruckende Zahl Lenze hinter sich hatte. Das schlohweiße Haar unter der Bundhaube wie die dunklen Flecken auf den Handrücken und ihr nahezu zahnloses Lächeln erzählten davon.

»Ich will zu Polyphemus in die Bibliothek«, erklärte Gret, als Löwener weiter schwieg.

»Oh, oh, ich verstehe«, säuselte die Frau vergnügt und drohte dem Schreiber mit dem Zeigefinger. »Ihr seid ein elender Schelm, Löwener! In Euer Spatzenhirn will einfach nicht hinein, dass eine kluge junge Frau wie diese sich für die Wissenschaft begeistert. Dabei trägt die Frau sogar gut sichtbar ein dickes Buch mit sich herum. Das sieht mir nicht danach aus, als enthielte es Anweisungen fürs Nähen oder Sticken. Lasst das mal lieber nicht die Herzogin wissen.«

»Was soll ich lieber nicht wissen, meine liebe Katharina König?« Durch eine Tür im Rücken der Frau trat eine hochgewachsene, reich gekleidete Dame. Dicht hinter ihr drückte sich zu Grets Verblüffen der kleinwüchsige Gaukler aus dem Schlosshof mit in den Saal, um sogleich zu einer der Fensternischen zu hüpfen. Wie ein duldsamer Hund kauerte er sich dort nieder. Gret stockte der Atem. Von den Münzen her war ihr der Anblick der Frau bestens vertraut – Herzogin Dorothea persönlich! Auch der Zwerg in ihrem Gefolge passte, war die hohe Dame doch über die Grenzen ihres Landes hinweg dafür bekannt, sich gern mit Kleinwüchsigen zu umgeben und sie zum besonderen Zeichen ihrer Gunst in alle Welt zu verschenken.

Vor Scham wollte Gret im Boden versinken. Wie sollte sie der Herzogin angemessen gegenübertreten, um pflichtschuldig ihre Ehrfurcht zu bekunden? Ängstlich äugte sie umher. Die Fräulein an dem langen Tisch unterbrachen lediglich kurz die Arbeit, erhoben sich von ihren Plätzen und versanken in einem Knicks. Die dickliche Frau mit dem runden Gesicht, die die Herzogin mit »meine liebe Katharina König« angeredet hatte, neigte knapp den Kopf. Der Schreiber Löwener verbeugte sich ebenfalls eher halbherzig. Trotzdem versuchte sich auch Gret in einem möglichst ehrerbietigen Knicks wie die Fräulein am Tisch. Aus der Fensternische vernahm sie ein belustigtes Glucksen. Im Handumdrehen tanzte der Zwerg herbei, umsprang sie und drehte ihr dabei eine ebenso lange Nase wie vorhin der Wahrsagerin im Hof.

»Lasst gut sein«, wiegelte die Herzogin ab, jagte den buntgekleideten Gaukler mit einer Handbewegung fort und kam zu Grets Entsetzen direkt auf sie zu. Die Fräulein gingen zurück an ihre Arbeit, der Zwerg verkroch sich beleidigt in seine Ecke, die dickliche Frau trat einen Schritt beiseite.

»Wer seid Ihr, gute Frau?« Behutsam fasste die Herzogin unter Grets Kinn und hob es an. Bang sah Gret zu ihr auf. Die hohe Stirn und die lange, an ihrer Spitze nach oben gebogene Nase sowie die dunklen Augen und der volle Mund waren unverkennbar dem Kopf auf den Münzen ähnlich. Allerdings wirkte Dorothea in Wahrheit noch edler, wozu gewiss die vornehme Blässe der Wangen und das zurückhaltende Rot der Lippen beitrugen. Weiß blitzten die großen Zähne dazwischen hervor. »Nun?«, hakte sie nach und lächelte aufmunternd. »Hat es Euch die Sprache verschlagen? Das liegt wohl daran, dass sich der gute Löwener einen Scherz erlaubt und Euch ohne Euer Wissen in meine Nähschule statt in die von Euch ersehnte Bibliothek geführt hat. Der arme Mann will sich einfach nicht damit abfinden, dass auch wir Frauen uns mit dem Bücherstudium beschäftigen. Seht zu, mein Lieber, dass Ihr Euch rasch wieder in die Schreibstube zu Euresgleichen begebt«, wandte sie sich an den Schreiber, dessen ehedem bleiches Gesicht glutrot angelaufen war. »Das Abschreiben der herzoglichen Erlasse erfordert weitaus weniger Vorstellungskraft als der Umgang mit jungen Damen.« Der Zwerg keckerte in seiner Nische vergnügt los. »Scht!«, wies ihn die Herzogin zurecht, bevor sie zu Löwener gerichtet fortfuhr: »Auf dem Weg nach unten geht bitte bei Polyphemus vorbei und schickt ihn hierher. Er soll das Fräulein höchstselbst in die gewünschten Räume bringen. Ihr seid dazu ja leider nicht fähig.«

Artig verbeugte sich der Schreiber und eilte von dannen. In zwei, drei Überschlägen turnte der Zwerg quer durch den Raum, übersprang den Tisch in einem gewagten Salto und tat, als müsste er die Tür hinter dem Schreiber noch einmal extra fest verschließen.

»Darf ich sehen, welches Buch Ihr bei Euch tragt?«, versuchte die Herzogin von neuem Gret zum Reden zu bewegen. Mit einem fragenden Blick auf die dickliche Frau, die dem Nähsaal vorstand, versicherte sich Gret, der Aufforderung Folge leisten zu dürfen, und reichte der hohen Dame das gewünschte Buch mit einem abermaligen Knicks. »Das scheint mir ordentlich schwer. Wir legen es besser auf den Tisch, um es in Ruhe zu betrachten.« Den Folianten vorsichtig mit zwei Händen vor sich hertragend, trat die Herzogin zur Mitte des Tisches. Gret bewunderte ihre kerzengerade Haltung, die selbst von hinten eindrucksvoll anzusehen war. Bis in die Spitzen tadellos frisiert, umrahmte braunes Haar den wohlgeformten Kopf. Ebenso makellos erschien der lange, schmale Hals, den ein kostbarer weißer Spitzenkragen umgab. Das Kleid aus edlem, rot eingefärbtem Damast bestach durch kunstvolle Raffungen an den Ärmeln sowie einem weit fallenden Rock. Die zahlreichen Stickereien aus Gold- und Silberfäden harmonierten aufs trefflichste mit dem Schmuck, den Dorothea in mehreren Lagen auf der Brust trug. An ihren langen, schlanken Fingern stach ein Ring mit einem besonders großen Bernstein hervor. Die honiggelbe Farbe spiegelte das Sonnenlicht, als gälte es, den besonderen Rang der Herzogin auf diese Weise einmal mehr zu unterstreichen. Ebenso wirkte die Art, wie sie sprach, besonders edel und ausgefallen. Flüchtig meinte Gret darin die

Abkunft der Herzogin aus Dänemark herauszuhören, ohne genau bestimmen zu können, warum sie das dachte.

Beflissen räumte das Fräulein, das an dem Platz am Tisch gesessen hatte, die Nähsachen beiseite. In gebührendem Abstand bauten sich die anderen und Katharina König kreisförmig um die Herzogin auf. Auch der Zwerg schlich neugierig aus seiner Ecke herüber, schlüpfte zwischen den Fräulein hindurch, um direkt neben der Herzogin auf einen Stuhl zu klettern. Damit hatte er die beste Sicht auf den Tisch. Sorgsam bettete Dorothea das Buch auf die frei gewordene Tischplatte. Gret hielt sich einen Schritt hinter ihr und linste ihr über die Schulter.

Langsam blätterte die Herzogin den Folianten auf, strich mit den Fingerkuppen zärtlich über jede einzelne Seite, als wollte sie die kunstvoll verzierten Initialen, Buchstaben und Zeichnungen darauf ertasten. Dank der getrockneten Rosen- und Veilchenblätter entstieg den Seiten ein angenehmer Duft, der den Brandgeruch des weißen Ledereinbandes rasch vergessen ließ. Dorothea war alsbald von dem Buch gefesselt. Zu Grets Entzücken verweilte sie sehr lang bei den Minneliedern, bevor sie mit großen Augen die ersten Zeilen einer kühnen Abenteuergeschichte überflog und wenig später an einer Seite mit Sprüchen hängenblieb, die Gret bestens vertraut war. Wie ein Wunder hatten die getrockneten Stengel der Schafgarbe den Brand überstanden.

»Mir scheint, das Buch birgt mehr als ein wundervolles Vergnügen. Allein die edlen Ritter und tapferen Drachentöter lassen das Herz höherschlagen. Wie rührend aber klingen erst die Reime der zarten Minnelieder sowie die zahlreichen Anweisungen, wie zwei liebende Herzen zueinanderfinden.« Langsam drehte sich die Herzogin zu Gret um. »Das Buch ist ein wahrer Schatz. Ich glaube kaum, dass Ihr es Polyphemus für die herzogliche Bibliothek verkaufen wollt. Es sollte Euch Euer Leben lang begleiten, birgt es doch für jede Lebenslage Erbauliches und mitunter auch Tröstliches.«

»Ich wollte es auch nicht verkaufen. Dazu ist es für meine Familie zu wertvoll. Ich wollte lediglich Polyphemus' Rat hören, aus wessen Feder die Texte wohl stammen.«

»Wer ist Eure Familie?«

»Das, Euer Hoheit, versuche ich auch seit einiger Zeit herauszufinden.«

Wie aus dem Nichts tauchte der Bibliothekar aus einer Seitentür auf. Mit einer galanten Verbeugung erwies er der Herzogin seine Reverenz, bevor er sich mit einem Schmunzeln an Gret wandte. »Wie schön, Euch wiederzusehen. Noch schöner, dass Ihr den Weg in die bescheidene Nähschule meiner geliebten Gemahlin gefunden habt. Ich hoffe, Ihr bringt mir dieses Buch, damit ich endlich mehr über Eure Familie erfahre. Ihr müsst nämlich wissen«, erklärte er halb über die Schulter zur Herzogin, »die junge Schwägerin unseres Kammerrats stammt aus Nürnberg. Der Gastwirt Wurfbein beim Frauentor ist ihr Oheim. Mehr aber hat sie mir leider noch nicht verraten.«

»Dann seid Ihr also die Schwägerin von Urban Stöckel und die Gemahlin des jungen Baumeisters Selege aus dem Kneiphof.« Nachdenklich legte Dorothea den Zeigefinger über die Lippen, betrachtete Gret von neuem. Der Zwerg sprang vom Stuhl und äffte ihre Haltung nach. Dorothea kam näher, zupfte eine Strähne von Grets honiggelbem Haar und zwirbelte es um ihren schlanken Finger. Nachdenklich legte sie den Kopf schief. »Welch seltsamer Zufall. Wie Ihr wisst, ist Urban Stöckel ein langjähriger Gefährte meines Gemahls und stammt ebenfalls aus Franken. Seite an Seite haben die beiden noch als Kreuzherren für den Orden gekämpft und sich oft in Ansbach und Nürnberg aufgehalten. Immer wieder höre ich sie davon erzählen. Das Gasthaus der Familie Wurfbein beim Frauentor und insbesondere ihr gutes Bier spielen dabei eine große Rolle, ebenso die schöne Tochter des Hauses, die seinerzeit wohl so manches männliche Herz hat höherschlagen lassen. Mein lieber Gemahl hat sich mehr als einmal einen Scherz daraus gemacht, den guten Stöckel mit seiner Schwärmerei für die junge Frau aufzuziehen. Bernsteinfarbenes Haar soll sie gehabt haben, ähnlich dem Euren, gute Frau, weshalb der Kammerrat selten einen Bernstein ansehen kann, ohne in Wehmut zu verfallen.« Sie hielt inne, schürzte die Lippen, besann sich einen Moment, bevor sie zu dem Buch mit den Minneliedern zurückging und abermals zärtlich darüberstrich. »Was die unerfüllte Liebe aus so manchem Manne macht! Die einen regt sie zu holden Dichtungen an, die anderen verzehren sich zeit ihres Lebens nach der Erfüllung ihrer geheimsten Wünsche. Ihr müsst wissen«, drehte sie sich Gret wieder zu, »Stöckel hat sich über Jahre hinweg jedweder neuen Liebe verschlossen. Erst die Begegnung mit der Tochter von Baumeister Wenzel Selege hat ihn aus der Starre erlöst und ihm wenigstens in späten Jahren noch die Freuden der trauten Zweisamkeit beschert. Einmal hat er angedeutet, sie erinnere ihn an seine lang vergangene Jugend. Wahrscheinlich auch an jene verlorene Liebe. Eine kluge Frau übrigens, Eure Schwägerin.« Von neuem sah sie Gret sinnierend an. »Wenn ich Euch so vor mir sehe, erscheint Ihr mir wie eine Schwester der Stöckelin. Was meint Ihr dazu, meine liebe Katharina? Ihr kennt sie doch auch.«

Polyphemus' Frau folgte der Aufforderung und trat ebenfalls einen Schritt auf sie zu, musterte sie wieder gründlich. Auch der Zwerg ahmte die Geste auf seine Weise nach. Nur der Bibliothekar hielt sich zurück, dabei musste ihm Dora ebenfalls gut bekannt sein. Gret fühlte sich unbehaglich.

»Der einzige Unterschied zwischen Euch und der jungen Stöckelin ist Euer honiggelbes Haar«, stellte die Herzogin schließlich bestimmt fest. »Oder sollte ich nicht besser sagen, Euer bernsteingoldenes Haar? Welch seltsamer Zufall.«

Eine Bemerkung ihres Oheims kam Gret in den Sinn. Sie ähnle ihrer Mutter ganz aufs Haar, hatte er einmal gesagt. Sollte das etwa heißen, Schwager Urban habe seinerzeit ihre Mutter geliebt, hätte in Dora nur ein Abbild dieser einstigen Jugendliebe gesucht und wäre am Ende gar ihr verschollener …? Nein, den Satz konnte und wollte sie gar nicht erst zu Ende denken. Wild wirbelten ihr die Gedanken durch den Kopf. Ratlos wanderte ihr Blick durch den langen Saal. Die Nähfräulein standen weiterhin in ehrfurchtsvollem Abstand um die Herzogin und verfolgten die Unterhaltung schweigend, ebenso Polyphemus und seine Frau. Nur der Zwerg drückte sich endlich wieder beim Fenster herum und sah auf den Hof hinunter. Er schien der Einzige, den die Feststellungen der Herzogin nicht sonderlich berührten. Oder tat er nur so desinteressiert und lauschte heimlich umso neugieriger, was Dorothea so Ungeheuerliches über die auffällige Ähnlichkeit zwischen ihr und ihrer Schwägerin von sich gab? Auch Jörg hatte bereits einige Male etwas Ähnliches angedeutet. Bislang aber hatte Gret das mit einem Lächeln abgetan, schien es ihr doch eher das unbeholfene Geplauder eines Mannes, der zum ersten Mal in seinem Leben richtig verliebt war.

Je länger die Worte der Herzogin jedoch in ihr nachhallten, umso mehr Gefallen fand sie daran. So vieles fügte sich damit zusammen. Urban war wenige Monate vor ihrer Geburt endgültig nach Königsberg gegangen, in ihrer Familie hatte nie einer ein Wort über ihren Vater verloren. Auch hatte ihre Mutter, die wenige Wochen nach ihrer Geburt gestorben war, nie einen anderen als den Namen ihrer leiblichen Familie getragen, hatte also niemals geheiratet. Der Oheim und seine erste Frau hatten Gret wie ihre eigene Tochter aufgezogen, sie selbst hatte die beiden lange für ihre Eltern gehalten. Erst der Tod der Muhme und die zweite Heirat des Oheims hatten ihr die Wahrheit über ihre Herkunft offenbart. Muhme Anna war sie vom ersten Tag an ein Dorn im Auge gewesen. Die griesgrämige Frau hatte nichts Wichtigeres zu tun gewusst, als sie Jörg auf dessen zaghaftes Werben hin sogleich als Gemahlin mit ins ferne Preußen zu schicken.

»Mit Verlaub, Euer Hoheit, aber ich glaube, da lasst Ihr Euch von den zarten Minneversen und dem Glanz des bernsteingoldenen Haares auf einen gefährlichen Abweg führen«, meldete sich mitten in diese verwirrenden Gedanken hinein eine Gret nur zu vertraute Stimme zu Wort. Hinter einem Wandschirm trat Urbans Base Mathilda Huttenbeck hervor. Sie musste sich die ganze Zeit über dort verborgen gehalten haben, um das Gespräch unbemerkt zu belauschen. Langsam kam sie näher, verbeugte sich hastig in Richtung der Herzogin, um sich aufreizend dicht vor Gret hinzustellen und sie anzustarren. Um ihren Mund lag Bitterkeit. Der Zwerg gab seine unbeteiligte Haltung am Fenster sofort wieder auf und turnte sich mit einer abermaligen atemberaubenden Folge von Purzelbäumen und Überschlägen kühn in den Mittelpunkt des Geschehens. Verärgert stieß Mathilda ihn fort und fasste Gret am Arm, als wollte sie sie wegziehen.

»Was tut Ihr eigentlich hier, liebe Mathilda Huttenbeck? Ich habe nicht nach Euch geschickt.« Dorothea hielt Gret an der anderen Seite fest.

»Sie hilft mir in der Unterrichtung der Mädchen«, erwiderte Polyphemus' Frau ungefragt, um von Mathilda sogleich brüsk beiseitegedrängt zu werden, was der Zwerg mit einem begeisterten Händeklatschen begrüßte.

»Wie Ihr wisst, Hoheit, bin ich eine Base dritten Grades von Urban Stöckel und stamme ebenfalls aus Nürnberg. Von Kindesbeinen an sind wir miteinander vertraut. Nie im Leben hätte sich mein Vetter eine verträumte Liebe zu einer Gastwirtstochter erlaubt. Dazu war er stets zu sehr der hehren Sache verpflichtet. Über Jahrzehnte hinweg hat er einzig im Dienst für Euren Gemahl seinen Lebenszweck gesehen. Niemand kann das besser beurteilen als ich, die ihm seit mehr als einem Dutzend Jahren den Haushalt führt.«

»Da seid Ihr in der Tat die Richtige, um über das Seelenleben unseres erlauchten Kammerrats Bescheid zu wissen«, entfuhr es Polyphemus mit einem zweideutigen Unterton, was ihm einen mahnenden Blick seiner Gemahlin eintrug. Der Zwerg aber klatschte begeistert weiter Beifall.

»Kommt mit mir, mein gutes Kind«, erklärte die Herzogin, ohne Mathildas Einwand auch nur die geringste Beachtung zu schenken. »Wir sollten uns lieber völlig ungestört miteinander unterhalten. Ich brenne darauf, dass Ihr mir mehr von Eurer fränkischen Heimat erzählt. Auch mein Gemahl wird sich freuen, Euch vom guten alten Nürnberg berichten zu hören. Gelegentlich plagt ihn Heimweh. Bestimmt könnt Ihr ihn wenigstens für heute darüber hinwegtrösten.«

Zielstrebig führte sie sie aus dem Raum zurück in den engen Gang, den sie vorhin unter großem Herzklopfen mit Löwener entlanggelaufen war. An der Seite der Herzogin musste sie jedoch keinerlei Gefahr mehr fürchten.

Wohlgemut reckte sie den Kopf. Ein mildes Lächeln huschte über Dorotheas ebenmäßiges Gesicht. Es war Gret, als entginge der hohen Dame kein einziger Lufthauch, der in ihrer nächsten Umgebung getan wurde. So erreichten sie das Treppenhaus, stiegen die ausgetretenen Stufen in das erste Geschoss hinunter und passierten die doppelflügelige Tür. Dahinter tat sich für Gret eine völlig neue Welt auf. Wie schon bei ihrem Eintritt in den Hof wunderte sie sich auch jetzt wieder, wie einfach es war, in Königsberg binnen kürzester Zeit zu den höchsten Stellen und in die geheimsten Gemächer vorzudringen. Möglicherweise, so sagte sie sich, war zwar nichts dran an den Andeutungen der Herzogin über Urban und seine unerfüllte Jugendliebe im Nürnberger Gasthaus von Oheim Wolf Wurfbein. Woran aber ganz sicher etwas dran war, war, dass sie, die unerwünschte Verwandte aus jenem besagten Wirtshaus am Frauentor, gerade im Begriff war, sich dank der Heirat mit dem unbegabten Baumeister Jörg Selege den Weg zu einem ganz neuen, höfischen Dasein zu erschließen.

20

Dora fühlte sich wie eine Gefangene. Wahrscheinlich lag das ganz in Urbans Absicht, als er sie mit auf die Inspektionsreise genommen hatte. Wie so oft in den letzten Tagen beschlich sie im Unterleib ein eigenartiges Gefühl. Gleich presste sie die Hand darauf, schloss kurz die Augen. Erleichtert stellte sie fest, dass ihr zumindest die Erinnerung an Veits Angesicht erspart blieb. Nie mehr wollte sie an ihn und jenen seltsamen Traum denken. Er brachte ihr nur Unglück. Urban war ihr Mann. Ihn musste sie lieben. Das war kein Traum, das war die Wirklichkeit. Sofort nach ihrer Rückkehr würde sie Veit bitten, aus ihrem Haus, am besten ganz aus Königsberg und damit aus ihrem Leben zu verschwinden. Seltsam, dass Urban das noch nicht veranlasst hatte. Sie atmete tief durch, öffnete die Augen wieder und schaute zum Fenster hinaus.

Den zweiten Tag saßen Urban und sie nun schon in Tapiau fest. Dabei hatten sie nur für eine Nacht bleiben wollen. Seit ihrer Ankunft regnete es unaufhörlich. Der Weg pregelaufwärts war unpassierbar, die Ufer teilweise überflutet. Ein eisiger Ostwind peitschte über das Land, trieb schwarze Wolken über den Himmel, jagte Regenschauer vor sich her. Das trübte die Tage ein. Die abendliche Dämmerung nahte, ohne dass es überhaupt einmal richtig hell geworden war. Verloren kauerte Dora in der Fensternische und starrte durch die winzigen Glasscheiben nach draußen. Außer dem von dichtem Grau verschleierten Firmament und braunen Äckern gab es wenig zu sehen. Unterhalb der Burg floss träge die Deime. Ihr regenschlammbraunes Band suchte sich in aufwendigen Windungen seinen Weg bis zum Pregel. Die Mündung lag unweit des Südflügels der Burg, so dass die trutzige Anlage an der westlichen Seite von der Deime, an der südlichen vom Pregel umgrenzt wurde und nur nach Nordosten hin mit eigenen Wällen ins Land ragte. Einige Fischer standen knietief im Wasser und warfen die Angelruten aus, andere versuchten mit Reusen und Netzen ihr Glück. Ein Bauer mit einem Karren voller Fässer kämpfte sich durch den Morast, überquerte die hölzerne Brücke, die vom östlichen auf das westliche Deimeufer hinüberführte. Auf einem kleinen Hügel einige Ruten abseits des Ufers erstreckte sich die eigentliche Lischke, die ihren Namen von der früheren Ordensburg ableitete.

Voller Sehnsucht verfolgte Dora den Weg des Mannes. Aufgeregt kläffend umsprang ein heller Hund seine Beine.

Ein Rabe zog dicht über seinem Kopf seine Bahn, bevor er sich auf einem der Fässer niederließ und auf dem Karren mitfuhr. Der Bauer ließ sich nicht beirren, stemmte das schwerbeladene Gefährt mit kräftigen Armen hügelaufwärts, um so schnell wie möglich dem strömenden Regen zu entfliehen. Gebannt sah Dora ihm nach. Was gäbe sie darum, die ehemalige Ordensburg verlassen und ebenso wie dieser Bauersmann in den kleinen Ort hinüberlaufen zu dürfen.

Um eine rote, erst vor wenigen Jahrzehnten errichtete Backsteinkirche mit schlankem, hohem Turm und einem nach Osten hin auffälligen Stufengiebel duckten sich eine unüberschaubare Zahl größerer und kleinerer Häuser, manche aus Stein und mit ordentlichen Ziegeldächern, andere aus Lehm und lediglich mit Stroh gedeckt. Ein mannshoher Palisadenzaun umgrenzte den Ort. Anders als viele andere Städte im Herzogtum, die ebenfalls auf die Zeit der Kreuzherren zurückgingen, war Tapiau trotz der Bedeutung der Burg als Sitz einer Komturei und Stützpunkt der Kreuzherren nach Litauen niemals als Ordensstadt planvoll angelegt worden. So hatten die Truppen des aufständischen preußischen Bundes vor knapp einhundert Jahren die ungeschützte Lischke leicht überrennen und die Ordensburg direkt angreifen können. Ein schreckliches Scharmützel hatte es seinerzeit gegeben, wie Dora in alten Chroniken gelesen hatte. In der herzoglichen Bibliothek wurde eine Vielzahl von ihnen aufbewahrt. Längst hatte Dora sie allesamt eifrig studiert. Fünfzig Tote und viele Gefangene waren in jenem Kampf zu beklagen gewesen. Dann erst hatten sich die Aufständischen geschlagen gegeben und wieder nach Wehlau und Rastenburg zurückgezogen. Binnen kürzester Zeit war der Ort wieder hergerichtet worden, die Burg bis zum jetzigen Tag einer der wichtigen Stützpunkte des Herzogtums nach Nordosten geblieben. Seit langem blühte der Handel, hatte die blutigen Kämpfe mit den einst wilden Nachbarn abgelöst. Zweimal im Jahr wurden Jahrmärkte abgehalten, die längst außer den Hökern der direkten Umgebung auch Reisende aus weit entlegeneren Gegenden anzogen. Selbst aus den drei Städten Königsbergs kamen Kaufleute den Pregel hinauf, um ihre Waren dort feilzubieten. Litauen war nach wie vor nicht weit, ebenso verliefen Handelsstraßen ins nördliche Memeldelta sowie bis weit hinauf nach Norden, wo irgendwann das riesige russische Reich begann.

Dora lehnte den Kopf gegen die weißgekalkte Wand. Gern erinnerte sie sich ihrer eigenen Besuche auf den Jahrmärkten, bei denen sie im letzten und vorletzten Sommer mit einer seltsamen Kräuterfrau zusammengetroffen war. Die hatte eine eigenartige Sprache gesprochen und stammte wohl aus den tiefsten Wäldern Litauens. Urban hatte den Kontakt nicht gutgeheißen und ihr verboten, die frisch erworbenen Heilpflanzen mit nach Hause zu nehmen. Eine Handvoll getrockneter Zweige aber hatte sie dennoch vor ihm verbergen und in ihre Werkstatt am Mühlenberg schmuggeln können. Zwischen den hinteren Seiten von Laurenz Seleges Werkmeisterbuch hatte sie die Stengel gepresst. Eines Tages taten die Heilkräfte der Kräuter ihr vielleicht noch einen guten Dienst. Das entlockte ihr ein seliges Schmunzeln.

»Wie schön, mein Augenstern, dich trotz des Dauerregens bester Dinge zu sehen.« Ohne anzuklopfen, war Urban in ihr Gemach getreten. In wenigen Schritten stand er bei ihr. Trotz ihrer guten Vorsätze fiel es ihr schwer, seinen Blick unbefangen zu erwidern. Noch war es ihr nicht gelungen, den schweren Verdacht, den er seit dem unglückseligen Zusammentreffen in der Werkstatt hegte, aus dem Weg zu räumen. Auf dem gesamten Ritt von der Königsberger Altstadt nach Tapiau hatte er nur das Nötigste mit ihr gesprochen. Seit ihrer Ankunft ging er ihr weitgehend aus dem Weg, was selbst dem Gehilfen sowie den beiden Wachleuten bereits auffiel, wie ihr Tuscheln verriet. Auch jetzt schaute Urban sie streng an. Um seine blassblauen Augen waren neue Faltenkränze aufgesprungen, dick waren die Tränensäcke angeschwollen. Die lange, schmale Nase ragte spitzer denn je aus seinem Gesicht, die Wangen waren eingefallen und ebenso blass, wie die Lippen blutleer waren. Kein Zweifel, es ging ihm nicht gut. Doch all ihr Bemühen, ihrer tiefen Sorge Ausdruck zu verleihen und ihm Linderung zu verschaffen, lehnte er ab. Umso mehr verwunderte sie nun sein unerwartetes Auftauchen in dem winzigen Gemach, das ihr seit ihrer Ankunft als Schlaf- und Aufenthaltsort diente und das er bislang noch nicht betreten hatte.

»Was lest Ihr da? Ausnahmsweise einmal nicht das Werkmeisterbuch Eures Ahns?« Neugierig deutete er auf das Buch, das sie aufgeschlagen auf ihren Knien balancierte. Sie reichte es ihm. »›Ein kurzweilig Lesen von Till Eulenspiegel‹«, las er halblaut. Sogleich hellte sich seine Miene auf. »Ich erinnere mich sehr gut an die lustigen Historien. Der Bursche weiß in der Tat, seine Mitmenschen wörtlich zu nehmen. Darüber lässt sich sogar das schlechte Wetter vergessen.«

Bereits eine Spur besser gelaunt als vorhin rieb er sich das kantige Kinn, betrachtete die bunten Illustrationen, auf denen ein in einem roten Faltrock mit einer zweizipfeligen Gugel bekleideter Schalk zu sehen war. »Das müsst Ihr von zu Hause mitgebracht haben. In der hiesigen Bibliothek des Herzogs wird sich ein solches Buch wohl kaum finden.«

»Warum nicht? Der Herzog liebt doch das Lesen.«

»Ob er allerdings solche Geschichten mag, wage ich zu bezweifeln.«

»Kennt Ihr seine Bestände so gut?«

»Die Buchbestände nicht unbedingt, aber unseren ehrwürdigen Herzog ganz gewiss. Vielleicht sollten wir nachsehen, ob Ihr recht habt und sich hier in Tapiau tatsächlich solche Volksbücher finden. Es würde mich freuen, von Euch eines Besseren belehrt zu werden.«

»Ihr wisst, was das bedeuten würde?«, wagte sie in scherzhaftem Ton zu fragen.

»Dass Ihr den Herzog letztlich doch besser einschätzt als ich und ich mich seit Jahren in ihm täusche.«

»Das habt Ihr gesagt.«

»Aber Ihr gedacht, mein Augenstern.«

Zum ersten Mal seit Tagen sah sie ihn lächeln. Frohen Mutes erhob sie sich von der harten Bank, die in die Fensternische eingemauert und lediglich mit einem Holzbrett verkleidet war. Ein dickes Kissen hatte zwar ihren Rücken gewärmt, dennoch spürte sie, wie steif ihr zierlicher Körper von dem stundenlangen Sitzen geworden war. Ebenso waren ihre Finger klamm von der Zugluft, die durch die Ritzen des Fensterrahmens drang. Sie schlenderte zum Ofen und legte die Hände gegen die Kacheln. Langsam strömte die Wärme durch ihren Körper. Mit angenehmem Schaudern wurde sie gewahr, wie Urban sich dicht hinter sie stellte. Sein Atem kitzelte sie im Nacken. Langsam drehte sie sich um, suchte seinen Blick. Zum ersten Mal seit Tagen wich er ihr nicht aus.

»Manchmal frage ich mich, wie es die Kreuzherren früher in diesen Gemäuern ausgehalten haben. Für Frauen sind diese zugigen Räumlichkeiten wahrlich nicht geschaffen.«

»Deshalb hat man ihnen früher wohl auch den Zutritt auf die Ordensburgen verwehrt. Ein tristes Dasein, mein Augenstern, dessen kann ich Euch versichern. Immerhin habe ich es in jungen Jahren noch erlebt.«

Trotz des schwachen Lichts beim Ofen entdeckte sie ein Leuchten in Urbans Augen. Vergnügt zwinkerte sie ihm zu.

»Lasst uns in die Bibliothek gehen und nach den Beständen sehen«, erklärte er und öffnete die Tür. Entschlossen fasste sie ihn an der Hand.

Draußen im Gang empfingen sie rätselhafte Schattenwesen. Durch die schmalen gelben Butzenfenster in den dicken Außenwänden fiel nur spärliches Licht, das den dunklen Schemen zu einem munteren Dasein verhalf. Im Vorbeigehen nahm Urban eine Fackel aus der Halterung und leuchtete den Weg. Beleidigt wichen die Schatten zur weißgetünchten Wand zurück und schwebten fortan dort entlang. Doras und Urbans Schritte hallten laut über die Steinfliesen. Der lange, schmale Flur war von Kreuzgewölben überzogen, die sich Spinnennetzen gleich weit über die Decke ausspannten. Auf den Konsolen der halb in die Wand eingelassenen Granitpfeiler kauerten furchteinflößende Dämonen. Das unruhig flackernde Fackellicht entblößte ihre bedrohlichen Fratzen. Bei jeder weiteren dieser grauenvollen Figuren fühlte sich Dora unbehaglicher. Barg Gottes Schöpfung nicht auch eine Vielzahl freundlicherer Naturen, die man dort zur Freude der Betrachter hätte in Stein verewigen können? Oder hatten die Kreuzherren mit diesen Figuren die Hölle heraufbeschworen, um die preußischen Angreifer in die Flucht zu schlagen?

Doras Gemach lag gleich über dem Hauptgeschoss am äußersten Ende des Nordwesttraktes der vierflügeligen Burganlage. Auch der mit einem Fallgitter gesicherte Haupteingang sowie der frühere Remter von Tapiau befanden sich dort. Die Bibliothek wie die herzoglichen Wohnräume waren dagegen im nördlichen Teil untergebracht, also hatten Dora und Urban einen weiten Weg vor sich. Niemand begegnete ihnen, selbst das Treppenhaus wirkte wie ausgestorben. Die Stille, die in den Mauern hing, malte das Unheimliche des Säulenschmucks noch weiter aus. Dora war froh, Urban zur Seite zu haben. Zielsicher steuerte er die schwere Tür an, die den herzoglichen Wohnbereich vom restlichen Teil trennte, und öffnete sie. Ein Wachmann, der hinter der Tür postiert war, fuhr zusammen. Trotz anderslautender Anweisungen war er vor Langeweile eingeschlafen. Wenn das herzogliche Paar nicht auf der Burg weilte, bewohnten nur wenige Amtsleute die riesige Anlage. Die meisten Säle und Gemächer standen ebenso leer, wie die Flure unbenutzt waren.

Auch in der Bibliothek war offenkundig schon lange niemand mehr gewesen. Beim Öffnen der Tür schlug ihnen abgestandene, eisige Luft entgegen. Anders als von Albrecht angeordnet, waren die Öfen nicht beheizt worden. Sogleich bildete sich eine tiefe Unmutsfalte auf Urbans Stirn. Er steckte die Fackel in die Halterung neben dem Eingang und trat in die Mitte des von zwei achteckigen grauen Pfeilern gestützten Saales. Sternförmig ergoss sich aus den Pfeilern das Gewölbe, was dem langgestreckten Raum eine gewisse Erhabenheit verlieh. Dora folgte Urban weiter nach drinnen. Trotz der unwirtlichen Kälte erfüllte sie beim Anblick der langen Bücherreihen an den Wänden ein heimeliges Gefühl. Dicht an dicht warteten breite Folianten in abgegriffenen Ledereinbänden neben kleinformatigeren Drucken und umfangreichen Kettenbüchern sowie mit Holzplatten eingebundenen Sammelbänden zum Teil schon seit Jahrzehnten, wenn nicht gar noch länger geduldig auf Leser. Selbst riesige Handschriften gab es, ordentlich getrennt von den Drucken in einem eigenen Regal. Der staubtrockene Geruch alten Papiers und Pergaments, gemischt mit dem nach speckigem Leder und gebeiztem Holz, kitzelte die Nase. Dora musste niesen. Das riss Urban aus seinen Gedanken. Er führte sie vor das Regal an der rückwärtigen Wandseite, wies mit der Hand weit ausholend über die gesamte Breite. Wenige Schritte entfernt lehnte eine Leiter. In einer der oberen Reihen klaffte eine beachtliche Lücke. Als Dora sich umdrehte, entdeckte sie auf einem Pult neben einer der raumstützenden Säulen einen beachtlichen Stapel Bücher, flankiert von einem längst erloschenen Talglicht. Eine dicke Staubschicht bedeckte die Bände.

»Allzu oft wird von den wundervollen Werken nicht Gebrauch gemacht«, bemerkte Urban. »Seit Polyphemus' letztem Besuch im vorigen Herbst dürfte keiner mehr hier gewesen sein. Dabei hat er eigens einen der Schreiber aus der Ratsstube instruiert, wie er die Bestände ordnen und in einem Katalog nach bestimmten Wissensgebieten verzeichnen soll. Wenn der Herzog in wenigen Wochen eintrifft, wird er außer sich sein, die Bibliothek so vernachlässigt zu sehen. Immerhin beherbergt sie seit der Aufgabe der Marienburg vor knapp einhundert Jahren einen Großteil des Bücherbesitzes sowie sämtliche Archivalien der Kreuzherren. Erst wenn die Bauarbeiten auf dem Königsberger Schloss beendet sind und auch die Universität vollständig eingerichtet ist, sollen die Unterlagen von hier fortgeschafft werden.«

»Falls die Bauarbeiten auf dem Schloss jemals beendet werden«, erwiderte Dora und ließ den Blick wieder neugierig über die Buchrücken wandern. Das Licht der Fackel an der Tür reichte kaum aus, die Schrift zu entziffern. Ohnehin war bereits viel von der Goldprägung abgeblättert, so dass die Titel schwer lesbar waren.

»Man sieht gleich, dass ein Großteil des Bestandes noch auf andere Zeiten zurückgeht.« Urban war sichtlich erfreut über ihr Interesse. »Latein ist doch eher die Sprache der Kirchengelehrten. Auch wenn es heißt, der Herzog lese gern theologische und rechtswissenschaftliche Schriften, so ist er doch dafür bekannt, diese Bücher in seiner eigenen Sprache zu lesen.«

»Habt Ihr mir nicht erklärt, das wäre ganz im Sinne Luthers? Das Volk soll schließlich lesen können, was die Alten lehren.«

»Deshalb fördert der Herzog auch die Druckereien im Land. Die Heilige Schrift soll bald auf Polnisch und Litauisch verbreitet werden. Selbst Gesangbücher lässt er in den Volkssprachen verfassen. Meister Cranach in Wittenberg liefert ihm dazu außer den verschiedensten Gemälden auch Kisten voller Bücher als Vorlage.«

Urban konnte sich ein zufriedenes Schmunzeln nicht versagen. Ihr war, als würde er die Hand heben, um ihr die Finger an die Wange zu legen. Im letzten Augenblick schreckte er jedoch vor der Zärtlichkeit zurück und tat, als müsste er sich dringend das rechte Auge reiben.

»Wollten wir nicht nachsehen, ob sich unter diesen wundervollen Schätzen tatsächlich auch einige Volksbücher wie jenes von Till Eulenspiegel finden?« Zu ihrer Enttäuschung ging Urban zu den Regalen und begann die Titel auf den Buchrücken zu studieren. Wagemutig schob sie sich dazwischen, versperrte ihm die Sicht.

»Ihr wisst genau, dass Ihr ein solches Buch nicht hier finden werdet. Der Herzog mag diese Art von Schriften nicht. Stünde es hier, hätte es allenfalls seine Gemahlin Dorothea eingestellt. Ich gratuliere Euch: Ihr seid weiterhin derjenige von uns, der den Herzog am besten kennt.«

»Ihr seht nicht so aus, als würdet Ihr das bedauern.«

»Viel eher bedaure ich, in den letzten Tagen nicht mehr sicher sein zu können, ob ich Euch noch gut genug kenne. Dabei seid Ihr mein Gemahl. Niemand steht mir näher als

Ihr.« Kaum hatte sie geendet, begann ihr Herz wild zu pochen. War es zu kühn gewesen, ihm solches direkt zu sagen?

»Worauf wollt Ihr hinaus?«

»Das wisst Ihr nur zu gut. Euer Verhalten mir gegenüber befremdet, ja, erschreckt mich regelrecht.«

»Wäre es nicht an mir, solches von Euch zu behaupten?«

Eindringlich sah er sie an. Das Blau seiner Augen umrandete die vom Dämmerlicht weit gewordenen Pupillen in einem schmalen Band. Sein Blick besaß eine gefährliche Tiefe, die sie unrettbar zu sich hinabzog. Jener Schmerz flammte darin auf, der ihr schon von dem unsäglichen Zusammentreffen in der Werkstatt vertraut war. Zugleich aber blitzte in den Tiefen seiner Seele auch jene Leidenschaft auf, die sie einmal schon erahnt hatte. Es war das immer noch vorhandene Feuer vergangener Jugend, das ihn zu allem befähigte, ließe er es endlich einmal zu. Unstillbare Sehnsucht erfasste sie. Sie musste das Geheimnis lüften. In der Nacht nach dem grausamen Feuer hatte er gewagt, sich dem aufkeimenden Taumel hinzugeben. Gezeichnet von den Schrecknissen der Nacht, hatte er alles um sich herum vergessen und einzig seine Leidenschaft gelebt. Erwartungsvoll, ob sich das noch einmal wiederholen ließ, schaute sie ihn an.

Auf seinem strengen Antlitz verwischten die sonst so klaren Konturen. Etwas Weiches, Verletzliches lag darin. All die Jahre an Erfahrung, Wissen, Beherrschtheit, die er ihr voraushatte, lösten sich in nichts auf. Zurück blieb eine zarte Seele, die es zu hüten, zu beschützen und zu lieben galt. Blindlings warf sie sich ihm entgegen, nahm sein Gesicht in beide Hände und überdeckte es mit heißen Küssen.

»Verzeiht mir, Liebster, verzeiht!«, wisperte sie. »Allein die Sehnsucht nach Euch hat mich derart verwirrt, dass ich wohl nicht mehr wusste, was ich tat. Glaubt mir, niemanden liebe ich mehr als Euch. Niemand außer Euch besitzt ein Recht an mir und meiner Seele. Euch gehöre ich für immer und ewig. Euch zu lieben ist mein ganzer Lebenssinn.«

Der Bann brach. Leidenschaftlicher denn je zog Urban sie an sich, erwiderte hungrig ihre Küsse und Liebkosungen. Ohne sich zu besinnen, wo sie waren, versanken sie ineinander, glitten zu Boden und liebten sich auf dem kühlen Stein heißer denn je.

21

Anfang Mai brach sich der Frühling mit aller Gewalt endgültig Bahn. Hatten Dora und Urban ihre Reise nach Ragnit wetterbedingt nach Tapiau noch einige weitere Male unfreiwillig unterbrechen müssen, so hielt der Rückweg einen deutlichen Vorgeschmack auf den Sommer bereit. An Bäumen und Büschen sprangen die Blüten auf, Blätter und Wiesen leuchteten in frischem Grün. Der verführerische Duft raubte einem den Atem. Schmetterlinge tanzten durch die Luft, entfalteten ihre buntgemusterten Schwingen, um sie in der lachenden Sonne noch besser zur Geltung zu bringen. Überall surrte und schwirrte es vor Bienen. In tiefstem Blau wölbte sich der Himmel über dieses Treiben, üppig geschmückt von weißen Wolkenschiffen, die der Wind sacht vorübersegeln ließ.

Auch am zweiten Tag seit ihrem Aufbruch aus Ragnit konnte Dora sich kaum sattsehen an der Frühlingspracht. Immer wieder reckte sie sich im Sattel, drehte den Kopf nach einem besonders schönen Falter und achtete kaum auf den Weg. Die wochenlange Reise hatte sie längst wieder ans Reiten gewöhnt. Die Schimmelstute, die Urban ihr im herzoglichen Marstall ausgesucht hatte, war gutmütig. In bedächtigem Tempo folgte sie dem Rappen des Wachmanns dicht vor ihr.

Am Morgen hatten sie den Krug in Breitenstein verlassen, seither folgte die fünfköpfige Reisegruppe dem gemächlichen Lauf der Inster, die sich bald in kleineren und größeren Schwüngen südwestlich gen Insterburg ergoss. Die weißen Birkenstämme reichten bis nah ans Wasser, der weiche Boden war von kleineren Sträuchern und Büschen überwuchert. Die Sonne tupfte helle Lichtinseln auf das frühlingsfrische Grün und brachte die feinen Spinnennetze zum Glitzern, die sich zwischen Zweigen und Blättern spannten. Zeisige zogen ihre Bahnen, stießen im Flug ihr hart klingendes »tschett-tschett-tschett« aus, bald übertönt vom kecken Lockruf einer Amsel und dem emsigen Klopfen eines Spechts.

Die Geräusche des Waldes erinnerten Dora an die letzte Nacht in Breitenstein. Voller Wehmut sehnte sie sich an den geheimnisumwitterten Ort auf der Lichtung zurück, den ein drei Mann breiter und gut zwei Klafter hoher Findling beherrschte. Herzog Albrecht liebte es, dort auf seinen Jagden nach Auerochsen, Elchen, Bären und Wölfen große Tafel zu halten. Um dabei jederzeit kräftiges Bier und rösches Brot vorzufinden, hatte er Asmus Baumgart die Einrichtung eines Hofs gestattet und kurz darauf die Kruggerechtigkeit nebst Braurecht übertragen. Es hieß, bereits Hochmeister Winrich von Kniprode und Bischof Jakob von Samland hätten einst an der Stelle gelagert, um das von ihnen eroberte Nadrauen unter sich aufzuteilen. Ungeachtet dieser Geschichten mochte Dora den Ort seiner besonderen Stimmung wegen. Wann immer sie dort weilte, meinte sie Raum und Zeit um sich herum vergessen zu können und in eine andere Welt einzutauchen. Letzte Nacht war es ihr gelungen, auch Urban diesen Zauber spüren zu lassen.

Der Gedanke an die innige Zweisamkeit, die sie beide seit Tapiau wie ein dichtes Netz umspann, entlockte ihr ein versonnenes Lächeln. Die neue Zärtlichkeit, mit der Urban ihr seither begegnete, spendete ihr Kraft, um der bevorstehenden Rückkehr in die Enge Königsbergs zuversichtlich entgegenzusehen. Zum ersten Mal in ihrer bereits zwei Jahre währenden Ehe hatte sie das Gefühl, ihren Gemahl ganz für sich gewonnen zu haben. Die lang schwelende Glut in seinem Inneren war endlich zu einem begehrlich knisternden Feuer aufgelodert. In Vorfreude auf die Wonnen der nächsten Nacht summte sie eine fröhliche Melodie vor sich hin.

Urban musste es ähnlich ergehen. Dicht schloss er zu ihr auf, legte ihr die Hand auf die Schultern und lächelte verzückt zu ihr herüber. »Ich sehe, mein Augenstern, Ihr genießt den Frühling in vollen Zügen. Wir haben großes Glück, diese wundervollen Stunden gemeinsam zu erleben. In Königsberg werden uns leider wieder viel zu schnell andere Aufgaben in Beschlag nehmen und uns täglich für viele Stunden voneinander trennen.«

Er beugte sich vor und griff nach ihren Händen, um sie zu küssen. Verliebt sah er Dora in die Augen, behielt ihre Hand länger als nötig an seinen Lippen. Dora erfüllte ein weiterer Freudentaumel.

»Denkt nicht daran, was uns zu Hause erwartet. Noch trennen uns mindestens drei Tage vom Alltag. Das sollten wir auskosten.«

»Und vielleicht noch eine kurze Rast einlegen, um das Sprießen und Blühen der Natur zu genießen.« Verschwörerisch zwinkerte er ihr zu. Sie schmunzelte. Es gefiel ihr, wie der sonst so strenge Kammerrat in den letzten Tagen seine Würde zugunsten einer neu gewonnenen Lässigkeit abgelegt hatte. »Bald, mein Augenstern, werdet Ihr noch etwas sehr Schönes erblicken, was Euch wünschen lässt, den Augenblick in eine Ewigkeit zu verwandeln. Auf der gegenüberliegenden Flussseite finden sich so malerische Flecken wie Keilergrund, Rehwiese und Bärensprung, hervorragende Jagdgebiete. Gleich dahinter erschließt sich der Eichwalder Forst, den zahlreiche Bäche und Gewässer durchziehen. Wir aber halten uns links der Inster. Gleich werdet Ihr wissen, warum.« Noch einmal hauchte er einen Kuss auf ihre Hand, dann trieb er seinen Braunen zum Trab. Dora bedauerte das jähe Ende der Unterhaltung. Lang währte die Enttäuschung jedoch nicht. Der Birkenwald lichtete sich, trat schließlich hinter einer Wiese zurück. Abertausende von blauen und gelben Blumen verwandelten sie in einen bunten Teppich. Neben zwei Baumstümpfen saßen die beiden Wachleute und Urbans Schreiber Hubart von ihren Pferden ab. Auch Urban zügelte den Braunen. »Zeit für eine kleine Rast.«

Er übergab dem Gehilfen die Zügel und half Dora von der Stute herunter. Kaum auf der sicheren Erde angelangt, fasste er ihre Hand. Sie dachte, er wollte sie über die Blumenwiese führen, ihr die Schönheit der Blüten zeigen, die sich keck der Sonne zudrehten. Als riesiger gelber Ball hatte sie hoch am Himmel Stellung bezogen, strahlte stolz wie eine Mutter auf ihre Schützlinge herab. Urban führte Dora allerdings von der bezaubernden Lichtung fort zu einem schmalen Pfad, der nach wenigen Schritten wieder in den Wald abbog.

Die Birken wichen mehr und mehr Eichen und Kiefern. Das niedrige Gestrüpp auf der Erde nahm ab, der Boden wurde sandig und karg, über und über mit trockenen langen Kiefernadeln bedeckt. Jeder einzelne Schritt federte auf dem weichen Boden. Hie und da fanden sich verstreut einige kurze, rundliche Zapfen, allesamt fest verschlossen, was auf weiterhin trockene Tage hindeutete. Außer einigen wenigen niedrigen Sträuchern wuchsen bald nur noch Kiefern aus der Erde empor. Die aber besaßen eine ganz seltsame Gestalt.

»Was sagt Ihr dazu?« Urban blieb stehen und wies mit der freien Hand über die krustigen Baumstämme. Das Sonnenlicht tanzte über seine eckige Stirn, verlieh seinen Augen einen geheimnisvollen Schimmer. Selbst seine schlichte schwarze Kleidung wirkte auf einmal feierlich.

Gemächlich folgte Dora der Handbewegung, drehte sich langsam um die eigene Achse. Von dem sanften Schwung bauschte sich der Stoff ihres roten Rockes auf. Glockenförmig umspielte er ihre Beine. Urban gab sie frei, vollführte dabei ebenfalls eine tänzerische Drehung. Sie lachte auf, drehte sich noch einmal und noch einmal, schaute in die Weite des Kiefernwaldes. Täuschte sie sich? Träumte sie? Sie trat wieder zu Urban, tastete nach seiner Hand und suchte seinen Blick. Lächelnd sah er ihr in die verschiedenfarbigen Augen.

»Habe ich Euch zu viel versprochen? Sollte dieser Augenblick nicht ewig dauern?« Er legte ihr die Hand um die Hüfte und wirbelte sie herum. »Das ist der Wald der tanzenden Bäume. In ihren eigenartigen Verrenkungen liegt eine ganz eigene Anmut. Niemand weiß, wieso die Kiefernstämme sich derart verdreht aus dem Boden emporranken. Seht nur, manche umschlingen einander, andere kreisen sich ein, wieder andere drehen sich mehrmals um sich selbst. Es ist, als vollführten die Bäume einen stummen Tanz. Nur sie allein hören die Melodie, zu der sie sich, erstarrt in alle Ewigkeit, in die Lüfte zwirbeln.«

Wie zur Bestätigung war das muntere Vogelgezwitscher verstummt. Gelegentlich drang der einsame Ruf eines Kuckucks an ihr Ohr. Dora meinte den eigenen Herzschlag zu hören. Kaum konnte sie sich sattsehen an den Formen, die die Kiefern bildeten. Manche schwangen sich bereits dicht über dem Boden in abenteuerliche Windungen, andere umarmten sich erst in luftiger Höhe. Sie schmiegte sich eng an Urbans Brust. »Ihr habt recht, Liebster, ein wahrhaft zauberhafter Ort für die Ewigkeit.«

Zur Bestätigung verschloss er ihre Lippen mit einem leidenschaftlichen Kuss.

Wütendes Geschrei schreckte sie aus ihrer Umarmung auf. Verwundert sahen sie einander an, lauschten angespannt in den Wald hinein.

»Die Wachleute!«, rief Urban, stieß sie sacht von sich und machte einige Schritte auf den Pfad zu, den sie gekommen waren. »Da muss etwas passiert sein. Bleibt hier, mein Augenstern. Hier seid Ihr sicher.«

Sofort eilte er in langen Schritten von dannen. Ängstlich sah sie ihm nach, wie er im dichter werdenden Gehölz des nahen Mischwaldes verschwand. Sie zögerte einen Moment, spähte zwischen den tanzenden Bäumen umher, suchte Schutz an einem der von einer dicken, an vielen Stellen aufgeplatzten Rinde bedeckten Stämme. Das nutzte wenig. Es fand sich jedoch kein dichtes Gestrüpp oder gar eine Höhle oder Ähnliches, um sich besser zu verstecken. Also war es besser, ebenfalls zur Lichtung zurückzukehren. Was immer dort geschehen mochte, Urban, sein Schreiber Hubart und die Wachleute waren bewaffnet. Das half ihr im Zweifelsfall mehr, als mutterseelenallein in dem lichten Kiefernwald auszuharren.

Lauter werdendes Geschrei wies ihr den Weg. Bald mischten sich Kampfgeräusche darunter. Klingen klirrten gegeneinander, Fausthiebe prallten auf Körper. Die Pferde wieherten und stiegen auf, bis sie schließlich schnaubend davonstoben und am Rand der Wiese eng aneinandergeschmiegt stehen blieben. Dora kauerte sich hinter einen brusthohen Haselnussstrauch, spähte zwischen den Ästen hindurch, was weiter geschah.

Wie sie befürchtet hatte, waren Urban und die anderen Männer auf der malerischen Blumenwiese in einen heftigen Kampf verwickelt. Drei fremde Männer, vom Aussehen her Landsknechte, fochten mit gezückten Säbeln gegen Urban und seine Leute. Die Kräfte waren ausgeglichen, keine Seite schien die Oberhand zu gewinnen. Der behäbige Hubart hielt sich hinter dem Rücken einer der Wachmänner, bis Urban plötzlich die Hand mit der Waffe hob, um zum Einstellen der Kampfhandlungen aufzurufen. Zu Doras Entsetzen stellte er sich den Angreifern kühn entgegen, breitete die Arme aus und präsentierte ihnen so die blanke Brust. »Nehmt unser Geld und verschwindet.«

»Euer Geld interessiert uns nicht. Gebt uns die Mappe mit den Dokumenten«, forderte der Größere der drei Landsknechte und zielte mit der Spitze seines Rapiers auf Urbans Kehle.

Urban blieb ruhig. Die beiden Wachleute bauten sich hinter ihm auf, verharrten auf sein Zeichen allerdings starr in dieser Position. Ein Fingerzeig würde genügen, um sie zum Angriff aufzufordern. Die beiden Landsknechte flankierten ihren Wortführer ebenfalls. Dora wunderte sich. Sollte Urbans Schreiber Hubart einiges Geschick im Umgang mit dem Schwert besitzen, müsste es ihm ein Leichtes sein, die Fremden zu überwältigen. Hubart aber rührte sich nicht. Stattdessen warf Urban sein Rapier vor die Füße des mittleren Landsknechts. »Ich hole Euch, was Ihr verlangt.«

Die Augen starr auf den Fremden gerichtet, die Hände brav erhoben, ging er seitwärts zu den Pferden. Sowohl seine

Wachleute wie auch die fremden Landsknechte beobachteten ihn.

Dora war zu weit weg, um die Gesichter der Angreifer zu erkennen. Viel mehr als ihre mit Federn geschmückten, weit ausladenden Hüte, das nackenlange Haar und ihre üppigen braunen Umhänge erkannte sie nicht. Ob Urban wusste, wen er vor sich hatte? Sein Verhalten ließ es vermuten, sonst hätte er sich vermutlich stärker zur Wehr gesetzt.

Der Braune erkannte die Not seines Herrn, kam willig auf ihn zu. Ohne genauer hinzusehen, nestelte Urban rücklings an dem Sattelzeug, zog unter der Decke eine schweinslederne Mappe hervor. In wenigen Schritten war er zurück bei den Landsknechten und schleuderte ihnen die Mappe achtlos vor die Füße. »Da habt Ihr, wonach Ihr verlangt. Grüßt Euren Herrn von mir. Ich hoffe, er weiß etwas damit anzufangen.«

Ehe er sichs versah, zückte der Landsknecht das Schwert und hieb ihm damit gegen die rechte Wange. Dora schrie auf. Blut spritzte, Urban presste die Hand gegen das Gesicht und stürzte zu Boden. Seine Wachleute sprangen nach vorn, stürzten sich von neuem in ein wildes Gefecht mit den Angreifern. Wieder klirrten die Klingen hart gegeneinander. Dora wollte aus ihrem Versteck rennen, da hielt sie inne. Urbans Schreiber Hubart gab dem Wortführer der Landsknechte ein heimliches Zeichen. Steckte er mit ihnen unter einer Decke? Verräter! Noch einmal trat der Anführer kräftig mit dem Fuß in den Rücken des am Boden liegenden Urban, dann wandte er sich ab, pfiff auf den Fingern. Wie aus dem Nichts galoppierten Pferde heran. Er schwang sich auf das erstbeste, seine beiden Helfer hieben noch einmal mit ihren Rapieren um sich, dann sprangen auch sie in die Sättel. In schnellem Galopp stoben sie Richtung tanzender Bäume davon. Gerade noch rechtzeitig konnte Dora erneut hinter den Haselnussstrauch hasten und sich vor ihnen verbergen. Als sie sicher war, dass sie nicht mehr umkehren würden, eilte sie zur Blumenwiese. Die beiden Wachleute kauerten am Boden, die Schwerter abgelegt, die Gesichter vor Scham über ihre Niederlage gesenkt. Hubart drückte sich bei den Pferden herum.

Dora beschloss, sich später um ihn zu kümmern. Zuerst brauchte Urban sie. In Windeseile war sie bei ihm. Er hatte sich wieder aufgerichtet, presste die Hand fest gegen die stark blutende rechte Wange. Es sah fürchterlich aus. Zwischen den Fingern quoll das Blut hervor. Seine Schaube wie sein Rock und die Hosen waren bereits blutüberströmt, dunkelrot tropfte es auf die blumenübersäte Wiese. Langsam ließ sich Dora auf die Knie nieder und berührte den Gemahl sacht an der Schulter. »Lasst mich sehen, wie ich Euch helfen kann.«

»Alles bestens. Das sieht schlimmer aus, als es ist«, wehrte er ab und drehte sich halb von ihr weg.

»Ihr braucht einen Arzt«, erklärte sie. »Die Wunde muss genäht werden. Wie weit ist es bis zur nächsten Lischke?«

Flugs riss sie ein Stück Stoff von ihrem Rock ab. Das reißende Geräusch schreckte Urban auf.

»Lasst das! Wie seht Ihr aus?«

»Der fehlende Stoff an meinem Kleid ist das Geringste, was Euch derzeit beunruhigen sollte.« Geschickt schob sie seine blutverschmierten Finger von der Wange und tupfte die Wunde mit dem Stoff aus. Die Haut der Wange klaffte zwar weit auseinander, dennoch war klar ersichtlich, welch großes Glück Urban gehabt hatte. Die Wunde war nicht sonderlich tief. »Wie weit ist es also?«, wiederholte sie ihre Frage.

»Ein halber Tagesritt bis Insterburg. Auf der dortigen Burg weilt ein ausgezeichneter Wundarzt. Der Herzog schwört auf ihn.«

»Schafft Ihr es bis dahin?«

»Mit Euch an meiner Seite schaffe ich es überallhin.«

»Presst das darauf«, forderte sie ihn auf und reichte ihm den Stoff. »Ich bin gleich wieder da.«

Rasch erhob sie sich und eilte zu ihrer Stute. Brav weideten die Pferde am Waldsaum. Sah man die Tiere so friedlich im Mittagssonnenlicht stehen, schien der Überfall unwirklich. Nichts auf der Lichtung außer dem stark blutenden Urban deutete darauf hin, was vor wenigen Augenblicken erst geschehen war. Selbst Hubart tat unbeteiligt. Bei seinem Anblick erfasste Dora Wut. Er aber lächelte. »Kann ich Euch helfen?«

»Zu Euch komme ich später«, zischte sie und entnahm dem Felleisen, das an ihrem Sattel festgebunden war, das Werkmeisterbuch von Laurenz Selege. Ein schlecht geschnürtes Bündel weiterer Papiere nebst einem kleinen Oktavband fielen ihr dabei entgegen. Achtlos stopfte sie sie zurück in die Tasche und verschloss sie mit der Schnalle. Zurück bei Urban, holte sie vorsichtig die gepressten Heilpflanzen der litauischen Kräuterfrau aus dem Buch, schob Urbans Hand von der Wange und legte stattdessen die Pflanzenblätter darauf. Flink riss sie einen weiteren Stoffstreifen von ihrem Rock und band ihn um Urbans Kinn. Widerwillig ließ er es geschehen. Der Verband störte ihn. »Das wird fürs Erste reichen. Sobald wir in Insterburg sind, werdet Ihr besser versorgt werden.«

»Nehmt einen Schluck auf den Schreck.« Einer der Wachleute tauchte neben ihr auf und reichte ihr einen Schlauch. Fragend sah sie zu ihm auf.

»Das ist nur Wein«, erklärte er. Dankbar nickte sie, trank und reichte den Schlauch weiter an Urban.

»Was ist mit Hubart? Habt Ihr gesehen, wie er …«, fragte er seinen Wachmann.

»Der elende Verräter!«, brauste der auf. »Ich habe Euch gleich gesagt, dem ist nicht über den Weg zu trauen.«

»Dafür gibt es keinen Grund«, erwiderte Urban verärgert. »Ich arbeite schon lange mit ihm zusammen.«

»Warum habt Ihr ihn mitgenommen?«, platzte Dora heraus. »In der letzten Zeit schien er mir mehr als seltsam. Seit Göllner der neue Hausvogt bei Hofe ist, hat sich Hubart sehr verändert.«

»Da täuscht Ihr Euch«, verteidigte Urban seinen Schreiber. »Er steht nahezu ebenso lang wie ich in Diensten des Herzogs, davon sehr viele Jahre schon direkt in meiner Kanzlei.«

»Ich wette, er steckt mit den Strauchdieben unter einer Decke.« Der Wachmann tat sich nach wie vor schwer, seine Wut zu zügeln. »Mit eigenen Augen habe ich gesehen, wie er ihnen ein Zeichen gegeben hat. Gewiss hat er sie die ganze Zeit über unsere Route unterrichtet.«

»Denkt Ihr, er hat uns absichtlich an diese Stelle geführt?« Dora wurde bang.

»Ich wollte hier rasten und habe Euch in den Wald der tanzenden Bäume geführt. Das war das Zeichen für …«

»Das ist nicht Euer Ernst! Ihr selbst steckt mit den Räubern unter einer Decke? Wie könnt Ihr nur …?« Fassungslos schlug sie die Hände vors Gesicht. Übelkeit stieg ihr in die Kehle.

»Das habt Ihr gerade völlig falsch verstanden. Wie könnt Ihr nur solches von mir denken?« Urban legte seine blutverschmierte Hand auf ihre Schulter. »Der Wald der tanzenden

Bäume sollte Euch ein Zeichen unserer frisch aufgeblühten Liebe sein, das wollte ich sagen.«

Sosehr er sich bemühte, seinen Worten einen zärtlichen Ton zu verleihen, so hohl klangen sie ihr doch in den Ohren. Klopfenden Herzens schaute sie in sein versehrtes Gesicht. Schwerlich nur erkannte sie darin die geliebten Züge wieder, die sie während der letzten Wochen endlich gefunden zu haben glaubte. Dabei war kaum eine Stunde vergangen, seit sie mit ihm vor Glück getanzt hatte. Die innige Vertrautheit, das Gefühl, bis zum Grund seiner geheimnisumwitterten Vergangenheit vorgedrungen zu sein, war nur ein törichter Trug gewesen. Urban war ihr fremder denn je.

»Natürlich habe ich nichts mit den Räubern zu tun. Nie dürft Ihr solches von mir denken!«, setzte er nach. »Wenn ich will, dass mir wichtige Unterlagen geraubt werden, dann lasse ich mir dafür wohl kaum das Gesicht aufschlitzen. Wollte ich Papiere des Herzogs verschwinden lassen, stehen mir ganz andere Mittel zur Verfügung. Hubart ist ein alter Hasenfuß. Natürlich hätte er sich vorhin den Angreifern mutiger entgegenstellen können, doch Tapferkeit ist eben nicht jedem gegeben. Er wäre viel zu feige, etwas hinter meinem Rücken anzuzetteln, geschweige denn, gegen mich vorzugehen. Die Papiere sind übrigens nach wie vor in Sicherheit.« Er hielt inne und zwinkerte ihr aufmunternd zu. »Oder glaubt Ihr, ich lasse mir so einfach wegnehmen, was der Herzog mir anvertraut hat? Mein Leben habe ich ihm in Treue geweiht, allein ihm bin ich verpflichtet. Nur über meine Leiche breche ich diesen Schwur.«

Auf einmal war Dora klar, welche Papiere eben aus ihrem Felleisen gerutscht waren. Mit keinem einzigen Wort ging Urban darauf ein. Für den Herzog war er bereit, sein Leben aufs Spiel zu setzen. Und nicht nur seines. Trotz der frühsommerlichen Wärme auf der Wiese wurde ihr kalt. Eine eisige Hand umklammerte ihr Herz. Eindringlich sah sie Urban an. Ohne dass sie es wollte, schob sich ein anderes, bislang hartnäckig verdrängtes Antlitz dazwischen. Die grünbraunen Augen strahlten in diesem Moment weitaus mehr Herzenswärme aus als Urbans blassblaue. Plötzlich war ihr, als wäre sie die letzten Stunden, ja, Tage und Wochen einer bitteren Täuschung aufgesessen. Der Rausch des Frühlingsmorgens war endgültig verflogen.

22

Als Mathilda die Pforte hinter sich ins Schloss fallen hörte, atmete sie auf. Laut knirschte der Riegel, den der Pförtner vorschob, um das Innere des Hospitals mit den Kranken gegen das Äußere mit den Gesunden abzuschotten. Wieder einmal wusste sie, warum sie Hospitäler aus tiefster Seele hasste: Die Luft in dem riesigen Krankensaal war zum Schneiden dick, dazu das Gejammere und Gestöhne hinter den unzähligen dünnen Vorhängen, der leere Blick der Siechen auf den Fluren, das verzweifelte Augenrollen der Schwestern und das gelangweilte Antlitz der Ärzte, ganz zu schweigen von dem wilden Geschrei der Verrückten im angrenzenden Tollhaus. Nein, Krankenpflege war nie und nimmer etwas, wofür sie sich eignete. Zum Glück war sie diesem Schicksal gerade noch rechtzeitig entronnen, als sie sich vor zwölf Jahren gegen den Willen der Eltern auf die Spuren von Vetter Urban nach Königsberg begeben hatte. Auch wenn ihre Flucht letztlich den endgültigen Bruch mit der Familie bedeutet hatte, bereute sie sie bis zum jetzigen Tag nicht. Dabei hatte Urban ihr, anders als zunächst erhofft, nie auch nur einen Funken Hoffnung auf eine Heirat gemacht. So hatte sie ihr Glück schließlich darin finden müssen, mit dem Geliebten wenigstens unter einem Dach leben und tagaus, tagein für ihn sorgen zu dürfen. Als er vor zwei Jahren überraschend Dora geheiratet hatte, war ihre traute Zweisamkeit kaum erschüttert worden. Zu rasch hatte Mathilda durchschaut, dass es sich dabei lediglich um den verzweifelten Versuch des Vetters handelte, das Feuer der verlorenen Jugendliebe noch einmal auflodern zu lassen, bevor es endgültig erlosch. Eines Tages würde Dora das begreifen. Schon jetzt freute sich Mathilda auf diesen Moment, wusste sie doch nur zu gut, dass bis dahin auch bei der Base die Glut der Liebe erkaltet war.

Zunächst aber freute sie sich über eine andere Gelegenheit, Dora mit einem siegessicheren Lächeln auf den Lippen gegenüberzutreten. Sie hatte Doras Abwesenheit genutzt und Renata in die Obhut der ehemaligen Nonnen im Löbenichter Hospital übergeben. Viel hätte nicht gefehlt, und die wirre Magd hätte weitaus mehr Pflege als nur den abgeschiedenen Platz auf dem Dachboden und den Zuspruch der leidigen Katze gebraucht. Die aber konnte, geschweige denn wollte, ihr weder Mathilda noch sonst wer im Haus am Mühlenberg geben. Da befand sich die arme Seele im Heilig-Geist-Hospital doch in weitaus besseren Händen. Seltsam, dass alle Spitäler dem Heiligen Geist anheimgegeben waren. Verwundert schüttelte Mathilda den Kopf. Als vermochte sein Schutz ihnen besonders Gutes zu tun. Dabei bekam ein wirrer Geist wie der Renatas gar nichts mehr davon mit. Seit der Kneiphofer Feuernacht im März war die Magd abgrundtief in der Hölle ewig währender Flammenmeere versunken.

Mathilda lachte auf. Im selben Augenblick erschrak sie, wie schrill ihr Gelächter in dem modrigen Gewölbe des langgezogenen Tordurchgangs widerhallte. Das feuchte Gemäuer atmete Kälte aus, eine Anstrengung, die den rohen Backsteinen viel Mühe abverlangte. Schweißperlen gleich rannen Wassertropfen über die Mauerritze, plumpsten träge in die Tiefe, um schließlich unter lautem Platschen auf der Erde zu zerplatzen. Fröstelnd vergrub Mathilda ihre steifen Finger in der Heuke, sah den winzigen Nebelwolken nach, in die sich ihr Atem verwandelte, sobald er ihre warme Mundhöhle verlassen hatte. In diesem Mai machte Bonifatius, der letzte der drei Eisheiligen, seinem Namen alle Ehre. Hoffentlich fühlte sich die Kalte Sophie nicht verpflichtet, ihn darin noch zu übertreffen. Mathilda hatte mehr als genug von dem Frost. Als könnte sie ihm auf zwei Beinen entfliehen, hastete sie weiter Richtung Altstadt. Der glitschige Straßenbelag aber steckte mit den Eisheiligen unter einer Decke. Dank des Schwitzwassers von den Mauern und einiger sich vorwitzig zwischen den Fugen herausschiebenden Grasbüschel verwandelte er sich in eine halsbrecherische Eisbahn. Mathilda verfluchte ihren Leichtsinn, auf Trippen verzichtet zu haben. Längst war das Leder der Schuhe von Feuchtigkeit vollgesogen und die Sohlen so glatt, dass sie wie Seifenstücke über die halb gefrorenen Pflastersteine schlitterten.

Nach einer halben Ewigkeit gelangte sie endlich aus dem Schatten der kühlen Klostermauern hinaus. Erleichtert warf sie einen letzten Blick zurück. Gnädig umhüllte Nebel die unscheinbaren Mauern des ehemaligen Benediktinerinnenkonvents St. Marien. Kaum ragten der massive Kirchturm und das nicht minder massige Dach der Kapelle aus den dichten Schwaden empor. Dennoch war deutlich zu erkennen, wie gefährlich schräg sich das gesamte Anwesen zum Fluss hin neigte. Es hatte den Anschein, als wollte es ob seiner Hässlichkeit vor Scham darin versinken. Zwei Menschenalter war es her, als es das tatsächlich einmal getan hatte und ein Teil der Gebäude in den Neuen Pregel gestürzt war. Die schauerliche Mär vom fürchterlichen Tod eines halben Dutzends jungfräulicher Ordensschwestern in den eisigen Frühjahrsfluten geisterte seither durch die kahlen Gänge des Klosters und erschreckte seine Bewohner bei jedem lauten Balkenknarzen.

»Wen haben wir denn da?«, ertönte kurz vor dem Stadttor eine Frauenstimme wie aus dem Nichts. Mathilda erschrak. War sie jetzt auch schon von Sinnen? Weit und breit war niemand zu sehen. Warfen die ruhelosen Seelen der in den Pregelfluten Ertrunkenen schon die Netze nach ihr aus? Dazu aber hörte sich die Stimme viel zu bestimmt an. Sie schalt sich eine törichte Närrin. Geister gab es nicht! Entschlossen kniff sie die Augen zusammen, sah sich genauer um. Nah vor dem Schatten eines dichten Weißdornbuschs erspähte sie die Gestalt von Gret Selege, wie sie sich mit ihrer hellen Haube und dem ebenso hellen Umhang langsam aus dem Nebeldunst herausschälte. Mathilda wollte aufatmen, da gewahrte sie ein freches Funkeln in den blauen Augen von Doras Schwägerin. »Ihr kommt wohl aus dem Tollhaus.« Voller Genuss ließ Gret den Satz nachhallen, bevor sie weitersprach. »Eines muss man Euch trotz allem zugutehalten, zumindest schaut Ihr gelegentlich nach der armen Seele, die Ihr ohne Doras Wissen ins Hospital abgeschoben habt.«

Empört rang Mathilda nach Luft, zwang sich aber, ruhig zu bleiben. Den Mund gespitzt, verengte sie die mandelförmigen grünen Augen zu schmalen Schlitzen und maß ihr Gegenüber mit strengem Blick. »Wie schön, Euch hier zu treffen, meine Liebe«, säuselte sie betont süß. »Solltet Ihr nicht Elßlin beim Kochen zur Hand gehen? Die Männer werden bald sehr hungrig von der Baustelle in der Junkergasse zurückkehren. Von dem gefräßigen Lienhart ganz zu schweigen. Ein Knabe seines Alters braucht nach der anstrengenden Schule tüchtig etwas auf die Knochen.«

»Gut zu hören, dass Ihr so um das Wohl meines kleinen Schwagers besorgt seid. Unter Eurer Obhut wird er endlich kräftig wachsen und gedeihen. Warum kümmert Ihr Euch eigentlich so sehr um ihn? Mit seinen zehn Jahren bedarf er solch besonderer Fürsorge gar nicht mehr. Oder verfolgt Ihr damit andere Absichten?«

Gret reckte das Kinn in die Luft, stemmte die Hände in die Hüften und vertiefte ihren herausfordernden Blick. Mathilda spürte unbändigen Zorn in sich aufwallen. Am liebsten würde sie die unverschämte junge Frau an ihren bernsteingoldenen Haaren packen und kräftig schütteln, bis ihr klarwurde, welche Achtung sie einer Frau wie ihr schuldete. Mitten auf der Straße aber war das undenkbar. Ohnehin sammelte sich vor dem nahen Holztor zur Altstadt eine ganze Schar Wartender, darunter einige ihr gut bekannte Kaufleute und Bürgersfrauen. Hastig grüßte Mathilda und zog Gret hinter den Weißdornbusch.

»Was fällt Euch ein, derart mit mir zu reden? Ich sollte wohl besser einmal mit Eurem Schwäher unter vier Augen ein ernstes Wort über Euer Betragen wechseln.«

»Tut das, meine Liebe, tut das ruhig.« Gret grinste immer noch. »Der gute Wenzel wird sich freuen, einmal ganz allein mit Euch zu sein. Euch tut es gewiss auch sehr wohl, seine Schmeicheleien in Ruhe auszukosten. Seine honigsüßen Worte dürften Labsal für Eure Seele sein. Aber seht Euch vor«, sie beugte sich Mathilda ein Stück entgegen und wisperte verschwörerisch: »Er mag es gar nicht, an der Nase herumgeführt zu werden, erst recht nicht von einer Frau. Sollte er den Eindruck gewinnen, Ihr meint es nicht ernst und würdet ihn allein aus Rache einem anderen gegenüber erhören, wird er zutiefst beleidigt sein. Ein Rat unter uns, ihn zu beleidigen solltet Ihr tunlichst vermeiden. Das würde er Euch sehr übelnehmen.«

Mathilda stockte der Atem. Was nahm sich die freche Zungenkläfferin da Ungeheuerliches heraus? Unnötig, ihr genauer in die Augen zu sehen und das spöttische Zucken um den wohlgeformten Mund noch länger zu betrachten. Gret wusste leider viel zu genau über ihr vergebliches Bemühen um Urban sowie über Wenzels Werben um sie Bescheid. Das alles aber ging die verdorbene Schelmin einen feuchten Kehricht an. »Ihr sprecht wohl aus bester Erfahrung. Gewiss habt Ihr Eurem Schwäher schon mehr als einen Grund geboten, böse auf Euch zu sein. Umso mehr wundert mich, dass Ihr Euer loses Mundwerk trotzdem nicht zügelt. Nur zu gern werde ich ihm einen weiteren Grund nennen, Euch zu zürnen.«

Sie stemmte die Hände in die Hüften, musterte die junge hochgewachsene Frau aufmerksam. Wie stets hatte sie auf eine sorgfältige Erscheinung geachtet. Die helle Kugelhaube war tadellos unter dem Kinn gebunden, die Heuke entbehrte auch noch der geringsten Staubfluse oder Flecken. Ebenso war der dunkelgrüne Wollrock ordentlich gebürstet. Selbst die breiten Kuhmaulschuhe, unter die sie Trippen gebunden hatte, glänzten sauber poliert, was bei dem Zustand der Straßen und dem feuchtkalten Nebelwetter ein wahres Kunststück darstellte. Ein neuer Gedanke keimte in Mathilda.

»Euch sind wohl die Besuche bei Hofe etwas zu Kopf gestiegen«, sagte sie wieder honigsüß. »Doch seid auf der Hut. Nur weil man Euch bis zum Nähzimmer der Herzogin vorgelassen und Dorothea tatsächlich schon das ein oder andere Mal das Wort an Euch gerichtet hat, seid Ihr noch lange nicht geadelt. Was heißt es auch schon, dass Ihr mit dem fetten flämischen Bibliothekar verkehrt? Vielleicht hättet Ihr Euch vorher besser über seinen wahren Ruf informiert. Oder glaubt Ihr im Ernst, bei Hofe wäre außer ihm tatsächlich irgendwer bereit, über Eure zweifelhafte Herkunft hinwegzusehen?« Sie hielt inne, genoss es zu sehen, wie die Farbe aus Grets Antlitz wich. »Ihr habt doch nicht etwa vergessen, dass auch ich aus Nürnberg stamme und über Eure Familie Bescheid weiß? Selbst die Herzogin wie auch jeder sonst aus ihrem näheren und weiteren Umfeld, ja, selbst die Beamtenschaft in den Kanzleistuben bis hinunter in die Altstadt wissen, wie es sich in Wahrheit mit Euch verhält. Dass bislang darüber hinweggesehen wird, geschieht allein aus Mitleid. Es liegt in der Natur der Herzogin, sich in allen Belangen großzügig zu zeigen, selbst was die uneheliche Herkunft des ein oder anderen am Hof Gestrandeten anbelangt.«

Das leichte Flackern in Grets Augen schenkte ihr Genugtuung. Genüsslich schürzte sie die Lippen, wiegte sich ein wenig in den Hüften, so leicht war ihr auf einmal zumute.

»Mir macht Ihr keine Angst«, hob Gret nach einer kleinen Pause an. »Ich weiß, wer ich bin und woher ich komme. Aber warum droht Ihr mir überhaupt? Seid Ihr Euch Eurer selbst so unsicher? Anscheinend drückt Euch das schlechte Gewissen. Kein Wunder, wenn man bedenkt, was Ihr mit Renata angestellt habt. Wie schändlich von Euch, die treue Seele ins Tollhaus zu bringen, sobald Dora die Stadt verlassen hat. Freut Euch auf Doras baldige Rückkehr. Ihr wisst genau, dass sie das nie und nimmer dulden wird.«

»Euer Schwäher teilt meine Meinung, dass Renata bei den Schwestern im Hospital weitaus besser aufgehoben ist als bei uns«, setzte Mathilda an und ärgerte sich im nächsten Moment, sich überhaupt vor dem frechen Weibsbild zu rechtfertigen. »Sie ist seine Magd, nicht Eure, also obliegt ihm allein ihre Fürsorge. Mein Vorschlag, Renata ins Hospital zu bringen, war für ihn eine große Erleichterung. So ist er von der Pflicht, für die Kranke zu sorgen, auf beste Weise entbunden. Beklagt Ihr Euch nicht nahezu täglich, wie beengt wir derzeit alle im Hause meines Vetters am Mühlenberg leben? Vergesst nicht, das Haus beherbergt gemeinhin drei Erwachsene sowie eine Magd und nicht acht Bewohner und zwei Mägde wie in den letzten Wochen. Zu allem Überfluss kann Renata Elßlin nicht wirklich helfen. Derzeit taugt sie nicht einmal mehr zum Wasserholen am Brunnen. Eigentlich müsste sie von früh bis spät beaufsichtigt werden. Das aber kann niemand von uns, oder traut Ihr Euch zu, im Falle eines Falles rechtzeitig zu verhindern, dass sie nächtens ein weiteres Mal lauthals ›Feuer!‹ schreiend durch die Straßen rennt und die anderen Bürger in Angst und Schrecken versetzt? Wenn sie noch einmal von den Bütteln im Ratskeller festgesetzt wird, werden wir sie wohl kaum ein zweites Mal herausholen können.«

Sie raffte ihren Rock und wollte endlich weitergehen. Es war höchste Zeit, nach Hause zu gelangen. Mit Grauen dachte sie daran, wie die vierzehnjährige Elßlin allein in der Küche hantierte, um das Mittagessen für die hungrigen Männer zu bereiten. Unglaublich, dass Gret das Mädchen allein gelassen hatte. Noch dazu nur, um ihr solche Frechheiten an den Kopf zu werfen. Aber die sollte sich noch wundern. Gleich bei der Suppe würde sie Wenzel Selege davon berichten. Veit Singeknecht und Jörg Selege sollten ruhig mit anhören, wessen sich die junge Frau erdreistete.

Die von neuem aufflammende Wut beschleunigte ihre Schritte. Im Handumdrehen erreichte sie das Holztor an der Stadtgrenze zwischen Löbenicht und Altstadt. Die Schlange der Wartenden war lang. Feuchter Nebel hüllte die dick vermummten Gestalten ein. Hätte man es nicht besser gewusst, hätte man eher auf November denn auf Mitte Mai getippt. Einzig die grünen Blätter der Efeuranken sowie die aus den Mauerritzen sprießenden Blüten erinnerten daran, dass der Frühling unlängst schon einmal verschwenderischen Einzug in die Stadt gehalten hatte.

Weinend suchte ein kleines Mädchen Schutz unter dem Mantel seiner Mutter. Ein Mann mit einer schweren Kieze auf dem Rücken schob die beiden ungeduldig beiseite, woraufhin ein anderer heftig protestierte. »Was fällt Euch ein! Wir alle wollen schnell durchs Tor. Wartet gefälligst, bis Ihr an der Reihe seid.« Die meisten Umstehenden stimmten ihm zu, ein Jüngling aber versuchte frech die Empörung zu nutzen, um ein Stück weiter nach vorn zu gelangen. Mathilda tat es ihm nach und zwängte sich ebenfalls geschickt an den Streitenden vorbei. Überraschend flink blieb Gret ihr auf den Fersen. Schon wollte sie sich umdrehen und sie beschimpfen, da unterdrückte sie diesen Wunsch gerade noch einmal. Am Ende fing Gret mitten im Getümmel vor dem Tor noch einmal mit ihren unverschämten Unterstellungen an. Im Schatten des Jünglings erreichte sie ein Fuhrwerk. Daran kam sie beim besten Willen nicht vorbei und musste stehen bleiben. Zu ihrem Verdruss steckte der Fuhrmann mitten in einem längeren Streitgespräch mit den Torwachen.

»Kunz, sei nicht so griesgrämig. Jeden Tag komme ich hier vorbei, ohne dass du die Säcke auf meinem Karren nachzählst. Warum willst du ausgerechnet heute damit anfangen, wo es regnet und kalt ist? Die Leute werden dir den Kopf einschlagen, wenn sie deshalb länger in der Kälte stehen.«

Zu seiner Bestätigung schnaubte der Zugochse verächtlich, woraufhin der zweite Wachmann seinem Kumpan etwas ins Ohr flüsterte. »Was treibt Ihr da vorn?« – »Sollen wir im Regen erfrieren?« – »He, Fuhrmann, siehst du nicht, dass du alles aufhältst?« Die Wartenden empörten sich immer lauter. Darüber geriet der Ärger über den drängelnden Mann mit der Kieze in Vergessenheit.

Mathilda wurde das alles zu viel. Aus den nassen Umhängen der immer dichter beieinanderstehenden Leute stank es. Jemand schubste sie in eine Pfütze. Die eisige Dreckbrühe schwappte in ihre Schuhe. Angewidert versuchte sie einen Schritt zur Seite zu treten, stieß dabei gegen Gret, die sie grinsend ansah. Auf der anderen Seite stand der Jüngling, der ihr den Weg gebahnt hatte. Unter seiner Kapuze schnitt er ein unfreundliches Gesicht. Ihr wurde unbehaglich zumute. Sie holte tief Luft, dann schubste sie Gret beiseite und zwängte sich zwischen Fuhrwagen und Mauerwerk des Stadttores nach vorn zu den Wachen. Lautstarker Protest ertönte hinter ihr. »Was fällt Euch ein?« – »Nur weil Ihr einen Pelzkragen habt, seid Ihr nicht eher an der Reihe.« – »Schaut Euch die andere an, die macht es ihr nach!«

Ohne sich umzudrehen, wusste Mathilda, dass sie Gret nicht losgeworden war. Das steigerte ihre Wut. Böse blitzte sie den Wachmann an, der ihr mit der Pike den Durchgang versperrte.

»Wisst Ihr nicht, wer ich bin? Mein Vetter ist der herzogliche Kammerrat Stöckel. Gnade Euch Gott, wenn Ihr mich aufhaltet.« Ehe der Wachmann sichs versah, schob sie die Pike beiseite und eilte an ihm vorbei. Sogleich rannte er ihr nach und hielt sie am Arm fest.

»Stehen geblieben!«

»Und wenn Ihr die Großmutter des herzoglichen Kochs seid, so habt Ihr zu warten wie alle anderen«, eilte ihm der zweite Wachmann zu Hilfe. Unterdessen hatten Gret wie der Jüngling und noch einige andere die Gelegenheit genutzt, um unbehelligt durch das Tor zu schlüpfen. Auch der Fuhrmann schickte sich an, seinen Ochsen zum Losfahren zu bewegen. Erst durch das neuerliche Schnauben des massigen Tieres wurden die Wachleute aufmerksam. Einen Moment schauten sie unschlüssig zwischen Mathilda und dem Fuhrwerk hin und her, dann entschlossen sie sich, doch lieber den Wagen aufzuhalten, und ließen von Mathilda ab.

»Wohlgetan, meine Herren.« Verärgert klopfte sich Mathilda die Arme, als wären sie durch den Zugriff der Wachleute schmutzig geworden, dann hastete sie weiter.

»Wie gut, dass Ihr Euch nichts auf die Stellung Eures Vetters einbildet.« Unverhofft tauchte Gret wieder neben ihr auf und schmunzelte. Der Jüngling war längst auf der belebten Langgasse verschwunden. »Die Wachen habt Ihr leider nur wenig beeindruckt. ›Die Ehefrau des herzoglichen Kammerrats‹ klingt eben doch erheblich besser als ›mein Vetter, der Kammerrat‹. Aber leider ist Euch diese Ehre versagt. Als Ehefrau des ehrwürdigen Baumeisters Wenzel Sel…«

»Haltet endlich Euer niederträchtiges Maul!«, zischte Mathilda. Ohne Gret eines Blickes zu würdigen, rannte sie die Langgasse entlang, wich geschickt Entgegenkommenden aus, achtete jedoch tunlichst darauf, rechtzeitig zu grüßen, sobald sie ein bekanntes Gesicht oder eine wichtige Persönlichkeit erspähte. Achtlos trat sie einen streunenden Hund mit dem Fuß und zwängte sich kurz darauf zwischen zwei Karren hindurch, in der Hoffnung, Gret damit ein für alle Mal loszuwerden. Doch die junge Selege hing weiter wie eine Klette an ihr. Selbst als sie zum Mühlenberg einbog und sich die Straße erheblich verengte, gelang es Gret, ihr dicht auf den Fersen zu bleiben. Mathilda senkte das Antlitz, tat, als wollte sie dem stärker werdenden Regen entgehen. Zuletzt zog sie die Kapuze so tief ins Gesicht, dass sie kaum mehr als die eigenen Fußspitzen sah. Nahezu blind erreichte sie Urbans Haus am oberen Ende des Mühlenbergs und klopfte kräftig. Verärgert sah sie an sich hinunter. So machte sie keinen Staat aus sich. Umhang und Rock waren schlammbespritzt, die Schuhe dreckverkrustet. Wie gern hätte sie Gret dafür verantwortlich gemacht. Am schlechten Wetter aber trug Doras lästige Schwägerin wirklich keine Schuld.

»Was brauchst du so lang? Soll ich im Regen auf der Schwelle festfrieren?«, herrschte sie Elßlin an, als sich die schwere Eichenholztür nach einer Ewigkeit vorsichtig öffnete. Verängstigt knickste das Mädchen und nahm ihr den Umhang ab. »Häng ihn zum Trocknen auf und bring mir Pantoffel. Ist der Ofen in der Stube eingeheizt? Kaum zu glauben, dass Mai ist. Meine Finger und Füße sind steif gefroren wie im Dezember. Fehlt nur noch, dass der Regen in Schnee übergeht.«

Beflissen tat die blondbezopfte Magd, wie ihr geheißen, drapierte die regenschwere wollene Heuke über zwei Haken an der rückwärtigen Wand und bückte sich anschließend nach den Pantoffeln, die unter einer Bank bei der Treppe bereitstanden. Sie kniete vor Mathilda nieder, um ihr hineinzuhelfen. Keuchend vor Anstrengung stützte Mathilda sich auf dem Buckel des Mädchens ab, was der Schmächtigen einen leisen Seufzer entlockte. Plötzlich schoss die dreifarbige Katze mit steil aufgerichtetem Schwanz aus einem dunklen Winkel heraus und fauchte böse. Die bernsteinfarbenen Augen des Tieres funkelten im schwachen Licht. Mathilda kreischte auf: »Scheuch dieses grässliche Ungeheuer aus dem Haus! Du weißt genau, dass ich es nicht mag, wenn sie mir um die Waden streicht.«

Zur Bekräftigung versetzte sie der buckelnden Katze einen Tritt. Mit einem abermaligen Fauchen stob sie davon.

Elßlin hauchte »Verzeiht« und brachte rasch die nassen Schuhe fort.

»Wie weit bist du eigentlich mit dem Essen?«, rief Mathilda ihr nach. »Gleich werden die Männer hungrig nach Hause kommen.«

»Verzeiht, aber …«, setzte Elßlin erneut schüchtern an, sobald sie wieder vor ihr stand. Dabei wagte sie nicht, das Antlitz zu heben. Ihre Wangen glühten vor Scham, die schmalen Schultern bebten.

»Kein Wunder, dass du es nicht geschafft hast.« Mathildas Ton wurde überraschend sanft. Tröstend strich sie ihr über die Wange. »Du warst ja ganz allein, mein armes Kind. Die gute Gret Selege dachte, Besseres zu tun zu haben, als sich um den Haushalt zu kümmern. Wahrscheinlich wähnt sich die gnädige Frau hier in einem Gasthaus, in dem sie von früh bis spät bedient wird, ohne selbst auch nur einen Finger krümmen zu müssen.«

Wütend fuhr sie herum. Gret hatte sich ebenfalls bereits des nassen Umhangs sowie der schmutzigen Schuhe entledigt. Die Aufregung schien an ihr abzuperlen wie die Regentropfen. Unverwandt sah sie Mathilda ins Gesicht. Im dämmrigen Licht der schlecht beleuchteten Diele meinte Mathilda gar von neuem ein spöttisches Grinsen um ihre Mundwinkel zu erkennen. Schon wollte sie aufbrausen und ihr vor der Magd ihre Unzuverlässigkeit und Unverschämtheit vorwerfen, da brachte ein energisches Klopfen an der Tür sie völlig aus dem Konzept.

»Mach auf«, befahl sie Elßlin.

Der Mairegen hatte sich weiter verstärkt. In Böen peitschte der Wind ihn vor sich her. Sobald die Tür aufschwang, prasselten die Tropfen auf die Fliesen. In der grauen Regenwand war der Bote, der auf der Schwelle ausharrte, kaum zu erkennen.

»Ich bringe eine Nachricht für Mathilda Huttenbeck«, verkündete er und kramte unter seinem triefenden Umhang einen völlig durchweichten Umschlag hervor.

»Lasst sehen.« Ungeduldig winkte Mathilda ihn herein. In wenigen Schritten stand er bei ihr und reichte ihr das Schreiben. Sofort bildete sich eine riesige Wasserlache um seine Füße. »Gib ihm eine Münze«, wies Mathilda Elßlin an. Sie hatte keine Lust, den Mann zum Aufwärmen auf eine Schale heiße Suppe einzuladen. Mit zittrigen Fingern erbrach sie das Siegel. Das Schreiben war von Urban. Sie ahnte längst, was er mitzuteilen hatte. Dennoch wartete sie, bis der Bote unter einem laut vernehmlichen Fluch ob der fehlenden Gastfreundlichkeit wieder im Regen verschwunden war, bevor sie den Briefbogen auseinanderfaltete und die Zeilen überflog.

»Und?«, fragte Gret, als wäre es ihr gutes Recht, als Erste zu erfahren, was Urban Mathilda mitzuteilen hatte.

Schon spürte Mathilda ihren Atem im Nacken. Das freche Weibsbild erlaubte sich also tatsächlich, ihr beim Lesen über die Schulter zu schauen. Erzürnt fuhr sie herum, beschloss dann aber ein weiteres Mal, ihre Wut im Zaum zu halten. Sie schürzte die Lippen, musterte die junge Frau eindringlich und erklärte in bedauerndem Ton: »Leider muss ich Euch mitteilen, dass die Zeiten, in denen Ihr Euch für die Herrin im Haus gehalten habt, schon vorbei sind. Geht hinauf in die Küche und kümmert Euch um das Essen. Zumindest die Suppe sollte bereitstehen, wenn Euer Schwäher und Euer Gemahl gleich von der Baustelle zurückkehren.«

Sie hatte erst wenige Stufen auf der Treppe erklommen, als von oben Veit Singeknecht in beschwingtem Schritt die Stufen hinuntertänzelte. Ein Lachen lag auf seinem breiten Gesicht, die grünbraunen Augen strahlten selbst im Dämmerlicht. Fehlte nur noch, dass er fröhlich ein Lied vor sich hin trällerte.

»So kommt Dora also endlich zurück«, erklärte er gutgelaunt.

»Wie bitte?« Mathilda meinte ihren Ohren nicht zu trauen. Er nannte Dora offen beim Vornamen! »Wieso seid Ihr in der Werkstatt und nicht auf der Baustelle bei den anderen? Regnet es Euch etwa zu viel? Was ist mit den beiden Seleges?«

»Die kommen gleich«, erwiderte Veit unbeschwert. »Doch verratet endlich: Wann wird Dora wieder bei uns sein?«

Die unverhohlene Freude auf seinem Antlitz erklärte mehr als tausend Worte. Kurz blickte Mathilda über die Schulter zu Elßlin und Gret. Wie befürchtet, hatten auch die beiden Singeknechts Auftritt mitverfolgt. Elßlin hatte die großen blauen Augen erstaunt aufgerissen, Gret schmunzelte. Mathilda kniff die Lippen zusammen und stellte in einem Ton, der keinen Widerspruch duldete, dem jungen Baumeister gegenüber fest: »Mein lieber Vetter und seine Gattin kehren morgen von ihrer Reise nach Hause zurück. Bis dahin gibt es noch einiges zu tun. Entschuldigt mich bitte.«

Ohne ihn eines weiteren Blickes zu würdigen, stieg sie dicht an ihm vorbei die Stufen hinauf und eilte in die Wohnstube. Grets Stimme hallte ihr nach: »Zuallererst solltet Ihr Renata aus dem Hospital holen. Dora wird toben, wenn sie erfährt, wie Ihr mit der Ärmsten umgesprungen seid.«

Mathilda verharrte in der offenen Tür. Ihr Blick fiel auf die ordentlich gedeckte Tafel. Das wenigstens hatte Elßlin also geschafft. Leise zählte sie bis drei, dann rief sie in die Diele zurück: »Wahrscheinlich wird sie noch mehr toben, wenn sie erfährt, dass Ihr ein kostbares Buch aus dem Besitz der Seleges in die herzogliche Bibliothek zu Polyphemus verschleppt habt.«

»Was wollt Ihr damit …, Ihr wisst doch, daran ist nicht …« Mitten im Satz brach Gret ab. Das war Mathilda Bestätigung genug, das Richtige gesagt zu haben. Zufrieden trat sie in die Stube, schloss die Tür und näherte sich händereibend dem Kachelofen, als sie eilige Schritte vernahm. Erdreistete sich Gret etwa, doch noch einmal zu ihr zu kommen? Gerade legte sie sich eine passende Erwiderung zurecht, als die Tür aufschwang und Veit Singeknecht hereinstürmte. Das Lächeln auf seinem kantigen Gesicht war verschwunden. Stattdessen waren seine Züge schreckgezeichnet.

»Von welchem Buch aus dem Besitz der Seleges habt Ihr da gerade geredet? Es handelt sich doch nicht etwa um das berühmte Werkmeister…«

»Mein lieber Singeknecht«, fiel sie ihm betont freundlich ins Wort, »es gibt viele Dinge in diesem Haus, die gehen Euch als Außenstehenden nicht das Geringste an.«

23

Sosehr sich Dora bemühte, sie konnte es einfach nicht. Das Herz schlug ihr bis zum Hals. Von neuem befiel sie Schwindel. In den letzten Tagen spürte sie den immer häufiger. Morgens beim Aufwachen war er von einer entsetzlichen Übelkeit begleitet, nun aber überkam sie lediglich ein leichtes Schwanken sowie das Verlangen, sich haltsuchend irgendwo anzulehnen. Die Ursache lag auf der Hand. Die verbotene Nähe zu Veit Singeknecht, das ungehörige Alleinsein mit ihm in der Werkstatt versetzte sie in Taumel. Nichts davon durfte sie sich anmerken lassen. Tief atmete sie durch. Völlig unmöglich, daran zu denken, in dieser Verfassung den Finger auszustrecken und auf die Fialenspitze am

Erker zu deuten, um ihm das Gewünschte zu zeigen. Das heftige Zittern würde sie sogleich verraten. Ihr Blick klebte an Veits Hinterkopf. Tief hatte er sich über die Zeichnung auf dem Tisch gebeugt und studierte sie aufmerksam. Wenn sie ihn recht verstanden hatte, wartete er auf eine Erklärung zum vorgesehenen Durchmesser der Säulenspitze. Sie war verwirrt. Weder konnte sie ihm das Richtige antworten noch ihm das betreffende Bauelement auf dem Plan zeigen. Viel zu sehr zog sie sein Anblick in Bann. Jede einzelne Strähne seines dunklen, kurzgeschnittenen Haares hätte sie inzwischen auswendig auf einen Bogen Papier zeichnen können. In den Falten, die die Haut des Halses über dem Kragen seines Rockes warf, flaumten hellere Härchen auf. Schon juckte es sie in den Fingerspitzen, zärtlich darüberzustreichen. Sie mussten sich weich und warm anfühlen. Sie seufzte leise. Allmählich wurde die Situation unerträglich.

Hatte sie sich nicht vorgenommen, ein für alle Mal die sündige Träumerei seinzulassen? Kaum eine Woche war es her, dass sie mit ihrem Gemahl so überaus glückliche Stunden im Wald der tanzenden Bäume durchlebt hatte. Kaum aber dachte sie daran, kam ihr sogleich die Erinnerung an Urbans rätselhaftes Verhalten nach dem Überfall in den Sinn. Seither rückte er immer weiter von ihr ab. War es ein Wunder, dass darüber der verbotene Traum wieder Oberhand gewann?

»Mir will nicht in den Kopf, was Miehlke stört«, erklärte Veit mitten in ihre Gedanken mit seiner wohltönenden Stimme und holte sie damit in die Gegenwart zurück. Zögernd richtete er sich auf, ohne den Blick von dem Entwurf abzuwenden. Er hob die rechte Hand, fuhr sich nachdenklich über das eckige Kinn. Die frisch rasierten Bartstoppeln knisterten unter der Berührung. »Die Höhe der Fiale ergibt sich eindeutig aus den Proportionen des Erkers. In Bezug auf die jeweiligen Geschosse sowie im Zusammenspiel mit der Anlage der Fensterfront zur Straßenseite und dem geplanten Stufengiebel ergibt das ein sehr rundes Bild. Das alles ist völlig einwandfrei. Das sollte Miehlke endlich begreifen und nicht immer wieder von neuem trotzig auf diesem Punkt beharren.« Er drehte sich zu ihr um und lächelte.

Sie zuckte zusammen. Es dauerte einen Moment zu lange, bis die Bedeutung seiner Worte in ihr Hirn sickerte. »Miehlke m-m-m-meint, also er d-d-d-d-denkt, ich glaube, er hat gesagt, die Fiale wäre zu filigran. Das haben wir vor vier Wochen schon einmal besprochen, vor meiner Abreise, wie Ihr Euch erinnert. Er behauptet nach wie vor, in dieser Höhe und Dünne würde ihm der Stein beim Schneiden brechen«, stammelte sie und fühlte sich wie ein törichtes Kind, das beim Schummeln erwischt wurde. Die Hitze auf ihrem Gesicht musste sie verraten. Gewiss hatte Veit das längst bemerkt und schloss daraus, wie unfähig sie als Baumeisterin war. Weder war sie in der Lage, einen Entwurf zu liefern, der das Verhältnis der einzelnen Teilelemente zueinander richtig darstellte, noch brachte sie es fertig, den ausführenden Steinmetz davon zu überzeugen, im Vertrauen auf ihr Können brav nach ihren Vorgaben zu arbeiten, geschweige denn, einem weitaus erfahreneren Baumeister zuzuhören und seine gutgemeinten Ratschläge in die Tat umzusetzen. Sie schlug die Hände vors Gesicht und schwankte. Alles um sie herum stürzte in sich zusammen. Aber war das wirklich ihre Schuld? Von Anfang an hatte sie versucht Urban klarzumachen, dass sie keine richtige Baumeisterin war. Ihr von ihm so übertrieben gelobter Entwurf für das neue Haus in der Junkergasse bestach allein deshalb, weil sie ihn aus verschiedenen Zeichnungen ihres Ahns Laurenz zusammengeschustert hatte. Es fehlte ihr nicht allein am nötigen Einfallsreichtum, etwas Eigenständiges zu entwickeln, sondern auch an der Erfahrung, das aus alten Vorlagen Abgekupferte sinnvoll umzusetzen. Noch dazu zeigte sich an Miehlke, wie wenig die Handwerker bereit waren, den Anweisungen einer Frau Folge zu leisten.

»Miehlke sagt, das geht nicht, weil er es einfach nicht will«, stellte Veit knapp fest. Das Lächeln auf seinem Gesicht wurde breiter, in seinen grünbraunen Augen blitzte es spöttisch. Er strich sich über den dunkelbraunen Faltrock, drückte das breite Kreuz stärker durch, was ihn größer und imposanter wirken ließ. Dora schmolz dahin. »Letztens habe ich Euch schon ausführlich meine Meinung zu Handwerksmeistern wie ihm gesagt. Wer zeit seines Lebens nicht über die Mauern seiner eigenen Stadt hinausschaut, wird nie erfahren, wie es dahinter aussieht, geschweige denn begreifen, welche Möglichkeiten sich ihm dort draußen erschließen. So wird sein Schaffen immer nur die stete Wiederholung des einmal Gelernten bleiben.«

»Da kann ich ihm wohl guten Gewissens die Hand reichen. Auch meinem Tun wird dieses Schicksal beschieden sein, sofern ich überhaupt jemals noch die Gelegenheit erhalte, nach dem Haus meines Gemahls ein weiteres Gebäude zu entwerfen und einen Bau zu beaufsichtigen.« Traurig wandte sie sich dem großen Tisch zu, sammelte die Stifte ein und griff nach Laurenz Seleges Werkmeisterbuch, das neben dem auseinandergefalteten Entwurf lag. Voller Wehmut streichelte sie über den abgeriebenen Ledereinband. Die durch die Fenster großzügig einfallende Sonne hatte ihn angenehm aufgewärmt.

»So dürft Ihr nicht reden.« Sanft legte Veit seine große schlanke Hand auf die ihre, umschloss sie und den darin befindlichen Oktavband. Die unverhoffte Berührung traf sie wie ein Schlag. Abermals wurde ihr flau, zugleich spürte sie ein kaum zu stillendes Verlangen, ihm einfach um den Hals zu fallen und sein geliebtes Angesicht mit Küssen zu überdecken. Sie erschrak. Wieder fühlte sie sich bei einem schweren Verstoß ertappt. Wie konnte sie Derartiges nur denken, geschweige denn herbeisehnen? Sie senkte die Lider, entzog ihm ihre Hand und trat mit dem Buch vor das mittlere der drei Doppelfenster, die auf den Mühlenberg hinausgingen. Angestrengt sah sie hinaus, versuchte gleichmäßiger zu atmen und Ordnung in die wirren Gedanken zu bringen. Die Knöchel ihrer Finger zeichneten sich weiß unter der Haut ab, so fest umklammerte sie das Werkmeisterbuch des Ahns in ihren Händen.

Nach dem Überstehen der Eisheiligen und der Kalten Sophie war der Frühling an den Pregel zurückgekehrt. Die düsteren Regenwolken hatten sich verzogen, das lichter gewordene Gewölk schenkte der Sonne wieder ausreichend Gelegenheit, die Welt mit wohltuender Wärme zu überziehen. Das Strahlen oben am Himmel übertrug sich auf die Gesichter unten auf Erden. Dora meinte an diesem ersten Tag der neuen Woche in dem Getümmel auf dem Mühlenberg nur mehr gute Laune zu entdecken. Selbst das sonst von Ungeduld begleitete Warten vor der hölzernen Schlossbrücke schien auf einmal niemanden sonderlich zu stören. Schüchtern mischten sich einige Bauernmädchen unter die Händler, Fuhrleute und Handwerker und boten bunte Frühlingsblumen feil. Viel lieber als zu diesen zart duftenden Sträußen aber griffen die Männer bei den Brezeln und Bierkrügen zu, die ihnen gestandene Weibsbilder energisch unter die Nase hielten. Dora bedauerte die zurückgedrängten Bauernkinder. Schon überlegte sie, nach unten zu eilen und ihnen einige Blumen abzukaufen, da spürte sie auf einmal Veit dicht hinter sich. Lautlos war er zu ihr getreten und hatte sich kaum eine Handbreit hinter ihr ans Fenster gestellt. Sein Odem kitzelte ihr die Haut im Nacken, die Nähe seines Körpers versetzte den ihren in einen Ausnahmezustand. Sie versteifte sich. Wenn in diesem Moment Mathilda oder gar Urban in der Werkstatt auftauchten! Hatte er vergessen, in welch missverständlicher Lage ihr Gemahl sie vor der Abreise nach Ragnit angetroffen hatte? Von neuem schwindelte ihr. Sie schwankte und stieß dabei gegen Veits Brust. Behutsam legte er ihr die Hand auf die Schulter.

»Es gibt keinerlei Grund für irgendwelche Zweifel an Eurem Können.« Bang drehte sie sich zu ihm um. Ruhig sprach er weiter: »Seid Ihr nicht gerade erst von einer langen Reise zurückgekehrt? Was sagt Ihr zu den Ordensburgen, die auf Eurem Weg lagen? Gewiss habt Ihr viel gesehen und dabei noch mehr für Eure weitere Kunst gelernt. Gerade Tapiau besticht durch seine imposanten Gewölbe. Die Gestaltung der Joche und Kreuzrippengewölbe wie auch die Tierköpfe auf den Konsolen erinnern stark an das herzogliche Schloss hier in Königsberg, findet Ihr nicht?«

»Wahrscheinlich waren seinerzeit dieselben Baumeister am Werk«, mutmaßte sie. »Wie schade, dass wir nur von den wenigsten die Namen kennen.«

»So wie von Nikolaus Fellenstein aus dem Rheinland. Ein Dutzend Jahre muss er am Ausbau der Festung Ragnit beteiligt gewesen sein. Auch auf der Marienburg hat er gearbeitet.«

»Mein Ahn erwähnt seinen Namen mehrmals in seinen Aufzeichnungen. Voller Hochachtung preist er ihn, obwohl er mehr als zwei Lebensalter vor ihm dort gewirkt hat. Sein Schaffen hat also großen Eindruck hinterlassen. Die Marienburg muss das beste Bauwerk sein, das es weit und breit von Menschenhand gibt.«

»Zumindest hier in Preußen ist sie wirklich einzigartig. Ihr solltet sie mit eigenen Augen sehen. Das Herz würde Euch aufgehen.«

»Das ist ein großer Traum«, erwiderte sie mit einem Anflug von Traurigkeit. Sogleich aber rang sie sich ein Lächeln ab. »Wer weiß, vielleicht werde ich das eines Tages doch noch nachholen.«

»Ihr seid noch jung und habt noch vieles vor Euch«, versicherte er. »Da Ihr Nikolaus Fellenstein kennt, gehe ich davon aus, dass Ihr von Ragnit ähnlich begeistert seid wie ich.«

»Mir fehlen die Worte, die Pracht dieser gewaltigen Anlage genauer zu beschreiben«, erklärte sie in rauhem Ton, viel zu überwältigt von den Gefühlen, die sie in sich aufsteigen fühlte. Noch immer wurde ihr heiß, wenn sie an die Stunden mit Urban in der Bibliothek von Tapiau dachte. Nie durfte jemand erfahren, was sie zwischen den Bücherwänden getan hatten. Warum aber schämte sie sich vor Veit? Urban und sie waren verheiratet. Zudem sprach er von Ragnit. Sie biss sich auf die Lippen, schluckte, dann sah sie wieder zu Veit auf. »Die Marienburg wird zwar weitaus prächtiger sein als Ragnit, dennoch haben mich allein die Ausmaße der Burg überrascht. Um die Feinde gleich an der Grenze zu Preußen aufzuhalten, ist sie wohl genau der richtige Bau. Wer sieht, zu welchen Leistungen die Ordensleute schon vor mehr als fünf Menschenaltern fähig waren, der muss vor Ehrfurcht im Boden versinken. Kein Wunder, dass die Festung bis heute allen Angriffen getrotzt hat.«

»Wer weiß, wer künftig noch vergebens gegen sie anrennen wird«, stellte Veit schmunzelnd fest. »Ihr werdet die Burg in all ihren Feinheiten weitaus genauer studiert haben, als ich das jemals tun könnte, meine liebe Dora. Euer Blick für die entscheidenden Einzelheiten eines Bauwerks ist einzigartig. Das sticht auch an dem Entwurf Eures Hauses in der Junkergasse gleich auf den ersten Blick heraus.«

Sein Lob freute sie. Von neuem überzog eine leichte Röte ihr Antlitz.

»Eine Sache muss ich allerdings noch einmal mit Euch besprechen. Es betrifft das Fundament.«

»Stimmt etwas nicht?« Schnell fiel die Freude wieder in sich zusammen. Alles hatte zwei Seiten, die Sonne den Schatten, der Sommer den Winter und das Lob den Tadel. »Warum habt Ihr das nicht gleich gesagt?«

»Wieso denkt Ihr sofort, etwas an Eurem Entwurf wäre falsch?« Verwundert sah er sie an. »Ihr habt kein Vertrauen in Euch. Wie sonst ist zu erklären, dass Ihr mit einem Tadel rechnet, kaum dass ich Eure Arbeit in den höchsten Tönen gelobt habe. Dabei habe ich gehofft, wir beide würden ähnlich denken. Waren wir uns eben nicht völlig einig in der Einschätzung so großartiger Bauwerke wie Burg Tapiau oder Ragnit? Allerdings besitzt Ihr den weitaus besseren Blick als ich für das Feine, Besondere. Das beweist einmal mehr Euren angeborenen Sachverstand. Von daher ist es mir ein Rätsel, warum Ihr so wenig an Euch glaubt. Vielleicht rührt es daher, dass es Euer erster Bau ist. Umso beeindruckender, was Euch da gleich auf Anhieb und ohne jegliche handwerkliche Ausbildung gelungen ist.«

»Das ist allein Bücherwissen. So trocken wie der Staub, der aus den Seiten der alten Folianten rieselt, so trocken sind auch meine sämtlichen Entwürfe. Sie entbehren des Blutes, dessen wahres Künstlertum bedarf, um überhaupt erst lebendig zu werden und beim Betrachter wahre Leidenschaft zu wecken.«

»Gerade die wahre Leidenschaft ist an Euren Entwürfen mehr als deutlich, vergleicht man sie mit den Arbeiten so manch anderer viel in der Welt herumgereister Baumeister.«

»Trotzdem habt Ihr etwas daran auszusetzen. Sagt es mir besser gleich. Je eher ich es erfahre, desto lieber ist es mir.«

»Ihr habt mich völlig missverstanden. Es handelt sich um einen kleinen Änderungsvorschlag, der mit der Beschaffenheit des Geländes zusammenhängt. Als Ihr Eure Pläne angefertigt habt, konntet Ihr nichts davon ahnen. Ebenso wenig war es klar zu sehen, als wir nach Ostern gemeinsam den Baugrund besichtigt haben.«

Bei der Erinnerung an jenen ersten gemeinsamen Gang über das Grundstück wurde sie abermals verlegen. Ihr war, als brannten die bösen Blicke von Steinmetzmeister Miehlke und Maurermeister Zahnke wieder in ihrem Rücken.

»Erst als der Aushub voranschritt und wir die für das Fundament erforderlichen Untersuchungen durchführten, sind Euer Bruder und ich darauf gestoßen«, fuhr Veit unterdessen fort. »Der Boden ist weitaus morastiger als zunächst gedacht. Zwar haben wir das Pfahlgerüst deshalb umso enger anlegen lassen und dabei auch nur Eichenholz verwendet sowie die gestoßene Holzkohle sorgfältig um die Pfähle verteilen lassen, und auch der über den Rost aus Eichenbalken gegossene Kalkmörtel ist unter unserer Aufsicht auf das strengste angerührt worden, um auf Ewigkeit die nötige Festigkeit zu bewahren, aber dennoch sollten wir die tragenden Wände dicker mauern als ursprünglich vorgesehen. Eigentlich habe ich Euer Einverständnis bereits vorausgesetzt und die entsprechenden Anweisungen erteilt. Verzeiht meine Voreiligkeit, doch ich wollte keine Zeit verlieren. Die Ungeduld Eures Gemahls stand mir vor Augen. Bis zum Anbruch des Winters will er schließlich das Haus beziehen.«

»Das ist alles?« Aufmerksam hatte sie seinen umständlichen Ausführungen gelauscht. Vor Erleichterung wollte sie auflachen. »Hinsichtlich des Untergrundes hatte ich bereits

Ähnliches befürchtet. Anders als von meinem Gemahl lange erhofft, hat Herzog Albrecht ihm eines der schlechteren Grundstücke am Ende der Junkergasse zugeteilt.«

»Denkt Ihr, Hausvogt Göllner steckt dahinter?«, warf Veit ein.

»Göllner? Wie kommt Ihr darauf?« Erstaunt horchte sie auf.

»Vergesst es. Es war nur so ein flüchtiger Gedanke«, bemühte er sich eine Spur zu hastig, die Frage ungeschehen zu machen. »Was sollte er auch schon damit zu tun haben?«

»Stimmt, die Sache mit dem Grundstück geht ihn gar nichts an«, erwiderte sie. »Es hängt wohl einfach damit zusammen, dass der Herzog sich viel zu lange überhaupt nicht entschließen konnte, ob und wo er Urban ein Grundstück zuteilt. In der Zwischenzeit hat er ein gutes Dutzend anderer Hofleute versorgt. Also rückte Urban im wahrsten Sinn ans Ende der Junkergasse. Die Nähe zum Schlossgarten ließ mich gleich einen überaus feuchten Grund vermuten, wie Ihr ihn beschreibt. Nicht umsonst hat Herzog Albrecht vor etwa einem Dutzend Jahren durch das Anlegen einiger Karpfenteiche dafür gesorgt, den Garten trockener und damit für die Nutzung zugänglicher zu machen. Leider konnte ich das bei meinem Entwurf noch nicht berücksichtigen. Wenn Ihr also denkt, durch dickere Mauern im Keller könnte man dem morastigen Untergrund trotzen und dem Bau weitere Festigkeit verleihen, bin ich natürlich einverstanden. Wie aber wirkt sich das auf die Gestaltung in den oberen Geschossen aus? Denkt an das Sterngewölbe, das für die Diele vorgesehen ist. Müssen da ebenfalls noch Änderungen bedacht werden?«

»Da dürften nur marginale Eingriffe nötig sein. Gern würde ich Euch das an Ort und Stelle zeigen. Die Arbeiten sind zwar bereits weit fortgeschritten, doch wenn Euch mein Entschluss nicht gefällt, könnt Ihr immer noch eingreifen. Lasst uns am besten gleich gehen, damit Ihr wisst, wovon ich spreche. Seit Eurer Rückkehr wart Ihr noch gar nicht in der Junkergasse.«

»Es wird nicht nötig sein, mir das anzusehen. Ich vertraue Euch voll und ganz. Immerhin verfügt Ihr über eine weitaus größere Erfahrung als ich. Davon abgesehen kann ich Euch heute auch gar nicht zur Baustelle begleiten. Ich muss dringend ins Große Hospital in den Löbenicht. Es wird höchste Zeit, die arme Renata wieder nach Hause zu holen.«

»Lasst mich Euch begleiten. Gewiss wird es besser sein, wenn Ihr bei dieser Gelegenheit männlichen Beistand habt.«

»Danke, aber das schaffe ich allein. Oder habt Ihr vergessen, dass ich Renata an Karfreitag auch allein aus dem Kerker im Kneiphof befreit habe?« Nun war es an ihr, ihn spöttisch anzulächeln. Die Erinnerung an ihren Auftritt bei Kaufmann Steinhaus im Rathaus schenkte ihr neue Kraft. Die Unsicherheit war wie weggeblasen. Entschlossen räumte sie das Werkmeisterbuch in den Eichenholztresor, schloss ihn ab und griff nach dem Umhang am Haken neben der Tür.

Veit verfolgte jeden ihrer Schritte aufmerksam. Als sie in den dunklen Flur hinaustrat, kam er nach. »So leicht werdet Ihr mich nicht los«, raunte er ihr ins Ohr. Verwundert drehte sie den Kopf, merkte, dass sich ihre Nasenspitzen fast berührten, so nah waren sie einander. Wieder überfiel sie Schwindel, wieder spürte sie das unbändige Verlangen, ihrer Sehnsucht einfach nachzugeben. Das Gespräch über ihren Entwurf für die Junkergasse sowie der Austausch über die Eindrücke, die sie beim Besuch in Tapiau und Ragnit gewonnen hatte, bewiesen, dass er sie von Grund auf verstand. Anders als Urban teilte sie mit ihm mehr als eine Leidenschaft. Sie beugte sich vor, schloss die Augen und spitzte die Lippen zum Kuss. Sein schneller werdender Atem verriet ihr, dass er dasselbe tat.

Ein Poltern in der Küche riss sie jäh aus der trauten Zweisamkeit. Kupferkessel fielen zu Boden, jemand schrie entsetzt auf, eine kräftige Maulschelle klatschte, und kurz darauf weinte Elßlin heftig.

»Verfluchtes Biest!«, tönte Mathildas Stimme durch das gesamte Haus. »Habe ich nicht gesagt, die elende Katze muss verschwinden? Weil du dich nach ihr umgedreht hast, hast du den Suppenkessel umgeworfen. Das teure Fleisch ist nicht mehr zu gebrauchen. Sieh nur zu, dass du das gleich aufwischst. Und dann lass dir etwas einfallen, was wir nachher auf den Tisch bringen. Bezahlen wirst du das von deinem Geld.«

Der letzte Satz ließ Elßlin noch lauter aufschluchzen. Dora und Veit wechselten einvernehmliche Blicke. In Windeseile waren sie die Treppe hinunter zur Küche gelaufen. Dort bot sich ihnen ein großes Durcheinander. Die dreifarbige Katze war längst verschwunden. Dafür kniete die vierzehnjährige Magd auf den von dampfender Brühe übergossenen Dielen und versuchte völlig planlos mit den blanken Händen das Verschüttete zusammenzufegen. Mit verbissener Miene stand Mathilda daneben, die Arme über der Brust verschränkt, das Kinn empört in die Luft gereckt. Als sie Doras und Veits Ankunft gewahrte, zog sie die linke Augenbraue nach oben, schwieg. Flugs bückte sich Veit und sprang Elßlin bei. Nach wenigen Handgriffen hatte er das Gröbste auf dem Boden beseitigt. Umsichtig widmete er sich Elßlins Händen, die vom Wischen in der heißen Suppe verbrüht waren. Auch Dora beugte sich vor und besah sich die stark geröteten Handflächen.

»Wir sollten sie säubern und eine heilende Paste daraufgeben«, schlug sie vor. »Den Rest des Tages wirst du dich ausruhen und von dem Schreck erholen. Wenn du Glück hast, ist der Schmerz morgen schon vergessen.«

»Pah!«, kreischte Mathilda auf. »So weit kommt es noch, dass sie von dem Schaden einen Nutzen zieht und sich den Rest des Tages einen faulen Lenz macht. Wer bringt dann das Essen auf den Tisch?«

»Sie hat sich übel die Hände verbrannt, sie kann einfach nicht arbeiten«, versuchte Dora Ruhe zu bewahren. »Ihr werdet es wohl schaffen, ein einfaches Mahl zu bereiten. Oder soll ich Eurem Vetter sagen, dass Ihr Euch nicht imstande seht, den Haushalt zu führen? Im Hospital wird ein Platz frei, wenn ich Renata abhole.«

Wütend funkelte sie die Base an. Es war ihr unangenehm, vor Veit mit ihr zu streiten, andererseits hatte Mathilda ihr keine Wahl gelassen. Als sie sich umdrehte, sah sie, wie Veit Elßlin behutsam auf die Beine half. Ihn derart besorgt um das Wohl der Magd zu sehen, rührte sie. Elßlins heftiges Schluchzen ging in ein leises Wimmern über. Aus ihrem groben Leinenrock tropften Reste der Suppe, dunkel zeichnete sich die Feuchtigkeit auf dem Rock ab. Noch immer zitterte die Ärmste am ganzen Leib. Im selben Moment wie Dora legte auch Veit ihr einen Arm um die Schultern. So nahmen sie das Mädchen in ihre Mitte und führten es zur Wohnstube hinüber.

»Ich bin gespannt, was Urban dazu sagen wird«, rief Mathilda ihnen nach, wobei sie wohl bewusst offenließ, was genau sie mit »dazu« meinte: Elßlins Ungeschick mit der Suppe oder Doras und Veits einvernehmlichen Einsatz für die junge Magd.

»Macht Euch keine allzu großen Sorgen«, entgegnete Dora. »Es ist nicht an Euch, ihm davon zu berichten.«

24

Der Korb war schwer. Gret ächzte unter dem Gewicht, wechselte den Henkel von der rechten auf die linke Hand. Zum hundertsten Mal ärgerte sie sich über Elßlin, die sich vor zwei Tagen unnötigerweise beide Hände verbrüht hatte und damit als Arbeitskraft vorerst ausfiel. Seither oblag es ihr, die Einkäufe vom Fisch- und Kohlmarkt am Pregelufer nach Hause zu schleppen. Mathilda war sich dafür natürlich zu fein. Gret schnaufte verächtlich. Von wegen »Euch sind wohl die Besuche bei Hofe gründlich zu Kopf gestiegen«. Mathilda war diejenige, der etwas viel zu hoch in den Kopf gestiegen war. Wie kam sie überhaupt dazu? Letztlich war Dora die Frau im Haus, Mathilda nur die unverheiratete Base dritten Grades, der man ein Gnadenbrot im Haushalt des Vetters gewährte. Sie musste schmunzeln. Die griesgrämige Schelkin wurmte doch bloß, dass die Herzogin ihre Ähnlichkeit mit Urbans Nürnberger Jugendliebe aufgefallen war. Viel zu gern wäre Mathilda diese Jugendliebe gewesen. Dabei fiel es Gret schwer, Mathilda schwärmerische, gar verliebte Empfindungen zuzutrauen. Wenzels linkische Versuche, der biestigen Pfennigjungfer den Hof zu machen, kamen ihr in den Sinn. Seine Schmeicheleien stießen bei Mathilda auf völlig taube Ohren. Das vertrocknete Weibsbild besaß einfach keinerlei Gespür für zarte Gefühle. Wenn überhaupt, dann war sie einzig in ihrer unerfüllten Liebe zu Urban gefangen. Vielleicht aber bestand ein Funken Hoffnung. Immerhin war es dem kleinen Lienhart gelungen, das verkrustete Herz der alten Klepperin zu erweichen. Als sie ihr das letztens auf den Kopf zugesagt hatte, meinte sie einen Anflug von echter Freude bei ihr gespürt zu haben. Ebenso hatte Mathilda auch der Hinweis auf Wenzels Schmachten nicht unberührt gelassen. Gret lachte auf. Geduld hieß eine ihrer Ahnenmütter. Früher oder später würde sie die Nuss schon knacken.

Von neuem wechselte sie den Korb auf die andere Seite, wischte sich über das schweißnasse Gesicht. Schade, dass Dora nicht mitgegangen war. Die Schwägerin gefiel ihr. Hoffentlich hatte Mathilda ihr nicht hinterrücks etwas von Urbans jugendlicher Schwärmerei für ihre Mutter gesteckt. Wie gern würde sie sich besser mit der Schwägerin anfreunden. Sie waren beide aus demselben Holz geschnitzt, das hatte sie auf den ersten Blick gespürt. Seit Montag aber hatte sich Dora wieder ganz in ihrer Werkstatt vergraben. Lediglich zum Essen verließ sie das zweite Obergeschoss. Ein Wunder, dass Urban das mitmachte. Seine Freude auf das neue Heim in der Junkergasse musste riesengroß sein, wie sonst war zu erklären, dass er das Gebaren seiner Frau duldete. Wenn es der Schwägerin wenigstens gelungen wäre, Renata wieder aus dem Hospital zu holen. Mochte die alte Magd auch den Verstand verloren haben, um zum Markt zu gehen und die Einkäufe zu tragen, hätte es allemal noch gereicht. Die spindeldürre Frau mit dem schütteren Haar, deren genaues Alter nicht einmal Wenzel Selege kannte, obwohl er sie vor mehr als zwanzig Jahren in seinem Haus aufgenommen hatte, besaß Kräfte wie ein Ochse. Einen Korb, prall gefüllt mit Gemüse, Fisch, Brot und was Mathilda sonst noch an Wünschen eingefallen war, schleppte Renata, ohne abzusetzen, vom Kneiphofer Kohlmarkt über die Schmiedebrücke den gesamten steilen Mühlenberg hinauf.

Erschöpft blieb Gret am oberen Ende des Altstädter Marktes stehen und tupfte sich mit dem Schürzenzipfel die Stirn. Seit Beginn der Woche war es wieder sehr warm. Die Eisheiligen schienen vergessen, der Frühling kehrte zurück.

Anders als sonst machte ihr der jähe Wetterwechsel dieses Mal sehr zu schaffen. Seit längerem schon war ihr morgens beim Aufstehen übel, und sie fühlte sich den ganzen Tag über müde. Ein eigenartiges Ziehen in ihrem Unterleib ließ sie aufhorchen. Zugleich schmerzte ihr der Rücken. Mehrmals holte sie tief Luft. Allmählich verrann der Schmerz. Ihr Blick schweifte umher. Bis zur Treppe neben der Münze, die zum Schloss hinaufführte, war es nicht mehr weit. Wie zufällig blieben ihre Augen an der Bude von Buchdrucker Weinrich hängen. Dicht an dicht reihten sich dort Bücher der verschiedensten Formate aneinander. Weinrich war der einzige von Herzog Albrecht privilegierte Drucker der Stadt. Neben geistlichen Schriften, Predigten, Gesangbüchern, Kirchenordnungen und Traktaten zählten insbesondere Flugschriften zu den von ihm feilgebotenen Werken. Neugierig schlenderte Gret hinüber. Über der Freude, gleich etwas Neues in der Auslage zu entdecken, vergaß sie ganz das Gewicht des schweren Korbes, den sie mit beiden Händen vor sich hertrug. Sie hatte Glück, nur wenige Interessenten standen um die Bude. Ihr Blick fiel auf ein schmales Bändchen, das in einen schlichten Papierumschlag eingebunden war. Achtlos stellte sie den Korb ab und blätterte es auf. Zu ihrer großen Freude enthielt es Gedichte und Schwänke von Hans Sachs. Den Schuhmachermeister aus ihrer Heimatstadt Nürnberg kannte sie gut. Ein Buch mit seinen Versen in Königsberg zu finden weckte eine eigenartige Sehnsucht nach zu Hause.

»Da habt Ihr gut gewählt«, sprach der Druckerknecht von Meister Weinrich sie an. »Ich hatte mir schon überlegt, ob ich es Euch nicht schicken soll. Schließlich habt Ihr mir erzählt, dass Ihr aus Nürnberg stammt.«

»Vergeudet Eure Zeit nicht mit solch abgedroschenen Versen«, widersprach eine ihr wohlbekannte Stimme. Ehe sie sich umdrehen und Polyphemus begrüßen konnte, hatte er ihr das Buch aus der Hand genommen und auf den Stapel zurückgelegt. Der Druckerknecht knurrte unwirsch ob des entgangenen Geschäfts. Nachlässig winkte der dick beleibte Bibliothekar ab.

»Lasst gut sein, Johannes. Richtet Meister Weinrich meine besten Grüße aus. Die Predigten von Melanchthon habe ich mit großem Vergnügen gelesen. Für die herzogliche Bibliothek werde ich gewiss noch ein schönes Exemplar bestellen. So kommt er gut auf seine Kosten. Auch die Selege wird Euch schon noch einiges an Büchern abkaufen. Nur dieses Bändchen legt für heute beiseite, meine Liebe«, wandte er sich wieder direkt an Gret. »Der Nürnberger Schuster soll bei seinem Leisten bleiben. Zwar dichtet er ganz brav und beherrscht auch so manche Regel der Kunst, ebenso mögen seine Stücke für die berühmten Meistersinger ordentlich gefertigt sein, doch derzeit rate ich Euch zu anderer Lektüre.«

»Da bin ich aber gespannt.« Es freute sie, vor den aufmerksam lauschenden Ohren des Druckerknechts derart von einem gelehrten Mann angesprochen zu werden. Aus dem Augenwinkel meinte sie bereits zu erkennen, wie Johannes sie erstaunt musterte.

»Leider werden wir sie nicht in Weinrichs Auslage finden«, fuhr Polyphemus fort. »Begleitet mich ein Stück, dann erzähle ich Euch mehr.«

Zuvorkommend bückte er sich nach ihrem Korb, nahm ihn auf und wies zugleich einladend mit der Hand die Stiege hinauf. Auch wenn sie wusste, dass Mathilda ungeduldig auf ihre Rückkehr wartete, ging Gret gern auf sein Angebot ein. Vergessen war die Mühsal und die Übelkeit, leichtfüßig wie eine Elfe lief sie an der Seite des schwer schnaufenden Mannes die Schlosstreppe hinauf. Kaum hatten sie die letzte Stufe erklommen und standen am Beginn der schmalen Gasse, stellte er den Korb ab und kramte aus den Taschen seines besudelten Rocks einen dünnen Oktavband hervor.

»Den habe ich vor kurzem in der Bibliothek entdeckt. Nehmt ihn zu treuen Händen. Ihr seid derzeit in den drei Städten Königsbergs, wenn nicht gar im gesamten Herzogtum die Einzige, die seinen Inhalt wahrlich zu schätzen weiß. Deshalb ist es besser, Ihr besitzt ihn, als dass er länger in den Regalen verstaubt.«

»Das ehrt mich.« Voller Ehrfurcht nahm sie das Buch entgegen. Ein aufdringlicher Geruch nach feuchtem Gemäuer, Schimmel und Staub umfing es. Nur notdürftig hatte Polyphemus es vom gröbsten Schmutz gereinigt. Sie wog es in der Hand, betrachtete es von allen Seiten. Es musste einmal rege in Gebrauch gewesen sein. Der braune Schweinsledereinband war speckig und an den Kanten reichlich abgestoßen, am Steg gar ausgefranst. Mehrere Flecken auf dem Umschlag sowie am Papierschnitt verrieten, wie achtlos man in früheren Zeiten mit dem Buch umgegangen war. Vielleicht aber war es auch ein Beweis, wie sehr man es geschätzt und deshalb überallhin mitgenommen hatte, um darin zu lesen. Neugierig blätterte sie es auf. »Handgeschrieben!«, entfuhr ihr. Das Titelblatt fehlte. Gezackte Papierreste im Falz deuteten darauf hin, dass jemand die ersten Seiten wenig fachmännisch mit dem Messer herausgeschnitten hatte. Mitten im Text ging es los. Andächtig bewunderte sie die sorgfältigen Schwünge der einzelnen Buchstaben. Sie waren ebenso schlicht wie der Einband, dafür aber äußerst gleichmäßig. Bei Kapitelanfängen und neuen Abschnitten fehlten aufwendige, mehrfarbige Initialen. Stattdessen fanden sich in den Textspalten immer wieder Zeichnungen. Ab der Buchmitte wechselte die Handschrift, dennoch war auch der zweite

Schreiber sehr auf Akkuratesse bedacht gewesen. Seine Striche fielen etwas ungelenker aus als die des ersten, waren aber dennoch gut erkennbar. Gret staunte, als sie sich die Worte genauer besah und die Zeichnungen verfolgte. Sie blätterte vor zur ersten Seite, las noch einmal die dortigen Zeilen. »Ein Buch über das Brauwesen! Wo stammt es her?« Begeistert strahlte sie ihn aus ihren hellblauen Augen an.

»Vor allem: Wieso befindet es sich in der herzoglichen Bibliothek?«, erwiderte Polyphemus ähnlich aufgekratzt wie sie. Die arg gerupften Federn auf seinem Hut wippten vergnügt, in seinen wachen hellen Augen blitzte die reinste Frühlingslust auf. Gegen die Wärme hatte er viel zu viel Veilchenwasser auf seinen scheckigen Rock gesprengt. Gret war froh, dass er zumindest auf die Schaube mit dem löchrigen Pelzkragen verzichtet hatte, sonst hätte er die Mischung aus scharfem Schweiß und schlechtem Veilchenöl gewiss noch stärker verströmt. Ihr Blick streifte seine Hände. Wie immer waren sie tintenfleckenübersät, die Haut trocken vom unablässigen Blättern in den staubigen Büchern. Trotz all dieser Unzulänglichkeiten aber fühlte sie eine tiefe Verbundenheit mit ihm. Wüsste er nicht genau, was sie interessierte und beschäftigte, würde er ihr nie und nimmer dieses Buch in die Hand drücken. »Es handelt sich um die Aufzeichnungen von Angehörigen des Deutschen Ordens«, fuhr er fort. »Der Schrift nach müssen sie vor weit mehr als hundert Jahren begonnen worden sein. Leider fehlen genaue Angaben. Dafür aber gibt es umso mehr interessante Hinweise auf das Bier im damaligen Ordensland. Die Verfasser sind offenbar ausgiebig im Land herumgekommen und haben in jeder Stadt das Bier verköstigt. Wie es ihnen geschmeckt hat, könnt Ihr daran ablesen, welche Namen sie den Bieren gegeben haben. Seht nur her«, er nahm ihr das

Buch aus der Hand und blätterte gezielt eine bestimmte Seite auf. »Hier wird das Bier aus Heiligenbeil als ›Gesalzener Martin‹ bezeichnet, das aus Graudenz gar als ›Kranker Heinrich‹. Auch das aus den Königsberger Städten dürfte ihnen schlecht gemundet haben, nennen sie es doch ›Saure Maid‹, wohingegen das aus Frauenburg offenbar sehr bekömmlich war, wie der Zusatz ›Singe wohl‹ verrät. Ebenso versehen sie das aus Dirschau mit dem Namen ›Freudenreich‹ und das aus Friedland gar mit ›Wohlgemut‹. Die Ordensbrüder haben ihre Meinung sehr freimütig kundgetan und ihr Urteil für die Nachwelt festgehalten.«

»Schade, dass sie längst gestorben sind. Ich hätte ihnen gern einmal das Bier aus unserem Hause vorgesetzt. Mein lieber Mann besitzt die Aufzeichnungen seiner Ahnin Agnes Selege, deren Bier in allen drei Königsberger Städten sehr beliebt war. Bis heute halten sich die Seleges an die Rezeptur. Zwar würden Jörg und ich gern einiges daran verbessern, aber noch ist wohl nicht die Zeit dafür gekommen.«

»Genau aus diesem Grund schenke ich Euch dieses Buch.«

»Aber wieso denkt Ihr …«, setzte sie ein wenig ratlos an und überflog noch einmal die ersten Seiten.

»Lasst es mich Euch erklären«, erwiderte er und legte ihr die Hand auf den Arm. Die vertrauliche Geste erschreckte sie ein wenig. Sie tat, als müsste sie den Sitz der Bundhaube auf ihrem bernsteingoldenen Haar prüfen, und entledigte sich deshalb behutsam seiner Hand. »Ihr seid in einem Nürnberger Gasthaus aufgewachsen und ebenso wie Euer Gemahl von Kindesbeinen an mit dem Brauwesen vertraut. Dennoch werdet Ihr Euch anfangs gewundert haben, wie das Brauen hier bei uns am Pregel bewerkstelligt wird. Jede Stadt hat eben ihre eigene Ordnung. Noch dazu hat jeder der Brauberechtigten hier bei uns wiederum seine eigenen Vorstellungen oder Familienüberlieferungen. Genau darin aber sehe ich eine sehr günstige Gelegenheit. Ihr solltet Eure Erfahrungen aus Nürnberg und die alte Tradition der Seleges verbinden. Nicht nur, was die Rezeptur anbetrifft, wäre das von großem Vorteil, auch, was die Art des Brauens anbetrifft.«

»Damit sprecht Ihr mir aus der Seele. Aber Ihr wisst, dass es nicht mir obliegt, solche Entscheidungen zu treffen.«

»Ja, ich weiß, Euer Schwäher tut sich etwas schwer, wenn es darum geht, das von den Ahnen Überlieferte mit neuem Leben zu füllen.« Polyphemus strich sich über das glattrasierte breite Kinn, lächelte sie mit schief gelegtem Kopf von unten herauf an. »Genau deshalb soll Euch dieses Büchlein helfen. Darin findet Ihr einige Zeichnungen, die das Herz eines Baumeisters höherschlagen lassen. Die Ordensleute haben damals nicht allein Bier verköstigt, sondern sich auch verschiedene Sudhäuser angesehen und die Brauer in den verschiedenen Städten über ihre Art des Brauens befragt. Schließlich wird nicht überall das Reihebrauen praktiziert wie hier bei uns. Lest nur einmal selbst nach. Ihr werdet einiges in den Aufzeichnungen entdecken, was Euch staunen lässt.«

»Oh, ich weiß schon, worauf Ihr hinauswollt.« Gret strahlte und stemmte entschlossen die Hände in die Hüften. Vergnügt zwinkerte sie ihm zu, ließ den hellen Rock ein wenig in der warmen Maisonne um die Beine schwingen. »Ähnliches geht mir auch schon länger durch den Sinn. Mein lieber Gemahl sollte seinem Vater neue Entwürfe für das Haus in der Kneiphofer Sudgasse unterbreiten. Wie Ihr wisst, hat es der fürchterliche Brand an Laetare völlig zerstört. Lediglich die Außenmauern stehen noch. Im Hof fände sich ausreichend Platz, um ein eigenes Sudhaus zu errichten. Ähnliches gab es übrigens schon einmal im Elternhaus der guten Agnes Selege in Wehlau. Davon berichtet sie in ihrem Buch über die Braukunst. Greift mein Gemahl das auf, setzt er also letztlich nur das Erbe seiner Ahnin fort.«

»Ein hervorragender Einfall!« Begeistert klatschte Polyphemus in die Hände. »Ich wusste, warum ich Euch das Buch überlasse.«

»Wollen wir hoffen, mein Schwäher sieht das auch so.«

»Dickschädel wie er tun sich zwar schwer damit zu begreifen, dass Tradition nicht heißt, die kalte Asche der Ahnen zu bewahren, sondern die brennende Flamme ihrer Leidenschaften weiterzuschüren. Doch ich bin gewiss, es wird Euch gelingen, ihn früher oder später mit Eurem Feuer anzustecken.«

»Darauf hoffe ich sehr. Habt vielen Dank.« Sie steckte das Buch in den Korb und wollte ihn aufheben, der Bibliothekar aber kam ihr zuvor.

»Gestattet mir, Euch die Einkäufe zu tragen. Es ist mir eine Ehre.«

Gern ließ sie ihn gewähren und folgte ihm die steile Gasse hinauf. Bald kamen sie am Badehaus vorbei und durchquerten das Mitteltor. Über die Schlossmauern auf der linken Straßenseite ragten einige Ranken Efeu. Das frische Frühlingsgrün überdeckte Risse und bröckelnde Steine in dem langgestreckten Gemäuer. In Höhe des Obertores sammelten sich Reiter. Offenbar warteten sie auf den Befehl, zur Stadt hinauszureiten. Polyphemus verlangsamte seine Schritte. Gret wollte die Gelegenheit nutzen und sich von ihm verabschieden. Mathilda sollte nicht sehen, dass er den Korb den Berg hinaufgetragen hatte. Der Bibliothekar indes wandte sich ab. Offenbar hatte er hinter den Reitern jemanden entdeckt, dem er fröhlich zuwinkte. Gret folgte seinem Blick und erspähte

Veit. Aufgebracht wie selten stürmte der Vetter, vom Tor zur Burgfreiheit kommend, auf den Mühlenberg zu. Das Winken des Bibliothekars schien er übersehen zu haben.

»Da muss etwas passiert sein«, erklärte Gret und beeilte sich, ihm entgegenzulaufen. Schnaufend hing Polyphemus sich an sie dran. »Warte!«, rief sie und hob ihrerseits die Hand, um Veit auf sich aufmerksam zu machen. Auf dem Platz vor dem Marstall, wo sich die Gasse vom Mühlenberg und der Bergstraße sowie die Wege von der Schlossbrücke und dem Stadttor zur Burgfreiheit kreuzten, trafen sie aufeinander. Verwundert blieb Veit stehen, musterte erst Gret, dann Polyphemus mit dem Einkaufskorb. Langsam wich der Ärger aus seinem Gesicht und machte einem belustigten Schmunzeln Platz.

»Wie ich sehe, liebe Base, ist es dir gelungen, einen guten Ersatz für die arme Elßlin zu finden. Jetzt, wo sie der verbrühten Hände wegen nicht kräftig anpacken kann, hilft uns der ehrwürdige Bibliothekar also aus. Welch große Ehre.« Er zog das Barett vom dunkelblonden Haar und deutete eine Verbeugung an.

Ob seiner frechen Bemerkung wollte Gret protestieren, doch Polyphemus kam ihr zuvor. Zu ihrer Erleichterung grinste er ähnlich breit wie Veit und erwiderte in nicht minder spöttischem Ton: »Eure Base versteht es eben, sich Hilfe zu holen, wo sie der Hilfe bedarf. Eine so tatkräftige Frau wie sie darf sich das erlauben.«

»Es wäre schön, wenn sich ihr Gemahl und ihr Schwäher ebenfalls besser auf diese Kunst verstünden.« Ein Schatten huschte über Veits Gesicht. Die glattrasierten Wangen wirkten auf einmal seltsam grau.

Besorgt legte Gret ihm die Hand auf den Arm, suchte seinen Blick. »Gibt es Ärger auf der Baustelle?«

»Wenn es nur Ärger wäre!«, brauste Veit auf, um im selben Moment erschrocken innezuhalten. Sogleich tätschelte er Gret die Hand und versuchte sich abermals in einem Lächeln. »Mach dir keine Gedanken. Es wird sich schon alles zum Guten wenden.«

»Dein Wort in Gottes Ohr«, erwiderte Gret und betrachtete ihn nachdenklich. Etwas stimmte nicht mit ihm, und das schien nicht allein der Ärger über Jörgs und Wenzels Verhalten zu sein.

Behende beugte sich Veit vor und nahm Polyphemus den schweren Korb aus der Hand. »Habt vielen Dank für Eure Unterstützung«, verabschiedete er sich von dem Bibliothekar. Gret blieb nichts anderes übrig, als ebenfalls zu danken und Veit in das Haus am Mühlenberg zu folgen. Schon aus einiger Entfernung entdeckte sie Mathilda, die ungeduldig zum Fenster aus dem ersten Stock heraussah, wo sie wohl mit den Einkäufen bliebe.

25

Der Weg zur Baustelle in der Junkergasse führte gleich hinter dem Schlosstor aus der Altstadt hinaus und am südlichen Ende des Schlossteichs vorbei. Dora nutzte die Gelegenheit für einen kleinen Abstecher. Auch wenn Veit immer dringlicher auf ihr Erscheinen an der Baustelle wartete, so wollte sie doch eine Weile für sich sein und die Erlebnisse der letzten Wochen überdenken. Im Haus am Mühlenberg war das kaum möglich.

Zu ihrem Bedauern war es ihr bislang nicht gelungen, Renata aus dem Tollhaus zu holen. Dabei hätte sie die treue Seele gern als Beistand bei sich im Haus gewusst. So wirr sie seit dem Feuer im Kopf war, so tröstend war doch nach wie vor ihre Gegenwart für sie. Oft meinte sie damit ein wenig von der viel zu früh verstorbenen Mutter bei sich zu wissen. Verschämt wischte sie sich die feuchten Augenwinkel. Vielleicht aber war es gut, dass Renata nicht im Haus war. Nach wie vor gab es viel zu viel Unruhe. Elßlins verletzte Hände, die ständige Nähe zu Veit, der ewig schimpfende Vater und die mit allem unzufriedene Mathilda reichten aus, um ihr das Leben jeden Tag aufs Neue zu erschweren. Wenigstens hielten sich Urban, Gret, Jörg und der zehnjährige Lienhart im Hintergrund.

Unweit des Teichufers bot sich unter einer Eiche, deren knorriger jahrhundertealter Stamm ihr vom Blick aus dem Fenster des Schlafgemachs bestens vertraut war, ein stiller, schattiger Platz, wie sie ihn suchte. Zufrieden lehnte sie sich gegen den Baum, ließ den Blick ihrer verschiedenfarbigen Augen ziellos umherwandern. Die tief herabhängenden, dichtbelaubten Zweige schirmten sie wie ein Zelt vor neugierigen Blicken ab, erlaubten aber dennoch eine gute Sicht auf das langgestreckte Gewässer. Um die Mühlen am oberen Ende des Teichs betreiben zu können, hatten die Kreuzherren einst den Katzbach aufgestaut. Längst schloss sich nordwärts davon ein als Oberteich bezeichneter, weitaus größerer See mit weiteren Mühlen und vor allem üppigerem Fischbestand an.

Sacht blies der Wind Wellen auf. Das Wasser schien ein getreues Spiegelbild des grau verhangenen Himmels. Die Wolken waren indes zu hell, um Regen zu bringen. Die Schwalben zogen weiterhin hoch in den Lüften ihre Kreise. Eine Krähe kreuzte ihre Bahn, um vom Wind getragen mühelos dahinzugleiten. In der Ferne ruderte ein Angler über den Teich, Blesshühner flatterten aufgeregt um den Bug seines Bootes und stießen dabei ihr dumpfes Trompeten aus.

Doras Finger strichen über die rauhe Borke des Baumes. Ein fast mannsdicker Ast des gräulich braunen Stammes neigte sich erschreckend schräg zum Wasser hin, als machte er Anstalten, bald ganz darin zu versinken. Am unteren Ende bot sich eine kleine Kuhle, die zum Sitzen einlud. Vorsichtig nahm Dora darauf Platz. Gedankenverloren bohrte sie ihre Fingernägel in die tiefen, harten Furchen der Rinde, schälte winzige Stücke von der Kruste ab. Ein bräunlich schimmernder Käfer kroch heraus, krabbelte über ihren Handrücken, verschwand wieder in den Untiefen des Holzes. Ein buntgefiederter Erpel stattete ihr einen neugierigen Besuch ab, watschelte unschlüssig vor ihren Füßen herum und legte den blau-grün gefiederten Kopf mit dem weißen Strich an der Kehle schief. Als sie sich ungeschickt bewegte, kehrte er empört schnatternd zu seiner Entenfamilie ins Wasser zurück.

Nachdenklich sah Dora ihm nach, schmunzelte beim Anblick der pelzig gefiederten Entenkinder, die sich um den blau glänzenden, stolz emporgereckten Kopf des Familienoberhaupts scharten. Unwillkürlich glitt ihre Hand zu ihrem Unterleib, strich zärtlich über die leichte Wölbung, die sich immer deutlicher unter den Falten des Rocks abzeichnete. Allmählich wurde zur Gewissheit, was sie sich so lange innig gewünscht hatte – sie trug ein Kind unter dem Herzen! Seit dem Überfall beim Wald der tanzenden Bäume aber war ihre Freude gedämpft. Zu groß war ihre Ungewissheit, wie Urban die Nachricht aufnehmen würde. Würde er das Leben seines Kindes ebenso bedingungslos seinem Treueschwur gegenüber dem Herzog unterordnen wie ihres? Was, wenn sie einen gesunden Sohn gebar, wie ihn sich das Herzogpaar seit mehr als zwei Jahrzehnten ersehnte?

Sie schloss die Augen. Sogleich hatte sie Veits Antlitz im Sinn. Was würde er dazu sagen? Sie erinnerte sich an das Gespräch Anfang der Woche, dachte an das tiefe Einverständnis, das nicht zum ersten Mal zwischen ihnen aufgeflammt war. Musste er die Nachricht von ihrer Schwangerschaft nicht wie einen Verrat empfinden? Erschrocken riss sie die Augen wieder auf. Ihre Schwangerschaft ging ihn gar nichts an! Sie war Urbans Frau, er war der Vater ihres Kindes. Ein für alle Mal musste sie den Traum von Veit aus ihren Gedanken verbannen. Je beharrlicher sie das versuchte, je tiefer aber brannte sich das Bild in ihrem Kopf ein.

Vom Kirchturm schlug es elf. Höchste Zeit, zur Baustelle zu gehen. Es fiel auf, wenn sie zu lange für das kurze Stück unterwegs war. Schweren Herzens erhob sie sich, strich noch einmal über die Zweige der Eiche und kehrte zurück ins rege Treiben vor dem Schlossgraben.

Wie an jedem Werktag waren viele Handwerker, Händler und Bauern unterwegs. Die meisten wollten entweder durch das Tor in der Stadtmauer ins Schloss hinüber oder den Mühlenberg hinunter in die Altstadt. Dora war eine der wenigen, die sich nach rechts zur Burgfreiheit wandten. Geduldig ließ sie ein langes Fuhrwerk mit Holzbalken passieren, das von zwei stämmigen Ochsen gezogen wurde. Zwischen einem Mann mit einem schweren Sack über der Schulter und einem Jungen, der eine störrische weiße Ziege am Halsband neben sich herzog, schlüpfte sie auf die gegenüberliegende Straßenseite. Ein altes Mütterchen pries streng duftende Kräuter an, zwei hochaufgeschossene Landsknechte stießen sie brüsk beiseite. Fassungslos ob dieser unnötigen Grobheit, sah Dora den beiden nach, wie sie durch das Tor im Gewühl vor dem nahen Marstall untertauchten. Das Gedränge war zu dicht, um lange stehen zu bleiben. Schon wurde sie in westliche Richtung fortgerissen. Der Lärm nahm zu. Von der ewigen Baustelle am Schloss drangen kräftiges Hämmern und Klopfen über den breiten Graben herüber, dazwischen tönten Rufe der Zimmerleute und Maurer, die sich über das weitere Vorgehen verständigten. Ein lautes Poltern ließ Dora zusammenzucken. Als sie nach links hinübersah, winkte ein Steinmetzgeselle von einem Gerüst um den Haberturm. »Nichts weiter passiert«, rief er, kletterte flink die Leiter herunter und betrachtete den Steinquader, der beim Aufprall entzweigebrochen war. Zum Glück war er auf den Boden des Grabens gefallen und hatte weder eines der dort gehaltenen Schweine noch sonst wen getroffen. Unter der Wucht seines Aufpralls wäre jegliches Leben zermalmt worden.

Der achteckige Haberturm an der nordöstlichen Ecke der Schlossanlage ragte weithin mahnend in den grauen Wolkenhimmel. Sein grob behauener Backstein ließ jeglichen Glanz vermissen. Überhaupt schien Dora auf einmal die lange Backsteinmauer des Nordflügels mit den verschieden hoch aufragenden Gebäuden und den willkürlich aneinandergereihten Dächern mal mit, mal ohne Gauben, mal mit, mal ohne Türmchen und Fialen sowie all den unterschiedlichen Fensterformen und -reihen eher düster-bedrohlich denn erhaben-majestätisch wie an anderen Tagen. Eindeutig fehlte das Sonnenlicht, das sonst um diese Stunde schimmernde Akzente auf das triste Gestein zauberte. Aus dem Graben stieg muffiger Geruch empor. Die gut gemästeten Schweine waren über und über mit Dreck verschmiert, ihre Suhlstellen ausgetrocknet. Dora beeilte sich, rasch in die Junkergasse zu gelangen. Dort hoffte sie auf weitaus bessere Luft.

Tief atmete sie durch, als sie die ersten Häuser der Straße erreichte, die nördlich der Schlossanlage auf der Burgfreiheit zum Schlossgarten hinüberführte. Auch an diesem grauen

Maitag kündeten die Fassaden rechts und links nicht minder prächtig als in sonnigen Zeiten von der herausgehobenen Stellung ihrer Bewohner. Bald würden auch Urban und sie hier wohnen. Damit hatte Urban sein lang ersehntes Ziel erreicht, wenn er auch erst ganz am Ende der eindrucksvollen Gebäudereihe ansässig wurde. Ob tatsächlich Hausvogt Göllner seine Finger dabei im Spiel gehabt hatte, dass er nur so weit hinten zum Zuge kam? Sie stockte. Wieso, fragte sie sich, hatte letztens ausgerechnet Veit danach gefragt? Kannte er Göllner etwa und wusste gar über die Zwistigkeiten zwischen Urban und ihm Bescheid? Darüber sollte sie nicht länger grübeln. Was zählte, war allein, dass Urban endlich das Grundstück erhalten hatte und die Schwierigkeiten mit dem feuchten Grund ausgeräumt waren.

Ein dumpfes Dröhnen erschütterte die Gegend, anschwellendes Grollen folgte. Die Erde erzitterte. Aufgeregt stieß eine Schar Sperlinge in die Luft, kreiste oberhalb der Dächer und Zinnen, um schließlich Richtung Schlossteich zu ziehen. Offenbar war beim Haberturm von neuem einer der riesigen Steinquader für die Ausbesserung der Mauer zu Bruch gegangen. Oder braute sich im Westen gar ein erstes Frühlingsgewitter zusammen? Dora zog den Goller enger um die Brust, prüfte den Sitz der Bundhaube und blinzelte in den Himmel. Das helle Grau war undurchdringlich wie ehedem, Regen weit entfernt. Doch das konnte sich binnen weniger Augenblicke ändern. Sie sollte sich sputen. Auf der Baustelle war es bei Regen äußerst ungemütlich, fehlte es doch an ausreichenden Unterstellmöglichkeiten. Sobald die Gewölbedecke im Keller geschlossen war, würde sich das ändern. Wenn Veit recht hatte, dauerte es bis dahin nicht mehr lang.

Sie lief weiter. Mit jedem Schritt wuchs ihre Spannung, wie weit der Bau gediehen war. Eine dicke Staubwolke hing in der Luft, ließ baldigen Regen herbeisehnen, um das Atmen zu erleichtern. Je näher sie Urbans Hofstelle kam, je stiller wurde es. Selbst die Vögel hatten sich verkrochen, ihr Zwitschern eingestellt. Über all dem Grübeln und Bestaunen, was sich seit ihrem letzten Besuch verändert hatte, wurde sie dessen erst sehr spät gewahr, ebenso, dass die Staubwolke immer dichter geworden war.

Endlich erreichte sie das Ende der Junkergasse. Wie selbstverständlich öffneten die Handwerker und Tagelöhner einen Durchgang für sie, ließen sie schweigend passieren. Verwundert blieb sie stehen, sah die Reihen der kräftigen Knechte entlang. Alle senkten das Antlitz, niemand sah ihr offen entgegen. Das machte sie misstrauisch. Langsam drehte sie den Kopf, stutzte. Konnte sie ihren Augen trauen?

In raschen Schritten eilte sie zur Mitte der Baustelle, wo das Loch des Kelleraushubs klaffte. Wieso immer noch ein Loch? Ihr wurde flau. Vorsichtig ging sie weiter, senkte den Blick. Was sie unten im Aushub erspähte, raubte ihr den Atem. Eine der Stützmauern war eingestürzt! Lediglich einige wenige Steine erinnerten noch an ihren geplanten Verlauf. Grauer Mörtel bedeckte den Schutt wie eine dicke Ascheschicht. Erst emsiges Kratzen und Scharren machte Dora auf eine Handvoll Männer aufmerksam, die im hinteren Teil der Baustelle halb in der Erde versanken und dort wie besessen gruben, um mit bloßen Händen Steine wegzuräumen.

Fassungslos starrte sie auf das Geschehen. Es dauerte eine Weile, bis sie begriff. »Wo ist mein Bruder? Und Veit Singeknecht?«

Bei den letzten Silben versagte ihr die Stimme. Sie wollte ihre Befürchtung nicht zu Ende denken. Ein Schmerz fuhr ihr durch den Leib. Sie presste die Hand dagegen.

»Setzt Euch«, drang aus weiter Ferne die Stimme von Steinmetzmeister Miehlke an ihr Ohr. Behutsam fasste er sie am Arm, führte sie zu einem umgedrehten Fass, das er eigens für sie herrichtete. Bevor er sie niedersetzen hieß, wischte er noch einmal mit der Hand den Staub fort.

Sie dankte ihm mit einem scheuen Lächeln, wiederholte dann bangen Herzens ihre Frage: »Wo sind Jörg und sein Freund Singeknecht?«

Er wich ihr aus, gab den unschlüssig herumstehenden Männern mit der Hand einen Wink. Sogleich stürzten sie sich auf den Schuttberg, um wie die halb im Untergeschoss verborgenen anderen Männer Steine und Geröll abzutragen. Mehr als einmal brachte das Wegnehmen eines Steins den Haufen gefährlich ins Rutschen. »Passt auf!«, herrschte Miehlke seine Männer an. Das genügte Dora, um das ganze Ausmaß des Unglücks zu verstehen.

»So sind sie beide dort unten begraben? Heiliger Petrus, steh uns bei!« Ohne nachzudenken, rief sie den Schutzheiligen der Steinhauer und Maurer an, schlug hastig ein Kreuz vor der Brust. »Wie konnte das geschehen?«

Kaum wagte sie, Miehlke anzusehen. Redete er nicht seit Wochen auf sie ein, ihre Berechnungen zu überprüfen? Das aber betraf doch nur die Fiale über dem Erker. Ihr wurde schwarz vor Augen.

Nach dem Aufwachen fand sie sich zu ihrem Entsetzen in Mathildas Bett wieder. Die Schlafstube der Base lag im dritten Obergeschoss des Hauses am Mühlenberg. Wandschrägen deuteten auf die Nähe zum Spitzgiebel. Verstört hob Dora den Kopf, schob sich schließlich zum Sitzen in die dicken Kissen auf. Durch das Fenster fiel fahles Licht in die spärlich möblierte Stube. Außer dem schmalen Bett, einer Truhe und einem Schemel fand sich lediglich noch ein ehedem farbenprächtiger, inzwischen stark zerschlissener Wandteppich an der Längsseite, dem Bett genau gegenüber. Dora drehte den Kopf, entdeckte Elßlin. Die vierzehnjährige Magd kauerte auf dem Schemel am Fußende des Bettes, schwach beleuchtet vom Schein einer Talglampe, die auf der Truhe neben ihr stand. Der Kopf war ihr auf die Brust gesunken, das Tuch darauf verrutscht. Einige Strähnen blonden Haares fielen ihr ins Gesicht. Sie schlief tief und fest. Dora streckte den nackten Fuß unter der Bettdecke hervor, stieß sie sacht mit den Zehen an. Elßlin fuhr zusammen.

»Heilige Barbara!« Sie bekreuzigte sich mit ihren verbundenen Händen. Die Augen weit aufgerissen, den Mund offen stehend, starrte sie Dora an und murmelte hastig: »Ich habe es doch gewusst! Der Tag der heiligen Rita ist kein guter Tag. Nicht umsonst ist es ein Schwendtag, daran ändert auch der gelehrte Luther nichts. Niemals sollte man an einem solchen Tag sein Schicksal herausfordern. Das führt am Ende nur ins Unglück.«

»Was redest du da? Was ist überhaupt passiert? Warum liege ich hier oben und nicht unten in meinem Bett?«

»Ich w-w-w-w-weiß n-n-n-n-nicht«, stammelte die Magd, auf einmal sichtlich durcheinander, weil Dora ihren wirren Redefluss kaum beachtete. Fahrig zupfte sie am Verband um die verbrühten Hände, hob sie zum Kopftuch, versuchte es wieder ordentlich zu binden. Es war ihr deutlich anzusehen, wie emsig sie überlegte, was sie antworten und wie sie sich am geschicktesten verhalten sollte.

»Was weißt du nicht?« Dora wurde ungeduldig, schlug die Decke zurück und schwang die Füße aus dem Bett. Die Bewegung erfolgte zu schnell. Ein Schwindel erfasste ihren Kopf. Rasch schloss sie die Augen, stützte sich mit beiden Händen ab und atmete tief durch. Der Schwindel ließ nach.

Sie öffnete die Augen, schaute zu Elßlin. Inzwischen hatte sie ihr Haar wieder unter das Tuch gesteckt. Das flackernde Licht fiel auf ihr kreideweißes Gesicht. Selbst die Sommersprossen schienen erblasst. »Sag endlich!« In einem Satz stand Dora auf den Füßen, schwankte, suchte Halt an dem Bettpfosten. Ihr Blick glitt über ihren Leib. Außer einem groben Leinenhemd hatte sie nichts an. Es wunderte sie, derart von Sinnen gewesen zu sein, dass sie sich weder an die Rückkehr ins Haus noch an das Auskleiden und daran, ins Bett gelegt worden zu sein, erinnerte. Angestrengt versuchte sie, sich überhaupt wieder daran zu erinnern, was geschehen war. Aus der Dunkelheit vor dem Fenster schloss sie, dass viele Stunden vergangen waren. Das Letzte, was sie noch wusste, war, am späten Vormittag zur Junkergasse unterwegs gewesen zu sein.

Ein klägliches Miauen riss sie aus dem Grübeln. Da erst fiel ihr auf, wie unheimlich still es im Haus war. Kein Knacken einer Diele, kein leises Flüstern, nicht einmal das Knistern des Herdfeuers oder das Geklapper der Töpfe waren zu hören. Das rief ihr eine andere Stille ins Gedächtnis zurück. Auch am Vormittag hatte plötzlich diese unheimliche Stille geherrscht. Darum herum aber dehnte sich nach wie vor eine undurchdringliche Nebelwand. Sie begann zu zittern. Das weiche, warme Fell der Katze kitzelte sie an den nackten Waden. Das treue Tier rieb den Kopf daran. Mit senkrecht aufgestelltem Schwanz stolzierte sie durch Mathildas Schlafgemach. Dora fühlte Genugtuung, wenn sie daran dachte, wie unrecht der Base das wäre. Elßlin aber missverstand ihren Blick, bückte sich nach der Katze und wollte sie aus der Kammer scheuchen.

»Lass sie«, hielt Dora sie zurück. »Sie stört nicht. Erzähl mir lieber, was geschehen ist.«

Elßlin nahm die Katze auf den Arm, presste sie an sich und rieb ihre Wange in dem weichen Fell. Als die Katze genüsslich schnurrte, fand sie den Mut, stockend zu berichten. »Euer Gemahl, also, der ehrwürdige Kammerrat, er war heute Morgen auch auf der Baustelle.«

»Was ist mit meinem Bruder?« Dank Elßlins kargen Worten riss die Nebelwand ein, und Dora hatte wieder klar vor Augen, was auf der Baustelle geschehen war. Eine der Stützmauern im Keller war eingestürzt. Aufgeregt hatten die Knechte begonnen, in dem Geröllhügel zu graben.

»Euer Bruder ist wohlauf«, platzte Elßlin heraus. »Mit eigenen Händen hat er geholfen, Euren Gemahl … Also, zusammen mit Euch hat man auch ihn ins Haus gebracht. Er liegt unten im Bett. Es geht ihm nicht gut.«

»Was?« Dora schrie auf. Mit einiger Verzögerung erst wurde sie sich der Bedeutung von Elßlins Schilderung bewusst. Ein böser Gedanke fraß sich durch ihren Kopf: Das war die Strafe! Wie hatte sie so töricht sein und sich Montag noch an Veits Gegenwart erfreuen, mit ihm gemeinsam von der Baukunst vergangener Zeiten schwärmen können? Wie hatte sie überhaupt je die verbotene Nähe zu ihm suchen können? Ungesühnt blieb ein solches Vergehen nicht, wie sich jetzt zeigte. Warum nur hatte es aber ausgerechnet ihren Gemahl und nicht Veit getroffen? »Wurde Urban unter dem Gestein begraben?«, hörte sie sich zu ihrem eigenen Erstaunen fragen. »Wo ist er? Ich muss zu ihm!«

Brüsk stieß sie das Mädchen beiseite und eilte zur Tür hinaus, über die dunkle Treppe nach unten. Als sie Stufe für Stufe hinunterhastete, merkte sie, dass sie barfuß war. Über die Füße kroch die Kälte die bloßen Beine herauf. Das aber war es nicht allein, was ihren Leib zittern ließ. Kaum fand sie Kraft, die Klinke an der Tür zum Schlafgemach hinunterzudrücken. Was sie dahinter erblickte, ließ sie abermals an den Rand der Besinnungslosigkeit geraten.

26

Auf den ersten Blick sah es aus, als wäre Urban bereits auf dem Totenbett aufgebahrt. Die dicken roten Vorhänge vor der Bettstatt waren allesamt weit zurückgezogen. In den Wandhalterungen flammten Fackeln, auf der Truhe neben dem Kopfende brannte eine dicke weiße Bienenwachskerze. Das Bett war in grelles Licht getaucht, während der Rest des Raumes im Dunkel versank. Die Vorhänge vor dem Fenster waren fest verschlossen. Eine gespenstische Stille hing im Raum. Dora meinte, selbst die Schritte ihrer nackten Fußsohlen hallten wie Donnerschläge von den teppichverhangenen Wänden wider.

Seit Stunden musste Mathilda neben dem Bett ausharren. Als Dora neben sie trat und ihr die Hand auf die Schulter legte, schreckte sie zusammen, um im nächsten Augenblick aufzufahren und sie böse anzustarren. Das Licht der Fackeln und der Kerze zeichnete absurde Schattenkrater auf ihr ebenmäßiges Gesicht. Die hohen Wangenknochen wirkten wie frisch aufgeworfene Wälle. In den grünen Augen stand blanke Angst. Alle Farbe war von ihrem Antlitz gewichen. Sie schürzte die blutleeren Lippen. Dann aber besann sie sich und rang sich ein scheues Lächeln ab. Überraschend sanft legte sie Dora den Arm um die Schultern, zog sie näher zum Bett und wies mit dem spitzen Kinn auf Urban.

Reglos lag Urban da. Das Gesicht aschfahl, die Wangen eingefallen, die Augen fest geschlossen. Die Nase ragte vorwurfsvoll zwischen ihnen heraus. Bis knapp unter das Kinn war die Decke hochgezogen. Dora ahnte, warum – um den Anblick des von den schweren Steinmassen zertrümmerten Leibes gnädig zu verschleiern. Sie erstarrte. Das also war die Quittung für ihre sündige Träumerei von Veit.

Auf Urbans Gesicht fanden sich überraschend wenig Spuren des schrecklichen Unglücks. Lediglich einige Kratzer an der hohen Stirn, ein langer Riss entlang der unteren Kinnpartie sowie zwei, drei blutverkrustete weiße Haarsträhnen an den Schläfen verrieten, was ihm widerfahren war. Dagegen stach die bereits stark verkrustete Schramme auf der rechten Wange, die er dem Überfall im Wald der tanzenden Bäume zu verdanken hatte, regelrecht heraus. Sein Brustkorb hob und senkte sich kaum merklich. Gelegentlich entfuhr den leicht geöffneten Lippen ein leiser Seufzer.

»Es ist so furchtbar«, hauchte Mathilda. »Noch steckt ein Funke Leben in ihm. Was aber ist das für ein Leben? Er muss Schreckliches ertragen. Sein Brustkorb ist zerquetscht, in seinem Leib ist nichts mehr, wie es sein sollte. Jeder Atemzug bereitet ihm die größte Qual. Glaubt mir, ich weiß, wovon ich rede. Zusammen mit dem Wundarzt habe ich ihn gewaschen und ins Bett gelegt. Wir sollten Gott um Gnade anflehen, dass er ihn rasch von seinem Leiden erlöst.«

Mit dem Handrücken wischte sich Mathilda über die Stirn, legte die Hand einen Moment über die Augen, um sie kraftlos hinabsinken zu lassen.

»Was genau ist geschehen? Wieso er? Er hätte doch gar nicht auf der Baustelle sein sollen.« Dora wunderte sich, wie gefasst ihre Worte klangen. Eben noch war sie der nächsten Ohnmacht nahe gewesen, nun erfüllte eine kaum geahnte Kraft ihren Körper. Sie musste ganz für Urban da sein. Alles in ihr wehrte sich dagegen, ihn aufzugeben. Nicht ausgerechnet an dem Tag, an dem sie Gewissheit erlangt hatte, ein Kind von ihm im Leib zu tragen.

»Gottes Wege sind unerforschlich.« Umständlich schneuzte sich Mathilda die Nase, holte tief Luft und sagte mit gepresster Stimme: »Ausgerechnet drei Tage vor seinem fünfzigsten Geburtstag.«

Dora zuckte zusammen. Das war ihr völlig entfallen. Urban legte keinen Wert darauf, den Tag seiner Geburt und seines Schutzheiligen, nach dem er benannt war, zu feiern, am allerwenigsten in diesem Jahr. Fahrig kneteten ihre Finger den Stoff ihres Kleides. »Wer an einem Schwendtag geboren ist, dem scheint kein guter Stern über das Leben«, fuhr ihr ein Ausspruch Renatas durch den Sinn. Ob Urban deshalb so ungern an seinen Ehrentag erinnert wurde? Unsinn!, schalt sie sich sogleich. Stets war er auf vernunftgelenktes Handeln bedacht. Die alten Weisheiten und Überlieferungen lehnte er ab, betonte dagegen gern, wie wahr Luther sprach, wenn er dazu aufrief, allein dem Glauben an Gott zu vertrauen und sich nicht von überkommenem Aberglauben leiten zu lassen.

Die Base trat zum verhangenen Fenster. Mit dem Rücken zum Vorhang, die Hände rücklings auf das Sims gestützt, begann sie zu erzählen: »Veit Singeknecht hat ihn eigens aus der Rentkammer rufen lassen, wie Meister Miehlke berichtet. Offenbar wollte er ihm etwas auf der Baustelle zeigen oder vorführen. Genaueres wusste Miehlke leider nicht.«

»Was? Wieso hat ausgerechnet Singeknecht …« Verwirrt sah Dora zwischen dem weiterhin starr daliegenden Urban und seiner Base hin und her. Mathildas Worte entfachten ihren Unmut. Was erdreistete sich Veit? Zwar hatte Urban ihn ihr als Berater zur Seite gestellt, ihn gebeten, während ihrer Abwesenheit die Baustelle zu leiten, dennoch war nach wie vor sie die verantwortliche Baumeisterin. Demzufolge hätte allein ihr die Entscheidung zugestanden, wann der Bauherr sich laufende Arbeiten ansehen sollte oder nicht. Am Vortag aber war ihr gegenüber weder von Miehlkes noch von Veits

Seite aus eine Andeutung gefallen, dass es etwa zu neuen Schwierigkeiten mit dem Fundament gekommen war. Hatte Veit nicht immer von Verzögerungen der dickeren Mauern wegen gesprochen? O Gott! Wenn Veit etwas an der Konstruktion geändert und Urban mit Bedacht … Nein, diesen Gedanken durfte sie nicht zu Ende denken. Seine Konsequenzen waren noch schlimmer als die Vorstellung, Gott habe sie mit dem Unglück strafen wollen. Voller Verzweiflung hing ihr Blick auf der Base.

Aufrecht wie eh und je hielt sich Mathilda, schaute ziellos nach vorn und sprach mit ausdrucksloser Stimme weiter. »Warum Urban zur Baustelle musste, das solltet Ihr mit Singeknecht selbst klären. Wie es aussieht, hat der Werkmeister noch so einiges Weitere zu erklären. Das Fundament hat wohl unter dem viel zu großen Gewicht der Stützmauer nachgegeben. Was das genau heißt, wird wohl untersucht werden. Zunächst aber zählt nur: Urban ist Singeknechts Aufforderung freudig gefolgt. Als Bauherr wollte er natürlich genauestens über den Fortgang der Arbeiten im Bilde sein. Aus diesem frommen Wunsch ist dann allerdings ein fürchterliches Unglück geworden.«

Die letzten Worte spie sie regelrecht aus, schlug die Hände vors Gesicht und ergab sich einem heftigen Schluchzen.

Dora ließ die Worte lange auf sich wirken. Schließlich erkundigte sie sich mit brüchiger Stimme: »Ist außer Urban noch jemand zu Schaden gekommen? Einer der Maurer oder ein anderer der Bauleute?«

Mathilda wischte sich die nassen Wangen, schluchzte noch einige Male auf, um unter den weiter rege fließenden Tränen mühsam zu erklären: »Einer der Kunstdiener ist direkt von den Trümmern erschlagen worden. Die Knechte wussten lange nicht, wen sie außer Eurem Gatten noch unter den Steinen suchen sollten. In dem Aufruhr hat jeder einfach blindlings losgewühlt, um zu retten, was noch zu retten war. Als Ihr zusammengebrochen seid, wurde die Unruhe noch größer. Mehrmals habt Ihr wohl nach Eurem Bruder und seinem Freund gefragt. Da erst ist den meisten aufgefallen, nichts Genaues über den Verbleib der beiden zu wissen. Ob einer Jörg an diesem Tag überhaupt auf der Baustelle gesehen hat, stand plötzlich ganz in Frage. Singeknecht dagegen war natürlich da und hatte die Arbeiten beaufsichtigt. Nach einer halben Ewigkeit ist einer der Knechte tiefer durch das Geröll vorgedrungen und hat die beiden wie durch ein Wunder nahezu unversehrt in einer Nische entdeckt. Lediglich einige Kratzer sowie riesige Mengen Staub, den sie eingeatmet haben, hatten sie zu beklagen. In dem Freudentaumel über ihre unverhoffte Rettung hat Miehlke dann den trefflichen Einfall gehabt, alle Anwesenden durchzuzählen. Damit wurde endlich das ganze Ausmaß klar – ein toter Kunstdiener und ein schwerverletzter Bauherr, von dem niemand sagen konnte, ob er das Unglück überstehen wird oder nicht.«

Sie hielt inne, faltete die Hände vor der Brust und senkte den Blick. Eine unerträglich lange Weile verharrte sie reglos in dieser Position. Dora besah sich unterdessen wieder Urban. Nichts hatte sich an ihm verändert. Wie gern würde sie das Federbett zurückschlagen, seinen geliebten Leib betrachten, um zu wissen, woran er genau litt. Bestand vielleicht doch eine Möglichkeit, das Geschehene ungeschehen zu machen?

»Was hat der Wundarzt gesagt?«, fragte sie. »Schickt nach Aurifaber. Des Herzogs Leibarzt soll auf der Stelle kommen. Immerhin geht es um Urban Stöckel, einen der engsten Gefährten Albrechts.«

Die plötzlich aufwallende Erregung raubte ihr den Atem. Sie ballte die Hände zu Fäusten, spürte seltsamerweise eine gewaltige Wut auf den Herzog, der seinen treuen Gefährten in den letzten Monaten so schmählich behandelt hatte. Damit hatte das gesamte Unheil doch erst seinen Lauf genommen. Übertrug ihm nach viel zu langem Zögern ein Grundstück ganz am Ende der Junkergasse. Längst wurde da das Gelände sumpfig und die Gegend weniger ansehnlich als im vorderen Teil, wo weitaus weniger verdiente Hofbedienstete wie eben der Medicus Aurifaber oder der Buchdrucker Weinrich ansässig waren. Ihre Stimme glich einem heiseren Krächzen. Sie fasste sich an die Kehle. Dabei gewahrte sie, nach wie vor lediglich mit dem Hemd bekleidet zu sein. Erschrocken fürchtete sie, man könne darunter ihren verräterisch gewölbten Unterleib erkennen. Rasch legte sie die Hand darüber.

»Geistesgegenwärtig hat Miehlke gleich nach dem Zusammensturz der Mauer einen der Lehrjungen nach Hilfe schicken lassen. Aurifaber war sofort auf der Baustelle, auch Wundarzt Vogel aus dem Tragheim war in Windeseile da. Sobald Urban aus dem Trümmerfeld geborgen war, haben ihn Aurifaber und Vogel noch an der Unglücksstelle untersucht und seine behutsame Überführung in den Mühlenberg angeordnet. Ihr selbst wart lange nicht bei Bewusstsein.« Sie schenkte ihr einen zweideutigen Blick. »Deshalb habt Ihr wohl nichts davon mitbekommen. Kurz bevor Ihr heruntergekommen seid, haben uns die beiden Herren verlassen und gebeten, einen Priester zu rufen.«

»Was?« Doras Stimme überschlug sich. Wieder stieg bedrohliche Schwärze vor ihren Augen auf, kaum konnte sie sich aufrecht halten. Sie tastete sich vorsichtig bis zum Bettpfosten vor, umklammerte ihn wie eine Ertrinkende den rettenden Holzstamm. Es dauerte eine Weile, bis ihr die Bedeutung des gerade Vernommenen ins Bewusstsein drang. Ein ziehender Schmerz machte sich in ihrem Unterleib bemerkbar. Schützend presste sie die Hand fester darauf und krümmte sich leicht zusammen. Mathilda zog die Augenbraue hoch, betrachtete sie mit stark gerunzelter Stirn. »Ja, ich bin schwanger«, erklärte sie tonlos. »Bitte geht jetzt und lasst mich mit meinem Gemahl allein.« Mathilda wurde noch bleicher, wollte etwas sagen, doch Dora schrie ungeachtet des Sterbenden im Bett plötzlich ihre gesamte Verzweiflung hinaus: »Haut endlich ab! Diese letzten Stunden gehören Urban und mir ganz allein.«

Ihre Unterlippe begann heftig zu beben, kaum gehorchten ihr die Knie. Unbeholfen wie ein frisch geborenes Lamm stakste sie zu dem Schemel, der neben dem Bett stand. Mathilda zögerte noch immer, die Schlafstube zu verlassen, doch Dora beschloss, sie keines Blickes mehr zu würdigen. Ihre ganze Aufmerksamkeit gehörte Urban. Das war das Einzige, was sie noch für ihn tun konnte. Wie aus weiter Ferne hörte sie Mathilda laut schnaufen. Dann raschelte der Damast ihrer Kleidung, Schritte eilten über den Dielenboden. Endlich schloss sich die Tür hinter ihr. Urban und sie waren allein.

Dora beugte sich vor, tastete unter der Decke nach seiner rechten Hand und zog sie vorsichtig heraus. Sie fühlte sich eiskalt an. Doch auch ihre Hand strahlte keinerlei Wärme aus. Sie verschränkte ihre Finger mit den seinen, hauchte ihm einen zarten Kuss auf die Wange.

»Urban, Liebster, verzeiht mir, bitte! Das habe ich nicht gewollt. Wenn ich geahnt hätte, dass Ihr auf der Baustelle seid, wäre ich viel schneller dorthin gelaufen. Ach, Liebster!« Sie hielt inne, schluckte Tränen hinunter. »Lass uns noch einmal miteinander tanzen wie letztens im Wald der tanzenden Bäume. Siehst du diese wunderschönen Stämme aus dem Boden sprießen, eng ineinander verschlungen für alle Ewigkeit? Nur sie selbst hören die Musik, zu der sie sich bewegen. Komm, wir beide tun es ihnen nach und bleiben zusammen und tanzen bis in alle Ewigkeit.«

Die Innigkeit dieses letzten gemeinsamen Beisammenseins vor Augen, wechselte sie unwillkürlich ins vertrauliche Du, das Urban ihnen beiden zeit seines Lebens versagt hatte. Selbst in den traulichsten Momenten war er damit stets der entrückte herzogliche Kammerrat geblieben. Nun aber war die Zeit gekommen, diesen letzten Abstand zueinander endgültig zu überwinden. Was zählte, war allein ihre Liebe zueinander. Die zügellose Leidenschaft, die sie in den letzten Wochen miteinander erlebt hatten. Eine große Träne quoll ihr aus dem Auge, kullerte langsam die Wange hinunter. Behutsam bettete sie den Kopf auf Urbans Leib und lauschte dem kaum hörbaren Atem, der seiner schwer malträtierten Brust entstieg.

Sie wusste nicht, wie lange sie so dagelegen und in der Erinnerung an jene rauschhaften Tage ihrer Reise nach Ragnit versunken war. Plastisch stand ihr der Wald der tanzenden Bäume vor Augen. Sie fühlte, wie Urban sie an der Hand genommen und umhergewirbelt hatte. Nie wieder würden sie jene starken Gefühle miteinander erleben, die ihnen seit Tapiau den besten Frühling ihres Lebens beschert hatten. Sie wischte sich die Wangen trocken, richtete sich auf. Etwas musste sie Urban noch sagen. Auch wenn er es kaum mehr wahrnehmen würde, so sollte er doch wissen, dass ihre Liebe endlich die lang ersehnten Früchte trug und sie gesegneten Leibes war.

»Urban, Liebster, wisst Ihr …«, setzte sie sanft an, um mit Erstaunen festzustellen, dass er die Augen aufschlug, das

Gesicht langsam zur Seite neigte und sie mit erstaunlich klarem Blick ansah. Gebannt hielt sie den Atem an. In seinen blassblauen Augen blitzte etwas auf, das sie noch nie darin gesehen hatte. In den Tiefen des Blaus schimmerte wahre Freude. Ahnte er bereits, was sie zu sagen hatte? Erneut fasste sie nach seiner Hand, drückte sie überglücklich.

»Schweig still, mein Augenstern«, begann er mühsam zu reden, um dann noch einmal überraschend den Kopf aus den Kissen zu heben und erstaunlich klar zu sprechen. »Du musst es mir nicht erst sagen. Unsere Liebe lässt es mich lange schon spüren. Wir werden ein Kind haben.«

»Ja«, hauchte sie ergriffen und rang von neuem mit den Tränen. »Ja, mein Liebster, wir werden ein Kind miteinander haben.«

»Welch großes Glück.« Matt sank er zurück, schloss die Augen, schwieg. Kaum sichtbar hob und senkte sich sein Brustkorb.

Der Moment währte ewig. Sie fürchtete schon, das Reden habe ihn zu sehr angestrengt, die freudige Nachricht zu sehr erregt. Dann aber schlug er noch einmal seine Augen auf, betrachtete sie wieder. Dieses Mal war das Blau darin bereits deutlich verschwommen. Glanz und Tiefe fehlten ihm.

»Trotzdem muss ich gehen. Die Pflicht ruft mich fort von dir, fort aus meiner fränkischen Heimat. Doch auch im fernen Preußen werde ich immer an dich denken.«

Seine Worte ließen Dora aufhorchen. Was redete er da? Wieso sprach er vom »fernen Preußen«, wo er doch seit Jahrzehnten mitten in Preußen lebte? Welche Pflicht rief ihn fort aus seiner fränkischen Heimat? Das war doch alles schon lange vorbei. Königsberg war seine Heimat, dort hatte er seine Verpflichtungen. Argwöhnisch musterte sie ihn.

Er erwiderte ihren Blick nicht mehr, schaute stattdessen in eine rätselhafte Ferne. Ein Schmunzeln umspielte seinen sonst so strengen Mund. Ein letztes Mal färbte eine sanfte Röte seine Wangen. Das Antlitz war noch hagerer als sonst. »Nie werde ich je vergessen, was wir füreinander empfunden haben. Selbst in zwanzig oder dreißig Jahren noch werde ich daran denken, was du mir einfachem Kreuzherrn geschenkt hast – deine ganze Liebe, deine kostbare Unschuld, dein ganzes Sein. Lass mich noch einmal dein bernsteingoldenes Haar berühren. Fortan werde ich in jedem Bernstein das Spiegelbild deiner Seele sehen.«

Er hob die Hand, um sie kurz darauf kraftlos sinken zu lassen. Mehrmals versuchte er Luft zu holen, noch einmal tief durchzuatmen. Schließlich bäumte er sich jäh auf, verharrte einige Augenblicke in der Luft, um dann zur Seite zu kippen.

Fassungslos starrte Dora ihn an, versuchte fieberhaft den Sinn seiner letzten Worte zu ergründen. An sie waren sie jedenfalls nicht gerichtet.

Sie beugte sich über ihn, schloss ihm die Lider, ließ die Hand eine Weile auf seinem Antlitz ruhen, bis die letzte Wärme daraus gewichen schien.

Als sie sich wieder auf den Schemel setzte, lachte sie auf. Ihr törichter Schafgarbentraum fiel ihr ein, der ihr Veit Singeknecht als ihren wahren Liebsten offenbart hatte. Sie dachte an die anregenden Gespräche, die sie mit dem Nürnberger Baumeister über die Kunst an den Ordensburgen und die wahre Leidenschaft der Meister geführt hatte. All die verbotene Nähe, die ihr Herz höherschlagen ließ. Was hatte sie nicht alles getan, um diese Gefühle ein für alle Mal im Keim zu ersticken. Hatte gemeint, darüber Urbans inneres Glühen endlich zutage gefördert zu haben. Anscheinend aber war sie nicht die Erste gewesen, der das gelungen war. Warum sonst gedachte er in seiner letzten Stunde auf Erden nicht ihr, seiner angetrauten Ehefrau, sondern einer unbekannten bernsteinblonden Fremden in seiner fränkischen Heimat, die er als junger Kreuzherr an der Seite Herzog Albrechts verlassen hatte? War das Unglück vielleicht gar nicht Gottes Strafe für ihre sündigen Gedanken, sondern für ganz andere Sünden, die ihr lieber Gemahl einst begangen hatte?

»Dora?« Grets Stimme ließ sie herumfahren. »Ist es vorbei?«

Auf Zehenspitzen kam die Schwägerin zu ihr, betrachtete erst einige Atemzüge lang schweigend Urban, dann Dora, und legte ihr schließlich tröstend die Hand auf die Schulter. Gerührt von der unverhofften Nähe, sah Dora zu ihr auf.

Nicht zum ersten Mal sprang ihr die verblüffende Ähnlichkeit zwischen ihnen beiden ins Auge. Gret war ebenso groß und bis auf den üppigen Busen genauso zierlich gebaut wie sie selbst. Das schmale, wohlgeformte Gesicht mit der langen, fein geschwungenen Nase sowie das Kinn waren auffallend gleich. Lediglich ihre Augen- wie ihre Haarfarbe unterschieden sich voneinander. Eine Laune der Natur hatte Dora ein blaues und ein grünes Auge beschert, zudem besaß sie dunkelblondes, welliges Haar. Grets Haarschopf dagegen leuchtete selbst im Kerzenschimmer auffallend bernsteingolden. Dora schnappte nach Luft. Langsam wandte die Schwägerin den Kopf, sah sie aus ihren hellblauen, nein, blassblauen Augen an. Der Blick war der Urbans, schoss es ihr durch den Kopf.

Plötzlich war ihr alles klar. Wie hatte sie das nicht eher sehen wollen? Es passte alles genau. Gret stammte aus Nürnberg, wo Urban sich vor seinem abermaligen Aufbruch mit Albrecht vor zwanzig Jahren aufgehalten hatte. Über ihren Vater wusste sie nichts zu sagen, ihre Mutter war kurz nach der Geburt gestorben. Das musste die rätselhafte Frau mit dem bernsteinfarbenen Haar gewesen sein, von der Urban in seinen letzten Atemzügen gesprochen hatte. Sie wusste nicht, ob sie weinen oder lachen sollte. Noch sträubte sich alles in ihr, die Bedeutung dieser Erkenntnis zu begreifen.

Ein vorsichtiges Pochen an der Tür riss sie aus ihren Gedanken. Geschwind eilte Gret hin, um zu öffnen. Keuchend schob sich Jörg herein, Haar und Kleider noch immer vom Mörtelstaub der Baustelle bedeckt, ebenso die breiten Kuhmaulschuhe vom Dreck gezeichnet.

»Singeknecht ist fort«, stieß er aus. »Er muss sich ein Pferd geschnappt haben und aus der Stadt geflohen sein. Zuvor hat Meister Miehlke ihn im Angesicht des Herzogs bezichtigt, die Mauer absichtlich über Urban zum Einsturz gebracht zu haben. Das Fundament ist unter der Last der viel zu schweren Stützmauer ...«

»Nein!«, schrie Dora auf.

»Pst!«, mahnte Gret, legte den Zeigefinger mahnend über die Lippen und wies mit dem Kopf zum Bett, wo der tote Urban ruhte.

»Ist er ...?«, fragte Jörg überflüssigerweise, um jäh abzubrechen und ein Kreuzzeichen vor der Brust zu schlagen. Dann ging er zu Dora, nahm sie behutsam in die Arme. »Schwesterherz, es tut mir so leid.«

»Schon gut.« Unsanfter als nötig befreite sie sich aus der Umarmung. Der Schmerz über Urbans Tod wich einer neuen Angst. Veit galt also gleich als der Schuldige des Unglücks. Da hatte es sich Miehlke mehr als leichtgemacht. Ihr Gespräch mit Veit von letztem Montag lief noch einmal in Windeseile in ihrem Gedächtnis ab. Ausführlich hatte er sie über die veränderte Lage nach Aushub des Bodens unterrichtet, ihr die Anlage eines verstärkten Fundaments und die Notwendigkeit einer dickeren Stützmauer im Kellergeschoss erklärt. Hatte Veit sich doch geirrt? Hätte jemand anderer die Gefahr erkennen und das Unglück verhindern können? Offenbar war entweder das Fundament nicht stark genug oder die Mauer viel zu schwer gewesen. Sie hätte seiner Bitte in jedem Fall folgen und sich das alles vor Ort ansehen müssen. Immerhin hatte Urban ihr die Leitung der Baustelle übertragen. Andererseits aber besaß Veit im Gegensatz zu ihr wirkliche Erfahrung mit Schwierigkeiten wie diesen. Er hatte also genau gewusst, was er tat, als er die Änderungen veranlasste. Ihr wurde flau. »Warum hätte Singeknecht das tun sollen?«, fragte sie bang mehr sich selbst als die anderen. »Warum hätte er meinen Gemahl umbringen wollen? Darauf läuft Miehlkes Anschuldigung doch hinaus.«

»Das, meine Liebe, solltet Ihr besser mit Euch selbst klären.« Plötzlich stand Mathilda in der offenen Tür und sah sie vorwurfsvoll an. Gret und Jörg erstarrten. Dora schnaubte. Das alles war ihr zu viel. Sie sehnte sich nach Ruhe, nach einem langen, erholsamen Schlaf. Kaum hatte sie diesen Gedanken gedacht, sank sie um und gab sich zum zweiten Mal an diesem Tag der grenzenlosen Schwärze hin, die alles um sie her gnädig überdeckte.

Zweiter Teil

KÖNIGSBERG UND KRAKAU

Frühjahr/Sommer 1546

1

Doras Hand zitterte, als sie die Tür zu Urbans Studierstube aufstieß. Ein Schwall stickiger Luft schlug ihr entgegen. Rasch eilte sie zum Fenster und riss es auf. Milde Maiwärme strömte herein, die Sonne kitzelte ihr die Nasenspitze. Dora lehnte sich gegen das Fensterkreuz und sog den Frühling tief in sich ein.

Ihr Blick verlor sich im Wipfel der Eiche am Schlossteich. Weiße Wolkenfetzen liebkosten die hoch aufragende Baumspitze. Das tiefe Blau des Firmaments erzählte von einer unendlichen Leichtigkeit fernab des mühsamen Seins auf Erden. Aus dem zweiten Obergeschoss war die uralte Eiche am Südufer des Schlossteichs noch besser zu betrachten als vom Fenster ihres Schlafgemachs ein Stockwerk tiefer. Seit vielen Menschenaltern spendete das kunstvolle Geflecht der Äste mit seinem dichten Blätterwerk eine schattige, ungestörte Zuflucht. Auch Dora hatte diesen Ort der Abgeschiedenheit einmal sehr geliebt. Die unerschütterliche Kraft des Baumes hatte sie oft ermuntert, sich dem Wind des Lebens entgegenzuwerfen, selbst wenn er einem gelegentlich von der falschen Seite ins Gesicht schlug.

Leider aber erinnerte die Eiche auch an jenen unglückseligen Tag vor zwei Jahren, an dem Urban auf der Baustelle zu Tode kam. Einen wunderschönen Moment der Ruhe hatte Dora zuvor noch im Schatten des uralten Baumes gefunden. Damals war sie sich ihrer Schwangerschaft endgültig gewiss geworden und hatte das sachte Rauschen der Blätter über ihrem Kopf als Beweis des immerwährenden Schutzes aufgefasst. Wie hätte sie ahnen können, dass das nur die Ruhe vor einem unerträglichen Sturm darstellte, der seither erbarmungslos in ihrem Herz wütete? Nur wenige Stunden später war das Schicksal einem Orkan gleich über sie hinweggefegt und hatte ihr bis dahin so behütetes Dasein bis in die Grundmauern zerstört.

Aufgewühlt wischte Dora sich die feuchten Augenwinkel. Das Schlimmste an dem Unglück aber war: All ihre Träume und Hoffnungen hatten unter den Trümmern ebenfalls ein vorzeitiges Grab gefunden. Seither hatte sie keinen Zeichenstift mehr angerührt, keinen einzigen Entwurf mehr angefertigt. Zu große Gewissensbisse plagten sie. Veit Singeknecht war aus der Stadt geflohen, von Steinmetzmeister Miehlke bezichtigt, den Einsturz der Stützmauer absichtlich herbeigeführt zu haben. Dabei war sie die verantwortliche Baumeisterin gewesen. Ihr allein war vorzuwerfen, sich nicht rechtzeitig, wie von Veit gewünscht, mit eigenen Augen ein Bild von den erforderlichen Änderungen am Fundament gemacht zu haben. Durch seine Flucht hatte Veit sie von jedem Verdacht entlastet. Sie schloss die Augen, erneut mit den aufsteigenden Tränen kämpfend. Ob sie ihm sein edles Handeln je vergelten konnte? Wenn sie doch wenigstens einmal noch jenes Traumbild vor Augen hätte, mit dem alles begonnen hatte. Nach Urbans Tod und Veits Flucht aber war ihr selbst der Schafgarbentraum nicht mehr als Trost vergönnt.

Laute Stimmen aus dem ersten Stock rissen sie jäh in die Wirklichkeit zurück. Mathilda keifte aufgebracht, Elßlin wimmerte, die kleine Johanna stimmte ins Weinen ein. Dora lauschte, was passiert war. Mathildas hohe Tonlage verriet es rasch. Die inzwischen sechzehnjährige Magd hatte der anderthalbjährigen Kleinen das Naschen einer kandierten Kirsche erlaubt. Natürlich war das der missmutigen Base zuwider. Empört ging sie auf Elßlin los, schickte sie zur Strafe in den Keller. Plötzlich wurde es still im Haus. Leise, schleppend klingende Schritte auf der Treppe verrieten, dass die Magd ihre Strafe folgsam antrat. Kurz darauf jauchzte Johanna entzückt auf. Dora konnte sich denken, wie Mathilda das Herz ihrer Tochter wieder für sich gewonnen hatte – indem sie ihr ihrerseits eine kandierte Frucht reichte. Das Spiel lief inzwischen nahezu täglich ab. Erst schimpfte Mathilda mit Elßlin, weil sie Johanna verwöhnte, nur um dann selbst alles zu tun, was die Kleine wollte. Dora fehlte jedoch die Kraft, dem Kampf der beiden ungleichen Frauen um Johannas Gunst ein Ende zu setzen. Erschöpft wandte sie sich der Studierstube zu.

Dicke Staubschichten bedeckten die Regale, den Tisch und den Sessel. Selbst das schmale Bett, das Vater Wenzel bis zur Rückkehr in das wieder aufgebaute Haus in der Domgasse letzten Sommer als Schlafstätte gedient hatte, war von einer grauen Farbe überzogen. In den Ecken knüpften riesige schwarze Spinnen ihre Netze, allesamt beeindruckende Werke einer monatelangen Ungestörtheit. Dora trat zu den Regalen, stieß mit dem Fuß gegen eine Kiste, die direkt davorstand. Achtlos schob sie sie beiseite und musterte die Bücher im Regal, fuhr mit dem Zeigefinger zärtlich über die Buchrücken. Es waren die letzten Bücher, die Urban in Händen gehalten und gelesen hatte. Als sie darunter den Till Eulenspiegel entdeckte, erfasste sie Wehmut. Behutsam nahm sie den Band aus dem Regal, wischte das verstaubte Schweinsleder mit dem Ärmel ihres schwarzen Kleides ab und schlug das Buch auf. Gleich an den ersten Sätzen blieb sie hängen. Von Tills dreimaliger Taufe zu lesen entlockte ihr ein verträumtes Lächeln. Die trauten Stunden mit Urban in Tapiau fielen ihr ein. Ausgerechnet der Lektüre von Eulenspiegels Abenteuern hatte sie die Versöhnung zu verdanken. Eine Weile überließ sie sich ganz den Erinnerungen an jene beeindruckende Ordensburg mit der üppig ausgestatteten Bibliothek, rief sich Urbans wieder aufgeflammte Verliebtheit ins Gedächtnis. Ein leises Miauen verkündete Mirandas Ankunft. Entschlossen schlug Dora das Buch zu und schaute zur offenen Tür. Stolz verharrte die Katze dort, eine Vorderpfote anmutig in der Luft, den Schwanz steil aufgerichtet, um dann flugs hereinzustürmen und den weiß-braun-roten Kopf mit dem struppigen Fell und den glühenden Bernsteinaugen an Doras Beinen zu reiben. Dora bückte sich, strich ihr zärtlich über den Rücken.

»Immer sucht sie deine Nähe.« Die dürre Renata schlüpfte zur Tür herein, schloss sie und lehnte sich gegen das Holz, als gälte es, lästige Verfolger auszusperren. »Was tust du hier? Warst lange nicht in der Stube.«

»Seit Urbans Tod nicht.« Dora staunte selbst über die verstrichene Zeit.

»Jetzt willst du also aufräumen. Wird auch Zeit.« In den wässrigen Augen der alterslosen Magd flammte ein Leuchten auf. Entschlossen warf sie den Kopf zurück, schüttelte das spärliche farblose Haar dabei auf. Die durchscheinende Kopfhaut offenbarte den mäandernden Zug der blauen Adern. In ihrem hellen knöchellangen Leinenkittel, den sie statt eines Kleides trug, ähnelte sie mehr einem Geisterwesen denn einem wirklichen Menschen. Zum hundertsten Mal dauerte es Dora, die treue Seele erst im letzten Sommer nach dem Umzug von Vater, Bruder, Schwägerin und deren kleinen Sohn aus dem Löbenichter Tollhaus heimgeholt zu haben. So hatte Renata letztlich mehr als anderthalb Jahre inmitten von Schwachsinnigen und Tollwütigen ausharren müssen. Die Tage verbrachte sie am liebsten allein im Spitzgiebel des Hauses, verkroch sich in die Enge und den Mief der winzigen Stube. Des Nachts aber schlief sie neben einem vollgefüllten Wassereimer direkt an der Eingangstür im Erdgeschoss. Einzig die Feuerkatze Miranda war ihr ein schwacher Hoffnungsschimmer, die furchtbare Brandnacht nicht noch einmal erleben zu müssen, glaubte sie doch fest an den Schutz, den ein Wesen wie sie spendete.

»Hilfst du mir?« Aufmunternd lächelte Dora ihr zu. Sie kam ihr vor wie ein winziges Vögelchen, das die Unbill des Lebens grausam aus dem vertrauten Dasein geschleudert hatte. Sanft legte sie Renata den Arm um die Schultern, fürchtete, das Gewicht ihrer Hand wäre bereits zu schwer für sie. »Es gibt viel Arbeit. Hol Besen, Lappen und einen Eimer Wasser. Am besten entfernst du erst die Spinnweben in den Ecken, dann putzt du die Fensterscheiben. Währenddessen schaue ich die Papiere auf dem Schreibpult durch.« Entschlossen krempelte sie sich die Ärmel ihres Trauerkleides auf, steckte das dunkelblonde Haar unter die Haube. Die Hände in die Hüften gestemmt, wartete sie, bis Renata sich ebenfalls rührte. Als die Magd die Hände hinter dem Rücken hervorholte und ihr entgegenstreckte, lagen einige Stengel Schafgarbe darauf. Der würzige Geruch der kleinen, weißen Dolden stieg Dora sofort in die Nase. »Nein! Erspar mir bitte dieses Kraut! Es hat genug Unheil angerichtet.«

»Wieso?« Verständnislos schaute Renata zwischen ihr und der Schafgarbe hin und her, bettete die mit winzigen weißen Blüten bestückten Dolden schließlich aufs Fensterbrett. »Niemals bringt die Schafgarbe Unheil. Gerade für Menschen, die wie du am Tag des heiligen Theobald geboren sind, ist sie das Heil aller Schäden. Diese Stengel hier habe ich übrigens nicht vom Grab eines Jünglings gepflückt. Auch sollst du sie dir nicht mehr des Nachts unters Kopfkissen legen, denn …«

»Woher weißt du, dass ich …?«, fiel Dora ihr aufgebracht ins Wort. Sie war sich sicher, der alten Magd weder von ihrem schicksalhaften Traum noch davon erzählt zu haben, dass ihr der Liebste kurz darauf in Gestalt von Veit Singeknecht leibhaftig gegenübergestanden hatte. Renata hob die knochige Hand, strich ihr zärtlich über die Wange. Dora fühlte, wie sie errötete. Renata lächelte verschmitzt. Auf einmal hatten sich die Rollen zwischen ihnen verkehrt. Renata war nicht mehr das zarte, schutzsuchende Wesen und Dora die Starke. Jetzt war es wieder genau so, wie es seit dem frühen Tod der Mutter immer gewesen war. Die Magd spendete ihr Schutz.

»Mach dir keine Sorgen, Liebes«, beruhigte Renata sie. »Ich weiß, was ich weiß, und ich weiß, ob ich etwas sagen soll oder nicht. Doch hab keine Angst, selbst wenn ich mich einmal verplappere, wird mir kaum noch einer Glauben schenken. Es hat eben seinen Vorteil, wenn die Menschen bereits das Urteil über einen gefällt haben und in einem nur noch die Verrückte sehen.« Ihr Schmunzeln wurde regelrecht schelmisch. Die hellen großen Augen strahlten mit der Frühlingssonne vor dem Fenster um die Wette. Eine ganz eigene Schönheit wohnte ihrem ausgemergelten Antlitz inne. Dora wurde warm ums Herz. »Deinen Liebsten hast du also längst geschaut. Damit kannst du dir die Probe für alle Zukunft sparen. Die Schafgarbe ist wahrhaftig und wird dir auch beim zehnten oder zwanzigsten Mal keinen anderen als beim ersten Mal vor Augen führen.«

»Mein Gemahl ist schon seit zwei Jahren tot. Damit ist meine Liebe ein für alle Mal zu Grabe getragen.«

»Mach dir nichts vor.« Renatas Stimme klang fest, ihre riesigen Augen blickten klar und weise, die eingefallenen Wangen gewannen an Farbe. Auf einmal wirkte sie groß und stark, packte Dora am Handgelenk und sah sie eindringlich an. »Wir beide wissen, dass dir die Schafgarbe jemanden gezeigt hat, der in der Blüte seines Lebens steht. Vertrau darauf. Sie irrt sich nie. Du bist noch jung. Vor dir liegt noch ein ganzes Leben voller Liebe und innigster Zuneigung.«

Dora verschlug es den Atem. Renata sprach laut aus, was sie sich selbst kaum einzugestehen traute. Beschämt schlug sie die Hände vors Gesicht. Obwohl die winzige Renata ihr kaum bis zu den Schultern reichte, schaffte sie es, sie in die Arme zu nehmen und sie sacht zu wiegen wie ein kleines Kind. »Keine Angst, Liebes«, raunte sie ihr tröstend ins Ohr. »Von mir erfährt niemand etwas.«

Eine Weile verharrten sie engumschlungen. Aus Renatas Haut und Haaren sog Dora den wohlvertrauten Geruch ferner Kindheitstage ein. Sie genoss den Trost, die treue Seele wieder bei sich zu wissen. Wie gut, dass der Vater wie auch Jörg und Gret ihre Dienste im Kneiphof nicht mehr benötigten und sie bei ihr am Mühlenberg gelassen hatten. Endlich löste sich Renata von ihr und kramte etwas aus dem kleinen Lederbeutel, der an der Kordel um ihren Kittel hing. Es handelte sich um eine braune Glasphiole, wie sie Apotheker und Ärzte verwendeten.

»Gib mir deine Hand«, bat sie und fasste bereits nach Doras Linker, drehte sie so, dass die Handfläche nach oben zeigte. Ehe Dora sichs versah, entkorkte Renata die braune Phiole in ihrer anderen Hand geschickt mit den Lippen und träufelte ihr einige Tropfen einer blauen, öligen Flüssigkeit auf die Innenfläche. Langsam bewegte sie ihre Hand, bis sich das Öl entlang der Lebenslinie verteilte und selbst in die feinsten Risse der Haut eindrang. Gebannt beobachtete Dora, was sich dabei tat. Das dickflüssige blaue Öl schien ihr wie ein Zaubermittel. Sein Duft war sehr aufdringlich, erinnerte an eine bunte Blumenwiese. Nach und nach schwächte sich dieser Eindruck ab, der Geruch wurde zarter. Auf der Hand allerdings entfaltete das blaue Öl erst damit seine ganze Kraft. Schemenhaft entstand ein Bild, das ganz entfernt an eine weibliche Gestalt erinnerte.

»Was ist das?«, fragte Dora verwundert.

Renata lächelte weise, gab ihre Hand wieder frei und verschloss die Phiole, verstaute sie allerdings nicht in ihrem eigenen, sondern in Doras Lederbeutel am Gürtel.

»Erkennst du den Duft? Schließ die Augen und spüre ihm nach. Ich bin sicher, du kommst von allein darauf.«

Dora tat, wie ihr geheißen. Tatsächlich wurde der Geruch allmählich vertrauter. Aus dem zunächst stark blumigen, schwer zu beschreibenden Duft schälte sich langsam eine sehr vertraute, würzige Note heraus. »Schafgarbe!«, rief sie, ohne sich recht zu besinnen, und öffnete die Augen wieder. Erstaunt betrachtete sie das Bild in ihrer Hand, das ihr immer deutlicher eine Frau zu sein schien.

»In der Tat ist das das Öl der Schafgarbe. Fortan sollst du jeden Morgen bei Sonnenaufgang daran riechen, wenn das verschwindende Dunkel der Nacht mit dem Anbruch des ersten Tageslichts seine Vermählung feiert. Diese Stunde ist so blau wie dieses Öl. In ihr begrüßt man das Licht des Neuen und stellt sich den Herausforderungen des beginnenden Tages. Dabei wird dir die Schafgarbe künftig zur Seite stehen. Von alters her hat man ihre Kraft genutzt, um Wunden zu heilen. Wie die einen dieses blaue Öl verwenden, um die Folgen des Kampfes auf dem Schlachtfeld zu kurieren, so nehmen es andere, um die Wunden zu schließen, die das Leben der Seele im täglichen Kampf des Daseins schlug. Vertrau dieser Kraft, wie du auch der weisen Voraussicht der Schafgarbendolde unter dem Kopfkissen schon vertraut hast. Du wirst zu der Stimme vordringen, die tief in deinem Inneren verborgen ist und dir auf den Weg zurückhilft, den dir dein Leben weist. Damit wirst du deinen Frieden wieder finden.«

Sie reckte sich auf die Zehenspitzen, hauchte ihr einen Kuss auf die Wange, drehte sich um und verschwand lautlos aus der Studierstube. Lediglich ein zarter Luftzug, der durch das rasche Öffnen und Schließen der Tür entstand, blieb von ihrem Auftritt zurück.

Verwundert rieb sich Dora die Augen, verteilte dabei von dem blauen Öl auf ihrem Gesicht, spürte das Feuchte auf der Haut. Wieder und wieder betrachtete sie ihre linke Hand, die verwischten Linien der rätselhaften Frau darauf. Hätte sie die nicht vor Augen gesehen, würde sie denken, soeben geträumt zu haben. War das tatsächlich die einfältige, verwirrte Renata gewesen, die gerade so weise über die Kraft der Schafgarbe gesprochen hatte? Woher wusste sie das alles? Noch während Dora darüber grübelte, ahnte sie, wie genau Renata die Wunden ihrer Seele kannte. Dieses Gespür sowie das Wissen um das geeignete Mittel, die Verletzung zu heilen, war eine ganz besondere Gabe. Noch einmal schloss sie die Augen, ließ das gerade Erlebte auf sich wirken. Plötzlich stieg auch der Schafgarbentraum wieder in ihr auf. So deutlich, als stünde er leibhaftig vor ihr, sah sie Veits kantiges Gesicht, fühlte den Blick seiner grünbraunen Augen in den eigenen brennen. Hastig riss sie die Augen wieder auf. Renata hatte recht, sie musste endlich wieder auf ihren eigenen Lebensweg zurückfinden. Erleichterung breitete sich in ihr aus.

Zugleich erfasste sie ein ungeheurer Tatendrang. So notwendig sie sich ihrer inneren Stimme stellen musste, ebenso notwendig musste sie auch im Äußeren alles tun, um mit der Last der Vergangenheit aufzuräumen.

2

Eiligen Schrittes lief Dora zum Fenster der Studierstube, befreite eine etwa handgroße Stelle mit dem Zipfel ihrer Schürze vom Schmutz und richtete den offenstehenden Flügel so aus, dass das einfallende Sonnenlicht die Scheibe in einen Spiegel verwandelte. Ein viel zu blasses, schmales Gesicht schaute ihr entgegen. Mit angefeuchteten Fingerkuppen wischte sie die Spuren des blauen Öls um die Augen weg. Die traurigen Erlebnisse der letzten beiden Jahre hatten die ersten Falten aufspringen lassen. Dennoch schauten das blaue rechte wie das grüne linke Auge klar und zielstrebig, die leicht auseinanderstehenden Augen verliehen ihrem Blick nach wie vor eine ganz besondere Eindringlichkeit. Die kaum merklich nach oben gebogene Nasenspitze sowie der herzförmige Mund über dem spitzen Kinn unterstrichen diesen Eindruck noch. Schon weitaus zufriedener als vorhin schaute sie an ihrer schlanken Gestalt hinunter. Die schlichte schwarze Trauerkleidung aus raschelndem Damast konnte sie guten Gewissens nach zwei Trauerjahren gegen ein dunkelgrünes oder dunkelrotes Gewand aus Samt mit farblich passendem Goller und heller Schürze eintauschen. Gleich nachher, wenn sie mit dem Aufräumen von Urbans Studierstube fertig war, wollte sie sich etwas aus der Truhe im Schlafgemach heraussuchen. Höchste Zeit, dass Johanna ihre Mutter in farbenfroher Tracht kennenlernte. Das würde ihr ein wenig von ihrer jugendlichen Unbeschwertheit zurückgeben.

Bei dem Gedanken an ihr eineinhalbjähriges Kind mit den munteren blauen Augen, die so klug zu schauen verstanden, sowie dem markanten, eckigen Kinn und der hohen Stirn erfüllte sie eine dankbare Zärtlichkeit. Obwohl ein Mädchen, war sie ein Ebenbild sowohl Urbans wie auch Veits. Es war, als wollte das Schicksal sie so an die Zeit gemahnen, in der das Kind gezeugt worden und sie von der Liebe zu beiden Männern hin- und hergerissen war. Entschlossen eilte sie zum Schreibpult und begann endlich aufzuräumen.

Nach wenigen Handgriffen hatte sie aus den Papieren zwei Stapel gebildet, dabei die obersten, dick mit Staub bedeckten durch kräftiges Pusten gereinigt. Auf den einen Stoß sortierte sie Aufzeichnungen und Unterlagen, die Urbans Tätigkeit als herzoglicher Kammerrat betrafen, auf den zweiten solche eher persönlicher Natur. Es wunderte sie, überhaupt noch Schriftstücke aus seinem Amt zu finden. Hausvogt Göllner hatte es nach Urbans Tod sehr eilig gehabt, höchstpersönlich festzustellen, ob in der Studierstube noch Unterlagen zu herzoglichen Amtsgeschäften vorhanden waren. Mit Grauen erinnerte sie sich des unerfreulichen Auftritts, den er vor der Beerdigung im Haus am Mühlenberg gehabt hatte. Ohne ihr Einverständnis abzuwarten, hatte er die Studierstube betreten, sämtliche dort liegenden Schriftstücke durchgesehen und ins Schloss bringen lassen. Das war umso unangenehmer gewesen, als seinerzeit dort ihr Vater mit seinen wenigen aus dem abgebrannten Haus im Kneiphof geretteten Habseligkeiten untergebracht gewesen war. Darauf aber hatte Göllner keine Rücksicht genommen. Schwer vorstellbar also, dass er seinerzeit etwas übersehen hatte und sich unter den jetzt noch vorhandenen Schriftstücken etwas Wichtiges befand. Vermutlich handelte es sich um Zweitschriften oder um solche Papiere, die von keinerlei besonderem Interesse waren. Sie beschloss, sich bei späterer Gelegenheit genauer damit zu befassen, und sah sich nach einer Kiste oder Truhe um, in der sie die Unterlagen verwahren konnte.

Ihr Blick fiel auf die Truhe vor dem Regal an der rückwärtigen Wand, über die sie vorhin fast gestolpert wäre. Sie maß in etwa eine Elle in der Länge sowie einen Fuß in der Breite und mochte auch gut einen Fuß hoch sein. Dora schmunzelte zufrieden. Ihr vom Zeichnen und der Beschäftigung mit Bauwerken geschultes Auge funktionierte noch, trotz der zweijährigen Pause, in der sie von solchen Dingen nichts mehr hatte wissen wollen. Gleich ging sie zu der Truhe. Sie war unverschlossen. Gespannt öffnete sie den Deckel und lugte hinein.

Als sie sah, was sie enthielt, erinnerte sie sich wieder, wie Hausvogt Göllner ihr nur wenige Tage nach Urbans Tod diese Truhe gebracht hatte. Anders als bei seinem Besuch vor der Beerdigung war er für seine Verhältnisse nahezu zartfühlend aufgetreten. »Das sind die persönlichen Hinterlassenschaften Eures Gemahls aus seiner Amtsstube«, hatte er mit betrübter Miene erklärt. »In dieser Kiste hat er alles aufbewahrt, was ihm persönlich am Herzen lag. Auf Geheiß des Herzogs übergebe ich sie Euch, verbunden mit dem allergrößten Mitgefühl Albrechts und seiner Gemahlin.« Trotz des unterwürfigen Gehabes und des betont mitleidigen Blickes hatte Dora damals gemeint, Göllners Falschheit regelrecht greifen zu können, so deutlich war sie ihr entgegengeschlagen. Noch bei der Erinnerung fröstelte es sie. Gewiss hatte er die Truhe erst gründlich durchforstet, bevor er sie ihr ins Haus brachte. Urban war dem ebenfalls aus Franken stammenden Göllner zeit seines Lebens mit Vorsicht begegnet. Die Gründe dafür kannte sie nicht. Göllners nicht eben vorteilhafte äußere Erscheinung trug gewiss ihren Teil dazu bei, ihm nicht sonderlich über den Weg zu trauen. Die auffälligen Warzen auf der linken Wange sowie die stark umschatteten dunklen Augen und das verschlossen wirkende Gesicht, das von dem kinnlangen kupferfarbenen Haar halb bedeckt wurde, wirkten wenig vertrauensvoll. Was aber dachte sie überhaupt so lange über ihn nach? Wahrscheinlich würde sie ihn niemals wiedersehen. Der Gedanke erleichterte sie. Wohlgemut beugte sie sich tiefer über die Kiste und durchstöberte deren Inhalt.

Das meiste darin waren eher belanglose Dinge wie das längst eingetrocknete Tintenfass, eine Schale für die Federkiele, eine Dose mit Löschsand sowie eine viereckige Briefablage aus schlichtem Kirschbaumholz. Ebenso fanden sich eine Handvoll Leinenstreifen, mehrere Pinsel verschiedener Stärken und einige Bogen leeren Schreibpapiers. Dora wunderte sich, warum Mathilda das nicht alles längst durchgesehen und in den Regalen verräumt hatte. Sie legte die Papiere vom Schreibpult obenauf und schloss den Deckel.

Gerade wollte sie sich wieder aufrichten und dem zweiten Stapel Schriftstücke auf dem Pult zuwenden, da hielt sie inne. Etwas stimmte nicht. Sie beugte sich noch einmal zur Kiste hinunter, strich über den glatten Deckel, fuhr die äußeren Kanten vorn und hinten entlang. Die Maße passten nicht zueinander. Das war seltsam. Sie richtete sich auf und trat, den Zeigefinger der rechten Hand nachdenklich über die Lippen gelegt, den rechten Arm angewinkelt auf den vor der Brust verschränkten linken gestützt, einige Schritte von der Kiste weg. Aus der Entfernung schätzte sie noch einmal die Größe der Truhe ab und ging wieder zurück. Von neuem befühlte und begutachtete sie die Kiste von oben, der Seite und von vorn. Plötzlich hatte sie es, die Kiste war von außen weitaus höher als das Innenmaß. Sie besaß einen doppelten Boden!

Hastig kniete sie nieder, öffnete den Deckel ein zweites Mal und räumte alles heraus, was sich darin befand. Aufmerksam betastete sie den vermeintlichen Boden, neigte das Ohr und klopfte darauf. Wie erwartet, klang es hohl. Sorgfältig fuhr sie mit den Fingerspitzen an den Rändern zu den Seitenwänden entlang. Kein Ritz war zu spüren. Enttäuscht lehnte sie sich zurück, betrachtete die Kiste noch einmal von außen. Das verborgene Fach, das durch den doppelten Boden entstand, mochte etwa vier Zoll hoch sein, genug, um ein Buch oder einige Stapel Papier darin zu verbergen. Wieder stutzte sie.

Ein ganz bestimmter Oktavband in braunem Schweinsleder kam ihr in den Sinn. Gelegentlich hatte Urban ihr daraus vorgelesen, einmal hatte sie ihn gar ohne sein Wissen in Händen gehalten und hart mit sich gerungen, ob sie darin lesen sollte. Scham überfiel sie. Wie konnte es sein, dass ihr Urbans Aufzeichnungen nach seinem Tod völlig entfallen waren? Über Jahre hatte er nach dem Vorbild einiger Ratssekretäre der Stadt eine Chronik geführt. In den Aufregungen, die mit seinem schrecklichen Unfalltod verbunden waren, hatte sie völlig vergessen, nach dem Oktavband zu suchen. Bald hatte sie gar nicht mehr daran gedacht. Als wäre es gestern gewesen, hatte sie das reichlich abgegriffene Buch auf einmal aber wieder vor Augen, roch den Staub, der in den trockenen Seiten hing, sah Urbans akkurate Schriftzüge, mit denen er wichtige und weniger wichtige Ereignisse in Stadt und Herzogtum darin notiert hatte.

Einige Formulierungen hatte sie beim heimlichen Durchblättern aufgeschnappt: »erste Begegnung mit der wahren

Liebe«, »selige Verzückung« sowie »bittere Erfahrung«. Wie gut hatte das auf ihre damalige Lage gepasst! Eine Träne kullerte ihr die Wange hinunter. Sie wischte sie beiseite und meinte jenen Nachmittag des bangen Wartens im Frühjahr 1544 von neuem zu durchleben, an dem sie den Band in Händen gehalten hatte. Mit mehreren Tagen Verspätung war Urban damals in einer seltsam kühlen, zurückhaltenden Stimmung von der Inspektionsreise nach Labiau zurückgekehrt. Die anschließende Nacht, in der sie sich mit ihm hatte versöhnen wollen, hatte in einer entsetzlichen Schmach geendet. Ausgerechnet im innigsten Moment ihrer Zweisamkeit war ihr Veits Name entschlüpft. Obwohl das nicht mit Absicht geschehen war und sie weiterhin zweifelte, ob Urban den Namen überhaupt verstanden hatte, schämte sie sich bis zu diesem Tag dafür. Was also, wenn sie gleich jenen Band in dem Geheimfach fand, der ihr verraten würde, ob Urban ihre Untreue geahnt hatte? Sie sollte alles belassen, wie es war. Vermutlich wusste niemand etwas von dem Geheimfach. Es war sehr geschickt eingebaut. Göllner mochte es übersehen haben, weil ihm der Blick dafür fehlte, das Äußere und Innere der Kiste in eins zu bringen.

Langsam richtete sie sich auf, knetete ihre langen schlanken Finger. Sie waren eiskalt. Dabei meinte sie auf ihrer Stirn Schweißtropfen zu spüren. Sie wischte sie fort, atmete mehrmals tief durch.

Die ganze Zeit behielt sie die Truhe im Blick. Es handelte sich um eine sehr schlichte Schreinerarbeit. Die Bretter aus Eichenholz waren dunkel gebeizt. Um für eine höhere Stabilität zu sorgen, waren sie gegeneinander verleimt worden. Es fanden sich nur wenige Astlöcher darin, was auf eine sorgfältige Auswahl der Holzstücke schließen ließ. Durch das mehrmalige Einölen wirkte die Oberfläche wie poliert.

Wahrscheinlich war die Truhe schon mehrere Jahrzehnte alt, was für ein weiteres Abdunkeln des Holzes gesorgt hatte.

Doras Finger zitterten, als sie von neuem versuchte, eine Ritze zu finden, um den doppelten Boden anzuheben. Vergebens. Hastig kramte sie nach dem Besteckkasten an ihrem Gürtel, öffnete ihn und nahm das Messer heraus. Flink fuhr sie mit der Klinge an der Bodenritze entlang. In wenigen Handgriffen hatte sie es geschafft. Der Boden löste sich, und das geheime Fach lag vor ihr. Sie staunte. Statt des erhofften Oktavbands von Urban enthielt es mehrere Bündel loser Papiere, die jeweils mit einer Schnur zusammengebunden waren. Sie nahm sie heraus, betrachtete sie von allen Seiten und überflog die ersten Zeilen. Offenbar handelte es sich um Briefe, die Urban vor langer Zeit aus seiner fränkischen Heimatstadt Nürnberg erhalten hatte. Die braune Tinte war stellenweise arg verblasst, was das hohe Alter der Papiere erklärte. Auf einem der Bündel überdeckte ein dicker Fleck das Geschriebene. Er ähnelte einem Fettfleck. Vielleicht aber war auch Wachs darauf getropft, das jemand anschließend behutsam abgekratzt hatte. Dora beschloss, die Briefe später in Ruhe zu lesen. Etwas über die ihr völlig unbekannte Vergangenheit Urbans aus seiner Zeit vor Königsberg zu erfahren, schien ihr sehr reizvoll.

Ein letztes Mal griff sie in die Kiste, wollte sich lediglich vergewissern, dem Geheimfach alle Papiere entnommen zu haben. Zu ihrer Überraschung aber ertasteten ihre Finger ein dünnes Heft. Sie nahm es heraus und hielt ein sorgfältig in dunkelbraunes Leder eingeschlagenes Schreibheft aus wenigen Bogen Papier in Händen. Die Seiten waren mit Fadenheftung gebunden. Neugierig blätterte sie das Heft auf und staunte. Wenn auch die Schriftzüge noch etwas ungelenker, zuweilen unordentlicher waren, so erkannte sie doch auf

Anhieb Urbans Schrift. Das Papier war rauher und damit billiger als bei den anderen Schriftstücken, was ebenfalls zur Ungleichmäßigkeit der Buchstaben beigetragen hatte. Vielleicht aber wies die wenig sorgfältige Linienführung auch darauf hin, dass die Aufzeichnungen in großer Hast erfolgt oder von noch ungelenker, jugendlich-ungestümer Hand verfasst waren. Noch während sie sich aus der unbequemen Haltung auf dem Boden erhob, begann sie zu lesen. Blind tastete sie nach dem hölzernen Sessel vor dem schmalen Bett und ließ sich darauf nieder. Bereits die ersten Zeilen raubten ihr den Atem. Eine zaghafte Ahnung beschlich sie, dass Göllner sich schwarzärgern würde, sollte er je von ihrem Fund erfahren. Er hatte die Truhe in Händen gehabt und hätte den Schatz heben können, ohne dass sie je etwas davon mitbekommen hätte. Wahrscheinlich hatte er sogar verbittert danach gesucht und es schließlich aufgegeben. Atemlos las sie weiter.

Die Aufzeichnungen begannen mit Urbans ersten Jahren im Deutschen Orden. In knappen Sätzen schilderte er, wie er mit siebzehn Jahren als Sohn eines wohlbetuchten Nürnberger Ratsherrn in den Dienst des Deutschen Ordens eintrat. Offenbar sorgte eine entsprechend hohe Geldzahlung seines Vaters dafür, ihn sogleich dem kaum vier Jahre älteren frisch bestallten Hochmeister Albrecht als eine Art Kammerdiener beizugesellen. Das war Urbans großes Glück. Vom ersten Tag an waren sie mehr als Dienstherr und Untergebener, entdeckten früh schon gemeinsame Interessen und schlossen eine Jahrzehnte währende Freundschaft. Da er nicht von edlem Geblüt, sondern nur von bürgerlichem Stand war, blieb Urban im Orden lediglich die Laufbahn eines Graumäntlers. Zum Dienst an der Waffe fühlte er sich wenig berufen, also beschäftigte er sich eifrig mit rechtswissenschaftlichen Studien, weilte dafür sogar auf Anregung Albrechts einige Jahre an den Universitäten in Bologna und immer wieder in Krakau. Zu der Zeit tauchte ein elf Jahre jüngerer neuer Kammerherr in Albrechts Nähe auf – Egbert Göllner aus Prag.

Dora stutzte, las noch einmal, schaute grübelnd zum Fenster. Bislang war sie der festen Überzeugung gewesen, Göllner stamme wie Urban aus Nürnberg. Offenbar aber verknüpfte sich mit seiner böhmischen Herkunft etwas Rätselhaftes. Warum sonst verschwieg er sie so geflissentlich? Als sie umblätterte, um mehr zu erfahren, sprang ihr ein weiterer sehr vertrauter Name ins Auge – Veit Singeknecht! Das konnte nicht sein. Sie blätterte zurück, überflog noch einmal die ersten Abschnitte. Nein, sie hatte sich in der Zeit nicht getäuscht. Bislang drehten sich die Aufzeichnungen um die Jahre, die Albrecht nach dem Waffenstillstand mit Polen in Nürnberg weilte. Damals war er mitten in die Religionskämpfe geraten, hatte Osiander kennengelernt und einen Briefwechsel mit Luther begonnen, wie Urban stolz notiert hatte. Veit aber war viel zu jung, um in jener Zeit mit Urban, Göllner sowie dem späteren Herzog Albrecht von Preußen zusammenzutreffen. Dora rechnete und rechnete, bis sie wenige Zeilen später auf des Rätsels Lösung traf. Veits Vater trug denselben Namen wie er. Er selbst wurde 1520 geboren. Das erwähnte Urban beiläufig am Rande. Die Begegnung mit dem kleinen Knaben musste ihn erstaunt haben, weil er bereits im zarten Alter von vier Jahren schreiben und hervorragend zeichnen konnte. Neugierig las Dora weiter, um bald eine nie gekannte Beklemmung in sich aufsteigen zu spüren. Wieder musste sie innehalten, die Hände mit dem Heft erschöpft in ihren Schoß sinken lassen und zum offenen Fenster hinüberstarren.

Was an Urbans Totenbett als erste Ahnung aufgetaucht war, wurde dank seiner frühen Aufzeichnungen bittere Wahrheit. Er hatte schon einmal geliebt, mit Leib und Seele geliebt, und diese tiefen Empfindungen für jene frühe Liebe hatten ihn bis in seine letzten Atemzüge auf Erden begleitet. Kein Wunder, dass ihm Grets bernsteingoldenes Haar wie eine Verheißung längst vergangener Glückseligkeit erschienen war, erinnerte ihn das doch an jene Liebe. Eine Träne stahl sich in Doras Auge. Verschämt wischte sie sie weg, schluckte und versuchte sich ganz auf das Leben vor dem Fenster zu konzentrieren. Endlich hatte sie sich so weit gefasst, um weiterlesen zu können.

Ihre Finger zitterten, als sie das Heft von neuem aufblätterte. Auf Anhieb sprang ihr dieses Mal der Name Göllner ins Auge. Plötzlich wurden Urbans eben noch so klare Schilderungen wirr, rätselhaft und unvollständig. Dora begriff lediglich, dass er Urban und jener Frau eine schreckliche Schmach zugefügt haben musste, doch nicht etwa aus Liebe, sondern aus Rache. Was hatte Urban Göllner angetan, dass jene Frau für ihn büßen musste? Dora meinte Urbans Schmerz am eigenen Leib zu spüren, den Blick seiner hellen, verzweifelten Augen genau vor sich zu sehen. Ein Mann wie er blieb sich zeit seines Lebens seiner Verantwortung bewusst. Neben Albrechts Namen tauchte in den nächsten Zeilen mehrmals auch derjenige von Veits Vater auf, Rechtssätze wurden erwähnt, mögliche Folgen bestimmter Handlungen erörtert, was Dora weiter durcheinanderbrachte. Jäh brachen die Aufzeichnungen ab. Erschöpft ließ Dora das Heft sinken.

Urban und Göllner hatten einander seit jenen Tagen gehasst. Kein Wunder, dass Göllners Ankunft in Königsberg vor zwei Jahren Urban derart aufgewühlt hatte. Offenbar hatte er nicht damit gerechnet, ihn je wiederzusehen, am allerwenigsten in Diensten des Herzogs. Mehrmals hatte sie heftige Auseinandersetzungen der beiden in der Wohnstube mitbekommen. Der Überfall im Wald der tanzenden Bäume fiel ihr ein. Danach war Ruhe eingekehrt. Sie dachte an das Zögern des Herzogs, Urban das versprochene Grundstück zuzuteilen. Bis er schließlich jenes verhängnisvolle, sumpfige am Ende der Junkergasse erhalten hatte. Ob Göllner dahintersteckte, der alten Geschichte in Nürnberg wegen? Veit hatte gleich etwas in der Richtung vermutet. Die Kehle wurde ihr eng. Aus unerfindlichen Gründen schien auch er oder vielmehr sein Vater in diese lang zurückliegenden und dann wieder aufgeflammten Zwistigkeiten verstrickt.

Sie schaute zum Fenster, suchte einen trostspendenden Halt für ihren Blick, fand ihn endlich in dem sacht im Wind hin- und herwiegenden Wipfel der alten Eiche am Schlossteich. Die schwanenweißen Wolken auf dem tiefblauen Himmel verwandelten sich in menschliche Gestalten, aufgeblasene Tiere, verzerrte Gebäude. Nach und nach lösten sich die Konturen wieder auf, wurden wieder harmlose Wolkentupfen.

Das Schlagen der nahen Turmuhr verkündete die Mittagsstunde. Dora war, als erwachte sie aus einem seltsamen Traum. Mehr und mehr drangen die Geräusche der Straße sowie des Platzes vor dem Eingang zum Schloss zu ihr durch und lösten die unheilvolle Stille ab, die sich beim Lesen über ihr Innerstes ausgebreitet hatte. Unwillkürlich glitten ihre Finger zu dem Lederbeutel an ihrem Gürtel, tasteten nach der Phiole. Als sie das kalte Glas fühlte, wurde ihr wohler. Sie hatte sich nicht geirrt. Renata war also tatsächlich da gewesen und hatte ihr das Fläschchen zugesteckt. Flink entkorkte sie es. Sogleich schlug ihr der aufdringlich krautige

Duft entgegen. Sie träufelte sich einen Tropfen des blauen Öls auf die Handinnenfläche und bewegte sie vorsichtig in verschiedene Richtungen, bis das Öl seinen Weg in die Falten und Ritzen der Haut fand. Von neuem nahm es die Umrisse jener geheimnisvollen, zutiefst vertrauenswürdigen Frauengestalt an. Der Krautgeruch schwächte sich ab, wich dem vertrauten blumigen Duft der Schafgarbe. Tief atmete Dora ihn ein. Als saugte sie damit auch die Kraft des Krautes in sich auf, wurde sie sogleich ruhiger, gelassener und empfand bald einen inneren Frieden.

Dank der Aufzeichnungen rückte Urban ihr ein gutes Stück näher. Schon an seinem Sterbebett war ihr klargeworden, wie viel ihm seine ungestüme Liebe in Nürnberg bedeutet haben musste. Das Schicksal hatte ihn früh von ihr getrennt, hatte ihm lediglich die Erinnerung an ihr wundervolles Haar wie eine Verheißung höchsten Glücks bis zum letzten Atemzug bewahrt. Kurz streifte sie dazu ein weiterer Gedanke, der mit ihrer Schwägerin Gret zusammenhing. Wie so oft in den letzten beiden Jahren aber verbannte sie den sogleich wieder aus ihrem Kopf und konzentrierte sich ganz auf das Naheliegende. Urban hatte also tatsächlich schon einmal sehr geliebt, wie seine Aufzeichnungen bewiesen. Wer, wenn nicht Dora, konnte ihm nachempfinden, wie es war, im Angetrauten die Erinnerung an eine unerreichbare Liebe zu suchen? Die Erkenntnis, dass Urban und sie in der gleichen Lage gewesen waren, entlockte ihr ein befreites Auflachen.

Zugleich aber wuchs die Furcht vor Urbans letztem Geheimnis. Was war damals in Nürnberg geschehen, weswegen Göllner Urbans Liebe zerstört hatte und zwanzig Jahre später noch zu tödlicher Rache imstande war? Und was hatte Veit Singeknecht damit zu tun? Dora beschlich das unangenehme Gefühl, dass die Wahrheit alles andere als erbaulich sein würde. Warum sonst hatte Urban nie darüber geredet? Trotzdem wollte sie dem Geheimnis auf den Grund gehen. Ein erster Ansatz würde sich bestimmt in Urbans Chronik aus den Königsberger Jahren finden. Vermutlich setzte sie kurz nach seiner Ankunft am Pregel anno 1525 ein, also wenige Monate nach den Vorfällen in Nürnberg. Entweder hatte er damals noch einige Worte über die Ereignisse in Nürnberg verloren oder sie anlässlich Göllners überraschender Rückkehr an den Hof kurz vor seinem Tod wieder aufgegriffen. Sein verändertes Verhalten in den letzten Monaten seines Lebens ließ das vermuten.

Sie musste nach der zweiten Chronik suchen. Ein letztes Mal atmete sie den Duft des blauen Öls ein, spürte die anfängliche Beklemmung einer kühnen Entschlossenheit weichen. Behutsam verschloss sie das Gefäß und barg es einem kostbaren Schatz gleich in ihrem Lederbeutel. Dann nahm sie das Heft, erhob sich aus dem Sessel, legte es zu den Briefen neben der Kiste. Die nächsten Stunden verbrachte sie damit, jedes einzelne Buch im Regal wie auch jedes andere Schriftstück in der Studierstube in die Hand zu nehmen. Ebenso durchforstete sie das Schreibpult sowie sämtliche Winkel und Ecken, überprüfte selbst die Holzdielen, ob sie lose waren, kniete sich vor das Bett, schaute darunter, hob die schwere Matratze hoch und klopfte die Laken ab. Zuletzt verrückte sie das Bett vor der Wand, tastete sogar die Wandteppiche Zoll für Zoll ab. Ihre Mühen blieben vergeblich. Weder fand sich eine Spur von Urbans Chronik noch eine weitere Kiste mit einem doppelten Boden oder ein Versteck unter dem Holzboden.

Als ihre Hände schwarz waren vor Dreck, ihr Trauerkleid vom Staub grau überzogen war und ihr Hals vom Einatmen der trockenen Luft schmerzte, gab sie auf. Sie nahm das dünne Heft wie auch die Briefe. Um den Rest sollte sich Mathilda kümmern, sobald Renata die Studierstube geputzt hatte. Ein letztes Mal wanderte ihr Blick umher. Sie hatte nichts übersehen. Alles, was ihr an Urban wichtig war, würde sie in den Briefen finden. Damit ging sie in ihre Werkstatt, die sich auf dem Flur gegenüber zur Straßenseite des Hauses befand.

3

Angesichts der stetig wärmer werdenden Tage war Gret froh, sich in die Kellerräume zurückziehen zu können. Sie liebte diesen Ort nicht allein seiner angenehmen Temperatur wegen. Aus ihrer Warte hatte sich der verheerende Brand im Kneiphof vor zwei Jahren als überaus glückliche Fügung erwiesen. Das Anwesen der Seleges war zwar bis auf die Grundmauern zerstört worden, wie durch ein Wunder aber hatte Gret ihren Schwäher davon überzeugen können, im Hof ein eigenes Sudhaus und unter dem stark vergrößerten Wohnhaus einen geräumigen Lagerkeller für das Bier einzurichten. Sie tastete an ihrem Rock herum, befühlte die Ausbeulung, die das Buch der Ordensbrüder unter der Schürze hinterließ. Mehrmals am Tag pries sie Hofbibliothekar Polyphemus, dass er ihr in jenem Frühjahr die kostbare Handschrift über das Bierbrauen im Ordensland überlassen hatte. Damit hatte sie Wenzel endgültig für ihre Pläne einnehmen können, wurden darin doch ähnliche Sudhäuser wie das ihre bereits für die Zeit vor mehr als einhundert Jahren beschrieben. Zufrieden schweifte ihr Blick durch das Kellergewölbe, streifte die zahllosen Eichenfässer, glitt an den grob gemauerten Bruchsteinwänden entlang.

Mehrere Fackeln in gusseisernen Halterungen spendeten ein unruhiges, dämmriges Licht. Durch die Ritzen der mit Brettern verschlossenen Luken zur Domgasse wehte ein sanfter Luftzug. Davon tanzten die Flammen munter und warfen sonderbare Schatten auf das Rot der Mauern. Matas tauchte hinter einer Reihe von Fässern auf, das Antlitz angestrengt verkniffen. Lautlos bewegten sich seine Lippen, als er mit den Fingern die Bierfässer zählte. Gret schmunzelte. Den kräftigen, stiernackigen Mann kostete diese Aufgabe größte Anstrengung, während sein zierlicher Kumpan Szymon vergnügt ein polnisches Lied zwitscherte und flink die Reihen abschritt. Gret versuchte sich ebenfalls wieder auf ihre Tätigkeit zu konzentrieren und wie die beiden Brauknechte die Lagerbestände zu prüfen.

Das Winterbier war seit letzter Woche endgültig aufgebraucht. Georgi lag fast einen Monat zurück. Wie sie es aus Nürnberg kannte, hatte sie in diesem Jahr erstmals eine Braupause eingelegt, die von Georgi bis Michaeli dauern sollte. Zuvor hatte sie Matas und Szymon einen Vorrat an Sommerbier brauen lassen, das dank der größeren Menge an Gerste und Hopfen haltbarer war als das leichtere Winterbier. Jetzt mussten die künftigen Lieferungen klug geplant werden, um die mehrmonatige Braupause zu überbrücken. Sie klopfte auf eines der Fässer und flehte den heiligen Florian inständig um Beistand an. Auch ein kurzes Stoßgebet an Augustinus sowie den Bierkönig Gambrinus konnte nicht schaden. Verzückt lauschte sie dem wohlvertrauten Klang des Klopfens auf dem prall mit Gerstensaft gefüllten Eichenholzfass.

»Wie es aussieht, habt Ihr die richtige Entscheidung getroffen«, nahm Matas das als Zeichen, seine Meinung kundzutun, und schlenderte zu ihr herüber. Der breitschultrige

Mann schwitzte selbst in der Kühle des Kellers kräftig, wie sein feuchter Kragen und die dunklen Flecken unter den Ärmeln seines Leinenkittels bewiesen. Selbst der halbkahle Schädel glänzte schweißnass. Auf seinem groben Gesicht lag dennoch ein breites Grinsen. »Euer Bier schmeckt den Leuten einfach viel besser als so manch anderes Gebräu hier am Pregel. Gerade die Unterscheidung von Winter- und Sommerbier ist ein kluger Schritt. Erst vorhin kam der Wirt vom Grünen Baum und hat schon Nachschub haben wollen.«

»Kein Wunder bei dem sauren Gesöff, das so mancher Brauer seit Jahr und Tag den durstigen Kehlen zumutet«, pflichtete Szymon bei. Er hatte das Singen unterbrochen, nahm die Gugel vom Kopf und schüttelte die dunklen Locken auf, die sein für einen Mann ungewöhnlich weiches Gesicht umrahmten. Darin fand sich noch immer nicht das geringste Zeichen von Schweiß oder Anstrengung. Vergnügt schaute er zwischen Gret und Matas hin und her. Seine schwarzen Augen sprühten vor Lebenslust. »Der Geschmackssinn von Bierbeschauer Hummel ist schon so verdorben, dass er kaum mehr geschmeckt hat, welche Wohltat Eure neue Rezeptur darstellt.«

»Haltet Euch bitte etwas zurück, meine Herren«, ertönte eine dunkle Männerstimme von der Treppe. Gret und die beiden Knechte fuhren herum. Jörg stand auf dem letzten Absatz. Sein sonst eher von Kummer gezeichnetes Antlitz strahlte. Davon schien sogar das düstere Licht im Keller heller zu werden. »Als Gemahl steht es mir allein zu, das Loblied auf meine Frau und ihre besondere Braukunst anzustimmen.« In einem stürmischen Satz übersprang er die letzten Stufen und landete mit einem nahezu perfekten Kniefall direkt vor Gret. Übertrieben unterwürfig griff er nach ihrer Hand und küsste sie. Gret wurde rot. Die unverhoffte Zärtlichkeit vor den Augen der Bierknechte brachte sie in Verlegenheit. Damit spornte sie ihren Gemahl zu weiteren Schelmereien an. Weit holte er mit dem rechten Arm aus, um sich nach einer tiefen Verbeugung die Hand aufs Herz zu pressen. »Habt Nachsicht mit mir, holde Bierhoheit, und weiht mich baldmöglichst in die Geheimnisse Eurer erfolgreichen Rezeptur ein. So viel Lob wie dieses Jahr haben wir für unser Bier seit den Tagen unserer Ahnfrau Agnes nicht mehr eingeheimst.«

»Nur, wenn du mir deinem Vater gegenüber weiterhin den Rücken freihältst«, erwiderte sie. »Es stehen noch einige Pläne an, die umgesetzt werden müssen.« Bei diesen Worten verfinsterte sich Jörgs Miene. »Matas und Szymon«, wandte sich Gret deshalb rasch an die beiden Brauknechte, »bringt am besten gleich drei Fässer Bier in den Grünen Baum. Noch reichen unsere Vorräte. Je eher sich die Qualität unseres Sommerbiers herumspricht, je besser ist es für uns. Der Grüne Baum scheint mir genau der rechte Ort dafür, weil er gleich nach dem Tor zum Süden kommt.«

In wenigen Handgriffen schulterte sich Matas zwei der Fässer. Während er sie zu der mittleren Luke trug, die sich in Kopfhöhe zur Domgasse befand, eilte Szymon die Treppe nach oben, um die Fässer eins nach dem anderen von draußen entgegenzunehmen und auf einen Karren zu laden.

»Wie gut, dass dein Vater erlaubt hat, die beiden fest in Dienst zu nehmen«, stellte Gret fest, sobald auch Matas den Keller verlassen hatte. Aufmunternd sah sie ihrem Gemahl in die rehbraunen Augen, musterte sein fein gezeichnetes Gesicht. Sie liebte jede einzelne Regung darauf, mochte sich gar nicht sattsehen an den verschiedenen Ausdrücken, die es anzunehmen pflegte. »Sie sind nicht nur fleißig, auch auf ihre Treue ist jederzeit Verlass. Das ist umso wichtiger, damit kein anderer Brauer in der Stadt versucht ihnen das Geheimnis unseres Biermusters zu entlocken.«

»Eigentlich ist das alles zu schön, um wahr zu sein.« Jörg hatte sein Lächeln wiedergefunden, beugte sich noch einmal schwungvoll über ihre Hand, küsste sie innig und richtete sich dann wieder mit einem bezaubernden Leuchten in den schräg stehenden Augen auf. »Du bist wirklich meine Bierkönigin! Du hast nicht nur meinen Vater von deinen gewagten Plänen überzeugt, sondern gleich auf Anhieb die hochgesteckten Ziele bei weitem übertroffen.«

»Langsam, langsam, Liebster«, mahnte Gret und kämpfte gegen den aufsteigenden Schwindel im Kopf an. Sie streckte die Hand zur Seite, stützte sich auf einem der Fässer ab. Ein Ziehen im Unterleib bestätigte ihre Vermutung, was die Ursache für die Übelkeit sein mochte. Statt Freude über die neue Schwangerschaft beschlich sie ein leichtes Entsetzen. Gerade hatte sie den kleinen Rudolph von der Brust entwöhnt und erfreute sich der wiedergewonnenen Freiheit. Als Mutter eines eineinhalbjährigen Sohnes wusste sie, was in den nächsten Monaten auf sie zukam. Ständiges Unwohlsein, gepaart mit einem stetig unförmiger werdenden, zum harten Zupacken im Sudhaus unfähigen Leib, aber konnte sie gerade am allerwenigsten gebrauchen. Wenn sie Pech hatte, beschnitt das nicht allein ihre Freiheit, sondern machte gar ihre sämtlichen Pläne zunichte. Sie musste dafür sorgen, Jörg von ihrem weiteren Vorhaben zu überzeugen, damit er unter ihrer Anweisung für die Umsetzung sorgte. Hoffentlich begriff er schnell, um was es dabei ging. »Man soll den Tag nicht vor dem Abend loben«, erklärte sie angestrengt. »Wir verkaufen das stärker gebraute Sommerbier schließlich erst seit wenigen Tagen. Zwar sind die ersten Rückmeldungen sehr erfreulich, doch bisher wissen wir weder, ob die

Vorräte wirklich über den Sommer reichen, noch, ob es sich tatsächlich bis Anfang Oktober in unserem Keller hält. Vergiss nicht, es ist das erste Jahr, in dem wir diese Vorgehensweise versuchen. Müssten wir am Ende verdorbenes Bier wegschütten, käme das so manchem hier im Kneiphof sehr zupass. Andererseits, sollte unser bisheriger Erfolg anhalten, so werden die anderen Brauer früher oder später unser Bier madig zu machen versuchen. Bierbeschauer Hummel hat mir schon von einigen Beschwerden beim Rat erzählt. Manch einer ärgert sich eben sehr, dass uns gleich für die nächsten zwei Jahre erlaubt wurde, beim Brauen nach der Nürnberger Ordnung vorzugehen und die Biermuster umzusetzen, die hierzulande keiner kennt, geschweige denn anwenden mag.«

»Es sind immer dieselben, die dem Nachbarn nicht die Butter aufs Brot gönnen. Solche Miesepeter gibt es leider in jedem Gewerk. Das kenne ich auch aus der Baukunst. Gerade gegenüber Neuerungen sind die meisten einfach misstrauisch. Oder hast du etwa schon vergessen, was wir in den Aufzeichnungen unserer Ahnfrau Agnes gelesen haben?«

Sie nickte zustimmend. Die abendlichen Stunden, in denen sie beide gemeinsam das fast einhundert Jahre alte Buch der Agnes Selege über die Braukunst studierten, waren ihr heilig. Sie ergänzten auf wundersame Weise das, was sie aus den Aufzeichnungen der Ordensbrüder wie auch aus ihrer Nürnberger Heimat gelernt hatte. Aus der Handschrift sollte sie Jörg demnächst ebenfalls vorlesen. Es würde ihn begeistern. Von neuem überkam sie das flaue Gefühl. Scham stieg in ihr auf. Allzu oft endeten die gemeinsamen Lesestunden in sehr innigen Umarmungen. Wie zur Bestätigung zuckte ein greller Schmerz durch ihren Unterleib, bestätigte ihr abermals, wie fruchtbar die vertrauten nächtlichen Studien mit ihrem Gemahl waren.

Jörg bemerkte nichts von ihren Regungen, steigerte sich stattdessen immer mehr in seine Ausführungen hinein. Dabei weiteten sich seine Augen, die sonst eher blassen Wangen gewannen an Farbe. Er reckte die Schultern und wirkte auf einmal ungewöhnlich stattlich. »Wie oft berichtet Agnes vom Unmut der alteingesessenen Königsberger, die es einfach nicht hinnehmen wollten, dass sie ihr Bier anders braute, mehr Hopfen hineingab, das Malz gründlicher darrte und die Maische besser läuterte als die anderen. Ein so sorgsam gebrautes Bier musste einfach besser schmecken. Dabei hat sie den anderen Brauern weder absichtlich ins Handwerk gepfuscht oder sie bei den Bierbeschauern angeschwärzt, noch wollte sie sie von ihrer Art zu brauen überzeugen oder gar mehr Brau verkaufen, als ihr zustand. Sie hat nicht einmal von anderen Brauern zusätzliches Brau aufgekauft, sondern sich ganz auf das ihr zustehende beschränkt. So verfahren wir Seleges bis heute. Deshalb wirst du sehen, sobald die anderen Brauer merken, dass wir ihnen nicht in die Quere kommen, hört das böse Geschwätz wieder auf.«

»Ein bisschen wollte ich den anderen Brauern schon ins Handwerk pfuschen«, widersprach Gret mit einem Anflug von Enttäuschung. Die Übelkeit war verflogen, der Wunsch, sofort mit ihren Plänen loszulegen, verschaffte ihr neue Kraft. »Unser Nürnberger Biermuster ist einfach das bessere, glaub mir. Es zeigt sich ja schon daran, wie sinnvoll es ist, im heißen Sommer ganz aufs Brauen zu verzichten. Jedes Kind weiß, wie sehr warme Temperaturen dem Bier schaden. Es kühlt langsamer ab und erträgt das Lagern deshalb schlechter. Was haben wir davon, Bier zu brauen, das wir nach kurzer Zeit schon wegschütten müssen, weil es verdorben ist? Die Arbeit kann man sich gleich sparen und die so gewonnene Zeit für anderes nutzen. Davon abgesehen haben wir sehr viel Geld ausgegeben, um das Bierlager hier im Keller einzurichten und das Sudhaus im Hof zu bauen. Auch die Dienste von Matas und Szymon kosten uns einiges. Dein Vater wäre sicher verstimmt, wenn wir diese hohen Ausgaben nicht wenigstens wieder hereinbekommen. Das aber gelingt uns nur, wenn wir künftig mehr Bier verkaufen, und das nicht allein in den Königsberger Städten.«

»Davon war bislang nie die Rede.« Von neuem verschwand das Lächeln auf Jörgs Gesicht, seine Schultern sackten nach vorn. Gret, die nahezu gleich groß war wie er, unterdrückte den Drang, ihn mit einem kräftigen Klaps auf den Rücken wieder aufzurichten. »Du kennst die Tradition unserer Familie. Wir Seleges sind vor allem Baumeister. Das Bierbrauen dient nur dazu, das auf der Hausstelle liegende Recht zu unserem Wohl auszunutzen und uns zudem eine weitere Einnahme zu sichern. Mehr war und ist damit nicht anzufangen.«

»Was redest du da?« Gret meinte sich verhört zu haben. »Hast du vergessen, wie kümmerlich es mit der Tradition der Baukunst bei dir und deinem Vater bestellt ist? Wie viel besser wäre es für uns alle, wenn das Bierbrauen unser Haupterwerb würde. Davon verstehst du wenigstens was und bist bereit, dazuzulernen. Doch dafür müssten wir künftig mehr …«

»Was fällt dir ein«, brauste Jörg auf. Zu ihrem Entsetzen hob er die Hand, als wollte er ihr eine Maulschelle verpassen.

Erschrocken duckte sie sich weg. Zugleich tat es ihr leid, ihn derart in seiner Ehre getroffen zu haben. Hastig versuchte sie ihn zu beschwichtigen. »Verzeih, Liebster, das war töricht von mir. Ich wollte weder deine noch deines Vaters Fähigkeiten kleinreden. Doch wenn du ehrlich bist, dann weißt du selbst längst um die Wahrheit. Du bist kein geborener Baumeister. Eigentlich fehlt dir jedes Gespür für das rechte

Maß, die Kühnheit eines Entwurfs und die Ausdauer, die ersten Pläne bis zum Ende umzusetzen. Das hast du mit deinem Vater gemein. Um euch beide hat die Baumeistertradition der Seleges eben einen weiten Bogen geschlagen. Deine Schwester dagegen weiß, wie man einen Aufriss für ein Gebäude gestaltet, das den Betrachter auf Anhieb in Bann zieht. Sie versteht es, ihm eine Vorstellung dessen zu geben, was aus Stein zu schaffen ist. Mit wenigen Federstrichen entwirft sie eine ganze Welt.«

Über ihren Worten sackte Jörg noch mehr in sich zusammen. Sosehr er sie einerseits dauerte, so sehr ärgerte sie das andererseits. Unwillkürlich versetzte sie ihm nun doch den mahnenden Klaps auf den Rücken.

»Aber das heißt noch lange nicht, dass du gar kein Talent besitzt«, rief sie empört. »Denk nur daran, mit welcher Begeisterung du die Aufzeichnungen deiner Ahnin über das Bierbrauen studierst, wie du dir in Nürnberg sämtliche Brauhäuser angeschaut, mit den Bierkiesern geredet und dir die verschiedenen Biermuster sowie das Vorder-, Mittel- und Nachbier hast erklären lassen. Rotbier hast du zu brauen gelernt, selbst an das niederländische Weißbier hast du dich gleich gewagt. Von deinem Eifer, ein eigenes Sudhaus und diesen Lagerkeller einzurichten, ganz zu schweigen. Die Braukunst zu beherrschen zählt nicht weniger, als wenn einer sich auf die Baukunst versteht. Es muss nur in die Köpfe rein, dass Brauen nicht allein Weibergeschäft, sondern gleichermaßen ein einträgliches Gewerk für Männer ist. Auch damit lässt sich Geld verdienen, wie die Beispiele der Kaufherren aus Einbeck, Hamburg, Lübeck und anderen Hansestädten beweisen. Oder warum sonst reißen die sich um das Braurecht? Seit einigen Menschenaltern schon verkaufen sie es bis in den hohen Norden. Selbst in den Süden lässt sich der bayerische Herzog das Bier aus Einbeck liefern, weil ihm das Münchener zu sauer ist.«

»Darauf willst du also hinaus.« Ein eigenartiger Ausdruck machte sich auf Jörgs fahlem Antlitz breit. Zum ersten Mal störten sie die kindlich glatten Wangen, auf denen kaum ein Barthaar spross. Er trat einen Schritt zurück, schaute sie mit weit aufgerissenen Augen an. Seine Stimme klang hohl, als spräche er aus einem leeren Bierfass zu ihr. »Langsam begreife ich deinen Plan. Wahrscheinlich hast du ihn schon vor unserer Heirat ausgeheckt.«

»Wie kommst du darauf?«

»Entweder ist dein Vetter Veit ein ebenso törichtes Werkzeug in deiner Hand wie ich, oder ihr beide habt von Anfang an unter einer Decke gesteckt«, zeterte Jörg plötzlich weiter. »Kein Wunder, dass er mit den Entwürfen für das Sudhaus und den ausgebauten Bierkeller so rasch bei der Hand war. Obwohl er das Bauen aus der Ferne lediglich per Brief begleitet hat, wusste er stets über alles bestens Bescheid. Das beweist, dass er schon in den ersten Wochen hier in Königsberg das Grundstück vermessen und die ersten Pläne angefertigt haben muss. Noch letzte Woche hat er mir aus Krakau genaueste Anweisungen geschrieben, wie ich die Ausfahrt auf die Domgasse günstiger ausbauen lassen soll. Das ist doch gar nicht anders zu erklären, als dass ihr beide von Beginn an vorgehabt habt, hier in Königsberg die Brauerei mit einem Handel zu verbinden, weil euch das in Nürnberg verwehrt geblieben ist. Gründlich an der Nase herumgeführt habt ihr mich, weil es euch allein um die Brauerei gegangen ist und niemals wirklich um mich und meine Liebe zu dir.«

»Was redest du da?« Von ihnen beiden unbemerkt, hatte Dora den Keller betreten. Gret erschrak über ihr lautloses Auftauchen ebenso wie Jörg. Seit Doras seltsamem Blick an

Urbans Totenbett fühlte Gret sich in ihrer Nähe mehr als unbehaglich, fürchtete sie doch, dass die Schwägerin ahnte, dass Urban ihr unbekannter Vater sein könnte. Einem klärenden Gespräch aber waren sie beide bislang geflissentlich aus dem Weg gegangen, was ihrer beider Angst vor der Wahrheit bewies. »Wieso hat Veit die Pläne für den Wiederaufbau des Hauses erstellt?«, sprudelte Dora los. »Wie konnte er dir erst letzte Woche noch Genaueres dazu schreiben, wo doch angeblich niemand weiß, wo er steckt und was aus ihm geworden ist? Ihr beide steht also in regelmäßigem Kontakt zu ihm! Seit Veits Flucht vor zwei Jahren wisst ihr genauestens Bescheid, wo er sich aufhält. Und ihr schämt euch nicht einmal, seine Pläne als Jörgs auszugeben. Das ist elender Betrug!«

Sie stürzte sich auf ihren Bruder, packte ihn am Rockkragen, schüttelte ihn wild und begann mit den Fäusten gegen seine Brust zu trommeln. Der unerwartete Angriff hatte Jörg derart überrascht, dass er zunächst außerstande war, sich zu wehren.

Auch Gret war zu verblüfft, um einzuschreiten. Erstaunt verfolgte sie den Ausbruch. Er überraschte sie nicht allein seiner Heftigkeit wegen, auch Doras Erscheinung befremdete sie. Zum ersten Mal seit Urbans Tod hatte Dora das Trauergewand gegen ein dunkelgrünes Samtkleid eingetauscht, trug darüber einen lindgrünen Goller, der mit golddurchwirkten Schnüren sowie Goldknöpfen verziert war. Die ungewohnte Farbe der Tracht verlieh ihrer zierlichen, großgewachsenen Gestalt eine ganz besondere Anmut, ließ selbst in dem von Fackeln ungleichmäßig ausgeleuchteten Keller die verschiedenfarbigen Augen kräftig funkeln. Dieser Eindruck aber stand im krassen Gegensatz zu ihrem sonstigen Gebaren. Die Erfahrungen der Witwenzeit sorgten für einen strengen Zug um die Mundwinkel, erste Falten gruben sich um die Augen ein. Die herzförmigen Lippen waren blass. Kinn und Wangenknochen wirkten ebenfalls spitzer als ehedem und ließen Dora erschreckend schmal aussehen. Auch ihre Wangen waren stark eingefallen. Dora schien nur noch aus Haut und Knochen zu bestehen. Wäre sie nicht so laut schreiend auf ihren Bruder losgestürmt, wäre Gret versucht gewesen, sie für einen Geist zu halten. Der eigenartige Blick vom Totenbett hing ihr bis in die nächtlichen Träume nach.

»Bist du von Sinnen?« Endlich gelang es Jörg, Dora an den Handgelenken zu packen und sie mit einem heftigen Ruck von sich wegzustoßen. Dabei verrutschte die Haube auf ihrem Kopf und gab für einen kurzen Moment den Blick auf das dunkelblonde Haar frei. Gret schauderte, meinte sie doch, es wäre aschig geworden. Sicher musste es sich um eine Täuschung handeln. Oder hatte der Kummer über Urbans Tod aus der zwanzigjährigen Schwägerin jäh eine alte, grauhaarige Frau werden lassen? Ehe sie sich dessen vergewissern konnte, rückte Dora die Haube wieder zurecht, versteckte das Haar darunter. Die Bewegung schien Gret viel zu hastig. Voller Mitleid legte sie ihr die Hand auf die Schulter.

»Beruhige dich und koste erst einmal einen Schluck von unserem Sommerbier. Das wird dir guttun.«

4

Entschlossen fasste Gret die Schwägerin an der Hand und führte sie die Treppe hinauf. Scheinbar willenlos ließ Dora sie gewähren, was Gret von neuem erstaunte. In der Diele wies sie die Magd an, eine Kanne Bier in die Werkstatt zu bringen. Kurz nach ihnen tauchte auch Jörg auf der Treppe nach oben auf.

»Wahrscheinlich willst du dir in Ruhe die Entwürfe unseres Hauses ansehen. So kannst du dich am besten davon überzeugen, dass alles mit rechten Dingen zugegangen ist«, erklärte Gret der Schwägerin. Jörg schnaufte verächtlich, sie aber warf ihm einen mahnenden Blick zu.

Zu dritt betraten sie die Werkstatt. Anders als in dem früheren Haus der Seleges befand sie sich erst im dritten Geschoss des Hauses. Dank dessen hatten im zweiten Stock vier zusätzliche Schlafgemächer für die Familie eingefügt werden können. Auch der Stufengiebel des Hauses war um ein weiteres Geschoss erhöht worden, so dass es damit insgesamt über sechs Stockwerke verfügte. Gret war nach wie vor stolz darauf, sah man dem Haus so gleich von außen die gestiegene Bedeutung der Seleges an. Wenzel dagegen hatte über die vermeintliche Verschwendung geschimpft, sich dann aber einsichtig gezeigt, sobald er die Vorteile vor Augen hatte. Die höhere Lage der Werkstatt bescherte ein einmaliges Licht auf den Zeichentischen. Drei große doppelflügelige Fenster gewährten dem Tageslicht Einlass. An Sonnentagen wie diesem ergoss es sich verschwenderisch ins Innere. Zudem lagen Wenzels und Lienharts Kammern auf demselben Stockwerk und waren damit von Grets und Jörgs direktem Umfeld im zweiten Stock abgetrennt.

»Wo also sind die Pläne für das Haus?«, platzte Dora heraus, sobald die Magd das Bier gebracht und sie wieder allein gelassen hatte. »Wo versteckt ihr Veits Anweisungen zum Bau? Zeigt mir alle seine Briefe. Mit eigenen Augen möchte ich sehen, was ich eben unten im Keller gehört habe.«

»Dora, bitte«, setzte Jörg an.

Gret aber ging gleich dazwischen: »Warum regst du dich auf? Was ist schon dabei, wenn Veit Jörg aus der Ferne mit den Plänen geholfen hat? Er ist damit einverstanden, dass alle Welt das Anwesen für Jörgs Werk hält. Du weißt schließlich genauso gut wie wir, wie es um Jörgs Talent in der Baukunst bestellt ist. Soweit ich mich erinnere, hast du vor einigen Jahren einmal Ähnliches ausgeheckt. Oder zählt das, was du damals mit dem Entwurf für das Haus von Gerichtsrat Jonas an der Schlosstreppe vorhattest, nicht, weil du den Anstoß dazu gegeben hast und nicht Jörg oder Veit?«

Doras Antlitz wurde noch blasser. Sie senkte den Blick. Stille breitete sich in der Werkstatt aus. Um sich abzulenken, schaute Gret auf die Regalwand an der gegenüberliegenden Längsseite. Zwar hatten sie nach dem Brand nur wenige der alten Pläne und Bücher retten können, in der Zwischenzeit aber hatten sich die Fächer wieder gut gefüllt. Mittendrin, auf einer Art Ehrenplatz, ruhte das alte Minnesangbuch aus den Beständen des Fischartschen Familienzweigs. Als Grets Blick darauf fiel, kam ihr der rettende Gedanke. In wenigen Schritten stand sie vor dem Regal, nahm das schwere Buch heraus und trug es zum Tisch. Gleich war zu sehen, wie sehr der Umfang des Buches angeschwollen war. Zwischen den Seiten blitzten lose Blätter hervor, die den Einband aufblähten und am geleimten Rücken zerrten.

Behutsam schlug Gret es auf, blätterte hin und her, bis sie in den losen Blättern gefunden hatte, was sie suchte. Lächelnd reichte sie es Dora. Es handelte sich um einen der Briefe, die Veit ihnen in den letzten beiden Jahren geschrieben hatte. Die dicht aneinandergereihten Zeilen bestachen durch seine akkurate Handschrift. Einige Zeichnungen waren dazwischen eingefügt, die nicht weniger sorgfältig ausfielen.

»Lies selbst!«, forderte sie die Schwägerin auf. »Den Brief hat er uns erst vor wenigen Wochen aus Krakau geschickt.«

»Krakau?«, echote Dora, nahm das Schreiben in die Hand und studierte es gründlich. Jörg wurde bereits ungeduldig, aber Gret hielt ihn zurück.

Endlich ließ Dora das Blatt sinken, schaute zwischen ihnen hin und her. Von neuem wunderte sich Gret. Hatte sie vorhin im Keller über die veränderte Kleidung und die dadurch betonte Anmut gestaunt, so verblüffte sie nun ein besonderer Ausdruck in den verschiedenfarbigen Augen. Gebannt versuchte sie ihn zu enträtseln, herauszufinden, ob sie vorhin das Richtige getan hatte. Die alte Angst kroch ihr wieder den Rücken hinauf. Was mochte Dora von ihr halten? Was wusste sie über ihre Familiengeschichte?

»Danke dir, liebe Gret«, befreite Dora sie unerwartet lächelnd von der Unruhe. »Veits Zeilen zu lesen ist eine wahre Wohltat. Es geht ihm gut in Krakau. Das freut mich zu hören. Du ahnst nicht, wie viele Nächte ich seit dem Unglück in der Junkergasse wachgelegen und mir Veits Flucht wegen bittere Vorwürfe gemacht habe.«

»Was soll das heißen?« Nun war es an Jörg, aufgebracht dazwischenzugehen. »Lass mich den Brief sehen. Wie kommst du dazu, dich um Veit zu sorgen? Was hast du mit seiner Flucht zu tun? Du bist eine verheiratete, nein, entschuldige, eine verwitwete Frau. Muss ich als dein älterer Bruder etwas wissen?«

Gret zuckte zusammen. Ihr Plan drohte zu scheitern. Dabei hatte sie nur Gutes tun und alten Gram beseitigen wollen. Noch während sie überlegte, wie sie ihren Gemahl besänftigen und die Schwägerin von der beschämenden Unterstellung befreien sollte, wandte Dora sich bereits Jörg zu. Auf ihren Wangen lag eine zarte Röte, dennoch sprach sie mit fester Stimme.

»Ich habe keine Geheimnisse vor dir. Meine Sorge um Veit ist allein der Tatsache geschuldet, dass er für meine Versäumnisse als Baumeisterin verantwortlich gemacht wird. Erinnere dich, was dein Freund Miehlke sogleich behauptet hat – Veit sei an Urbans Tod schuld. Bis heute kann ich es mir nicht verzeihen, damals nichts dagegen unternommen zu haben. In diesem Brief erwähnt Veit zufällig etwas, was einen Verdacht bestätigt, der mir selbst vor einigen Tagen gekommen ist. Genau deshalb bin ich eigentlich zu euch gegangen. Du scheinst ein besonderes Gespür dafür zu besitzen, was mich umtreibt, Gret. Anders ist es nicht zu erklären, dass du mir ausgerechnet jetzt diesen Brief zeigst.«

Sie umarmte sie herzlich. Ob der unverhofften Zärtlichkeit erstarrte Gret zunächst, wusste nicht, wie ihr geschah. Ebenso wenig begriff sie, wovon Dora überhaupt sprach. Jörg schien es ähnlich zu gehen, wie sein ratloses Gesicht verriet.

»Eigentlich habe ich dir den Brief herausgesucht, weil Veit darin berichtet, wie üblich es in Krakau und andernorts ist, dass Baumeister für ihre Kumpane Entwürfe fertigen, die diese dann unter ihrem eigenen Namen verwenden. Den Lohn teilen sie hinterher zu gleichen Teilen. So kann jemand wie Veit, der ein besonderes Talent besitzt, letztlich viel mehr Bauten verwirklichen, und andere, die weniger begnadet sind, kommen trotzdem zu ihren Aufträgen und damit zu ihrem Verdienst, weil sie sie ausführen. Veit hätte gar nicht die Zeit, alle seine Entwürfe als Baumeister bis zur Fertigstellung zu begleiten.«

»Was aber hast du in dem Brief herausgelesen?«, mischte sich Jörg ein. »Wenn ich mich nicht sehr täusche, dann ist es etwas ganz anderes. Sag schon, Schwesterherz, welchen Verdacht hat Veit dir darin bestätigt?«

»Das will ich erst erzählen, wenn ich wirklich alle Beweise beisammenhabe. Genau deshalb bin ich hier.«

Dora lächelte. Von neuem blitzte es geheimnisvoll in ihren Augen auf. Gret konnte den Blick nicht von ihr wenden, bis ihr endlich klarwurde, was es bedeutete. Dora hatte wieder zu sich selbst gefunden. Nach all den Monaten der Trauer um Urban und den gewaltigen Vorwürfen an sich selbst, eine Mitschuld an dem Unglück zu tragen, hatte sie nun offenbar Frieden mit sich geschlossen und war wieder offen für das Leben um sie herum. Gret haderte mit sich, ob sie sie zu dem Wandel beglückwünschen sollte oder nicht. Zu groß war die Gefahr, damit an Dinge zu rühren, die womöglich mit ihrem Verdacht gegen Urban zusammenhingen. Derart in diese Gedanken versunken, bemerkte sie viel zu spät, wie Dora zum Regal eilte und anfing, es gründlich zu durchforsten.

»Was tust du da?« Flugs folgte sie ihr. »Sag mir, was du suchst, und ich schaue, ob ich es finde. Aber bitte wühle nicht in den Rollen und Büchern herum. Am Ende bringst du etwas durcheinander. Du weißt, wie wütend Wenzel wird, wenn er sieht, dass jemand an seinen Unterlagen war.«

»Keine Sorge. Ich kenne ihn länger als du. Deshalb weiß ich genau, was ich hier tue.« Dora ließ sich nicht davon abbringen, Fach um Fach sämtliche Entwürfe und Schriftstücke, selbst die ordentlich von Wenzel zusammengerollten Papiere aufzurollen und anzuschauen. Ebenso verfuhr sie mit den Auftragsbüchern und blätterte sie allesamt durch, überflog hastig die Einträge.

»Jörg!« Hilflos sah Gret zu ihrem Gemahl. Wie so oft, wenn es um seine Schwester ging, schaute er tatenlos zu. Was gäbe sie darum, wenn er in solchen Momenten wenigstens ein Quentchen von Lienharts Temperament besäße. Der zwölfjährige Bruder wäre seiner Schwester entschlossen in die Arme gefallen, um sie von der unerlaubten Sucherei abzuhalten. Gerade als Gret selbst Hand anlegen wollte, beendete Dora ihr Treiben.

»Bewahrt Vater in seinem Schlafgemach noch weitere Schriftstücke auf?«

»Du wirst nicht hinübergehen und nachschauen.« Gret erbleichte. Die Veränderung, die sie eben an der Schwägerin festgestellt hatte, verhieß offenbar eher Ärger denn Gutes. Flink versperrte sie ihr mit ausgestreckten Armen die Tür. »Ohne sein Einverständnis darfst du sein Schlafgemach nicht betreten. Warte, bis er zu Hause ist, dann kannst du ihn um das bitten, was du haben willst.«

»Was willst du überhaupt von ihm?« Endlich erwachte Jörg aus seiner Starre. »Fast alle seine Auftragsbücher und Pläne, die er jemals in seinem Leben angefertigt hat, sind bei dem Brand zerstört worden. Das wenige, was in den beiden Jahren danach entstanden ist, kennst du, weil es entweder noch in deinem Haus am Mühlenberg liegt oder er es dir hier in der Werkstatt vorgeführt hat. Ohnehin ist es spärlich genug für einen Mann von seiner Erfahrung.«

»Es geht mir nicht um seine Entwürfe. Ich suche etwas, was er letzten Sommer aus Urbans Studierstube mit hierhergenommen haben muss.«

»Dora!« Entgeistert sah Gret die Schwägerin an. »Du willst deinem Vater doch nicht etwa unterstellen, er hätte etwas von Urbans Sachen gestohlen?«

»Aber nein!«, wehrte Dora lachend ab. »Wenn er es tatsächlich mitgenommen haben sollte, war es ein Versehen, keine Absicht. Fast anderthalb Jahre hat er in Urbans Gemach gewohnt. Da kann es gut sein, dass er beim Einpacken nicht so genau darauf geachtet hat, was er einsteckte. Zumal, wenn es sich um eine kleine Sache handelte.«

»Sag endlich, was es sein soll«, unterbrach Jörg sie von neuem.

»Urbans Chronik, die er seit Jahren über die Geschehnisse in der Stadt geführt hat.« Dora blieb trotz des schwelenden Ärgers erstaunlich ruhig. »Es ist ein schmaler Oktavband mit braunem Lederumschlag. Wertvoll ist er nicht, aber für mich ist er von unschätzbarer Bedeutung. Immerhin hat Urban die Aufzeichnungen mit eigener Hand geführt. All seine Gedanken sind dort hineingeflossen. Überall schon habe ich danach gesucht, aber leider habe ich den Band nicht mehr gefunden. Deshalb dachte ich, Vater hätte ihn womöglich aus Versehen eingesteckt. Bitte, lasst mich drüben in seinem Schlafgemach nachschauen.«

Gret rang nach Luft. Ohne es zu ahnen, lieferte Dora ihr gerade womöglich den Schlüssel zu all den Rätseln der Vergangenheit. Warum war sie nie selbst auf das Naheliegende gekommen? Ein so gelehrter und umsichtiger Mann wie ihr Schwager hatte selbstverständlich Aufzeichnungen über seine Erlebnisse geführt. Sosehr es sie drängte, diese zu lesen und damit die lang erhoffte Antwort auf die große Frage ihres Lebens zu finden, so sehr fürchtete sie sich davor. In keinem Fall durfte sie Dora in Wenzels Gemach danach suchen lassen. Niemals durfte sie die Wahrheit als Erste erfahren. Schwindel erfasste Gret. Wie wollte sie Dora aufhalten? Sehnlichst wünschte sie sich zurück in den kühlen Keller. Dort fiele ihr das Denken leichter als in der von der Sonne kräftig aufgeheizten Werkstatt. Vom angestrengten Denken drohte ihr der Kopf zu platzen.

Dora schien dagegen von neuen Kräften erfüllt. Ehe Gret sichs versah, lief sie zum Tisch und griff nach Veits Brief, den sie dort abgelegt hatte. »Darf ich wenigstens den Brief haben? Er würde mir viel bedeuten.«

Gret und Jörg wechselten ratlose Blicke. Gret wollte ihr die Bitte ausschlagen, doch Jörg kam ihr zuvor. »Nimm ihn,

Schwesterherz. Wenn er dir Trost bedeutet, freut es mich. Veit wird nichts dagegen einzuwenden haben.«

»Was hast du damit vor?« Anders als ihr Gemahl blieb Gret argwöhnisch. Die Launen der Schwägerin wechselten zu rasch. Oder lag es an ihr? Womöglich trübte ihr die Schwangerschaft schon zu diesem frühen Zeitpunkt das Hirn. Kaum wollte sie sich ausmalen, wie das in den nächsten Monaten weitergehen würde. Ihre Lust, abermals einem Kind das Leben zu schenken, schmolz dahin. Mit einem Anflug von Neid betrachtete sie Dora. Deren Augen leuchteten geradezu. Ein unwiderstehlicher Tatendrang erfüllte sie. Was gäbe sie dafür, mit ihr tauschen zu können. Plötzlich war ihr Argwohn wie weggewischt. Sie lief zu ihr, fasste sie an den Händen. »Verzeih meine Neugier. Natürlich darfst du tun und lassen, was du willst. Lass mich nur wissen, wenn ich dir helfen kann.«

»Das kannst du ganz sicher.« Dora strahlte. »Ich werde verreisen.«

»Was?«, riefen Gret und Jörg wie aus einem Mund. Gleich stand Jörg neben den beiden Frauen, fasste seine Schwester unsanft am Arm, woraufhin Dora einen leisen Aufschrei ausstieß. »Wohin und wieso?«

»Nach Krakau natürlich«, erwiderte Dora. »Solange Veit dort noch anzutreffen ist, muss ich ihn dringend sprechen.«

»Schreib ihm besser einen Brief.« Jörg beruhigte sich rasch wieder. »Gleich morgen werden wir ihn abschicken. Ich habe einige dringende Angelegenheiten mit ihm zu klären. Wir können die Schreiben gemeinsam versiegeln.«

»Es gibt einen viel besseren Vorschlag, du gibst mir deinen Brief einfach mit. Ich muss Veit in jedem Fall persönlich sprechen.« Dora raffte ihren Rock, eilte zur Tür und drehte sich dort noch einmal um. »Meine kleine Johanna wird bei

Elßlin und Renata am Mühlenberg gut aufgehoben sein. Gret, versprichst du mir, täglich nach dem Rechten zu sehen? Mathilda soll meine Abwesenheit nicht noch einmal ausnutzen, um Renata wieder ins Tollhaus zu bringen.«

»Dieses Mal werde ich das bestimmt verhindern.« Doras Vertrauen ehrte Gret. Stolz sah sie zu Jörg, dessen Antlitz wieder einmal von Kummer gezeichnet war.

»Ich wusste, auf dich ist Verlass. Du hast das richtige Gespür.«

Doras letzte Bemerkung ließ Gret aufhorchen. Schweigend sahen sie einander in die Augen, und plötzlich begriff Gret, wie ähnlich sie einander nicht nur vom Äußeren, sondern auch vom Wesen her waren. Hastig eilte sie zu ihr und drückte sie an ihre Brust. »Pass gut auf dich auf, und wage nur das, was du einzuschätzen weißt.«

Hand in Hand verließen sie die Werkstatt, stiegen die Treppe hinunter und verabschiedeten sich in der Diele zärtlich voneinander.

Beseelt von dem gerade Erlebten, kehrte Gret in den kühlen Keller zurück und schaute sich im Gewölbe um. Die erfrischende Kühle ließ ihren Kopf rasch wieder besser arbeiten. Was war das für eine seltsame Begegnung mit der Schwägerin gewesen. Ihre Angst, Dora würde etwas von der schrecklichen Möglichkeit ahnen, Urban wäre ihr Vater, schmolz dahin. Dafür öffneten sich neue Wege. Doras grenzenloses Vertrauen rührte sie, zugleich barg es die Gelegenheit, sich im Haus am Mühlenberg auf eigene Faust auf die Suche nach Urbans Aufzeichnungen zu machen. Dass Dora nicht fündig geworden war, hieß nicht, dass der Band verloren war. Gret wurde unruhig. Ob sich damit tatsächlich das drängendste Rätsel ihres Lebens löste? Wie nah war sie auf einmal der lang ersehnten Wahrheit! Kaum konnte sie die

Abreise der Schwägerin erwarten. Sie klopfte auf eines der Fässer, erfreute sich an dem vollen Klang. Bis zu Doras Rückkehr würde sie auch mit ihren Plänen zum Bierbrauen ein gutes Stück vorankommen. Wenzel würde staunen, was sie alles bewerkstelligte.

5

Doras Hände zitterten, als sie sich die Bundhaube auf den Kopf setzte. Kaum wollten ihr die Finger gehorchen, um die letzten Strähnen ihres dunkelblonden, welligen Haares darunterzustecken, so aufgeregt war sie. Im Licht der Talglampe betrachtete sie sich prüfend in dem kleinen Spiegel. Es fiel ihr schwer, sich mit der Frau im Spiegel in eins zu bringen. Waren ihre besten Jahre etwa schon vorbei, ehe sie eigentlich so richtig begonnen hatten? Gelegentlich war ihr, als hätte der dreißig Jahre ältere Urban ihre Jugend mit ins Grab genommen. Anders waren das farbloser gewordene Haar sowie der leicht bittere Zug um den Mund nicht zu erklären. Aus einer achtzehn Jahre jungen Ehefrau war eine zwanzig Jahre alte Witwe geworden.

Vor Entsetzen drehte sie sich so schwungvoll um, dass die Flamme des Talglichts in bedrohliche Schieflage geriet. Das Spiegelbild tanzte unruhig, bis sich das Licht wieder gerade aufrichtete. Von neuem blickte ihr eine fremde Frau entgegen, dieses Mal jedoch vermittelte sie ihr einen Anflug von Hoffnung. Der Verzicht auf die schwarze Trauerkleidung bewirkte ein kleines Wunder. Die gedämpften Farben entzogen ihrer Erscheinung etwas von der Strenge, die das blasse Gesicht und die schlanke Figur hervorriefen. Sie wiegte sich in den Hüften, sah an dem dunkelroten Kleid hinunter. Es war aus schlichtem Damast gefertigt, am Mieder lediglich mit drei Goldknöpfen verziert. Ebenso besaß der farblich abgestimmte Samtgoller mit den schmalen grünen Längsstreifen keinerlei überflüssigen Zierat. Auf der bevorstehenden Reise wollte sie übermäßigen Putz vermeiden. Wie vernünftig sie schon wieder war! Genau das Gegenteil ihrer Schwägerin Gret. Dabei sahen sie einander so ähnlich, dass sie aus der Ferne sogar als Zwillingsschwestern durchgingen.

Abermals schaute sie in den Spiegel. Auf einmal war ihr, als starrte sie in Grets blassblaue Augen. Darüber schob sich Urbans Gesicht. Nein! Den Gedanken zu Ende zu denken tat weh. Sie versuchte sich auf Erfreulicheres zu besinnen. Grets Wangen hatten letztens vor Eifer geglüht, ihre ganze Erscheinung schien vor freudiger Erwartung zu bersten. Sie musste ein weiteres Mal guter Hoffnung sein. Wieder spürte Dora einen Stich in der Brust. Dabei gönnte sie Gret und dem Bruder das Glück von ganzem Herzen. Eine Träne verfing sich in ihren Wimpern.

Unwillkürlich tastete sie nach der Phiole mit dem Schafgarbenöl. Wenn die Nacht dem Tag ihren Platz überließ, sollte es seine beste Wirkung entfalten, hatte Renata erklärt. Vorsichtig träufelte sie von dem blauen Öl in die Hand, verfolgte, wie es seinen Weg in den Linien fand. Statt einer Frauenfigur meinte sie das Bild von jemand anderem darin zu erkennen. Ein Zittern erfasste ihren Leib. Sie verschloss die Hand zu einer Faust, presste sie gegen den Mund, um nicht laut aufzuschreien. Ihr Plan mit der Reise war gewagt, das wusste sie auch so. Was Veit wohl dachte, wenn sie plötzlich vor ihm stand? Hoffentlich kam es überhaupt zu einem Treffen in Krakau. Sie wollte ihn überraschen. Jörg hatte ihr hoch und heilig versprechen müssen, in seinen Briefen nichts von ihrer Ankunft zu verraten. Die Boten ritten schneller, als die

Wagen fuhren. Ein Brief würde vor ihr in der polnischen Königsstadt ankommen. Zu groß aber war ihre Angst, dass Veit sie nach allem, was ihm ihretwegen in Königsberg widerfahren war, nicht mehr wiedersehen wollte.

»Dora, wo bleibt Ihr?« Mathildas Stimme klang ungeduldig aus der Diele herauf. Hastig verstaute Dora die Phiole mit dem Öl wieder in ihrem Lederbeutel und vergewisserte sich, alles Wichtige an ihrem Gürtel zu haben – Geldbeutel, Besteckkasten und Nadeldose. Den Bund mit den Schlüsseln würde sie gleich der Base übergeben. Sie steckte den Goller über der flachen Brust mit einer schlichten Fibel zusammen, griff sich die auf dem Bett bereitliegende Schaube, pustete das Talglicht aus und eilte aus dem Schlafgemach. Auf dem Flur empfing sie Dunkelheit. Nur ein schwacher Lichtstrahl fiel aus der Küche herein, ein sicheres Zeichen, dass das Herdfeuer bereits ordentlich geschürt war. Dora eilte zur Treppe. Von unten drangen aufgeregte Stimmen nach oben. Götz Steinhaus musste bereits eingetroffen und von Mathilda empfangen worden sein. Der Gedanke, ihren Reisegefährten warten zu lassen, missfiel ihr. Steinhaus sollte sie nicht für unzuverlässig halten.

Gerade wollte sie nach unten laufen, da kam Elßlin mit der kleinen Johanna auf dem Arm aus dem Dachgeschoss herunter. Nach dem Aufstehen hatte sie das Kind zu sich in ihre Kammer genommen, um Dora Zeit zu geben, sich in Ruhe reisefertig zu machen. »Ma-ma!«, rief Johanna in langgezogenen Silben und streckte die kurzen Arme zur Seite. Ihre kurzen Beinchen strampelten vor Aufregung gegen Elßlins Leib. Die schmächtige Magd hatte Mühe, sie zu halten. Johanna strahlte über das pausbäckige Gesicht, hatte die blauen Augen weit aufgerissen. Tief gruben sich zwei Grübchen rechts und links des Mundes ein, die kleine Nase besaß einen auffälligen Stupser, das eckige Kinn erinnerte deutlich an Urban.

Dora kämpfte mit sich. Brachte sie es tatsächlich übers Herz, sich von der Kleinen zu trennen? Mehrere Monate würde sie sie nicht sehen. Noch konnte sie die Reise absagen. Steinhaus würde es verstehen. Höchstwahrscheinlich kam es ihm sogar sehr gelegen. Eine Frau in der Reisegruppe bedeutete immer Unruhe und unnötige Umstände. Außer dem Kneiphofer Kaufmann gehörten zwei weitere Herren, die Fuhrleute für die vier Wagen sowie acht bewaffnete Reiter zur Truppe. Bei Letzteren handelte es sich um ungehobelte, rauhe Burschen, die allein schon aufgrund ihres grimmigen Auftretens Räuber abschrecken sollten. Schließlich war der Weg nach Krakau nicht nur weit, sondern auch äußerst gefährlich. Doras Atem ging schneller, fahrig nestelten ihre Finger am Stoff ihres Kleides. Am liebsten würde sie Johanna packen, in ihre Schaube wickeln und mit auf die Reise nehmen. Ihr Entschluss stand fest. Sie musste nach Krakau, koste es, was es wolle.

»Dora, bitte!« Wieder ertönte Mathildas Stimme von unten. Ohne zu zögern, schnappte sich Dora das Kind und eilte die Treppe hinunter. Glücklich schmiegte Johanna ihren Kopf mit den zarten rotblonden Locken in ihre Halsbeuge und steckte den Daumen in den Mund. Ein wundervolles Gefühl überflutete Dora. Sofort war Johanna auf ihren Armen eingeschlafen. Auf dem letzten Treppenabsatz blieb Dora stehen und schaute in die von Wandfackeln hell ausgeleuchtete Diele. Da stand nicht Steinhaus und scharrte ungeduldig wartend mit den Füßen. Stattdessen erblickte sie den herzoglichen Hofbibliothekar Polyphemus. Soweit sie das erkannte, strahlte er über sein gesamtes Gesicht.

»Gott zum Gruße, Verehrteste«, rief er, riss sich voller Überschwang den schäbigen Hut vom Kopf und verneigte sich. Der Umfang seines Leibes verhinderte eine zu tiefe Verbeugung, was er mit einem erstaunlich flinken Kratzfuß wettmachte. Das abgeschabte Leder seiner Schuhe wie auch die mehrfach geflickte Strumpfhose und der fadenscheinige Stoff seiner Schaube sprangen dabei offen ins Auge. Polyphemus legte keinen Wert darauf, den erbärmlichen Zustand seines Aufzugs zu verschleiern. Stolz richtete er sich wieder auf und schaute zu Dora herauf. Trotz der frühen Morgenstunde glänzten auf seinen bartlosen Wangen bereits Schweißperlen, der einstmals helle Kragen seines Rocks war dunkel von feuchten Flecken. Ebenso klebte das spärliche Haar an Schädel und Nackenwulst auf der fleckigen Haut. »Ihr seht mich hocherfreut, Euch auf Eurer Reise zur Seite stehen zu dürfen.«

Mathilda zog missbilligend die Augenbrauen hoch. Dora musste schmunzeln. Um das Kind auf ihren Armen nicht zu wecken, stieg sie vorsichtig die letzten Stufen hinunter und ergriff die stark verschwitzte Hand, die der wohlbeleibte Mann ihr entgegenstreckte. Von der Bewegung erwachte Johanna allerdings doch aus ihrem Schlaf, hob das Köpfchen, rieb sich die Augen und gähnte herzhaft. Wieder spürte Dora den grässlichen Schmerz der bevorstehenden Trennung. Behutsam drückte sie die Kleine gegen ihre Schulter, raunte ihr »scht, scht« ins Ohr und wiegte sie hin und her. Gleich schlief sie wieder ein. Beruhigt wandte sich Dora Polyphemus zu.

»So begleitet Ihr Steinhaus auf der Reise nach Krakau? Welch angenehme Neuigkeit!«

»Leider nur bis Thorn.« Der Bibliothekar hielt den breitkrempigen Hut vor die Brust, sortierte mit der freien Hand die zerrupften Federn. Seine grauen Augen musterten den Hutschmuck aufmerksam, bevor er sie ansah. »Ich will über Leipzig bis Frankfurt am Main, um die Messe zu besuchen.

Wie Ihr wisst, finden sich dort immer zahlreiche Buchhändler. Ich kann es kaum erwarten, dort einige neue Schätze für den Herzog aufzustöbern. Anschließend werde ich nach Nürnberg reisen. Den nächsten Winter will ich an der Pegnitz verbringen. Der Herzog hat mir wichtige Aufträge erteilt, natürlich alles unter dem Siegel der Verschwiegenheit.« Er legte den wulstigen Zeigefinger mit dem rissigen Nagel und den unzähligen Tintenflecken über seine Lippen.

»Ein Wunder, wenn Euer Siegel halten würde!«, raunzte Mathilda. Verächtlich zuckte sie mit den Schultern, stemmte die Hände in die Hüften, schaute zu Polyphemus und musterte seinen Aufzug mit einem abschätzigen Blick.

»Dann seid Ihr also eine sehr lange Zeit fort von hier. Eure Gemahlin wird Euch sehr vermissen«, erwiderte Dora betont freundlich.

»Dazu wird sie kaum Zeit finden.« Der Bibliothekar verschränkte die Hände auf dem Rücken und wippte vergnügt auf den Fußspitzen. »Im Umfeld der Herzogin hat sie reichlich Abwechslung. Das Nähzimmer auf dem Schloss verschafft ihr jeden Tag zahlreiche neue Aufgaben. Außerdem wird sie Eurer verehrten Schwägerin in Eurem Haus Gesellschaft leisten. Eure entzückende Tochter wird gewiss dafür sorgen, dass ihr dabei nicht langweilig wird.«

»Eure Frau wird hier am Mühlenberg wohnen?« Erstaunt sah Dora ihn an. Aus dem Augenwinkel bemerkte sie, wie Mathilda versuchte dem Bibliothekar seltsame Zeichen zu geben. Gerade wollte er sich erklären, da kam ihm die Base zuvor und lächelte entschuldigend.

»Ich habe Katharina König gestern gebeten, die nächsten Monate bei mir zu wohnen. So fühlt sie sich weniger allein, während ihr Gemahl auf großer Fahrt ist, und in unserem großen Haus ist auch mehr Leben.«

Dora runzelte die Stirn. Es passte ihr nicht, als Letzte von diesem Vorhaben zu erfahren. Polyphemus räusperte sich verlegen. Offenbar hatte Mathilda ihm verschwiegen, dass Dora nicht Bescheid wusste. Schon wollte Dora entrüstet auffahren, da kam ihr plötzlich ein neuer Gedanke. Betont freundlich wandte sie sich an die Base. »Das ist eine sehr gute Lösung, meine Liebe. Nach all den Jahren treuer Dienste für meinen Gemahl und mich ist eine Ruhepause für Euch längst überfällig. Um Johanna wird sich Elßlin kümmern, Renata übernimmt den Haushalt. Wie Ihr wisst, kann sie kräftig anpacken und scheut keinerlei Arbeit. Somit bleibt für Euch ausreichend Gelegenheit, die Gesellschaft der guten Katharina König ausgiebig zu genießen.«

Wie erwartet stießen ihre Worte bei Mathilda auf deutliches Unbehagen. So hatte sich die Base die Zeit ohne sie nicht vorgestellt. Das aber konnte sie schlecht offen zugeben.

Mitten in Doras klammheimliche Freude über die gelungene Überrumpelung Mathildas meldete sich Polyphemus zu Wort.

»Ihr seid eine bewundernswerte Frau, Stöckelin. Woran Ihr alles denkt, bevor Ihr Euch auf den Weg macht! Fast könnte man meinen, Ihr seid das Reisen ebenso gewohnt wie unsereins, auch wenn Ihr bislang nur selten die Stadt verlassen habt. Eurer Tochter wegen braucht Ihr Euch bestimmt keine Sorgen zu machen. Man sieht auf Anhieb, wie wohl sie sich bei Eurer Magd fühlt. Trotz ihrer Jugend ist sie ihr wie eine zweite Mutter.«

So gut gemeint die Bemerkung war, versetzte sie Dora doch einen schmerzhaften Stich. Es stimmte, vom Tag der Geburt an waren Elßlin und Johanna ein Herz und eine Seele. Die erst Sechzehnjährige kümmerte sich um das Kind, als wäre es ihr eigenes. Einerseits beruhigte das Dora, andererseits regten sich auch kleinliche Ängste in ihr. Was, wenn Johanna Elßlin am Ende tatsächlich für ihre Mutter ansah, darüber ihre leibliche Mutter vergaß? In ihrem Alter waren drei, vier Monate eine unendlich lange Zeit. Viel konnte währenddessen geschehen. Und viel in Vergessenheit geraten. Gerade Menschen und Gesichter. Doras Unbehagen wuchs. Wieder flammte der Wunsch in ihr auf, das Kind einfach mitzunehmen. Überraschend spürte sie Polyphemus' Hand auf dem Arm. Voller Verständnis sah er zu ihr auf.

»Auch wenn ich ein Mann bin und zu meinem großen Bedauern nie Vaterfreuden erlebt habe, so sind mir Eure Befürchtungen vertraut. Doch Ihr müsst tun, was Euer Herz Euch befiehlt, Stöckelin. Damit werdet Ihr niemals fehlliegen. Das Kind wird spüren, dass Ihr auch in der Ferne in Gedanken bei ihm seid. Versagt Ihr Euch allerdings die Reise, wird Eure Seele keinen Frieden finden. Das wiederum wird das Kind ebenfalls spüren und Euch fremd werden. Nur wenn Ihr ganz bei Euch seid, wird auch das Kind immer ganz bei Euch sein.«

Noch während er die letzten Worte sprach, meinte sie plötzlich wieder den blumig krautigen Geruch des blauen Öls in der Nase zu haben, die blaugeäderten Linien in der Hand verlaufen zu sehen. Johanna schien ihr mit einem Mal leicht wie eine Feder. Sie hauchte dem Kind einen Kuss auf den zarten Haarflaum.

»Ihr habt recht, Polyphemus. Solange ich tue, was mein Herz mir sagt, muss es gut sein. Das weiß auch Johanna. Entschuldigt mich bitte kurz. Ich muss die Kleine ins Bett bringen und mein Felleisen aus der Werkstatt holen.« Rasch eilte sie nach oben. Elßlin musste sie bereits gehört haben. Sie kam aus der Küche, streifte sich die Finger an der Schürze trocken und streckte ihr die Arme entgegen, um Johanna wieder zu nehmen. »Wenn ich weg bin, wirst du mit ihr in meinem Schlafgemach wohnen«, bestimmte sie und fügte, als Elßlin sie erschrocken ansah, hinzu: »Johanna kennt das Bett und fühlt sich darin am wohlsten. Es wird schon schlimm genug, wenn sie mich vermisst. So kann sie zumindest in ihrer gewohnten Umgebung schlafen.«

Wie zufällig streifte plötzlich Miranda durch den Flur, rieb den Kopf an ihren Beinen. Es war Dora, als wollte die Katze sie in ihrem Vorhaben ermutigen. Ein letztes Mal drückte sie das fest schlafende Kind an sich, küsste es auf den Kopf und schloss für einen Moment gerührt die Augen. Aus Johannas weichem Haar roch es nach saurer Milch und süßem Honig. Dora wurden die Augen feucht, rasch kniff sie sie zusammen. Sie musste an ihre Mutter Enlin denken. Viel zu früh hatte sie sie verlassen. Ohne Renata hätte sie das nie verwunden. Elßlin würde Johanna eine zweite Renata sein, das hatte der Bibliothekar klug erkannt. Zudem waren da noch Gret sowie natürlich Renata selbst und die kluge Katze Miranda. Sie alle würden verhindern, dass Mathilda zu viel Unheil an dem Kind anrichtete. Hastig überreichte sie der jungen Magd Johanna und rannte rasch die Treppe nach oben, um sich in die Werkstatt zu flüchten.

Die dreifarbige Katze folgte ihr. Mit einem lauten Miau begehrte sie Einlass, als Dora gerade die Tür hinter sich schließen wollte. Erfreut ließ sie sie ein, genoss das sanfte Herumstreifen des Tieres zwischen ihren Beinen. Als sie sich dem Felleisen auf dem großen Tisch zuwandte, sprang Miranda mit einem Satz aufs Fensterbrett und beobachtete sie aufmerksam aus ihren Bernsteinaugen. Dora meinte ein aufmunterndes Lächeln auf dem rot-weiß-braunen Gesicht zu erkennen. Sie warf einen Blick aus dem Fenster.

Auf dem Mühlenberg erwachte das Leben. Pferde wurden aus dem benachbarten Marstall nach draußen geführt, ein Gespann rollte über die unebenen Pflastersteine auf den Platz. Die ersten Handwerker und Händler drängten sich ungeduldig auf der hölzernen Brücke zum Schloss. Noch aber hatte Torwächter Steffen Hans nicht das Signal zum Öffnen der Tore geblasen. In den oberen Fenstern der trutzigen Gebäude spiegelte sich das gelbrote Licht der langsam aufsteigenden Sonne. Der Schimmer des frühen Morgenlichts färbte selbst auf den roten Backstein der ehemaligen Ordensritterburg ab und verlieh ihnen einen Hauch von Unwirklichkeit. Von neuem überkam Dora Traurigkeit. Der vertraute Ausblick würde ihr fehlen. Die Entscheidung aber war gefallen. Es gab kein Zurück. Rasch widmete sie sich dem Felleisen.

Die wichtigsten Dinge waren rasch gepackt, ein kleines Notizheft, das Buchbindermeister Angler ihr eigens gebunden hatte, einige Bogen Papier, zwei Schiefer- sowie drei Wachstafeln in verschiedenen Größen, dazu mehrere Messinggriffel, Federn, ein Tintenfass, Lineal, Zirkel und natürlich das Werkmeisterbuch von Urahn Laurenz Selege. Als sie das abgegriffene Buch in Händen hielt, zögerte sie. Was wollte sie mit all den Sachen? Seit Urbans Tod hatte sie weder gezeichnet noch in dem Werkmeisterbuch gelesen. Ihr verhängnisvolles Versagen hatte ihr jegliche Freude daran genommen. Trotzdem wollte sie gerade Laurenz' Buch nicht zurücklassen, es nicht einmal Jörg anvertrauen. Sorgfältig steckte sie es hinein, achtete darauf, dass es keinen Schaden nahm. Ihre Finger berührten Urbans Chronik aus Jugendjahren. Die hatte sie am Abend zuvor schon in das Felleisen gelegt. Sie tastete das dünne Heft ab, um sicherzugehen, es in der Enge des Felleisens nicht verknickt zu haben. Wie viel weiter wäre sie mit ihren Überlegungen, wenn sie auch Urbans Aufzeichnungen aus der Königsberger Zeit wiedergefunden hätte. Nicht zum ersten Mal ärgerte sie sich, sie so lange aus dem Sinn verloren zu haben.

Ein letztes Mal schaute sie in dem großzügigen Raum umher. Abschiedsstimmung hing in der Luft. Regale und Arbeitstisch waren ordentlich aufgeräumt, in einer verschlossenen Truhe lagerten Fischleimpausen und Entwürfe. Nirgendwo lagen halbfertige Arbeiten herum. Dora war zufrieden. Sie verschnürte das Felleisen und ging zur Tür. Wieder folgte Miranda ihr auf den Fuß.

Im Flur zögerte Dora, ob sie noch ein letztes Mal in Urbans Studierstube hinübergehen sollte. Vergangenen Freitag hatte sie sie zum letzten Mal betreten und kaum wiedererkannt. Urbans Seele war aus dem Raum vertrieben. Mathilda hatte selbst Hand angelegt, das Gemach aufzuräumen. Seither trübte kein Staubkorn auf den Möbeln, Büchern oder Regalen mehr die Erinnerung. Die kostbaren Fensterscheiben waren blank gewienert. Über allem hing ein aufdringlicher Duft nach Seifenlauge und Veilchen. Urban würde angewidert das Gesicht verziehen. Noch während Dora darüber grübelte, ob trotz Mathildas Putzeimer die Möglichkeit bestand, noch einen kleinen Kasten oder einen Winkel übersehen zu haben, in dem sich die Chronik finden mochte, erklangen Schritte auf der Treppe. Sie verrieten Entschlossenheit. Mathilda wollte sie wohl noch einmal unter vier Augen sprechen.

»Das habt Ihr alles wirklich bestens eingefädelt«, platzte die Base heraus, sobald sie vor ihr stand.

»Ich habe gar nichts eingefädelt«, erwiderte Dora und sah Mathilda offen an. Nach wie vor war sie ganz in Schwarz gewandet, einzig die helle Haube auf dem dunklen Haar hob sich davon ab. Der Hals wirkte durch den hochgeschlossenen

Kragen noch länger, ebenso schien die ganze Gestalt der großgewachsenen Frau dank der dunklen Tracht noch weiter in die Höhe gezogen. Wie Querbalken traten die Wangenknochen unter den grünen Mandelaugen hervor, der spitze Mund betonte die nach unten zulaufende Gesichtsform. Auf der Stirn lagen unzählige Falten, ein deutlicher Hinweis auf Mathildas Anspannung. »Was wollt Ihr also von mir? Immerhin bin ich diejenige, die eben erst von Katharina Königs Einzug erfahren hat. Eigentlich müsste ich über Euch verärgert sein. Doch wie Ihr seht, freue ich mich sogar über Euren Einfall mit Polyphemus' Frau. Dann seid Ihr weniger allein.«

»Wie gnädig von Euch. Doch mir macht Ihr nichts vor. Ich weiß genau, was Ihr im Schilde führt, liebe Dora. Aufs Wort hat Euch Polyphemus eben gehorcht und die Dringlichkeit Eurer Reise genau im richtigen Moment bestätigt. Wie gut, dass der arme Urban Eure Niedertracht nicht mehr miterleben muss. Vor Gram würde er sich im Grabe umdrehen.«

»Anscheinend seid Ihr die Einzige, die einen besonderen Draht zu dem Verstorbenen besitzt. Welch Wunder, dass Ihr ihm zu Lebzeiten nicht nähergestanden habt. Oder habt Ihr wieder einmal vergessen, wer von uns beiden mit ihm verheiratet war?«

»Ihr werdet von Eurem hohen Ross noch herunterfallen.« Mathilda verschränkte die Arme vor der Brust und maß sie mit zusammengekniffenen Augen. »Glaubt nicht, es bliebe verborgen, wie eilig Ihr die Trauerkleidung abgelegt und Euch in aufreizendes Rot und übermütiges Grün geworfen habt. Ein Schelm, wer Böses dabei denkt, dass Ihr just im selben Moment den Entschluss zu Eurer Reise gefasst habt. Was seid Ihr eigentlich für eine Mutter, dass Ihr es so eilig habt, Euch Euer Kind von der Brust zu reißen, um ungestört nach Krakau aufzubrechen?«

»Ihr seid wohl die Letzte, die sich ein Urteil über meine Muttergefühle erlauben sollte.« Dora spürte unbändigen Zorn in sich aufsteigen. Sie ballte die Hände zu Fäusten und zwang sich, ruhig zu bleiben. Vor der Base wollte sie sich keine Blöße geben. »Natürlich ist es bitter für Euch zu ertragen, niemals ein Kind unter dem Herzen gespürt zu haben. Zwölf Jahre habt Ihr vergeblich auf Urban gehofft, und dann musstet Ihr mit ansehen, wie er mich geheiratet und mit mir ein Kind gezeugt hat. Das ist wirklich kein leichtes Schicksal, noch dazu, wo Ihr auch danach noch weiter in unserer Küche bei der Magd geblieben seid.«

»Hätte Urban gewusst, wie Ihr in Wahrheit seid, wäre gewiss alles anders gekommen.« Mathildas Augen verengten sich. Sie reckte die lange, schmale Nase in die Luft. »Macht Euch nichts vor, Ihr habt Urban nie geliebt. Und genauso wenig liebt Ihr das Kind, das Ihr von ihm empfangen habt. Wie anders …«

»Was erdreistet Ihr Euch?«, fuhr Dora auf, um sogleich wieder innezuhalten. Sie durfte Mathilda nicht den Gefallen tun und die Beherrschung verlieren.

»Ihr wisst es selbst am besten«, sagte die Base in gefährlich leisem Ton. Ein böses Lächeln umspielte ihren Mund. »Gesteht Euch die Wahrheit endlich ein. Wärt Ihr Eurem Kind in der gebührenden Liebe zugetan, würdet Ihr es nicht allein lassen, um zu verreisen, noch weniger, um ausgerechnet zu dem Mann zu reisen, der den Tod Eures Gemahls verschuldet hat.« Mit jedem Wort war ihre Stimme lauter geworden, die letzten Worte spie sie voller Abscheu aus.

»Woher wisst Ihr …?« Fassungslos starrte Dora sie an.

Doch die Base überhörte ihre Frage. Zu sehr war sie in ihrem Wahn gefangen. Böse zischte sie: »Wie besessen müsst Ihr von ihm sein?«

»Ihr scheint mehr zu wissen als ich selbst.« Das Zittern befiel Dora von neuem. Mit aller Kraft versuchte sie das vor Mathilda zu verbergen.

»Macht Euch nichts vor, meine liebe Dora! Euch gefällt der Gedanke, Singeknecht habe Euretwegen die Mauer über Urban zum Einsturz ...«

»Genug!«, rief Dora.

Mathilda aber war nicht mehr aufzuhalten. »Ein Mann, der für seine Liebe zu Euch zu töten bereit ist – oh, was für ein Mann mag das sein?«

Sie warf die Arme in die Luft, riss die Augen weit auf. Dora war, als steigerte sie sich gerade in die Vorstellung hinein, selbst auf derart wahnwitzige Weise geliebt zu werden. Fahrig glitten ihre Finger am Gürtel entlang, ertasteten wie zufällig den ledernen Beutel. Allein der Gedanke an die Wunderkraft des blauen Öls genügte, sie mit neuer Kraft zu stärken. Darüber stürzte Mathildas ungeheurer Vorwurf in sich zusammen. Eine angenehme Ruhe erfüllte sie.

»Wie schlecht muss es um Euch bestellt sein, wenn Ihr solch absonderliche Gedanken hegt, liebe Mathilda. Gern würde ich hierbleiben, um Euch beizustehen, bis es Euch bessergeht, aber leider muss ich fort. Steinhaus wartet sicherlich schon. Übrigens«, sie legte eine kurze Pause ein, musterte die Base noch einmal, »ich reise nach Krakau, um den alten Veit Singeknecht zu sprechen. Er hat mir einiges über Urbans Nürnberger Jahre zu berichten. Dank eines Briefes an meinen Bruder habe ich von seinem derzeitigen Aufenthalt an der Weichsel erfahren. Es tut mir sehr leid, Eure Erwartungen enttäuschen zu müssen.«

Mathildas Gesicht verfärbte sich tiefrot vor Zorn. Hörbar schnappte sie nach Luft. Dora packte ihr Felleisen und verließ die Werkstatt.

Erst auf der Treppe wurde sie gewahr, wie sehr sie am ganzen Leib bebte. Mathildas Unterstellung war hanebüchen, weniger, weil sie ihr solches auf den Kopf zusagte, viel schlimmer war, dass Dora tief in ihrem Inneren schwante, wie nah die Base der Wahrheit gekommen war.

Eine Tür schlug zu, eilige Schritte erklangen. Dora schloss die Augen, sandte ein Stoßgebet gen Himmel, dann öffnete sie die Lider und drehte sich langsam um. Zwei Treppen über ihr zeichnete sich Mathildas dunkle Gestalt im schummrigen Licht ab. Selbst ohne ihre Gesichtszüge zu erkennen, wusste Dora, wie die Base in diesem Augenblick aussah.

»Um meinetwegen müsst Ihr Euch keine Sorgen machen. Wir werden uns die nächsten Monate nicht aus den Augen verlieren.«

»Wie das?« Kaum ausgesprochen, ahnte Dora die Antwort.

»Ich komme mit«, erklärte Mathilda.

»Wie schön.« Doras Hand tastete nach dem Treppengeländer, klammerte sich daran fest, bis ihr die Knöchel schmerzten.

»Es ist das Beste für uns alle«, fügte die Base hinzu. »Steinhaus wird es sehr erleichtern. So seid Ihr nicht die einzige Frau im Tross. Es war einfach ungehörig von Euch, allein reisen zu wollen. Das schickt sich nicht für die Witwe des herzoglichen Kammerrats. Zudem freue ich mich auf ein Wiedersehen mit dem alten Singeknecht. Er war ein sehr guter Freund meines Vaters.«

Das Zittern in Doras Leib verstärkte sich von neuem. Dennoch zwang sie sich zu einem Nicken, drehte sich wieder um und stieg langsam die Treppe nach unten. Mathilda entschwand nach oben, um ihre Sachen zu packen.

Dora fühlte sich hilflos. Widerspruch wäre zwecklos gewesen. Manchmal, so tröstete sie sich, musste man das Leben einfach nehmen, wie es kam. Irgendwann würde sich zeigen, warum sich das eine so und das andere anders gefügt hatte. Ein tieferer Sinn steckte schließlich in allem.

6

Mitten in der Unterhaltung wurde Dora plötzlich still, richtete den Blick fasziniert durch das kleine Fenster, das die Wagenplane nach vorn an der Schulter des Fuhrmanns vorbei öffnete. Wie oft hatte sie sich in den letzten Jahren diesen Anblick in Gedanken ausgemalt, hatte wieder und wieder nachgelesen, was Urahn Laurenz Selege dazu schrieb, hatte seine detailgetreuen Zeichnungen so oft betrachtet, dass sie zuletzt bereits fürchtete, sie verblassten allein schon ob des vielen Anschauens. Veit Singeknechts schwärmerische Schilderungen hatten schließlich ein Übriges dazu beigetragen, ihre Vorstellungen so weit auszuschmücken, bis sie irgendwann meinte die Marienburg bis in jeden einzelnen Backstein hinein zu kennen, ohne überhaupt je einen Fuß dorthin gesetzt zu haben. Dennoch überwältigte sie das Schauspiel dort im Westen nun vollends. Stocksteif saß sie da, konnte nur noch starren und staunen, völlig unfähig, je wieder damit aufzuhören. Veit hatte recht gehabt, das Studieren von Büchern konnte das wahrhaftige Schauen nicht ersetzen. Erst dabei erfasste man mit allen Sinnen, was das Besondere eines Baus ausmachte.

Die Reisegefährten mussten ihre besondere Stimmung ahnen. Teilnahmsvoll verstummten auch sie, um ihr die Ruhe zu schenken, das gewaltige Bild andächtig in sich aufzusaugen. Lediglich Mathilda, ihr schräg gegenüber, entfuhr einmal mehr ein abschätziges Schnaufen. Dora kümmerte das nicht. Sie hatte die Base nicht gebeten, sie zu begleiten. Dennoch ließ Mathilda seit Anbruch der Reise vor fünf Tagen kaum eine Gelegenheit aus, ihr Verhalten zu missbilligen. Längst schenkte Dora ihr nur noch die notwendigste Beachtung.

Im Licht der Abendsonne entfaltete die Marienburg ihren kolossalen Zauber. Das satte Rot der trutzigen Backsteinmauern und Türme verschmolz mit dem warmen Gelbrot des sinkenden Sonnenballs zu einem stimmigen Farbenspiel, wie Dora es bislang nie gesehen hatte. Weit strahlte dieses besondere Gemisch in die Ebene aus, die vom sommerlichen Grün der Felder bis hinauf in das abendliche Glühen des Firmaments reichte. Mehr als einmal schimmerte darin Bernstein auf. Es war, als dränge das Gold der Ostsee bis in höchste Himmelssphären.

Noch beeindruckender als diese Farbenpracht erschienen Dora alsbald die Ausmaße der ehemaligen Ordensburg, die sich seit gut einhundert Jahren im Besitz der polnischen Krone befand. Dass die Könige aus dem Haus der Jagiellonen die Residenz nur selten aufsuchten, und wenn, dann lediglich den alle Mauern und Zinnen überragenden Hochmeisterpalast bewohnten, war der Anlage schon von weitem anzusehen. Das noch unter dem ordensritterlichen Heerführer und späteren Hochmeister Heinrich Reuß von Plauen angelegte Bollwerk, bei dessen Bau Urahn Laurenz mit seinem Danziger Meister Jagusch beteiligt gewesen war, wies mittlerweile deutliche Lücken auf.

Hoch- und Mittelschloss dienten als Sitz der polnischen Verwaltung Preußens Königlichen Anteils, wie Veit Dora einmal erklärt hatte. Neben dem Starost und dem ihm unterstellten Burggrafen bewohnten der Schatzmeister der Provinz sowie der Marienburger Woiwode mitsamt ihrem Gefolge die Gebäude. Auf dem übrigen Burggelände wie in der Vorburg siedelten neben den einquartierten Burgmannschaften längst auch zahlreiche Handwerker und Kaufleute mit ihren Familien. Die umliegenden Wiesen dienten als Weide- und Ackerflächen, galt das Nogatdelta doch als sehr fruchtbares Land. So herrschte rund um die Burganlage ein munteres Getümmel, zumal der anbrechende Abend die Hütejungen gerade das Vieh sammeln und ins Innere der früheren Wehranlage treiben ließ. Dazwischen vollführten Gaukler ihre Kunststücke, priesen Höker und andere fliegende Händler ihre Waren an, gingen Schmiede, Zimmerer und Fassbinder ihrem Handwerk nach. Dora beobachtete das mit großem Bedauern. Der ehemals stolze Sitz des Hochmeisters glich inzwischen eher einer dörflichen Erweiterung der sich südlich daran anschließenden Stadt denn einer trutzigen Wehranlage wie noch zu Laurenz Seleges Zeiten.

Dennoch aber waren die gewaltigen Ausmaße und der jedem einzelnen Gebäude innewohnende Anspruch der Erhabenheit nach wie vor gut zu erkennen. Voller Ehrfurcht schaute Dora an den Zinnen entlang, schätzte die genauen Längen ab und malte sich aus, welche Pracht sich erst im Innern der Gebäude finden musste. Ausgerechnet Veit, der sonst nie um einen Ausdruck verlegen war, hatte bei seiner Beschreibung verzweifelt nach Worten gerungen, um den Großen Remter im Nogatflügel an der Nordwestseite auch nur annähernd angemessen zu schildern. Der doppelschiffige Saal musste nicht nur aufgrund der filigranen Sterngewölbe atemberaubend sein. Zudem verfügte er unter dem mosaikgeschmückten Fußboden über eine so ausgefeilte Feueranlage, dass damit der gesamte Raum im Winter beheizt werden konnte. Nicht minder faszinierend aber sollte auch der Sommerremter sein, dessen Sterngewölbe auf einer einzigen schlichten Granitsäule ruhte. Die zweigeschossigen Fensterreihen erlaubten eine wahre Lichtflut, die dem quadratisch angelegten Raum eine ganz besondere Wirkung verleihen musste. Dora sehnte sich danach, diese Wunderwerke mit eigenen Augen zu bestaunen. Leider war das undenkbar. Veit Singeknecht hatte es allein einem Zufall zu verdanken gehabt, das Innere des Hochmeisterpalastes betreten zu dürfen.

»Es ist schon ein berauschendes Erlebnis, dieses Schloss zum ersten Mal vor Augen zu haben«, meldete sich Polyphemus mitten in ihre Gedanken zu Wort.

»Wie kann der Anblick einer Burg berauschend sein?« Voller Unverständnis kniff Mathilda die Lippen zusammen und schenkte Polyphemus, der zu ihrer Linken saß, einen tadelnden Blick. »Es handelt sich lediglich um Ziegelsteine, die fleißige Hände auf Anweisung ihres Meisters aufeinandergestapelt haben. Nur weil es im Fall der Marienburg einige mehr waren als anderswo, hat sie diese großen Ausmaße angenommen. Berauschend aber ist nichts daran. Lediglich dem unermesslichen Fleiß der Handwerker gebührt grenzenlose Achtung.«

»Mit Verlaub, meine Liebe«, wandte Polyphemus sich mit einem breiten Schmunzeln seiner Sitznachbarin zu, »im Fall der Marienburg handelt es sich um weitaus mehr als um einige ansehnliche Haufen Steine, die fleißige Maurerknechte auf Befehl aufeinandergestapelt haben. Gönnt Euch einmal einen ausführlichen Blick nach draußen, dann werdet selbst Ihr von der erhabenen Pracht begeistert sein. Doch lasst Euch gesagt sein: Das Äußere ist es nicht allein, was das Besondere der Marienburg ausmacht. Jeder, der einmal Zutritt in das Innere hatte, schwärmt bis ans Ende seiner Tage davon. Der hohen Baukunst, der man hier ansichtig wird, wohnt ein ganz eigener Zauber inne. Es scheint, als stünde sie unter ganz besonderem göttlichen Schutz.«

»Passt auf, dass Ihr Euch nicht versündigt!« Zu Doras Verblüffung schlug Mathilda ein Kreuz auf der Brust, zugleich warf sie einen fragenden Blick auf Clas Tönnies. Der Pfarrer aus Palmnicken saß zu Doras Rechten und enthielt sich einer Bemerkung. Der Ausdruck auf seinem gelblich blassen Antlitz war schwer zu deuten. Beleidigt wandte Mathilda sich ab.

»Habt Ihr schon von der Marienfigur gehört, die auf dem Hochschloss an der Außenseite des Chores der Burgkirche steht, liebe Stöckelin?«, sprühte Polyphemus ungerührt weiter vor Begeisterung. »Sie misst gut zwei Ruten in der Höhe und steht vor einem äußerst kostbaren Mosaik, das einst venezianische Meister angefertigt haben. Übrigens gilt diese Figur als unzerstörbar, wie sich vor fast fünf Menschenaltern während der Belagerung der Ordensfestung durch das polnisch-litauische Heer unter König Jagiello gezeigt hat.«

»Wieso? Was ist damals geschehen?« Gebannt schaute Dora ihn an.

»Ein Schuss aus einer Steinbüchse der Polen zielte genau auf die heilige Gottesmutter. Dabei explodierte allerdings nicht die Figur, sondern die teuflische Steinbüchse, und der arme Schütze wurde für seinen Frevel mit lebenslanger Blindheit bestraft. Die Jungfrau Maria mit dem Kind dagegen blieb völlig unversehrt. Bis auf unsere Tage thront sie in ihrer ganzen Herrlichkeit auf ihrem Platz.«

Der herzogliche Bibliothekar lächelte Dora vielsagend an. Sie war beeindruckt, Tönnies nickte zufrieden.

»Kaum mehr als ein Menschenalter später hat Euer vielbeschworener göttlicher Schutz die Ordensleute allerdings schmählich im Stich gelassen, lieber Polyphemus«, schaltete sich der Kneiphofer Kaufmann Götz Steinhaus ein. Mathilda horchte auf, wie Dora aus dem Augenwinkel beobachtete. Das ermunterte ihn. Wie zufällig strich seine mit üppigem Siegel- und Bernsteinring geschmückte rechte Hand durch den grauen Kinnbart, während die linke über den feisten Wams strich. Er kreuzte seine Füße, dabei blitzte die Silberschnalle an den blankpolierten Kuhmaulschuhen auf. Selbst im Sitzen gelang es ihm, seine Kaufmanns- und Ratsherrenwürde beiläufig hervorzukehren. »Wie sonst ist zu erklären, dass die Kreuzherren die Festung nicht halten konnten und sie schließlich doch noch an die polnische Krone übergeben mussten? Überhaupt ist der gesamte westliche Teil Preußens seither direkt den Jagiellonen unterstellt.«

»Das seht Ihr wohl etwas zu streng«, widersprach ihm Clas Tönnies. Erstaunt sahen alle auf den jungen Pfarrer aus Palmnicken. Die unerwartete Aufmerksamkeit schreckte den rundlichen, schwarzgekleideten Mann mit den auffallend gelbblonden Haaren und den grüngelb schimmernden Augen.

»Worauf wollt Ihr hinaus?« Polyphemus nahm trotz der Enge den großen Hut vom Kopf. Die Federn wischten dem ihm gegenübersitzenden Tönnies mitten durchs Gesicht, was ihn zum Niesen brachte. Angewidert rückte Dora so weit wie möglich von ihm ab. Polyphemus grinste und schaute den jungen Pfarrer neugierig an. Dessen gelbliche Wangen wechselten ihre Farbe in ein erstaunlich leuchtendes Rot. »Meint Ihr etwa im Gegensatz zu unserem lieben Steinhaus, dass man das, was seither im Ordensland geschehen ist, als Zeichen des besonderen Schutzes der Jungfrau Maria verstehen könnte?« Polyphemus tat, als müsste er angestrengt nachdenken. Sein Lächeln wurde noch breiter. Genüsslich stützte er die wurstigen Hände auf die Oberschenkel, lehnte sich gegen die Seitenwand des Wagens. »Das nenne ich mal eine herrliche Geschichte für einen lutherischen Pfarrer! Dabei habt Ihr wohl gar nicht einmal so unrecht. Die Marienburger Schutzmadonna muss in weiser Voraussicht gehandelt haben, als sie im weiteren Verlauf der Ereignisse dafür gesorgt hat, die Kreuzherren vor gut einhundert Jahren nach Königsberg zu vertreiben und den westlichen Teil Preußens den Polen zu überlassen. Ohne diese Ereignisse wäre der Orden nach wie vor in vollem Besitz seiner Macht. Auch unser lieber Herzog Albrecht wäre nie auf die Idee verfallen, als letzter Hochmeister den ehrenwerten Luther um Rat anzugehen, wie der Deutsche Orden zu retten sei. Und noch weniger hätte sich Luther bemüßigt gefühlt, ihm eine grundlegende Reform desselben ans Herz zu legen. Das aber hieße in letzter Konsequenz, weder der Herzog noch Preußen und damit wir alle hätten uns jemals von der katholischen Kirche losgesagt und dem Luthertum zugewendet.« Kurz hielt er inne, ließ den Blick beifallheischend über die Gesichter seiner Mitreisenden schweifen. Als alle verblüfft schwiegen, fuhr er genüsslich fort: »Mir scheint, mein lieber Tönnies, ich habe Euch bislang völlig unterschätzt. Euer Weitblick ist beeindruckend, ganz besonders, wenn Ihr ihn auf die Vergangenheit richtet und damit längst Geschehenes deutet.«

Belustigt von den eigenen Wortspielereien, schlug er sich auf die Oberschenkel und grunzte zufrieden. Sosehr Dora ihn mochte, so schwer fiel es ihr, sowohl sein Verhalten wie auch seine Schilderungen zu verstehen. Damit war sie nicht allein, wie sie feststellte. Tönnies wirkte völlig überfordert, während Steinhaus streng die Stirn runzelte und Mathilda missbilligend den Kopf schüttelte.

»Ihr versteigt Euch da in äußerst kühnen Behauptungen«, setzte der Kaufmann endlich an. »Unser lieber Pfarrer wollte gewiss nur andeuten, wie seltsam es anmutet, dass ausgerechnet Ihr als treuer Anhänger der lutherischen Lehre die Mär von der Unverletzlichkeit einer Marienfigur erzählt. Das klingt, als hinge davon das Schicksal unseres geliebten Preußenlandes ab. Dabei ist es doch wahrlich nur eine Figur …«

»Eine sehr kunstvolle allerdings«, warf Polyphemus ein. »Immerhin ist sie schon in ihren Ausmaßen ein ebensolches Wunder wie die Marienburg, von der kunstvollen Gestaltung des Mosaiks ganz zu schweigen. Denkt nur an die venezianischen Glaskünstler, die ich gerade erwähnt habe. Wenn ich Euch im Übrigen daran erinnern darf, lieber Steinhaus, so habt Ihr vorhin selbst meine Worte vom Schutz der Madonna aufgegriffen und ebendiesen der weiteren Geschichte abgesprochen.«

»Ihr seid ein elender Wortklauber, mein lieber Polyphemus!« Entgegen seinen Worten lachte der Kaufmann plötzlich herzlich und klopfte sich nun seinerseits vergnügt die Schenkel. »Ich hätte mir gleich denken können, wie sehr ich bei Euch auf der Hut bleiben muss. Ihr verdreht einem das eigene Wort im Mund.«

»Das war nie meine Absicht«, verteidigte sich der Bibliothekar. »Ebenso wie Ihr bin und bleibe ich ein überzeugter Anhänger Luthers. Deshalb halte ich wenig von dem elenden katholischen Pfaffengeschwätz, das dem Volk eine Wundergläubigkeit gegenüber Steinfiguren und Heiligen nahebringen will. Dass die Belagerung der Marienburg seinerzeit mit einem schmählichen Abzug der Belagerer und einem Sieg der Ordensleute endete, war weitaus weniger ein Wunder als eine Folge der erdrückenden Sommerhitze. Dem Heer am sumpfigen Ufer der Nogat hat sie einfach stärker zugesetzt als den Kreuzherren im kühlen Gemäuer. Wie die Fliegen müssen die tapferen Söldner umgekippt sein, von ihren mangelnden Fähigkeiten, ihre Waffen in der erforderlichen Weise zu bedienen, ganz zu schweigen. Der Schuss auf die Madonna musste also im Fiasko für den armen Schützen enden. Beträchtlichen Schaden hat die Ordensfestung aber trotzdem genommen, sonst wäre sie im Anschluss nicht noch weiter ausgebaut, ihre Mauern verstärkt, ihr Bollwerk verbreitert worden. Wie der Lauf der weiteren Ereignisse beweist, ist es ohnehin nur ein Sieg von kurzer Dauer gewesen. Den Niedergang der ordensmeisterlichen Herrlichkeit konnte er nur für eine Weile verzögern, aber nicht mehr vollends aufhalten. Ein Menschenalter später schon haben sich die Städte erfolgreich gegen die als ungerecht empfundene Ordensmacht erhoben. Die Kreuzherren haben ihnen die Marienburg zwar nicht wie so manch andere Festung nach einem verlorenen Kampf überlassen müssen, sondern weil sie sich bei der Entlohnung ihrer böhmischen Söldnertruppen übernommen haben. Dennoch aber haben die Weißmäntel daraufhin den Westen verloren gegeben und den Hochmeistersitz nach Königsberg verlagert. Doch auch dort ist ihr Niedergang unaufhaltsam gewesen. Erst der weise Entschluss unseres geliebten Herzogs Albrecht hat die ersehnte Rettung gebracht, weil er sich nicht gescheut hat, vor seinem polnischen Oheim, König Zygmunt, das Knie zu beugen und den lange überfälligen Lehnseid zu leisten. Im Gegenzug hat ihm Zygmunt den Rücken freigehalten, damit er die Erneuerung Preußens angehen konnte, die uns die Hinwendung zu Luther beschert hat. Welch weise Fügung! Seither steht unser Land in neuer Blüte. In allen Winkeln entfaltet sich Gewaltiges. Das, meine Lieben, erscheint mir das eigentliche Wunder an der ganzen Geschichte, das letztlich durch den Abprall der polnischen Kugeln im Jahre 1410 eingeläutet wurde.«

»Warum aber erzählt Ihr dann überhaupt von der geheimnisvollen Kraft der Marienfigur?« Aufmerksam hatte Dora die langen Ausführungen verfolgt. »Luthers Lehre zufolge gibt es eine solche nicht.«

Das stumme Nicken von Clas Tönnies, das sie aus dem Augenwinkel wahrnahm, bestätigte sie. Kaufmann Steinhaus, der ihr schräg gegenübersaß, wirkte erleichtert, wie das umständliche Wischen seiner schweißnassen Stirn bewies. Selbst die Base, die zwischen Steinhaus und Polyphemus auf einmal regelrecht eingezwängt wirkte, kam nicht umhin, ihr dankbar zuzunicken.

»Das, meine liebe Stöckelin, geschah einzig aus dem Wunsch, Eure Wissbegier zu stillen.«

Vergnügt zwinkerte der Bibliothekar ihr zu, nicht im mindesten getroffen von ihren Worten. Mit einer weit ausholenden Armbewegung wies er auf den Anblick, der sich nach wie vor durch die vordere Öffnung der gewachsten Leinenplane bewundern ließ. Einhellig richteten alle ihre Blicke wieder dorthin, empfanden wohl ähnlich wie Dora die Aufforderung als willkommene Gelegenheit, sich ein eigenes Bild von dem eben Gehörten zu machen.

7

Über den gelbroten Himmel zogen veilchenfarbene Schlieren, die der untergehenden Sonne ein wenig von ihrer Glut nahmen, was wiederum die Farbe der Backsteine an der Marienburg in ein dunkleres Licht tauchte. In der anbrechenden Dämmerung trat die strotzende Wehrkraft der Burganlage umso deutlicher hervor. Auf einem der Türme blies ein Wachmann die Trompete, vor den Toren vermehrte sich das Gedränge. Der Fuhrmann trieb seine beiden Zugochsen kräftiger an. Die bewaffneten Begleiter des Kaufmannszuges gaben ihren Pferden die Sporen und eilten den Wagen voraus, um ihre Ankunft zu vermelden. Gebannt folgte Dora ihnen mit den Augen, wurde erst in diesem Moment der Stadt richtig gewahr, die sich an die südlichen Burgmauern anschloss.

Der Kirchturm der Johanniskirche, die Laurenz Selege in seinen Aufzeichnungen mehrfach beschrieben hatte, überragte ein buntes Meer aus Giebeln, Zinnen und kleineren Türmen. Der alles überragende Feuerball der Sonne brachte die roten Ziegelsteine und -dächer zum Glühen, gelegentlich blinkten Wetterfahnen auf den Spitzen, dazwischen entzündete sich goldenes Licht in den Fensterscheiben. Selbst wenn der polnische König sich in seiner preußischen Residenz nur selten sehen ließ, gedieh die Stadt Marienburg aufs prächtigste und wusste sich als Sitz eines mächtigen Woiwoden einen besonderen Status im Lande zu bewahren.

»Gewiss habt Ihr das berühmte Werkmeisterbuch Eures Urahns Laurenz Selege im Gepäck«, wandte sich Polyphemus nach einer längeren Pause wieder an Dora. Sie errötete und presste das Felleisen, das sie bei sich auf dem Schoß bewahrte, eng gegen den Leib. Aufmunternd zwinkerte Polyphemus ihr zu. »Er wird die Wundergeschichten von der Madonnenfigur ebenso gekannt haben wie ich. Erwähnt er auch die Steinkugel, die bis heute in der Wand des Sommerremters steckt und seinerzeit ebenso vergeblich von den polnischen Belagerern abgegeben wurde wie der Schuss auf die Madonna?«

»Wundergeschichten stehen also darin! Wenn das mein armer Vetter gewusst hätte«, mischte sich Mathilda ein, ehe Dora antworten konnte. »Nie und nimmer hätte er geduldet, dass Ihr dieses Buch so eifrig studiert.«

Verständnislos schüttelte sie den Kopf. Steinhaus schaute sie befremdet an, während Polyphemus' Grinsen breiter wurde.

»Aber, aber, meine Liebe.« Sacht tätschelte er Mathildas Arm. »Dass der Urahn unserer lieben Stöckelin die alten Wundergeschichten aufgeschrieben hat, beweist einmal mehr, wie ausgiebig er sich mit den Bauwerken beschäftigt hat. Alles wollte er über sie wissen. Ranken sich erst einmal Legenden um die Kunst, beweist das letztlich nur das ohnmächtige Staunen, das ihre Betrachtung bei den gemeinen Leuten hervorruft. Wie anders als mit Wundern lassen sich solch außergewöhnliche Leistungen erklären?«

»Das ohnmächtige Staunen vor solchen Meisterwerken ist nicht nur eine Sache der einfachen Leute«, pflichtete Dora bei. »Bis heute versinken auch wir in tiefster Bewunderung, wenn wir solcher Leistungen ansichtig werden.«

»Anders als die gemeinen Leute aber sind wir uns bewusst, dass die Kunstwerke allein von Menschenhand geschaffen sind und dass ihr Bewahren ebenfalls auf Können aus Menschenhand beruht«, setzte Polyphemus hinzu.

»Von Gott allein aber stammt die Gnade, dass Menschenhände überhaupt zu solchen Leistungen fähig sind«, ergänzte Tönnies sogleich.

»Das, meine liebe Stöckelin, bringt uns alle doch wieder auf die Erde zurück«, pflichtete Steinhaus schmunzelnd bei. »Der Mensch ist nichts, Gott ist alles, aber dank seiner Gnade dürfen wir uns mit unseren Werken ein wenig aus unserer Nichtigkeit befreien.«

»Trefflich ausgedrückt!«, entfuhr es Mathilda eine Spur zu hastig. Polyphemus dagegen nickte dem Kaufmann anerkennend zu. Tönnies schwieg erneut. Es war Dora, als behagte ihm die abermalige Spitzfindigkeit des Bibliothekars nicht sonderlich, andererseits fand er sich außerstande, dem etwas Passendes entgegenzusetzen. Fast dauerte er sie ein wenig, dann aber fiel ihr Blick auf seine gelblichen Hände mit den unreinen Fingernägeln. Die heiße Luft unter der Plane hatte ihn in seinen dunklen Gewändern stark schwitzen lassen, weshalb er leicht sauer roch. Darüber verflüchtigte sich der Anflug von Mitleid sofort wieder, und Dora rückte noch weiter nach außen, ließ den Blick abermals nach vorn zu der Öffnung der Plane wandern. Aus dem Augenwinkel sah sie, dass Mathilda es ebenso hielt. Auch Steinhaus und Polyphemus starrten ebenfalls schweigend nach vorn auf den Weg.

Der Fuhrmann zog die Zügel an, die Ochsen verlangsamten ihren Gang. Gemächlich ratterten sie auf das Ende der Warteschlange vor dem Stadttor zu. Dora lehnte sich gegen das Brett, das im Wagen als Lehne diente. Ihre Finger betasteten das Felleisen in ihrem Schoß, vergewisserten sich, dass sich nach wie vor alles Wichtige unversehrt darin befand. Das Einzige, was sie schmerzlich vermisste, war Johanna. Was gäbe sie darum, die Kleine in diesem Moment auf den Knien zu haben, die Nase in ihrem duftenden Haar zu vergraben und einfach nur einige Momente des Beisammenseins zu genießen.

»Gleich werden wir unser Nachtlager erreichen«, meldete sich Mathilda zu Wort. »Was denkt Ihr, lieber Steinhaus, können wir in Marienburg ein oder zwei Tage Pause einlegen?«

Die Frage beantwortete der Kaufmann zunächst mit einem unwilligen Schnauben, bevor er Mathildas Entsetzen gewahr wurde und in versöhnlichem, aber bestimmtem Ton erwiderte: »Da muss ich Euch enttäuschen, meine Liebe. Wir befinden uns erst am Beginn unserer Reise. Da ist noch lange nicht an eine Pause zu denken. Morgen früh muss es gleich bei der ersten Dämmerung weitergehen. Sollte Euch die Fahrt zu beschwerlich sein, erkundige ich mich gern in Eurem Namen nach einer Möglichkeit, wieder zurück…«

»Nein, nein«, fiel die Base ihm erschrocken ins Wort. »So habe ich das nicht gemeint. Ich dachte nur, angesichts der ausführlichen Schilderungen unseres verehrten Bibliothekars bestünde der Wunsch, die Festung zu besichtigen.«

»Wir befinden uns wie gesagt auf einer langen und beschwerlichen Reise«, erwiderte Steinhaus schon eine Spur ungeduldiger. »Unser Ziel heißt Krakau. Ich bin Kaufmann, nicht Werkmeister, wie Ihr wisst. So eindrucksvoll das ein oder andere Bauwerk entlang unseres Weges sein mag, so muss ich Euch doch die Möglichkeit versagen, deswegen Pausen einzulegen. Allerdings besorge ich Euch gern eine andere Reisemöglichkeit, damit Ihr …«

»Ihr habt mich gründlich missverstanden.« Mathildas Stimme klang ebenfalls schärfer. »Selbstverständlich bleibe ich bei Euch. Ich dachte allein an unseren lieben Bibliothekar sowie an meine Base, die beide derart über die Marienburg ins Schwärmen geraten sind.«

»Danke für Eure Fürsorge«, schaltete sich Dora ein, einen kurzen Moment lang versucht, der zehrenden Sehnsucht nachzugeben und den Weg nach Hause, zu Johanna, einzuschlagen. Das aber war undenkbar, ohne dass sie Licht in die Vergangenheit ihres Gemahls gebracht und Veit von den schweren Anschuldigungen entlastet hatte. »Mein Reiseziel ist wie das unseres lieben Freundes weiterhin Krakau«, stellte sie entschlossen klar. »Je eher wir dort eintreffen, je lieber ist es mir. Ich hoffe«, damit wandte sie sich direkt an den Kaufmann ihr gegenüber, »Ihr zweifelt nicht an meinem Wunsch.«

»Warum sollte ich?«, erwiderte Steinhaus und schenkte ihr ein zufriedenes Lächeln.

Am liebsten hätte sie ihn gebeten, sein Angebot so schnell wie möglich wahr zu machen und sich gleich im nächsten Gasthaus nach einer Rückreisemöglichkeit für die Base zu erkundigen. Wieder tastete sie nach ihrem Felleisen, befühlte sowohl Urbans Notizheft wie auch das Werkmeisterbuch. Da sie nächtens ein Bett mit Mathilda teilte, hatte sich noch kaum eine Gelegenheit für sie ergeben, wieder darin zu lesen. Wie sehnte sie sich danach, die gerade gewonnenen eigenen Eindrücke von der Marienburg mit Laurenz Seleges Aufzeichnungen zu vergleichen. Ganz zu schweigen von Veits Brief, den sie zwischen den Seiten des Urahns aufbewahrte. Nacht für Nacht rief sie sich seine Zeilen in Erinnerung, gedachte der von ihm eher beiläufig erwähnten Tatsache, dass auch sein Vater ab Juni in Krakau weilen würde. Ihr Herz begann zu rasen. Wenn alles gutging, traf sie in etwas mehr als drei Wochen ebenfalls dort ein. Dann war es nur noch eine Frage von Tagen, bis alles aufgeklärt war. Ebenso schnell würde sie wieder zurück in Königsberg sein, um Johanna an ihr Herz zu drücken.

»Ich reise überall dorthin, wohin meine Base reist«, stellte Mathilda unterdessen klar. »Noch auf dem Sterbebett habe ich meinem Vetter versprochen, stets für sie da zu sein.«

Dieses Mal gelang es Dora nicht, ihren Unmut hinunterzuschlucken. Ihr Seufzer war so laut, dass Polyphemus geistesgegenwärtig zu husten begann, um davon abzulenken. Dennoch hatte die Base begriffen, wie es in Wahrheit stand. Abermals legte sie ihre Stirn in Falten, maß Dora mit einem vernichtenden Blick.

»Ihr werdet mir zustimmen, meine Herren, eine blutjunge Witwe wie sie bedarf des ganz besonderen Schutzes. Gerade auf einer so gefährlichen Reise, die mitten durch Polen führt, sollte sie jemanden zur Seite haben, dem sie voll und ganz vertraut.«

»Wie selbstlos von Euch, ihr diesen Schutz zu gewähren.« Erneut konnte Polyphemus seinen Spott kaum verbergen. »Dabei habt Ihr noch kurz vor der Abreise meiner Gemahlin versichert, Euer Leben ganz dem Wohl der kleinen Johanna zu widmen. Erst im letzten Moment habt Ihr Euch anders entschieden. Das wird Euch alles andere als leichtgefallen sein.«

»Ihr sagt es«, stimmte Mathilda zu. »Selbstverständlich fühle ich mich für beide verantwortlich. Allein der grenzenlosen Güte Eurer Gemahlin ist es zu verdanken, dass es mir gelungen ist, einen Ausweg aus der verzwickten Lage zu finden. Bei ihr weiß ich Johanna in besten Händen. Sie wird sich um das Kind kümmern, als wäre es ihr eigenes.«

»Elßlin ist Johannas Amme.« Dora konnte nicht mehr länger an sich halten. »Katharina König weiß, wie nah sie meiner Tochter steht. Ebenso wird sie Renata beistehen, die sich um den Haushalt kümmert. Das habe ich mit ihr so vereinbart.«

In den letzten Satz legte sie ganz besonderen Nachdruck. Mathilda sollte spüren, wer nach Urbans Tod im Haus am Mühlenberg das Sagen hatte. Noch einmal schaute sie die Base warnend an. Zugleich wuchs in ihr die Einsicht, dass es womöglich doch eine gute Fügung des Schicksals gewesen war, Mathilda mit auf die Reise zu schicken. So waren zumindest Johanna, Elßlin und Renata vor ihr sicher.

Sie erreichten das Stadttor. Die Wachleute prüften ihre Papiere, befragten erst den Fuhrmann, dann Steinhaus, musterten argwöhnisch die bewaffneten Begleiter, bevor sie sie durchwinkten.

Als sie in die Straßen Marienburgs einbogen und schließlich zu den Lauben vor dem Rathaus gelangten, atmete Dora erleichtert auf. Dank der ausführlichen Beschreibung in

Laurenz Seleges Buch fühlte sie sich in der Stadt sofort heimisch. Zugleich spürte sie: Je näher sie den Stätten kam, die ihr Ahn vor mehr als drei Menschenaltern so ausführlich geschildert und teilweise sogar mit erbaut hatte, je näher kam sie der eigenen Geschichte und nicht zuletzt auch der Urbans. Wie sich an den Häusern und Burgen ein Stein auf den anderen fügte, so fügte sich auch jede einzelne ihrer Geschichten mehr und mehr zu einem ausgewogenen Ganzen, auf dem sich letztlich die Zukunft bauen ließ.

8

Die Morgendämmerung war lange vorbei. Mathilda wurde unruhig, trommelte mit den Fingern auf die sauber gescheuerte Holzplatte des Tisches, schaute umher. Längst saß sie allein in dem Gasthaus am Markt von Marienwerder. Der letzte Gast, der vorhin noch am Tisch gleich bei der Tür sein morgendliches Mus gelöffelt und sich ein erstes Bier gegönnt hatte, war gerade gegangen. Eine beredte Stille hing in der Luft. Noch immer wartete Mathilda auf die Rückkehr ihrer Mitreisenden. Unfassbar, dass Steinhaus es entgegen seiner Ankündigung vor zwei Tagen in Marienburg auf einmal doch nicht mehr so eilig hatte, die Fahrt fortzusetzen, um am Abend wie geplant Graudenz zu erreichen. Überraschend hatte er einen wichtigen Besuch bei einem befreundeten Kaufmann erwähnt und war spurlos verschwunden. Dora hatte daraufhin Polyphemus' Offerte aufgegriffen, den nahen Dom und die Bischofsburg zu besichtigen. Angeblich wusste der Bibliothekar einen alten Gefährten, der ihnen die Pforten ins Innere öffnen würde. Das einzig Erfreuliche daran war, dass Pfarrer Tönnies sich den beiden angeschlossen hatte. So blieb Mathilda ein mühsames Gespräch mit dem gelblichen, aufgedunsenen Kirchenmann erspart. Trotzdem empfand sie es als Zumutung, allein in der Gaststube zurückzubleiben. Oder sollte sie sich etwa unter die grobschlächtigen Fuhr- und Wachleute mischen, die im Hof beieinanderhockten und würfelten?

Angewidert von der Vorstellung, spitzte sie den Mund, beschleunigte das Trommeln der Finger auf der Tischplatte. Es hallte durch die gesamte Gaststube. Sie ähnelte den vielen anderen, die Mathilda im Lauf der inzwischen eine Woche dauernden Reise kennengelernt hatte. Der längliche Raum war von einem schlichten Kreuzgewölbe überspannt, das auf zwei schmucklosen Säulen ruhte. Dunkle, schmale Tische und lange Bänke boten Platz für mehrere Dutzend Gäste. Im hinteren Teil des Raums befand sich die gemauerte Herdstelle mit einem riesigen kupfernen Suppentopf, der Rauchfang darüber war rußgeschwärzt. Gerade ging eine Magd der Wirtsfrau beim Anrichten der Suppe zur Hand. Fette Rauchschwaden stiegen aus dem Kessel. Das Fleisch schien eine Spur zu scharf angebraten. Die Wirtsfrau schimpfte, die Magd versuchte zu retten, was noch zu retten war, und rührte heftig mit dem Löffel in dem Topf. Davon schwappte die Brühe über den Rand, verdampfte zischend im Feuer, wovon die Flammen höherschlugen. Mathilda meinte würgen zu müssen, so unangenehm war ihr der Bratengeruch zu dieser frühen Tagesstunde. Schützend legte sie eine Hand vor Mund und Nase, fächelte sich mit der anderen Luft zu. Ihr Blick wanderte hinüber zum Schanktisch, an dem eine zweite Magd einen jungen Knecht anwies, das Bierfass anzustechen. Allzu geschickt stellte sich der Bursche dabei nicht an. Dieses Mal war es die Magd, die lauthals ihrem Unmut Luft machte. Je länger Mathilda sie bei ihrem Schimpfen beobachtete, je nachdenklicher wurde sie.

Die Frau mochte etwa im gleichen Alter sein wie sie, das meinte sie aus ihren Gesichtszügen abzulesen. Allerdings war ihr Haar bereits weiß und der Rücken erschreckend krumm. Mathilda runzelte die Stirn. Jäh traf sie ein bitterer Gedanke: So also mochte eine enden, die keinen Vetter dritten Grades in einer entfernten Stadt hatte, der eine Wirtschafterin brauchte. Solange der Vetter unverheiratet war, ging das gut. Plötzlich musste sie verzweifelt auflachen. War es wirklich gutgegangen mit Urban und ihr als seiner Wirtschafterin? Oder war sie da einer Täuschung aufgesessen, an der sie auch wider besseres Wissen festhalten wollte? Sicher, nach Urbans Heirat hatten sich die Karten neu gemischt, insbesondere, nachdem der Vetter unerwartet gestorben war. Andererseits fühlte sie auf einmal eine gewisse Unsicherheit in sich, ob ihr Leben an Urbans Seite auch davor schon wirklich gut verlaufen war. Aus seiner Sicht traf das sicher zu, aber für sie selbst? Viel zu sehr hatte sie sich damit begnügt, für Urbans Wohl zu sorgen, zu tun, was ihm zupasskam. Richtig gedankt hatte er ihr das nie, stattdessen vor zwei Jahren die blutjunge Dora geheiratet. Was das auf lange Sicht für sie bedeutete, wusste sie noch nicht zu sagen. Dora war unberechenbar, wie ihr überstürzter Aufbruch nach Krakau bewies. Ebenso unberechenbar war, wie sie ihr ihre Dienste für Urban je danken würde. Ein weiterer Blick auf die verhärmt aussehende Magd genügte Mathilda, sich ihres bisherigen Glücks zu vergewissern, das ihr ein solch elendes Dasein vorerst erspart hatte. Wie eng aber Glück und Leid beieinanderlagen, durfte sie niemals vergessen. Das Schicksal ließ sich nun einmal nicht gern in die Karten schauen. Niemand vermochte lang im Voraus zu erkennen, welchen Schwenk es für einen bereithielt, erst recht nicht, wenn eine zwanzigjährige Witwe am Ruder saß und von heute auf morgen ihre Laune ändern konnte.

Die Magd verstummte so plötzlich, dass Mathilda es erst viel zu spät bemerkte. Für einen Moment ruhten ihre Blicke gedankenverloren ineinander. Mit einem Mal gewahrte Mathilda darin den Abgrund, an dem sie selbst gerade stand. Reckte die Magd das Kinn, war ihr ein gewisser Hochmut zu eigen, letzter Überrest einer besseren, unbeschwerteren Zeit. Mathilda erschrak. Nach Urbans Tod mochte es nur eine Frage von wenigen Jahren sein, bis auch sie sich als Magd in einem Gasthaus verdingen musste. Heiratete Dora ein zweites Mal, wäre sie ihrer im neuen Haushalt gewiss schnell überdrüssig. Unruhig knetete Mathilda ihre Finger. Das herzhafte Gähnen der Altersgenossin offenbarte einen zahnlosen, dunklen Mund. Die Fäule daraus wehte bis zu Mathildas Bank. Angewidert erhob sie sich von ihrem Platz und lief zur Tür. Die Wirtin rief ihr etwas nach, doch sie schenkte dem keinerlei Beachtung. Sie musste hinaus an die frische Luft, um sich wenigstens für kurze Zeit noch des kleinen Glücks der Freiheit zu erfreuen.

Die Morgensonne blendete sie. Schützend legte sie die flache Hand an die Stirn, richtete mit der anderen den Sitz der Bundhaube auf dem streng zurückgekämmten braunen Haar. Sie wandte sich nach links, dem Markt zu. Dort erwachte gerade das Leben. Die ersten Höker und Bauersfrauen suchten sich auf dem langgezogenen Platz eine gute Stelle, um frische Kräuter, Eier, Käse und sonstige Waren feilzubieten. In den Laubengängen des Rathauses öffneten die Krämerbuden, die Brot- und Fleischbänke wurden aufgestellt. An den Garküchen drängten sich die ersten Hungrigen, um eine Schale Suppe oder Gesottenes zu erstehen. Rasch breitete sich der fettige Geruch über den Platz aus.

Mathilda schaute an den Hausfassaden entlang. Kaum unterschieden sie sich von denen aus Königsberg und anderen

Städten des ehemaligen Ordenslandes. Ohnehin bewiesen die Erbauer der letzten ein-, zweihundert Jahre wenig Einfallsreichtum. Vielleicht lag es daran, dass sie wie Dora, Doras Bruder und Vater sowie Veit Singeknecht und all die anderen Baumeister immer wieder dieselben Werkmeisterbücher studierten, dieselben Bauwerke bewunderten und stets danach trachteten, dieselben Meisterleistungen der Vergangenheit in künftige Zeiten hinüberzuretten. Auf einmal fühlte sie sich erschöpft von den vielen roten Backsteinen, den daraus emporragenden Wimpergen, den figurengeschmückten Stufengiebeln und den obenauf in der Sonne blitzenden Wetterfahnen, die gelegentlich von einem Neptun oder Ritter ersetzt wurden.

Von Norden her schob sich der gewaltige Dom, der nahtlos in die nicht weniger gewaltige Bischofsburg überging, aufdringlich in die Stadt. Zwar lag noch eine Senke dazwischen, dennoch beherrschte der Bau seine nächste Umgebung. Seit einigen Jahren war man dabei, die einst für den Deutschen Orden so wichtige Vorburg abzutragen und die Steine für den Bau weiterer Bürgerhäuser wegzutransportieren.

Mathildas Augen blieben an den Zinnen der Domkirche hängen. Die weiße Wolke darüber ähnelte stark den Umrissen der Wirtshausmagd. Deutlich erinnerte sie den müden Blick, den zahnlosen Mund und den krumm geschufteten Rücken. Trotz allem aber blitzten auch in diesem Wolkengespinst die besseren Tage durch, die die Frau einst gekannt hatte. Voller Entsetzen begriff Mathilda die abermalige Warnung. So neblig weit entfernt das Schicksal jener Magd dort oben am blauen Morgenhimmel für sie derzeit noch sein mochte, rasch konnte das Wetter umschlagen und die dunklen Wolken zu ihr herüberwehen, sie einhüllen und ihre beste Zeit für immer auslöschen. Dem durfte sie nicht tatenlos zusehen, sonst würden andere auftauchen und die Reste ihres Daseins rücksichtslos als Steinbruch für den Bau ihrer eigenen Zukunft ausweiden, wie das gerade mit der früheren Ordensburg geschah. Sie nestelte an dem hochgeschlossenen Kragen ihres schwarzen Trauerkleides, zupfte den Goller zurecht und tastete prüfend nach dem Lederbeutel am Gürtel. Beruhigt, alles Wichtige bei sich zu wissen, lief sie los, zunächst vermeintlich ziellos, bis sie gewahrte, dass sie längst geradewegs auf die Domkirche zusteuerte.

Die Straße fiel leicht nach Norden hin ab, bis sie sich auf einen Vorplatz öffnete, der von weiteren schmucken Kaufmannshäusern gesäumt wurde. Mathilda genoss den freien Blick auf Dom und Bischofsburg mit ihren beiden quadratischen Ecktürmen und dem über mehrere Geschosse reichenden Portal. Der hohe Turm der Kirche überragte alles.

»Ihr weilt wohl zum ersten Mal in Marienwerder?« Ein Fremder stand plötzlich neben ihr und sprach sie an.

»Was fällt Euch ein?« Erbost über die Dreistigkeit, fuhr sie herum und erblickte einen Mann mittleren Alters. Ein schwarzer, von ersten Silberfäden durchzogener Bart beherrschte Wangen und Kinn. Zwischen schmalen Lippen blitzten strahlend weiße Zähne auf. Seine Nase wirkte knollig, dafür waren die dunklen Augen umso kleiner, was vermutlich an den buschigen, natürlich ebenfalls tiefschwarzen Augenbrauen lag, die sie fast gänzlich verdeckten. Das Barett auf dem Kopf versank geradezu in dem dichten dunklen Haar. Trotz dieser Düsternis sah der Mann vertrauenerweckend aus. Das rührte zu gleichen Teilen von seiner guten Kleidung wie von seiner Art, sie zu tragen und sich zu bewegen. Schwungvoll zog er das Barett vom Kopf, presste es mit der Linken gegen die Brust, vollführte mit der Rechten eine ausholende Armbewegung und verbeugte sich.

»Stets zu Euren Diensten, verehrte Mathilda Huttenbeck«, setzte er in seiner volltönenden Stimme nach. Als er sich wieder zu seiner vollen Größe aufrichtete, sahen sie einander geradewegs in die Augen. »Dora Stöckelin schickt mich, nach Euch zu sehen.«

»Woher wisst Ihr, wer ich bin?« Mathilda zog die Augenbraue nach oben, musterte ihn noch einmal genauer. Sie war sich sicher, ihm nie zuvor begegnet zu sein. »Wie kommt meine Base dazu, Euch …«

»Das ist eine längere Geschichte. Gestattet, dass ich mich zuerst vorstelle. Mein Name ist Otto Jagusch. Ich bin Baumeister hier in Marienwerder. Eure Base hat Euch vorhin mehr als hinreichend beschrieben, ebenso wusste der gute Polyphemus einiges zu Eurem Aussehen beizutragen. So fiel es mir leicht, Euch zu erkennen, wenn ich Euch auch im Gasthaus am Markt vermutet habe und nicht hier vor der Domkirche.«

»Die Zeit ist mir lang geworden, deshalb wollte ich mich draußen ein wenig umsehen«, gab sie sich versöhnlich.

»Wenn Ihr erlaubt, begleite ich Euch. Dabei kann ich Euch gern erzählen, wieso Eure Base mich geschickt hat, um mich um Euch zu kümmern.«

Nach einer neuerlichen Verbeugung bot er ihr galant den Arm. Zunächst zögerte sie, dann nahm sie die Einladung an.

»Es dauert wohl noch länger, bis meine Base und die anderen Herren die Besichtigung des Doms abgeschlossen haben?«

»Götz Steinhaus hat einen Boten geschickt, dass er erst gegen Mittag seine Geschäfte abgeschlossen hat. Die Zeit wollen sie nutzen, um den Dombau zu studieren.«

Mathilda wunderte sich, warum der Kaufmann die Nachricht nicht zu ihr ins Gasthaus, sondern zu Dora gesandt hatte. Ein kurzer Seitenblick auf Jagusch aber ließ es ihr angeraten sein, nicht länger auf diesem Punkt zu beharren. Voller Vorfreude, ihr Marienwerder zu zeigen, führte er sie über den Vorplatz. Statt jedoch wie von ihr erwartet zum Kirchenportal lenkte er seine Schritte auf die Stadtmauer zu.

Eine Pforte, die ein einzelner Büttel bewachte, bot einen schmalen Durchlass. Der Wachmann entbot Jagusch einen unterwürfigen Gruß. Direkt hinter der Pforte schlängelte sich ein Pfad zum Fluss hinunter. Einige Waschweiber gelangten darüber zur Bleiche unten am Fluss, eine Gänsemagd scheuchte ihre schnatternde Schar von unten den Berg herauf. Jagusch verharrte bei der Mauer, von wo aus sich ein hervorragender Blick über das weite Schwemmland bot. Auf der Liebe dümpelten einige Kähne träge dahin. Der Fluss war breit und flach, bot wenig Strömung. Da auch der Wind fehlte, um die Segel zu blähen, war kaum zu erkennen, ob die Boote flussauf- oder flussabwärts trieben. Mathildas Blick wanderte weiter. Rechter Hand von ihrem Standort schwang sich ein mächtiger Dansker in kühnen Wölbungen von der früheren Ordensfestung bis nah an das Ufer der Liebe heran. Gegen ihren Willen war Mathilda zum zweiten Mal innerhalb kürzester Zeit von der Leistung der Baumeister beeindruckt, die sich in dem Bauwerk widerspiegelte. In solcher Größe hatte sie noch nie einen derartigen Turm vor sich gesehen.

»Ein überwältigender Anblick.« Jagusch wippte auf den Fußspitzen. Die Hände auf dem Rücken verschränkt, den Blick stolz über Kirche und Dansker schweifend, machte er einen sehr zufriedenen Eindruck. »Nachher solltet Ihr Euch unbedingt noch die Wandmalereien in der Kirche ansehen. Sie sind weit über die Grenzen unseres Landes berühmt.«

»Gewiss werdet Ihr sie mir zeigen«, erwiderte Mathilda lächelnd, »vielleicht, nachdem Ihr mir endlich verraten habt, wie Ihr zu meiner Base steht.«

»Oh, verzeiht.« Schuldbewusst senkte er kurz den Blick, richtete sich mit einem Schmunzeln um die Mundwinkel wieder auf. »Es wird Euch überraschen zu hören, dass ich Eure verehrte Base vorhin ebenfalls erst kennengelernt habe. Sogleich aber waren wir sehr vertraut miteinander, wussten uns auf Anhieb gut zu unterhalten.«

»So?« Das Eingeständnis ließ Mathilda aufhorchen. Konnte sich das Schicksal so schnell wenden? Sie maß Jagusch ein weiteres Mal aufs gründlichste vom Scheitel bis zur Sohle. Die ersten Silberfäden in Haar und Bart verrieten, dass er gut zwei Jahrzehnte älter als Dora sein mochte, wenn nicht gar im selben Alter, wie ihr Vater Wenzel war. Auch Urban war dreißig Jahre älter gewesen. Dennoch verwunderte es sie, dass Dora ihre Meinung so schnell ändern und Veit Singeknecht aufgeben würde. Endete ihre Reise nach Krakau also schon in Marienwerder?

»Das heißt also, Ihr wollt …«

»Oh, jetzt habe ich bei Euch wohl einen völlig falschen Eindruck erweckt«, fiel Jagusch ihr bereits zum zweiten Mal ins Wort. »Ich kann Euch beruhigen, seit vielen Jahren bin ich glücklich verheiratet.«

»Dann ist ja alles bestens. Schön, Eure Bekanntschaft gemacht zu haben.« Angestrengt unterdrückte Mathilda ihren aufflammenden Ärger. Sie raffte ihren Rock, wollte sich zum Gehen wenden, er aber hielt sie zurück.

»Schenkt mir bitte noch einen Augenblick. Ein seltsamer Zufall hat Eure Base und mich vorhin zusammengeführt. Aber wahrscheinlich war es gar kein Zufall, sondern Bestimmung.«

Tief holte Mathilda Luft, zögerte, ob sie sich das wirklich länger anhören oder doch besser zurück in die Stadt gehen sollte. Etwas in Jaguschs Miene aber hieß sie dann doch bleiben und seinen Worten weiter zu lauschen.

»Zusammen mit dem herzoglichen Bibliothekar und dem jungen Pfarrer steht Eure Base eben also im Chor des Doms und lässt sich vom bischöflichen Bibliothekar schildern, wie das Grab des seinerzeit ermordeten Hochmeisters Werner von Orseln in der Krypta gestaltet ist, als ich hinzukomme und zufällig den Namen ihres Vaters aufschnappe. Die Stöckelin erwähnte ihn als Gewährsmann für ihr Wissen über die Baukunst. Als sie dann auch noch ihren Urahn Laurenz Selege mit seinem berühmten Werkmeisterbuch anführte, wusste ich auf Anhieb, wen ich vor mir hatte – die Tochter meines alten Königsberger Zunftgenossen Wenzel! Seit Generationen sind unsere Familien miteinander verbunden. Laurenz Selege war seinerzeit Kunstdiener und schließlich Meister bei meinem Urahn Bertold, einem Uronkel meinerseits, der in Danzig lebte und leider keine direkten Nachfahren hatte. Die Nachkommen von Laurenz Selege aber sind allesamt einige Jahre bei meinen Vorfahren hier in Marienwerder Kunstdiener gewesen. Zuletzt hat der Vater Eurer Base hier gewirkt. Sein Sohn Jörg hingegen ist vor wenigen Jahren bedauerlicherweise mit dem herzoglichen Baumeister gleich nach Nürnberg weitergezogen.« Er hielt inne, um versonnen über die nahen Mauern zum Danzker hinüberzuschauen. Ein seltsames Leuchten blitzte in seinen Augen auf, als er sich ihr wieder zuwandte. »Wisst Ihr eigentlich, wie sehr Wenzel Selege seinerzeit die Zelle der heiligen Dorothea von Montau drüben im Dom begeistert hat? Immerzu hat er die Klause besichtigt und wollte alles über die Danziger Witwe erfahren, die dort bis zu ihrem Tod in Klausur gelebt hat. Ihre Geschichte muss ihm sehr zu Herzen gegangen sein.«

»Dorothea von Montau? Das ist doch die Schutzheilige des Deutschen Ordens und unseres geliebten Preußenlandes.« Ungläubig schüttelte Mathilda den Kopf. Jaguschs Andeutungen ließen sie aufhorchen. Solche Schwärmerei hätte sie dem mürrischen Baumeister nicht zugetraut. Das rückte ihn in ein völlig neues Licht. Niemand ist der, den man seit langem zu kennen meint, kam ihr in den Sinn. Möglicherweise hatte sie Wenzel bislang völlig unrecht getan. Kurz blitzte in ihr die Erinnerung an seine unbeholfenen Schmeicheleien auf, die er während seines Aufenthalts am Mühlenberg ihr gegenüber hatte fallenlassen. Ihre Wangen röteten sich. »Hat sie nicht immerzu von heißer Liebe zu Gott und hitzigem Brennen für den Glauben gepredigt?«

»Ich sehe, Ihr kennt die Überlieferungen bestens.« Das Schmunzeln auf Jaguschs Gesicht wurde breiter. »Wenzel hat das Schicksal der Dorothea sehr begeistert. Seine Tochter trägt ihren Namen wohl nach der frommen Frau. Ein wunderbarer Zufall, dass auch die Gemahlin unseres geliebten Herzogs diesen Taufnamen trägt. Davon hat mir Wenzel mehr als einmal geschrieben.«

»So seid Ihr also wirklich mit Wenzel Selege gut bekannt?«

»Wenzel und ich haben als junge Burschen einige Baustellen zusammen besucht und sind im Anschluss daran sogar zwei, drei Jahre miteinander durchs Land gezogen. Leider haben wir danach immer seltener etwas voneinander gehört. Eines seiner letzten Schreiben handelte von der Geburt seiner Tochter, die er nach Dorothea von Montau nennen wollte, wenn er auch längst dem katholischen Glauben abgeschworen hatte. Danach wurde es leider still zwischen uns. Das mag wohl daran liegen, dass der gute Selege lediglich Aufträge in den Königsberger Städten übernahm. Seinen ältesten Sohn wollte er entgegen der langen Tradition in unser beider Familien gar nicht erst zu uns schicken. Die Stöckelin erzählte mir vorhin von ihrem jüngeren Bruder Lienhart. Vielleicht besteht Hoffnung, ihn eines Tages hier in Marienwerder zu haben. Es wäre eine gute Fortsetzung des alten Brauchs.« Er zwinkerte vergnügt.

Mathilda richtete den Blick auf den Fluss, tat, als interessierte sie sich genauer für die Kähne, die weiterhin träge durchs Wasser glitten. »Da müsst Ihr Euch wohl noch einige Jahre gedulden. Lienhart ist gerade erst zwölf. Ob er jemals als Baumeister arbeiten wird, steht in den Sternen. Noch macht er keine Anstalten dazu.«

»Ein Jammer, dass die Stöckelin als Frau geboren wurde! Vorhin in der Domkirche hatte ich das Glück, eine Weile ihren Ausführungen zu lauschen. Sie scheint die Begabung ihres Urahns Laurenz geerbt zu haben. Aus jedem ihrer Worte sprach die größte Begeisterung für das, was die wahre Kunst beim Bauen ausmacht. Aber wie es scheint, hat sie wenig Gelegenheit, davon Gebrauch zu machen. Von Polyphemus habe ich erfahren, mit welch tragischem Unglück der Hausbau ihres Gemahls geendet hat. Seither ist sie kaum willens, sich noch einmal an einen Entwurf zu wagen. Wenn Ihr mich fragt, ein großer Verlust für die Baukunst.«

»Für eine junge Frau schickt es sich wohl kaum, eine Baumeisterin zu sein.«

»Es würden sich Mittel und Wege finden, diese Tätigkeit ihrem Geschlecht angemessen auszuüben. Auch in anderen Handwerken beweisen Frauen immer wieder, dass sie den männlichen Zunftgenossen in nichts nachstehen. Wenn eine Frau über derartige Fähigkeiten verfügt wie Eure Base, ist es eine wahre Sünde, sie an der Ausübung zu hindern. Gerade Wenzel Selege stünde es gut an, sich dafür zu verwenden.«

»Worauf wollt Ihr hinaus?« Interessiert schaute sie ihn wieder an. Etwas an der Art, wie er die letzten Worte gesagt hatte, ließ sie abermals hellhörig werden. Langsam begriff sie die unverhoffte Begegnung als wahren Glücksfall.

»Nun, wie ich bereits gesagt habe«, setzte Jagusch verlegen nach, um sich jäh einen Ruck zu geben und ihr offen ins Gesicht zu blicken, »ich kenne Wenzel seit frühester Jugend und habe einige Jahre mit ihm zusammengearbeitet. Wer, wenn nicht ich, kann also ermessen, ob er ein geeigneter Baumeister ist oder nicht?«

»Das könnt Ihr gewiss, doch Ihr wolltet etwas zu meiner Base …«

»Genau darum geht es«, ließ er sie zum wiederholten Mal den Satz nicht vollenden. »Eben weil Wenzel leider vergeblich darum ringt, das Werk seiner Ahnen als Baumeister fortzusetzen, sollte er seine Tochter fördern. Das Schicksal mag mitunter wenig auf das Geschlecht achten, wenn es die Lebenswege vorzeichnet. Mir scheint, gerade bei den Seleges hat es in den letzten Jahrzehnten eine andere Wendung genommen, als es üblich ist. Braut Wenzel wenigstens noch sein treffliches Bier?«

»Wie? Das ist doch …«

»Genau das habe ich mir gedacht!« Er schüttelte traurig den Kopf. »Das sieht er wohl inzwischen als reinen Weiberkram an und überlässt es seiner Tochter. Dabei hat er in unseren gemeinsamen Jahren oft die Gelegenheit ergriffen, sich an den Sudkessel zu stellen. Ich verrate Euch kein Geheimnis, wenn ich Euch erzähle, dass er das beste Bier zu brauen verstand, das ich je meine Kehle hinuntergespült habe. Und das behaupte nicht nur ich. Fragt hier in Marienwerder, in Graudenz oder Heiligenbeil. Wo immer wir eine Weile als Kunstdiener gewesen sind, hat Selege früher oder später seine wahren Fähigkeiten am Braukessel bewiesen. Das wäre genau das richtige Geschäft für ihn gewesen. Als Bierbrauer hätte er es zu etwas bringen können.«

»Es fällt mir schwer, mir Wenzel Selege beim Einmaischen …«

»Das hat sein Vater wohl auch so gesehen und ihn deshalb zur Baukunst gezwungen. Was aber nutzt einem das Erbe der Väter, wenn er es nicht mit Leben zu füllen versteht? Bis heute sehe ich noch vor mir, mit welch verständnislosem Blick Wenzel einen Aufriss betrachtete. Es fehlte ihm einfach die Fähigkeit, sich daraus das fertige Bauwerk vorzustellen. Als er das nach zähem Ringen endlich einigermaßen beherrscht hatte, tat er sich weiterhin schwer, eigene Entwürfe anzufertigen, eigene Vorstellungen für neue Bauten zu entwickeln. Kaum gelang es ihm, bereits vorgegebene Pläne sinnvoll fortzuführen. Nächtelang versuchte ich ihn darin zu schulen, ihm die nötigen Kniffe beizubringen. Fürs Bierbrauen aber musste er sich nie sonderlich anstrengen. Da schmeckte er gleich heraus, wenn ein Brauer das falsche Wasser oder zu viel Hopfen verwendete oder gar das Getreide zuvor verkehrt gedarrt hatte. Stets machte er sich neue Gedanken, wie ein Brauer sein Brau verbessern oder andere Wege beschreiten konnte, um das Bier an den Mann zu bringen. Hörte ein Brauer auf ihn, musste er sich keinerlei Sorgen mehr um sein Bier machen. Wenzel wusste stets einen Rat, der ihm half, noch den letzten Tropfen gut loszuwerden.«

Mathilda meinte ihren Ohren nicht zu trauen. Sprach Jagusch tatsächlich von *Wenzel* Selege? Das widersprach so ganz und gar dem Mann, den sie in Königsberg kennengelernt hatte. Wie abschätzig hatte er sich oft über das Brauen geäußert. Und nun das!

»Wenn ich Eure Schilderung höre, so kommt es mir vor, als würdet Ihr nicht von Wenzel, sondern von seinem ältesten Sohn Jörg sprechen«, entschlüpfte ihr laut ein Gedanke, der ihr gerade gekommen war. Auf einmal musste das heraus. »Doras Bruder hat schon mehr als einmal einen besonderen Sinn für die Braukunst bewiesen. Gerade hat er durchgesetzt, dass der Neubau des Anwesens der Seleges ein eigenes Sudhaus im Hof sowie ein geräumiges Bierlager im Keller erhält. Seine Gemahlin, die er aus Nürnberg mitgebracht hat, ist eine hervorragende Brauerin. Sie versteht es, das Brauchtum aus ihrer Nürnberger Heimat mit demjenigen aus Königsberg zu verbinden. Es gibt ein altes Buch der Agnes Selege, die seinerzeit ihre Art zu brauen für ihre Nachkommen aufs genaueste aufgeschrieben hat. Für Gret und Jörg ist das ein wahrer Schatz. Es sieht so aus, als hätte Jörg in seiner Nürnberger Zeit mehr über das Brauen als über das Bauen gelernt. Ein Jammer, wie ungern sein Vater Wenzel das hört. Nach Euren Worten müsste ihm darüber eigentlich das Herz aufgehen. Wie kann er sich selbst nur so verleugnen?«

Sie konnte selbst kaum fassen, sich derart begeistert über Jörg und Gret und ihre Brauereipläne reden zu hören. In Königsberg hatte sie immer so getan, als interessierte sie das alles nicht. In Wahrheit aber nahm sie wohl weitaus mehr Anteil am Geschehen in der Domgasse, als sie sich bislang selbst zugestehen wollte. Vor allem auch an Wenzel und seiner Weigerung, die Begeisterung der beiden wahrhaben zu wollen.

Jagusch fasste ihre Äußerung ganz anders auf. Seine Stimme wurde leise, eindringlich suchte er Mathildas Blick. »Eure Worte über Wenzels Verhalten beweisen mir noch etwas ganz anderes.«

Errötend wandte sie sich hastig ab. Dass ausgerechnet ein Fremder wie Jagusch bis auf den Grund ihrer Seele zu schauen vermochte! Es war nicht das erste Mal, das ihr das widerfuhr. Die Erinnerung an eine mehr als zwei Jahre zurückliegende Begegnung drängte sich ihr auf. Damals hatte Gret ihr auf dem Rückweg vom Löbenichter Tollhaus aufgelauert und sie in dreister Weise auf ihren Schwäher angesprochen. Gerade als sie sich den Zwist wieder genauer ins Gedächtnis rufen wollte, schob sich noch eine andere Gestalt in ihr Gedächtnis – die Gasthausmagd. War ihr bei ihrem Anblick nicht noch etwas über ihr Schicksal klargeworden? Es konnte kein Zufall mehr sein, dass sie das alles an diesem Morgen begriff. Ihr schauderte.

»Ihr müsst mir etwas versprechen«, meldete sich Meister Jagusch wieder und fasste sie an den Händen. »Ihr seid wohl die Einzige, die bei Wenzel Selege etwas auszurichten vermag. Erinnert ihn an das, was ich Euch vorhin erzählt habe. Er muss endlich begreifen, wie es um ihn und wohl auch um seinen ältesten Sohn steht. Ebenso soll er seine Tochter ermutigen, die bösen Schatten der Vergangenheit abzustreifen und sich wieder ihrer eigentlichen Leidenschaft zuzuwenden. Wenn Gott einem eine besondere Gabe verliehen hat, wäre es eine Sünde, sie nicht zu nutzen. Auch wenn es manchmal auf den ersten Blick unmöglich erscheint, so wird sich ein Weg finden, die ungewöhnlichen Pläne in die Tat umzusetzen. Nicht von ungefähr wird Gott einem seine Gnade auf diese Weise geschenkt haben.«

Einige Atemzüge lang standen sie schweigend voreinander. Wie schon vorhin im Gasthaus bei der Magd, so meinte Mathilda auch jetzt wieder in den Augen ihres Gegenübers mehr als nur das Schwarz der Pupille zu erkennen. Es war ein offenes Fenster für das, was noch kommen mochte. Der Grat zwischen Glück und Leid war schmal. Umso wichtiger war es, denjenigen helfend die Hand zu reichen, die nicht wussten, welchen Weg sie einschlagen sollten, um das Richtige zu tun. Mathilda fühlte eine bislang unbekannte Wärme in ihrem Inneren aufsteigen. Zugleich erfasste sie Unruhe.

Kaum konnte sie es mehr erwarten, die Reise nach Krakau an Doras Seite hinter sich zu haben und zu Wenzel Selege in den Königsberger Kneiphof zurückzukehren.

»Ich danke Euch, lieber Jagusch. Ihr habt mir sehr geholfen.« Flugs drehte sie sich um und eilte durch die schmale Pforte zurück ins Gasthaus, wo sie ihre Reisegefährten bereit zum Aufbruch zu finden hoffte.

9

Wie an den anderen Stationen zuvor machte es sich für Dora und Mathilda auch in Thorn wieder bezahlt, die einzigen Frauen in der Reisegruppe zu sein. Ganz selbstverständlich überließen die Herren ihnen das behaglichste Nachtlager. Im Gasthaus zur Neuen Krame direkt am Altstädter Markt handelte es sich um das frühere Schlafgemach der Wirtsleute, das der Wirt nach dem Tod seiner Frau nicht mehr selbst benutzte, sondern ausgesuchten Gästen anbot. Es verfügte über ein ausreichend breites Himmelbett mit einer ordentlichen Matratze und einer prall mit Gänsefedern gefüllten Decke. In der blütenweißen Leinenwäsche hing der betörende Duft einer Frühlingswiese. Dora meinte im Halbschlaf beim Luftholen darauf achten zu müssen, keine Biene einzuatmen, so greifbar nah schienen ihr die bunten Blüten. Welches Vergnügen hätte Johanna an der Geschichte! Mit einem seligen Lächeln auf den Lippen malte sie sich aus, wie sie mit der Kleinen eine Kissenschlacht in dem blumig duftenden Bettzeug veranstalten und dabei das zufriedene Gebrumm dicker Hummeln nachahmen würde.

Leider währte der paradiesische Zustand des von fröhlichen Träumen begleiteten Schlafs nicht lang. Gerade als ihr nach Wochen der Entbehrung endlich auch wieder Veits Traumbild vor Augen stand und sie meinte, nur die Hand ausstrecken zu müssen, um ihn zu erreichen, schnaufte Mathilda derart laut, dass sie aufs unsanfteste von ihm weggerissen wurde. Erschrocken schlug sie die Augen auf, starrte gegen den von Astlöchern und Maserungen überzogenen hölzernen Betthimmel. Sie brauchte eine Weile, bis sie begriff, wo sie sich befand. Abermals ohrenbetäubend laut schnaubend drehte sich die Base zur Seite. Von der energischen Bewegung bebte das Bett. Dora begann zu zittern, bis sie gewahrte, dass Mathilda ihr einen Großteil der Decke fortgezogen hatte. Vorsichtig versuchte sie einen Zipfel zurückzuerobern. Dafür erntete sie ein neuerliches Schnauben Mathildas und das endgültige Fortreißen der Decke. Fröstelnd igelte Dora sich auf der Seite ein und starrte ins Dunkel.

Sie lag zur Fensterseite des quadratischen Raums. Ihre Augen gewöhnten sich an die Finsternis, die sich alsbald in die unterschiedlichsten Schwarz- und Grautöne auflöste. Die Fensterläden schlossen nicht plan. Ein kleiner Spalt in der Mitte ließ dämmrige Nacht, begleitet von einem zarten Lufthauch, ins Schlafgemach. Allmählich gewannen die Gegenstände ringsum Kontur. Zunächst waren es die Umrisse der Truhe unter dem Fenster sowie der Schemel daneben, den Dora klar unterschied. Langsam blickte sie nach oben, erspähte das erloschene Talglicht auf dem schmalen Tisch neben der Tür, schaute zur gegenüberliegenden Wand, an der sich ein hölzernes Kreuz ohne Christusfigur von der hell getünchten Wand abhob. Gleich daneben befanden sich die Wandhaken mit den Kleidern. Mathildas schwarzer, aus feinem Schamlot gewebter Rock wie auch ihr Goller aus demselben Stoff, der mit einem gleichfarbigen Samtkragen verfeinert war, überdeckten Doras Gewänder aus Grobgrün, deren dunkelrote Farbe vom düsteren Licht des Schlafgemachs völlig verschluckt wurde. Je länger Dora die Gewänder betrachtete, je klarer wurde ihr: Die Base hielt sie umfangen wie deren Kleider die ihren. Hatte zu Beginn ihrer Reise eine gewisse Kühle zwischen ihnen geherrscht, weil Mathilda einzig darauf aus war, in Krakau ihr mögliches Wiedersehen mit Veit Singeknecht zu beobachten, so war seit einigen Tagen eine grundlegende Änderung in ihrem Verhalten zu beobachten. Eine fast mütterlich zu nennende Fürsorge für Dora schien Mathilda plötzlich befallen zu haben. Kaum durfte sie mehr einen Schritt allein tun, eine einzige Unterhaltung ohne die Base führen. Von neuem schnaubte Mathilda laut vernehmlich. Dora versuchte durch angestrengtes Starren auf den helleren Spalt zwischen den Fensterläden in den Schlaf zurückzufinden. Andächtig rief sie sich das Antlitz ihres geliebten Kindes vor Augen, versuchte sich auszumalen, welche Worte Johanna in den letzten Tagen zu sprechen gelernt, welche neuen Bewegungen sie sich angeeignet haben mochte. Jedes Mal, wenn sie meinte, die Augen fielen ihr endlich zu, riss eine erneute Bewegung in ihrem Rücken sie aus der frisch gewonnenen Ruhe, setzte von neuem ihre Grübeleien in Gang.

Die trübe Finsternis der Nacht verwandelte sich allmählich in frühmorgendliche Dämmerung. Dora lauschte dem Kreischen zweier Katzen vor dem Fenster, hörte Taubengurren auf dem Dach sowie ein leises Scharren auf hölzernen Dielenbrettern. Schließlich wurde der Lichtstreif durch den Spalt so hell, dass sie sicher war, ein neuerliches Einschlafen wäre sinnlos. Viel zu bald schon würde das Krähen des Hahns sie wecken. Leise schälte sie sich aus den Laken, schlich auf Zehenspitzen zum Wandhaken und nahm ihre

Kleidung herunter. Es gelang ihr, sich in dem schalen Dämmerlicht ordentlich anzuziehen und sogar das widerspenstige dicke Haar sorgsam unter die Haube zu streichen. Den Gürtel mitsamt seinen sacht gegeneinanderklirrenden Utensilien wollte sie erst draußen vor der Tür umlegen. Vorsichtig bückte sie sich nach den Schuhen, nahm sie ebenfalls auf und schlüpfte zur Tür hinaus.

Auf dem Flur war es dunkler als erwartet. Behende band sie sich den Gürtel um, vermied dabei jedes unnötige Geräusch. Dann zog sie aus dem Lederbeutel neben dem Geldbeutel Renatas Phiole, entkorkte sie und schnupperte an dem Öl. Bald brach die blaue Stunde an, genau die rechte Zeit für die Stärkung mit dem Schafgarbenöl. Ihr ausgefeiltes Gespür für Räume und Abstände geleitete sie trotz der Dunkelheit unbeschadet zur Treppe und von dort in den Gastraum hinunter. Zu ihrer Freude loderte unter dem Kupferkessel bereits das Herdfeuer. Geschäftig war eine Magd dabei, Brot, Käse und Schinken zu richten und zusammen mit einer Kanne Bier an einen der Tische zu tragen. Verwundert entdeckte sie Polyphemus vor dem Fenster, ein Talglicht sowie ein aufgeschlagenes Buch vor sich auf dem Tisch. Innerlich frohlockte sie. Ein Gespräch mit dem gewitzten Bibliothekar würde sie von allen quälenden Gedanken der Nacht ablenken.

»Gott zum Gruße, mein Lieber«, sprach sie ihn an. »Ihr sitzt hoffentlich erst seit kurzem hier. Oder habt Ihr die ganze Nacht über Eurem Buch gewacht?«

Entgegen ihrer Befürchtung schreckte der Bibliothekar nicht auf, sondern hob langsam das Antlitz. Das graue, kurzgeschorene Haar auf seinem Haupt stand einer kratzigen Bürste gleich in die Luft. Auf dem breiten Antlitz, das nahtlos in den kurzen, nicht minder breiten Nacken überging, lag ein erfreutes Lachen, kaum dass er sie gewahr wurde. Die grauen Augen funkelten freudig, die bartlosen Wangen waren vor Eifer gerötet, an den Schläfen perlten kleine Schweißtropfen. Wie stets verströmte er einen aufdringlichen Geruch nach Veilchen, saurem Atem und ungelüfteter Kleidung, auch ein Hauch Moder mischte sich darunter.

»Was treibt Euch um diese frühe Stunde aus den Federn?« Flink schob er das Licht beiseite, um der Magd Platz für die verschiedenen Köstlichkeiten zu machen. Dabei ließ er das Buch, das er eben noch auf dem Tisch liegen hatte, wie beiläufig in die Tasche seines fadenscheinigen Rocks gleiten.

»Worin habt Ihr gelesen?«, erkundigte sich Dora neugierig. »Die Heilige Schrift wird es nicht gewesen sein, sonst müsstet Ihr es nicht so verschämt verschwinden lassen.«

»Es war nichts Verbotenes. Gewährt mir etwas Aufschub, dann überlasse ich Euch das Buch gern. Zuvor aber muss ich einer sehr irdischen Leidenschaft frönen und von dem köstlichen Schinken kosten. Selbst das Bier ist hier leidlich bekömmlich. Macht mir die Freude und leistet mir Gesellschaft. Es ist genug für uns beide da.«

Einladend wies er auf die Schüsseln, die die Magd vor ihm hingestellt hatte. Mit der tintenverschmierten Rechten wischte er den Schweiß von den Wangen und griff nach dem Becher, den die Magd ihm soeben gefüllt hatte. Gierig stürzte er das Bier in einem Zug hinunter, leckte den Schaum von den Lippen und machte sich hungrig über Schinken, Käse und Brot her. Dora wunderte sich nur kurz über den großen Appetit, der ihn zu dieser frühen Stunde bereits zu einem üppigen Mahl greifen ließ. Sie selbst fühlte sich noch außerstande, etwas zu sich zu nehmen, und bat die Magd lediglich um einen Becher Bier.

»Was haltet Ihr von einem kurzen Gang durch die Stadt?«, schlug Polyphemus vor, als er die letzte Brotkrume verdrückt hatte. »Eurem sehnsüchtigen Blick auf Häuser, Kirchen und Mauern bei unserer Ankunft gestern war unschwer zu entnehmen, wie sehr es Euch danach verlangt, ein wenig mehr von Thorn zu sehen. Bis Steinhaus und die anderen sich erhoben und ihren ersten Imbiss zu sich genommen haben, bleibt ausreichend Zeit für einen Spaziergang. Der Nachtwächter wird uns verzeihen, wenn wir im Schutz der letzten Dämmerung wie zwei räudige Katzen durch die Gassen schleichen.«

Nur zu gern nahm sie das Angebot an. Die Magd schenkte ihnen einen fragwürdigen Blick, als sie das Gasthaus Arm in Arm verließen. Polyphemus trug ihr auf, Steinhaus von ihrem Vorhaben zu unterrichten. Dora bezweifelte, dass die Frau das begriff.

Sobald sie auf dem Markt stand, vergaß sie jegliche Gedanken an die Magd, Steinhaus und die Reisegesellschaft. Selbst das Sehnen nach Johanna erlosch für eine Weile. Zu erhaben war der Anblick, der sich ihren Augen bot. Das vierstöckige Kaufhaus inmitten des Altstädter Marktes schälte sich mit seinem roten Backstein mühsam aus den letzten Resten der Nacht. Selbstbewusst schob sich die Spitze des nahegelegenen Rathausturmes in den schwarzgrau gesprenkelten Morgenhimmel. Obenauf blitzte die kupferne Wetterfahne im ersten Strahl des Tageslichts und tat, als wollte sie helle Wolkenschlieren aufspießen. Unheimliche Schatten belagerten dagegen noch die an das Kaufhaus angebaute Waage. Auch die Krame sowie die Brot- und Fleischbänke verhüllte die vom Boden nur träge weichende Düsternis noch nahezu vollständig.

Dora erschrak, als wie aus dem Nichts der Nachtwächter mit seiner Fackel und der drohend erhobenen Pike vor ihnen auftauchte. Sein wallender Umhang sowie die tief ins Gesicht gezogene Kapuze verlieh ihm das Aussehen eines schwarzen Gespenstes. Polyphemus winkte ihm grüßend zu. Der Nachtwächter schwang die Fackel herum, leuchtete ihnen in die Gesichter und setzte dann, beruhigt von ihrem harmlosen Aussehen, seinen Weg in die nächste Gasse fort.

»Nachtwächter sind zwielichtige Gesellen«, bemerkte der Bibliothekar. »Wie sonst können sie es ertragen, Nacht für Nacht umherzuziehen und den wohlverdienten Schlaf ihrer Mitbürger zu bewachen, ohne sich selbst Ruhe zu gönnen?«

»Seltsam, dass ausgerechnet Ihr das sagt. Dabei gönnt auch Ihr Euch doch nur wenig Schlaf. Als ich vorhin in die Gaststube kam, hatte ich den Eindruck, Ihr hättet die ganze Nacht über Eurem Buch verbracht. Lesen scheint Euch wichtiger als Schlafen.«

»Zum Schlafen sind mir die ruhigen Nachtstunden zu schade. Wenn alle schlafen, kann man so manches Neue als Erster entdecken. Gerade die herzogliche Bibliothek auf dem Königsberger Schloss hält einige Schätze bereit, die es zu heben lohnt.« Er lächelte seltsam. Oder war es die langsam schwindende Dämmerung, die das Lächeln auf seinem gutmütigen Antlitz derart zwielichtig erscheinen ließ? »Mir scheint, auch Ihr frönt gelegentlich dieser Leidenschaft und nutzt die ruhigen Nachtstunden zur Lektüre, Stöckelin. Das Werkmeisterbuch Eures verehrten Ahns Laurenz wird Euch allerdings kaum genügen, um Euer gewaltiges Wissen über das Bauen sowie die prächtigen Bauwerke des Herzogtums stetig zu vergrößern. Gewiss habt Ihr noch so manch anderes Buch studiert, mit dem Euch Euer verstorbener Gemahl zu Lebzeiten gut versorgt hat. Auch er wusste schließlich das gedruckte Wort sehr zu schätzen. Und nicht nur das gedruckte Wort.« Wieder hielt er inne, lächelte dieses eigenartige Lächeln, das Dora immer unheimlicher wurde. Doch auch dieses Mal ließ er ihr wenig Zeit, sich darüber zu wundern, sondern redete gleich weiter: »Hier im Gasthaus, fern all der noch zu hebenden Schätze der Schlossbibliothek, habe ich das Nachtlager allerdings aus ganz naheliegenden Gründen gemieden: In der engen Kammer, Seite an Seite mit dem schnarchenden Steinhaus und dem unruhig sich wälzenden Pfarrer Tönnies, habe ich es einfach nicht mehr ausgehalten. Wie aber kommt es, dass auch Ihr so früh schon Euer Lager aufgegeben habt? Dabei hat man Euch und Eurer Base ein so herrschaftliches Gemach zugewiesen.«

»Vielleicht ist das Gemach zu herrschaftlich für mich. Leider ist es mir nämlich dort nicht gelungen, in den Schlaf zu finden.«

»Ihr solltet gut mit Euren Kräften haushalten. Auch wenn wir die eintägige Verzögerung aus Marienwerder inzwischen wieder mehr als wettgemacht haben, so liegt doch noch ein sehr weiter Weg vor Euch. Übermorgen in Leslau ist erst die Hälfte der Strecke erreicht. Der zweite Teil, der quer durchs polnische Königreich führt, wird Euch noch so manche Erschwernis bieten. Zwar sind die Straßen ähnlich sicher wie im hiesigen Teil Preußens Königlichen Anteils, dennoch gilt es beim Reisen jeden Tag aufs Neue mit Überraschungen zu rechnen. Nicht von ungefähr hat Steinhaus ein halbes Dutzend Wachleute in Diensten genommen, die die Waffen, die sie mitführen, im Falle eines Falles auch gut zu gebrauchen wissen.«

»Wollt Ihr mir Angst machen? Dabei wisst Ihr, dass mir keine andere Wahl bleibt, als weiterzureisen, auch wenn sich hier in Thorn unsere Wege trennen.« Dora versuchte sich in einem Lachen, obwohl ihr der Gedanke an den bevorstehenden Abschied von Polyphemus das Herz schwermachte.

»Wie gern würde ich mich Euch und Euren Freunden anschließen, die Ihr für morgen aus Allenstein hier erwartet. Eure Route über Posen nach Frankfurt an der Oder, Leipzig und letztlich Frankfurt am Main würde mir sehr behagen. Schon immer wollte ich jene Städte einmal kennenlernen, von der berühmten Frankfurter Herbstmesse ganz zu schweigen. Der abschließende Besuch in Nürnberg, wo Ihr den Winter verbringen werdet, stellt wohl den absoluten Höhepunkt dar. Was gäbe ich darum, einmal dorthin zu kommen! Mein verstorbener Gemahl wie auch mein Bruder und meine Schwägerin haben mir so viel von der Stadt erzählt, dass ich gelegentlich denke, ich wäre selbst schon einmal da gewesen, so vertraut sind mir die Kirchen, Plätze und Gassen, selbst den Geruch der Pegnitz habe ich oft in der Nase.«

»Es würde Euch in Nürnberg sehr gefallen.« Polyphemus schmunzelte. »Nicht allein der prächtigen Bauwerke wegen. Auch die übrigen Handwerkskünste stehen dort in vollster Blüte. Gerade die Gold- und Silberschmiede sind bis in die entlegensten Ecken der Welt berühmt. Denkt auch an den ehrenwerten Meister Dürer und dessen vortreffliche Kupferstiche. Zu welchem Ruhm hat er seiner Heimatstadt einst verholfen! Davon werden noch viele weitere Generationen zehren. Von den großen Geistern wie Willibald Pirkheimer oder Hartmann Schedel mit seiner kolossalen Chronik ganz zu schweigen, wie ohnehin die Humanisten an der Pegnitz dank Kaiser Maximilian eine große Blüte erlebt haben. Deren hehren Geist atmet die Stadt noch bis heute. Glaubt mir, liebe Stöckelin, am liebsten nähme ich Euch auf der Stelle mit, um Euch die Schätze im Schatten der mächtigen Kaiserburg zu zeigen. Diesen Besuch müsst Ihr leider auf einen späteren Zeitpunkt verschieben. Vielleicht reist Ihr dann einmal mit Eurer Tochter auf den Spuren ihrer Ahnen dorthin. Fürs Erste werdet Ihr auch in Krakau auf Eure Kosten kommen. Die besten Meister von der Pegnitz sind in den letzten Jahren an der Weichsel gewesen, um dort so manches Kunstwerk zu vollbringen. Denkt nur an den unübertroffenen Veit Stoß und seinen einzigartigen Marienaltar, den er vor mehr als einem Menschenalter in Krakau geschaffen hat. Kurze Zeit später war es der Bruder des berühmten Albrecht Dürer, der in Diensten des Königs auf dem Wawel wirkte. Wir Königsberger ziehen unseren Nutzen von diesem regen Austausch zwischen Nürnberg und Krakau, steht doch unser guter Albrecht sowohl mit seinem Oheim König Zygmunt I. Stary wie auch mit seinem Vetter Zygmunt II. August in bestem Einvernehmen. Beide sind weitsichtig genug, die Wissenschaften wie die Künste und den Handel nach Kräften zu fördern, ebenso den Austausch mit anderen Städten nicht zu vernachlässigen. Allein darin liegt der wahre Reichtum eines Landes, wie die beiden polnischen Könige gut erkannt haben.«

Ergriffen lauschte Dora seinen Worten. Was der Bibliothekar da wieder Kluges in wenigen Sätzen zusammenzufassen wusste! Der Gedanke, fortan ohne die Unterhaltung des gelehrten, mitunter etwas geschwätzigen, allerdings stets liebenswerten Mannes unterwegs zu sein, behagte ihr wenig. Gewiss, Götz Steinhaus war ebenfalls ein sehr zuvorkommender Zeitgenosse, der stets um ihr Wohlbefinden besorgt war. Was ihm jedoch ermangelte, war der sprühende Geist des Bibliothekars, der aus jeder noch so abseitigen Beobachtung ein wahres Erlebnis machte. Die Gegenwart von Pfarrer Tönnies wie auch der Base missfiel ihr allerdings, zumal Mathilda sie stets an ihr in Königsberg zurückgelassenes Kind erinnerte. Umso mehr hatte sie es bislang genossen, sich von Polyphemus auf andere Gedanken bringen zu lassen.

Das erste Morgenlicht suchte sich seinen Weg durch die gemächlich weichende Dämmerung. Schwarz verwandelte sich in Grau, lichtes Grau in ein erstes zartes Weiß. Langsam schälten sich die Umrisse eines mächtigen Lindenbaums aus der Dunkelheit heraus. Um seinen Stamm schlang sich eine Bank, die an sonnigen Tagen zum Verweilen einlud. In einem Winkel des weitläufigen Platzes um das vierstöckige Rathaus krähte ein Hahn, begleitet vom Bellen eines Hundes und dem trägen Miauen einer Katze. An den Häusern öffneten sich die Läden. Mägde mit schlaftrunkenen Gesichtern schauten müde heraus, winkten einander stumme Morgengrüße zu. Matt schlurften die Knechte heraus, um sich zu ihrem Tagwerk aufzumachen. Neben dem Kaufhaus öffnete die Waage, auch die ersten Krämer und Bäcker rückten an, um die Buden für den Tageshandel zu bereiten. Voller Sehnsucht nach der Geborgenheit des eintönigen Alltags beobachtete Dora das Geschehen. Noch besaß das langsame Erwachen der Stadt etwas Tröstliches. Öffneten erst die Stadttore, wich die Ruhe auf einen Schlag, und mit dem Einfall des geschäftigen Treibens stand auch der Aufbruch aus Thorn und damit der Abschied von Polyphemus an. Dora rang sich zu einem scheuen Lächeln durch.

»Lasst uns die Zeit nutzen, um mehr von der Stadt zu sehen«, schlug sie vor. »Mir ist, als käme es nicht von ungefähr, dass wir beide so früh dem Schlaf entsagt haben.«

»Insgeheim habe ich längst damit gerechnet, noch einige Momente mit Euch allein zu verbringen. Wer, wenn nicht Ihr, sollte mir zur Seite stehen, um auch die Schätze Thorns ausgiebig zu erkunden? Ich bin gespannt, welche Entdeckungen uns bevorstehen.«

Der beleibte Bibliothekar lächelte wieder dieses eigenartige, verschrobene Lächeln. Zugleich verschränkte er die kurzen Arme hinter dem Rücken und gewährte ihr den Vortritt. Ohne Zögern wandte sie sich ostwärts, wo trotz der Vereinigung der Alt- und Neustadt vor gut einhundert Jahren nach wie vor eine Mauer die frühere Trennung Thorns in zwei Städte bewies.

»Ihr flieht wohl den Platz um die Johanniskirche. Habt Ihr Angst, der Stelle zu nahe zu kommen, an der vor zwei Jahrzehnten ein päpstlicher Legat Luthers Schriften verbrannte? Ich kann Euch beruhigen. Damals schon bewiesen die empörten Bürger Mut und jagten den Papisten mit Steinwürfen aus der Stadt. Auch wenn Thorn als Stadt innerhalb Preußens Königlichen Anteils dem polnischen König untersteht, so haben sie doch voller Tatkraft ihren lutherischen Reformeifer durchgesetzt.«

»Das freut mich zu hören. Ich aber wollte lediglich einen Blick auf die Reste der Ordensburg im Osten werfen«, erwiderte Dora. Polyphemus' Worte jagten ihr einen Schauer den Rücken hinunter. Bislang hatte sie eher verdrängt, wie dünn der Grat war, auf dem sie sich als preußische Lutheraner innerhalb des katholischen Polens bewegten. Noch hatte der Glaube kaum eine Rolle gespielt, da in den bisherigen Stationen allesamt die reformatorische Gesinnung vorherrschte. »Wie kommt es, dass der polnische König und seine Heimatstadt Krakau sich trotz der Glaubensunterschiede so rege mit Nürnberg austauschen?«, erkundigte sie sich nach einigen Schritten.

»Eine gute Frage«, erwiderte der Bibliothekar und blieb stehen. Angestrengt schöpfte er nach Luft. Das Dämmerlicht war noch zu schwach, um die Schatten seiner breiten Hutkrempe über dem Gesicht zu durchbrechen. Auch er senkte das Antlitz, weshalb Dora ihn um gut eine Handbreit überragte. Unruhig scharrte sein Fuß über das Straßenpflaster, bevor er sich zu einer Antwort durchrang. »Die Jagiellonen haben sich von jeher Andersgläubigen offen gezeigt. Gerade den in ihrer deutschen Heimat verfolgten Juden haben sie in den letzten beiden Jahrhunderten immer wieder Zuflucht geboten. So halten sie es auch mit den Lutheranern. Wahrscheinlich sind die guten Beziehungen des katholischen Krakauer Hofs zum lutherischen Nürnberg sowie zum reformatorischen Preußen der beste Beweis, wie wichtig es ist, Glaubensfragen allein dem Gewissen zu überlassen. Mit Gewalt lässt sich nicht nur in dieser Angelegenheit wenig gewinnen, am allerwenigsten die Herzen der aufrecht Gläubigen.«

»Wollen wir hoffen, Ihr seid nicht der Einzige, der so denkt.«

»Solange Ihr solche Fragen stellt, liebe Stöckelin, schaue ich voller Zuversicht in die Zukunft.« Verschmitzt zwinkerte er ihr zu, wies mit der Hand die Straße hinunter. »Lasst uns noch ein Stück in diese Richtung gehen, immer der aufgehenden Sonne entgegen. Das erste Tageslicht schenkt Gottvertrauen, dass die Finsternis jeden Tag aufs Neue überwunden wird.«

Eine gute Weile liefen sie schweigend nebeneinanderher, jeder in seine Gedanken versunken. Kaum schenkte Dora den stolzen Kaufmannshäusern rechts und links des Weges Beachtung, dabei zeigte sich in ihrer Pracht die einstige Bedeutung der Stadt als westliches Einfallstor für den Handel zwischen deutschen und polnischen Ländern. Längst hatte Thorn zwar seine Vorrangstellung an Danzig abgetreten, ebenso hatten die zahlreichen Sonderrechte aus Ordenszeiten unter der Herrschaft des polnischen Königs an Bedeutung verloren, dennoch aber garantierte die besondere Lage weiterhin rege sprudelnde Einkünfte.

Die breite, gepflasterte Straße stieg zunächst stetig an, um dann in einem sanften Bogen südöstlich zur alten Mauer hin wieder leicht abzufallen. Das frühere Stadttor zwischen den beiden Zwillingsstädten Thorns war nur mehr eine Erinnerung an vergangene Zeiten und gewährte einen offenen Blick auf die Neustadt. Hinter den Zinnen ragten die Reste der ehemaligen Ordensburg auf, die sich bis zum Weichselufer erstreckten. Am Horizont riss ein Silberstreif das Graublau der Nachtwolken entzwei. Die Wolkenfetzen rings um die aufgehende Sonne tauchten den einsam aus den Ruinen aufragenden Danzker sowie die spärlichen Mauerreste der Festung in ein diffuses Licht. Auf dem Turm zeigte sich ein Trompeter, der kräftig in sein Instrument stieß. Laut schallte der Trompetenstoß über die erwachende Stadt.

»Das war der Weckruf der Neustadt an die Altstadt«, erklärte Polyphemus. »Auf der ehemaligen Burgfreiheit um die Jakobikirche haben sich einst vor allem Handwerker angesiedelt. Bis auf den heutigen Tag hat sich wenig daran geändert. Da die tüchtigen Handwerker ihr Tagwerk gern mit dem ersten Hahnenschrei beginnen, schicken sie diesen Trompetengruß jeden Morgen zu den Kaufleuten in die Altstadt im Westen.«

»Woher wisst Ihr immer gleich so gut über die Gebräuche in den verschiedenen Städten Bescheid?«

»Zum einen bin ich sehr viel herumgekommen, zum anderen verreise ich Tag für Tag beim Lesen in Gedanken. Ihr macht Euch keine Vorstellung, welch packende Reiseschilderungen und Chroniken inzwischen gedruckt werden. Kein Mensch müsste mehr ein Pferd besteigen, um fremde Gefilde, andere Kulturen und neue Bräuche kennenzulernen. Eigentlich genügt dafür eine ausreichend große, wohlsortierte Bibliothek.«

»Ihr als Bibliothekar aber solltet weiterhin reisen. Woher wollt Ihr sonst wissen, welche Bücher für Eure Bibliothek anzuschaffen wären?«

»Dazu genügen eigentlich die stattlichen Kataloge der Messen in Leipzig und Frankfurt. Die Verzeichnisse sind mehr als ausführlich und geben einen hervorragenden Überblick über das Jahreswerk der Drucker. Ohnehin wird längst zu viel in bleierne Lettern gegossen und alsdann unters Volk gebracht. Wirklich wichtige Werke aber geraten darüber in Vergessenheit oder finden gar nicht erst den Weg zum Drucker. So wie dieses Büchlein hier.«

Nur wenige Häuserecken von der früheren Mauer zwischen Alt- und Neustadt blieb er stehen, kramte umständlich in den Tiefen seiner Rocktaschen herum, um endlich ein schwarzes Päckchen herauszuziehen und es Dora auffordernd entgegenzustrecken. Es war schwer zu erkennen, um was genau es sich handelte. Der Erker des Hauses, vor dem sie standen, warf einen trüben Schatten auf die enge Straße. Vorsichtig nahm sie das dunkle Etwas entgegen und betastete es von allen Seiten. Auch ohne Genaueres zu sehen, ahnte sie, was es sein mochte. Auf weichen Knien lief sie ins Helle und besah es sich dort noch einmal genauer.

»Urbans Chronik!« Am liebsten wäre sie dem Bibliothekar um den Hals gefallen. Aufgeregt blätterte sie die Seiten durch, überflog einige Zeilen, betrachtete gerührt die akkuraten Schriftzüge, strich gedankenverloren über das rauhe Papier. Sie schlug den Oktavband wieder zu und presste ihn gegen die Brust. So schnell gab sie ihn nicht wieder her. »Wie kommt Ihr an dieses Buch?«

Statt zu antworten, wischte sich Polyphemus umständlich die Stirn, richtete den Kragen, verschränkte die Hände wieder auf dem Rücken und sah die von kleineren Türmen unterbrochene Backsteinmauer entlang. Je länger Dora auf seine Erklärung wartete, je deutlicher wurde ihr, was es bedeutete, dass er ihr den Band überreicht hatte: Er hatte bereits darin gelesen, wusste also über die geheimsten Gedanken ihres Gemahls bestens Bescheid, ganz zu schweigen von dem, was darin über sie und ihr Verhalten in Urbans letzten Tagen geschrieben stand. Nicht weiterdenken, beschwor sie sich und drückte das Buch noch fester gegen die Brust.

»Seid beruhigt, meine Liebe«, erlöste Polyphemus sie aus dem bangen Grübeln. »Natürlich konnte ich mir einen Blick in die Aufzeichnungen Eures Gemahls nicht versagen. Sobald mir allerdings klarwurde, wie persönlich er die Geschehnisse darin notiert hatte, habe ich mir das Weiterlesen verwehrt. Auch wenn es mir sehr, sehr schwergefallen ist«, setzte er leise nach. »Allerdings haben mir schon die wenigen Zeilen, die ich mir zu lesen gestattet habe, bewiesen, um welch vortreffliches Werk es sich handelt«, fuhr er nach einer kurzen Pause fort. »Überlegt Euch, ob Ihr nicht zumindest den Teil der Aufzeichnungen, der mehr das öffentliche Geschehen in Preußen und weniger das persönliche Leben und Schicksal Eures Gemahls betrifft, zum Druck freigeben wollt. Ich bin mir sicher, der Herzog würde Euren Entschluss freudig begrüßen. Immerhin handelt es sich um ein einmaliges Zeugnis der ersten Jahrzehnte des preußischen Herzogtums.«

»Wie und wann seid Ihr an das Buch gekommen?«, überging sie seine Vorschläge, malte sich dabei aus, seit bald zwei Wochen Tag für Tag mit ihm unter der stickigen, engen Wagenplane gesessen und nicht einmal im Entferntesten geahnt zu haben, wie nah ihr dabei Urbans verzweifelt gesuchte Chronik gewesen war. »Warum gebt Ihr es mir überhaupt erst jetzt?«

»Mein Verhalten ist unverzeihlich.« Zerknirscht schlug er die Hand vor die Brust, senkte den Blick und sortierte mit der abgestoßenen Spitze seiner rissigen Lederstiefel Steine auf dem Straßenpflaster. »Was gäbe ich darum, Euch eine gute Entschuldigung dafür geben zu können. Doch dazu müsste ich lügen, und das will ich nicht.«

»Also?«, gab sie sich unnachgiebig.

Er räusperte sich, schaute sie eine Weile stumm an, bevor er schließlich erklärte: »Als ich das Buch in der Nacht vor unserer Abreise gefunden habe, hätte ich es Euch sofort übergeben müssen. Es war ein Zufallsfund, das müsst Ihr mir glauben. Schlaflos wie so oft bin ich durch die Schlossbibliothek gestreift und habe nach einem Buch gesucht, das ich mit auf die Reise nehmen konnte. Dabei fielen mir die Aufzeichnungen Eures Gemahls in die Hände. Sie steckten mitten in einer Reihe von Reiseberichten aus Russland, die in ähnliche Einbände eingeschlagen waren. Er muss das Buch eigenhändig dort eingestellt haben. Mich jedenfalls hat er nicht darum gebeten. Der Ort, an dem es sich befand, machte den Eindruck, als wollte er es dort zwar verbergen, es aber zugleich jederzeit selbst wiederfinden. Ich vermute, sein unverhoffter Tod hat ihn davon abgehalten, es wieder an sich zu nehmen.«

Er wippte auf die Zehenspitzen, verharrte so, tippte den tintenbefleckten Zeigefinger gegen die Lippen und grunzte selbstvergessen. Dora betrachtete ihn nachdenklich. Polyphemus war klug. Einerseits fühlte sie sich von ihm hintergangen, weil er ihr Urbans Buch so lange vorenthalten und sogar schon begonnen hatte darin zu lesen. Andererseits schien er es sich genau überlegt zu haben, wann er es ihr gab. Seine Andeutungen bewiesen, wie er den Inhalt einschätzte – als ein wichtiges Zeugnis über die Anfangszeiten des preußischen Herzogtums. Also ahnte er, was sie in Krakau wollte und dass ihr das Buch dabei helfen konnte.

»Etwas gibt mir arg zu denken«, setzte er nach einer Weile wieder an.

»Was?«

»Für die Niederschrift seiner persönlichen Erlebnisse wird Euer Gemahl wohl kaum diese Umstände betrieben haben. Die hätte er entweder in der Rentkammer in eine Kiste gesperrt oder zu Hause aufbewahrt. Das aber schienen ihm für diese Chronik nicht die geeigneten Plätze. Also muss er befürchtet haben, man würde dort nach genau solchen Aufzeichnungen suchen. Deshalb hat er den Band in die Bibliothek gebracht. Wie gut dieser Ort gewählt war, zeigt sich daran, dass er mir erst zwei Jahre nach seinem Tod in die Hände gefallen ist. Die Chronik enthält also mehr als nur persönliche Gedanken Eures Gemahls. Das wiederum weiß auch jemand anderer. Dem muss sehr daran gelegen sein, sie zu finden, bevor sie in andere Hände fällt. Gelegentlich meine ich zu ahnen, um wen es sich handeln könnte.«

Er beugte sich vor, legte seine Hand auf Doras Arm, schaute sie beschwörend an.

»Ich danke Euch, dass Ihr mir das Buch überlassen habt.« Sie wollte sich rasch abwenden. Bevor die Reise weiterging, musste sie in Ruhe über alles nachdenken. Polyphemus ließ sie jedoch nicht gehen, hielt sie sanft, aber bestimmt am Arm zurück.

»Versprecht mir, gut auf Euch achtzugeben. Wenn Euer Gemahl nicht wollte, dass man das Buch in seinem Haus findet, kann er auch nicht gewollt haben, dass man es bei Euch findet. Deshalb habe ich es Euch auch erst jetzt gegeben. Nun aber, da sich unsere Wege trennen, solltet Ihr überlegen, ob Ihr den Band nicht besser Clas Tönnies anvertraut. Packt ihn in einen unauffälligen Beutel und erzählt dem braven Mann eine schöne Geschichte, wie wichtig es Euch ist, die Aufzeichnungen Eures Gemahls bei ihm sicher verwahrt zu wissen, um sie vor Eurer Base zu retten. Man kann ihm zwar trauen, aber das erspart ihm im Zweifelsfall das Lügen. Und was Euch betrifft, Stöckelin, so seid gewiss, Gott, der Allmächtige, wird Euch Euer Verhalten nachsehen. Nur zu gut weiß er um die Gefahr, die das Buch darstellt.«

»Ich werde es mir überlegen«, erwiderte Dora. Unwillkürlich beugte sie sich vor und umarmte Polyphemus herzlich. »Danke Euch für Eure Hilfe«, raunte sie ihm ins Ohr. Kaum wollte ihr die Stimme gehorchen. Hastig ließ sie ihn wieder los.

»Eine letzte Bitte habe ich noch.« Polyphemus fasste noch einmal nach ihrer Hand, sah sie von neuem besorgt an.

»Und die wäre?«

»Sobald Ihr aus Krakau zurück seid, geht Ihr zurück in Eure Werkstatt und widmet Euch neuen Entwürfen. Es kann nicht angehen, dass Ihr eine so besondere Gabe, wie sie Euch zuteilwurde, verkümmern lasst. Wenn Ihr das schon nicht für Euch selbst tun wollt, so tut es für Eure Tochter und Eure Nachkommen. Ihr seid eine begnadete Baumeisterin. Ihr müsst weiter daran arbeiten. Euer Gemahl hat immer fest an Euch geglaubt.«

»Ich denke, wir sollten ins Gasthaus zurückkehren«, erklärte Dora. Seine Worte hatten sie in Verlegenheit gebracht. Rasch wandte sie sich ab, damit er ihr das nicht ansah. »Seht nur, wie hell es schon ist. Bestimmt vermissen mich meine Reisegefährten schon. Jetzt, da sich unsere Wege trennen, ist es umso wichtiger, dass ich mich mit ihnen gut stelle. Wer weiß, wie sie mir fortan beistehen müssen.«

10

Der Gang in das Haus am Mühlenberg fiel Gret mit jedem Tag schwerer. Zu deutlich spürte sie bereits die Last der neuen Schwangerschaft. Seit einigen Tagen fühlte sie sich regelrecht aufgequollen, dabei rechnete sie damit, frühestens an Weihnachten niederzukommen. Um ihre Körpermitte schien sie ein kleines Fass Bier mit sich herumzuschleppen. Bei der Vorstellung lachte sie auf, dachte an die vielen Fässer herben Sommerbieres, die Matas und Szymon mittlerweile in sämtliche Winkel Königsbergs auslieferten. Wenn die Bestellungen weiter so rege sprudelten, reichten die Vorräte kaum bis Ende September. Sie hatte wohl genau das richtige Gespür für die Königsberger Kehlen bewiesen. Nächstes Jahr würden sie mehr Brau dazukaufen müssen, um alle Wünsche zu erfüllen. Zufrieden ob dieser Aussichten strich sie mit der freien Hand über ihren Leib. Noch war die Wölbung unter den Rockfalten kaum zu ahnen, sie aber spürte sie deutlich. Was sie in dem kleinen Fass zum Jahresende wohl ausliefern würde? Inständig hoffte sie auf ein Mädchen, malte sich bereits aus, wie schön es würde, seine blonden Zöpfe zu flechten und vertraulich mit ihm am Sudkessel zu tuscheln.

Eine kräftige Windböe erfasste sie, spielte mit dem Stoff ihres Rocks, zerrte an den Bändern der Haube. Sie sah nach oben, gewahrte die dicken grauen Wolken am Himmel. Von der am Vortag noch so üppig zu genießenden Sommersonne fand sich keine Spur mehr, dafür roch es nach Regen. Sie sollte sich sputen, um den Mühlenberg noch trockenen Fußes zu erreichen. Die Beine gehorchten ihr nur widerwillig. Ähnlich unbeholfen wie ihr kleiner Rudolph, der mit seinen anderthalb Jahren gerade das Laufen lernte, setzte sie ihre

Schritte. Mitten auf der Schmiedebrücke musste sie stehen bleiben, den Korb abstellen, beide Hände in den Rücken stützen und tief Luft holen.

»Was fällt Euch ein!« Erbost schubste sie ein Mann weg, der mit seinem Karren fast in sie hineingerannt wäre. »Geht gefälligst beiseite, wenn Ihr die Aussicht auf den Fluss genießen wollt.«

»Schon gut«, murmelte sie kleinlaut. Schwer keuchend schob er seinen Karren wieder an. Ein winziger grauer Hund folgte ihm mit hängendem Kopf. Mehrmals trat der Mann nach dem Tier, erbärmlich jaulend zog es den Schwanz ein. Gret wollte ihm etwas Böses nachrufen, kam jedoch nicht dazu, weil zwei andere Knechte sie ebenfalls unsanft anrempelten. Ohne sich um sie zu kümmern, eilten sie weiter. Sie stolperte fast über ihren Korb. Im letzten Moment fand sie Halt am Brückengeländer. Eine ältere Frau mit weißen Haaren unter einer auffallend bunten Haube erkundigte sich besorgt nach ihrem Wohlbefinden.

»Geht schon wieder«, entgegnete sie und lächelte die Fremde dankbar an. Dabei fiel ihr auf, dass die Frau seltsam verwachsen war. Zwar war sie nahezu gleich groß wie sie, aus ihrer linken Schulter aber erwuchs ein Buckel, der ihren Oberkörper nach vorn krümmte. Selbst der üppig von bunten Fäden durchwirkte Goller mit dem auffälligen Kragen und die fröhlichen Bänder an ihrer Haube vermochten die Missbildung nur schlecht zu verdecken. Die Frau selbst schien sich ihr kaum mehr bewusst. Das Lächeln auf ihrem faltigen Gesicht wirkte auf Gret wie ein strahlender Sonnenschein. An diesem viel zu trüben Junitag wärmte es ihr Gemüt auf wundersame Weise.

»Bei mir war es jedes Mal aufs Neue sehr beschwerlich«, erklärte die Frau mit einer sehr angenehmen Stimme. »Mit jedem weiteren Kind unter meinem Herzen fing es früher an. Wir Frauen können es leider immer nur so nehmen, wie es kommt, und demütig hoffen, die langen Monate mit der zusätzlichen Last einigermaßen gut zu überstehen. Die Freude, am Ende ein gesundes, strammes Kind in Armen zu halten, ist eine herrliche Entschädigung für die mühsame Zeit.«

»Woher wisst Ihr, dass ich …?«, setzte Gret an, doch die Frau legte den Finger über die Lippen und bedeutete ihr zu schweigen. Sanft tätschelte sie ihr die Wange. Seltsamerweise spürte Gret nicht das Verlangen, der kühnen Zärtlichkeit einer völlig Fremden auszuweichen. Im Gegenteil: Sie genoss sie sogar und seufzte leise: »Wenn es nur schon wieder vorbei wäre!«

»Die Zeit vergeht schneller, als Ihr denkt. Bis Jahresende steht noch so viel an. Am Ende werdet Ihr Euch eher wundern, wo die Monate geblieben sind.«

Dieses Mal blieb die warme, weiche Hand der Unbekannten auf Grets Wange liegen. Gret sog den angenehmen Duft ein, eine sorgfältig aufeinander abgestimmte Mischung aus Rosen, Veilchen und Wiesenblumen. Sie sah der Frau in die Augen, meinte in dem Grünblau einzutauchen wie in einen schimmernden Waldteich. Ihr wurde wunderbar leicht.

»Geht nur wieder weiter Eures Weges, meine Liebe, sonst werdet Ihr Euer Tagwerk kaum erledigen.« Aufmunternd klopfte ihr die Frau auf die Schulter.

Gret bedauerte das viel zu frühe Ende der angenehmen Begegnung. »Wer seid Ihr eigentlich? Und woher wisst Ihr das alles über mich?«

»Mein Name ist Mechthild Barwasser. Als Hebamme stünde es mir schlecht an, nicht zu wissen, wie es um Euch steht.«

»Ihr seid Hebamme? Seid Ihr neu in der Stadt? Euren Namen höre ich zum ersten Mal.« Im Stillen begann sie zu überlegen, wie sie es am geschicktesten anstellte, ihre Dienste anzunehmen. Seit Urzeiten schwor die Familie Selege auf eine Hebammenfamilie aus dem Kneiphof. Eigentlich undenkbar, eine andere Wehmutter um Hilfe zu bitten.

»Das muss Euch nicht wundern«, erklärte Mechthild leichthin. »Ich bin erst seit wenigen Tagen in der Stadt und werde mich hier wohl leider kaum als Hebamme verdingen. Eben habe ich beim Rat erfahren, dass man in allen drei Städten Königsbergs keinen Bedarf an neuen Wehmüttern hat. Deshalb versuche ich jetzt als Magd unterzukommen. Schließlich ist mir die Arbeit im Haus mehr als vertraut.«

»So kommt zur Vesper zu mir. Ich bin Gret Selege und wohne in der Kneiphofer Domgasse. Es würde mich freuen, wenn Ihr meine Magd werden wollt.«

Sie streckte der Frau die Hand entgegen. Ohne zu zögern, schlug sie ein. Gret jubelte im Stillen. Schwungvoll bückte sie sich nach dem Korb, hob ihn auf und ging davon.

Als sie am Tor der Schmiedebrücke auf Durchlass in die Altstadt wartete, wurde ihr bewusst, was sie da gerade getan hatte: eine völlig fremde Frau, deren Namen sie eben zum ersten Mal gehört hatte, als neue Magd ins Haus zu bestellen! Dabei brauchte sie doch gar keine zweite Magd, ganz zu schweigen von dem Ärger, der ihr deswegen mit Jörg und dem Schwäher ins Haus stand. Die beiden würden das kaum dulden, erst recht nicht, wenn sie den Buckel der Fremden erblickten. Mechthild Barwasser besaß nicht einmal einen Leumund in der Stadt. Gret glühten die Wangen. Über die Schulter schaute sie zurück zu der Stelle, wo sie der Buckligen begegnet war. Wider Erwarten stand Mechthild noch da und winkte ihr fröhlich zu. Sollte sie zu ihr gehen und das Angebot zurückziehen? Schon setzte sie den Fuß in die Richtung, da erntete sie dafür bei den hinter ihr Wartenden ein empörtes Augenbrauenrunzeln. Zu dicht drängten sich die Wartenden auf der schmalen Brücke zur Altstadt, schirmten den Weg zurück wie eine undurchdringliche Mauer ab.

Gret besann sich. Das Zusammentreffen mit Mechthild war ein Fingerzeig des Schicksals. Sehr wohl brauchte sie eine zweite Magd. In ihrer eigenen Wirtschaft blieb viel Arbeit liegen, weil sie regelmäßig zum Haus der verreisten Schwägerin musste. Daneben sorgte die Schwangerschaft dafür, dass sie jeden Tag langsamer wurde. Hinzu kam die Aufsicht über das Bierbrauen. Je erfolgreicher sie ihr Bier verkaufte, je mehr Aufmerksamkeit erforderte das von ihr. Szymon und Matas waren zwar tüchtig, aber nicht klug. Ohne sie ging da kaum etwas voran. Sollte die Frau am Abend also ruhig in die Domgasse kommen. Bis dahin hatte sie mit Jörg gesprochen und ihrem Schwäher die zwingende Notwendigkeit weiterer Hilfe erklärt. Der gute Absatz des Sommerbieres würde seinen Teil dazu beitragen, Wenzels Herz zu erweichen. Schließlich wuchs sein Stolz über ihren Einfall mit der Braupause mit jeder weiteren Bestellung. Erleichtert erwiderte sie Mechthilds Winken.

Den Weg zum Mühlenberg bewältigte sie zum ersten Mal seit Tagen wieder besser. Fast war ihr zum Singen zumute. Als sie die ersten Tropfen auf den Schultern spürte, schaute sie erstaunt nach oben. Düster und schwer dräuten die Regenwolken. Die hohen Hausgiebel schienen sie regelrecht aufzuspießen, so tief zogen sie über die Dächer hinweg. Gleich würden sie zerplatzen und sich sintflutartig über der Stadt ergießen. Ein dumpfes Grollen kündigte ein Gewitter an. Gret meinte, der Boden unter ihren Füßen würde zu beben beginnen. Schon zerteilte ein heller Blitz das Himmelsgrau und tauchte es für einen Moment in gleißendes Licht. Sturmböen fegten durch die Gassen, ließen die Fensterläden gegen die Hauswände krachen, wirbelten den Staub von der Erde auf. Blindlings rannten die Leute los. Ein jeder kannte nur ein Ziel, sich so schnell wie möglich ins Trockene zu flüchten.

Auch Gret begann zu laufen. Dicke Tropfen klatschten ihr auf die Schultern. Im Nu waren Goller und Kleid völlig durchnässt, auch die Haube klebte regenschwer am Kopf. Der feuchte Stoff ihres Leinenrocks schlang sich mit jedem Schritt enger um die Beine. Längst ähnelte das Straßenpflaster einer glitschigen Rutschbahn. In breiten Rinnsalen floss braunes Dreckwasser den Mühlenberg hinunter. Um das Gesicht gegen die peitschenden Regenböen zu schützen, neigte Gret den Oberkörper vor, sah kaum mehr, wohin sie lief. Allein der Trompetenstoß, der wie jeden Tag um elf vom Schlossturm über die Altstadt schallte, wies ihr den Weg.

»Wie seht Ihr aus!« Wider Erwarten öffnete Katharina König die schwere Eingangstür des Hauses am Mühlenberg. »Kommt nur schnell herein.« Entschlossen zog die kleine, kugelrunde Frau des herzoglichen Bibliothekars sie nach drinnen und schlug die Tür so kraftvoll zu, als gälte es, durch den Lärm das Unwetter auszusperren.

Erleichtert atmete Gret auf, ließ den Korb zu Boden fallen. Nie zuvor hatte sie derart gern die düstere, wenig anheimelnde Diele betreten. Um ihre Füße zeichnete sich rasch eine große Wasserlache ab. Sie stieg aus den Schuhen und rieb sich fröstelnd die Arme.

»Renata, schnell, bring Decken und Leinentücher!«, rief die König nach oben, unternahm jedoch selbst keinerlei Anstalten, Gret aus dem durchweichten Goller zu helfen oder ihr gar die triefend nasse Haube vom Kopf zu nehmen. Zum Glück erklangen bald die eiligen Schritte der dürren Magd auf der Treppe. In Windeseile huschte sie herunter, stürzte auf Gret zu, hüllte sie in wärmende Wolldecken, zauberte wie aus dem Nichts ein Leinentuch hervor und reichte es ihr. Dankbar begann Gret sich den Regen aus dem Gesicht zu wischen, schüttelte achtlos die Haube vom Kopf und umwickelte das tropfende Haar mit dem Tuch.

»Sind trockene Gewänder im Haus? Meine Schwägerin wird gewiss ein Kleid in der Truhe zurückgelassen haben, das mir passt. Leg es mir nur gleich oben in ihrem Schlafgemach zurecht, Renata. Ich komme sofort.«

Sie versetzte der dürren Magd einen sanften Stoß. Da Renata selten mit ihr sprach, wusste sie nie so recht, ob sie ihre Anweisungen verstanden hatte oder nicht.

»Geh schon«, bekräftigte die König ihre Aufforderung. »Elßlin wird dir helfen, ein passendes Kleid zu finden.«

Miauend strich die mehrfarbige Katze um Grets Beine. Sie erschrak. Renata aber legte ihr besänftigend die Hand auf den Arm und schüttelte sacht den Kopf. Gret wusste, wie sehr sie an der Katze hing. Angeblich beschützte sie das Haus vor Feuer. Schon oft hatte Gret die Magd fragen wollen, ob das alte Haus der Seleges im Kneiphof am Ende deshalb bis auf die Grundmauern abgebrannt war, weil sie damals nur eine schwarze und keine dreifarbige Katze wie diese besessen hatten. Auch jetzt streunte lediglich eine gestreifte durch Hof und Anwesen. Als die König laut hustete, verschwand die Magd über die Treppe nach oben. Die Katze eilte ihr auf flinken Pfoten lautlos hinterher. Schon wollte Gret ihr ebenfalls folgen, da stellte sich die König ihr in den Weg.

»Einfach ist es wirklich nicht mit Renata. Seit ich unter einem Dach mit ihr lebe, verstehe ich besser, warum Mathilda Huttenbeck so geklagt hat. Ob sie wirklich ins Tollhaus gehört, weiß ich nicht. Trotzdem ist es seltsam mit ihr. Man weiß nie, ob sie begriffen hat, was sie tun soll. Dafür aber geht ihr die Katze über alles. Ihr habt es gerade wieder mit eigenen Augen gesehen. Sogar einen Namen hat sie dem Tier gegeben und redet mit ihm, als wäre es ein Mensch. Die Kleine ahmt sie schon nach. Ganz verzückt krabbelt sie der Katze überall hinterher. Wenn wir nicht aufpassen, lernt sie am Ende noch das Mäusefangen!« Sie schüttelte den Kopf, suchte unauffällig Grets Zustimmung. Als diese schwieg, fuhr sie fort: »Andererseits schuftet sie wirklich wie ein Ochse und erledigt die Hausarbeit mehr oder weniger völlig allein. Die brave Elßlin ist vollauf mit dem Kind beschäftigt. Wenn Ihr mich fragt, die Kleine ist mehr als anstrengend. Nicht nur der Katze wegen. Ich weiß gar nicht, wie die beiden Mägde hier im Haus allein zurechtgekommen wären. Wie gut, dass die Herzogin mir gestattet hat, während der Abwesenheit der Stöckelin hier zu wohnen.«

»Dabei hätte eigentlich Mathilda Huttenbeck dableiben sollen. Ihr plötzlicher Entschluss, meine Schwägerin auf der Reise zu begleiten, hat alles erst durcheinandergebracht.«

»Aber wie hätte die Stöckelin allein reisen können?« Katharina König zog sie näher zu sich heran, schaute sie von unten herauf aus ihrem runden Vollmondgesicht treuherzig an. Dass Gret nach wie vor vor Nässe tropfte, schien sie nicht zu stören. Die winzigen blauen Augen von Polyphemus' Frau glänzten selbst in der dämmrigen Diele, der kleine rosafarbene Mund ähnelte einer aufspringenden Rose im Mai. Selbst das volle weiße Haar, das unter der Haube hervorlugte, umrahmte das Antlitz wellig wie Rosenblätter. Dazu passte der blumige Duft, der in den dunklen, schlichten Gewändern hing. Einmal mehr fragte sich Gret, ob sie als Bleicherin und Spitzenwäscherin bei Hofe das Rosenwasser trank, mit dem sie die Wäsche der Herzogin behandelte. Anders war dieser aufdringliche Geruch nicht zu erklären, der aus jedem einzelnen Haar der kugelrunden Frau drang. Die rosigen Wangen wie auch die aufgesprungenen, dennoch zarten Hände passten ebenso dazu. Fehlte nur noch ein rosendurchwirktes rosafarbenes Kleid, und die König wäre äußerlich der Inbegriff ihrer höfischen Tätigkeit. »Sagt doch selbst, liebe Selege«, fuhr die König ungerührt fort und spitzte ihre Rosenlippen. »Eine junge Witwe wie die Stöckelin darf nicht ohne Begleitung eine weite Reise antreten. Auch wenn sich der gute Götz Steinhaus noch so sehr um sie bemüht, so ist das einfach nicht statthaft.«

»Euer Gemahl passt gewiss auch gut auf sie auf«, warf Gret ein und wollte sich damit endlich nach oben begeben, um trockene Kleidung anzuziehen. Die König wollte sie jedoch noch immer nicht gehen lassen.

»Aber doch nur bis Thorn!«, fügte sie empört hinzu und schlug ihre Augenlider übertrieben auf, was ihrem Rosengesicht einen leicht beleidigten Eindruck verlieh. »Das heißt, so Gott will, ist mein Gatte inzwischen längst mit seinen Allensteiner Gefährten nach Westen unterwegs. Wie gut also, dass meine liebe Freundin sich im letzten Moment erbarmt und die Stöckelin begleitet hat. Ach, ich wünschte, wir hätten bald Nachricht, dass sie Krakau wohlbehalten erreicht haben.«

»Das wird noch eine ganze Weile dauern.«

»Leider. Und ausgerechnet jetzt muss dieses Unwetter losbrechen.« Die König schlug ihre winzigen weißen Hände vor den Mund, verharrte in dieser Pose, als würde sie dadurch Schlimmeres verhindern können. Das entlockte Gret ein belustigtes Schmunzeln.

»Dort, wo Dora und ihre Gefährten sind, muss es nicht so stark regnen wie bei uns. Längst sind sie viel weiter südlich unterwegs.«

»Gebe Gott, Ihr hättet recht.« Zögernd ließ die König ihre Hände sinken. »Warum nur zeigt sich in diesem Jahr der Juni derart nass und kalt?«

»Wäre er heiß und trocken, verhieße das ebenfalls nichts Gutes für die Reisenden. Doch macht Euch keine Sorgen, ›Regen an St. Veit, Gerste nicht leid't‹ hat meine Muhme mir beigebracht. Für uns als Bierbrauer verheißt das also nur Gutes.« Sie senkte die Stimme. Plötzlich stieg eine schmerzhafte Traurigkeit in ihr auf. An die gute Muhme, die erste Frau ihres Oheims Wurfbein vom Wirtshaus am Nürnberger Frauentor, hatte sie viel zu lange nicht mehr gedacht. Ebenso stand ihr auf einmal das Antlitz von Vetter Veit vor Augen. Noch auf dem Sterbebett hatte sie inständig darum gebeten, er möge sich Grets wie einer Schwester annehmen, als hätte sie da schon geahnt, wie es um ihr weiteres Schicksal bei der zweiten Frau des Oheims bestellt wäre. Gret schluckte Tränen hinunter. Veit beging an diesem Tag seinen Geburts- und Namenstag. Sie sandte ein kurzes Gebet gen Himmel, im fernen Krakau möge es ihm gutgehen.

»Regen an St. Veit mag gut sein, aber nicht ein solches Unwetter.« Die König zeigte sich nach wie vor missmutig.

Auch Grets Stimmung verdüsterte sich weiter. Hatte sie eben noch trotz des Gewitters aller Unbill frohgemut die Stirn geboten, so fühlte sie sich jetzt auf einmal hundeelend. Verschämt wischte sie die Augenwinkel, drehte dabei das Antlitz ab, damit die König das nicht bemerkte.

»Aus Euch tropft es ja regelrecht!«, rief die König plötzlich aus. »Seht nur, wie nass der Boden zu Euren Füßen ist. Geht endlich nach oben und zieht Euch trockene Gewänder an. Renata soll den Steinboden hier unten wischen.«

Sie fasste Gret am Arm und zog sie die Treppe hinauf. Gret war froh, dass sie sie an der Tür zu Doras Schlafgemach losließ und darauf verzichtete, sie hineinzubegleiten. Stattdessen lief sie in die benachbarte Küche und erteilte Renata weitere Anweisungen. Als Gret die Tür hinter sich schloss, hörte sie die genauen Aufträge der König so deutlich, als stünde sie direkt neben ihr. Kein Zweifel, die Frau des herzoglichen Bibliothekars war es gewohnt, Befehle zu erteilen. Auf dem Schloss aber sprangen ein halbes Dutzend Näherinnen und mindestens ebenso viele Waschfrauen diensteifrig um sie herum, zu nichts anderem angestellt, um die herzogliche Spitzenwäsche in Ordnung zu halten. Im Haus am Mühlenberg gab es einzig die törichte Renata, die die Anweisungen ausführte. Dass sie dazu länger brauchte und nicht alles zur vollsten Zufriedenheit der König erledigte, lag auf der Hand.

»Die fängt gleich an zu schimpfen«, ertönte ein zartes Stimmchen. Gret drehte sich um. Am Kopfende des Bettes, ganz in den äußersten Winkel gerückt, kauerte Elßlin, die schlafende Johanna auf dem Schoß, und lächelte ihr schüchtern zu. »Warum geht sie nicht einfach ins Schloss und lässt uns allein? Am Ende schlägt der Blitz bei uns ein, weil die König so laut über Miranda schimpft. Wie soll uns die Katze beschützen, solange die König immerzu nach ihr tritt? Ach, liebe Selege, bleibt bei uns. Ich habe solche Angst!«

»Hab keine Angst, Liebes!« Gret huschte zu dem jungen Mädchen, tätschelte ihm tröstend die Wange. »Das Gewitter zieht bald wieder ab. Solange Miranda durchs Haus streift, wird es euch verschonen. Die König ist im Grunde eine herzensgute Frau. Es fällt ihr einfach nur schwer zu entscheiden, was sie hier wirklich tun soll. Letztlich will sie ihrer Freundin, der Mathilda Huttenbeck, zu Gefallen sein. Deshalb meint sie so streng mit dir und vor allem Renata umspringen zu müssen. Sie meint es aber nicht böse. Sobald der

Regen nachlässt, wird sie ins Schloss gehen. Siehst du eigentlich, wie nass ich bin?«

Zur Bekräftigung zupfte sie an ihrem Kleid, das ihr wie ein schwerer Sack um den Leib hing. Es fühlte sich eiskalt an. Durchgefroren wie im tiefsten Winter, zitterte sie am ganzen Körper, die Zähne schlugen aufeinander.

»O Gott!« Die sechzehnjährige Elßlin riss erschrocken die Augen auf. Erst jetzt begriff sie, wie es um sie stand.

»Renata sollte mir ein Kleid meiner Schwägerin bereitlegen. Wenn ich nicht bald aus den nassen Sachen herauskomme, hole ich mir den Tod. Hilf du mir! Johanna schläft so tief, die wird nicht wach, wenn du sie ablegst und aufstehst.«

Ungeduldig winkte sie dem Mädchen und begann mit klammen Fingern, die Schnüre an ihrem Mieder zu lösen. Umständlich schob Elßlin das Kind von ihren Oberschenkeln. Schnaubend drehte sich Johanna auf die andere Seite, steckte den Daumen in den Mund und schlief weiter. Gret zerriss der Anblick das Herz. Was war sie nur für eine Mutter? Ihr eigenes Kind ließ sie einfach drüben bei der Magd und beschäftigte sich statt mit ihm Tag für Tag mit dieser verrückten Weiberwirtschaft in Doras Haus. Bislang hatte sie nicht einmal die Gelegenheit nutzen und in Ruhe nach Urbans Aufzeichnungen suchen können. Müde streifte sie sich das nasse Gewand von den Schultern, fühlte sich auf einmal bar jeder Hoffnung, in Königsberg je etwas Sinnvolles ausrichten, geschweige denn die Wahrheit über ihren Vater herausfinden zu können.

11

Ein heftiges Gepolter schreckte Gret auf. Sogleich warf sich Elßlin wieder aufs Bett, um Johanna zu beschützen. In der Küche nebenan schepperte es, die König schrie, und Renata schrie zurück. Zugleich frischte der Sturm vor den Fenstern auf, ein greller Blitz zuckte über den grauschwarzen Regenhimmel, und es krachte ein so entsetzlicher Donner durch die Luft, dass die Fensterscheiben klirrten und die Mauern des Hauses bebten. Auf der Stelle verstummte das Geschrei in der Küche. Vor Entsetzen ließ Gret das Kleid zu Boden fallen und starrte zum Fenster. Im Sturm krümmte sich der Wipfel der mächtigen Eiche am Schlossteich. Es sah aus, als wäre das Ende des jahrhundertealten Baums nah.

Plötzlich wurde es mucksmäuschenstill. Selbst der Regen hörte auf, gegen das Fenster zu trommeln.

Nach einer unendlich langen Weile setzte das Leben wieder ein. In der benachbarten Küche klirrten Töpfe, begleitet von gedämpften Stimmen. Renata und die König hatten ihren Frieden miteinander gemacht. Das Rascheln von Bettzeug verriet Gret, dass sich Elßlin erhob. Auch sie selbst kam langsam wieder zu sich.

»Seid Ihr wieder schwanger?«, piepste Elßlin, als sie ihr ein trockenes Hemd hinhielt. Die Wangen des Mädchens glühten. Es war schwer zu entscheiden, was sie mehr in Verlegenheit brachte, die Tatsache, dass Gret splitternackt vor ihr stand, oder der Umstand, dass die neue Schwangerschaft Busen und Leib bereits gut sichtbar aufquellen ließ.

»Pst!«, raunte Gret und legte beschwörend den Finger über die Lippen. Statt die Frage zu beantworten, lauschte sie angestrengt in den Flur. Sie meinte, jemand hätte an die

Haustür gepocht. Ein zweites, kräftigeres Pochen bestätigte ihre Vermutung.

»Los, geh zur Tür!«, forderte sie Elßlin auf. »Ich komme schon klar. Die König sollte nicht noch einmal diese Aufgabe übernehmen.«

Elßlin warf einen besorgten Blick auf das immer noch tief schlafende Kind im Bett und verschwand sichtbar widerwillig nach draußen. Mühsam schnaufend streifte Gret erst das Hemd, dann ein Kleid Doras über. Noch ehe sie es ganz nach unten gezupft hatte, wusste sie, wie eng es sitzen würde. Vorsichtig verknotete sie die Schnüre. Wenn sie den passenden Goller darüberzog, würde man das kaum bemerken. Sie trat vor den kleinen Spiegel neben der Tür, betrachtete sich von allen Seiten, setzte eine Haube aufs Haar und strich die Haare sorgfältig darunter. Auf den ersten Blick mochte man sie für Dora halten, stellte sie lächelnd fest. Erst wer sie genauer ansah, würde die pralleren Brüste und den runderen Leib erkennen. Das bernsteingoldene Haar war fast ganz von der Haube verborgen. Sie griff nach ihrem Gürtel, legte ihn um, dann trat sie auf den Flur.

»Stöckelin, Ihr?« Eine unbekannte Männerstimme schallte von der Treppe herüber. »Wie gut, dass ich Euch doch noch zu Hause antreffe.«

Sie wandte sich um, erblickte einen hochgewachsenen, dunklen Schatten. Beim Näherkommen zeichneten sich die Umrisse eines Mannes mittleren Alters ab, dessen markantestes Merkmal das düster umschattete Gesicht mit einer halben Handvoll Warzen auf der linken Wange war. Hilflos gestikulierte Elßlin hinter ihm. Mit weit aufgerissenen Augen eilte er auf Gret zu. Sie erkannte schnell, wen sie vor sich hatte – Egbert Göllner, seines Zeichens Hausvogt am herzoglichen Schloss. Oft schon hatte sie ihn im Schloss aus der

Ferne erspäht. Neugierig, wieso er bei dem Unwetter in Doras Haus am Mühlenberg kam und wie lange er sie wohl noch für ihre Schwägerin hielt, schaute sie ihm entgegen. Als sie sich dabei ein wenig mehr ins hellere Licht drehte und dabei der Ansatz ihres honigblonden Haares aufleuchtete, begriff er.

»Oh, verzeiht, da bin ich wohl einer Verwechslung aufgesessen«, stammelte er. »Ich dachte gerade tatsächlich, Ihr seid Dora Stöckelin. Dabei habe ich vorhin auf dem Schloss erfahren, dass sie vor fast drei Wochen aus Königsberg aufgebrochen ist. Ich wollte es nicht glauben. Deshalb bin ich hier. Wer aber seid Ihr? Und warum seht Ihr der Witwe unseres ehrwürdigen Kammerrats zum Verwechseln ähnlich?«

Statt ihm zu antworten, musterte Gret ihn genauer. Sein fliederfarbener Rock blieb auch im helleren Licht des hinteren Flurs merkwürdig fahl. Dafür gewann sein sorgfältig auf Kinnlänge gestutztes kupferbraunes Haar an Leuchtkraft. Es wirkte wie ein Helm auf dem eiförmigen Kopf. In der linken Hand zerdrückte er sein regennasses Barett. Die Beinkleider wie die Schuhe zeigten ebenfalls deutliche Spuren des Unwetters. Um seine Schultern aber musste er einen dicken Umhang getragen haben, der seinen Faltrock gut vor der Nässe geschützt hatte. Kaum fanden sich Spuren von Feuchtigkeit auf dem Stoff.

Unverwandt sah auch er sie schweigend an. Sein Blick ging ihr durch Mark und Bein. Die dunklen Augen bohrten sich förmlich in sie hinein. Zugleich schreckte sie das Harte, Unversöhnliche, das sein Antlitz kennzeichnete. Mit einem wie ihm war nicht gut Kirschen essen. Trotzdem aber war da noch etwas anderes, erst auf den zweiten oder dritten Blick hin Erkennbares, das sie anzog wie ein Magnet. Schwer nur konnte sie sich dem entziehen.

»Was kann ich für Euch tun?« Sie machte keine Anstalten, ihn in die Stube zu bitten. Im Schloss hatte sie genug über ihn gehört, dass ihr gleich schwante, wie wenig Gutes sein Auftauchen in Doras Haus verhieß. Noch dazu, da er offen zugab, von Doras Abwesenheit zu wissen. Sie trat einen Schritt näher auf ihn zu. Er war nur etwa eine Handbreit größer als sie, dennoch straffte sie unwillkürlich den Rücken, um sich nicht klein gegen ihn zu fühlen.

»Ihr hütet also das Haus, während die Stöckelin verreist ist. Wann ist mit ihrer Rückkehr zu rechnen?«, überging er ihre Frage.

»Sicher nicht vor dem Herbst«, entgegnete sie und ärgerte sich im nächsten Atemzug, so vorschnell geantwortet zu haben. Ein kaum sichtbares Zucken um Göllners Augenpartie ließ sie aufmerken.

»So lange kann ich nicht warten«, erklärte er und schaute sich um. Sämtliche Türen waren verschlossen, lediglich durch das Fenster am Flurende fiel Licht. »Erlaubt, dass ich nach oben in die frühere Studierstube von Urban Stöckel gehe und dort nach etwas suche. Es geht um Schriften aus dem herzoglichen Schloss.«

»Meiner Schwägerin wäre das wohl kaum recht. Kommt bitte nach ihrer Rückkehr wieder. Ohnehin müssten seit dem Tod ihres Gemahls alle Unterlagen gesichtet sein. Ihr selbst habt ihr doch die Kisten aus dem Schloss gebracht. Was also sollte dort oben noch zu finden sein, was Ihr gewiss nicht längst schon in Händen hattet?«

»Es handelt sich um sehr wichtige, geheime Schriftstücke, von denen ich ganz sicher weiß, dass sie sich oben in der Studierstube des Verstorbenen befinden. Ich habe sie dortgelassen, weil mir das sicherer schien als im Schloss. Mehr kann ich Euch dazu leider nicht sagen.«

Göllner wurde ungeduldig. Schon machte er auf dem Absatz kehrt, rannte zur Treppe und stieß Elßlin rücksichtslos beiseite. Zwei Stufen auf einmal nehmend, hastete er nach oben. Erst da erwachte Gret aus ihrer Starre. Laut schreiend rannte sie ihm hinterher. »Was fällt Euch ein? Bleibt stehen! Sofort!«

Endlich trauten sich auch Katharina König und Renata aus der Küche. Ohne nach den genaueren Umständen zu fragen, stürmten sie ebenfalls ins zweite Obergeschoss hinauf.

Die Tür zu Urbans früherer Studierstube am Ende des Flurs stand sperrangelweit offen. Das heftige Rascheln von Papier, das Gegeneinanderstoßen von Holzkisten sowie ein undeutliches Gemurmel verrieten bereits aus der Ferne, dass Göllner tatsächlich die Regale und Kisten durchwühlte. An der Tür angekommen, musste Gret innehalten und Luft holen, so wütend machte sie sein Verhalten. Blankes Entsetzen packte sie, als sie in den Raum hineinsah. Göllner durchwühlte nicht nur die Stube, er richtete ein heilloses Durcheinander darin an. Sämtliche Bücher hatte er bereits aus dem Regal gerissen und achtlos zu Boden geworfen. Ebenso war er mit losem Papier und Notizheften verfahren. Achtlos trat er mit seinen vom Regen nassen Schuhen darauf herum. Die schmutzstarrenden Sohlen hinterließen hässliche Spuren darauf. Was würde Dora bei ihrer Rückkehr dazu sagen? Für einen Augenblick wurde Gret schwarz vor Augen.

»Hört sofort damit auf!« Ihre Knie zitterten, in ihrem Kopf drehte sich alles. Haltsuchend klammerte sie sich am Türstock fest. In ihrem Nacken spürte sie den Atem von Renata, Elßlin und Katharina König. Die drei waren offenbar froh, sich hinter ihrem Rücken verschanzen zu können. Gret haderte mit sich. Am liebsten würde sie sich rücklings auf Göllner stürzen, um ihn von seinem verwerflichen Tun abzuhalten, doch ihr Körper gehorchte ihr nicht. In ihrem Unterleib rumorte es seltsam. Mit dem nächsten Atemzug entfuhr ihr ein spitzer Aufschrei. Sie krümmte sich vornüber vor Schmerz.

Göllner fuhr herum. Die Frauen hinter ihr fassten nach ihren Schultern. Gleich ging es ihr wieder besser. Wie ein Storch stakste sie langsam los, fand sich plötzlich dicht vor dem Hausvogt, schlug ihm einen Stapel Papier aus den Händen und suchte seinen dunklen Blick.

»Was immer Ihr hier sucht, Ihr werdet es nicht finden. Hier gibt es keine geheimen Unterlagen aus dem Schloss. Das wisst Ihr ebenso gut wie ich.«

»Ihr habt es gehört«, meldete sich endlich auch die König zu Wort und trat vorsichtig näher, hielt sich allerdings immer noch halb hinter Gret verborgen. »Solltet Ihr nicht auf der Stelle verschwinden, werde ich gleich nachher der Herzogin von Eurem Auftritt berichten. Das wird sie wenig erfreuen. Seid gewiss, dass sie den Herzog höchstselbst eilig davon in Kenntnis setzen wird. Bestimmt missfällt es ihm zu hören, wie sich sein Hausvogt gegen die Witwe eines verdienten Weggefährten beträgt und in ihrer Abwesenheit das Haus durchsucht.«

»Die Mühe könnt Ihr Euch sparen.« Auf Göllners düsterem Gesicht zeichnete sich ein siegesgewisses Schmunzeln ab. »Der Herzog weiß bereits Bescheid und ist damit einverstanden. Immerhin habt Ihr selbst …«

»Worauf wollt Ihr hinaus?« Flinker, als Gret es ihr je zugetraut hatte, schlängelte sich die rundliche Bibliothekarsgattin an ihr vorbei und baute sich, die kurzen Arme in die Hüften gestützt, direkt vor Göllner auf.

»Muss ich Euch daran erinnern, dass Ihr gestern erst im Frauenzimmer der Herzogin davon erzählt habt, wie Euer Gemahl in der Nacht vor seiner Abreise noch wichtige, lang verschollene Papiere von Urban Stöckel in der Bibliothek gefunden hat? Gleich bei Tagesanbruch, so habt Ihr die Herzogin wissen lassen, habe er sie hierher in den Mühlenberg gebracht.«

Gret horchte auf. Ob es sich dabei um das von Dora vermisste Notizbuch Urbans handelte? Ihr wurde flau bei dem Gedanken, Göllner könnte es in die Finger bekommen und darin vor ihr etwas über die ungeklärte Vaterschaft erfahren. Niemals sollte er oder sonst jemand bei Hofe davon wissen. Das war allein ihre Sache, ihr Geheimnis.

»Aber nein!«, hörte sie die König wie aus weiter Ferne rufen. »Mein Mann ist doch nur deshalb hierhergelaufen, weil er zusammen mit der Stöckelin und Steinhaus den halben Weg nach Krakau …«

»Krakau?«, unterbrach Göllner sie barsch, fasste sie an den rundlichen Schultern und schüttelte sie. »Heißt das, die Stöckelin ist unterwegs nach Krakau? Und hat vermutlich die Papiere mit dabei?«

Ehe die König ihm antworten konnte, stieß er sie brüsk gegen Gret. Von der Wucht des Stoßes gerieten beide ins Torkeln.

»Krakau ist gut, Krakau ist sogar sehr gut«, murmelte er und rannte aus der Stube.

»Was habt Ihr vor?«, rief Gret ihm nach, doch er antwortete nicht mehr.

Starr vor Schreck sahen die Frauen ihm nach. Erst als unten in der Diele die Eingangstür ins Schloss fiel, wagte Renata sich zu rühren. »Das war nicht sonderlich klug von Euch, gute Frau. Bislang hat der Hausvogt wohl gar nicht gewusst, wohin die Stöckelin unterwegs ist.«

»Noch schlimmer«, ergänzte Gret mit vor Furcht stark belegter Stimme, »jetzt weiß er auch, dass sie die von ihm so dringend gesuchten Papiere mit dabeihaben muss. Um was auch immer es sich handeln mag, ich fürchte, ein Mann wie Göllner ist zu allem fähig, um sie an sich zu bringen.«

Der Gedanke flößte ihr einen eiskalten Schauer ein. Dagegen war das Frieren in den regennassen Kleidern vorhin nichts gewesen. Wieder rumorte es in ihrem Leib. Schützend legte sie die Hand darauf. Zugleich fraß sich eine mehr als düstere Erkenntnis in ihr Bahn. Mit Göllner war nicht allein wegen der geheimnisvollen Papiere schlecht scherzen. In seinem Gesicht meinte sie etwas aus einer lang zurückliegenden Zeit erspäht zu haben. Wie seltsam er auf ihre Ähnlichkeit mit Dora sowie auf ihr bernsteinblondes Haar reagiert hatte!

12

Wie betäubt saß Dora in der Kirchenbank, konnte den Blick nicht von dem gewaltigen Hochaltar wenden. Nach fünfwöchiger Reise war sie endlich am Ziel. Fast hätte sie letztens in Petrikau schon die Hoffnung aufgegeben, Krakau jemals noch rechtzeitig zu erreichen. Sieben Tage hatten sie dort unverhofft auf wichtige Waren aus Lublin warten müssen. Darüber war Steinhaus regelrecht außer sich geraten, Clas Tönnies dagegen schien sehr erfreut über die unerwartete Pause. Tagelang war der schweigsame Pfarrer verschwunden gewesen. Von den Fuhrleuten hatte Dora etwas von jüdischen Freunden aufgeschnappt, was sie sich nicht so recht zusammenreimen konnte. Vielleicht hatte es auch daran gelegen, dass ihr die Zeit zum Nachdenken über Tönnies gefehlt hatte. Zu sehr hatte Mathilda sie in Petrikau in Anspruch genommen und ihr geradezu Löcher in den Bauch gefragt nach ihrer Kindheit, der verstorbenen Mutter

Enlin sowie nach Vater Wenzel und seiner Einstellung zum Bierbrauen. Als ob die Base sich davon nicht längst schon selbst ein Bild gemacht hätte. Dora musste immer noch verwundert den Kopf schütteln.

Seit dem gestrigen Sonntag aber waren sie endlich in Krakau. Dafür sandte Dora ein aufrichtiges Dankgebet gen Himmel. Welche Fügung, dass sie dazu ausgerechnet in der katholischen Marienkirche am Großen Marktplatz saß. Wie von selbst hatten sie ihre Füße dorthin gelenkt. Verzückt versank sie schon eine geraume Weile in dem Genuss des beeindruckenden Kunstwerks von Veit Stoß. Polyphemus hatte gut daran getan, ihr so viel über den Nürnberger Meister zu erzählen. Vor mehr als zwei Menschenaltern war der Bildhauermeister nach Krakau berufen worden, um den Hochaltar zu Ehren der Gottesmutter Maria zu gestalten. Je länger Dora das Kunstwerk betrachtete, je mehr erfüllte sie Trost sowie die Gewissheit, bald wieder zu Hause in der Königsberger Altstadt bei Johanna zu sein. Dann wäre alles wieder gut, und sie würde fortan in Frieden und ohne drängende Schuld Veit gegenüber leben können. Sie verschränkte die Hände wie zum Gebet in ihrem Schoß und richtete den Blick aufmerksam nach vorn.

Ihr Platz im Mittelschiff lag einige Schritte von der Schranke vor dem Chorraum entfernt. Zu ihrem Bedauern waren die Flügel des Altars geschlossen. Doch auch die zwölf Bildtafeln mit den Stationen aus dem Leben und Leiden Christi auf der Außenseite schlugen sie in Bann. Atemlos verfolgte sie jede einzelne Szene mit den Augen, knetete die kalten Finger, tief bewegt von dem Gesehenen. Was gäbe sie darum, das Innere bewundern zu dürfen, das das Leben der Jungfrau Maria in all seinen Facetten darstellte. Vielleicht war ihr das Glück hold, und sie erlebte einen kirchlichen Feiertag, an dem der Altar geöffnet wurde. Einmal wenigstens wollte sie die aus Lindenholz geschnitzten Gestalten mit eigenen Augen sehen.

Wieder versank sie in der Betrachtung der reich mit Gold und vielerlei Farben ausgestalteten Bildtafeln. Darüber verloren Raum und Zeit jegliche Bedeutung. Dora merkte nicht, wie sich das Licht hinter den hohen, bunten Spitzbogenfenstern allmählich veränderte, Menschen neben ihr niederknieten und beteten, aufstanden und wieder verschwanden, andere ihren Platz einnahmen. Sie starrte immer nur in den Chorraum, suchte Halt an einer der reliefartig ausgearbeiteten Szenen, bewunderte das pralle Leben, von dem darin erzählt wurde. Es war ihr, als würden die Figuren aus den Bildnissen heraustreten und das Geschehen wie auf einer Bühne vorführen.

Selbst aus der Ferne waren in jedem Antlitz noch die menschlichen Regungen zu erkennen. Jede einzelne Figur besaß ein unverkennbares Eigenleben, egal, ob sie eine Heilige oder eine Gestalt am Rand darstellte. Das Besondere des Altars lag in der außergewöhnlichen Liebe zur Ausgestaltung selbst der kleinsten Nebensächlichkeiten. Dadurch wurde den Bildnissen wahrer Odem eingehaucht. Kaum mochte Dora fassen, dass eine solche Kunst durch Menschenhand möglich war. Eine göttliche Schöpferkraft sprach aus ihr. Vor Andacht und Bewunderung versank sie in der harten Kirchenbank, fühlte sich unfähig, sich jemals selbst wieder an einen Entwurf zu wagen. Sogar der Plan für das einfachste Haus würde ihr wohl kaum mehr gelingen, würde sie künftig doch stets diesen einzigartigen Altar vor Augen haben, der ihr zeigte, zu was wahre Meisterschaft fähig war.

Von den bildgewaltigen Szenen wurden ihre Augen müde. Sie richtete den Blick nach oben, auf die Spitze des Altars.

Umringt von mehreren überlebensgroßen, ganz von Gold überzogenen Figuren, vollzog sich dort die Krönung der Muttergottes. Dora legte den Kopf noch weiter in den Nacken, saugte sich mit dem Blick an dem Kreuzrippengewölbe fest. Fast meinte sie, die Flächen zwischen den Gewölberippen und Gurten schimmerten himmelblau, goldene Sterne funkelten darauf, derart zog es sie nach oben, in die Unendlichkeit des Firmaments hinein. Selbst im grauen Licht des trüben Siebenschläftertages büßte es nicht das Geringste von seiner Pracht ein. Doras Augen wanderten weiter, schweiften über die nicht minder beeindruckenden Seitenaltäre zum steinernen Kruzifix rechts vor dem Chor. Auch diese Christusfigur hatte der Nürnberger Veit Stoß in seinem fast zwanzig Jahre dauernden Aufenthalt in Krakau erschaffen. Wieder fühlte sich Dora unsäglich klein und bedeutungslos. Nicht allein die schiere Größe der Figuren und die Ausmaße des Altars bewirkten das, auch die Kraft, die sie ausstrahlten, ließ sie zu einer Zwergin schrumpfen. Welche Leidenschaft hatte einen Mann wie Veit Stoß zu solch übermenschlichen Leistungen befähigt?

Sie tastete nach dem Felleisen in ihrem Schoß, fuhr mit den Fingern über den abgeschabten Ledereinband des Werkmeisterbuchs von Laurenz Selege. Über Jahre hatte sie die Aufzeichnungen ihres Urahns über Bauten und Kunstwerke Silbe für Silbe studiert, jeden einzelnen Strich seiner Zeichnungen aufgeregt verfolgt. Auf der vierwöchigen Reise von Königsberg nach Krakau hatte sie so manches der von ihm beschriebenen Bauwerke ehrfürchtig mit eigenen Augen betrachtet. Dachte sie an die Marienburg, Marienwerder oder gar Thorn, wäre sie gestern noch in begeisterte Lobpreisungen ausgebrochen. Auf einmal aber schien ihr das alles leer und fahl. Angesichts des seit ihrer Ankunft am Vorabend in

Krakau Gesehenem hätte sie die einzelnen Seiten aus dem Buch zerreißen mögen, so unbeholfen und plump erschien ihr das darauf Gezeigte auf einmal.

Sie erschrak über sich selbst. Es stand ihr nicht an, derart hart mit Urahn Laurenz ins Gericht zu gehen. Nie war er in Krakau gewesen, hatte überhaupt nie das preußische Ordensland verlassen. Woher also hätte er Vergleichbares wie in Krakau je vor Augen haben sollen? Noch dazu, wo Meister wie Veit Stoß mehr als ein Menschenalter nach ihm gewirkt und unter ganz anderen Vorgaben im Umfeld des polnischen Königshofs ihre Werke hatten schaffen dürfen. Dennoch verlief ein tiefer Graben zwischen dem, was sie bislang von Laurenz gelernt und in ihrer Heimat gesehen hatte, und dem, was sich ihr in Krakau an neuen Eindrücken bot. Was gäbe sie darum, Polyphemus in diesem Moment neben sich zu haben, um mit ihm darüber zu reden.

Ihre Wangen glühten, und das nicht allein vor Eifer. Wenn sie ehrlich zu sich war, war da noch jemand anderer, mit dem sie sich brennend gern über ihre jüngsten Eindrücke austauschen würde. War nicht das, was sie gerade bei der Betrachtung des Marienaltars empfand, genau das, was Veit Singeknecht einst gemeint hatte, als er ihr gegenüber die hohle Büchergelehrsamkeit angeprangert hatte? Endlich erfasste sie, was er damit hatte sagen wollen. Wer seine Stadt verließ und zu reisen begann, sich offen zeigte für das, was ihm unterwegs begegnete, der lernte weitaus mehr, als ihn sämtliche Bücher der größten Bibliotheken auf der Welt lehren konnten. Doch nicht nur das. Er lernte vor allem anderes, Unverhofftes kennen, wonach er in der Bibliothek und den Büchern niemals gesucht hätte. Das war genau der Unterschied zwischen dem Halten der Asche und dem Weitergeben der Flamme.

Doras Blick schweifte umher, ihre Nase sog den aufdringlichen Weihrauchgeruch ein, sie musterte die in den Bänken Knienden, die inständig einen Heiligen um Hilfe anflehten. Dass sie sich hier befand, diese Gedanken dachte, diese Bewunderung großartiger Kunst durchlebte, war kein Zufall. Auch auf diesen Weg hatte das blaue Öl der Schafgarbe sie geleitet, auch das gehörte dazu, um zum Kern des eigenen Wesens vorzudringen. Wenn sie die Augen schloss, sah sie die zauberhafte weibliche Gestalt vor Augen, die sich in den Linien der Hand abzeichnete, roch den würzigen Krautgeruch der Schafgarbe. Hätte sie ihre Heimatstadt Königsberg nicht verlassen, hätte sie niemals eine katholische Kirche wie die Marienkirche betreten und wäre demzufolge niemals mit dieser Form der Kunst in Berührung gekommen. Hätte sie sich also nicht auf den Weg gemacht, um Urbans Vergangenheit zu erkunden und Veit von dem schrecklichen Verdacht zu befreien, schuld an seinem Tod zu sein, wäre ihr niemals klargeworden, wozu wahre Leidenschaft befähigte.

Als sie die Augen wieder öffnete, meinte sie von neuem in der Bildgewalt des Altars zu versinken. Aus jedem kleinsten Winkel sprach ihr eine Zuversicht entgegen, die sie durstig aufsaugte. Veit Stoß schien untrennbar mit dem katholischen Glauben verbunden. Aus deren Lehren hatte er die Gestalten entwickelt, die den Altar bevölkerten. Um derart anrührend davon zu erzählen, musste er das Leben Mariens und Christi zutiefst verehrt haben. Dora dachte an Urban. Streng hätte ihr Gemahl bei diesen Überlegungen die Stirn gerunzelt, sie mit seinen hellen, weisen Augen lange schweigend angesehen. Geduldig hätte er ihr alsdann auseinandergesetzt, dass Veit Stoß sicherlich von Luthers Lehre überzeugt gewesen wäre, hätte er ein Menschenalter später gelebt. So klug, wie er gewesen war, war das gar nicht anders denkbar.

Seltsamerweise erfüllte sie diese Einsicht mit großem Bedauern. Sie war überzeugt, das Lutherische hätte ihn nicht zu jenen großartigen Werken anregen können. Etwas Entscheidendes hätte darin gefehlt. Vermutlich genau das, was den Figuren den entscheidenden Atem einhauchte – jene verschwenderische Üppigkeit, die keinen Gedanken an Nützlichkeit vergab. Die Baukunst im Herzogtum war nüchtern und pragmatisch, ganz zweckgerichtet und deshalb auf das Wesentliche beschränkt. Überbordende Leidenschaft, die sich in der Ausgestaltung noch des kleinsten schmückenden Beiwerks allein zur Freude des betrachtenden Auges zeigte, war ihr fremd. Andererseits waren die Ordensritter ebenfalls katholisch gewesen, musste Dora eingestehen. Trotzdem aber hatte es ihnen an jener überschwenglichen Sinnesfreude gemangelt, sonst hätten sie die Ordensburgen und Bauten anders gestalten lassen. Oder war es ihr Auftrag, das dünnbesiedelte Land im Nordosten Europas von den rauhen Prußen zu erobern, der ihnen auf lange Zeit jedwede Sinnesfreude geraubt hatte und sie stets nur das Nützliche, Vernünftige hatte errichten lassen? Darauf wusste sich Dora keine Antwort. Wie wollte sie das eines Tages Johanna erklären?

Ein Schnaufen dicht neben ihr riss sie aus ihren Überlegungen. Unter heftigem Ächzen und Stöhnen kniete sich ein altes Weib auf der Bank nieder, faltete die von harter Arbeit geschundenen Hände und richtete das vom Leben zerfurchte Antlitz flehentlich nach oben. In den grauen Augen gewahrte Dora einen seligen Ausdruck, der sie rührte. Gewiss wusste die Frau weder etwas von den Kreuzrittern noch von Luther oder sonstigen Lehren, geschweige denn von katholischen Sinnesfreuden oder Ähnlichem. Auf ihrem Gesicht stand allein das tiefe Vertrauen in überirdische Mächte, die sie im Anblick von Veit Stoß' Kunstwerk zu erreichen hoffte. Dora beneidete sie darum. Zugleich brannte sie darauf, das gerade Erfahrene mit jemand Gleichgesinntem zu besprechen. Sie tastete in dem Felleisen nach Veits Brief, den Gret ihr überlassen hatte. Darin hatte er als seinen derzeitigen Aufenthaltsort ein Haus in der Krakauer Kanonikergasse erwähnt. Es war Zeit, sich auf den Weg zu machen.

Ihr pochte das Herz bis zum Hals, als sie die andächtige Stille der Marienkirche hinter sich ließ und auf den weitläufigen Großen Marktplatz hinaustrat. Auf dem Signalturm blies der Turmbläser in sein Horn. Für einen kurzen Moment schien das geschäftige Treiben in den Tuchhallen und den benachbarten Krämerbuden stillzustehen. Dann ging es mit dem Feilschen und Handeln ebenso munter weiter wie zuvor.

Händler wie Bürger waren derart vertieft in ihr Tun, dass sie dem einsetzenden Regen kaum Beachtung schenkten. Der Niederschlag nahm nicht zu, dafür deutete sein gleichmäßiges Prasseln auf eine vermutlich längere Dauer. Wie ein hauchdünner Schleier umhüllte er die Stadt. Dora zog den Umhang über dem Goller enger um die Brust, senkte das Antlitz und wandte sich nach rechts, der Fortsetzung des von Norden in der Floriansgasse nach Süden über die Grodzka- in die Kanonikergasse verlaufenden Königswegs zu. Der Regen war nicht sonderlich kalt, dennoch brachten sie das Feuchte sowie der gelegentlich aufflauende Wind zum Frösteln. Die Finger, mit denen sie das Tuch vor der Brust zusammenhielt, wurden ihr klamm. Sie sah auf, um abzuschätzen, wie weit sie noch laufen musste. Gleich wurden ihr die Wangen feucht vor Regen.

Die Straße machte einen großzügigen Bogen, für einige Zeit ging es leicht bergab, dann wieder gemächlich aufwärts. Bald verloren sich die um den inneren Stadtkern streng gitterartig angelegten Straßen in einem willkürlichen Verlauf. Die Gassen rechts und links des Wegs wurden enger. Statt des gepflegten Pflasters verfügten sie oft nur über festgestampften Lehmboden. Einzig die Grodzka behielt ihren strikten Weg zum Wawel am südlichen Ende der Stadt bei, ebenso war sie weiterhin breit gepflastert. Später aber büßten auch an ihrer Seite die Hausfassaden an Pracht ein. Die Gebäude wurden niedriger und schmaler, stammten oft noch aus weitaus älteren Zeiten als die Bauwerke rund um den Markt. Dora erinnerte sich der Unterhaltung am Vorabend, als Steinhaus und der Wirt ihres Gasthauses über jenen ältesten Teil Krakaus sprachen, in dem sie nun unterwegs war. Okół hieß das Viertel und galt trotz seines bescheidenen Aussehens als etwas ganz Besonderes, schmiegte es sich doch gleich zu Füßen des Burgberges, auf dem sich neben dem Sitz des Königs auch die Krakauer Kathedrale befand. Seit frühester Zeit war dieser Fleck im Schatten des polnisch-litauischen Herrschersitzes schon besiedelt.

Als die St.-Andreas-Kirche mit ihren beiden Türmen in Sicht rückte, bog Dora nach rechts ab, wie es ihr Steinhaus am Morgen erklärt hatte. Nach einem kleinen Platz, auf dem zwei Bauersfrauen aus ihren Körben Kräuter und Käse feilboten und eine Garküche zwielichtiges Gesindel um ein wärmendes Feuer versammelte, wandte sie sich wieder nach links. Die Kanonikergasse verlief nahezu parallel zum Königsweg und wirkte wie ausgestorben. Eine Frau fegte vor einem der Häuser, ein Mann in einem dunklen Talar huschte mit gesenktem Haupt vorbei. Ihm folgten in gebührendem Abstand eine Handvoll Studenten, die sich Mühe gaben, würdevoll aufzutreten. Dora schaute die Fassaden entlang.

Die Gebäude der mächtigen Kirchenleute strahlten wieder den Glanz der Anwesen aus, die den Großen Marktplatz säumten und mehr dem Sitz von mächtigen Adligen entsprachen als dem von Bürgern. Anders als Dora es aus den preußischen Städten kannte, war das Mauerwerk ockergelb getüncht. Nirgendwo war noch eine Spur von Ziegeln zu erkennen. Weit hervorragende Wimperge mit Fialen oder ähnlichem Zierat gab es nicht, ebenso schlossen die Giebel auf einer geraden Linie und nicht in Stufen. Dennoch beeindruckte allein die Breite der Gebäude wie auch ihre Höhe. Die Eingangsportale waren reichhaltig geschmückt und oftmals über das ebenerdige Geschoss hinaus erhöht, was ihnen eine zusätzliche Bedeutung verlieh. Am Ende der Gasse ragte der Wawel auf. Dora blieb stehen, sah trotz des Regens aufrechten Blicks nach vorn.

Über mächtigen Bäumen schälte sich die Burganlage heraus. Gewaltig thronte das Königsschloss mitten auf dem Berg, der zwar nicht hoch, seiner besonderen Lage am Südende der Stadt zum Weichselufer hin wegen jedoch sehr majestätisch wirkte. Der Ort war klug gewählt von den polnischen Herrschern. Selbst der wenig einheitliche Bau der Festung, die von jedem neuen Herrscher aus dem Haus der Jagiellonen mit An- und Umbauten im Geschmack seiner Zeit beliebig erweitert worden war, die scheinbar willkürlich in den Himmel emporragenden großen und kleinen Türme, Häuser, Mauern und Tore konnten die Erhabenheit der Anlage nicht schmälern.

Zum zweiten Mal an diesem Morgen fühlte Dora sich in ihren Grundfesten erschüttert. Dachte sie an die besonnene Gestaltung der riesigen Ordensfestungen Marienburg, Tapiau, Labiau, Ragnit oder auch die noch deutlich erkennbaren Reste von Dom und Bischofsburg in Marienwerder, so schien deren trutziges Mauerwerk wie aus einem Guss entstanden. Selbst spätere Erweiterungen waren immer dem Stil der Vorbauten gefolgt. Davon schrieb Ahn Laurenz in seinem Werkmeisterbuch zur Genüge. Auch das Königsberger Schloss, das unter Herzog Albrecht rege umgestaltet und angebaut wurde, blieb im Großen und Ganzen seinem äußeren Erscheinungsbild treu. Der Wawel dagegen zeigte seine vielgestaltige Geschichte schon von weitem, und das offenbar mit großem Stolz. Ob das, ähnlich wie die Kunst von Veit Stoß in der Marienkirche, ebenso ein Ausdruck von besonderer Leidenschaft war? Wagten die Menschen, Herrscher wie Künstler und Kirchenleute, jenseits des ehemaligen Ordenslandes, einfach mehr von sich und ihrem Wesen nach außen in Gestalt eines willkürlich gewachsenen statt stets beherrschten Stils zu zeigen?

13

Der Regen wurde stärker. Die Menschen in der Gasse beschleunigten ihre Schritte, drängten Dora in dem Strom weiter vorwärts. Kaum blieb ihr Gelegenheit, sich weiter umzusehen. Das Ende der Kanonikergasse war bald erreicht. Auf der Suche nach Veits Unterkunft wanderte ihr Blick die Hausfassaden entlang. Undenkbar eigentlich, dass er im Haus eines katholischen Kirchenmannes untergekommen war. Das passte nicht zu ihm als überzeugtem Lutheraner. Ob sie Veit in dieser Stadt tatsächlich wiederfand? Ratlos drehte sie sich einmal um die eigene Achse. Vielleicht hatte sie sich doch in der Straße geirrt. Andererseits kannte sie die Zeilen aus seinem Brief auswendig, in denen er seine bescheidene Unterkunft beschrieb. Eine solche aber schien ihr im Umfeld der Häuser, die sie vor sich sah, gänzlich fehl am Platze. In einem überwölbten Toreingang suchte sie

Schutz vor dem Regen. Gerade wollte sie Veits Schreiben aus dem Felleisen ziehen, da wurde sie eines kleinen Durchgangs gewahr. Er entpuppte sich als kaum schulterbreite Gasse, die auf einen gepflasterten Hof führte. Neugierig ging sie dorthin.

Der Hof war umrahmt von drei einstöckigen Gebäuden, die im Vergleich zu den ansehnlichen Klerikeranwesen in der vorderen Straße sehr bescheiden wirkten. Dora maß die Häuser mit den Augen. Eine ungewohnte Stille umfing sie. Weder das Gegacker von Federvieh noch das Gurren von Tauben oder das Miauen von Katzen war zu hören. Die Fenster waren allesamt verschlossen, an manchen Häusern gar mit Holzläden und schweren Eisenriegeln verrammelt. Neben den Türen fand sich keinerlei Hinweis auf die Zunft der Bewohner. In welch seltsame Gegend war sie da nur geraten? Gerade als sie kehrtmachen und den Hof durch die enge Gasse wieder verlassen wollte, öffnete sich eine der Türen, und eine junge Frau trat heraus. Auf dem Kopf trug sie eine eher graue denn weiße Haube, ebenso wirkte ihr Kleid nicht sonderlich sauber. Dafür aber besaß sie ein sehr hübsches Gesicht.

»Dzień dobry«, grüßte die Frau.

Dora grüßte höflich zurück. Dank Brauknecht Szymon sprach sie einige wenige Brocken Polnisch und konnte also hinzufügen: »Czy pani mówi po niemiecku?«

»Wer seid Ihr, und was sucht Ihr?«, fragte die junge Frau sofort in bestem Deutsch. Das Lächeln auf ihrem Gesicht wirkte offen und ehrlich.

»Ich bin Dora Stöckel aus Königsberg und suche den Baumeister Veit Singeknecht aus Nürnberg. Für einige Zeit soll er hier untergekommen sein. Das zumindest hat er vor einigen Wochen meinem Bruder geschrieben.« Dora trat zwei

Schritte auf die Fremde zu. Bei Erwähnung von Veits Namen erlosch das Lächeln der Frau. Täuschte sie sich, oder machte sich nicht gar auf einmal Verachtung auf ihrem Antlitz breit? Vorsichtig schob sie nach: »Könnt Ihr mir sagen, wo genau ich ihn hier finde?«

»Ihr kommt zu spät.« Abwehrend verschränkte die Fremde die Arme vor der Brust. Ihre Stimme hatte alles Freundliche verloren. »Singeknecht ist fortgezogen, als sein Vater eintraf. Dem Alten passte die Unterkunft nicht. Jetzt findet Ihr sie in Kazimierz. Bei den jüdischen Spitzhüten fühlen sie sich wohler als bei uns.«

Bevor Dora nachfragen konnte, machte sie auf dem Absatz kehrt und verschwand wieder im Haus. Krachend fiel die Tür ins Schloss.

Unschlüssig verharrte Dora noch eine Weile auf dem Hof. Der Regen prasselte weiter unablässig auf sie nieder. Längst lag der nasse Umhang schwer auf ihren Schultern. Die Bänder der Haube klebten an Schläfen und Nacken fest, das Leder der Schuhe hatte sich vollgesogen. Plötzlich war sie sehr müde. Es machte vorerst keinen Sinn, weiter nach Veit zu suchen. Sie beschloss, ins Gasthaus in der Floriansgasse zurückzukehren. Nach einem wärmenden Bad und einer kräftigen Suppe war es gewiss leichter, mehr über Kazimierz und Veits möglichen Aufenthaltsort bei den Juden herauszufinden.

»Großer Gott, wie seht Ihr denn aus?«, empfing sie Mathilda wenig später in ihrem gemeinsamen Schlafgemach. »Wollt Ihr krank werden? Das würde Euch nur davon abhalten, schnell wieder zu Eurem kleinen Mädchen nach Hause zurückzukehren. Ihr müsst besser auf Euch achtgeben. Wenn nicht Euch selbst zuliebe, dann zumindest Eures Kindes wegen. Nach ihrem Vater soll sie nicht auch noch ihre Mutter verlieren und ganz allein dastehen.«

Mathildas Worte missfielen Dora. Der Base stand es nicht an, sie immerzu an ihre Mutterpflichten zu erinnern. Die quälende Sorge um das Wohl ihres Kindes machte ihr bereits genug zu schaffen. Verärgert schob sie Mathilda beiseite und begann sich auszuziehen. Gleich war die Base erneut zur Stelle und half ihr, sich der nassen Gewänder zu entledigen und in eine wärmende Decke zu hüllen, bis das Bad bereitet war. Zu Doras Erstaunen war sie sich nicht einmal zu schade, der Magd zur Hand zu gehen, um den Badezuber mit zwei Lagen Leinentüchern auszukleiden. Als sie wenig später im heißen Wasser eintauchte und den Duft der zarten Rosenblätter genoss, rückte Mathilda sich einen Schemel zurecht und ließ sich neben dem Zuber nieder. Dora stöhnte leise, hätte sie die Zeit im Bad doch gern in aller Stille ganz allein genossen.

»Warum seid Ihr bei dem Regen überhaupt außer Haus gewesen?« Mathilda gab gleich weiter die Überbesorgte, eine Rolle, die sie seit Marienwerder immer öfter spielte. »Steinhaus hatte sich doch erboten, in Eurem Namen Erkundigungen nach Veit Singeknecht einzuholen.« Sie warf ihr einen forschenden Blick zu, der mehr zu der alten argwöhnischen denn zu der neuen fürsorglichen Base passte. »Bedenkt Euren Witwenstand. In Krakau halten sich weitaus mehr Leute aus Preußen auf, als Ihr denkt. Man wird Euch erkennen und Euer Verhalten nach Königsberg berichten. Ihr wisst, wie schnell die Boten zwischen beiden Städten verkehren.«

»Es ehrt Euch, dass Ihr Euch so viele Sorgen um meinen Ruf macht, doch Ihr wisst genau, dass ich den alten Singeknecht sprechen muss«, erwiderte Dora und griff nach der Seife. Die Lust an einem ausgiebigen Bad war ihr vergangen. Hastig schäumte sie Haare und Körper ein, tauchte einmal ganz im Wasser unter und bedeutete der Base beim Auftauchen, sie möge ihr ein Leinentuch reichen. Während sie sich trocknete und ankleidete, erklärte sie ruhig: »Es besteht keinerlei Grund zur Beunruhigung. Und jetzt entschuldigt mich, ich habe großen Hunger.«

Eilig schlüpfte sie aus dem Gemach und hoffte, die Base würde nicht auch noch mit ihr speisen wollen.

In der Gaststube stieß sie zu ihrer Überraschung auf Götz Steinhaus, der im Kreis einiger gutgekleideter Kaufleute sein Mittagsmahl verzehrte. Ein würziger Geruch nach gebratenem Fleisch, gedünstetem Gemüse sowie einiger weiterer Dora unbekannter Köstlichkeiten hing in dem zweischiffigen Saal mit der hell getünchten Gewölbedecke. Ohne zu zögern, näherte sich Dora der Tafel. Auf dem weißen Tischtuch fanden sich die verschiedensten Schüsseln. Außer der in Krakau sehr beliebten Eiersuppe mit Käse standen junge Erbsen, Möhren, Zwiebeln und Petersilie bereit. Es gab mehrere Platten mit Braten sowie einige Schüsseln mit gesottenem Fleisch, Körbe mit hellem und dunklem Brot und verschiedene Teller mit Obst.

Die Herren waren in ein reges Gespräch vertieft, liefen gar Gefahr, darüber das Essen zu vergessen. Dora beschloss, sich dennoch bemerkbar zu machen. Es hätte unhöflich gewirkt, wenn sie sich allein an einen Tisch abseits ihrer Reisegefährten gesetzt hätte. »Mein lieber Steinhaus, wie schön, Euch hier zu treffen.«

Verwundert blickte er auf. Das Gespräch verstummte. Steinhaus sprang von seinem Platz an der Stirnseite des langen Tisches auf und tat alles, sein anfängliches Zögern durch eine übertrieben fröhliche Begrüßung wettzumachen.

»Welch Freude, Euch zu sehen, liebe Stöckelin! Schenkt uns die Ehre Eurer Anwesenheit. Es wird Euch nicht stören, die einzige Dame in unserer Runde zu sein. Das wird uns davon abhalten, weiter langweilige Gespräche über noch langweiligere Geschäfte zu führen. Darüber wird uns sonst das herrliche Essen kalt. Darf ich Euch die Herren vorstellen?«

Einladend wies er über die Tafel. Seine Gefährten erhoben und verneigten sich einer nach dem anderen, sobald Steinhaus den Namen nannte. Stanisław Podski, Piotr Bonter, Feliks Baranami und Fedor Spiski waren allesamt Kaufleute wie Steinhaus. Das graue oder spärlich weiße Haar auf ihren Köpfen sowie die ebenfalls grau gewordenen Bärte verrieten, wie lange sie einander wohl schon kannten. Lediglich Feliks Baranami stach mit seinem roten Haar aus dieser Einheit heraus, tat aber sein Möglichstes, sich sonst nicht von den anderen zu unterscheiden. Die Kleidung der vier Herren kündete bis in die kleinsten goldenen Knöpfe und teuren Silberfäden von ihrem geschäftlichen Erfolg. Ebenso erzählten ihre wohlgenährten Leiber sowie die zufriedenen Gesichter davon, wie gut sie sich auf ihr Handeln verstanden. Wie Steinhaus, so funkelten auch an ihren Fingern dicke Siegel- und Bernsteinringe. Erwartungsvoll schauten sie sie an, sobald die Vorstellungsrunde beendet war. Doras Gegenüber, Fedor Spiski, schob ihr aufmunternd die Schüssel mit der Eiersuppe zu, Piotr Bonter zu ihrer Rechten reichte ihr einen Becher frischen Bieres.

»Wie gefällt es Euch in unserer Stadt?«, fragte Feliks Baranami sie in tadellosem Deutsch. »Habt Ihr die Marienkirche besucht und den Wawel gesehen?«

»Woher wisst Ihr …?«

»Das sind die ersten Stationen, die Fremde in unserer Stadt aufzusuchen pflegen«, schaltete sich Stanisław Podski mit einem vergnügten Augenzwinkern ein. »Gerade Gäste aus Preußen bewundern gern, was der Nürnberger Veit Stoß vor einigen Jahrzehnten und in den letzten Jahren vor allem die Florentiner Landsleute unserer ehrwürdigen Königin Bona Sforza an Wunderwerken in unserer Stadt vollbracht haben. Übrigens sehe ich Euch an der Nasenspitze an, dass Euch unser Deutsch erstaunt. Offenbar wisst Ihr nicht, dass nahezu jeder Bürger in der Stadt des Deutschen mächtig ist. Die Zunftordnungen sind in Deutsch abgefasst, und unsere eigentliche Muttersprache, das Polnische, hat bei den Amtsgeschäften erst in den letzten Jahren an Bedeutung gewonnen.«

»Was aber demnächst schon vom Italienischen abgelöst werden soll«, ergänzte Fedor Spiski.

»Was natürlich eine Folge der vielen Italiener oben auf dem Wawel ist.« Die Miene von Feliks Baranami verfinsterte sich. Ihm behagte das offenbar wenig. »Dabei sollte man die Welschen mit größter Vorsicht genießen. Denkt nur an die schreckliche Bluttat, die einer von ihnen vor neun Jahren auf unserem Marktplatz an dem Baumeister Bartolomeo Berrecci verübt hat.«

»Lasst die unsägliche Geschichte!«, forderte Stanisław Podski. »Das war die törichte Tat eines von Eifersucht Zerfressenen. Mit der alten Schauergeschichte jagt Ihr der armen Stöckelin nur Angst ein. Immerhin ist sie selbst eine Baumeisterin, wie Steinhaus uns berichtet hat. Am Ende fürchtet sie, Angehörige ihrer Zunft wären bei uns in Krakau ihres Lebens nicht sicher.«

»Ihr seid also eine wirkliche Baumeisterin.« Anerkennend nickte Piotr Bonter ihr von der Seite zu. Umständlich wischte er sich mit einem Tuch einige Reste Suppe aus dem weißen Bart, rutschte auf dem Stuhl zurecht. »Dann solltet Ihr unbedingt den Wawel besuchen und die verschiedenen Meisterwerke der Florentiner Künstler in Augenschein nehmen. Auch viele beeindruckende Beweise der Nürnberger Kunst findet Ihr dort. Hans Dürer, der jüngere Bruder des großen Meisters Albrecht, hat vor mehr als einem Dutzend Jahren für König Zygmunt Deckenfresken gemalt. Er war Zygmunts liebster Hofmaler. Unser alter König liebt ohnehin die Nürnberger Künstler sehr. Das liegt unserem Herrschergeschlecht wohl im Blut.« Er lachte bestätigend in die Runde. »Gerade hat er einen Baumeister namens Singeknecht zu sich zitiert. Der soll auch schon bei Euch in Königsberg gewesen sein, hat man mir erzählt. Vielleicht kennt Ihr ihn zufällig?«

Dora stockte der Atem. Ihre Finger umklammerten das Säckchen mit Renatas Phiole, als schenkte ihr nur das noch Halt. Sie senkte das Antlitz und hoffte, das graue Regenlicht, das durch die Fenster fiel und die Gaststube dürftig beleuchtete, verdeckte die Röte auf ihren Wangen.

Steinhaus zu ihrer Linken deutete ihre Verlegenheit falsch. Besorgt tätschelte er ihr den Arm und erklärte seinen Gefährten: »Der Stöckelin ist der Name nur zu gut bekannt. Leider aus einem sehr traurigen Anlass. Vor zwei Jahren kam Veit Singeknecht zusammen mit ihrem Bruder aus Nürnberg zu uns. Mit ihr gemeinsam hat er den Bau eines neuen Hauses für ihren Gemahl beaufsichtigt. Es kam dort zu einem schrecklichen Unglück, bei dem Urban Stöckel den Tod fand. Steinmetzmeister Miehlke sagt, Singeknecht habe bei der Anlage einer Stützmauer das Fundament nicht ordentlich berechnet, im Nachhinein die Vorgaben der Stöckelin verändert. Deshalb stürzte die Mauer ein und begrub Urban Stöckel unter sich. Singeknechts Flucht nach dem entsetzlichen Vorfall spricht wohl für sich, was die Schuldfrage anbetrifft.«

»Unglaublich!« – »Wie entsetzlich!« – »Mein Mitgefühl, liebe Stöckelin.« Die Männer zeigten sich allesamt zutiefst betroffen von Steinhaus' Bericht. Bonter wagte es gar, Dora die Hand auf den Arm zu legen und mit seinen blaugrünen Augen ihren Blick zu suchen. »Wir sollten dafür sorgen, dass Veit Singeknecht schnellstmöglich zur Rechenschaft gezogen wird.«

»Nach zwei Jahren ist es höchste Zeit«, pflichtete Fedor Spiski bei. Auch Bonter nickte zustimmend, lediglich die Reaktion des rothaarigen Baranami konnte sie nicht sehen.

»Oh, ich weiß nicht so recht. Das alles ist sehr schwierig zu erklären, der Einsturz der Mauer lässt sich nicht so einfach beurteilen«, stammelte sie. Es überraschte sie, wie schnell die Kaufleute zum Äußersten entschlossen waren. Wenn sie nicht aufpasste, geriet Veit ihretwegen auch in Krakau in höchste Bedrängnis. Dabei hatte sie mit ihrem Besuch in der polnischen Königsstadt genau das Gegenteil bezweckt und ihn endlich von dem furchtbaren Verdacht befreien wollen, schuld an Urbans Tod zu sein. Sie musste Zeit gewinnen, um Götz Steinhaus' Freunde aufzuhalten, durfte dabei allerdings nicht den Verdacht erwecken, den Tod ihres Gemahls ungesühnt lassen zu wollen. Von neuem suchte sie Halt an dem Beutel mit dem Schafgarbenöl. Die blaue Flüssigkeit würde ihr die Kraft schenken, rasch einen Ausweg aus dem Dilemma zu finden. Ihr Blick wanderte über die Versammlung der Kaufleute.

An der Stirnseite der Tafel rieb sich Götz Steinhaus nachdenklich den grauen Spitzbart, dabei blitzte das Gold des Siegelrings an seiner rechten Hand im Dämmerlicht auf. Ebenso wirkten der links von ihm und damit ihr direkt gegenübersitzende Stanisław Podski wie auch Fedor Spiski gleich neben ihm ganz in Grübeleien versunken. Feliks Baranami auf ihrer Tischseite konnte sie nicht sehen, Piotr Bonter zu ihrer Rechten verdeckte ihn. Das Schweigen der vier Krakauer Kaufleute war allerdings beredt genug, ihre Betroffenheit zu beweisen. Dora überlegte angestrengt, wie sie sich weiter am geschicktesten verhalten sollte, als sich von unerwarteter Seite Hilfe anbot.

»Um einen solch schwerwiegenden Vorwurf gegen jemanden laut zu erheben, solltet Ihr über sehr, sehr gute Beweise verfügen«, schaltete sich Fedor Spiski ein und zupfte an seinem spitzen Kinnbart herum. Das tat er so lange, bis alle den Blick auf ihn richteten und gebannt seine weitere Ausführung erwarteten. Zufrieden über die gewonnene Aufmerksamkeit, fuhr er fort: »In meinen Augen reicht es einfach nicht, dass der am Bau beteiligte Steinmetzmeister ihn beschuldigt. Was soll das auch heißen, er habe sich verrechnet, die Vorgaben der Stöckelin eigenmächtig verändert? Gerade hat auch die Stöckelin durch ihr Zögern angedeutet, wie schwierig ein solcher Nachweis ist. Bedenkt bitte, Singeknechts Vater ist ein bekannter Rechtsgelehrter. Er weiß sich oder vielmehr seinen Sohn gewiss bestens gegen jeden Vorwurf zu verteidigen. Noch dazu hat er in Nürnberg vor zwei Jahrzehnten den Reformatoren beratend zur Seite gestanden. Aus dieser Zeit rührt seine freundschaftliche Beziehung zum preußischen Herzog. Und der ist, wie wir alle wissen, einer der Lieblingsneffen unseres verehrten Königs. Der Alte wird also nicht nur alles tun, um seinem Sohn helfend zur Seite zu stehen, er wird auch die geeigneten Mittel kennen, wie das wirkungsvoll vonstattengehen kann, und seine Beziehungen zum Hof nutzen. Zufällig weilt er übrigens gerade auch persönlich in unserer Stadt. Am besten wäre es wohl, zuerst mit ihm zu reden, bevor wir den Sohn möglicherweise zu Unrecht anklagen.«

Mit bedeutungsschwangerem Seufzen hielt er inne, faltete die sorgfältig gepflegten Hände vor sich auf dem Tisch. Die

Augen halb geschlossen, den Mund gespitzt, schien er angestrengt über seine nächsten Sätze nachzudenken.

Dora suchte nach geeigneten Worten, den angebotenen Beistand höflich abzulehnen. Mit dem alten Singeknecht wollte sie ebenfalls reden, allerdings unter vier Augen. Das aber wollte sie den Herren nicht so ohne weiteres kundtun. Am Ende zogen sie falsche Schlüsse daraus. Also musste sie sich etwas einfallen lassen, um sie vorerst davon abzubringen. Gerade als sie Luft holen und zu ihrem ersten Satz ansetzen wollte, mischte sich Steinhaus ein. »Ihr seid mir zuvorgekommen, mein Bester. Den alten Singeknecht wollte ich im Namen unserer lieben Stöckelin in den nächsten Tagen ebenfalls aufsuchen. Sie hat mich darum gebeten.« Überrascht sah sie ihn an. Davon war nie die Rede gewesen. Er schenkte ihr ein verständnisvolles Lächeln, bevor er sich wieder den Herren zuwandte. »Egal, welcher Ruf dem alten Singeknecht vorauseilt, möchte ich noch Folgendes zu bedenken geben: Der gute Urban Stöckel war ein enger Vertrauter unseres Herzogs und das ebenfalls schon aus lang vergangenen Nürnberger Zeiten. Von daher dürfte auch er König Zygmunt in bester Erinnerung sein. Den Schuldigen für seinen Tod nach zwei Jahren endlich zur Rechenschaft zu ziehen, wird Zygmunt also nicht allein seinem Neffen zuliebe ein großes Anliegen sein.«

Betretenes Schweigen breitete sich unter den Männern aus. Verlegen spielte Fedor Spiski wieder an seinem Bart, offenbar ein wenig bestürzt, bei Steinhaus statt auf Unterstützung eher auf Widerspruch zu seinen Ausführungen gestoßen zu sein. Auch Dora sagte zunächst nichts dazu. Sosehr sie Steinhaus' Vorpreschen störte, so besaß sie den Kaufleuten gegenüber den entscheidenden Vorteil zu wissen, wo die beiden Singeknechts zu finden waren – bei jüdischen Freunden in Kazimierz. Wenn sie es geschickt anstellte, brachte sie die genaue Adresse vor ihnen in Erfahrung und konnte sie rechtzeitig vorwarnen.

»Ich danke Euch sehr für Euren selbstlosen Beistand.« Einen nach dem anderen lächelte sie die Kaufleute gewinnend an. »Nicht in meinen kühnsten Träumen hätte ich damit gerechnet, fern meiner Heimatstadt so rasch entschlossene Hilfe zu erhalten.«

»Das ist doch selbstverständlich«, schaltete sich sofort Stanisław Podski ein. »Das Beste wird also sein, wir sprechen so schnell wie möglich mit den beiden Singeknechts und informieren dann den König, damit er auch dem Herzog in Königsberg Nachricht schickt. Ihr, liebe Stöckelin, werdet gewiss damit einverstanden sein. Vielleicht wollt Ihr uns zu dem Gespräch mit den beiden Herren begleiten? Abgesehen davon, dass Ihr als Witwe natürlich direkt von dem Unglück betroffen seid, verfügt Ihr als Baumeisterin über das entsprechende Wissen, um Veit Singeknechts zu erwartende Rechtfertigung gleich richtig beurteilen zu können.«

Ehe sie so recht begriff, hatte er schon die Wirtshausmagd herbeigewunken und um Schreibzeug gebeten. Offenbar wollte er sogleich eine Nachricht an die Singeknechts schicken. »Was haltet Ihr davon, wenn wir morgen Vormittag bei den Singeknechts vorsprechen? Ein Bote wird ihnen noch heute unser Ansinnen übermitteln.«

»Aber Ihr wisst doch gar nicht, wo genau sich die Singeknechts derzeit aufhalten«, platzte es aus ihr heraus. Noch hegte sie die leise Hoffnung, sich ihren Vorsprung bewahren und Veit allein sprechen zu können. Erstaunt sahen die Männer sie an.

»Ihr habt mir doch erklärt, Ihr hättet einen Brief an Euren Bruder …«, setzte Steinhaus stirnrunzelnd an.

Der für eine ganze Weile verstummte Feliks Baranami fiel ihm ins Wort: »Zufällig sind sie bei meinem Freund Jan Gottlieb in Kazimierz untergekommen.« Schmunzelnd beugte er sich an Bonter vorbei nach vorn. Zum ersten Mal wurde Dora seines auffälligen roten Haares in voller Pracht gewahr. Selbst sein Bart leuchtete feuerrot. Das Lächeln um seinen Mund war allerdings nicht allein deswegen schwer zu deuten. Schon befürchtete sie, er durchschaue sie. In zweideutigem Ton erklärte er weiter: »Gottlieb wohnt in der Josefsgasse am Rande des Judenviertels mit direktem Blick auf die Synagoge. Dort sind die beiden sehr gut aufgehoben. Ich kenne Gottlieb schon lange. Er wird unseren Wunsch nach einem Gespräch unterstützen.«

Dora stutzte. Nicht nur, weil ausgerechnet Baranami, der eben noch so unwirsch von den welschen Einflüssen auf dem Wawel und in der Stadt geredet hatte, sich nun so freimütig zu seinen engen Verbindungen ins Judenviertel bekannte. Etwas in der Art, wie er gerade über Veits Aufenthaltsort redete, ließ sie aufhorchen. Das klang fast so, als wollte er ihr damit helfen, die Singeknechts vor den anderen zu erreichen. Warum sonst nannte er gleich die genaue Adresse? Eindringlich sah sie ihn an. Er aber verzog weiter keine Miene. Trotzdem wollte sie ihm danken und sich dann rasch unter einem Vorwand nach Kazimierz auf den Weg machen, da schnitt ihr eine wohlbekannte Stimme das Wort ab.

»Die Singeknechts wohnen im Judenviertel?« Mathilda schien darüber sehr aufgebracht. Dora fuhr herum. Das Kommen der Base hatte sie völlig überhört. Kerzengerade hatte sich die dunkel gekleidete Gestalt inzwischen hinter ihr aufgebaut, in jeder Regung eine weitaus würdigere Witwe Urbans, als sie es je hätte sein können. Die schmalen Lippen fest zusammengekniffen, die Augenbrauen nach oben gezogen, blickte sie Baranami streng an. »Nie im Leben kann meine liebe Base den Fuß dorthin setzen, auch nicht in Begleitung von Euch ehrwürdigen Kaufleuten. Das ist ihr einfach nicht zuzumuten.«

»Regt Euch nicht auf, liebe Huttenbeck. Dazu besteht nicht der geringste Grund«, versuchte Steinhaus zu vermitteln. »Die Juden genießen schon seit mehr als einhundert Jahren unter den Jagiellonen besonderen Schutz in Polen. Es handelt sich um fleißige, sehr verlässliche Kaufleute, mit denen unsereins sehr gern Geschäfte macht. Ich bin sicher, über kurz oder lang wird auch Herzog Albrecht die Vorzüge erkennen und sich das Beispiel seines Oheims zum Vorbild nehmen, um die jüdischen Handelsleute in Preußen ebenfalls zu begünstigen. Es kann nur von Vorteil für ihn und uns alle sein, bald schon Juden in Königsberg anzusiedeln.«

Seinen beschwichtigenden Worten zum Trotz blieb Mathilda ablehnend. Deshalb ergänzte Baranami und warf Dora dabei abermals einen mehrdeutigen Blick zu: »Kazimierz ist sehr ansehnlich und liegt vor den südöstlichen Toren Krakaus. Der Weg in die Josefsgasse führt die längste Zeit durch den christlichen Teil der Stadt, die Juden wohnen am nordöstlichen Rand. Um das Haus meines Freundes herum haben sich neben dem Rabbi vor allem Gelehrte und Juristen wie Jan Gottlieb angesiedelt. Am besten, Ihr begleitet uns morgen ebenfalls dorthin und überzeugt Euch mit eigenen Augen von der Lauterkeit der Leute.«

»Selbstverständlich komme ich mit. Ich werde meine liebe Base ganz gewiss nicht allein mit Euch dorthin gehen lassen.«

Dora erstarrte. Mathilda war nicht aufzuhalten. Wahrscheinlich wich sie ihr bis dahin kaum von der Seite, so dass es für sie nahezu unmöglich wurde, sich zuvor unbemerkt allein auf den Weg nach Kazimierz zu machen. Ein ähnlich mutloses Gefühl wie am Morgen in der Marienkirche überfiel sie. Wie in der Kunst gab es auch im wirklichen Leben Kräfte, denen sie einfach nicht gewachsen war. Viel zu sehr war sie darum bemüht, die erlernten Regeln genau zu beachten. Derweil gaben sich andere ganz ihrer Leidenschaft hin und erreichten damit weitaus Eindrucksvolleres. So jetzt auch Mathilda, die einfach versessen darauf war, Veit für Urbans Tod zur Verantwortung zu ziehen, einerlei, ob er wirklich schuld war oder nicht. Oder gab es noch einen anderen Grund für die Base, sie nicht aus den Augen zu lassen? Mathildas übertrieben fürsorgliches Verhalten der letzten Wochen kam ihr in den Sinn. Ob es wirklich echt war, wusste sie immer noch nicht zu sagen. Andererseits bedeutete es für sie gewiss ein Opfer, sich Doras wegen in ein Judenviertel zu begeben, sonst hätte sie eben nicht derart aufgebracht reagiert. Dora bemühte sich um ein Lächeln, um Mathildas Misstrauen nicht noch weiter zu schüren. »Besten Dank für Euer großherziges Angebot. Ich wusste doch, wenn es heikel für mich wird, ist auf Euch stets Verlass.«

14

Die Aufregung im Haus schlug Gret bereits entgegen, kaum dass sie die schwere Eingangstür geöffnet hatte. Schrille Stimmen wehten aus dem Obergeschoss in die dämmrige Diele herunter. Darüber schienen die Frauen ihr Klopfen gar nicht gehört zu haben. Umso seltsamer, dass die Tür im Erdgeschoss unverschlossen gewesen war. Bei all dem Trubel auf dem Mühlenberg so kurz vor dem Marstall und der nahen Schlossbrücke hielt das Gret für mehr als fahrlässig. Angst überfiel sie. Das konnte nur eins bedeuten, Göllner war in ihrer Abwesenheit zurückgekehrt!

Seit seinem unrühmlichen Auftritt vor knapp drei Wochen hatte sie die drohende Gefahr durch ihn verdrängt, was umso leichter gewesen war, als er seither wie vom Erdboden verschluckt schien. Nicht einmal im Schloss war eine Spur von ihm zu erhaschen. Wie töricht es gewesen war, sich in Sicherheit zu wiegen, erkannte sie nun. Bestimmt würde er seine Wut über die nicht gefundenen Papiere und Doras heimliche Reise nach Krakau an dem Kind auslassen. Gret spürte einen Kloß im Hals. Dora hatte ihr die Aufsicht über Johanna anvertraut. Nie würde sie ihr verzeihen, wenn der Kleinen etwas geschah. Auf zittrigen Beinen ging sie zur Treppe und stieg sie langsam nach oben, bei jedem Schritt über den schweren Leib fluchend, den ihr die neue Schwangerschaft so früh schon aufzwang. Wie wollte sie überhaupt etwas gegen Göllner ausrichten und Johanna gegen ihn verteidigen?

Als sie das Obergeschoss erreichte, verharrte sie eine Weile am obersten Treppenabsatz und blinzelte in den verlassenen Flur. Die Frauenstimmen im Wohngemach schwollen wieder an. Weit stand die Tür offen. Wären die Stimmen nicht so schrill, hätte man gewiss das ein oder andere verstehen können, so jedoch war allein die riesige Aufregung herauszuhören. Zumindest aber mischte sich keine Männerstimme darunter. Das beruhigte Gret ein wenig.

Langsam ging sie weiter, schnupperte in die Luft, stutzte, blieb an der Tür zur Küche wie angewurzelt stehen. Es roch nach gar nichts, dabei ging es auf Mittag zu. In jedem Haushalt höchste Zeit, den Kessel über dem Feuer einen Zahn tiefer zu hängen. Ungläubig schaute sie in die Küche. Da kochte tatsächlich nichts. Das Herdfeuer war völlig ausgebrannt. Am helllichten Tag kein sonderlich gutes Zeichen. In dem kleinen, fensterlosen Raum war es noch düsterer als sonst. Lediglich vom Flur her fiel spärliches Licht herein. Der Suppenkessel hing zwar wie gewohnt an der Kette über der Kochstelle, doch war die Glut unter dem Dreizack ganz erloschen. Prüfend hielt Gret die flache Hand darüber. Die Wärme war längst verflogen. Seit Stunden musste das Feuer aus sein. Kopfschüttelnd sah sie sich um. Auf dem Tisch lagen ein angeschnittener Laib Brot sowie ein hartes Stück Käse, daneben stand die Schale mit dem Brei für Johanna. Gret sparte sich, nach seiner Temperatur zu fühlen. An der bräunlichen, festen Haut, von der er überzogen war, erkannte sie, dass auch er schon vor längerem erkaltet war.

Die Stimmen in der schräg gegenüberliegenden Wohnstube wurden abermals lauter. Gret horchte angestrengt. Deutlich unterschied sie die helle der sechzehnjährigen Elßlin und die tiefere der gut doppelt so alten Renata. Was sie erstaunte, war, dass Elßlins Stimme sich weitaus bestimmter anhörte als die Renatas. Kaum wollte sie das genauer belauschen, kreischte Johanna auf. Das Kind! Sofort eilte sie quer über den Flur.

Auf den ersten Blick entdeckte sie niemanden in der vornehmen Stube. Der lange Esstisch glänzte frisch poliert, die Stühle standen ordentlich aufgereiht davor. Die gut geputzten Scheiben in den Bleiglasfenstern verwandelten selbst das trübe Regenlicht in eine helle Pracht, die dem Raum eine ganz besondere Würde verlieh. Über allem hing der Duft getrockneter Veilchen, die büschelweise kopfüber in den Ecken hingen.

»Hör mit dem Jammern auf«, ertönte Elßlins sonst so zarte Mädchenstimme ungewöhnlich scharf von rechts. Gret fuhr herum. »Nur weil die Katze weg ist, gibt es keinen Grund, ein derartiges Geschrei anzustimmen.«

Ein eigenartiges Wehklagen antwortete ihr vom Boden her, bis ein herzzerreißendes Kindergebrüll es übertönte. Elßlin beugte sich in die Ecke hinunter, richtete sich kurz darauf mit Johanna auf dem Arm wieder auf. Das Mädchen hatte ein vom Weinen ganz verzerrtes, puterrot angelaufenes Gesicht. Seine Wangen klebten von Tränen, die winzigen Fäuste wischten darüber und sorgten für eine dunkle Schmutzspur. Die kleinen grünbraunen Augen weit aufgerissen, bebte das Kind am ganzen Leib. Zärtlich drückte die junge Magd seinen Kopf mit dem bernsteingoldenen Haar gegen ihre Schulter, raunte ihm etwas Beruhigendes ins Ohr und schaukelte es sacht hin und her. Darüber verebbte das Gebrüll, das Kind steckte den Daumen in den Mund, lehnte schließlich den Kopf gegen Elßlins Brust und schlief überraschend schnell ein.

»Jetzt steh endlich auf!«, zischte die junge Magd Richtung Boden. »Für heute hast du genug angerichtet. Und das alles nur wegen einer verschwundenen Katze! In der Küche wartet viel Arbeit auf dich. Oder denkst du, ich mach das alles allein? Wenn die König zurückkommt, muss die Suppe auf dem Tisch stehen.«

War das tatsächlich die sonst so verzagte, halbwüchsige Elßlin? Gret wollte laut auflachen. Eben noch war sie zutiefst überzeugt gewesen, in der Wohnstube dem Leibhaftigen in Gestalt des rachsüchtigen Göllners zu begegnen, und nun das – die sonst so schüchterne Elßlin schimpfte die alte Renata, die wohl wieder den Verstand verloren hatte. Verkehrte Welt!

Auf Zehenspitzen trat sie näher. Noch hatte die junge Magd sie nicht bemerkt. Vollauf war sie damit beschäftigt, das schlafende Kind an ihrer Schulter ruhig zu halten und zugleich das Kunststück zu vollbringen, die wimmernde Gestalt auf dem Boden aufzuscheuchen. Trotz aller Besorgnis konnte sich Gret ein Schmunzeln nicht verkneifen. Sie räusperte sich leise, um Elßlin vorzuwarnen, und flüsterte: »Reich mir das Kind.«

Die strohblonde Magd fuhr trotzdem erschrocken herum, starrte sie mit großen blauen Augen an. Davon erwachte Johanna, reckte das Köpfchen und wollte abermals den Mund zum Schreien aufreißen, da erblickte sie ihre Muhme. Im nächsten Moment wurde aus dem verzweifelt greinenden ein fröhlich lachendes Gesicht. Weit streckte sie ihr die Ärmchen entgegen.

»Komm her, mein Engelchen!« Freudig breitete Gret ebenfalls die Arme aus. Johanna begann wild zu strampeln und zu zappeln. Kaum vermochte Elßlin sie noch zu halten. Als Gret das anderthalbjährige Mädchen endlich an ihrem Busen spürte, fühlte sie eine wunderbare Ruhe in sich aufsteigen. Bei ihrem Rudolph überkam sie dieses Gefühl nie. Dazu war der kleine Bursche zu wild und widerborstig, eben genau so, wie ein Junge sein musste. Die Enttäuschung darüber währte nur kurz, wusste sie doch, dass das nichts an ihrer großen Mutterliebe für ihn änderte. Beglückt schob sie ihre Nase in das weiche Haar des Mädchens. Bald schon, das wusste sie auf einmal sicher, würde sie auch so ein liebliches Wesen ihr Eigen nennen. Dieses Mal trug sie ganz bestimmt eine Tochter unter ihrem Herzen. Das hatte ihr auch Mechthild Barwasser bestätigt, die ihr seit kurzem nicht nur als Magd, sondern insgeheim auch als Wehmutter treu zur Seite stand.

»Stellt Euch vor, Renata hat sich verkrochen, weil Miranda ausgerissen ist«, entrüstete sich Elßlin. »Sie glaubt, es bringt Unglück, wenn die Feuerkatze nicht mehr im Haus ist.«

»Habt ihr deshalb das Herdfeuer heute früh nicht mehr angefacht? Wie wollt ihr dann Essen kochen? Los jetzt! Schleunigst müsst ihr neues Feuer entfachen.« Gret schüttelte den Kopf, verspürte allerdings überhaupt keine Lust mehr, sich um den leidigen Kram im Haushalt zu kümmern. Jetzt, da sie sicher war, fürs Erste von Göllners finsterer Wut verschont zu sein, wollte sie sich nur noch um Johanna kümmern. Nur das tröstete sie darüber hinweg, ihren Sohn Tag für Tag in der Domgasse allein bei Mechthild zurückzulassen. Außerdem waren Elßlin und Renata für die Hausarbeit zuständig. Das waren schließlich Doras Mägde. Halbherzig erkundigte sie sich: »Wo steckt eigentlich die König? Sie wird wohl kaum auf der Suche nach der verschwundenen Katze sein.«

»Es ist nicht allein das Feuer«, erwiderte Renata vom Boden her überraschend klar. Gret und Elßlin wechselten verdutzte Blicke, während sich Renata stöhnend aus der Ecke aufrappelte. Gret schien es, als klapperte jeder einzelne ihrer dürren Knochen vorwurfsvoll, weil sie dort unten so verschreckt in der hintersten Ecke beim Ofen gekauert hatte. Misstrauisch beäugte sie die Magd. Das spitze Gesicht war noch spitzer geworden, das spärliche aschblonde Haar ähnelte mehr ruppigen, wirr in alle Richtungen vom Schädel abstehenden Hühnerfedern als menschlichem Kopfschmuck. In ihren farblosen Augen lag ein fiebriger Glanz, der etwas Beunruhigendes hatte. Dunkle Schatten umrandeten die Augenhöhlen, was den Kontrast zu den blassen Wangen noch deutlicher machte.

Gret hauchte Johanna einen Kuss auf den Kopf und wärmte sich an dem Leib des Kindes. Ein wenig verrückt war ihr die einstige Magd des Schwähers vom ersten Tag an erschienen, seit dem großen Brand im Kneiphof vor zwei Jahren aber hatte sie vollends den Verstand verloren. Auch wenn sie es begrüßte, dass Dora die treue Seele letztes Jahr wieder aus dem Tollhaus nach Hause geholt hatte, so traute sie dem vermeintlichen Frieden nicht so recht über den Weg. Wie gut, dass Elßlin angesichts der neuen Aufgabe geradezu über sich hinauswuchs und sich während Doras Abwesenheit nicht allein um Johanna, sondern jetzt auch um den Haushalt am Mühlenberg kümmerte und dabei ganz nebenbei, wie gerade bewiesen, die verrückte Renata in Schach hielt.

»Wo ist die König?«, wiederholte Gret ihre Frage, behielt Renata jedoch weiterhin argwöhnisch im Blick.

»Dass die Katze verschwunden ist, bedeutet Schlimmes«, murmelte Renata währenddessen. »Es muss kein Feuer im Haus sein. Auch in der Fremde kann etwas anbrennen, was uns allen großes Leid bringen wird.«

»Was soll das heißen?«, herrschte Gret sie ungeduldig an, wovon Johanna erschrak und losweinte. Hastig schaukelte sie sie auf den Armen, küsste und herzte sie, bis die Kleine wieder ruhig wurde. Gret fröstelte. Renatas wirre Andeutungen weckten wieder die Furcht von vorhin in ihr, die sie gleich beim Betreten des Hauses überfallen hatte. Das Gespenst Göllner hing dort hinten in der Ecke. Es war nicht verschwunden, sondern nur für kurze Zeit unsichtbar gewesen. Jetzt aber wuchs sein dunkler Schatten immer größer aus dem Nichts heraus, breitete seine Fänge aus, um ihr das Kind aus den Armen zu entreißen. Atemlos keuchte sie: »Entweder sagst du uns, was du damit meinst, oder du hältst ein für alle Mal den Mund.«

»Die Herzogin ist zurückgekommen«, erklärte Elßlin unvermittelt, während Renata beharrlich schwieg und Gret einfach nur anstarrte. Schlagartig wähnte Gret sich ins Tollhaus versetzt.

»Seid ihr beide des Wahnsinns?«, knurrte sie, setzte das Kind behutsam auf dem Boden ab und stemmte die Hände in den schmerzenden Rücken. Ihr schwangerer Leib schob sich deutlich unter dem blassgrünen Goller heraus. Der dunkelgrüne Samtrock bauschte sich weit auf. Sie wankte zum Tisch und zog sich einen Stuhl zurecht. Die Hände auf die Oberschenkel gestützt, die Füße hüftbreit vor sich aufgestellt, atmete sie tief durch. Dann wandte sie sich erneut den Mägden zu und bemühte sich um einen betont ruhigen, nachsichtigen Ton, auch wenn ihr eher zum empörten Schreien zumute war. »Zum einen ist also die Katze verschwunden, und zum anderen hat die Herzogin Katharina König aufs Schloss bestellt. Das ist doch kein Grund, mich derart zu erschrecken und solch unsinniges Zeug von wegen ›in der Ferne brennt etwas‹ und dergleichen zu faseln. Nach ihrer Rückkehr aus Fischhausen will Dorothea eben unbedingt mit ihrer Bleicherin sprechen. Gewiss gibt es Neuzugänge im Nähzimmer oder wichtige Änderungen am Weißzeug zu klären. Ihr wisst doch, was da so alles ansteht, wenn eine Herzogin ihren Hofstaat von einem Schloss aufs andere verlegt. Deshalb müsst ihr beide hier nicht derart den Kopf verlieren und das arme Kind so durcheinanderbringen. Geht zurück an eure Arbeit und seht zu, alles erledigt zu haben, bevor die König wiederkehrt. Ich bleibe derweil bei dem Kind.«

»Ahnt Ihr wirklich nicht, was das alles bedeutet?« Elßlin trat vor sie hin. Ihre Stimme klang ähnlich energisch wie vorhin, als sie auf Renata eingeredet hatte. Gret wollte protestieren, da bemächtigte sich jäh wieder die Angst ihrer Seele, und sie war unfähig, noch einen klaren Gedanken zu fassen. »Habt Ihr den schrecklichen Auftritt von Hausvogt Göllner letztens etwa schon vergessen?«, bohrte Elßlin unerbittlich wieder in ihrer Wunde. »Wenn ich die König recht verstanden habe, will die Herzogin mit ihr darüber reden. Der furchtbare Mann hat es wohl tatsächlich geschafft, dem Herzog etwas Schlechtes über die Stöckelin zu erzählen. Es muss mit den Unterlagen zusammenhängen, die er vor einigen Wochen hier im Haus vergeblich gesucht hat. Auch, dass die Stöckelin heimlich nach Krakau unterwegs ist, hat er wohl beim Herzog als böse Tat hingestellt. Wenn ich die König recht verstanden habe, hat die Herzogin mitbekommen, dass ihr Gemahl deswegen einen Brief an den Hof seines Oheims …«

»Hör auf! Es reicht mit den schlechten Neuigkeiten.« Flinker, als sie es sich selbst zugetraut hätte, sprang Gret vom Stuhl auf. »Ist es denn zu fassen, dass dieser Ausbund von Bösartigkeit es wagt, meine arme Schwägerin derart in Verruf zu bringen? Und das alles nur wegen irgendwelcher lächerlichen Papiere, die mein Schwager ihm zu Lebzeiten wohl aus gutem Grund vorenthalten hat? Gleich muss ich ins Schloss und die Herzogin sprechen.«

»Die Feuerkatze ist verschwunden. Das bedeutet große Gefahr«, meldete sich Renata wieder zu Wort.

»Sei endlich still!«, herrschte Gret sie an. »Je öfter du das sagst, je eher wird es wahr werden. Doch vielleicht haben wir Glück, und die Herzogin hat bei ihrem Gemahl ein gutes Wort für Dora eingelegt. Sie muss doch wissen, wie sich das alles in Wahrheit verhält.«

Gret eilte zu Johanna, küsste sie und befahl ihr, brav bei Elßlin zu bleiben. Dann hastete sie, so schnell es ihr unförmiger Leib erlaubte, durch den kühlen Flur die Treppe hinunter und aus dem Haus ihrer Schwägerin auf die Straße.

15

An diesem Tag war Gret über den kurzen Weg zwischen Doras Haus und der Schlossbrücke froh. Es nieselte. Der Juliregen erwies sich als ungewöhnlich kalt, was auch an dem rauhen Ostwind liegen mochte. Für die Hopfenernte verhieß das wohl nur wenig Gutes, doch jetzt war nicht die Zeit, sich darüber zu sorgen. Bis Michaeli war es noch eine ganze Weile hin. Zum Brauen des Winterbieres würde sie ausreichend guten Hopfen auftreiben. Das Einzige, was jetzt zählte, war, Dora bis dahin wohlbehalten wieder in der Stadt zu haben, bevor Göllner ihr heimtückisch Schwierigkeiten bereitete.

Sie rannte an den Wachen auf der Brücke vorbei. Dank ihrer regelmäßigen Besuche bei der Herzogin kannte man sie inzwischen. Ebenso rasch zwängte sie sich durch das Gedränge im Innenhof, um sogleich nach links auf die privaten Gemächer des Herzogpaares im Ostflügel zuzusteuern. Über die reichlich ausgetretenen Steinstufen der großen Treppe gelangte sie ins zweite Obergeschoss und von dort durch die unscheinbare kleine Tür in den Flur zum Nähzimmer der Herzogin.

»Die Selegin!«, rief der Zwerg erfreut, als sie den langgestreckten Saal betrat. Seine glockenhelle Stimme hallte von den weißen Mauern wider. Wie es seine Art war, vollführte er in Windeseile quer durch den Raum eine ganze Reihe tollkühner Purzelbäume, turnte ausgelassen auf dem leeren Tisch in der Mitte, bevor er sich mit einer Handvoll Überschläge in die Nische eines Fensters auf der gegenüberliegenden Wand zurückzog. Die kurzen Beine in den buntgestreiften Strumpfhosen bis zum Kinn hochgezogen, die Zipfel der nicht weniger bunten Narrenkappe über die Augen geklappt, igelte er sich auf der Holzbank vor dem Fenster ein.

»Nanu? Ist niemand der Nähfräulein da?«, fragte Gret und schaute sich überrascht um. »Wo steckt die König?«

»Wollt Ihr nicht lieber wissen, wo die Herzogin ist?«, erwiderte der Zwerg frech. »Immerhin hat sie nach wie vor das Sagen im Schloss. Oder hat die König das Zepter übernommen? Leider war ich einige Wochen nicht da. Klärt mich auf, was ich verpasst habe.«

»Morpheus!«, schallte die Stimme der Herzogin von der Stirnseite mahnend durch den Saal. Lautlos, wie es ihre Art war, musste sie schon vor einigen Augenblicken eingetreten sein. »Sei bitte höflicher zu unserer lieben Freundin. Mit deinen Narreteien erschreckst du sie. Verschwinde jetzt, ich will allein mit der Selegin reden.«

Wie eine lästige Katze scheuchte sie den Zwerg aus dem Saal. Erst als sie die Tür hinter ihm schloss, bemerkte Gret, dass hinter der gertenschlanken Herzogin auch die kugelrunde Katharina König ins Nähzimmer gekommen war. Bang schaute sie der Frau des Bibliothekars entgegen. Auf ihrem Gesicht lag ein rätselhafter Ausdruck.

»Setzt Euch«, wies Herzogin Dorothea sie liebenswürdig an. Inzwischen hatte sie wie gewohnt auf einem schlichten Holzstuhl am Kopfende des langen Tisches Platz genommen und faltete die langen weißen Hände vor sich auf der Tischplatte. »Wie schön, dass wir uns so bald nach meiner Ankunft alle wohlbehalten wieder zusammenfinden. Ihr seid wieder guter Hoffnung? Das freut mich sehr für Euch. Wann werdet Ihr niederkommen?«

Gret errötete, stammelte verlegen »Ende des Jahres« und setzte sich umständlich auf den Stuhl rechter Hand der Herzogin. Die König verharrte wie ein vorwurfsvoller Schatten hinter Dorothea, warf ihr immerzu mahnende Blicke zu, deren Sinn ihr verschlossen blieb.

»Halten wir uns nicht lange mit leerem Gerede auf«, erklärte Dorothea in dem freundlichen Ton, der ihr eigen war. »Wir wissen nur zu gut, warum wir drei hier eigentlich beisammensitzen. Ich habe es eben schon meiner lieben König erzählt.« Die Herzogin winkte ihre Vertraute an die andere Seite des Tisches und bedeutete ihr, sich ebenfalls zu setzen. »Hausvogt Göllner ist vor ein paar Tagen in Fischhausen aufgetaucht. Meine liebe König hat mir eben berichtet, welch dreisten Auftritt er sich vor knapp drei Wochen im Haus Eurer Schwägerin erlaubt hat. Nun ist er also auch vor meinem Gemahl erschienen. Zwar hat mich mein lieber Albrecht zu meinem Bedauern nicht an der Unterredung teilhaben lassen, doch hat es den Anschein, es wäre um etwas sehr Ernstes gegangen. Selbst im Nebenraum noch habe ich ihre aufgebrachten Stimmen vernommen. Mein armer Mann war hinterher sehr verstimmt. Es muss sich um eine sehr alte Geschichte handeln, die irgendwie auch mit Eurem so tragisch verunglückten Schwager und seiner entzückenden Gemahlin zu tun hat. Ein Jammer, dass die begabte junge Frau derart vom Schicksal geschlagen wurde! Doch denkt Euch, wovon Göllner offenbar meinen Gemahl überzeugen wollte.« Vertraulich beugte sie sich vor, ergriff sowohl Grets Hand als auch die der König und zwang sie beide, die Köpfe mit ihr dicht zusammenzustecken. In verschwörerischem Ton redete sie leise weiter: »Der gute Polyphemus soll Göllners Worten nach der Stöckelin geholfen haben, wichtige Unterlagen nach Krakau zu schaffen, die eigentlich hierher ins Schloss gehören. Deshalb soll mein Gemahl an seinen Oheim schreiben und ihn bitten, die Stöckelin verhaften zu lassen.« Sie hielt inne, schaute eindringlich erst zu Gret, dann zur König, um sie beide mit einem vergnügten Augenzwinkern aufzumuntern. »Aber natürlich ist uns allen klar, dass weder unser lieber Bibliothekar noch Eure Schwägerin es je wagen würden, auch nur einen Schnipsel Papier dem wachsamen Auge des Hausvogts vorzuenthalten. Wie sollten sie auch! Immerhin hat der wackere Egbert Göllner nach dem furchtbaren Tod Eures Schwagers keinen Tag gezögert, um sämtliche Schriftstücke des Kammerrats im Nordflügel des Schlosses zusammenzuklauben. Kein Staubkorn wird ihm dabei entgangen sein. Immerhin ist er für seine besonders gründliche Art im Herzogtum überall bekannt. Wie also sollen ausgerechnet jetzt, zwei Jahre nach dem tragischen Unfall in der Junkergasse, noch irgendwo irgendwelche wichtigen Papiere auftauchen? Völlig ausgeschlossen, meine Lieben! Das bedeutete am Ende, seinerzeit wären sie dem wachsamen Auge Göllners entgangen, und er hätte seine Aufgabe damals nicht ordentlich erfüllt. Ganz zu schweigen davon, dass die treue Stöckelin im Falle eines solchen Falles gewiss nichts Besseres zu tun gewusst hätte, als sie sofort dem Hausvogt höchstselbst zu überreichen.« Wieder hielt sie inne, schaute ihre beiden Freundinnen beifallheischend an. Gret wie auch die König nickten artig. In siegesgewissem Ton fuhr die Herzogin fort: »Gehen wir also davon aus, dass der gute Göllner sich gründlich getäuscht hat. Der Teufel muss ihn geritten haben, meinen Gemahl mit diesen wirren Vorstellungen zu belästigen. Als hätte der Ärmste gerade nicht genug andere Sorgen!«

Bekümmert schüttelte sie den Kopf, seufzte kaum hörbar. Auf einen Schlag war der schelmische Ausdruck auf ihrem Gesicht verschwunden. Stattdessen breitete sich darauf ernste Besorgnis aus, die sich sogleich in tiefen Falten auf der hohen Stirn widerspiegelte.

»Heißt das, Euer Gemahl hat nicht auf Göllner …?«, setzte Gret an, von einer zarten Hoffnung beseelt, Albrecht hätte den hinterlistigen Hausvogt in seine Schranken gewiesen und damit jegliche Gefahr für Dora gebannt. Zu ihrem Entsetzen schüttelte die Herzogin jedoch abermals den Kopf, sah sie plötzlich mit einem erschreckend müden Ausdruck in den dunklen Augen an.

»Leider nein, mein Kind. Euch als meinen engsten Freundinnen darf ich natürlich anvertrauen, dass der Hausvogt in mancherlei Hinsicht nicht immer einen sonderlich guten Einfluss auf meinen Gemahl hat. Ich verrate Euch nichts Neues, wenn ich behaupte, dass das seit dem Tod unseres wackeren Kammerrats eher schlimmer als besser geworden ist. Der gute Stöckel hat es wenigstens verstanden, dem Hausvogt offen die Stirn zu bieten, wenn der sich mal wieder in irgendwelche undurchschaubaren Händel verstrickt hat. Seit seinem Tod aber fehlt Stöckels beruhigender Einfluss auf Albrecht. Gelegentlich neigt er deshalb dazu, Göllner wider besseres Wissen Glauben zu schenken und selbst das offensichtlich Falsche für bare Münze zu nehmen, nur weil er es ihm so hindreht. Ich fürchte deshalb, dass Göllner meinen Gemahl zu einem sehr unüberlegten …«

»Nein!«, entfuhr es Gret lauter als beabsichtigt. Ihr Herz begann zu rasen, in ihrem Kopf schwindelte es.

»Ihr dürft Euch nicht aufregen.« Sofort zeigte sich die Herzogin sehr um ihr Wohl besorgt. »In Eurem Zustand müsst Ihr alles vermeiden, was der Gesundheit Eures Kindes schaden könnte. Glaubt mir, leider weiß ich, wovon ich spreche.«

Von jetzt auf gleich verlor ihr schön gezeichnetes Gesicht auch noch den letzten Rest Farbe. Der hohen Stirn und der sonst so vorwitzig aufragenden Nasenspitze entglitt jegliche

Wohlgestalt. Auf einmal erschienen sie nur noch wie hässliche Elemente eines viel zu schmalen Gesichts. Dorotheas dunkle Augen blickten ins Leere. Kaum aber hatte sie zwei-, dreimal tief Luft geholt, kehrte die Farbe auf ihre Wangen zurück, und auch der Rest ihres Antlitzes verwandelte sich wieder ins Liebreizende. Um ihre schmalen Lippen erwachte sogar ein geheimnisvolles Lächeln, als sie sich Gret wieder ganz zuwandte.

»Was hat Euer Gemahl auf Anraten Göllners getan?«, wagte Gret nachzuhaken. Fahrig knetete sie ihre Finger. Sie fühlten sich eiskalt an. »Hat er schon einen Boten nach Krakau geschickt, der meine Schwägerin bei ihrer Ankunft erwartet? Besteht ernsthafte Gefahr? Bitte seid ehrlich!«

»Es wird ihr schon nichts Schlimmes geschehen«, wiegelte die Herzogin ab. »Schließlich ist doch nichts dabei, dass sie Papiere ihres geliebten Gemahls nach dessen Tod für sich behalten will.«

»Es tut mir so leid«, murmelte die gutmütige, runde König und wagte kaum, Gret anzusehen. »Ihr wisst, dass ich nie gewollt habe, dass Göllner von mir erfährt, dass …«

»Schon gut.« Zu ihrer eigenen Verwunderung fühlte Gret auf einmal eine seltsame Zuversicht. Wenn der Herzog eine Nachricht nach Krakau schicken und seine Leute vor Ort um Hilfe bitten konnte, dann konnte sie das auch. Entschlossen erhob sie sich von ihrem Platz. »Es gibt noch einen Weg, wie ich meiner Schwägerin beistehen kann. Bitte entschuldigt mich, die Zeit drängt.«

»Ich wusste es!« Der Herzogin stand die Begeisterung ins Gesicht geschrieben. »Ihr seid eine ganz außergewöhnliche Frau und wisst Euch immer einen Rat. Die Stöckelin wird sich glücklich schätzen, auf Eure Unterstützung rechnen zu dürfen.«

»Ich danke Euch«, erwiderte Gret, drückte die Hand, die die Herzogin ihr entgegenstreckte, und verabschiedete sich mit einem braven Knicks. Bevor die König ihr folgen konnte, eilte sie aus dem Nähzimmer.

So schnell wie möglich wollte sie nach Hause. Am frühen Nachmittag, das wusste sie dank Jörgs ausgiebigen Briefwechsels mit Veit, verließ ein Bote die Stadt Richtung Krakau. Bis dahin musste sie einige Zeilen für den Vetter zu Papier gebracht haben. Bei ihrer Abreise hatte sie Dora zwar hoch und heilig versprochen, ihm mit keiner Silbe etwas von ihrer Reise zu verraten, nun aber war der Moment gekommen, in dem Gret dieses Versprechen brechen musste. Die drohende Gefahr ließ ihr keine andere Wahl. Wenn jemand im fernen Krakau Dora beistehen konnte, dann war das Veit. Sie schnaufte. Ihr Gefühl beim Betreten von Doras Haus war also doch richtig gewesen, Renatas Vorhersage angesichts der verschwundenen Feuerkatze mehr als angebracht – es drohte Unheil. Viel zu lang hatte sie das verdrängt.

16

Wie ein gemeiner Dieb schlich sich Dora beim ersten Morgengrauen aus dem Schlafgemach, das sie mit Mathilda teilte. Die Base schlief tief und fest, bekam nichts von ihrem Aufstehen mit. Das freute Dora. Seit Baranami von Veits Aufenthaltsort gesprochen hatte, war Mathilda ihr nicht mehr von der Seite gewichen. So war es ihr verwehrt gewesen, ihn am Vorabend schon aufzusuchen, um ihn vor der drohenden Gefahr zu warnen. Das aber wollte sie nun wettmachen und die Gunst der frühen Stunde sowie Mathildas festen Schlaf nutzen. Trotz der ernsten Lage musste sie schmunzeln. Allmählich war sie eine regelrechte Meisterin im Davonstehlen, wusste, wie sie die Füße am besten aufsetzen musste, um keine der Holzdielen zum Knarren zu bringen und die Base aufzuwecken. Eines Tages würde sie Johanna davon erzählen und es ihr ebenfalls beibringen.

Trotz allen Geschicks war sie erleichtert, tatsächlich unauffällig zur Tür hinauszugelangen. Im Gang lauschte sie mit angehaltenem Atem. Außer Mathildas gelegentlichem Schnauben blieb alles ruhig hinter der Tür. Auf Zehenspitzen schlich sie vor zur Treppe, schlüpfte nahezu lautlos ins Erdgeschoss hinunter und wollte quer durch die düstere Gaststube zur Tür huschen. Am Vorabend hatte sie gehört, dass der Wirt sie beim ersten Hahnenkrähen zu öffnen pflegte.

»So früh schon auf den Beinen, Stöckelin?« Plötzlich kam die Wirtsfrau von der Herdstelle auf sie zu, in der einen Hand den Schürhaken, in der anderen ein Holzscheit. Ihr breites Gesicht leuchtete selbst im schwachen Dämmerlicht bereits deutlich rot vor Anstrengung. Dora hatte sie beim Feuermachen aufgeschreckt. Sie pustete sich eine dicke blonde Haarsträhne aus dem Gesicht und blieb dicht vor ihr stehen. Eindringlich sah sie sie an. Dabei wurde sie der verschiedenen Farben von Doras Augen gewahr. Ungläubig blinzelte sie, schaute genauer hin, erblasste. Als Dora ihrem Blick standhielt, erkundigte sie sich barsch: »Kann ich Euch helfen?« Schnaufend stemmte sie die Hände in die Hüften, wodurch der Schürhaken und das Holz drohend auf Dora gerichtet wurden.

»Sehr freundlich von Euch. Ich möchte frische Luft schöpfen. Ich konnte schlecht schlafen, da wollte ich meine Base nicht wecken und dachte, es ist besser, wenn ich aufstehe und mich draußen ein wenig bewege.«

»Ihr habt Glück, es wird bereits hell.« Die Wirtin nahm die Hände wieder aus den Seiten, musterte Dora jedoch weiterhin argwöhnisch. »Der Nachtwächter wird Euch ziehen lassen. Passt trotzdem gut auf. Für ehrsame Bürgersfrauen ist das eigentlich noch keine Zeit, um allein durch die Straßen zu gehen, insbesondere, wenn ihre Augen so seltsam sind.«

»Macht Euch keine Gedanken, ich komme zurecht.« Dora schenkte ihr ein freundliches Lächeln. Die Frau nickte stumm und wandte sich wieder um. In der Küche wartete genug Arbeit. Bald schon würden sich die ersten Gäste zur Abreise rüsten und zuvor noch ein kleines Mahl zu sich nehmen wollen. Dora hoffte, dass sie deshalb so schnell keine Zeit fand, Mathilda von ihrem Spaziergang zu berichten.

Als sie auf die Floriansgasse hinaustrat, schlug ihr angenehm frische Luft entgegen. Ein feuchter Frühdunst entstieg dem Pflaster, hüllte sie ein wie dünner Nebelschleier. Nach der abgestandenen Luft in der Gaststube, die den Duft der am Vorabend aufgetischten Speisen unliebsam in Erinnerung gerufen hatte, tat das besonders gut. Der Regen der letzten Tage hatte die staubige Junihitze weggespült. Die Wolken hatten sich allerdings ebenso rasch wieder verzogen, wie sie aufgetaucht waren. In der sternenklaren Nacht hatte es stark abgekühlt, was für Anfang Juli eher ungewöhnlich war. Bald aber würde es von neuem sommerlich warm werden. Das verriet der laue Wind, der durch die Gassen wehte. Dora reckte den Blick zum Himmel. Grauschwarz wölbte er sich über der Stadt, einzelne Sterne sandten noch ein schwaches Funkeln auf die Erde, als wollten sie sich so in den Tag hinüberretten. Das zarte Morgenlicht besaß zwar noch zu wenig Kraft, um die Nacht endgültig niederzuringen, trotzdem aber stand der Ausgang des täglichen Kampfes seit Urzeiten fest. Über den Zinnen des nahen Florianstors leuchtete ein dünner Silberstreifen auf, der sich stetig verbreiterte und der Dunkelheit mehr und mehr die Kraft raubte. Der Nachtwächter schlurfte vorüber, hob nicht einmal mehr die Fackel, um Dora anzuleuchten. Zu müde war er von seinem einsamen Umherziehen durch die schlafende Stadt. Die Wachleute rüsteten sich, um in Kürze die Tore zu öffnen. Ketten rasselten, Piken klirrten gegeneinander.

Dora wandte sich dem Großen Marktplatz zu. Wie schon am Tag zuvor würde sie auch jetzt wieder dem Königsweg bis zum Wawel folgen. Podskis Beschreibung nach musste sie vom Tor beim Königlichen Zeughaus zur Stadt hinausgehen, um die Straße nach Kazimierz zu finden. Ein weiter Weg lag vor ihr. Zügig schritt sie aus und war froh, um diese frühe Stunde kaum einer Menschenseele zu begegnen. Selbst die herumstreunenden Katzen und Hunde machten sich noch rar.

Bald schwirrte Dora von neuem der Kopf vor düsteren Gedanken. Die ganze Nacht über hatte sie wachgelegen und das Für und Wider ihres Vorhabens von allen Seiten abgewogen. Dabei stand ihr Entschluss längst fest. Sie musste Veit und seinen Vater unbedingt zuerst allein sprechen. Weder die Base noch einer der Krakauer Kaufleute durfte dabei sein, wenn sie mit dem alten Singeknecht die mögliche Gefahr für Veit auslotete und ihn zudem nach den entscheidenden Informationen zu Urbans Nürnberger Zeit befragte. Mehr und mehr verfestigte sich in ihr der Gedanke, zwischen dem Unglück in der Junkergasse und den früheren Ereignissen in Nürnberg mochte ein Zusammenhang bestehen. Singeknecht allein konnte ihr helfen, den aufzudecken. War jemand anderer während des Gesprächs zugegen, bestand zum einen die Gefahr, dass Veit sich von neuem in eine kopflose Flucht stürzte und sie zeit seines Lebens für sein größtes Unheil hielt. Zum anderen aber würde auch sein Vater ihr gegenüber das Vertrauen verlieren. Über die rätselhafte Vergangenheit ihres Gemahls würde er ihr dann gewiss keine Auskunft mehr erteilen wollen. Somit wäre ihre ganze Reise umsonst gewesen. Das aber wollte sie Johanna gegenüber später nie eingestehen müssen. Während sie versuchte, sich ganz auf ihr Kind zu besinnen, reifte jedoch noch eine weitere Erkenntnis in ihr. Veit wäre für immer für sie verloren, wenn sie die wahren Umstände um Urbans Tod und die Zusammenhänge mit seiner Nürnberger Zeit nicht aufdeckte.

Immer schneller trieb die Angst sie vorwärts. Kaum nahm sie wahr, dass sie längst die Andreas- und kurz darauf auch schon die Martinskirche passiert hatte. Linker Hand rückte die bescheidene Ägidiuskirche in den Blick, bevor sich rechter Hand der imposante Bau des Zeughauses aus dem letzten Dunkel der Nacht herausschälte. Finster blickten Dora die Wachleute vom Tor entgegen.

»Stój!«, rief der eine und stellte sich ihr breitbeinig in den Weg. Grimmig schaute er sie an. »Dokąd ci się tak spieszy?«

»Bitte?«, fragte sie betont höflich, obwohl sie verstanden hatte, was er gefragt hatte.

Ein zweiter Wachmann kam hinzu und flüsterte dem ersten etwas auf Polnisch ins Ohr. Der nickte bloß, woraufhin der Zweite sie auf Deutsch fragte: »Wohin wollt Ihr so eilig? Die Tore öffnen gerade erst.«

»Ich möchte nach Kazimierz. Dort werde ich von Verwandten erwartet.«

Ob der Lüge schlug ihr Herz heftig. Insgeheim bat sie Gott um Verzeihung. Eine ehrliche Antwort hätte sie in arge Bedrängnis gebracht. Was sollten die Wachleute auch von einer Frau ihres Alters halten, die im ersten Morgengrauen einen Bekannten und dessen Vater vor den Toren der Stadt aufsuchte? Bang sah sie die beiden Wachen an, wusste, dass sich im nächsten Augenblick ihr weiteres Schicksal entschied. Die Wachmänner trugen Sturmhauben auf dem Kopf, deren blankpolierter Stahl das erste Tageslicht spiegelte. Der größte Teil ihrer Gesichter verschwand unter dem Schatten des breiten Augenschirms. In der rechten Hand hielten sie die Piken, in der linken ein rundes Schild. Brust und Rücken waren mit einem Panzer geschützt, deutlich sichtbar trugen sie ein Schwert am Gürtel. Viel zu lang steckten sie die Köpfe zusammen und tuschelten, als gälte es, den Abmarsch in eine Schlacht zu beraten. Dora wurde mulmig. Hatten sie wirklich verstanden, was sie gesagt hatte? Wie töricht von ihr zu glauben, jedermann in Krakau wäre des Deutschen mächtig. Sie war leichtsinnig geworden, nachdem sie bei den Wirtsleuten wie auch bei Steinhaus' Gefährten auf keinerlei Schwierigkeiten gestoßen war. Die wenigen Worte Polnisch, die Szymon ihr zu Hause während der langen Stunden am Sudkessel beigebracht hatte, reichten kaum aus, ihre Absichten zu formulieren. Andererseits hatte Stanisław Podski erklärt, die Stadtregierung habe Deutsch zu ihrer Amtssprache gewählt. Also sollten die meisten Bewohner Deutsch richtig verstehen, insbesondere die Wachleute an den Toren.

»Seid vorsichtig«, erlöste der eine Wachmann sie endlich. »Ihr wisst, welches Gesindel sich in der letzten Dämmerung draußen vor den Mauern herumtreibt. Wohin genau müsst Ihr in Kazimierz? Kennt Ihr den Weg?« Sie verneinte, fragte nach der Josefsgasse und war froh, dass er ihr daraufhin den Weg ausführlich beschrieb. »Es ist wirklich nicht schwer zu finden«, versicherte er abschließend. Sie dankte es mit einem Lächeln. Übermütig tippte er mit der Linken an den Helm, sein Kumpan tat es ihm nach. Damit gaben sie ihr den Weg frei. Sie beeilte sich, rasch zum Stadttor zu gelangen. Dort war sie die Erste, die man hinausließ.

Kazimierz schloss sich fast nahtlos an die Wiesen vor der Stadtmauer an. Eine der Krakauer Befestigung in Wehrhaftigkeit und Größe kaum nachstehende Mauer umgab die Stadt. Vor den Toren drängten sich Händler und Bauersleute, die mit ihren Waren zum Markt wollten. Dora musste nicht lange warten, um hineinzugelangen.

Wie die meisten anderen hielt sie sich zunächst in Richtung Marktplatz, der von einem hohen Rathausturm beherrscht wurde. Weithin sichtbar ragte er in den Himmel. Die Zeiger an der riesigen Uhr glänzten im frühen Morgenlicht. Endlich hatte die aufgehende Sonne die Dämmerung besiegt. Letzte blaurote Wolkenschlieren zogen über das Firmament, das sich golden färbte. Bald schon würde ein strahlend schöner, warmer Sommertag die Menschen den Regen der vergangenen Tage vergessen lassen. Neugierig schaute Dora sich um.

Auf den ersten Blick wirkte Kazimierz nicht anders als andere Städte. Die gepflasterte, gut anderthalb Wagen breite Hauptstraße verlief zunächst etwas abschüssig, rechts und links zweigten kleinere Gassen von ihr ab, die in dunkle Engen mündeten. Niedrige, schlicht mit Stroh oder Holz gedeckte Gebäude beherrschten vorerst das Bild. Näher zum Markt hin wichen sie allerdings immer häufiger mehrgeschossigen Steinhäusern, deren Dächer mit Ziegeln versehen und deren Fenster mit Glas ausgestattet waren. Nur wenige von ihnen aber reichten mit ihrem Fassadenschmuck auch nur annähernd an die herrschaftlichen Häuser Krakaus heran. Dafür erhoben sich westlich des Weges zwei prächtige Kirchen mit hohen Türmen, die offenbar bis weit ins jüdische Viertel im Osten von der Größe des Christengottes künden sollten.

Die Stadt war bereits zu vollem Leben erwacht. Handwerker und Knechte zogen ihres Weges, Händler kamen zu Fuß mit Kiezen auf dem Rücken daher oder thronten stolz auf kleinen, ochsengezogenen Fuhrwerken über ihren Waren. Allerlei Vieh trieb sich dazwischen herum. Die Hütekinder hatten Mühe, ihre Scharen beisammenzuhalten. An den Garküchen sammelten sich die Hungrigen und warteten auf eine Suppe oder andere warme Köstlichkeiten. Auch Dora verspürte plötzlich Hunger. Bei einer Magd mit einem Korb voll duftender Backwaren am Arm erstand sie ein dampfendes Hefegebäck, das sie mit großem Genuss verspeiste. Lauter werdendes Stimmengewirr kündigte den Markt bereits an, lange bevor sie noch Genaueres erkennen konnte. Wie von dem Wachmann beschrieben, zweigte die Josefsgasse kurz vorher nach Osten ab. Dora beeilte sich, dem Markttrubel zu entgehen und ans Ende der Straße zu gelangen, wo sie Veits Unterkunft vermutete.

Dass sie sich dem jüdischen Viertel näherte, war bald schon an der Kleidung der Menschen abzulesen. Die bärtigen Männer trugen hohe Spitzhüte sowie einen fingerdicken gelben Ring auf den schwarzen Röcken, die Frauen waren in blaugestreifte Schleier gehüllt. Lediglich die Kinder unterschieden sich in nichts von ihren christlichen Altersgenossen. Freundlich lachten sie ihr entgegen, spielten auf den Gassen Fangen oder trieben ihre Streiche mit den Erwachsenen. Soweit Dora hörte, unterhielten sie sich in einer Sprache, die eher dem Deutschen als dem Polnischen ähnelte. Genaueres aber verstand sie nicht.

»Wo finde ich das Haus von Jan Gottlieb?«, fragte sie eine Frau etwa ihren Alters, die ihr mit zwei kleinen Kindern an der Hand entgegenkam. Sie hatte sich nicht getäuscht, die Frau verstand sie und lächelte.

»Gottlieb wohnt vorn an der Ecke, gegenüber der Synagoge. Ihr könnt sein Haus nicht verfehlen. Es ist das letzte auf dieser Seite der Straße. Klopft nur kräftig gegen die Tür, die alte Magd hört schlecht.«

»Danke.« Erleichtert eilte Dora weiter, sah am Ende der Gasse an einem großen Platz zunächst ein weitläufiges rotes Ziegelhaus aufragen. Das musste die Synagoge sein. Kurz blieb sie stehen, begutachtete das Gebäude, rief sich ihre erste Begegnung mit einem jüdischen Gotteshaus vor gut einer Woche in Petrikau ins Gedächtnis. Ebenso wie dieses war auch die Synagoge in Kazimierz betont schlicht gehalten. Das Auffälligste an ihr war das flache Dach, das vier winzige Ecktürme begrenzten. Im Stockwerk darunter umlief ein zugemauerter Arkadenumgang das Haus, darunter gab es einige hohe Bogenfenster. Suchend schaute sie sich um und entdeckte das Eckhaus, in dem Gottlieb wohnen musste. Im Vergleich zur gegenüberliegenden Synagoge wirkte es alles andere als sonderlich groß, obwohl es über zwei Stockwerke und ein ebenso hohes Giebelgeschoss verfügte. Das Auffälligste war ein doppelflügeliges buntes Fenster im ersten Stock. Vermutlich befand sich dahinter die Wohnstube.

Auf Doras kräftiges Klopfen hin war im Innern bald lautes Schlurfen zu hören. Als sich die Tür knarrend öffnete, erblickte Dora eine tief gebeugte Alte mit einer weißen Haube und einem so faltigen Gesicht, in dem die kleinen dunklen Augen darin fast völlig verschwanden. Auch der dünnlippige Mund war kaum auszumachen. Laut und deutlich verlangte Dora Einlass. Die Alte legte eine Hand mit nicht minder krummen Fingern hinter ihr Ohr. Dora brüllte ihren Wunsch, zu Jan Gottlieb und seinen Gästen vorgelassen zu werden, direkt in die Ohrmuschel. Daraufhin hellte sich das Gesicht der Frau freudig auf, sie nickte und verschwand mit mühevollen Schritten über eine ausgetretene Holztreppe ins Obergeschoss. Allein blieb Dora in der dämmrigen Diele zurück.

Oben erklangen Stimmen und eilige Schritte. Nach wenigen Augenblicken hastete jemand die Treppe herunter. Gebannt sah Dora ihm entgegen, ahnte, wagte aber kaum zu hoffen, gleich tatsächlich schon Veit gegenüberzustehen. Die Umrisse des Jemand wurden deutlicher, aus dem zunächst unförmigen schwarzen Schatten schälte sich die Gestalt eines großen, gutgebauten Mannes mit einem markanten Gesicht heraus.

Wie oft hatte sie davon geträumt, wie innig hatte sie sich danach gesehnt, es wiederzusehen! Ihr Herz begann heftig zu klopfen. Sie zwang sich, ruhig zu atmen, damit Veit ihre Aufregung nicht bemerkte. Zu ihrem Bedauern verharrte er jedoch in einiger Entfernung von ihr am Fuß der Treppe. Das Licht war zu spärlich, um die Feinheiten seines Antlitzes deutlich zu unterscheiden, doch war sie gleich sicher, dass er sich seit ihrer letzten Zusammenkunft vor zwei Jahren nur wenig verändert hatte. Aufrecht stand er da, schon zu dieser frühen Tagesstunde in einen tadellos sitzenden dunklen Rock und sorgfältig ausgewählte Beinkleider gewandet.

»Dora, Ihr?«, fragte er mit belegter Stimme das Offensichtliche, unternahm jedoch weiterhin keine Anstalten, näher vor sie hinzutreten. Also blieb auch sie an ihrem Platz und wartete bangen Herzens, was weiter geschehen, ob er sie auf die bevorstehende Unterredung mit Steinhaus und den Krakauer Kaufleuten ansprechen würde. Die Nachricht musste ihn und seinen Vater noch am Vorabend erreicht haben. Dass er trotzdem in Kazimierz geblieben war, war ein gutes Zeichen. Also wollte er sich den Vorwürfen stellen. Schließlich hatte er nichts zu verbergen.

»Ich freue mich sehr, Euch wohlbehalten wiederzusehen«, begann sie mit belegter Stimme. »Wie es scheint, habt Ihr hier in Krakau einen guten Ruf. Mir wurde erzählt, der König wollte Euch demnächst auf dem Wawel beschäftigen.«

»Seid Ihr gekommen, um mir zu gratulieren? Dann danke ich Euch herzlich. Den weiten Weg hättet Ihr Euch sparen und mir ein paar Zeilen schreiben können. Das hätte mir genügt und wäre Eurem Kind wohl besser bekommen.«

»Woher wisst Ihr …?«, setzte sie an, um sofort wieder zu verstummen. Seine brüske Art erschreckte sie. Ihre Finger krallten sich in den Stoff ihres roten Rocks, auf zittrigen Knien machte sie einige Schritte zu ihm hin.

»Habt Ihr die Nachricht von Steinhaus erhalten?«, fragte sie. »Glaubt mir, es ist nicht in meinem Sinn …«

»Schweigt!« Heftiger als erwartet brauste er auf, um sich sofort wieder zu besinnen. Mit einem seltsam schiefen Lächeln fügte er leise hinzu: »Ich halte es für besser, Ihr geht, sonst bringt Ihr Euch noch in größte Verlegenheit.«

Schon wollte er sich umwenden und wieder nach oben verschwinden. Sie aber packte ihn am Arm und zwang ihn, sich noch einmal umzudrehen. Hastig sprudelte sie los: »Ich weiß, was Ihr denkt. Stanisław Podski hat Euch bestimmt geschrieben, warum er und seine Freunde Euch sprechen wollen. Glaubt mir, es lag nicht in meiner Absicht, dass sie Euch aufsuchen und des schrecklichen Unglücks vor zwei Jahren wegen zur Rede stellen. Eigentlich wollte ich mit Euch und Eurem Vater allein sprechen, zum einen natürlich über das Geschehen auf der Baustelle, zum anderen über einige Fragen zur Nürnberger Vergangenheit meines Gemahls. Ich habe Hinweise, dass es da etwas gab, was Urbans Unfalltod in ein ganz neues Licht rückt. Euer Vater könnte mir helfen, mehr dazu herauszufinden.«

»Dazu ist es jetzt wohl zu spät.« Mit einer kräftigen Armbewegung befreite er sich aus ihrem Griff. Unterdrückte Wut zeichnete sein Antlitz. Die hohe Stirn war in Falten gelegt, die grünbraunen Augen hatte er weit aufgerissen, die Lippen zusammengebissen. Die Kerbe auf seinem kantigen Kinn schnitt tief in die Haut.

Dora schauderte. Wie sehr hatte sie sich vorhin getäuscht! Das war nicht mehr der Veit Singeknecht, den sie in Königsberg kennengelernt hatte. Jetzt, da sie ihn so nah vor sich sah, wurde ihr der Irrtum schmerzlich bewusst. Der selig gehütete Schafgarbentraum löste sich auf wie vorhin der Frühdunst in den Krakauer Gassen. Nicht der geliebte Veit Singeknecht, sondern ein Fremder stand vor ihr. In seinen Augen blitzte deutlicher Abscheu, um seine Mundwinkel verfestigte sich ein böser Zug.

»Nur damit Ihr es wisst, Stöckelin: Steinhaus und seine Freunde sind mir herzlich egal, ganz gleich, was sie nachher meinem Vater und mir erzählen. Etwas anderes hat mich viel mehr erschüttert.«

Er hielt inne, sah an ihr vorbei ins Leere, schürzte die Lippen. Seine Miene wurde undurchdringlich. Deutlich spürte sie, wie angestrengt er nach den richtigen Worten suchte. Ihr wurde unbehaglich zumute. Längst ahnte sie den Grund für sein Zögern. Langsam drehte er den Kopf wieder zu ihr hin. Von neuem erschreckte sie der Ausdruck, der sein geliebtes Antlitz verzerrte. Sie wollte die Hand heben, sie ihm auf die Wange legen, konnte sich jedoch nicht rühren. Ebenso fühlte sie sich unfähig, etwas zu sagen.

»Vergeblich habe ich in den letzten beiden Jahren auf ein klärendes Wort, auf eine kurze Nachricht von Euch gewartet«, fuhr er fort. »Das heißt, inständig gewartet oder gehofft habe ich eigentlich nur die ersten Wochen, Monate, das erste

Jahr. Mit jedem weiteren Monat, der ins Land gegangen, mit jedem neuen Brief Eures Bruders, der ohne eine Zeile von Euch bei mir eingetroffen ist, ist meine Hoffnung geschrumpft. Schließlich ist sie ganz versiegt. Euer beharrliches Schweigen ist es, was mich zuerst tief verletzt, dann einfach nur davon überzeugt hat, mich wohl sehr geirrt zu haben. Die gestrige Nachricht hat diese Vermutung leider nur ein weiteres Mal bestätigt. Nach all der Zeit taucht Ihr nur auf, um mich im Kreis von mir zum Teil völlig Fremden zur Rede zu stellen. Was, glaubt Ihr, muss ich davon noch halten?«

»Wie könnt Ihr so von mir denken? Eben erst habe ich Euch erklärt, dass ich niemals …«, setzte sie an, um sogleich wieder abzubrechen. So machte die Unterredung keinen Sinn.

»Im Rückblick stellt sich leider vieles anders dar«, überging er ihren Einwurf. »Jeden einzelnen Augenblick unserer Begegnungen in Königsberg sehe ich inzwischen mit anderen Augen. Deshalb bitte ich Euch, das Haus meines Freundes zu verlassen und künftig nie wieder zu versuchen mit mir in Kontakt zu treten.« Seine Mimik veränderte sich. Die harten Züge um seinen Mund wurden weicher, die Runzeln auf seiner Stirn weniger. Ihr Herz machte einen Sprung, als sie einen Anflug von Altvertrautem in seiner Mimik zu erkennen meinte. In beinahe zärtlichem Ton sagte er: »Bitte lasst mich in Frieden. Ich will mir nicht auch noch die letzte Erinnerung an einige sehr kostbare Momente von damals versagen.«

Seine Stimme war heiser geworden, ging in ein rauhes Krächzen über. Die grünbraunen Augen schimmerten plötzlich feucht. Wieder biss er die Lippen aufeinander, legte die Stirn in Falten. Dieses Mal aber fehlte der Ausdruck von Abscheu auf seinem Antlitz.

Seine Worte verletzten sie. Doch so bitter es für sie war, so sehr verstand sie auch seine Haltung. An seiner Stelle hätte sie wohl kaum anders gehandelt. Sie senkte den Blick. Kaum wollten ihr die Finger gehorchen, als sie nach dem Säcklein mit der Phiole griff. Das dünne Gefäß zu spüren verschaffte ihr einen Hauch Zuversicht. Besser wäre es allerdings gewesen, es in die Hand zu nehmen, zu öffnen und einen Tropfen des blauen Öls auf die Handfläche zu geben, um seine Kraft einzuatmen. Unwillkürlich machte sie eine winzige Bewegung auf ihn zu. Im nächsten Augenblick erstarrte er.

»Geht!«, sagte er noch einmal. Dieses Mal war es allerdings keine Bitte, sondern ein Befehl.

»Nein!« Sie ballte die Hände zu Fäusten. Tief nagte die Enttäuschung des Zurückgewiesenseins in ihr, zugleich aber straffte ihr der Stolz den Rücken. »Es stimmt mich traurig, dass Ihr das einst zwischen uns Geschehene in Frage stellt, nein, es gar völlig auslöschen wollt, und das, ehe ich Euch meinen Standpunkt überhaupt erklären konnte. Die Tatsache, dass ich gekommen bin, bevor Podski und die anderen hier auftauchen, sollte Euch zu denken geben. Was, wenn ich bis vor kurzem gar nicht gewusst hätte, wo Ihr steckt? Auch nicht, dass mein eigener Bruder und seine Frau mit Euch in Verbindung stehen, weil sie das mir gegenüber nie erwähnt haben? Ihr habt übrigens ebenfalls nicht das Geringste unternommen, mich über Euren Verbleib aufzuklären. Dabei wusstet Ihr genau, wo Ihr mich erreichen konntet.«

Sie wartete, ob sich auf Veits Antlitz etwas regte. Je länger sie ihn ansah, je stärker drängte ein bislang hartnäckig bekämpfter Gedanke nach oben. Er hatte vorhin nicht den geringsten Versuch unternommen, das vor zwei Jahren in der Junkergasse Geschehene zu rechtfertigen, seine mögliche

Schuld daran zu leugnen. Nicht einmal seine überstürzte Flucht aus Königsberg direkt nach dem Unglück wollte er ihr erklären. Stattdessen warf er ihr einzig vor, sich nicht mit ihm in Verbindung gesetzt zu haben, und nahm ihr Schweigen zum Anlass, die zarten Bande, die sich damals zwischen ihnen geknüpft hatten, blindwütig zu zerreißen. Das konnte nur eins heißen, Mathilda hatte recht. Er hatte den Einsturz der Mauer mit Absicht herbeigeführt, um Urban ihretwegen aus dem Weg zu räumen! Für einen Moment stockte ihr der Atem. Das war ungeheuerlich! Kein Wunder, dass ihn ihr Schweigen verstört hatte.

»Gut«, erklärte sie, sobald sie sich wieder gefangen hatte, und reckte entschlossen das Kinn. »Ich verspreche Euch, gleich zu gehen und Euch niemals wieder zu behelligen. Gewährt mir zuvor jedoch noch eine Bitte.«

»Und die lautet?« Müde erwiderte er ihren Blick.

»Lasst mich mit Eurem Vater reden. Es geht um Aufzeichnungen meines verstorbenen Gemahls aus seiner Nürnberger Zeit. Darin taucht der Name Eures Vaters auf, kurz danach aber brechen sie ab. Ich möchte ihm einige Fragen dazu stellen. Er allein kann mir helfen, Licht ins Dunkel von Urbans Vergangenheit zu bringen.«

»Ich richte es ihm aus. Wohin kann er Euch eine Nachricht schicken?«

Veits Miene hatte sich wieder ganz verschlossen. Weder Abscheu noch Wut oder Enttäuschung waren darauf zu lesen. Sie hatte verloren. Schwer drückte die Erkenntnis sie nieder. Zugleich aber erfüllte sie auch die Genugtuung, ihr Möglichstes getan und alles versucht zu haben. Leise nannte sie ihm den Namen des Gasthauses in der Floriansgasse.

»Er wird sich melden«, versprach er und wandte sich abermals zum Gehen.

»Veit, bitte auf ein Letztes noch«, hob sie an und wartete gebannt, ob er sich abermals aufhalten ließe. Einen Fuß bereits auf der ersten Treppe, zögerte er. Der Haltung seiner Schultern war anzusehen, wie angestrengt es in ihm arbeitete. Nach einer unendlich langen Weile nahm er den Fuß wieder herunter, wandte sich noch einmal zu ihr um.

»Was habt Ihr noch?«

Sie zauderte. In ihr tobte ein heftiger Kampf, ob es noch einen Sinn machte, sich Veit mitzuteilen. Der gestrige Besuch in der Marienkirche trat ihr vor Augen, die Leidenschaft, die ihr aus dem Schaffen von Veit Stoß entgegengetreten war und die seine Kunst zu etwas ganz Besonderem machte. Allein um diese Leidenschaft ging es, wollte man das Leben wirklich mit Leben füllen, etwas spüren und für andere spürbar machen. Das galt sowohl in der Kunst wie im Umgang mit den anderen Menschen.

»Ich liebe Euch, Veit«, stieß sie aus, um sogleich hastig hinzuzufügen, bevor der Mut sie wieder verließ: »Ich habe Euch immer schon geliebt. Ich weiß, was Ihr getan habt, und ich trage schwer an der Schuld, Euer Leben zerstört zu haben. Bitte bringt Euch nicht unnütz in Gefahr. Flieht, solange Ihr noch könnt.«

»Warum sagt Ihr das jetzt?« Langsam kam er auf sie zu, nahm ihre Hände in die seinen. Die Wärme seiner Haut zu spüren, seine Finger in den ihren zu wissen, versetzte ihr einen angenehmen Schlag. Er breitete die Arme um sie aus, zog sie fest an seine Brust.

»Nicht!«, erwiderte sie leise, hob den Kopf und suchte mit ihren Lippen seinen Mund.

Das lang ersehnte Glück währte jedoch nur kurz. Entschlossen stieß Veit sie auf einmal von sich, schaute sie wieder mit jenem fremden Blick an, der sie gleich zu Beginn der

Unterredung bereits erschreckt hatte. Seine Stimme klang rauh. »Lebt wohl, Stöckelin, und passt gut auf Euch auf.«

Ehe sie sichs versah, hatte er sich umgedreht und eilte die Treppe hinauf. Wie betäubt sah sie ihm nach. Zwar wäre sie ihm am liebsten hinterhergerannt, fühlte sich jedoch unfähig, einen Schritt in seine Richtung zu tun. Zu ihrer Verwunderung ordnete sie sich stattdessen Haar, Haube und Kleidung, wischte die feuchten Wangen trocken und verließ würdigen Schrittes Gottliebs Haus.

17

Als Dora im Gasthaus an der Floriansgasse eintraf, war der Vormittag bereits weit fortgeschritten. Auf den Bänken drängten sich dicht an dicht die Hungrigen, um über dampfenden Schüsseln mit Suppe, Fleisch und Gemüse sowie bei kühlem Bier neue Geschäfte anzubahnen oder auf gemeinsam erzielte Erfolge anzustoßen. An manchen Tischen wurde eifrig gewürfelt. Gelegentlich schickte die Wirtsfrau einen argwöhnischen Blick zu diesen Runden, während es ihr Gemahl lieber mit den gutgekleideten Kaufleuten hielt, die an einer langen Tafel ausgiebig zechten. Weder Steinhaus noch einer seiner Krakauer Freunde fanden sich darunter, ebenso fehlte von Mathilda jede Spur. Bestimmt hatten sie es aufgegeben, auf Dora zu warten, und hatten sich längst auf den Weg zu Gottlieb nach Kazimierz gemacht. Seltsam nur, dass sie ihnen unterwegs nicht begegnet war. Dora winkte der Wirtin, um sich zu erkundigen, ob sie ihr wenigstens eine Nachricht hinterlassen hatten.

»Gleich, Stöckelin«, rief die Wirtsfrau und schleppte vier vollgefüllte Bierkannen zu einem der Tische an der hinteren

Wand. Dora erhaschte einen Blick auf das Bier. Gret hätte ihre Freude, rasch für Besserung zu sorgen, fehlte dem Gerstensaft doch jeglicher Schaum und damit alle Spritzigkeit. Jäh erwischte sie auf einmal eine unbändige Sehnsucht nach zu Hause. Was mochte Johanna gerade tun? Ob sie sich überhaupt noch an ihre Mutter erinnerte? Fünf Wochen waren für ein anderthalbjähriges Kind eine Ewigkeit. War es das alles wert gewesen? Bei dem Gedanken, weder Veit von der ungerechten Schuldzuweisung befreit noch Licht in Urbans Vergangenheit gebracht zu haben, überfiel Dora eine bleierne Mattigkeit. Haltsuchend lehnte sie sich gegen die Wand, schloss für einen Moment die Augen.

»Ist Euch übel?« Wie aus dem Nichts stand die Wirtin vor ihr und schaute sie besorgt an. »Ihr hättet wohl besser erst etwas gegessen, bevor Ihr Euch in der Morgendämmerung auf den Weg gemacht habt. Kein Wunder, dass Euch jetzt flau ist.«

Beherzt fasste sie Dora am Arm und zog sie zu einem Tisch, der sich nahe beim Herd im hinteren Teil der Gaststube befand. Folgsam ließ Dora sich auf der leeren Bank nieder. Im Handumdrehen standen eine Schüssel dicker Käsesuppe, ein Korb mit dunklem Brot sowie ein Becher schalen Bieres vor ihr. Ohne lange nachzudenken, begann sie zu essen.

Die Suppe war bald leer, ebenso hatte sie das Bier rasch getrunken. Um die erneut aufsteigende Trübsal gleich im Ansatz zu ersticken, wanderte ihr Blick über das muntere Treiben in der Stube. Gerade wollte sie versuchen die Sprache der Männer zu enträtseln, die an dem Tisch schräg rechts vor ihr saßen, da ließ ein fürchterliches Gepolter an der Tür alle aufhorchen. Wie auf Befehl erstarben die Unterhaltungen in der Stube, selbst am Herd hielten die Magd und die

Wirtin mitten in ihrem Gezeter über die Zubereitung des Gesottenen inne und starrten ebenso wie die Gäste mit weit aufgerissenen Augen zum Eingang.

Breitbeinig, die Daumen locker in die Gürtelschlaufen eingehakt, hatte sich dort ein finster wirkender Hüne aufgebaut und schaute mit grimmiger Miene umher. Zwei fast einen ganzen Kopf kleinere, aber bis zu den Zähnen bewaffnete Büttel flankierten ihn und zeigten sich dabei eifrig bemüht, nicht weniger drohend auszusehen als er. Neugierig betrachtete Dora den Riesen. Der Eindruck der Finsternis rührte nicht allein von seinem schwarzen Rock und den ebenso schwarzen Beinkleidern, auch die dunklen Rabenaugen in dem bartübersäten Gesicht und das tiefschwarze, schulterlange Haar unter einem wiederum kohlrabenschwarzen Barett taten ihr Übriges, das wirkungsvoll zu unterstreichen.

Waren sein Aussehen und seine Größe schon furchteinflößend, so war es erst recht die polternde Stimme, mit der er »Cicza!« durch die gesamte Gaststube brüllte, obwohl längst eine gespenstische Stille herrschte. Lediglich ein Insekt erlaubte sich die Kühnheit, aufreizend laut surrend über die vielen Köpfe hinwegzufliegen, dabei der Nasenspitze des ein oder anderen Mannes gefährlich nah zu kommen. Keiner von ihnen traute sich, die Hand zu heben und es zu erschlagen.

Ganz der Wirkung seines Auftretens bewusst, suchte der Finsterling in aller Ruhe die Gesichter ab, blickte jeden der Anwesenden eine Weile eindringlich an. Zwei, drei der Würfelspieler zuckten zusammen, einer von ihnen versuchte gar, so unauffällig wie möglich seine Würfel vom Tisch verschwinden zu lassen. Das entlockte dem Schwarzen ein schiefes Grinsen, und er bedeutete mit einem lässigen Winken, dass ihn die gezinkten Würfel nicht sonderlich interessierten. Umso mehr duckten sich einen Tisch weiter drei andere Männer, die offenkundig fürchteten, dass er ihren Mauscheleien beim Handeln auf der Spur war. Doch auch diese drei bedachte er nur mit einem verächtlichen Schnauben, um wenig später seinen Blick zu Doras Entsetzen auf ihr zur Ruhe kommen zu lassen.

Alle Gesichter drehten sich zu ihr um, die einen deutlich von Neugier gezeichnet, was ihr Vergehen sein mochte, die anderen von sichtbarer Erleichterung erfüllt, der Aufmerksamkeit des Finsterlings und seiner pikenbewehrten Gesellen fürs Erste wohl entronnen zu sein. Die dicke Wirtsfrau und ihre Magd schoben sich neugierig hinter dem Schanktisch hervor und glotzten sie unverhohlen an.

Vor Schreck und Scham hätte sich Dora auf der Stelle gern in Luft aufgelöst. Ihr blieb jedoch nichts anderes, als auf der Bank so weit wie möglich nach hinten zu rutschen, bis sie den Rücken schutzsuchend gegen die Wand pressen konnte. Ein Fluchtversuch wäre zwecklos. Sämtliche Wege nach draußen waren versperrt. Verzweiflung erfasste sie. Wieso quälte sie sofort ein schlechtes Gewissen? Sie hatte sich doch gar nichts zuschulden kommen lassen.

»Seid Ihr die Dora Stöckelin aus der Königsberger Altstadt, Witwe des herzoglich preußischen Kammerrats Urban Stöckel daselbst?«, fragte der Finstere in tadellosem Deutsch.

Wie aus weiter Ferne drangen die Worte an ihr Ohr, zerstörten den letzten Funken Hoffnung. Eine Verwechslung war also ausgeschlossen, er meinte tatsächlich sie. Aber warum? Was wollte er von ihr? Dass er gleich mit zwei bewaffneten Bütteln auftauchte und sie vor aller Augen so rüde ansprach, verhieß nichts Gutes. Was ging da vor? Seit zwei Tagen hielt sie sich in der Stadt auf, hatte bislang lediglich die Marienkirche sowie einige Gassen besucht, den Wawel aus der Ferne bestaunt und war gerade von einem Besuch im benachbarten Kazimierz zurückgekehrt. Wie um alles in der Welt hätte sie dabei etwas Verbotenes tun, sich gar den Zorn der Stadtbehörden zuziehen sollen?

In wenigen Schritten stand der Finstere vor ihr, die Daumen weiterhin fest in die Schlaufen seines Gürtels eingehakt, die dunklen Augen bedrohlich auf sie gerichtet.

Aus der Nähe wirkte er geradezu gewaltig. Breite Schultern, kräftige Arme, riesige Hände und stämmige Beine mit übermäßig großen Kuhmaulschuhen unterstrichen den Eindruck des Hünenhaften noch. Seine Stimme tönte derart tief und laut, als dränge sie aus einem leeren Fass nach draußen, was ein seltsames Grummeln in der Magengrube verursachte. Der Atem des Riesen roch sauer, seine Zähne waren faul, wie Dora mit einer gewissen Häme feststellte, als nützte ihr diese Beobachtung etwas. Dabei bewies die Reaktion der übrigen Gäste, dass er ein hohes öffentliches Amt bekleiden musste und es offensichtlich in vollen Zügen genoss, die damit verbundene Macht zu gebrauchen, sich geradezu darin zu weiden, seine Mitmenschen in Angst und Schrecken zu versetzen.

»Aufstehen und mitkommen!«, herrschte der Finsterling sie schroff an und beugte sich bereits vor, um sie mit seinen riesigen Pranken aus der Bank zu ziehen. Widerstand wäre zwecklos, also ließ Dora es ergeben geschehen. Kaum stand sie auf den Beinen, wurde sie von den Bütteln wie eine elende Verbrecherin unter den Armen gepackt und mitten durch die Gaststube nach draußen gezerrt. Der schwarze Hüne folgte ihnen gemessenen Schrittes mit einigem Abstand. Kurz vor Erreichen der Tür bäumte sich Dora jäh auf, versuchte sich aus den Händen der Büttel zu befreien und rief der Wirtin verzweifelt zu: »Holt meine Base! Gebt Steinhaus oder Podski und Baranami Bescheid. Schildert ihnen, was geschehen ist. Ich bin eine ehrbare Frau. Ich habe nichts Unrechtes getan.«

»Mund halten!«, wies einer der Büttel sie zurecht, packte sie am Kopf und drückte ihn so hart hinunter, als wollte er sie zu Fall bringen. Sie stolperte, rempelte gegen seinen Kumpan, der sie noch fester am Oberarm packte und zur Tür hinausstieß.

Draußen landete sie bäuchlings auf dem dreckigen Straßenpflaster. Erschöpft wollte sie liegen bleiben. Sie schloss die Augen, dachte an die kleine Johanna. Ein Ruck ging durch ihren Leib. Sie durfte nicht aufgeben. Dem Kind zuliebe musste sie sich aufraffen. Mühsam rappelte sie sich wieder auf, schaute zum Wirtshaus zurück. Der Finstere stand an der Tür und sah voller Verachtung auf sie herab. Gewiss fehlte nicht viel, und er spuckte vor ihr aus. Zu ihrer Überraschung aber wandte er sich um und verschwand wieder in der Gaststube. Laut hörte sie ihn brüllen: »Wo ist die Base der Stöckelin? Bringt mich sofort zu ihr! Ich will die Sachen von ihr haben.«

Einer der Büttel zwang Dora, loszugehen. Das grelle Sonnenlicht auf der Floriansgasse blendete. Sie kniff die Augen zusammen. Auf einmal musste sie daran denken, wie sie vor wenigen Stunden erst aus dem Haus getreten war. Wie ein gemeiner Dieb hatte sie sich aus dem Schlafgemach davongestohlen, damit Mathilda sie nicht hörte. Was gäbe sie darum, jetzt so viel Krach machen zu können, damit die Base sie hörte und mitbekam, was da gerade Ungeheuerliches geschah. Unwillkürlich schrie sie auf. Von neuem packte sie einer der Büttel von hinten, riss ihr an den Haaren und hielt ihr den Mund zu. Sie begann zu zappeln, zu treten, um sich zu schlagen, bis die beiden Männer sie an Armen und Beinen fassten und wie einen schweren Mehlsack quer über den Marktplatz schleppten, an sämtlichen Buden vorbei, die volle Länge der Tuchhallen entlang bis hinüber zur südwestlichen Ecke des Platzes.

Dort ragte der mächtige Rathausturm auf. Im Keller darunter befand sich das berüchtigte Stadtgefängnis, in dem sich der noch berüchtigtere Folterraum Wand an Wand mit einem der beliebtesten Bierkeller Krakaus befand. Wer dort landete, der hatte sich nicht nur wie ein gemeiner Dieb im Morgengrauen irgendwo davongeschlichen, der hatte sich etwas wirklich Schlimmes zuschulden kommen lassen. Dora aber konnte sich beim besten Willen nicht vorstellen, weshalb man sie dorthin schleppte und behandelte, als gehörte sie zu Recht zu dieser Sorte Abschaum. Es konnte sich nur um ein Missverständnis handeln. Steinhaus, Podski und die anderen würden das gewiss rasch aufklären. Der Finstere müsste sich bei ihr entschuldigen, und bis zum Abend wäre sie wieder frei.

18

Wieder einer dieser grauen, düsteren Tage, und das ausgerechnet im Juli! Eine alte Weisheit fiel Mathilda ein: »Wie's Wetter an Siebenbrüdertag, es sieben Wochen bleiben mag.« Bis zum Siebenbrüdertag waren es nur noch zwei Tage. Noch aber sah es nicht danach aus, als würde der Regen je wieder versiegen. Das Wetter passte allerdings bestens zu ihrer Stimmung. Ein sonniger, warmer Sommertag wäre ihr als blanker Hohn erschienen. Unablässig trommelte der Regen gegen die Scheiben. Winzigen Sturzbächen gleich rannen die Tropfen auf dem Glas hinunter, sammelten sich am hölzernen Rahmen zu kleinen Seen. Längst war Mathilda die traurige Regenmelodie in Leib und Seele übergegangen, übertönte gar die Geräusche in der vollbesetzten Gaststube.

Gedankenverloren betrachtete sie ihre gefalteten Hände auf der sauber geschrubbten Tischplatte. Die Suppe hatte sie nicht angerührt, nur einmal zaghaft in das dunkle, harte Brot gebissen und an dem Becher mit Bier genippt. Es schmeckte grauenhaft. Selbst Dora gelang besseres. Was Wenzel Selege wohl dazu sagen würde? Bei dem Gedanken erfasste sie eine bislang nie gekannte Sehnsucht nach Königsberg. Höchste Zeit, den von Meister Jagusch in Marienwerder angedeuteten Geheimnissen auf den Grund zu gehen. Ehe sie allerdings dem bislang verkannten Braumeister Wenzel Selege unter die Augen treten durfte, musste sie sich um seine Tochter Dora kümmern. Das war sie auch dem Andenken ihres verstorbenen Vetters Urban sowie der kleinen Johanna schuldig. Seit zwei Tagen wurde die Base im Krakauer Stadtgefängnis festgehalten. Was man ihr genau vorwarf, wusste niemand zu sagen. Ebenso durfte niemand zu ihr, um mit ihr zu reden. Wie eine elende Strauchdiebin war sie eingekerkert. Mathilda wollte sich die Schmach, die Dora darüber empfinden musste, gar nicht erst ausmalen.

Eine heftige Böe peitschte einen kräftigen Schwall Regen gegen die Fensterscheiben. Der Wind zerrte an den Fensterangeln, blies durch die Ritzen des Rahmens ungnädig herein. Mathilda fror. Mutterseelenallein saß sie an ihrem Tisch direkt beim Fenster zur Floriansgasse. Seit Doras Verhaftung lastete eine bleierne Schwere auf ihren Schultern, die sie unfähig machte, etwas zu tun. Nicht einmal zu Schreibzeug und Papier konnte sie greifen, um nach Königsberg um tatkräftige Unterstützung zu schreiben. Ebenso wenig brachte sie es über sich, Steinhaus und seine Krakauer Freunde um Beistand anzuflehen. Seit Dora ins Gefängnis geworfen worden war, taten sie ohnehin alles, einer Begegnung mit ihr aus dem Weg zu gehen. Mittlerweile war Götz Steinhaus aus dem Gasthaus ausgezogen und wohnte bei Stanisław Podski in einem der herrschaftlichen Häuser an der Westseite des Großen Marktes. Offenbar hegten die Kaufleute nicht den geringsten Zweifel an der Rechtmäßigkeit von Doras Verhaftung.

»So kann das beim besten Willen nicht weitergehen mit Euch.« Ungebeten schob Clas Tönnies seinen massigen Leib neben ihr auf die Bank, griff mit seinen kalten Fingern nach ihren Händen. Unwirsch sah sie auf. Sein Anblick erschreckte sie. Seltsamerweise leuchteten seine sonst so fahlen Wangen rosig, seine grünlich gelben Augen glänzten, und die von rotblauen Adern durchzogene Knollennase glühte. Er nahm das Barett vom Kopf, strich sich die struppigen aschblonden Haare zurück und lächelte. »Ich wüsste auch schon etwas, was Euch aufheitern würde.«

»Habt Ihr herausgefunden, warum …?« Mitten im Satz brach sie ab, schüttelte den Kopf und entzog ihm ihre Hand. »Wieso sollten sie es Euch verraten? Seit Tagen stehe ich mir vor dem Rathaus die Beine in den Bauch und versuche vom Gerichtsvogt eine Antwort zu erhalten, aber er empfängt mich nicht einmal.«

»Im Rathaus erteilt man mir leider ebenso wenig Auskunft wie Euch. Selbst als ich darum gebeten habe, der armen Stöckelin als ihr Pfarrer beistehen zu dürfen, hat man mich weggeschickt. Sosehr der polnische König für seine Offenheit Andersgläubigen gegenüber bekannt ist, so wenig will man im Krakauer Rathaus davon wissen.«

»Hat es also etwas mit der Religion zu tun?« Mathilda verspürte einen Anflug von Hoffnung. Im nächsten Moment jedoch resignierte sie wieder. »Dann hätten sie eigentlich eher einen Pfarrer wie Euch und nicht meine Base in den Kerker werfen müssen.«

»Da sei Gott vor!« Tönnies erblasste. Schnell aber fasste er sich wieder und rang sich zu einem neuerlichen Lächeln durch. »Ich habe etwas, das Euch weiterhilft, die genauen Gründe für die Reise Eurer Base besser zu verstehen.«

»Was soll das sein?« Unwirsch spitzte Mathilda die Lippen. »Von Anfang an war ich genau im Bilde, was sie damit bezweckte. Ihr werdet mir also schwerlich etwas Neues erzählen können.«

Sie rückte ein gutes Stück von Tönnies weg, betrachtete ihn mit hochgezogenen Augenbrauen. Der Pfarrer behagte ihr nicht sonderlich. Auch Dora hatte während der gesamten Reise keinen Hehl aus ihrer Abneigung ihm gegenüber gemacht. Seit Doras Verhaftung war er allerdings der Einzige, der ihr in der fremden Stadt noch Beistand leistete.

»Schade«, erwiderte Tönnies nach längerem Schweigen und machte Anstalten, sich umständlich vom Tisch zu erheben. Beiläufig murmelte er: »Dabei dachte ich, es würde Euch interessieren, dass mir Eure Base schon in Thorn die Aufzeichnungen ihres verstorbenen Gemahls anvertraut hat.«

»Was?« Mathilda packte den Pfarrer am Arm und hielt ihn fest. Mit einem lauten Aufstöhnen plumpste er auf die Bank zurück. Mahnend legte er den Finger über die Lippen und bedeutete ihr, leiser zu sein. Sein besorgter Blick über die Köpfe der Nächstsitzenden hinweg erinnerte sie daran, dass der Gerichtsvogt womöglich Spitzel um sie her postiert hatte. Noch aber schenkte ihnen niemand Beachtung. Trotzdem flüsterte sie aufgeregt: »Warum sagt Ihr mir das erst jetzt? Konntet Ihr Euch nicht denken, wie wichtig diese Aufzeichnungen für mich sind?«

»Das war mir von Anfang an klar. Warum sonst hätte die Stöckelin sie mir und nicht Euch übergeben?«

»Aber das ist doch …!« Vor Empörung überschlug sich Mathildas Stimme. Wieder gab er ihr aufgeregte Zeichen, leise zu bleiben.

»Schon in Thorn hat mir Eure Base angedeutet, wie wertvoll diese Aufzeichnungen sind. Nicht allein des Andenkens an ihren Gemahl wegen, sondern weil sich darin offenbar etwas findet, was jemand anderem nicht sonderlich gefallen könnte. Allerdings, so vertraute sie mir an, wüsste sie erst nach einem Gespräch mit dem alten Singeknecht Genaueres. Und genau das hoffte sie hier in Krakau mit ihm zu führen. Anscheinend ist es dazu nicht mehr gekommen.«

»Wo habt Ihr die Aufzeichnungen? Gebt sie mir so schnell wie möglich, damit ich sie lesen und anschließend damit zu Singeknecht gehen kann. Wenn wir Glück haben, ist es noch nicht zu spät, und wir können Dora endlich helfen, aus dem Gefängnis zu kommen.«

»Wie kommt Ihr darauf?« Nun war es an Tönnies, sie begriffsstutzig anzuschauen.

»Nach Doras Verhaftung hat der Gerichtsvogt höchstpersönlich unsere Sachen durchsucht. Selbst vor meinen ganz persönlichen Dingen ist er nicht zurückgeschreckt. Er muss also etwas ganz Bestimmtes in unserem Gepäck vermutet haben, höchstwahrscheinlich die Aufzeichnungen meines Vetters. Also müssten sie helfen, Dora zu befreien. Anders ergibt das alles keinen Sinn.«

»Natürlich habe ich die Papiere nicht hier. Ihr werdet verstehen, dass mir gleich bei meiner Ankunft daran lag, sie in Sicherheit zu bringen.«

»Wo sind sie?«

»Ein kleiner Spaziergang durch die Stadt wird Euch guttun«, gab sich Tönnies zu ihrem Ärger geheimnisvoll. Offenbar gefiel es ihm, sie auf die Folter zu spannen. »Seit Tagen habt Ihr das Gasthaus nur verlassen, um zum Rathaus zu gehen und nach Eurer Base zu fragen. Höchste Zeit, das zu ändern.«

»Das ist allein meine Sache«, erwiderte sie, erhob sich jedoch hastig und schickte die Magd in ihr Schlafgemach, um die wollene Schaube zu holen. Flink legte sie sie als Regenschutz über Kopf und Schultern und folgte Tönnies nach draußen.

In großen Schritten eilte der schwarzgewandete Pfarrer voraus, kaum darauf achtend, ob sie Schritt hielt. Der heftige Regen machte es allerdings leichter, ihn im Auge zu behalten, zeigte sich der Große Marktplatz um die Tuchhallen herum doch nahezu ausgestorben. Nur wenige Kauflustige drückten sich um die Krämerbuden, noch weniger hasteten wie Mathilda und Tönnies mitten durch den Regen quer über den Platz. Es dauerte nicht lange, bis Mathildas breite Lederschuhe mit Wasser vollgesogen waren. Unablässig tropfte es auch vom Kapuzenrand auf ihre Wangen herunter.

Zunächst meinte sie, Tönnies hielte genau auf das Rathaus zu, dann aber eilte er daran vorbei zu der südwestlich vom Markt wegführenden Straße. An der nächsten Ecke schon bog er nach rechts ab, um sie zu einem weit ausladenden Backsteingebäude mit einem auffälligen Erker im ersten Geschoss über dem Eingang zu führen. Bunte Fensterscheiben und ein hoch aufragender doppelter Stufengiebel ließen auf ein wichtiges Gebäude schließen. Vor dem im Vergleich zum restlichen Anwesen eher unauffälligen Portal blieb Tönnies stehen und pochte kräftig gegen die Tür.

»Wo sind wir?«, erkundigte sie sich.

»Das wisst Ihr nicht?« Erstaunt runzelte er die Stirn, kam jedoch nicht dazu, sich näher zu erklären, denn im selben Augenblick wurde die Tür geöffnet. Ein buckliger Greis tauchte vor ihnen auf.

»Bringt uns zur Libraria, wir werden dort erwartet«, brüllte Tönnies dem Alten mit zum Trichter geformten Händen ins Ohr. Der Mann nickte gehorsam und ließ sie ein.

Zunächst durchschritten sie einen gewölbten Gang, um sodann in einen riesigen vierseitig umbauten Innenhof zu gelangen. Zu ebener Erde umgrenzte ein großzügiger Arkadengang den Hof, der im ersten Geschoss als eine Art Balkon weiterlief. Das bestärkte Mathilda in ihrer Ahnung, dass sie sich in einem bedeutenden Gebäude befinden mussten. So reich mancher Krakauer Handelsherr dank der günstigen Lage der polnischen Residenzstadt an zwei sich kreuzenden Handelswegen auch geworden sein mochte, so würde sich dennoch niemand ein solches Anwesen leisten können. Mehrere eher junge Männer in schwarzen, knielangen Schauben eilten umher, entweder in anregende Gespräche vertieft oder aber ganz in Gedanken versunken. Gelangten sie auf ihre Höhe, schauten sie lediglich kurz auf und liefen dann weiter.

»Wo sind wir?«, hakte Mathilda bei Tönnies nach, der sie zu einer Treppe auf der rechten Hofseite geleitete. Schlurfend war ihnen der Greis vorausgegangen, den Buckel so weit nach vorn geneigt, dass Mathilda bereits fürchtete, er berührte mit der langen, dürren Nase bald den Boden. Am Fuß der Treppe blieb er stehen und wies mit zittriger Hand nach oben. Die Stufen wollte er sich offenbar nicht mehr zumuten. Tönnies steckte ihm zu Mathildas Verwunderung eine Münze zum Dank zu und erklomm die Treppe. Sie folgte ihm auf den offenen Umlauf im ersten Geschoss, bis er vor einer reichverzierten Tür stehen blieb. Das Portal über der Tür war von goldenem Zierat gekrönt, auf dem grüngestrichenen Holz des Türflügels fanden sich vergoldete Rosenknospen.

»Das Goldene Tor zur Weisheit«, erklärte Tönnies lächelnd und drückte dagegen. Sogleich gab es nach, und sie betraten einen prunkvollen Vorraum mit einer auffälligen Gewölbedecke. Mathilda stockte der Atem. Was Dora zu dieser Pracht sagen würde? Kaum wagte sie die Frage nach dem Sinn des Gebäudes zu wiederholen, beschlich sie doch allmählich eine Vermutung. Immerhin gab es außer dem königlichen Schloss eigentlich nur ein weiteres Gebäude in einer Stadt wie Krakau, das über eine Libraria, also eine Bibliothek, verfügen sollte – die Universität.

Ehrfurchtsvoll sah sie sich um, bewunderte die dunklen Gemälde an der Wand, den weit ausladenden Leuchter in der Mitte des Saales, den hölzernen Balkon oberhalb der Eingangstür. Tönnies half ihr aus der nassen Schaube, übergab sie zusammen mit seiner eigenen einem Diener, der unauffällig an sie herangetreten war. In der zweiten Tür erschien ein weiterer wie Tönnies von Kopf bis Fuß in Schwarz gekleideter Mann, der allerdings von sehr gedrungener Gestalt war und statt einer gepflegten Haarpracht eine glänzende Glatze zur Schau trug.

»Mein lieber Tönnies, wie schön, Euch zu sehen!« Weit streckte er die Hand zur Begrüßung aus, klopfte erst dem Pfarrer freudig auf die Schulter, bevor er sich mit hochgezogenen Augenbrauen an Mathilda wandte. Das Unbehagen, eine Frau in diesen heiligen Hallen der Wissenschaft vor sich zu haben, war ihm deutlich anzusehen. Sogleich bemühte er sich, das mit besonderer Freundlichkeit zu überspielen. »Ich bin Benedykt Koźmin, Bibliothekar des ehrwürdigen Collegium Maius. Mit welchem Buch kann ich Euch dienen, Verehrteste?«

Umständlich verschränkte er die kurzen Arme hinter dem feisten Leib und wippte auf den Spitzen seiner auffällig kurzen Füße. Für diesen Mann der Bücher existierte wohl allein das Gedruckte. Er hielt es nicht einmal für nötig, sich nach ihrem Namen zu erkundigen. Betont lange schaute Mathilda ihn aus ihren mandelförmigen grünen Augen an. Darüber wurde er sichtlich unruhig, zupfte an seinem bartlosen Kinn, wippte zwei, drei weitere Male auf den Fußspitzen nach oben, bis sie ihn endlich mit einem süßlichen Lächeln erlöste. »Nicht ich, sondern unser lieber Freund Tönnies wollte zu Euch. Offenbar will er mir etwas Wichtiges in Eurer Bibliothek zeigen.«

»Genau«, pflichtete Tönnies bei. »Wenn Ihr erlaubt, dann gehe ich mit Mathilda Huttenbeck in die Libraria. Gestern habe ich dort in einem der Bücher etwas entdeckt, das ich ihr nicht vorenthalten will. Sie ist übrigens die Base des ehrwürdigen Urban Stöckel aus Königsberg. Ihr werdet Euch gewiss noch gut an den klugen Kammerrat des Herzogs erinnern. Außerdem ist sie schon lange mit Katharina König bekannt, der Gattin unseres gemeinsamen Freundes Polyphemus.«

»Ah!«, entfuhr es Koźmin erleichtert. Die Erwähnung seines Königsberger Bibliothekarsgenossen öffnete bei ihm sämtliche Tore. Sogleich dienerte er beflissen vor Mathilda und ließ sie und Tönnies allein in die angrenzende Bibliothek gehen.

Als Mathilda den weitläufigen Raum mit den deckenhohen Regalen, dem aufwendigen Kreuzgewölbe und dem kunstvoll schwarz-weiß gefliesten Fußboden betrat, verschlug es ihr die Sprache. Kaum wusste sie zu entscheiden, was ihr stärker den Atem raubte, die schier unermessliche Ansammlung der unterschiedlichsten Bücher oder aber die einem königlichen Thronsaal würdige Ausgestaltung des Saales. Mehrmals drehte sie sich um die eigene Achse und versuchte so viel wie möglich von der Besonderheit dieses unglaublichen Raumes in sich aufzunehmen. Das musste Dora einmal sehen!

Zum Glück waren sie allein. Tönnies musste mit Absicht eine Stunde für ihren Besuch gewählt haben, in der Professoren wie Studenten anderweitig beschäftigt waren. Langsam dämmerte ihr auch, was er ihr in der Libraria zeigen wollte. Von neuem stockte ihr der Atem, wurde ihr doch schlagartig klar, dass sie den blassgelben, ungepflegten Pfarrer stark unterschätzt hatte. Anerkennend lächelte sie ihn an, zeigte auf die langen Reihen schwarzer, brauner und weißer Ledereinbände. »Was für ein kluger Einfall! Dazwischen habt Ihr also Urbans Aufzeichnungen versteckt. Jetzt bleibt uns nur zu hoffen, es ist Euch nicht ein wissbegieriger Studiosus zuvorgekommen, und Ihr findet sie rasch wieder, bevor ein anderer sie liest.«

Sie trat zu einem der Regale und begann die Buchrücken abzusuchen. In goldenen Lettern waren die Titel der Werke in Leder eingeprägt. Allesamt handelte es sich um lateinische Worte, die sie nicht verstand. Irgendwo zwischen den Büchern aber musste der schmale schwarze Lederband stecken. Mehrmals hatte sie ihn bei Urban gesehen. Ihr Blick schweifte die endlose Reihe entlang, wanderte in die Höhe. Das mochten Tausende und Abertausende Bücher sein! Sie hoffte inständig, Tönnies hatte sich die Stelle gut gemerkt, an der er das Buch zwischen die ehrwürdigen Folianten geschoben hatte, sonst würde das Suchen rasch Tage, wenn nicht gar Wochen dauern. Nicht auszudenken, wenn der Band nach hinten gerutscht oder tatsächlich, wie eben von ihr scherzhaft bemerkt, von einem der Studenten herausgenommen worden war.

»Natürlich weiß ich, wo ich ihn versteckt habe«, verkündete Tönnies mit einem siegesgewissen Lächeln und trat zielstrebig zu der gegenüberliegenden Wandseite. Die Regale reichten dort nur etwas über Kopfhöhe, darüber schloss sich eine Reihe buntverglaster Spitzbogenfenster an, die trotz des Regenschleiers vor den Scheiben für ein schillerndes Licht in der Bibliothek sorgten. Tönnies' rechter Zeigefinger tippte eine Buchreihe auf Hüfthöhe entlang, stockte, wanderte weiter, erreichte ein zweites Regal.

Das machte auf Mathilda nicht den Eindruck, als wäre er sich des Verstecks wirklich sicher. Voller Ungeduld verschränkte sie die Arme vor der Brust, sandte ein Stoßgebet gen Himmel. Um sich abzulenken, rief sie sich die unendliche Kette Ave-Marias aus ihrer Kindheit ins Gedächtnis, die die Wirtschafterin ihrer Eltern in verzweifelten Situationen zu beten pflegte.

»Da ist es!«, rief Tönnies und bückte sich, um aus einem Fach auf Kniehöhe zwei breite schwarze Folianten auseinanderzuschieben und dazwischen einen weitaus dünneren Band hervorzuziehen. Übertrieben wischte er ihn mit dem Ärmel seines schwarzen Rocks sauber, pustete gar den nicht vorhandenen Staub von dem Einband und überreichte ihn Mathilda mit einer tiefen Verbeugung.

Ihr Herz machte einen Satz. Das war tatsächlich der Lederband, den sie in den letzten Jahren so oft bei Urban gesehen hatte. Beglückt drehte sie ihn in ihren Händen, betrachtete ihn von allen Seiten. Abends vor dem Zubettgehen hatte der Vetter bei einem flackernden Talglicht am Tisch in der Wohnstube gesessen und seine Eindrücke über das Geschehen im Herzogtum festgehalten. Ihre Finger zitterten, als sie die Seiten aufblätterte, die eng mit seiner akribischen Kanzleischrift beschriebenen Zeilen überflog.

»Hier ist der zweite«, unterbrach Tönnies ihr Lesen und gab ihr einen weiteren Band, der etwas kleiner im Format war, aber von der Schrift her eindeutig aus Urbans Feder stammte.

»Er hat zwei Notizbücher gehabt?« Erstaunt sah sie auf.

»Das ist wohl der entscheidende Punkt für Eure Base. Sie hat mir nur wenig dazu erklärt, als sie mir die beiden Bücher in Thorn anvertraute. Polyphemus muss sie, ähnlich wie ich jetzt, in der herzoglichen Bibliothek in Königsberg versteckt haben, denn in den Büchern wird etwas geschildert, was dem herzoglichen Hausvogt Göllner missfällt. Deshalb ist er seit Jahren hinter ihnen her. Da die Aufzeichnungen nicht vollständig sind, wollte Eure Base mit dem alten Singeknecht darüber sprechen, ob er die Lücken darin mit seinen Schilderungen füllen könnte.«

»Danke«, erklärte Mathilda knapp, schlug die Bücher zu und presste sie fest gegen die Brust, als gälte es, sie schon in der Libraria gegen begehrliche Hände in Schutz zu nehmen. Eine dunkle Ahnung erfasste sie, was es mit dem ersten Band von Urbans Chronik auf sich haben musste. Da das nunmehr als zweites Buch zu bezeichnende mit seiner Ankunft in Königsberg einsetzte, musste sich im ersten alles um die Zeit vor Gründung des preußischen Herzogtums drehen, also genau um jene Jahre, in denen Albrecht von Brandenburg-Ansbach noch der junge Hochmeister des Deutschen Ordens und ihr Vetter Urban sein enger Vertrauter und rechtlicher Beirat gewesen war. Genau um jene Zeit hatten sie sich in Nürnberg aufgehalten, die Stadt, die einst auch ihre Heimat gewesen war. Ein weiterer blutjunger Rechtsgelehrter war damals aus Prag zu ihnen gestoßen – Egbert Göllner. Kaum sah Mathilda die düstere Gestalt des vor zwei Jahren in die Dienste Albrechts zurückgekehrten Mannes wieder vor sich, beschlich sie eine furchtbare Ahnung. Göllners unheilvoller Einfluss musste längst bis nach Krakau reichen, anders war Doras Angst um Urbans Aufzeichnungen wie auch ihre Verhaftung und die Durchsuchung ihres Gepäcks nicht zu erklären. Der Schlüssel zu alldem fand sich in den beiden dünnen Oktavbänden wie auch beim alten Veit Singeknecht.

»Ihr habt mir sehr geholfen«, erklärte sie mit rauher Stimme. »Endlich weiß ich, was ich zu tun habe. Meine lähmende Traurigkeit ist dank Euch tatsächlich vorbei.«

Bevor er sie fragen konnte, eilte sie aus der menschenleeren Bibliothek, ließ sich im Vorraum von dem Diener ihre Schaube reichen, verbarg die beiden Bücher darin und lief vom Collegium Maius zunächst zurück ins Gasthaus in der Floriansgasse.

19

Mathilda zitterten die Finger, als sie die ersten Seiten von Urbans Aufzeichnungen aufblätterte. Rasch war sie allerdings so tief in die Schilderungen seiner frühen Jahre im Dienst des damaligen Hochmeisters Albrecht von Brandenburg-Ansbach versunken, dass sie kaum wahrnahm, wie die Magd ihr Schlafgemach im Gasthaus betrat und ihr eine Schüssel dampfender Suppe sowie eine Kanne mit Bier brachte.

»Stell alles auf den Tisch«, befahl sie unwirsch. Das verschüchterte Mädchen gehorchte und verschwand gleich wieder. Hastig löffelte Mathilda ein wenig Suppe, trank durstig von dem kühlen Bier und wandte sich wieder der Lektüre zu. Zum Lesen hatte sie sich einen Schemel nah vors Fenster gerückt. Das Licht war dort besser als am Tisch, also nahm sie den unbequemen Schemel ohne Rückenlehne wie auch die zugigen Fensterschlitze gern in Kauf. Beides vergaß sie, sobald sie die nächsten Zeilen gelesen hatte.

Als sie zur letzten Seite kam und damit bei den Ereignissen kurz vor Urbans Unfalltod auf der Baustelle angelangt war, hatte das Tageslicht bereits kräftig abgenommen. Verwundert sah sie auf, schlug das zweite Buch zu. Ihr Blick glitt durch die gelbgrünen Butzenfenster nach draußen. Nach wie vor prasselte der Regen gegen die Scheiben, kaum reichte der Blick bis zur gegenüberliegenden Häuserreihe. Gedankenverloren starrte Mathilda vor sich hin.

Wie am Mittag in der Libraria befürchtet, wusste sie nun umso deutlicher, warum die beiden schmalen Lederbände besser zwischen fremden Büchern in der Krakauer Universitätsbibliothek denn in Doras Felleisen aufgehoben waren. Gerieten sie in falsche Hände, was mit Sicherheit Göllners Hände waren, würde der Herzog für immer ein völlig falsches Bild von Urban und gewissen Vorfällen in Nürnberg vor gut zwei Jahrzehnten erhalten. Mathilda wurde unruhig. Grübelnd lehnte sie die Stirn gegen das kühle Fensterglas.

Einzelne Satzfetzen aus den Aufzeichnungen schwirrten ihr durch den Kopf, dazu gesellten sich eigene Erinnerungen an Ereignisse, die sie zu Urbans jungen Jahren in Nürnberg miterlebt hatte. Seinerzeit war sie mit ihren vierzehn Jahren nicht viel älter gewesen als Lienhart jetzt. Groß und sehr männlich war ihr der junge Vetter damals erschienen, ein wahrer Ausbund an Tugend und Klugheit. Entgegen ihrer Absicht musste sie schmunzeln. In jenen Jahren hatte sie beschlossen, ihm überallhin auf Erden zu folgen und ihm dienend zur Seite zu stehen, ein Leben lang. Als Graumäntler des Deutschen Ordens hatte er zwar kein Gelübde abgelegt und gehörte auch nicht dem geistlichen Stand an, dennoch schien es undenkbar, dass er eines Tages heiraten würde. Umso entschlossener war sie gewesen, sich ganz der Liebe zu ihm zu opfern und seinetwegen ebenfalls auf eine Ehe zu verzichten. Niemandem hatte sie von ihren Plänen erzählt. Zu gewiss war ihr die Ablehnung gewesen, auf die sie damit gestoßen wäre. Zwischen Urban und ihrem Vater waren oft heftige Auseinandersetzungen entbrannt. Mehrmals hatte der Vater seinem Unmut über den viel zu jungen Hochmeister und seine ihn umgebenden Kumpane Luft gemacht, was der Vetter zu Recht als Angriff auf seine eigene Person verstanden hatte. Dann aber war plötzlich Ruhe eingekehrt. Albrecht hatte mitsamt seinem Gefolge, zu dem natürlich auch Urban zählte, die Stadt verlassen. Es hieß, fortan sei Albrecht Herzog in Preußen, suche sich eine Frau und dränge auch seine Gefährten zur Heirat. Luther selbst habe ihm das geraten. Bang hatte Mathilda darauf gewartet, Nachrichten über das weitere Schicksal ihres Vetters aufzuschnappen. Leider aber hatte sich ihr Vater über den entfernten Vetter fürderhin ausgeschwiegen. Nur äußerst spärlich waren Berichte über das Schicksal der früheren Kreuzherren nach Nürnberg gedrungen. Im Alter von zwanzig Jahren hatte Mathilda deshalb beschlossen, nicht, wie von den Eltern gewünscht, als Pflegerin ins Heilig-Geist-Spital einzutreten, sondern sich auf den Weg nach Nordosten zu machen, um ihren Schwur, dem Vetter lebenslang zur Seite zu stehen, endlich in die Tat umzusetzen.

Zwanzig Jahre später saß sie im polnischen Krakau, hielt Urbans Aufzeichnungen in der Hand und erfuhr daraus erstmals, was er in jenen Tagen wirklich erlebt, welchen Ränkespielen er seitens Göllners ausgesetzt gewesen war und warum er sich deshalb auch mit ihrem Vater und seiner gesamten Familie überworfen hatte. Zu allem Überfluss war es Göllner vor zwei Jahren gelungen, den Herzog endgültig auf seine Seite zu ziehen und Urban am Ende seines jahrzehntelangen aufopferungsvollen Dienstes aufs schändlichste zu verleumden. Und das für ein Vergehen, das Göllner in Wahrheit selbst begangen hatte! Lautlos begann sie zu weinen. Sie bemerkte es erst, als ihr die Tränen bereits kräftig über die Wangen liefen. Erstaunt über sich selbst, schüttelte sie den Kopf, wischte die Wangen mit den Handrücken trocken.

Es war jedoch nicht allein der Kummer über Urbans Schicksal, der sie zum Weinen brachte. Auch die Erkenntnis, die eigene Jugend völlig sinnlos an ihn verschenkt zu haben, schmerzte zutiefst. Nur in nebensächlichen Andeutungen tauchte sie in Urbans Aufzeichnungen auf. Keine einzige Zeile war sie dem Vetter je wert gewesen! Ihr wurde übel, sie meinte die vorhin verschlungene Suppe erbrechen zu müssen. Mit dem Ärmel ihres schwarzen Kleides tupfte sie sich Schweißperlen von den Schläfen, trank schließlich den letzten Rest Bier aus der Kanne. Abermals quälten sie die Erinnerungen: Hätte sie nicht gleich bei ihrer Ankunft in der Königsberger Altstadt wissen müssen, wie es für sie stand? Zwar hatte Urban sie damals freundlich bei sich aufgenommen, nie aber Anstalten gemacht, ihr näherzukommen. Ihr Angebot, ihm den Haushalt zu führen, hatte er nur widerstrebend angenommen, hatte sie sich ihm doch eher aufgedrängt als höflich angetragen. Kein einziges Mal hatte er sich anmerken lassen, ob er von ihren wahren Gefühlen wusste. Geflissentlich war er jedem noch so zaghaften Versuch, ihn für sich zu gewinnen, aus dem Weg gegangen. Stattdessen hatte er ihr eines Tages mit leuchtenden Augen von der bevorstehenden Heirat mit Dora erzählt, ihr seine Braut kurz darauf stolz vorgeführt. Sie schluchzte heftig auf, als erlebte sie jenen demütigen Moment noch einmal. Ein Blick hatte ihr genügt, um sofort eine verblüffende Ähnlichkeit zwischen Dora und einer vor zwanzig Jahren jung gewesenen Wirtstochter am Nürnberger Frauentor festzustellen. Zuerst hatte sie Urban darauf ansprechen wollen, sich dann aber jede Andeutung versagt. Viel zu klar war ihr auf einmal gewesen, was sie damit anrichten würde.

Wie recht sie daran getan hatte, bewies ihr nun die Lektüre seiner Aufzeichnungen. Ganz bewusst hatte Urban Dora zur Frau gewählt, weil ihr Anblick ihn an jene andere erinnerte, die er einst so unglücklich geliebt und für deren Untergang er sich zeit seines Lebens die Schuld gegeben hatte. Kein Wunder, dass er Dora mit all ihren Launen und abstrusen Einfällen stets auf Händen getragen, ihr jeden noch so abwegigen Wunsch erfüllt hatte. Sogar ihre törichte Vorstellung, eine echte Baumeisterin zu sein, hatte er nur zu gern unterstützt. Viel zu groß wähnte er seine Schuld der anderen gegenüber, viel zu eifrig war er darauf bedacht, sie an ihrer statt bei Dora wiedergutzumachen. Verächtlich schnaubte Mathilda, sah wieder zum Fenster hinaus.

Der Regen hatte aufgehört, ein schwacher Strahl Sonnenlicht kämpfte sich durch die Wolken, um dem scheidenden Tag eine letzte Ehre zu erweisen. Auf einmal erkannte sie die Umrisse des gegenüberliegenden Hauses, erblickte an der Fassade etwas, das ihr bekannt vorkam. Sie presste die Nase gegen das Fensterglas, starrte angestrengt hinüber. Dann wusste sie es, es war ein Zierat, der ihr auch in Marienwerder schon begegnet war. Die Fensterstürze waren damit umrankt. Meister Jagusch hatte sie darauf hingewiesen. Mit der Erinnerung an diese Begegnung überfiel sie plötzlich Scham.

Gerade war sie dabei, sich äußerst kleinmütig zu gebärden und damit genau das zu tun, was ihr in Marienwerder so erschreckend vor Augen gestanden hatte. Gab sie nicht besser acht, verbitterte sie tatsächlich. Dann endete sie so wie die verhärmte Wirtsmagd in Marienwerder. Hatte ihr nicht Meister Jagusch mit seinen Erzählungen über den einst jungen Wenzel Selege einen Weg gezeigt, wie sie genau das verhindern konnte? Dora sollte sie zu ihrem Weg als Baumeisterin ermuntern und ihren Vater dazu anhalten, sich seiner wahren Leidenschaft, dem Bierbrauen, hinzugeben. Nur wer sich seine Leidenschaft erlaubte, fand das, was sich alle vom Leben erhofften – Erfüllung und Zufriedenheit.

Jäh sprang Mathilda auf, stieß dabei den dreibeinigen Schemel achtlos um. Eilig warf sie sich die immer noch feuchte Schaube um, raffte die beiden schmalen Bücher zusammen und eilte hinaus. Wenn sie Glück hatte, war es noch lange genug hell, um nach Kazimierz zu den Singeknechts zu gelangen. Vage erinnerte sie sich an die Wegbeschreibung, die Feliks Baranami letztens gegeben hatte. Leider war sie an jenem Vormittag nicht wie ursprünglich geplant mit den Kaufleuten zu den Singeknechts gegangen. Stattdessen hatte sie in ihrem Schlafgemach auf Dora gewartet, die im Morgengrauen ohne eine Nachricht verschwunden war. Hätte sie doch nur unten in der Gaststube gesessen. Vielleicht hätte sie die Verhaftung verhindern können.

Unsinn!, schalt sie sich. Wie hätte sie als Frau etwas gegen den Gerichtsvogt und seine bewaffneten Büttel ausrichten sollen? Sie musste sich auf das Naheliegende besinnen. Da Dora im Ratskeller festsaß, war es an ihr zu tun, was die Base eigentlich selbst vorgehabt hatte – den alten Singeknecht bitten, um seines Sohnes und Urbans willen bei Herzog Albrecht in Königsberg vorzusprechen und die Wahrheit über die Vorfälle vor zwanzig Jahren in Nürnberg und vor zwei Jahren in der Junkergasse offenzulegen. Damit würde Veit der Anschuldigung enthoben, das Unglück auf der Baustelle willentlich herbeigeführt zu haben, sowie Urbans Andenken von schlimmen Verdächtigungen befreit. Und Göllner stand endlich als der da, der er wirklich war: ein elender Verleumder, unwürdig, das ehrbare Amt eines herzoglichen Hausvogts zu bekleiden.

Je öfter Mathilda diese Überlegungen in ihrem Kopf wälzte, je sicherer war sie, dass Doras rätselhafte Verhaftung mit alldem in Zusammenhang stand. Wahrscheinlich hatte Göllner von Königsberg aus alle Hebel in Bewegung gesetzt, um an Urbans Aufzeichnungen zu gelangen und Doras Glaubwürdigkeit in den Schmutz zu ziehen. Leider aber hatte er diese Rechnung ohne Mathilda gemacht.

Als sie die Gaststube durchquerte, schüttelte die Wirtin verwundert den Kopf. »Wohin wollt Ihr, gute Frau? Eure Kleidung ist noch ganz nass. Ihr holt Euch den Tod!«

»Macht Euch keine Sorgen«, schüttelte Mathilda sie ab. »So schnell wirft mich nichts um. Falls ich bis Anbruch der Nacht nicht zurück bin, schickt bitte Steinhaus und Podski eine Nachricht, dass ich zu Jan Gottlieb nach Kazimierz gegangen bin. Aber nur, wenn ich bis dahin nicht selbst wieder leibhaftig vor Euch stehe. Habt Ihr verstanden?«

20

Nach dem Regen atmete die Stadt eine erfrischende Luft aus. Mathilda schien es, als hätte der Regen nicht nur den Staub der letzten Wochen, sondern auch die Last der vergangenen Jahre weggewaschen. Leicht fand sie den richtigen Weg nach Kazimierz. Die breite gepflasterte Straße bis zum Tor beim königlichen Zeughaus machte einem Königsweg tatsächlich alle Ehre, auch die Befestigungsmauer selbst war einer königlichen Residenzstadt mehr als würdig. Erstaunlich nah lagen die beiden Stadttore beieinander. Die Schlangen der wartenden Fuhrwerke gingen ineinander über, kaum war zu erkennen, wer hinaus- und wer hereinwollte. Lediglich die Fußgänger hatten es leichter, von den Wachen ein- und ausgelassen zu werden. Das alles erinnerte Mathilda sehr an die drei Städte Königsbergs, die ebenfalls nahtlos ineinander übergingen. Seltsam, dass jede Stadt trotzdem so auf ihre Eigenständigkeit hielt.

Sobald sie die ersten Hausecken in Kazimierz passiert hatte, wusste sie jedoch, dass die Stadt der benachbarten polnischen Residenzstadt bei weitem nicht das Wasser reichen konnte und dass deshalb wohl kaum an ein aufrichtiges Miteinander der Bürgerschaften zu denken war. Daran änderten auch die hoch aufragenden Türme der Katharinen- und Fronleichnamskirche nichts, die die vielgestaltigen Dächer und das bunte Gewirr aus Häusern überschatteten.

Ähnlich wie in Krakau waren auch in Kazimierz die Straßen möglichst gerade ausgerichtet und kreuzten sich rechtwinklig, doch sie waren weitaus enger und nicht alle gepflastert. Oft stand das schlammige Regenwasser noch in tiefen Pfützen mitten auf der Gasse, dazwischen suchten sich allerlei Federvieh wie auch Hunde, Katzen, Ziegen und sogar mehrere Schweine ihre Wege. Die frische Regenluft hatte nur wenig ausrichten können. Längst roch es aus allen Winkeln modrig. Das aber störte niemanden sonderlich. Selbst mitten auf der Straße wurden in all dem Dreck noch Geschäfte gemacht, hockten sich Krämerweiber mit ihren Körben nieder, feilschten Händler mit ihrer Kundschaft.

Die meisten Leute, die Mathilda begegneten, schienen eher Handwerker oder Kleinkrämer zu sein. Selten stieß sie auf gutgekleidete Kaufleute oder reiche Bürgersfrauen, ebenso selten ratterte ein besseres Fuhrwerk vorbei oder ritt jemand auf einem stolzen Pferd umher. Dafür aber wurde bald schon klar, wie sehr das Leben im jüdischen Viertel im Nordosten der Stadt auch die restliche Stadt beeinflusste. In lange schwarze Kaftane gewandete Männer mit einem gelben Stoffring auf der Brust sowie spitzen gelben Hüten auf dem Kopf bestimmten immer häufiger das Bild. Ebenso begegnete Mathilda vielen Frauen mit blaugestreiften Schleiern. Alle wirkten friedlich, was Mathilda nach und nach die Angst vor dem Unbekannten nahm, kannte sie Juden bislang doch lediglich vom Hörensagen. Letztens in Petrikau hatte sie erstmals mehr darüber erfahren, wie sehr sich die polnischen Könige um ihren Schutz bemühten. Steinhaus hatte Dora und ihr davon berichtet, als sie dort mehrere Tage auf wichtige Waren aus Lublin gewartet und sich mit langen Unterhaltungen die Zeit vertrieben hatten. Seither fragte sie sich, warum Albrecht sich seinem Oheim in diesem Punkt nicht anschloss. So, wie es schien, ging von den Juden tatsächlich keine Gefahr aus. Im Gegenteil schienen sie gerade dem Handel der kleinen Leute sehr zu nutzen.

Unter diesen Eindrücken erreichte sie die Josefsgasse und gelangte dank ihres neugierigen Umherschauens schneller an ihr Ende als erwartet. Die Synagoge überraschte sie durch ihre beeindruckende Größe. Kirchtürme suchte sie an ihr jedoch vergebens. Die vier kleinen Ecktürme wollte sie jedoch nicht dafür gelten lassen. Dafür sammelten sich um sie herum noch mehr Spitzhüte. Es schien, als hielten die Männer mitten auf der Straße gelehrte Dispute ab. Urban hätte seine Freude daran gehabt. Mathilda seufzte, wandte sich nach rechts, wo sie das Haus von Baranamis Freund Gottlieb vermutete, und klopfte an die Tür. Es dauerte lange, bis ein Schlurfen hinter der Tür das Auftauchen einer Magd ankündigte. Noch mehr Geduld brauchte Mathilda, bis die Alte ihr Ansinnen verstanden und wieder ins Innere des Hauses verschwunden war, um sie beim Hausherrn anzukündigen. Dafür aber erschien der kurz darauf bereits höchstselbst in der Diele.

»Ihr seid also die verehrte Base von Urban Stöckel.« Lächelnd schüttelte er ihr die Hand und wies einladend die Treppe hinauf. Mathilda zögerte, ihm zu folgen, und schaute den Mann mit dem wirren grauen Haar und dem langen Spitzbart prüfend an. Seine Statur erinnerte sie sehr an den verstorbenen Vetter. Ebenso wie Urban war er schlank und groß gewachsen, hatte ein markantes Gesicht mit wachen, hellen Augen. Den den Juden vorgeschriebenen langen schwarzen Kaftan trug er mit einer ganz besonderen Würde, die sie wiederum an Urban und seine bevorzugte schwarze Tracht erinnerte. Die beiden hätten sich gewiss auf Anhieb gut verstanden. Gebannt, was sie im Obergeschoss an weiteren Übereinstimmungen erwartete, folgte sie ihm die Treppe hinauf.

Gottlieb führte sie in seine Studierstube. Sie war erstaunlich geräumig und an allen Wänden von hohen Regalen umstellt. Durch ein viel zu schmales Fenster zu einer Seitengasse fiel nur wenig Licht herein. Dafür brannten bereits mehrere Kerzen auf einem Stehpult. Das aufgeschlagene Buch sowie ein Tintenfass und mehrere Federn verrieten, dass sie den Hausherrn mitten bei der Arbeit gestört hatte. Trotzdem war er von ausgesuchter Freundlichkeit und bot ihr einen eigenartigen Stuhl zum Sitzen an. Mathilda zögerte von neuem, der Einladung zu folgen. Der Stuhl war eher ein üppig geschwungener, dunkel gebeizter Sessel, dessen Sitzfläche und Rückenlehne aus braunem Leder gearbeitet waren.

»Verzeiht«, entschuldigte sich Gottlieb sogleich mit einem bedauernden Lächeln. »Der italienische Zwerg scheint Euch als Frau nicht sonderlich angemessen als Sitz. Nehmt also diesen Stuhl.«

Beflissen räumte er einige Bücher und einen großen Stapel Papier von einem anderen Stuhl, der nahe bei seinem Pult stand, und rückte ihn Mathilda vor dem Fenster zurecht. Dankbar ließ sie sich darauf nieder. Der lange Weg hatte sie ermüdet. Es tat gut, sich etwas auszuruhen.

»Ihr seid mit meinem verstorbenen Vetter bekannt gewesen?«, fragte sie, nachdem sie einige Schluck von dem Wein getrunken hatte, den Gottlieb ihr gereicht hatte. Es wunderte sie zwar, dass weder der alte noch der junge Veit Singeknecht auftauchten, allerdings gebot die Höflichkeit, sich vorerst nicht ungeduldig zu zeigen.

»Natürlich. Er hat doch einige Jahre an der Krakauer Universität studiert.«

»Daran habe ich gar nicht gedacht.« Wie hatte sie das vergessen können? Auf einmal kam sie sich sehr töricht vor.

»An jene Zeit werdet Ihr Euch wohl kaum viel erinnern können. Damals müsst Ihr noch ein sehr kleines Mädchen gewesen sein«, kam er ihr galant zu Hilfe. »Vermutlich kanntet Ihr Euren Vetter in jenen Jahren lediglich aus Erzählungen. In Eurer Familie wird man sich gewiss oft über seine beeindruckende Klugheit und seinen besonderen Fleiß im Dienst des damaligen Hochmeisters unterhalten haben.«

»Woher wisst Ihr …?«

»Ich kann es mir einfach gut vorstellen. Seinerzeit habe ich die Ehre gehabt, gut mit Urban Stöckel bekannt gewesen zu sein. Oft haben wir hier in Kazimierz zusammengesessen, und dabei hat er gern von seiner Familie im fernen Nürnberg erzählt. Auch der Name seines Oheims Huttenbeck fiel gelegentlich. Das wird Euer Vater gewesen sein. Wundert Euch nicht, bei Namen täusche ich mich eigentlich nie, selbst nach so vielen Jahren nicht. Zum damaligen Kreis hier in Kazimierz und drüben in Krakau gehörte übrigens auch Veit Singeknecht. Meine Magd sagte mir, Ihr wolltet eigentlich zu ihm.«

»Wo ist er?« Die Ungeduld übermannte sie nun doch.

»Leider kommt Ihr zu spät. Der gute Singeknecht und sein Sohn haben die Stadt bereits verlassen.«

»Was?« Mathilda sprang vom Stuhl, verschüttete dabei den Wein aus ihrem Becher. Zu ihrem Entsetzen landeten einige dicke Tropfen auf dem Buch, das aufgeschlagen auf dem Pult lag. Rasch wollte sie die Seiten trocknen, schreckte dann aber vor den seltsamen Lettern zurück.

»Das ist ein arabisches Buch über die Sterne«, erklärte Gottlieb und tupfte es vorsichtig mit dem Ärmel seines Kaftans trocken, dann schlug er es zu. Darunter kam ein Buch in einer weiteren eigenartigen Schrift zum Vorschein, die er beiläufig als Hebräisch bezeichnete, bevor er auch dieses Buch schloss und beide Bände auf eine Truhe an der Längswand der Stube räumte.

Fasziniert schaute Mathilda sich um. Auch auf den Buchrücken in den Regalen fanden sich die verschiedensten Schriftarten. Gottlieb musste ein ganz besonders gelehrter Mann sein. Angesichts dessen schrumpfte Urbans Klugheit erschreckend zusammen, hatte er doch lediglich lateinische und einige wenige griechische Bücher studiert.

»Gestern sind Singeknecht und sein Sohn in aller Früh aufgebrochen«, knüpfte Gottlieb mit seiner angenehmen Stimme unterdessen wieder an das eigentliche Gespräch an.

»Der junge Veit muss Dienstagmittag eine Nachricht erhalten haben, die ihn zu der plötzlichen Abreise veranlasst hat.«

»Was war das für eine Nachricht? Wohin sind die beiden unterwegs?«

Jan Gottliebs Antlitz verschloss sich, dennoch gelang es ihm, das Lächeln beizubehalten. »Es tut mir leid, gute Frau, das kann ich Euch nicht sagen. Es entspricht nicht meinen Gepflogenheiten, meine Gäste auszufragen.«

»Es ist wichtig für mich. Es geht um eine sehr, sehr ernste Angelegenheit.«

»Das glaube ich Euch aufs Wort.« Sein Lächeln wurde wieder milder. Er faltete die langen, schlanken Hände, deren Haut erstaunlich weiß war, vor dem Leib zusammen.

Mathilda konnte den Blick nicht von ihm wenden. Noch nie zuvor hatte sie erlebt, dass jemand auf so unterschiedliche Weise lächeln und in dieser winzigen Geste eine Vielfalt von Gefühlen ausdrücken konnte. Das beeindruckte sie bald tiefer als seine Gelehrsamkeit, die ihn arabische und hebräische und weiß Gott noch welche anderen Bücher gleichzeitig lesen ließ.

»Ihr sagtet, es ginge um eine sehr ernste Angelegenheit. Vielleicht kann ich Euch an Stelle der Singeknechts zur Seite stehen? Als Base eines alten Freundes von mir seid Ihr herzlich in meinem Haus willkommen.«

»Sehr freundlich von Euch.« Sie spitzte den Mund, überlegte eine Weile, bevor sie etwas umständlich begann: »Vielleicht könnt Ihr mir in der Tat helfen, wenn Ihr sowohl meinen inzwischen verstorbenen Vetter wie auch den alten Singeknecht schon so lange kennt. Womöglich sagt Euch auch der Name Egbert Göllner etwas?«

»Oh.« Zum ersten Mal seit ihrem Zusammentreffen verschwand das Lächeln auf seinem Gesicht. Ein dunkler Schatten breitete sich über seine hellen Augen aus, die Lippen wurden erstaunlich gerade und farblos. »Ihr tätet gut daran, diesen Namen in meiner Gegenwart nicht allzu oft zu erwähnen. Erspart mir bitte die Verlegenheit, Euch mehr dazu zu erklären.«

»Das zu hören erleichtert mich sogar.« Sie atmete auf, ging zurück zu dem Stuhl und nahm abermals darauf Platz. Mehrmals knetete sie ihre Finger, sah die langen Bücherreihen entlang, suchte nach Worten, bis es auf einmal wie von selbst aus ihr heraussprudelte. In nüchternen Worten berichtete sie dem aufmerksam lauschenden Gottlieb, was sie in Urbans Aufzeichnungen gelesen hatte und dank eigener Erinnerungen sowie der Ereignisse der letzten Jahre über die Verwicklungen von Urban, Singeknecht und Göllner wusste. Natürlich kam sie trotz Gottliebs Bitte nicht umhin, noch einige weitere Male den Hausvogt zu erwähnen, auch wenn das jedes Mal aufs Neue für unwirsches Stirnrunzeln bei ihrem Gastgeber sorgte. Als sie schließlich von Doras Verhaftung berichtete und erwähnte, bislang weder die genauen Hintergründe erfahren noch von Götz Steinhaus und den Krakauer Kaufleuten Unterstützung erhalten zu haben, um Dora zu helfen, nickte der hochgewachsene Gelehrte mehrmals bedächtig mit dem Kopf. Sobald sie ihren Bericht beendet hatte, suchte sie jedoch vergebens nach einem ermutigenden Lächeln auf seinem Gesicht.

Mittlerweile waren die Kerzen auf dem Pult weit heruntergebrannt, das Licht vor dem schmalen Fenster war dunstig geworden. Über der Studierstube hing eine seltsame Stille. Mathilda meinte ein leises Seufzen aus den staubigen Bücherregalen zu hören. Das Holz der weit durchgebogenen Bretter ächzte, das gesamte Haus stöhnte unter einer schier unerträglichen Last. Die eben geschilderte Ungerechtigkeit war mit Händen zu greifen. Selbst das über Jahre mühevoll zusammengetragene Wissen aus aller Welt und über alle Welt tat sich schwer damit, die Geschehnisse um Dora und Urban geduldig zu ertragen. Umso merkwürdiger, dass Gottlieb so lange schwieg. Plötzlich zerriss ein seltsamer Laut aus dem Untergeschoss des Hauses die Stille. Mathilda erschrak, Gottlieb aber winkte nur müde ab.

»Die alte Fina«, sagte er leise und erlaubte sich endlich wieder sein wohltuendes Schmunzeln. Das beruhigte Mathilda weitaus mehr als die harmlose Erklärung. »Eure Geschichte überrascht mich wenig«, hob er nach einer weiteren qualvoll langen Pause an. »Zwar scheint das, was Göllner einst aus des Herzogs Nähe vertrieben hat und wohl die entscheidende Ursache seines Zorns auf Urban und wahrscheinlich auch den alten Singeknecht darstellt, lange nach der Krakauer Zeit zu liegen, stieß er doch viel später erst zu diesem Kreis, dennoch kenne ich ihn ebenfalls aus den Nürnberger Jahren des Herzogs. Damals weilte ich öfters an der Pegnitz und habe aus nächster Nähe so manches erlebt, was meinen Entschluss gefestigt hat, diesem Mann zeit meines Lebens besser aus dem Weg zu gehen. Nun aber scheint es anders gekommen als erwartet. Machen wir das Beste daraus.« Er hielt inne, strich sich über den Bart, sah zum Fenster hinaus. Hinter den Scheiben sammelte sich ein müdes graues Licht. »Wahrscheinlich ist es wirklich so, dass Göllner sowohl hinter der unsäglichen Verhaftung der ehrwürdigen Stöckelin wie auch hinter dem furchtbaren Unfalltod Urbans steckt. Es wäre so ganz nach seiner Art, den jungen Singeknecht für seine Händel mit dem alten büßen zu lassen.« Er trat zu seinem Pult, ordnete bedächtig das Schreibzeug, richtete einige Bogen Papier aus. »Mich stimmt allerdings traurig, dass mein guter Freund Feliks Baranami wie auch seine ehrwürdigen

Zunftgenossen so kläglich versagen. Andererseits kann ich mir gut denken, warum. Sie fürchten, in etwas verstrickt zu werden, was ihnen langfristig sehr schaden kann. Göllner ist mächtig. Wenn es ihm mittels eines Briefes aus dem fernen Königsberg gelungen ist, den Krakauer Gerichtsvogt zur Verhaftung Eurer Base zu bewegen, so besitzt er hier an der Weichsel nicht nur auf dem Wawel, sondern auch in der Stadt beste Beziehungen. Bedenkt, er hat das gerade nicht über den Königshof abgewickelt, was dank der verwandtschaftlichen Verflechtungen zwischen dem preußischen Herzog und dem König ein Leichtes gewesen wäre. Nein, Göllner hat den städtischen Gerichtsvogt bemüht, und das lässt tief blicken, wie weit seine Macht hier an der Weichsel reicht.«

Über seinen Worten sank Mathilda auf dem Stuhl immer mehr in sich zusammen. Ihr war, als gäbe es keine Hoffnung mehr für Dora. Dann aber horchte sie auf. Gottlieb hatte seine Stimme erhoben. Als sie ihn anschaute, streckte er den langen, schmalen Zeigefinger in die Luft und lächelte sie endlich wieder aufmunternd an.

»Trotzdem gibt es keinen Grund zu verzweifeln. So aussichtslos die Sache scheinen mag, findet sich doch immer irgendwo ein Licht. Mag es uns im ersten Moment viel zu schwach sein, so sollten wir stets darauf vertrauen, dass es größer werden und bald ausreichend Kraft ausstrahlen kann, um uns den Weg aus dem Dunkel zu weisen. Wir müssen nur darauf vertrauen und unsere Zweifel besiegen.«

»Was meint Ihr damit?« Ratlos sah sie ihn an.

»Geht zurück in Euer Gasthaus. Die Aufzeichnungen Eures Vetters aber lasst bitte bei mir. Ihr tragt sie doch bei Euch?«

Prüfend schaute er sie an. Sie fühlte die Röte in ihren Wangen, senkte verlegen den Blick. Ihre Finger zitterten, als sie in den Taschen ihrer Schaube nach den beiden schmalen Bänden suchte und sie ihm schließlich reichte.

»Danke Euch für Euer Vertrauen.« Von neuem schenkte Gottlieb ihr eines seiner wundervollen Lächeln. »Ich werde einen sicheren Ort dafür finden. Göllner hat gewiss noch lange nicht aufgegeben, der Papiere habhaft zu werden. Was die Verhaftung Eurer Base anbetrifft, so bittet diesen Priester, Clas Tönnies, den Ihr in Eurem Bericht erwähnt habt, jeden Tag im Krakauer Rathaus vorstellig zu werden. Ein Priester stößt hier in Krakau stets auf großen Respekt, selbst wenn es sich um einen lutherischen handelt. Früher oder später werden sie ihn zu Eurer Base lassen, dessen bin ich gewiss. Bis dahin gelingt es mir vielleicht auch schon, endlich den Grund für ihre Verhaftung in Erfahrung zu bringen.«

»Danke Euch!« Gerührt wollte sie zu ihm gehen und ihm die Hände schütteln. Zu ihrer Verwunderung wehrte er ab.

»Noch gibt es keinen Grund für Eure Dankbarkeit.«

»Was wird weiter geschehen? Was kann ich sonst noch tun? Ich werde es kaum ertragen, länger untätig herumzusitzen und einfach nur zu warten, was weiter geschieht.«

»Wollt Ihr Eurer Base helfen, bleibt Euch keine andere Wahl. Bislang habt Ihr schon viel für sie getan. Jetzt solltet Ihr Euch ruhig verhalten und Geduld haben. Ihr werdet von mir hören. Es wird sich eine Lösung finden.«

»Ihr ahnt nicht, wie sehr ich das hoffe!«

Er lächelte weise und geleitete sie schweigsam zur Tür.

Die Josefsgasse breitete sich bereits dunkel vor ihr aus. Mathilda erschrak, bangte darum, überhaupt noch rechtzeitig zu den Stadttoren zu gelangen, um in Krakau eingelassen zu werden. Hastig zog sie die Schaube enger um die Schultern. Dabei fiel ihr auf, dass sie sie während ihres ganzen Besuchs bei Gottlieb nicht abgelegt hatte. Darüber war der

Wollstoff auf ihren Schultern getrocknet. Im lauen Abendwind tat es gut, ihn auf dem Leib zu spüren. Bitter lachte sie auf. Jetzt war die wollene, muffig gewordene Schaube schon das Einzige, was ihr im fremden Krakau Trost und Wärme spendete. Trotzig schritt sie aus, gelangte überraschend schnell zum Stadttor und schlüpfte kurz darauf als eine der Letzten ins Krakauer Tor hinein.

21

Nach fast einer Woche im Gefängniskeller stand Dora kurz davor, aufzugeben. Weniger der elende Gestank, der unsägliche Dreck und die viel zu vielen Menschen auf engstem Raum in dem fensterlosen Verlies tief unter dem Großen Marktplatz machten ihr zu schaffen, eher fraß sich die Erkenntnis immer tiefer in sie hinein, dass alle Welt sie vergessen hatte. Weder von Mathilda noch von Steinhaus und seinen vermeintlich einflussreichen Krakauer Freunden erhielt sie Nachricht. Wer, wenn nicht sie, konnte sie aus der misslichen Lage befreien? Selbst der Gerichtsvogt, der sie hierhergebracht hatte, kümmerte sich nicht um sie. Noch immer hatte sie keine Ahnung, was er ihr vorwarf und wie lange er sie überhaupt einzusperren gedachte. Ihre Finger umfassten die Phiole mit dem blauen Schafgarbenöl in dem Beutel an ihrem Gürtel. Zum Glück war ihr die geblieben. Zwar bekam sie so weit unter der Erde nicht mit, wann die Nacht in den Tag überging und damit die beste Zeit für das geheimnisvolle Öl war, doch half ihr allein schon der Gedanke an seine Kraft über so manch schwere Stunde hinweg.

Ob Veit ihre Warnung beherzigt und die Stadt rechtzeitig verlassen hatte, bevor Steinhaus und seine Freunde ihn aufgesucht hatten? Kaum konnte sie die Vorstellung ertragen, er müsse ihretwegen weitere Unbill erleiden. Es war genug, dass er seinerzeit aus Königsberg hatte fliehen müssen. Nie mehr würde er ihr das verzeihen. Sie biss sich auf die Lippen, schluckte mühsam aufsteigende Tränen hinunter, rief sich den Anblick der Zaubergestalt des blauen Öls ins Gedächtnis.

Eine weitere Angst machte sich in ihr breit. Was, wenn sie für alle Ewigkeit von Johanna getrennt blieb? Gewiss hatte die Kleine sie längst vergessen, betrachtete die sechzehnjährige Magd Elßlin als ihre wahre Mutter, die kugelrunde Katharina König als ihre Muhme. Wie sollte sie das dem Kind verdenken? Die beiden versorgten es liebevoll. Sie dagegen hatte es aus freien Stücken in Königsberg zurückgelassen. Sie schloss die Augen, kämpfte angestrengt gegen die aufsteigenden Tränen. Besser, sie richtete ihr Augenmerk ganz darauf, warum sie das getan hatte – um Klarheit über Urbans Vergangenheit zu gewinnen. Das war für ihre eigene wie für die Zukunft ihrer Tochter von großer Bedeutung. Entschlossen öffnete sie die Lider.

In dem fensterlosen Raum tief unter dem Großen Marktplatz fiel es schwer, den Wechsel der Zeiten wie auch das Vergehen der Tage richtig einzuschätzen. Es gab keinerlei festen Rhythmus. Selbst die schimmeligen Brotrationen und das faul riechende Wasser wurde den Gefangenen nur äußerst unregelmäßig und in viel zu geringen Mengen gereicht. Doras Mitgefangene wechselten zwar häufig, aber ebenso wenig in einem genauer zu bestimmenden Zeitablauf. Strauchdiebe folgten auf Huren, Falschspieler auf gemeine Scharlatane, Bettler auf zwielichtige Betrüger. Einmal wurde sogar für kurze Zeit ein Mörder in das Verlies geworfen. Unter lautem Geschrei wurde er wenig später wieder abgeholt und zum Henker gebracht.

Zu ihrem Entsetzen ertappte sich Dora mehr als einmal dabei, neidisch auf die armseligen Kreaturen zu werden, die mit einem harschen Tritt in den Hintern von den Bütteln in das schmutzige Loch gestoßen wurden, um einen oder höchstens zwei geschätzte Tage später vor den Gerichtsvogt und den Henker zitiert zu werden. Sie wussten wenigstens, was man ihnen vorwarf und mit welcher Strafe sie zu rechnen hatten. Selbst das grausamste Urteil schien ihr inzwischen allemal besser als die quälende Ungewissheit, was mit ihr geschehen würde, falls überhaupt jemals noch etwas mit ihr geschehen sollte.

So ruhig wie möglich kauerte sie auf ihrem Platz an der Wand, kaute an den Fingernägeln, knetete die steif gewordenen Gelenke durch oder fuhr sich durch das strähnig gewordene Haar. Die Bundhaube hatte sie auf dem Weg in den Keller verloren, die Haarnadeln ebenso. Offen fiel das dunkelblonde Haar seither auf ihre Schultern, bot Flöhen und Läusen eine willkommene Brutstätte, wie das ständige Jucken bewies. Hin und wieder klopfte sie sich die Kleider aus, um wenigstens den gröbsten Schmutz loszuwerden. Der Rock aus dunkelrotem Grobgrün und der gleichfarbige Goller starrten allerdings schon so sehr vor Dreck, dass das nur noch wenig nutzte.

Müde streifte ihr Blick umher. Trotz der bedrückenden Enge in der Zelle, die in der Länge eine knappe und in der Breite höchstens eine halbe Rute maß, hielten die etwa ein Dutzend Insassen respektvollen Abstand zu ihr. Sie führte es darauf zurück, dass die anderen selbst ohne große Verständigung untereinander ahnten, wie lange sie schon einsaß. Das flößte ihnen eine gewisse Ehrfurcht ein. Niemand kam ihr zu nahe oder unternahm gar einen Versuch, sie der wenigen Habseligkeiten an ihrem Gürtel zu berauben.

Im unruhigen Schein der Fackel, die im Gang vor der Zelle in einer gusseisernen Halterung steckte, musterte sie die gebeugten Gestalten. Niemand sprach mit dem anderen, jeder stierte ziellos vor sich hin, harrte der unausweichlichen Dinge, die auf ihn zukommen mochten. Gerade waren es mehr Frauen als Männer, die meisten waren eher jung und noch einigermaßen ansehnlich. Das deutete sie als möglichen Hinweis auf den Wochenanfang und die damit beginnenden Markttage. Je mehr fremde Kaufleute und Reisende in die Stadt kamen, je mehr Frauen verdingten sich innerhalb der Stadtmauern als Huren, bis die Büttel sie aufgriffen und für ein oder zwei Tage in den Kerker warfen. Das mochte in Krakau nicht anders sein als in den drei Königsberger oder anderen Städten Preußens oder Polens. Dora lehnte den Kopf gegen die rauhe Wand, spürte, wie sich ein vorspringender Stein in die Schädelhaut bohrte. Trotz der Düsternis meinte sie das ein oder andere Gesicht der Neuankömmlinge wiederzuerkennen. Gelegentlich landete eine der Frauen zum wiederholten Mal im Keller, wie sich an ihrer Haltung und an der Kenntnis der Gepflogenheiten im Gefängnis ablesen ließ.

Doras Blick wanderte weiter. Die Wände aus grob behauenen Bruchsteinen waren etwa zwei Klafter hoch. An der Stirnseite, der schmiedeeisernen Gittertür zum Gang der Wachhabenden gegenüber, befand sich in etwas mehr als einem Klafter Höhe eine kleine Öffnung, durch die ein schwacher Lufthauch wehte. Auf ihrem Platz nahe vor dem Gitter spürte Dora ihn deutlich auf der Haut. Das bescherte ihr eine geringfügige Linderung des Gestanks.

Abermals schloss sie die Lider, träumte sich in eine andere Zeit an einen anderen Ort, hatte plötzlich Urban vor Augen, wie er sie vergnügt im Wald der tanzenden Bäume umhergewirbelt hatte. Wie lang schon hatte sie daran nicht mehr gedacht? Nie war ihre Liebe inniger gewesen, nie losgelöster von allen Beschwernissen des irdischen Seins als in jenen Stunden. Geradezu verzückt von Liebe war ihr Urban damals erschienen, fähig zu jeglicher nur denkbaren Leidenschaft. Kaum aber entsann sie sich dieser kostbaren Augenblicke, trat ihr eine weitere Szene vor Augen, erschreckenderweise fast genau aus derselben Zeit wie jenes bis dato höchste Glück mit Urban – der Überfall auf ihre Reisegruppe und wie Urban die Räuber kalt lächelnd mit den falschen Papieren hinters Licht geführt hatte. Ein Schatten breitete sich über die eben noch als so wundervoll empfundene Erinnerung. Wie eigenartig sich Urban damals gebärdet hatte, gerade so, als hätte er mit dem Überfall an jener Stelle gerechnet. Warum sonst hatte er sie erst von den anderen weggeführt und war dann zielsicher allein zu den Überfallenen zurückgekehrt? Sogar das Päckchen mit den falschen Papieren hatte vorbereitet gewirkt. Das Auffälligste aber schien ihr im Rückblick, dass er von vornherein darauf verzichtet hatte, die Räuber zu verfolgen oder sie später zur Rechenschaft zu ziehen, überhaupt nie Anstrengungen unternommen hatte, den Vorfall aufzuklären und sie ausfindig zu machen.

»Dora Stöckelin!« Eine schroffe Stimme riss sie in die düstere Wirklichkeit des Krakauer Gefängnisses zurück. Sie schreckte zusammen. Über ihrer Grübelei hatte sie das Geschehen um sich herum völlig ausgeblendet. Längst beugte sich der Büttel über sie, griff ihr unsanft unter die Arme und riss sie hoch. Sein Atem roch bitter, sein Körper stank nach Schweiß und Unrat, als hätte er selbst die letzten Wochen gefangen im Verlies verbracht. Angewidert hielt sie die Luft an, torkelte benommen hinaus.

Trotz aller Beschwernis kamen ihr die ersten Schritte außerhalb des Verlieses wie ein gnädiges Geschenk vor. Der

Büttel führte sie den engen Gang entlang, wenig darauf achtend, ob sie die Füße richtig aufsetzen und selbst gehen konnte oder viel eher von ihm mitgeschleift wurde. Nach unendlich vielen Ecken und Wendungen erreichte sie eine ausgetretene Treppe. Längst hatte sie jedes Gefühl für Raum und Entfernung verloren. Die Treppe zu sehen aber versprach einen unverhofften Aufstieg.

Der Wachmann stieß sie die ausgetretenen Stufen empor, bis sie oben von einem zweiten Büttel ebenso unsanft in Empfang genommen wurde. Der Gang weitete sich, der Lehmboden wurde ebener, die Wände glatter. Selbst die Fackeln brannten in Halterungen, die in immer kürzeren Abständen an den Wänden befestigt waren, bis sie zu einer weiteren Treppe gelangten. Die war ganz aus glatten Granitstufen gefertigt. Das verhieß die Auffahrt aus der Hölle.

Das ersehnte Paradies öffnete sich Dora kurz darauf in einem wahren Überfluss an Licht. Ihre Freude darüber war derart groß, dass sie den unsanften Tritt in den Hintern kaum wahrnahm, mit dem sie vom Büttel mitten in den goldenen Strom befördert wurde. Unsanft landete sie auf einem harten Fliesenboden, rappelte sich wieder auf, um dann, geblendet von der Helligkeit, schleunigst die Augen zusammenkneifen zu müssen. Dennoch spürte sie beglückt dem nachklingenden roten Leuchten auf den geschlossenen Lidern nach. Bang wartete sie, was als Nächstes geschehen würde. Als sich nichts tat, bestand für sie kein Zweifel, sie war der finsteren Hölle im Ratskeller entronnen! Erleichtert atmete sie auf, öffnete vorsichtig die Augen, gewöhnte sich an das Tageslicht, schaute sich um.

Das Paradies entpuppte sich als öder, karger Raum mit grob getünchten Wänden, einem doppelflügeligen Fenster an der einen, einer schlicht gezimmerten Holzbank an der anderen Längsseite. Auf der Stirnseite hingegen befand sich ein langer Tisch mit einem hoch aufragenden Lehnstuhl in der Mitte. Trotz der gewaltigen Macht, die dem bloßen Anblick des leeren Möbels innewohnte, überschwemmte Dora plötzlich Hoffnung. Verhieß nicht schon allein das Erreichen dieses Raums, der offensichtlich dem Gerichthalten diente, die Erlösung aus dem qualvollen Warten im höllischen Kellerverlies? Sie wollte zum Fenster stürzen, sich des Lebens außerhalb des Ratskellers vergewissern. »Stój!«, brüllte der Büttel und riss sie an den Haaren zurück. Den sehnsüchtigen Blick ins Freie konnte er dennoch nicht verhindern.

Es musste gegen Mittag sein. Der graue Regen hatte sich verzogen. Milchig mildes Sommerlicht staute sich hinter den von Bleiruten gitterartig durchzogenen Scheiben. Kaum zu glauben, dass dort draußen das Leben wie gewohnt weiterging, niemand ahnte, was den Menschen drinnen im Rathaus widerfuhr. Nur wenige Schritte entfernt erhoben sich die schlanken Türme der Marienkirche, darinnen das Wunderwerk des Veit-Stoß-Altars. Eine Ewigkeit schien Dora vergangen, seit sie bei seinem Anblick jene Erhabenheit der Kunst und des menschlichen Schaffens verspürt hatte. Inzwischen war sie am anderen Ende des menschlichen Daseins angelangt. Ob es Hoffnung gab, dem jemals zu entrinnen?

Dora drängte es danach, für wenige Augenblicke nur die Nase gegen die eiskalten Glasrauten zu drücken, einen kurzen Blick auf das unschuldige, alltägliche Treiben auf dem Marktplatz zu erhaschen. Ihre neuerliche Bewegung Richtung Fenster wurde dieses Mal allerdings sofort mit einem grausamen Schlag auf den Hinterkopf geahndet. Starr vor Schmerz biss sie sich auf die Lippen, rang aufs heftigste mit sich, nicht heulend zusammenzubrechen.

Angestrengt richtete sie ihr Augenmerk auf die Bank an der Wandseite. Sie sah aus, als warteten sie auf weitere Besucher. Das erstaunte Dora, zugleich keimte eine zarte Hoffnung in ihr, Steinhaus und seine Freunde würden bald darauf Platz nehmen, um ein gutes Wort für sie beim Gerichtsvogt einzulegen. Rasch versuchte sie sich nicht allzu sehr auf diese Aussicht zu versteifen. Alles, was nur ein wenig anders als das unsägliche Warten im Kellerverlies sein würde, bedeutete bereits Erlösung, ganz egal, ob sie Beistand von außen erhielt, bald freikam oder ihr eine harte Strafe zugedacht war. Allein die Tatsache, gleich endlich ihrem Richter gegenüberzustehen und die wahren Umstände ihrer Verhaftung zu erfahren, zählte für den Moment.

Sie straffte den Rücken, bemühte sich um eine aufrechte Haltung, was der Büttel hinter ihr offenbar falsch verstand. Harsch drückte er ihren Kopf hinunter, schimpfte sie verächtlich »podły kurwa!«.

22

Zu Doras Erleichterung erklangen alsbald entschlossene Schritte auf dem Flur, begleitet von dunklen Männerstimmen. Sie spitzte die Ohren, lauschte angestrengt. Sie sprachen Deutsch. Je näher sie kamen, je genauer konnte sie sogar die einzelnen Stimmen voneinander unterscheiden. Es waren vier verschiedene, eine davon so tief und volltönend, dass einem davon die Magenwand vibrierte. Das musste der Gerichtsvogt sein, der sie festgenommen hatte. Zwei der drei anderen Stimmen kamen ihr zwar ebenfalls bekannt vor, allerdings war sie sich nicht ganz sicher, ob die eine davon tatsächlich Stanisław Podski oder einem der anderen Krakauer

Kaufleute gehörte. Ebenso wusste sie die dritte nicht so ganz zuzuordnen. Dafür aber war sie bei der vierten Stimme felsenfest überzeugt, dass sie zu niemand anderem als zu Götz Steinhaus passte. Hoffnung flammte in ihr auf. Egal, wer von den vier Krakauern Steinhaus und den Gerichtsvogt begleitete, sie alle jedenfalls kamen, um ihr endlich beizustehen und sie aus dem Kerker herauszuholen. Wieder hätte sie am liebsten laut aufgejauchzt vor Freude, hielt sich jedoch im letzten Moment zurück. So kurz vor Ende ihrer Qual wollte sie dem Büttel nicht abermals Anlass zum Zuschlagen bieten.

Die Tür öffnete sich. Sie wollte sich umdrehen, da sie mit dem Rücken zu ihr stand. Dieses Mal traf sie der Schlag derart heftig ins Genick, dass sie von der Wucht zu Boden stürzte, einen Moment lang völlig benommen auf den Steinfliesen lag, ehe sie die Kraft fand, sich zumindest ins Sitzen aufzurappeln. Wütend riss sie der Büttel abermals an den Haaren, zwang sie ins Stehen zurück. Trotzig hielt sie den Kopf gesenkt, das Antlitz hinter dem nach vorn fallenden offenen Haar verborgen.

Die Stimmen waren verklungen. Schwere Schritte hallten durch den Raum. Einer der Männer eilte dicht an ihr vorbei zum hohen Lehnstuhl hinter dem Tisch, die anderen gingen etwas zögerlicher zu der Bank an der Längswand. Sie musste den Kopf nicht heben, um zu wissen, dass es sich bei dem Entschlossenen um den finster aussehenden Gerichtsvogt handelte. Sein schwarzer Schatten hatte sie deutlich genug gestreift, ebenso hatte sie seinen Geruch nach staubigen Akten, saurem Bier und faulen Zähnen eingeatmet. Von den Haaren geschützt, äugte sie zur Seite und stellte erleichtert das Erscheinen von Steinhaus, Podski und Baranami fest. Piotr Bonter und Fedor Spiski dagegen fehlten.

»Dora Stöckelin?«, herrschte der Gerichtsvogt sie unterdessen an und schien auf eine Rückmeldung ihrerseits zu warten.

Leise antwortete sie »ja« und hob den Blick. Der Büttel stieß sie in den Rücken. Sie stolperte einige Schritte nach vorn. Vor dem düsteren Riesen hinter dem Tisch kam sie sich schäbig wie eine lästige Fliege vor.

»Hört, wessen man Euch anklagt«, knurrte der Finstere und machte sich umständlich an einem Haufen Papier zu schaffen, den er mitgebracht hatte. Er blätterte, suchte, überflog einzelne Seiten, raschelte weiter mit einem Bogen Papier. Sein übertriebenes Tun vermochte Dora nicht zu täuschen, längst wusste sie genauso gut wie er, dass die Anschuldigungen gegen sie so fest standen wie die Mauern der Marienkirche im Nordosten des Marktplatzes. Sie drehte den Kopf, äugte zu Steinhaus und Podski. Angestrengt stierten die beiden gleich großen grauhaarigen Kaufleute nach vorn, Richtung Fenster, sahen durch sie hindurch, als wäre sie gar nicht vorhanden. Lediglich der rothaarige Baranami neben ihnen beobachtete den Gerichtsvogt genau. »Ihr seid die Witwe des herzoglichen Kammerrats Urban Stöckel aus der Königsberger Altstadt in Preußen?«, dröhnte der von neuem los, dass ihr die Eingeweide bebten. Im selben Moment stieß sie der Büttel mit einem abermaligen Tritt in den Hintern endgültig gegen den Tisch. Gerade noch konnte sie sich mit ausgestreckten Armen abfangen, sonst wäre sie wie ein Huhn auf der Schlachtbank vor dem Gerichtsvogt gelandet. Angewidert verzog er den Mund, hob die Papiere dichter vor die Augen und brummte: »Mir liegt ein Schreiben aus Eurer Heimatstadt vor. Schwere Anschuldigungen werden dort gegen Euch erhoben.«

»Was? Von wem?« Schrill hallte Doras Stimme durch den Raum, verfing sich in dem niedrigen Deckengewölbe. Eine entsetzliche Angst bemächtigte sich plötzlich ihrer. Kaum brachte sie den Mut auf, um stotternd nachzusetzen: »I-I-I-Ist w-w-w-was m-m-m-mit m-m-m-m-meinem K-K-K-Kind?« Wie eine Ertrinkende klammerten sich ihre Finger um die Tischplatte. Elßlin war der Aufgabe, auf das Kind aufzupassen, gewiss nicht gewachsen, die König wie auch Gret hatten ihr nicht rechtzeitig beispringen können. Das hatte sie nun davon, Urbans Vergangenheit aufklären zu müssen. Darüber hatte sie das Wohl ihrer Kleinen aufs Spiel gesetzt.

»Ihr habt ein Kind?« Verwundert sah der Gerichtsvogt von seinen Papieren auf, maß sie mit einem schwer zu deutenden Blick. Für einen Moment meinte sie so etwas wie einen Anflug von Menschlichkeit auf seinem düsteren Antlitz zu erkennen. Die dunklen Augen flackerten ein wenig, um die blutleeren Lippen inmitten des struppigen schwarzen Bartes zuckte eine fast schon mitleidig zu nennende Regung. Dann aber verfinsterte sich seine Miene wieder, und er grollte: »Das arme Wurm!«

Dora hielt den Atem an, zählte insgeheim bis zehn, bevor sie in so festem Ton wie möglich nachhakte: »So habt doch ein Einsehen und erlöst mich aus der entsetzlichen Ungewissheit!«

Von der Seitenwand ertönte ein heiseres Husten. Aus dem Augenwinkel bemerkte sie, wie Steinhaus ein helles Leinentuch aus seinem feinen Faltrock hervorzog und laut vernehmlich hineinschneuzte. Podski starrte weiter mit einer undurchdringlichen Miene zum Fenster. Ebenso vermied es Baranami, zu ihr zu sehen. Der Gerichtsvogt räusperte sich. Sie wandte sich ihm wieder zu.

»Euer Gemahl ist vor zwei Jahren von einer Mauer erschlagen worden«, fuhr der Finsterling fort. Sein Blick klebte regelrecht an den Buchstaben auf dem Schreiben, das er sich wieder nah vor die Augen hielt. »Geschehen ist das alles auf der Baustelle jenes Hauses, das er nach Euren Plänen errichten ließ. Folgerichtig seid Ihr als die verantwortliche Baumeisterin zu bezeichnen.«

»Ja«, hauchte sie, auf einmal völlig verunsichert, worauf das hinauslaufen sollte. »Mein Gemahl hat gewollt, dass ich …«

»Schweigt!«, unterbrach sie der Gerichtsvogt und fuchtelte mit dem Papier dicht vor ihrem Gesicht herum. Dabei beugte er sich so weit vor, dass sie zum ersten Mal seiner riesigen Nase gewahr wurde. In schwarzen Büscheln sprossen Haare aus den Löchern. Sie bebten ebenso deutlich vom Poltern seiner Stimme wie die Nasenflügel selbst. »Er wird wohl kaum gewollt haben, dass die Mauer über ihm einstürzt und er wenige Stunden später elend daran stirbt!«

Jedes einzelne Wort spie der Gerichtsvogt voller Verachtung aus. Nicht allein die Wucht seiner Stimme brachte sie zum Zittern, dieses Mal war es auch die Angst, worauf das alles letztlich hinauslief. Eine furchtbare Ahnung beschlich sie. Es war eben doch nicht allein damit getan, sich, koste es, was es wolle, aus dem Kerker hinauszuwünschen. Kaum dem finsteren Verlies entronnen, tat sich bereits die nächste schier unermessliche Angst vor einem auf, tatsächlich der schlimmsten aller nur denkbaren Strafen gegenüberzustehen und sein Leben zu verlieren. Dora brauchte sich das gar nicht erst weiter auszumalen, auf einmal wusste sie es genau. »Ein Schreiben aus Eurer Heimatstadt« hatte der Gerichtsvogt eben erwähnt und weiter erzählt, dass in ebendiesem Schreiben schwere Anschuldigungen gegen sie erhoben würden. Göllner!, schoss ihr durch den Kopf. Hinter einem solch heimtückischen Schreiben konnte nur der herzogliche Hausvogt stecken. Sogleich erinnerte sie sich, wie hartnäckig er nach Urbans Unterlagen gesucht hatte und wie sehr er darauf bedacht gewesen war, alles Schriftliche aus dem Nachlass an sich zu reißen. Urban musste genau gewusst haben, warum er seine Aufzeichnungen aus Nürnberg in dem Geheimfach und die zweite Chronik in der herzoglichen Bibliothek versteckt hatte. Warum aber trat das alles ausgerechnet jetzt zutage? Warum verfolgte Göllner sie bis nach Krakau und wartete nicht einfach ab, bis sie von ihrer Reise heimkehrte und er sie ohne großes Aufheben dort verhaften konnte? Woher wusste er überhaupt, dass sie in Krakau war?

Was gäbe sie darum, jetzt einen Tropfen des blauen Schafgarbenöls zu riechen, aus seinem Anblick neue Kraft zu schöpfen. Sie ballte die Fäuste. Was hatte Göllner zu Hause in Königsberg getan? Johanna war in Gefahr! Und sie wusste, nie mehr würde sie das Kind je an ihr Herz drücken, ihm nie mehr auch nur ein Wort von seinem Vater Urban, nur eine winzige Silbe von sich selbst erzählen, geschweige denn die ganze Wahrheit schildern können. Welch unermessliche Schmach, Tochter einer vermeintlichen Mörderin zu sein! Ihr entfuhr ein leiser Aufschrei. Im selben Moment klatschte eine Maulschelle auf ihre Wange nieder. Von der Wucht wurde sie umgehauen. Bäuchlings landete sie auf dem Tisch vor dem Gerichtsvogt. Verächtlich stieß er sie ein Stück beiseite.

»Dass es kein Unglück, sondern böse Absicht war, hat die Flucht des zweiten beteiligten Baumeisters, Veit Singeknecht, eindringlich bewiesen«, blaffte er weiter. »Leider hat er sich auch hier in Krakau den Schergen durch feige Flucht entzogen.«

Also war Veit die Flucht noch rechtzeitig geglückt! Gerade wollte sie wenigstens darüber erleichtert aufatmen, da begriff sie, was das hieß: Von neuem war er ihretwegen in größte Schwierigkeiten geraten, hatte abermals jede Grundlage seines Schaffens verloren. Dafür musste er sie bis in alle Ewigkeit verfluchen.

»Ich … ich … ich«, begann sie kopflos zu stammeln, richtete sich auf, versuchte den Schmerz in der Wange außer Acht zu lassen, sich ganz auf das Denken und Reden zu besinnen. Dazu drückte sie die Hände unerbittlich gegen die Schläfen, als könnte sie so die richtigen Worte aus ihrem Kopf pressen. »Veit Singeknecht hat nicht …, also ich allein …«

»Ach?«, unterbrach sie der Gerichtsvogt dieses Mal in einem vorgeblich freundlichen Ton, beugte sich abermals zu ihr herunter, lächelte sie zuvorkommend an, um im nächsten Augenblick böse zu grinsen, seine riesige Faust auf die Tischplatte krachen zu lassen und einem wütenden Ungetüm gleich loszubrüllen: »Ihr gebt es also zu! Ihr allein habt dafür gesorgt, dass die Wand über Eurem ahnungslosen Gemahl eingestürzt ist und ihn wehrlos unter sich begraben hat.«

Unheilvoll hallten seine Worte durch den Raum. Dora wusste zunächst gar nicht, wie ihr geschah, was er da von sich gab und was sie dazu beigetragen hatte, dass es überhaupt so weit gekommen war. Erst ein nervöses Husten von Baranami und ein unheilvolles Räuspern von Steinhaus brachten sie zur Besinnung. Da aber war es bereits geschehen. Gierig stürzte sich der finstere Gerichtsvogt auf seine Beute.

»Euer Eingeständnis kommt zwei Jahre zu spät! Hättet Ihr das gleich nach dem Unglück verlauten lassen, hätte man das alles gewiss noch für ein Versehen halten können. Nun aber, da es Euch einzig darum geht, Euren heimlichen Geliebten von dem Vorwurf des Mordes zu befreien, steht Eure Schuld am Tod Eures Gemahls umso eindeutiger fest. Was seid Ihr nur für ein gerissenes, heimtückisches Weibsstück!

Wie habt Ihr all die Zeit nur schweigen, gar ein unschuldiges Kind an Eurer Brust nähren können? Das alles ist so abscheulich, dass mir die Worte fehlen.«

Übertrieben fasste er sich an die Gurgel, tat, als müsste er den Kragen seines schwarzen Faltrocks lockern, keuchte, schwitzte und ächzte, als gälte es gerade für ihn selbst, sich unter den Trümmern der eingestürzten Stützwand herauszugraben.

Fassungslos beobachtete Dora das Schauspiel, unfähig, sich der grausamen Vorwürfe zu erwehren, um im letzten Moment den Kopf aus der Schlinge zu ziehen.

Plötzlich aber wurde ihr bewusst, was da gerade geschah, und sogleich begriff sie, worin der einzige Ausweg bestand. Ehe der Büttel sichs versah, stürzte sie zu Götz Steinhaus und seinen beiden Krakauer Freunden, fiel vor dem Kneiphofer Kaufmann auf die Knie und umklammerte seine Beine. Ihre Unterlippe bebte, als sie den Kopf hob und seinen Blick suchte, um ihn um Beistand anzuflehen. Steinhaus räusperte sich verlegen und tat alles, ihren Augen auszuweichen.

»Helft mir, lieber Steinhaus, so helft mir doch! Steht mir in dieser schwersten Stunde meines Lebens bei. Das seid Ihr mir, meiner Familie und auch meinem verstorbenen Gemahl schuldig. Denkt an die Inschrift im Rathaus unserer Heimatstadt: *Ein Staat ist nichts nütze, der keine Macht und Energie besitzt gegen die Verbrecher.* Aber ein Staat ist ebenso wenig nütze, wenn er seine Macht und Energie verwendet, um die Falschen als Verbrecher abzustrafen. Ihr wisst, wer ich bin, aus welch angesehener alter Familie ich stamme und dass ich mir nie im Leben je etwas habe zuschulden kommen lassen. Ihr wisst ebenso, dass ich eine ehrbare Ehefrau bin, meinen Gemahl um alles in der Welt geliebt und unter seinem furchtbaren Tod entsetzlich gelitten habe. Wie könnt Ihr zulassen, dass ich in der Fremde dastehe wie eine gemeine Mörderin? Wie hätte ich all die Jahre ruhig im Haus meines Gemahls leben und mich dann in Eure Obhut begeben können, um nach Krakau zu reisen? Bedenkt, dass ich mein Kind und all mein Hab und Gut in der Königsberger Altstadt zurückgelassen habe. Hätte ich das getan, wenn ich hier, wie es heißt, meinen Geliebten treffen und fortan mit ihm leben wollte?« Steinhaus' Antlitz blieb entrückt. Angestrengt starrte er zum Fenster. Sein grauer Spitzbart indes verriet die Erregung, die in ihm tobte. Kaum sichtbar bewegte er sich. Dora schöpfte leise Hoffnung, beschwor ihn: »Entsinnt Euch der Freundschaft mit meinem Vater, gedenkt der Tradition der ehrwürdigen Baumeister Selege im Kneiphof. Traut Ihr mir eine solch schändliche Tat wirklich zu?«

Sie kniete weiter vor ihm, den Blick starr nach oben auf sein Antlitz gerichtet. Er regte sich nicht, räusperte sich nicht einmal mehr, bis er leise, kaum hörbar krächzte: »Es tut mir leid, aber ich kann nichts für Euch tun. Begreift, in welche Lage Ihr mich gebracht habt: Ich habe eine Mörderin angeschleppt, die meine Freundschaft zu den angesehensten Bürgern der Stadt benutzt, um in das Haus ihres gewissenlosen Mitverschwörers zu gelangen!«

Angewidert hielt er inne, spitzte den Mund, um Dora mit einem heftigen Tritt von sich wegzustoßen.

So gut sie ihn verstand, wollte sie nicht begreifen, warum er dem Brief mehr Glauben schenkte als ihr. Von Kindesbeinen an kannte er sie als eine ehrliche Haut, noch viel länger war ihm ihre gesamte Familie vertraut, ebenso wusste er um ihre gute Ehe mit Urban. Eine halbe Ewigkeit wartete sie noch, hoffte, sehnte, flehte inständig doch noch ein winziges Zeichen des Beistands von ihm herbei, einen klitzekleinen

Beweis, dass er nicht anders konnte, aber eigentlich anders wollte, und weiterhin zu ihr hielt.

Vergeblich.

Langsam begriff sie, senkte den Blick, rutschte tief enttäuscht ein Stück weiter über den Boden und wandte sich seinem Nachbarn zur Linken, dem Krakauer Kaufmann Stanisław Podski, zu. Bittend hob sie die Hände zu ihm empor, doch auch er sah geflissentlich über sie hinweg. Also rutschte sie abermals auf den Knien weiter und probierte als Letztes ihr Glück bei Feliks Baranami. Er war es immerhin gewesen, dessen jüdischer Freund Gottlieb aus Kazimierz Veit und seinem Vater Unterschlupf geboten hatte. Vielleicht kannte er die beiden ebenfalls und wusste, dass Veit ebenso wenig wie sie zu einem hinterhältigen Mord fähig war. Eindringlich sah sie den rothaarigen Mann an, gewahrte bei ihm zumindest ein leichtes Zucken um die Mundwinkel, das ihr sogleich wie eine Erlösung erschien. Zu ihrer höchsten Befriedigung senkte er den Blick und schaute sie ebenfalls lange schweigend an, um jäh von ihr zurückzuweichen und mit ausgestrecktem Finger auf sie zu zeigen.

»Ihre Augen! Habt Ihr diese Augen gesehen? Das ist der Teufel selbst, der uns daraus entgegenblickt. Die Frau muss vom Teufel besessen sein. Wie sonst kommt ein Mensch gleichzeitig zu einem grünen wie zu einem blauen Auge?«

»Was?«, brüllte der Gerichtsvogt, warf die Papiere achtlos beiseite und eilte in wenigen Schritten auf sie zu. Dieses Mal wartete er nicht, bis der Büttel sie an den Armen nach oben riss, sondern griff gleich selbst zu und zerrte sie über den kalten Steinboden hinüber zum Fenster. Dort zog er sie roh zu sich hoch, bis sich ihre Nasenspitzen fast berührten, und sah ihr mit seinen kurzsichtigen, nahezu schwarzen Augen prüfend ins Gesicht. »Ihr habt recht! Ein wahrer Ausbund des Teufels!« Angeekelt stieß er sie fort. »Zurück in den Kerker mit ihr. Und dann bestellt den Henker. Er soll sie ein wenig befragen. Mir scheint, sie hat uns noch weitaus mehr zu berichten als nur den abscheulichen Mord an ihrem Gemahl.«

Der Büttel riss sie an den Haaren hoch, schubste sie zur Tür. Sie schaute zur Wand. Steinhaus und die beiden anderen Kaufleute hielten die Köpfe gesenkt, vermieden es allzu offensichtlich, dem weiteren Geschehen genauer zu folgen. Trotzdem wandte sich der Gerichtsvogt mit seinen nächsten Worten ausdrücklich an die Männer.

»Wenn Ihr Euch gut unterhalten wollt, dann besucht heute Nachmittag den Bierkeller hier im Rathaus, sucht Euch einen Platz nah an der Wand. Ihr wisst, dass man in der Wirtsstube das berühmte Gebräu aus Schweidnitz ausschenkt. Es wird Euch umso besser schmecken, wenn Ihr dazu das Gebrüll aus dem benachbarten Folterkeller hört. Dort wird die Stöckelin dem Henker Rede und Antwort stehen. Ihre Stimme werdet Ihr gleich erkennen.« Dröhnend lachte er los.

Auf einmal wusste Dora, dass weder der elende Gestank, der unsägliche Dreck noch all die vielen Menschen in dem engen Ratsgefängnis oder das dumpfe, unendliche Warten sie je zum Aufgeben gebracht hätten. Dafür aber stand ihr nun etwas bevor, was sie gewiss binnen kürzester Zeit zu brechen vermochte – die Begegnung mit dem Henker und seinen Werkzeugen.

Dritter Teil

KRAKAU/KÖNIGSBERG
Herbst 1546

1

Dora kauerte in der hinteren Ecke ihrer winzigen Zelle auf dem Boden, die Beine eng angewinkelt, die Ellbogen auf die Knie und den Kopf in die Hände gestützt. Diese Haltung hatte zwei Vorteile. Zum einen wärmte sie, was in dem kühlen, feuchten Kellerverlies auf Dauer sehr wichtig war, und zum anderen konnte Dora auf diese Weise rasch die Hände auf die Ohren pressen, um die sich gelegentlich ins Unerträgliche steigernden Schreie zu überstehen. Im Nachbarverlies befand sich der berüchtigte Folterraum des Krakauer Henkers, der auf seiner zweiten Wand an den Bierkeller grenzte. Der Qual der Gefangenen zu lauschen und sich dazu das frisch ausgeschenkte Schweidnitzer Bier zu Gemüte zu führen, galt bei den Besuchern der Stadt als beliebte Attraktion. Dora schätzte sich glücklich, bislang noch nicht zu dieser Art der Belustigung beigetragen zu haben, auch wenn der Gerichtsvogt ihr das letztens so höhnisch in Aussicht gestellt hatte. Stattdessen hatte man sie zu ihrer Verwunderung schon vor Auftauchen des Henkers in das benachbarte Verlies geworfen. Seither hockte sie mutterseelenallein in dem kaum einen Klafter langen und etwas mehr als zwei Ellen breiten Loch und wartete, was weiter mit ihr geschehen würde. Manchmal befürchtete sie, dieses Warten dauerte bis in alle Ewigkeit.

Das Licht der Fackel, die draußen auf dem Gang brannte, reichte kaum aus, die Wände in ihrer vollen Höhe zu betrachten. Trotzdem kannte Dora inzwischen jeden einzelnen der unzähligen Bruchsteine in all seinen Rundungen, Ecken und Kanten. Ebenso wusste sie über sämtliche Ritzen zwischen den Steinen Bescheid und hatte längst Freundschaft mit den Ratten geschlossen, die sich in der Hoffnung auf ein paar Brotkrumen immer wieder aufs Neue durch sie hindurchzwängten und ihr für eine Weile Gesellschaft leisteten. Um die treuen Gefährten nicht zu enttäuschen, sparte sie sich gern einige Krümel von dem halb schimmeligen Brot vom Munde ab. Das Gezeter der nebenan Gefolterten aber hielten die Nager nicht aus. Sobald es anhob, trieb es sie fluchtartig in ihre Schlupflöcher zurück.

Jäh brach der Lärm ab. Beseelt von der plötzlich eingekehrten Stille, lehnte Dora den Kopf gegen die rauhe Mauer, richtete den Blick nach oben in das Dunkel und malte sich aus, wie der Himmel draußen aussehen mochte, welche Wolkenformen über das blaue Firmament zogen, ob es regnete oder die Sommersonne die Ernte auf den Feldern reifen ließ. Wie schön wäre es, mit Johanna übers Land zu fahren und ihr das Gold der sich sacht im Wind wiegenden Kornfelder zu zeigen. Am Wegesrand würden sie Schafgarbe pflücken, sich die üppigen weißen Blütendolden an die Nase pressen und den satten würzigen Geruch einatmen. Dora schluckte, umklammerte die Phiole mit dem blauen Öl. Fast meinte sie den Duft des Sommers auf dem Land tatsächlich in der Nase zu schnuppern, Johannas kleine Hand warm in der eigenen zu spüren und die endlose Weite der wundervollen Landschaft vor sich zu sehen.

Vielleicht würde sie Johanna eines Tages von dem alten Brauch erzählen, sich des Nachts eine Schafgarbendolde unter das Kopfkissen zu legen, um in der Nacht von seinem Liebsten zu träumen. Gleich trat ihr Veits geliebtes Gesicht vor Augen, das Urban auf rätselhafte Weise ähnelte. Welches Leid war ob dieses Traumes entstanden? Nein, so durfte sie nicht denken. Dank des Traumes hatte sie auch viel unverhofftes Glück empfunden. Die leidenschaftlichen Stunden mit Urban, das wundervolle Zusammensein in Ragnit und später im Wald der tanzenden Bäume hätte es ohne diese Traumbilder nie gegeben. Erst die Begegnung mit Veit aber hatte ihr die Augen für die wahre Liebe geöffnet, und die bestand aus weitaus mehr als aus entrückten Tänzen und leidenschaftlichen Nächten. Voller Wehmut erinnerte sie sich an ihre Gespräche über die Baukunst, das wahre Schaffen und an ihre Gedanken beim Betrachten des Marienaltars. Ohne Veit hätte sie ihn nicht so gesehen, wie sie es getan hatte, ohne ihn wäre ihr so viel Wundervolles entgangen.

Ein schier unmenschlicher Schrei nebenan bereitete ihrer Träumerei ein abruptes Ende. Entsetzt zog sie den Kopf zwischen die Schultern, bangte um die geschundene Kreatur hinter der Mauer. Irgendwann versiegte das Geschrei, sie richtete sich wieder auf und atmete die von Urin, Kot und menschlichem Angstschweiß stickig gewordene Luft des Kellers ein. Bis zum nächsten Gebrüll blieben ihr abermals einige kostbare Augenblicke, sich an die Seite ihres Kindes und des Mannes zu träumen, den sie seit langem liebte.

Dumpfe Schritte auf dem Gang ließen sie aufhorchen. Sie näherten sich aus den Tiefen des labyrinthartig angelegten Kellers direkt ihrer Zelle. Dicht stellte Dora sich ans Gitter, schaute in das dunkel klaffende Loch des Gangs. Nicht einmal bis zur nächsten Biegung reichte das Licht der Fackel, dafür aber waren die Schritte umso besser zu hören. Rasch wurden sie lauter. Bald war sie überzeugt, es handelte sich nicht um eine weitere Ration Brot oder Wasser. Ohnehin war seit dem letzten Mahl zu wenig Zeit vergangen, um neuen Nachschub wahrscheinlich zu machen. Ebenso klangen die Schritte auch anders als die des gewohnten Büttels. Wenn sie sich nicht täuschte, handelte es sich nicht um die Schritte eines Einzelnen, sondern um die zweier Männer. Ihr Herz begann zu rasen. Gleich tauchte der Henker auf, um sie in die Folterkammer zu holen. Angestrengt starrte sie in den Gang, hoffte, bald das Aufflackern einer Fackel zu erspähen, die hinter der nächsten Biegung auftauchte, um endlich Gewissheit zu erhalten.

Auf einmal erfasste sie eine seltsame Ungeduld. So zerlumpt, wie sie aussah, wollte sie dem Henker nicht gegenübertreten. Die Düsternis überdeckte zwar ihr erbärmliches Aussehen, dennoch musste sie etwas tun, um sich halbwegs in einen Menschen zu verwandeln. Hastig begann sie das filzig gewordene Haar zu ordnen, die ein oder andere Laus mit dem Fingernagel zu zerquetschen und den vor Dreck starrenden Rock auszuklopfen. Gerade als sie wieder zum Gitter trat und aufblickte, stoppten die energischen Schritte genau vor ihrer Zelle. Sie blinzelte in das grelle Licht einer Fackel hinein, die jemand genau in Höhe ihrer Augen hielt. Langsam nur gewöhnten sich ihre Augen an die Helligkeit, und sie unterschied einzelne Konturen. Tatsächlich handelte es sich um zwei Männer, die da vor ihrem Verlies standen. Zu ihrer Verwunderung aber war es nicht der Henker mit dem Gerichtsvogt, sondern ein ihr bislang unbekannter Büttel mit dem Pfarrer Clas Tönnies.

Zunächst stieg bittere Enttäuschung in ihr auf, um mit dem nächsten Atemzug blankem Entsetzen zu weichen. »Um Himmels willen!«, schrie sie und krallte sich an den Gitterstäben fest. Den Folterkeller wollte man ihr also ersparen und brachte ihr stattdessen gleich den Pfarrer, um sie auf das nahe Ende vorzubereiten. Die Aussicht auf ein schnelles statt ein qualvolles, langsames Sterben aber bereitete ihr keinerlei Erleichterung. Im letzten Moment hing man wohl doch an jedem noch so kläglichen Stück Leben und war zu allem bereit, um es nicht kampflos aushauchen zu müssen. Nebenan ertönte ein markerschütterndes Gebrüll. Selbst im trüben Licht der Fackel konnte Dora erkennen, wie Tönnies' sonst so gelbliches Gesicht weiß wie Leinwand wurde.

»Schöne Musik, nicht wahr?« Der Büttel grinste.

»Bringt uns hier raus«, zischte Tönnies. »Wenn Ihr nicht sofort aufsperrt und die Stöckelin herauslasst, werde ich mich beim Gerichtsvogt beschweren.«

»Tut nur, was Ihr nicht lassen könnt«, knurrte der grobschlächtige Mann gelassen, schickte sich allerdings tatsächlich an, umständlich an seinem Schlüsselbund nach dem passenden Schlüssel zu suchen und das Eisengitter aufzusperren. Dora wusste nicht so recht, wie ihr geschah. Fassungslos starrte sie den Büttel an.

»Leider muss ich Euch enttäuschen«, erklärte er, halb vornübergebeugt, während er die Gittertür aufschob, um sie hinauszulassen. »Ich darf Euch nur in eine andere Ecke des Kellers begleiten, wo Ihr mit dem Pfarrer reden dürft, bevor Ihr weiter hier versauert.«

Das war also doch nicht ihr Ende! Dora wollte aufjauchzen vor Freude. Schon für die Aussicht, eine Weile der Enge ihres Kerkers und dem Geschrei des Folterkellers zu entrinnen, wäre sie dem Mann am liebsten um den Hals gefallen. Ein kurzer Blick auf Tönnies hielt sie jedoch zurück. Der arme Mann schien sich kaum mehr von seinem Entsetzen zu erholen. Sie schenkte ihm ein aufmunterndes Lächeln.

»Welch große Gnade, Besuch zu empfangen, noch dazu von Euch, lieber Tönnies. Lasst uns die kostbare Zeit nutzen.

Ehe wir es uns versehen, wird der Büttel Euch wieder in die Welt oberhalb des Kellers zurückbringen, und ich werde hier unten allein weiterschmoren. Bis dahin habe ich viele Fragen und hoffe, Ihr beschert mir nur gute Nachrichten.«

Tönnies zeigte sich lediglich zu einem stummen Nicken fähig. Dora freute es, dass der Büttel sie weder grob anfasste noch wüst beschimpfte, wie es sonst bei seinesgleichen gegenüber den Gefangenen üblich war. »Los, gehen wir!«, rief er und stieß sie sacht mit der freien Hand in den dunklen Gang hinaus.

Das Licht der Fackel reichte kaum, den Weg auszuleuchten. Nahezu blind marschierte Dora durch das unübersichtliche Gewirr der engen, endlos scheinenden Gänge unterhalb des Rathauses. Zwar besaß sie eigentlich ein hervorragendes Gefühl für Strecken und Räume, doch gelang es ihr schon nach erstaunlich kurzer Zeit kaum mehr, sich in diesem Irrgarten den Überblick zu bewahren. Längst war sie überzeugt, das Gassengewirr unterhalb des Rathauses erstreckte sich über eine weitaus größere Fläche als das Gebäude selbst, erreichte bald nahezu das Gelände unterhalb der Tuchhallen in der Mitte oder die Häuser am Rande des Marktplatzes, wenn nicht gar die Geschosse unter der Marienkirche im Nordosten des Großen Marktes. Die Länge des Weges, den sie zurücklegten, passte zumindest dazu. Sollte sie jemals wieder an die Oberfläche zurückfinden, musste sie dem genauer auf den Grund gehen.

Dass sie selbst so tief unter der Erde und angesichts ihrer aussichtslosen Lage eher an baumeisterliche Herausforderungen denn an ihre mögliche Rettung dachte, war befremdlich. Dabei hatte sie eine kleine Tochter, für die sie überleben und nach Königsberg zurückkehren musste. Oder hatte sie die Hoffnung längst aufgegeben, die Kleine je wieder an ihr

Herz zu drücken? Ein dumpfer Schmerz ließ sie zusammenfahren. Tief in ihren Kummer versunken, hatte sie nicht auf den Weg geachtet und sich die Stirn an einem herabhängenden Querbalken angeschlagen. Sie stolperte nach vorn. Da die beiden Männer hinter ihr liefen, schlug sie haltlos auf dem sandigen Boden auf, bremste den Aufprall mehr schlecht als recht mit ihren bloßen Händen. Davon schürfte sie sich die Handflächen blutig auf.

»Małpa!«, fluchte der Büttel, weil er mitsamt Tönnies fast über sie gestolpert wäre. Jäh war es mit seiner Freundlichkeit vorbei, und er riss sie krude an einem Arm wieder hoch. Sein harter Griff schmerzte fast noch mehr als das Hinfallen. Zugleich spürte sie Blut über ihre Wangen rinnen. Sie musste sich die Stirn blutig geschlagen haben. Auf einmal tat ihr Kopf höllisch weh, doch es war nicht an der Zeit, laut zu lamentieren. Sie biss sich auf die Lippen, tapperte weiter, emsig darauf bedacht, sich nichts von ihrem Schmerz anmerken zu lassen und möglichst kein zweites Mal mehr zu stolpern. An Tönnies' empörtem Schnaufen erkannte sie, dass zumindest einer in ihrer nächsten Umgebung noch zu menschlichen Gefühlen fähig war. Wie seltsam, durchfuhr es sie, dass ausgerechnet der blasse, farblose Priester, den sie kaum kannte und bislang so wenig mochte, nun der Einzige war, der noch zu ihr hielt.

»Da lang!«, knurrte der Büttel und schubste sie harsch in einen engen Durchschlupf nach rechts. Unwillkürlich duckte sie sich, um sich den Kopf nicht ein zweites Mal anzurammen. Nach wenigen Schritten aber richtete sie sich wieder auf. Der neue Gang war zwar so eng, dass selbst sie mit ihren schmalen Schultern gelegentlich die rauhen Wände schrammte und die Männer hinter ihr sich seitlich hindurchzwängen mussten, allerdings war er hoch genug, um aufrecht zu bleiben.

»Stopp!« Abrupt hielt der Büttel sie fest. Wenige Schritte vor ihr versperrte eine Tür den Weg, der Gang weitete sich ein wenig. Schwer keuchend zwängte sich der Mann an ihr vorbei, versengte mit der nah über ihren Kopf gehaltenen Fackel fast ihre Haare, um sich dann nach vorn zu beugen und die Tür aufzuschließen.

»Rein mit Euch!«, raunzte er und winkte sie an sich vorbei. Dieses Mal musste sie sich mit angehaltenem Atem an ihm vorbeischieben, berührte dabei auf sehr unangenehme Weise mit ihrer Brust seinen Leib, was ihm ein freches Grinsen entlockte. Dann trat er einen Schritt hinter die Tür, um Tönnies ohne jeden Körperkontakt einzulassen.

»Setzt Euch dorthin«, brummte er und wies auf einen Tisch, an dessen Längsseiten zwei Schemel standen.

»Hier?« Tönnies schaute sich entsetzt in dem fensterlosen Verlies um. Deutlich war ihm anzusehen, wie sehr ihm der Ort missfiel. Gern hätte Dora ihm erklärt, dass ihr das fensterlose Loch fast wie ein Palast erschien, war es doch weitaus größer als ihre Zelle und befand sich vor allem weitab vom Geschrei aus dem Folterkeller.

»O verzeiht, hoher Herr«, säuselte der Büttel und verbeugte sich übertrieben tief. »Der Thronsaal im Wawel wird derzeit leider von so unwichtigen Leuten wie König Zygmunt August benutzt, so dass Ihr mit dieser bescheidenen Örtlichkeit vornehmen müsst. Ich werde alles tun, Euch so schnell wie möglich einen anderen Saal zu beschaffen. Wäre Euch der Ratssaal vielleicht genehm?« Als er sich wieder aufrichtete, war sein Grinsen noch breiter. Seine Augen funkelten spöttisch im Licht der Fackel, bevor er den Mund aufriss und losbrüllte: »Rein mit Euch, Ihr elendes Lutherpack! Seid froh, dass ich Euch nicht gleich auf den Scheiterhaufen werfe. Wenn es nach mir ginge, würdet Ihr beide längst lichterloh brennen. Eine Schande, dass König Zygmunt August wie schon sein Vater mit gottlosem Pack wie Euch so nachsichtig ist. Den Papst wollt Ihr stürzen, uns unsere Heiligen nehmen. Und warum? Nur damit Ihr besser mit den Hexen und dem Teufel rumhuren könnt! Doch wartet nur, eines Tages wird die Zeit kommen, da Ihr Eure Strafe erhaltet. Für alle Ewigkeit schmort Ihr dann in der Hölle.«

Unheilvoll verfing sich der Klang seiner dunklen Bassstimme in den Tiefen des weitläufigen Kellergewölbes. Nachdem der geendet hatte, hallte das wüste Geschrei noch einige Zeit nach. Vor Schreck sank Tönnies wie ein nasser Mehlsack zusammen. Dora trat zu ihm, klopfte ihm beruhigend auf die Schulter. Flugs zerrte der Büttel sie weg, schleuderte sie wütend gegen die Wand. Als sie gegen die spitzen Bruchsteine prallte, platzte die Wunde an ihrer Stirn von neuem auf. Ihre Finger tasteten das feuchte Blut.

»Verfluchtes Miststück!«, zeterte der Büttel. »Lass deine dreckigen Finger bei dir und erdreiste dich nicht, vor meinen Augen Unzucht mit dem Pfaffen zu treiben.« Er hob die Fackel nah vor ihr Gesicht, schaute sie eindringlich an. Dabei gewahrte er die verschiedenen Farben ihrer Augen und schreckte zurück. Das böse Grinsen auf seinem Antlitz erstarb, die Haut wurde grau vor Angst. »D-D-D-Du m-m-m-musst d-d-d-der T-T-T-Teufel selbst sein!«, stammelte er und schlug mit zittriger Hand ein Kreuz vor der Brust.

»Keine Angst«, erklärte sie ruhig. »Wenn Ihr mich mit dem Priester eine Weile allein lasst, geschieht Euch nichts.«

Sie hob die blutverschmierte Hand. Der Büttel wich zurück. Mit zittrigen Fingern steckte er die brennende Fackel in die Halterung an der Wand und flüchtete aus der Zelle. Krachend fiel die Tür ins Schloss. Sie meinte ihn hinter dem dicken Eichenholz erleichtert aufatmen zu hören.

»Welche Neuigkeiten bringt Ihr?«, wandte sie sich an Tönnies, tupfte sich zugleich mit einem Zipfel ihres verschlissenen Kleides die Stirn. Durch festes Pressen auf die Wunde versuchte sie das Bluten zu stoppen. »Was hat man mit mir vor?«

Allzu viel Zeit blieb ihnen nicht. Jeder Moment, der verstrich, bis sich der Priester von seinem Schreck über das finstere Kellerverlies und das Gebrüll des Büttels erholte, fehlte zum Reden.

»Also, leider nein.« Er wich ihr aus, ging, ohne sie anzusehen, zum Tisch und sank auf einem der Schemel nieder. Die Ellbogen auf die Tischplatte gestützt, bedeckte er das Gesicht mit den Händen.

Dora haderte mit sich. Was sollte sie tun? Ihn packen und schütteln, bis er etwas sagte? Erschöpft lehnte sie sich gegen die Wand. Der Kopf schmerzte heftig, ihr schwindelte. Kaum konnte sie sich auf den Beinen halten.

»Ihr seid also nicht gekommen, um mich hier herauszuholen? Habt Ihr keine Nachricht von den Singeknechts?«

»Von wem?« Verwirrt schaute er auf.

Da erst fiel ihr ein, dass er Veit gar nicht kannte, auch nichts von der unheilvollen Geschichte um Urbans Tod wusste. Hatte man ihm überhaupt von der Anklage gegen sie erzählt? Sie musterte ihn genauer. Er hatte das Antlitz wieder gesenkt, presste sich die Hände vor sein Gesicht, als ertrüge er ihren Anblick nicht mehr. Sie begriff.

»Es besteht also keine Hoffnung mehr. Niemand kann noch etwas für mich tun.«

Sacht schüttelte er den Kopf.

»Alle haben mich vergessen! Haben mich fallen lassen wie ein Stück Dreck. Dabei habe ich nichts getan. Oder traut Ihr mir etwa zu, tatsächlich schuldig zu sein?«

Plötzlich erfasste sie eine ungeheure Wut. Sie stürzte zum Tisch, rüttelte an seinen Schultern, bis er die Hände endlich von seinem Gesicht nahm und sie aus müden Augen anstarrte. Einen Moment verharrten sie so, die Gesichter dicht voreinander, den Atem des anderen auf der Haut spürend. Deutlich gewahrte Dora die gelblichen Punkte im unsauberen Grün von Tönnies' Augen, musterte die farblosen Wimpern und die nicht minder farblosen Augenbrauen. Der fahle Ton seiner Haut ließ alles an ihm schwammig und aufgedunsen wirken. Von neuem widerte er sie an. Was war er nur für ein törichter Narrenesel? Nicht einmal dem abergläubischen Büttel vermochte er die Stirn zu bieten. Dabei hatte sich doch eben gezeigt, was für ein elender, feiger Zungenkläffer der war. Vor Wut schnaufend, ballte Dora die Fäuste. Doch wenn Tönnies wirklich ein solcher Hasenfuß war, woher nahm er dann den Mut, sich allen Widrigkeiten zum Trotz in die Tiefen des Ratskellers zu begeben und sie aufzusuchen? Dabei wusste er nicht einmal, weswegen man sie hier unten festhielt. Weder der angeblich so wackere Steinhaus noch seine feinen Krakauer Freunde aber hatten es bislang über sich gebracht, sie aufzusuchen. Zu sehr fürchteten sie sich wohl davor, sich mit einer verdammenswerten Gattenmörderin wie ihr gemein zu machen. Ihre Wut schwand.

Je länger sie Tönnies in die schreckgeweiteten Pupillen sah, je tiefer drang sie in sein Innerstes ein. Am liebsten wollte er gleich wieder aus der Zelle fliehen, keineswegs länger als nötig in dem engen Keller eingesperrt sein. Dass er es trotzdem nicht tat, konnte nur eins bedeuten – er wollte ihr wirklich helfen.

»Verzeiht«, murmelte sie und sank auf den zweiten Schemel. »Ich muss wirklich von Sinnen sein. Dabei bin ich Euch zutiefst dankbar, dass Ihr mich noch nicht aufgegeben habt.

Ihr ahnt nicht, welch Freude mir Euer Auftauchen bereitet. Das sinnlose Warten zermalmt mich, wie kein Mühlrad es je vermag. Der Teufel hat ein leichtes Spiel, mich zu verführen.«

Zu ihrem Erstaunen streckte Tönnies schüchtern die Hände nach ihr aus. Bang hob sie den Blick. Die Blässe auf seinem Gesicht hatte nachgelassen, selbst das Gelbliche in seinen Augen besaß auf einmal etwas Aufmunterndes. Er lächelte!

»Es gibt Hoffnung. Deshalb bin ich gekommen.«

»Was?« Sie meinte ihren Ohren nicht zu trauen. Zu sehr musste das ewige Geschrei der Gefolterten ihnen zugesetzt haben. Oder war es das Wort Hoffnung, dessen Bedeutung ihr in der endlosen Warterei völlig entglitten war?

2

Wie befürchtet, reichte die Zeit kaum aus, um von Tönnies auch nur das Allernotwendigste zu erfahren, was sich seit ihrer Verhaftung ereignet hatte. Tatsächlich war bislang weder ihm noch der Base Genaueres über die schweren Anschuldigungen gegen sie bekannt. Um ihn nicht zu verprellen, beließ sie es dabei. Zwei Wochen waren seit jenem verhängnisvollen Tag vergangen, an dem man sie aus dem Gasthaus verschleppt und ins Gefängnis geworfen hatte. Dora staunte, war sie doch der festen Überzeugung gewesen, schon mindestens einige Wochen, wenn nicht gar längst Monate in dem Verlies tief unter dem Krakauer Rathaus einzusitzen.

»Wir haben immer noch Juli?«, hakte sie ungläubig nach und musterte das bartlose Antlitz des Pfarrers. Zum ersten Mal überhaupt fiel ihr auf, dass er nur wenige Jahre älter sein mochte als sie selbst. Wahrscheinlich war er gleich alt wie Jörg und Veit. »Wie geht es meiner Base? Kümmert Ihr Euch um sie?«

»Sie bedarf meiner Hilfe wohl kaum. Schon als ich ihr die beiden Bücher Eures Gemahls ...«

»Was?« Doras Stimme überschlug sich. »Ihr habt ihr die Aufzeichnungen meines Gemahls gegeben? Habe ich Euch nicht erklärt, wie kostbar sie für mich sind und dass sie keinesfalls dem Falschen in die Hände fallen dürfen? Wenn meine Base sie hat, wird es Göllner bald gelingen ...«

»Göllner? Ihr meint doch nicht etwa den Hausvogt unseres Herzogs? Was hat er damit zu schaffen?«

Die Röte auf Tönnies' Wangen verschwand so rasch, wie sie darin eben vor Eifer aufgestiegen war. Sein Gesicht zeigte wieder die übliche gelblich graue Färbung, unter seinen Augen bildeten sich dunkle Ringe. Göllners Name schien ihm Furcht einzuflößen. Das konnte gut oder schlecht für sie sein. Gut, weil er möglicherweise ebenfalls einen Grund hatte, die dunklen Machenschaften des Hausvogts aufzudecken, schlecht, weil seine Angst möglicherweise zu groß war, als dass er das wirklich bis zum Ende durchhielt. Sie beschloss, auf der Hut zu bleiben, bis sie sich seiner ganz sicher sein konnte.

»Vorhin habt Ihr angedeutet, es bestünde Hoffnung, mir aus dem Kerker zu helfen«, wechselte sie vorsichtig das Thema.

Tönnies atmete auf. »In der Tat gibt es einen Weg für Euch aus dem Kerker«, verkündete er und richtete sich bei seinen Worten kerzengerade auf. Langsam kehrte die Farbe auf seine Wangen zurück, auch das Lächeln um seine Mundwinkel wurde wieder erkennbar. »Eure Base hat mir berichtet, dass sie ins Judenviertel nach Kazimierz gegangen ist, um ...«

»Meine Base? Ins Judenviertel? Allein?« Von neuem meinte Dora ihren Ohren nicht zu trauen.

»Sie hat dort mit einem gewissen Jan Gottlieb gesprochen.« Tönnies' Augen leuchteten. Er rutschte auf dem Schemel nach vorn, zugleich fasste er mit beiden Händen nach den ihren. »Der Jude muss ein sehr gelehrter Mann sein, der viele wichtige Bürger in Krakau ...«

»Meine Base hat Euch also erzählt, dass sie mit dem Juden geredet hat«, unterbrach Dora ihn, bevor er zu weit vom Thema abschweifte. »Hat sie zufällig erwähnt, dass sie dort auch den alten Singeknecht, also den Vater des Baumeisters Veit Singeknecht, getroffen und mit ihm über meine Angelegenheit gesprochen hat?«

»Warum erwähnt Ihr immerzu diesen Namen?« Verständnislos blickte Tönnies sie an. »Ich kenne keinen Singeknecht. Wieso hätte Eure Base ihn dort treffen sollen? Und von welcher Angelegenheit sprecht Ihr? Hat das etwas mit Eurer Verhaftung zu tun?«

Wieder hatte sie vergessen, dass er mit Veits Namen nichts anfangen konnte. In seiner Gegenwart war nie von ihm die Rede gewesen, auch bei dem Gespräch mit Steinhaus und seinen Krakauer Freunden im Wirtshaus in der Floriansgasse war er nicht zugegen gewesen. Gleich bei seiner Ankunft hatte er seine Unterkunft in der Nähe der Universität bezogen.

»Ist dieser Mann so wichtig für Euch?«, versuchte er abermals sie aus ihren Grübeleien zu erlösen. Lange sah sie ihn an, überlegte, ob sie ihn nicht doch besser in alles einweihen sollte. Dazu müsste sie ihm allerdings jede Einzelheit ausführlich erklären. Dafür fehlte die Zeit.

»Wenn meine Base den alten Singeknecht nicht erwähnt hat, wird sie ihm bei Gottlieb nicht mehr begegnet sein«, fuhr sie stattdessen fort. »Wahrscheinlich hat er also mit seinem Sohn die Stadt verlassen. Damit ist die letzte Möglichkeit verloren, mich vor dem Henker zu retten. Dieser Singeknecht ist nämlich der Einzige, der beim Gerichtsvogt oder gar dem König eine alte Geschichte zwischen meinem verstorbenen Gemahl und Hausvogt Göllner aufklären kann. Die wahren Hintergründe für den Tod meines Mannes würden dadurch aufgedeckt, und damit gäbe es keinen Grund mehr, mich hier unten einzukerkern.«

»Ihr sprecht in Rätseln.«

»Es dauert zu lange, Euch das ausführlicher zu erklären. Was zählt, ist allein, dass die Aufzeichnungen meines Gemahls niemals in Göllners Hände fallen dürfen und dass der alte Veit Singeknecht benachrichtigt werden muss.«

»Bleibt zuversichtlich.« Tönnies versuchte sich von neuem in einem Lächeln. »Dieser Jude aus Kazimierz ist sehr einflussreich. Er wird alles in Eurem Sinne regeln. Übrigens ist es ihm zu verdanken, dass man mich heute zu Euch gelassen hat.«

»Ihr habt recht, dieser Mann tut sehr viel für mich. Dabei kennt er mich nicht einmal persönlich.«

»Das scheint für ihn keine Rolle zu spielen. Ihm geht es allein um Gerechtigkeit. Ihr ahnt nicht, wie viele Eingaben er gemacht, wie oft er beim Rat vorgesprochen hat, bis ihm das Unglaubliche gelungen ist und wenigstens ich zu Euch durfte. Vorgeblich soll ich meinen Einfluss als Priester auf Euch wirken lassen, um Euch zu einem Geständnis zu bewegen.«

»Vorgeblich?« Dora spürte, wie sehr ihr das Wort aufstieß. Zugleich fühlte sie sich zu erschöpft, noch einmal den Mut aufzubringen, einen Lichtstreifen Hoffnung darin zu erkennen.

»Genau!« Aufgeregt sprang Tönnies von seinem Schemel, begann in der engen Zelle auf und ab zu gehen, knetete seine wulstigen Finger und schaute angestrengt auf seine Füße, die in staubüberdeckten Kuhmaulschuhen aus rissigem Leder steckten. Abrupt blieb er stehen. »Schenkt mir Euer Vertrauen, Stöckelin, nur dann kann ich Euch helfen. Natürlich traue ich Euch niemals eine so ungeheuerliche Tat zu wie die, deretwegen man Euch hier eingesperrt hat, das müsst Ihr mir glauben.«

»Dann wisst Ihr es also?«

»Was?« Ihre Frage brachte ihn aus dem Konzept. Überrascht knetete er die Finger umso heftiger, rang mit sich. »Also, mir ist klar, dass ich Euch als Priester kaum dazu bringen kann, dass Ihr Euch selbst als Hexe zu erkennen …«, setzte er umständlich an, um dieses Mal von einem lauten Gepolter vor der Tür gestört zu werden.

Entschlossene Schritte dröhnten durch den engen Flur. Aufgeregte Stimmen erklangen, denen anzuhören war, wie geübt sie im Erteilen von Befehlen waren. Ganz einig schienen sie sich nicht zu sein. Umso mehr bedauerte Dora, die einzelnen Worte nicht zu verstehen. Der dunkle Bass des Büttels brummte etwas, was sich erstaunlich unterwürfig anhörte. Vor der Tür kamen die Schritte zum Stehen. Dora und Tönnies wechselten ratlose Blicke. Ehe sie fragen konnte, ob er wusste, wer dort aufmarschiert war, um ihn wieder abzuholen, rasselte der Schlüssel im Schloss, und die Tür schwang auf.

Der Gerichtsvogt! In der engen Tür wirkte der Mann noch finsterer als bei Tageslicht. Seine riesige Gestalt füllte den gesamten Türrahmen aus und machte es unmöglich, auch nur eine Ahnung von seinem Begleiter zu erhaschen. Breitbeinig, die Daumen in die Schlaufen seines Gürtels gehakt, stand er da, bis in die Spitzen seiner schwarzen Haare von seiner Macht überzeugt.

»Gott zum Gruße!«, blaffte er in die Zelle.

Tönnies erstarrte. Das Auftauchen des hohen Stadtbeamten überraschte ihn mehr als Dora.

»Was sagt sie?«, erkundigte sich der Gerichtsvogt und gab sich größte Mühe, an ihr vorbeizuschauen.

Tönnies biss verlegen auf seine wulstigen Lippen, schien außerstande, dem finsteren Mann auch nur eine brauchbare Silbe zu erwidern.

»Was wird sie schon Neues zu sagen haben«, meldete sich an seiner statt eine zweite Stimme hinter dem schwarzen Riesen, die Dora seltsam bekannt vorkam. Zu ihrem Erstaunen zwängte sich der rothaarige Feliks Baranami an den breiten Schultern des Gerichtsvogts vorbei ins Verlies. Was brachte ihn dazu, hier unten aufzutauchen? Wie seine anderen Kaufmannsgefährten hatte er sie letztens schmählich hängenlassen, mehr noch. Er hatte den Gerichtsvogt erst auf ihre verschiedenfarbigen Augen aufmerksam gemacht und ihn dazu verleitet, sie als Hexe anzusehen.

Voller Abscheu betrachtete sie ihn. Zum ersten Mal stand er aufrecht vor ihr. Der leuchtend rote Bart wie auch das nicht weniger auffallend rote Haar besaßen im Schein der unruhigen Fackel an der Wand eine ebenso große Wirkung wie im Tageslicht. Vielleicht lag es auch an der Nähe zum schwarzbehaarten Gerichtsvogt, dem er an Körperlänge und Fülle kaum nachstand. Sie äugte zu Tönnies, der angesichts des zweiten Besuchers noch blasser geworden war.

»Wie ich Euch seit Tagen klarzumachen versuche, lieber Wierzynek«, wandte sich Baranami sichtlich belustigt an den Gerichtsvogt, dessen Namen Dora damit zum ersten Mal hörte, »ist die arme Frau derart vom Teufel heimgesucht, dass es gar keinen Sinn macht, sie noch länger im tiefen Keller schmorenzulassen. Da fühlt sich der Teufel nur umso wohler in ihr.«

Dora lauschte dem Kaufmann voller Entsetzen. Reichte es ihm nicht, dass er ihr Flehen um Beistand letztens so rüde abgewiesen hatte? Musste er nun, da sie längst am Boden lag, noch stärker nachtreten? Wieso beschäftigte er sich überhaupt mit ihr? Ihr Schicksal sollte ihm völlig egal sein. Wieder musterte sie den rothaarigen, stämmigen Mann. Etwas an seinem Gebaren stieß ihr auf. Noch aber konnte sie nicht genau fassen, was.

»Eher verrottet ihr irdischer Leib, als dass der Teufel hier unten ihre Seele freigibt«, fuhr er schmunzelnd fort. »Ihr wisst selbst, die lutherischen Teufel sind ganz anders geartet als alles, was uns bislang untergekommen ist. Genau das habe ich auch dem ehrwürdigen Zygmunt August gesagt. Der König ist deshalb davon überzeugt, dass die Frau im Verlies oben auf dem Wawel weitaus besser aufgehoben ist als in diesem Loch unter dem Rathaus.«

Ein Verlies auf dem Wawel? Was sollte sie im Königsschloss? Sie begriff gar nichts mehr. Baranamis roter Bart leuchtete mit der Flamme an der Fackel um die Wette, seine Augen glänzten. Um seine Mundwinkel lag ein eigenartiges Lächeln. Seine ganze Gestalt erschien ihr als sehr eindrucksvoll und überhaupt nicht mehr eingeschüchtert oder abweisend wie letztens im Gerichtssaal. Dieses Mal buckelte eher der finstere Gerichtsvogt vor ihm und war ganz von seinem Einfluss gefangen. Noch einmal glitt ihr Blick über Baranami. Plötzlich wusste sie, was sie an seinem Auftreten hatte stutzig werden lassen: Mit seinen roten Haaren und den grünen Augen wie auch der hünenhaften Gestalt sah er selbst genau so aus, wie sich ein gutgläubiger Christenmensch den Leibhaftigen vorstellte. Fehlte nur noch, dass er leicht hinkte. Als ob er ihre Gedanken lesen könnte, machte Baranami im selben Moment einige Schritte. Ihr blieb der Mund offen stehen, als sie das deutliche Nachziehen des rechten Beines gewahrte. Auf einmal schauderte es sie. Bang sah sie zu Tönnies. Aus dem Leib des Pfarrers war alles Leben gewichen. Stocksteif stand er da, das Gesicht kalkweiß, wirkte völlig unfähig, sich zu regen. Hatte Baranami ihn etwa verhext? Kaum dachte sie das, durchzuckte ein jäher Schmerz ihren Kopf. Ihr wurde schwindlig, sie stolperte zu einem der Schemel und sank darauf nieder. Wenn Baranami zu solchem Zauber fähig war, warum verhexte er dann nicht den Gerichtsvogt? Somit könnte sie aus dem Verlies fliehen und noch einmal zu ihrer kleinen Johanna zurück.

»Ihr wisst, wie gut ich mich mit solchen Fällen auskenne«, hörte sie den Kaufmann wie aus weiter Ferne sagen. »Ein Blick in diese seltsamen, verschiedenfarbigen Augen genügt mir, um Bescheid zu wissen. Natürlich hat der Pfarrer nichts aus ihr herausgebracht. Ebenso wird auch der Henker nichts aus ihr herausholen. Sie ist völlig verstockt. Der König vertraut mir in solchen Angelegenheiten blind. Deshalb ist es ihm wichtig, dass die Frau jetzt mit mir auf den Wawel kommt.«

»Das geht nicht«, widersprach Wierzynek.

»Ihr wollt Euch ernsthaft dem Willen des Königs widersetzen?« Baranami lachte auf.

»Der preußische Hausvogt hat ausdrücklich mich damit beauftragt, für ihre Verurteilung zu sorgen«, beharrte Wierzynek.

»Es mag gut sein, dass Ihr Euch neuerdings den Wünschen des preußischen Hausvogts verpflichtet fühlt«, gab sich Baranami betont verständnisvoll, »dennoch bleibt Ihr ein Untertan des polnischen Königs und seinen Befehlen unterworfen. Seiner Majestät liegt ein Brief des preußischen Herzogs vor. Darin berichtet der vom Tod seines Vertrauten

Urban Stöckel sowie von der möglichen Verstrickung der Witwe in das Unglück. Außerdem geht es um wichtige Unterlagen, die seither verschwunden sind. Das hat Zygmunt bewogen, der Bitte seines Neffen zu entsprechen und die Stöckelin bis zur Klärung der Vorwürfe auf dem Wawel einkerkern zu lassen.«

»Was?« Tönnies entfuhr ein Laut des Entsetzens. Dora wollte ihm bedeuten, wie gern sie ihm das alles selbst erklärt hätte, doch er wich ihr geflissentlich aus.

»Das geht nicht«, blieb Wierzynek fest. »Ihr kennt das Recht. Die Stöckelin wurde innerhalb der Stadtmauern festgenommen, die Anschuldigungen gegen sie wurden hier im Rathaus vorgebracht. Also muss sie auch hier in Krakau gerichtet werden.«

»Ihr wollt Euch also wirklich dem Befehl Seiner Majestät, dem König von Polen, widersetzen?« Baranami tat zwar immer noch belustigt, dennoch war der drohende Unterton seiner Stimme deutlich zu hören.

»Es geht nicht darum, was ich will oder nicht, es geht allein darum, was Fug und Recht ist.«

»Und Ihr wisst ebenso wie ich, dass der Wille des Königs mehr zählt als der Wille eines städtischen Gerichts.« Baranami trat nah vor Wierzynek hin, baute sich ebenso breitbeinig wie dieser vor ihm auf, hakte die Daumen in die Gürtelschlaufen.

In der engen Zelle breitete sich ein unheilvolles Schweigen aus. Kaum einer der Anwesenden wagte Luft zu holen, zu beeindruckend war der Auftritt der beiden ebenso mächtigen wie gewaltigen Männer. Selbst der Büttel, der mit seinem dunklen Bart und dem eindrucksvollen Bauch nur wenig hinter den Ausmaßen der beiden Herren zurückblieb, wirkte auf einmal ebenso eingeschüchtert wie Tönnies.

Dora kam aus dem Staunen nicht heraus. Die beiden Männer stritten um ihre Seele, ein jeder davon überzeugt, dass die längst vom Teufel besessen war. In Wahrheit aber ging es nicht mehr um ihre Rettung aus höllischen Abgründen, sondern allein darum, ob ihr innerhalb der Stadtmauern oder auf der Königsburg der Garaus gemacht werden sollte.

»Eine preußische Bürgerin lutherischen Glaubens kann nicht mitten auf dem Krakauer Marktplatz dem Schafott übergeben werden«, stellte Baranami fest. »König Zygmunt wie auch sein ebenfalls auf dem Thron sitzender Sohn Zygmunt August haben sich gemäß der Tradition ihrer Ahnen dafür ausgesprochen, im Streit der Konfessionen keiner Seite zu Leibe zu rücken. Ganz im Gegenteil werden sie jedem, der aufrichtig glaubt, sichere Zuflucht gewähren, um diesen Glauben zu leben, sei er römisch-katholisch wie die Jagiellonen selbst oder lutherisch wie der königliche Neffe in Preußen oder jüdisch wie die meisten Bürger in Kazimierz, auf dessen Mauern der schützende Schatten des Wawel fällt. Seit mehr als einhundert Jahren verfolgen die Jagiellonen diese Politik. Denkt daran, was vor wenigen Jahren in Thorn geschehen ist, als ein päpstlicher Legat vor der Johanniskirche lutherische Schriften ins Feuer warf. Voller Zorn haben sich die Reformierten auf ihn gestürzt und hätten ihn gewiss in der Luft zerrissen, wenn es nicht einigen besonneneren Bürgern im letzten Moment gelungen wäre, ihn aus der Stadt zu schaffen. Solltet Ihr also tatsächlich daran festhalten, eine Frau lutherischen Glaubens, noch dazu eine Bürgerin aus der Stadt des königlichen Lieblingsneffen, auf dem Krakauer Markt dem Feuer übergeben zu wollen, so möchte ich nicht in Eurer Haut stecken. Selbst wenn davon auszugehen ist, dass sie vom Teufel besessen ist, so zählt vor allem eins, sie ist lutherischen Glaubens. Ein Großteil der hier ansässigen

Kaufleute und Bürger sind lutherischen Glaubens, von vielen Gelehrten an der Universität ganz zu schweigen. Eine Glaubensgenossin von ihnen als Hexe zu brandmarken und verbrennen zu wollen, und das alles noch vor den Augen unseres Königs, der Euch ausdrücklich zu einem anderen Vorgehen aufgefordert hat – nein, mein guter Wierzynek, ich glaube, das solltet Ihr besser seinlassen. Euer eigenes Seelenheil sollte Euch in diesem Fall wichtiger sein als das Beharren auf städtischen Befugnissen oder die Erfüllung einer Bitte aus dem fernen Königsberg.«

Der Gerichtsvogt schwieg, ganz darauf bedacht, sich nicht anmerken zu lassen, wie Baranamis Worte auf ihn wirkten.

»Noch dazu dreht es sich bei dieser leidigen Anklage um den Tod eines verdienten Gefolgsmannes von Herzog Albrecht.« Baranami lockerte seine Haltung, strich den Stoff seines Faltrocks über dem Bauch glatt und erlaubte sich dabei wie zufällig ein leichtes Zwinkern zu Dora, das sie verblüffte. »Zygmunt hat mir bestätigt, dass ihm Kammerrat Stöckel persönlich bekannt war. Deshalb hat sich Herzog Albrecht auch direkt an ihn gewandt. Im Namen seines Neffen wird sich der König fortan selbst um die Klärung der rätselhaften Todesumstände kümmern wollen. Ihr werdet wohl kaum riskieren wollen, dieser leidigen Sache wegen Euer eigenes Schicksal auf die Probe zu stellen. Also werdet Ihr mir jetzt sofort die Frau übergeben. Oben vor dem Rathaus stehen die königlichen Wachen. Die werden sie zum Wawel geleiten.«

Einen weiteren Einspruch Wierzyneks wartete er gar nicht mehr ab, sondern machte auf dem Absatz kehrt. Aufrecht ging er an dem verdutzten Büttel vorbei in den engen Gang. Seinen rechten Fuß zog er dabei noch auffälliger nach, als es Dora zuvor erschienen war.

Kaum war sein leuchtend rotes Haar vom Dunkel des Kellers aufgesogen, wagte sich der Büttel zu regen. »Der Mann kann viel erzählen, er ist kein offizieller Abgesandter des …«

»Halt dein elendes Maul!«, brüllte Wierzynek los. »Schaff mir das Weib aus den Augen und den dreckigen Priester gleich mit! Und dann sorge dafür, dass ich deine dümmliche Fratze zeit meines Lebens nicht mehr vor Augen habe.«

Er holte aus und verpasste dem Mann eine derart heftige Maulschelle, dass der von der Wucht gegen die Wand torkelte und sich die Nase blutig schrammte. Zu guter Letzt spuckte der Gerichtsvogt vor Dora auf den Boden und stürzte davon. Sobald er im Dunkel des Ganggewirrs untergetaucht war, atmete Dora auf.

»Ihr hattet recht«, wandte sie sich an den Pfarrer. »Es gibt tatsächlich einen Hoffnungsschimmer. Ich freue mich darauf, den königlichen Kerker auf dem Wawel kennenzulernen.«

»Freut Euch da mal nicht zu früh«, knurrte der Büttel, nachdem er das Blut an seiner Nase unter lautem Stöhnen mit dem Ärmel seines Rocks abgewischt hatte. »Die Keller auf dem Berg sind noch tiefer und weit verzweigter als diese hier. Die Mauern sind so dick, da hört Ihr nicht einmal mehr das Gebrüll aus der Folterkammer, selbst wenn Ihr im Verlies direkt daneben hockt. Wer dort landet, der sieht das Tageslicht nie mehr wieder. Mag der König noch so bemüht sein, jedem seinen Glauben zu belassen, solange er nur aufrichtig ist, so kennt er bei heimtückischen Mördern und anderen Galgenvögeln keine Gnade, nicht einmal, wenn es sich dabei um eine Frau aus der Stadt seines Lieblingsneffen handelt.«

»Da hört Ihr es«, raunte Tönnies. »Ich glaube nicht, dass Ihr nach Baranamis Auftritt wirklich hoffen dürft.«

»Überlasst das besser mir«, erklärte sie trotzig. »Wer so wie ich hier unten endlose Stunden versauert ist, der sieht selbst im dunkelsten Verlies auf der Burg eine Befreiung, noch dazu, wenn man darin von den Schreien der Gemarterten verschont wird.«

3

Die Unruhe im Lagerkeller störte Gret, dabei musste sie sich gerade aufs äußerste konzentrieren. Seit dem Morgengrauen zählte und rechnete sie mit den beiden Brauknechten. Vorhin war ihr junger Schwager Lienhart aufgetaucht und wollte unbedingt mithelfen, und jetzt war auch noch Jörg da. Er zeigte sich so interessiert an ihrem Tun, dass er ihr nicht mehr von der Seite wich. Fehlte nur noch der Schwäher. Ihm traute sie ebenfalls zu, sich ins Rechnen einzumischen. In letzter Zeit hatte er sich immer häufiger ungefragt in die Lagerhaltung eingeschaltet.

»Dein Plan scheint bestens aufzugehen«, stellte Jörg mit einem stolzen Lächeln fest »Diesen Sommer haben wir weitaus mehr Fässer Bier verkauft als alle Jahre zuvor. Wir hätten im Frühjahr noch kühner Brau von anderen Brauern aufkaufen sollen. Auch das wären wir gut losgeworden. Die Königsberger lieben einfach den Geschmack deines herben Sommerbieres.«

»Es schmeckt nicht nur besser, es ist auch weitaus haltbarer als das herkömmliche«, ergänzte Gret. »Außerdem beschert uns die Braupause von Georgi bis Michaeli zusätzliche Zeit, um uns um unsere sonstigen Geschäfte zu kümmern.«

»Vater sieht das ähnlich«, meldete sich Lienhart vorlaut zu Wort. »Erst gestern hat er gesagt, dass er ab Herbst öfter im Sudhaus beim Brauen mithelfen will.«

»Wollen wir hoffen, er erinnert sich im Oktober noch daran.« Gret wollte der ungewohnten Begeisterung des Schwähers noch nicht so recht über den Weg trauen.

»Solange Geld damit zu verdienen ist, ganz bestimmt.« Jörg schmunzelte. »Längst hat er eingesehen, wie gut es war, im Hof ein eigenes Sudhaus zu bauen. Inzwischen nehmen wir mehr Geld mit Bier ein als mit der Baukunst. Da leuchtet selbst ihm der Vorteil ganz von selbst ein.«

»Jetzt muss nur noch mit den Vorräten alles glattgehen.« Erschöpft sah Gret über die lange Reihe der Fässer. Sosehr sie der bisherige Erfolg freute, so sehr strengte sie die Rechnerei gerade an. Die Vorräte des Sommerbieres neigten sich unweigerlich dem Ende zu. Deshalb musste sie nun genau achtgeben, durfte keine Bestellung vergessen und kein Fass übersehen oder gar zu viel zählen, sonst kam alles durcheinander, und die Wirte ärgerten sich am Ende, weil sie das bestellte Bier schuldig blieb. Genau das aber galt es um jeden Preis zu vermeiden. Die anderen Brauer warteten nur darauf, sich über ihre ungewohnte Vorgehensweise lustig zu machen. Sie wischte sich über die schweißnasse Stirn, sehnte sich nach einer Pause. Beharrlich blieb Jörg neben ihr stehen, auch Lienhart machte keine Anstalten, ihr von der Seite zu weichen.

»Seid Ihr sicher, dass wir mit dem Sommerbier wirklich bis Michaeli auskommen?« Unerbittlich sprach der Zwölfjährige ihre größte Angst an. »Es sind noch gut sieben Wochen bis Ende September, und fast täglich wollen die Wirte mehr Bier von uns.«

»Wenn du in der Lateinschule doch nur auch so gut aufpassen würdest wie hier!«, schnaufte Gret. Trotz des aufwallenden Ärgers konnte sie sich ein Lächeln nicht verkneifen. Liebevoll tätschelte sie dem Jungen die Schulter. »Ich freue mich, dass du gern hier unten bei Matas und Szymon bist. Das zeigt, wie ernst es dir mit dem Brauen wirklich ist. Trotzdem darfst du die Schule nicht vernachlässigen. Du siehst ja gerade, wie wichtig es auch für einen Brauer ist, richtig zählen und rechnen zu können.«

»Stimmt.« Lienhart fühlte sich nicht im Geringsten getadelt, vielmehr blühte sein Eifer erst richtig auf. »Wenn Ihr Euch jetzt verrechnet, gibt es mächtigen Ärger. Die Wirte wechseln dann zu anderen Brauern, und Vater sieht seine schlimmsten Befürchtungen bestätigt. Wir sind nämlich die Einzigen, die jetzt im Sommer nicht brauen. Die anderen brauen munter weiter, ganz egal, ob das Bier in der Hitze schlecht wird oder nicht. Deshalb haben sie immer frisches Bier zu verkaufen.«

»Wir haben auch noch genug Bier«, fuhr Jörg ihm verärgert über den Mund. »Lass Gret einfach in Ruhe rechnen, dann wird alles gutgehen. Sie hat alles bestens im Griff.«

»Schon gut«, winkte Gret ab. »Es ist beeindruckend, wie viele Gedanken du dir neuerdings über das Brauen machst, Lienhart. Du hast wirklich das Zeug zum Brauer. Doch sorge dich nicht wegen der Vorräte. Falls es eng wird, können auch wir gleich wieder mit dem Brauen anfangen.«

»Das würde nur zeigen, dass der Plan mit der sommerlichen Pause gescheitert ist.« Lienhart schaute enttäuscht.

»Nein«, erwiderte Gret und lächelte ihn aufmunternd an. Sein Eifer gefiel ihr immer besser. »Dann ist er trotzdem nicht gescheitert. Im Gegenteil. Der unerwartet große Erfolg des Biers war einfach nicht vorauszusehen. Wir wissen jetzt, dass wir im nächsten Jahr gleich mehr von dem Sommerbier brauen müssen. Doch jetzt muss ich wirklich weiterzählen.«

Noch einmal klopfte sie ihm auf die Schultern, dann wandte sie sich wieder den beiden Brauknechten zu und versuchte die vorhin unterbrochene Rechnung wieder aufzugreifen. »Zwölf Fässer für den Grünen Baum, drei für den Goldenen Hahn …«

»Ein Bote für Euch, Herrin«, platzte Mechthild dazwischen. Die bucklige Magd musste völlig lautlos die Steinstufen heruntergelaufen sein. »Er hat einen wichtigen Brief für Euch.«

»Er soll ihn Euch geben.«

»Das geht nicht. Er hat den Auftrag, den Brief nur Euch selbst zu übergeben.«

»Ich kann jetzt aber nicht, ver…« Mitten im Wort brach Gret ab. Was war nur in sie gefahren, dass sie beinahe derb geflucht hätte? Erschrocken wischte sie sich von neuem den Schweiß von der Stirn. Das viele Schwitzen wunderte sie. Im Gewölbekeller herrschten angenehme Temperaturen. Wahrscheinlich lag es an der Schwangerschaft und an den vielen anderen Dingen, die sie täglich in Anspruch nahmen. Jörg wie auch sein Vater zeigten sich zunehmend unfähig, etwas allein zu tun. Seit Dora fort war, lief auf den beiden Baustellen, die sie zu verantworten hatten, an sämtlichen Ecken und Enden alles schief. »Tut mir leid, Mechthild.«

»Gib mir die Tafel und geh nach oben«, schlug Jörg vor. »Eine kurze Unterbrechung wird dir guttun. Wir Männer werden das mit dem Zählen wohl allein schaffen.«

Gret zögerte.

»Soll ich den Boten herunterschicken?«, hakte die bucklige Magd nach und betrachtete Gret besorgt.

»Danke, aber nach oben zu gehen schaffe ich wohl gerade noch.« Gret strich sich über den schweren Bauch, seufzte und drückte das Kreidestück, mit dem sie die Anzahl der Fässer auf der Schiefertafel notiert hatte, Lienhart in die Hand. »Hier, mein Lieber, mach du eine Weile weiter. Wenn du schon so tust, als wüsstest du über das Brauen so gut Bescheid, dann solltest du auch die Vorräte richtig überprüfen können.«

Verblüfft starrte der Junge sie an. Matas und Szymon, die nur wenige Schritte entfernt bei den Fässern auf den nächsten Befehl warteten, grinsten breit, Jörg erstarrte. Sein Gesicht verzog sich beleidigt.

»Wann, wenn nicht jetzt, soll er anfangen, das zu lernen?«, fragte sie ihren Gemahl.

»Also gut«, knurrte er, immer noch wenig begeistert. Dann aber gab er sich einen Ruck. Er klatschte in die Hände und wandte sich den beiden Knechten zu. »Ihr habt es gehört. Fürs Erste macht mein Bruder mit euch hier unten weiter. Sein Wort gilt dabei ebenso wie meines oder das meiner Frau. Denkt beim Zählen und Vergleichen mit den Bestellungen unbedingt daran, dass wir am Ende noch mindestens fünf Fässer mehr an Vorrat haben sollten. Falls das Bier in einem Fass doch einmal schal geworden ist oder einer der Wirte noch einmal neue Wünsche anmeldet, bringt uns das nicht so rasch in Verlegenheit.«

»Du hast aber schnell begriffen, worauf es ankommt.« Aufmunternd lächelte sie Jörg an.

»Ich habe halt eine gute Lehrmeisterin«, erwiderte er. Gerade als sie ihm für das unverhoffte Lob einen Kuss auf die Wange drücken wollte, zog er ein kleines Buch aus der Rocktasche. »Oder hast du vergessen, wie eifrig ich die Aufzeichnungen meiner Ahnfrau Agnes über das Bierbrauen studiere? Auch sie hält immer zu einer klugen Vorratshaltung an. Schade nur, dass sie die Braupause im Sommer sowie die Unterscheidung von Sommer- und Winterbier noch nicht gekannt hat.«

»Für manch Neues muss ich auch noch gut sein«, stellte Gret fest und hauchte ihm doch noch den Kuss auf die Wange.

Dann warf sie einen letzten Blick in den weiträumigen, angenehm nach Gegärtem duftenden Keller, bevor sie der buckligen Magd über die ausgetretene Treppe in die Diele folgte.

»Was soll das heißen, der Bote will die Nachricht nur an dich übergeben?«, empfing sie in der Diele Schwäher Wenzel. Der Unmut, derart in seiner Eitelkeit als vermeintlich wichtigster Mann im Haus übergangen zu werden, stand ihm deutlich ins Gesicht geschrieben. »Seit wann stehst du mit Leuten außerhalb der Königsberger Städte in Kontakt? Ich hoffe für dich, dein Gatte weiß davon.«

Seine braunen Augen funkelten zornig. Er zupfte an seinem Bart. War er derart aufgebracht, wirkte sein breites Gesicht noch kantiger und schroffer als sonst.

»Natürlich weiß mein lieber Gemahl über alles, was ich tue, Bescheid. Warum sollte ich Geheimnisse vor ihm haben?« Gret rang sich ein beruhigendes Lächeln ab, auch wenn sie ihren Schwäher am liebsten mindestens ebenso wütend angebrüllt hätte wie er sie. Schnaufend stieg sie die letzte Stufe hinauf und schob sich an ihm vorbei in die Diele.

»Heißt das, auch Jörg wusste die ganze Zeit von Doras törichtem Plan, mit Steinhaus nach Krakau zu reisen?« Wenzel Seleges Schnauben wurde immer kurzatmiger und aufgeregter. Er stapfte hinter ihr her, ebenfalls geradewegs auf den Boten zu. »In meinem eigenen Haus bin ich damit wohl der Letzte, den man über solche Angelegenheiten in Kenntnis setzt. Wie lange geht das schon, dass ihr hier alles hinter meinem Rücken entscheidet? Sieht fast so aus, als hättet ihr das Sudhaus im Hof und diese widersinnige Sommerpause beim Brauen nur deshalb in Angriff genommen, um mich von wichtigeren Geheimnissen fernzuhalten.«

»Da täuscht Ihr Euch aber gewaltig. Gar nichts wurde von Jörg und mir hinter Eurem Rücken entschieden.« Gret zwang sich, Ruhe zu bewahren. »Eure Tochter hat Euch höchstselbst und ganz ausführlich erklärt, warum sie mit Steinhaus nach Krakau reisen musste – um dort eine dringende Angelegenheit ihres verstorbenen Gemahls zu klären. Macht Euch keine Sorgen. Längst befindet sie sich schon wieder auf der Rückreise und trifft hier ein, bevor wir mit dem Brauen des Winterbieres beginnen.«

Das war das falsche Stichwort. Wenzel Seleges Antlitz verfinsterte sich noch weiter. Die Falten auf der Stirn und um den Mund gruben sich immer tiefer ein. Gret überging das. Eine Auseinandersetzung über ihre neue Brauweise konnte sie jetzt am allerwenigsten gebrauchen. Rasch drehte sie sich weg, damit Wenzel die Röte auf ihren Wangen nicht entdeckte. Nach allem, was inzwischen passiert war, glaubte sie ihren Worten von Doras baldiger Rückkehr selbst erst, wenn sie wieder leibhaftig vor ihr stand.

Der Bote räusperte sich vernehmlich, Mechthild stupste sie an. Gret erfasste ein Zittern. Bei einer Nachricht, die ausschließlich an sie persönlich übergeben werden durfte, konnte es sich nur um die lang ersehnte Antwort von Veit handeln. Wie viele Tage und Nächte hatte sie darauf gewartet, kaum geduldig die Zeit verstreichen lassen, die ein berittener Bote von Königsberg nach Krakau und zurück benötigte. Zwei Wochen waren für eine Strecke anzusetzen, hatte Jörg ihr mehrmals versichert. Hinzu kam die Zeit, die sich Veit für das Verfassen einer Antwort nehmen würde. Seit ihrem Brief an den Vetter waren ziemlich genau vier Wochen vergangen, also musste Veit sich gleich hingesetzt und ihr zurückgeschrieben haben. Das Schreiben des Herzogs an den polnischen König, zu dem Hausvogt Göllner ihn überredet hatte, war gewiss einige Tage vorher in Krakau eingetroffen. Ein herzoglicher Bote war schneller unterwegs als der eines gemeinen Bürgers, noch dazu, wenn er Nachrichten für einen König überbringen musste. Wenn Veit also wirklich so schnell herausgefunden hatte, was Göllners Machenschaften für Dora bedeuteten, mochte das nichts Gutes besagen. Plötzlich wurde Gret bang. Kaum konnte sie dem Boten die Hand entgegenstrecken.

Stocksteif stand der dürre Mann da, deutlich darum bemüht, keine Miene zu verziehen, um sein Interesse an dem häuslichen Streit, den sein Erscheinen entfacht hatte, nicht zu verraten. Gret kannte solche Boten nur zu gut. Viele Jahre hatte Oheim Wolf Wurfbein als Einspänniger in seiner Heimatstadt Nürnberg zugebracht.

»Das gefällt Euch, was?« Sie versuchte nicht allzu unfreundlich zu dem Mann zu sprechen. Der Ärger, den sie in sich spürte, entsprang doch eher ihrer Angst vor dem Inhalt des Briefes als vor dem Verhalten des Mannes. »Leider aber ist das Schauspiel für Euch schon zu Ende, bevor es so richtig begonnen hat. Wie ich eben schon meinem Schwäher erklärt habe, verbergen sich hinter diesem Schreiben keine Geheimnisse. Gebt es mir bitte, dann kann ich es allen laut vorlesen.«

Trotz ihrer Aufforderung verzog der Mann keine Miene und regte sich nicht. Unzählige Stunden musste er im Sattel zugebracht haben. Seine Wangen waren von der Anstrengung noch immer deutlich gerötet.

»Bringt ihm einen Krug Bier«, wies Gret Mechthild an.

»Erst soll er den Brief übergeben«, blieb Wenzel Selege unerbittlich. »Den Lohn gibt es erst nach getaner Arbeit.«

»Seid Ihr Gret Selege, Gattin des Jörg Selege, gebürtig aus Nürnberg und nun wohnhaft in …«, rasselte der Bote daraufhin seinen längst überfälligen Spruch.

»Ja, die bin ich«, unterbrach sie seine Litanei. »Wollt Ihr einen Pfarrer, der das bezeugt, oder reichen Euch mein Schwäher und das Hausgesinde?«

»Hier habe ich für Euch ein Schreiben aus Krakau.«

Er deutete eine Verbeugung an, sie schnappte ungeduldig nach dem Brief. Kaum fühlte sie das Papier in Händen, wurden ihr die Knie weich. Mechthild schob ihr einen Stuhl hin und drückte sie behutsam darauf nieder.

»Wer schreibt dir aus Krakau? Etwa Dora? Warum schreibt sie nicht an mich? Ich bin schließlich ihr Vater.«

Auf einmal stand der Schwäher neben ihr und schaute ihr neugierig über die Schulter. Offenbar war seine Wut verraucht. Stattdessen schwang in seinen Worten echte Besorgnis mit.

»Der Brief stammt von meinem Vetter«, entschlüpfte es Gret.

»Von deinem Vetter?«, brauste Wenzel erneut auf. »Du weißt also, wo er steckt? Was hast du noch mit ihm zu schaffen? Er ist für den Tod deines Schwagers Urban verantwortlich. Seinetwegen ist meine arme Tochter ...«

»Das wissen wir alles«, unterbrach Jörg das Gezeter seines Vaters. Überrascht schaute Gret zur Kellertür. Jörg musste von dort aus bereits eine geraume Weile das Geschehen in der Diele mitverfolgt haben. Gemessenen Schrittes kam er auf sie zu und nahm ihr wie selbstverständlich den Brief aus der Hand. »Es wundert mich, dass dein Vetter dieses Mal an dich und nicht wie sonst an mich schreibt.«

»Was?« Wenzels Gesicht färbte sich tiefrot vor Zorn. Die Augen traten weit aus den Höhlen vor, dick angeschwollene blaue Adern traten an den Schläfen hervor. »Heißt das, du stehst ebenfalls mit ihm in Verbindung? Wie lange geht das schon? Weiß Dora davon? Ist sie deshalb nach Krakau unterwegs? In Wahrheit will sie sich also für Urbans Tod an ihm rächen. Wie könnt ihr das zulassen? Wieso habt ihr hinter meinem Rücken mit einem, einem ...«

Die letzten Worte keuchte er bereits mehr heraus, als dass er sie noch deutlich auszusprechen vermochte. Mitten im

Satz brach er ab und griff sich an den Hals, japste nach Luft, wurde plötzlich aschfahl im Gesicht.

»Um Gottes willen!« Gret sprang von ihrem Stuhl, schob ihn dem Schwäher hin. Auch Jörg erschrak über Wenzels Gebaren und stürzte von der anderen Seite hinzu. Aus dem Augenwinkel nahm Gret wahr, wie Mechthild den Boten am Arm packte und zur Tür drängte. Dabei steckte sie ihm rasch noch einige Münzen als Lohn zu. »Danke.« Gret wollte Mechthild zunicken, die stämmige Frau aber stand längst wieder bei ihrem Schwäher und presste ihm mit der einen Hand einen Becher an die Lippen, während sie ihm mit der anderen Luft zufächelte.

»Ihr dürft Euch nicht so aufregen, guter Mann. Trinkt einen Schluck Bier, das wird Euch guttun.«

Zufrieden beobachtete Gret, wie Wenzel den Anweisungen der verwachsenen, dennoch erstaunlich groß und kräftig aussehenden Magd Folge leistete. Nicht zum ersten Mal beglückwünschte sie sich zu der Entscheidung, sie in Diensten genommen zu haben. Bislang hatte Mechthild jeden Tag mehr als einmal bewiesen, wie gut sie anzupacken wusste.

»Der Brief ist nicht von deinem Vetter«, hörte sie Jörg wie aus weiter Ferne erklären. Während sie den Schwäher betrachtet hatte, musste er den Brief geöffnet und seinen Inhalt überflogen haben. Es dauerte eine Weile, bis die Bedeutung seiner Worte zu ihr durchdrang.

»Wer sonst schreibt mir aus Krakau? Dora selbst?« Sogleich meldete sich die alte Furcht wieder zurück, der Schwägerin wäre etwas Schlimmes geschehen, bevor sie Veit über ihre Ankunft hatte benachrichtigen können. Vielleicht flehte sie in dem Brief um Hilfe. Wieder erfasste Gret eine unerträgliche Unruhe. Die ganze Aufregung war Gift für ihren Zustand.

4

So schnell es ihr schwangerer Leib zuließ, eilte Gret zu Jörg, der nah bei einem der Fenster zur Straße stand und das Schreiben wohl schon ein zweites Mal las, dieses Mal langsamer und sorgfältiger, wie sein angespannter Gesichtsausdruck verriet.

»Das wird ja immer besser!«, schaltete sich auch gleich Wenzel wieder ein. Das Bier hatte Wunder gewirkt. Entschlossen schob er Mechthild beiseite, erhob sich von dem Stuhl und schlurfte ebenfalls zu Jörg.

»Warum sagst du nicht, wer uns schreibt?« In der Aufregung dachte Gret gar nicht mehr daran, dass der Brief ausdrücklich an sie gerichtet war. »Ist Veit etwas geschehen? Oder ist etwas mit seinem Vater, weshalb er uns nicht selbst …«

»Wieso sein Vater? Heißt das, dein Oheim ist ebenfalls bei ihm in Krakau? Was genau geht da vor?«

Von neuem rötete sich das Antlitz des alten Selege. Sogleich war Mechthild wieder zur Stelle und packte ihn energisch an den Schultern, um ihn zu seinem Stuhl zurückzuführen. Widerstrebend ließ er es geschehen. Jörg war der Einzige, der sich seine Aufregung nicht anmerken ließ. Seine Augen wanderten abermals über die Zeilen, bevor er den Kopf hob und Gret mit einem erschreckend verständnislosen Blick ansah.

»Ein gewisser Jan Gottlieb hat das geschrieben. Er nennt sich einen alten Freund deines Oheims Singeknecht wie auch unseres verstorbenen Schwagers Urban Stöckel. Dein Brief wurde an ihn weitergereicht, weil Veit und sein Vater aus der Kanonikergasse zu ihm nach Kazimierz gezogen sind. Die beiden Singeknechts haben sein Haus allerdings schon vor einiger Zeit verlassen. Das geschah wohl sehr überraschend, wie Gottlieb weiter schreibt, deshalb hat er sich erlaubt, dir an Veits Stelle zu antworten. Leider weiß er nicht, wohin Veit mit seinem Vater unterwegs ist. Deshalb konnte er ihm das Schreiben nicht nachschicken.«

»Was? Aber wie kann Veit nur …? Warum hat er uns nicht …? Was ist mit Dora?«, krächzte Gret. Sie streckte die Hand aus, um am Arm ihres Gemahls Halt zu suchen. Eine düstere Ahnung beschlich sie, zugleich war ihr klar, Jörg nichts davon erzählen zu können. Dazu war nicht mehr die Zeit. Sie schloss die Augen, ließ das eben Erfahrene auf sich wirken. Eins stand jedenfalls fest, die verrückte Renata hatte recht gehabt. Das Verschwinden der Feuerkatze vor einigen Wochen hatte tatsächlich großes Unheil angekündigt, wenn nicht hier in Königsberg, dann in der Fremde. Dort musste Dora Übles widerfahren sein, sonst gäbe es längst Nachricht von ihr oder ihrer Base, Mathilda Huttenbeck. Gret graute Entsetzliches, wenn sie an Göllners Zorn dachte. Was mochte er dem Herzog erzählt haben, damit dieser an seinen Oheim, den polnischen König, in Doras Angelegenheit schrieb? Zugleich machte sie sich größte Vorwürfe. Kostbare Zeit war bereits verstrichen, die sie besser hätte nutzen können, um der Schwägerin zu helfen, statt untätig auf einen Brief des Vetters zu warten, der letztlich doch nicht ankam.

»Von Dora schreibt er nichts«, redete Jörg weiter. »Wie soll er sie auch kennen? Ebenso wenig weiß er von ihrer Verbindung zu Veit. Wir durften ihm ihre Ankunft in Krakau schließlich nicht ankündigen, also hat er auch niemandem von ihr erzählen können. Warum sorgst du dich überhaupt um meine Schwester? Dass sie zusammen mit Steinhaus und seinem Tross wohlbehalten in Krakau eingetroffen ist, wissen wir doch längst.«

»Was?« Gret horchte auf.

»Gleich bei seiner Ankunft hat Steinhaus an seine Familie geschrieben und darin auch eine kurze Nachricht an uns mitgeschickt. Habe ich dir das nicht erzählt?«

»Das ist nicht wahr!« Mehr brachte Gret nicht heraus. Ihr schwindelte von neuem. Sie krallte ihre Finger in Jörgs Arm.

»Liebste, was ist?« Er packte sie. »Warum bist du auf einmal Doras wegen so in Sorge? Nichts an dem Brief enthält beunruhigende Nachrichten. Es könnte uns höchstens verwundern, dass dein Vetter uns nichts von seinen Plänen geschrieben hat, Krakau zu verlassen. Gewiss wird er das bald nachholen. Bislang hat er uns immer über all seine Schritte unterrichtet. Sei also ganz ruhig, meine Liebe. Alles ist in bester Ordnung.«

Liebevoll führte er sie zur Bank an der Wandseite. Seine Fürsorge hätte ihr sonst ein dankbares Lächeln entlockt, dieses Mal aber fühlte sie sich taub für jedwedes andere Gefühl als für die Angst um Dora. Einem großen schwarzen Loch gleich breitete sie sich in ihr aus.

»Schick Lienhart zu Steinhaus' Familie«, bat sie. »Vielleicht haben sie längst Neues aus Krakau.«

»Was sollte es aufregend Neues geben?« Jörg begriff noch immer nicht. Auf einmal wich Grets Angst einer mindestens ebenso großen Wut.

»Ich muss sofort nach Krakau! Dora schwebt in allergrößter Gefahr. Der Hausvogt will ihr Übles antun und hat den Herzog überredet, an seinen Oheim auf dem Wawel zu schreiben. Veit sollte sie davor warnen, darum habe ich ihn in dem Brief vor vier Wochen gebeten. Wenn er nicht mehr in Krakau ist, hat sie dort niemanden mehr, der ihr beistehen kann. Also muss ich hin. Ich hoffe, ich komme nicht zu spät.« Sie erhob sich, eilte zur Treppe. Während sie die ersten

Stufen bereits hinaufhastete, rief sie Mechthild zu: »Schick Lienhart lieber zum Gildehaus der Kaufleute statt zu Familie Steinhaus. Er soll herausfinden, wann der nächste Tross nach Krakau aufbricht, und mich dafür anmelden. Pack mir etwas zu essen ein. Je eher ich fortkomme, desto besser ist es.«

»Bist du von Sinnen?« Nach einer Verzögerung erwachte Jörg aus seiner Starre. »Du kannst nicht allein nach Krakau reisen. Denk an deinen Zustand.«

»Was lässt du dir von dem Weibsstück bieten?«, flammte im selben Moment auch Wenzels Zorn wieder auf. »Du bist der Mann im Haus. Du musst ihr sagen, was sie zu tun und zu lassen hat.«

Gret kümmerte sich nicht um das Geschrei. Ihr Entschluss stand. Ehe sie das Obergeschoss erreichte, hatte Jörg sie allerdings eingeholt und hielt sie zurück.

»Bleib!«, keuchte er. »Ich verbiete dir, das Haus zu verlassen.«

»So?« Eine ungewohnte Ruhe überfiel sie. Sein verzweifelter Versuch, der Aufforderung seines Vaters nachzukommen, rührte sie. Sie wusste, dass er ihr nicht wirklich zürnte. Zu oft schon waren sie aus verschiedenen Anlässen aneinandergeraten, zuletzt kurz vor Doras Abreise der neuen Brauweise wegen. Jedes Mal aber hatte sich Jörg am Ende einsichtig gezeigt, dass sie, anders als er, Mut zu neuen Wegen und ungewöhnlichen Taten aufbrachte. Genau deswegen hatten sie zueinandergefunden. Sie lächelte ihn an. Wie liebte sie den kummervollen Ausdruck auf seinem weichen Gesicht, wie sehr sehnte sie sich danach, ihm um den Hals zu fallen und ihn fest an sich zu drücken.

»Jörg! Sag endlich etwas!«, schrie Wenzel von unten herauf. Gret beobachtete aus dem Augenwinkel, wie Mechthild den Arm hob, um ihn zu besänftigen.

»Warum begleitest du mich nicht einfach?«, schlug Gret Jörg vor. »Es geht um deine Schwester. Sie schwebt in großer Gefahr. Gemeinsam können wir ihr viel besser helfen als ich allein.«

»Ich weiß nicht …«, setzte Jörg an, hob ratlos die Hände. Deutlich war ihm anzusehen, wie stark es hinter seiner blassen Stirn arbeitete. Seine rehbraunen Augen blickten hilflos, die Schultern sackten nach vorn, wie so oft, wenn er sich einer Sache unsicher war.

»Jörg, verd…«, brüllte der Schwäher von unten, um ebenfalls mitten im Wort abzubrechen. Ein seltsames Röcheln hallte durch die Diele. Mechthild stieß ein »Achtung!« aus, dann war ein dumpfes Aufschlagen zu vernehmen.

Gret und Jörg starrten einander an. Dem Schwäher musste etwas Schlimmes widerfahren sein. »Guter Mann!«, ertönte auch schon Mechthilds Stimme, die im Gegensatz zu sonst alles andere als ruhig klang. Jörg machte auf dem Absatz kehrt und hastete die Treppe hinunter. Gret folgte ihm. Endlich erreichte auch sie das Ende der Treppe. Dort bot sich ihr ein furchtbares Bild.

Vor dem unteren Absatz lag Wenzel reglos da, vorwärts hingeschlagen auf die kalten Steinfliesen, den kräftigen Körper im Schmerz seltsam gekrümmt. Um den oberen Teil seines Kopfes bildete sich eine dunkelrote Lache. Zweifelsohne Blut, wie auch der metallische Geruch bewies.

»Er ist mit der Stirn gegen die Treppenkante geschlagen«, stellte Gret fest und kletterte mühsam über ihn hinweg. »Wir brauchen einen Wundarzt.«

»Ich hole die Brauknechte aus dem Keller und schicke Lienhart los«, erklärte Mechthild. »Bleibt Ihr nur bei ihm und steht ihm bei.«

Gret ging in die Knie und half Jörg, den großen Körper behutsam auf den Rücken zu drehen. Das blutverschmierte, kalkweiße Gesicht sah schrecklich aus. Dennoch zögerte Gret keinen Moment, sich den Kopf des Schwähers in den Schoß zu betten. Sie strich das blutverkrustete Haar aus der Stirn und legte die Wunde frei.

»Es sieht schlimmer aus, als es ist«, raunte sie Jörg zu. »Er atmet gleichmäßig. Gewiss wird er bald wieder aufwachen.«

»Du hast recht«, erwiderte Jörg ebenso leise. »Eigentlich hast du immer recht, Liebste.« Er lächelte sie aus seinen traurigen Augen an. »Deshalb bin ich dafür, dass du so schnell wie möglich mit Mechthild nach Krakau reist, um meiner Schwester beizustehen. Ich dagegen werde hier wohl mehr gebraucht. Schließlich sollte einer auf meinen Vater wie auch auf Lienhart und das Bierbrauen aufpassen. Lienhart ist damit absolut überfordert.«

»Noch dazu, wo auch unser kleiner Rudolph jemanden braucht, der sich um ihn kümmert.« Sie legte Jörg die Hand an die Wange.

Er drehte den Kopf, hauchte einen Kuss darauf und erklärte: »Du bist einfach die Stärkere von uns beiden.«

»Und du der Feinfühligere«, erwiderte sie.

»Deshalb ist es wohl auch besser, dass ich an Michaeli da bin, um mit dem Winterbrau zu beginnen.«

»Ein guter Plan. Lienhart und dein Vater werden dir gewiss helfen.«

Kaum hatte sie das gesagt, schlug Wenzel die Augen auf, schaute sich verwundert um und wollte sogleich Anstalten machen, sich aufzurichten.

»Bleibt liegen«, riet Gret. »Es ist höchste Zeit, dass Ihr Eure Söhne im Haus schalten und walten lasst, wie sie es für richtig halten. Vorhin im Bierkeller haben sie sich als wahre Braumeister bewiesen, die sich bestens auf ihre Kunst verstehen. Auch ist es an der Zeit, dass Ihr endlich zugebt, wie gut

Euch selbst das Brauen gefällt. Vielleicht fällt Euch das leichter, wenn ihr Männer für eine Weile allein im Haus seid.«

»Jörg!«, versuchte Wenzel aufzubegehren, doch er war zu schwach, um viel Nachdruck in seine Worte zu legen.

»Sie hat recht, Vater. Ich lasse sie guten Gewissens gehen. Wenn die Barwasserin bei ihr ist, wird sie das Reisen gut vertragen. In Krakau kann sie ohnehin besser mit Dora reden als ich. Sollte sie männlichen Beistands bedürfen, wird ihr dieser Gottlieb, der den Brief geschickt hat, bestimmt helfen. Auch ist Steinhaus noch dort und kann sich für sie verwenden.«

»Danke.« Gret drückte ihm die Hand.

»Und was das Brauen betrifft«, fuhr Jörg ungerührt fort, »so hat Gret auch damit recht. Es wird Zeit, dass wir Selege-Männer uns mehr auf diese Tradition besinnen. Wie es scheint, steht die uns dreien besser an als das Bauen.«

Als er sie ansah, meinte sie, einen neuen Glanz in seinen Augen zu entdecken. Der Kummer war verschwunden. Über den Kopf seines Vaters hinweg fiel sie ihm um den Hals und küsste ihn leidenschaftlich. Trotz aller Sorge um Dora fühlte sie sich in diesem Moment glücklich wie nie.

5

Fast hatte Dora sich daran gewöhnt, von aller Welt vergessen zu sein. Wie schon im Krakauer Stadtgefängnis unter dem Rathaus saß sie auch auf dem Wawel bereits mehrere Tage ein, ohne dass sich jemand groß um sie kümmerte, geschweige denn auftauchte, um sie zu verhören oder gar ordentlich anzuklagen. Anders als in der Stadt aber hatte man ihr überraschenderweise keinen dunklen Kerker unter der

Erde zugewiesen, sondern eine Dachkammer in einer der winzigen Gesindeunterkünfte im Süden der eigentlichen Schlossanlage. Die Kammer maß knapp vier Ellen in der Länge und etwa zweieinhalb Ellen in der Breite. Die Schräge an der linken Längswand sorgte dafür, dass Dora nur auf einer Breite von etwa einer Elle aufrecht stehen und umhergehen konnte. So klein und karg die Kammer war, im Vergleich zu ihrer vorherigen Unterkunft stellte sie eine wahrhaft königliche Bleibe dar. Selbst die drückende Augusthitze ließ sich darin gut aushalten. Statt auf einem Strohsack schlief Dora in einem richtigen Bett und deckte sich des Nachts mit einem verschlissenen, aber sauberen Leinentuch zu. Außerdem hatte sie einen Schemel und einen Tisch vor dem Fenster stehen. Der Blick hinaus reichte zwar nicht weiter als bis zur wenige Schritte entfernten Mauer, darüber schälte sich morgens jedoch der lang vermisste Himmel in verschwenderisch schönem Blaurot heraus. Endlich konnte sie das Vergehen der Tage wieder verfolgen und ein Gefühl für das Verrinnen der Zeit entwickeln.

Ob sie die zuvorkommende Behandlung Baranamis undurchschaubarer Fürsprache zu verdanken hatte? Je öfter sie an den Kaufmann dachte, je eigenartiger erschien er ihr, und umso fragwürdiger kam ihr sein Eintreten für sie beim König vor. Warum um alles in der Welt hatte er das getan, war er doch derjenige, der den Gerichtsvogt erst auf ihre vermeintlich teuflischen Augen aufmerksam gemacht hatte? Der Vorwurf, schuld an Urbans Tod zu sein, ließe sich weitaus einfacher entkräften als der der Hexerei. Andererseits entbehrte es nicht einer gewissen Verrücktheit, dass ausgerechnet Baranami sie ihrer verschiedenfarbigen Augen wegen als vom Teufel besessen erklärte. Dabei könnte er es dank seiner leuchtend roten Haupt- und Barthaare sowie seines Hinkefußes selbst am besten mit dem Höllenfürsten aufnehmen! Fehlte nur noch, dass er auch grüne Augen hatte. Dessen war sie leider nicht mehr sicher. Welche Rolle aber spielte das? Mit dem Hinweis, der König könne ob seiner Offenheit in Fragen der Religion und seinem lutherischen Neffen zuliebe ein öffentliches Verbrennen auf dem Markt nicht erlauben, hatte er Wierzynek zumindest vorerst mundtot gemacht. Seither genoss sie die angenehmen Haftbedingungen im Königsschloss. Ob in Wahrheit gar Veit und sein Vater dahintersteckten? Immerhin waren auch sie Baranamis Freunde. Möglicherweise hatte er sie über ihr Schicksal informiert, weil er im Gegensatz zu Gottlieb wusste, wohin sie geflohen waren. Bei diesem Gedanken wurde ihr warm ums Herz. Schon malte sie sich aus, wie Veit und sein Vater nach Krakau zurückkehrten, um sie zu retten. Bis dahin würden Baranami und sein jüdischer Freund Gottlieb alles daransetzen, dass sie auf dem Wawel vor dem rachsüchtigen Göllner und seinem willfährigen Handlanger Wierzynek verschont blieb. Der Traum war zu schön. Die bittere Wahrheit, dass Veit bei seiner Rückkehr nach Krakau ihretwegen selbst Gefahr lief, des gemeinen Mordes an Urban bezichtigt zu werden, verdrängte sie lieber.

Unruhig lief sie einige Schritte auf dem schmalen Raum zwischen Bett, Schemel, Tisch und Wand hin und her, rieb sich über die Arme. Sie genoss es, dabei den weichen Stoff ihres hellgrünen Gollers unter den Fingerspitzen zu spüren. Auf wundersame Weise hatten sowohl eine Garnitur frische Kleidung wie auch eine saubere Haube sowie das Felleisen mitsamt ihrem Notizbuch und Schreibzeug Eingang in die Kammer gefunden. Damit befanden sich nahezu ihre gesamten Habseligkeiten, die sie bei ihrer Verhaftung im Wirtshaus in der Floriansgasse zurückgelassen hatte, wieder in ihrem Besitz. Ausgerechnet das kostbare Werkmeisterbuch von

Ahn Laurenz Selege und Veits Brief an Jörg, den Gret ihr für die Reise überlassen hatte, aber fehlten. Dora hoffte, die Base hatte beides an sich genommen, um es vor dem Zugriff fremder Hände zu bewahren.

Gedankenverloren wickelte sie sich eine Haarsträhne um die Finger. Das saubere, entlauste Haar bereitete ihr ebenfalls ein Wohlgefühl. Gleich nach der Ankunft auf dem Wawel vor gut zehn Tagen hatte sie ein ausgiebiges Bad nehmen dürfen. Seither fühlte sie sich wieder mehr wie ein echter Mensch. Dazu trug auch die regelmäßige Verpflegung bei, die ihr vormittags und zur Vesper in Form einer dicken Käsesuppe, einer ordentlichen Scheibe Brot sowie einer Kanne angenehm würzig schmeckenden Bieres von einem zahnlosen Weib gebracht wurde. Mehrfach hatte sie versucht mit der Alten zu reden. Entweder war sie des Deutschen nicht mächtig oder taubstumm. Auf die wenigen Brocken Polnisch, die Dora dank Szymon kannte, reagierte sie nur mit einem Brummen. Dora bedauerte das zutiefst. Zu gern hätte sie mehr über ihren Aufenthaltsort sowie über die Frau selbst erfahren. Das über einem langen, bewegten Leben faltenreich gewordene Gesicht wie auch die gütigen, sehr wachen und klugen Augen ließen vermuten, dass sie sehr Aufschlussreiches zu erzählen hätte.

Wieder einmal hockte Dora auf dem Schemel am Tisch, tunkte mit der Brotkrume die letzten Reste der Suppe aus der Schale und verlor sich ganz in Gedanken über die Frau, die ihr auch an diesem Morgen wie gewohnt das Essen schweigend, dabei aber gütig lächelnd gereicht hatte. Als der letzte Bissen verspeist war, schob sie die Schale fort, stützte den Kopf in die Hände und starrte zum Fenster hinaus.

Das Fenster befand sich der niedrigen Holztür genau gegenüber an der Stirnseite der Kammer. Nach den endlos finsteren Tagen im Ratskeller erschien ihr dieser winzige Ausschnitt Welt wie die Verheißung des Paradieses. Ihr Blick kletterte die Mauer hinauf bis zum Himmel. Dem verregneten Juli war ein sonniger August gefolgt. Mehr und mehr heizte sich die winzige Kammer unter der Schräge auf. Wie eine süße Verheißung heiterer Zeiten stieg Dora der Geruch des sonnenwarmen Holzes und des trockenen Strohs in die Nase. Darunter mischte sich der Duft von reifem Obst, das unweit der Gesindeunterkünfte in den Verliesen eingekellert wurde. Unermüdlich summten Bienen durch die Luft, gelegentlich verirrte sich ein reich gemusterter Schmetterling auf ihr Fensterbrett. Morgens und abends pflegte eine Amsel darauf Platz zu nehmen, um ihren fordernden Lockruf auszustoßen. Dora konnte sich kaum sattsehen an der Fülle von Licht und Weite vor dem Fenster. Über Tage strahlte die goldene Morgensonne von einem tiefblauen Firmament, das von weißem Gewölk spärlich betupft war.

Fröhliches Kinderlachen erinnerte Dora schmerzlich an ihre kleine Tochter im fernen Königsberg. Inständig hoffte sie, Elßlin und Renata führten Johanna auf die Wiesen vor den Mauern der Altstadt, damit die Kleine den süßlichen Duft des Heus kennenlernte und die satten Farben des Spätsommers erlebte. In Kürze würde die Hopfenernte beginnen. Im Osten des Löbenichts erstreckten sich mannshoch die Gerüste, an denen sich die riesigen Pflanzen entlangschlängelten. Der feuchte Juli musste für eine hervorragende Ernte gesorgt haben. Als das Kinderlachen lauter wurde, erhob sich Dora von ihrem Platz und durchschritt die Kammer.

Fahrig glitten ihre Finger am Gürtel entlang. Auch auf dem Wawel hatte man ihr Geldbeutel, Besteckkästchen und vor allem das Säckchen mit der Ölphiole gelassen. Mehr als einmal schon hatte sie dank des kostbaren blauen Safts der Schafgarbe weiteren Trost gefunden. Von neuem verspürte sie den Drang, die Phiole zu entkorken und sich einen Tropfen davon auf die Handfläche zu träufeln. Je mehr die blaue Flüssigkeit in den Kerben verrann und die Gestalt jener geheimnisvollen Duftgöttin annahm, je stärker stieg der krautige Geruch daraus empor, und umso mehr Zuversicht erfüllte sie. Die innere Stimme, die ihr den noch vor ihr liegenden Weg beschrieb, war noch nicht verstummt. Sie schloss die Augen, rief sich dies alles bis in die kleinste Einzelheit in Erinnerung. Oft genügte schon der Gedanke daran, um die erwünschte Wirkung zu erzielen. So konnte sie von dem kostbaren Saft sparen, wusste sie doch nicht, wie lang sie in der Kammer ausharren und wie lang ihr Vorrat reichen musste.

Schwere Schritte vor der Tür ließen sie aufhorchen. Sie klangen völlig anders als die behutsamen, zurückhaltenden der stummen Alten. Dora öffnete die Lider, strich sich das dunkler gewordene Haar aus der Stirn und sah erwartungsvoll zur Tür. Ob endlich jemand kam, um sie vor ihren Richter zu führen? Sosehr sie diesen Moment herbeisehnte, so sehr fürchtete sie ihn zugleich. Er entschied, ob sie Johanna jemals wiedersah oder nicht, ob Veit ihr beistand oder nicht. Eine Träne stahl sich in ihr Auge. Hastig wischte sie sie weg. Im selben Moment kamen die Schritte zum Stehen, der Schlüssel rasselte im Schloss, bevor die Tür mit einem kräftigen Stoß geöffnet wurde.

»Besuch«, blaffte ein Wachmann. Es war derselbe, der sie vor gut zehn Tagen unter Baranamis Führung auf den Wawel begleitet hatte. Sein freundliches, von einem struppigen braunen Bart halb verdecktes Gesicht verriet, dass er das keineswegs so barsch meinte, wie es klang.

»Besuch?«, entgegnete sie ungläubig, wenn sie auch wenig Hoffnung hatte, eine genauere Erklärung zu erhalten. Stattdessen winkte er sie in den dunklen Flur hinaus. Froh, eine Weile der engen Kammer zu entrinnen, beeilte sie sich, ihm zu folgen. Über eine steile, enge Stiege gelangten sie ins Erdgeschoss, das aus einem einzigen, ebenfalls sehr spärlich eingerichteten Wohnraum bestand. Sonnenlicht flutete durch eine schmale offenstehende Tür und ein direkt daneben befindliches Fenster in den Raum. Dora freute sich, die stumme Alte in einer Ecke vor dem Herdfeuer zu entdecken. Gedankenverloren rührte sie in einem Kessel und blickte kaum auf, als sie an ihr vorbei nach draußen gingen.

Vor dem Haus öffnete sich eine Art Dorfplatz, um den sich ein halbes Dutzend ähnlich gebauter eingeschossiger Hütten mit schlichten Strohdächern gruppierte. In der Mitte erhob sich eine Kapelle aus hellem Bruchstein, die nur wenig höher als die übrigen Gebäude war. Das gesamte Gelände befand sich in schräger Hanglage, was die Größenverhältnisse noch weiter verschob. In einer halboffenen Schmiede hämmerte ein riesiger Mann ein glühendes Eisen auf dem Amboss, davor hielt ein Junge mit aller Kraft ein aufgeregt tänzelndes Pferd an einem Seil fest. Mehrere Frauen hockten auf Baumstümpfen beieinander und rupften Gänse, Kinder scheuchten eine Handvoll aufgeregt gackernder Hühner mitsamt ihrem stolzen Hahn durch die Gassen.

Fasziniert bestaunte Dora das Treiben, das eher an das beschauliche Leben in einem Dorf denn an das Dasein auf einer mächtigen Burganlage erinnerte. Im Nordosten schälten sich die Mauern des Schlosses heraus, im Westen die Kuppeln und Türme der Kathedrale. Aus den verschachtelten Anbauten blinkte golden die achteckige Kuppel der Sigismundkapelle auf, deren Florentiner Baumeister vor wenigen Jahren ein so grausiges Ende gefunden hatte. An den uneinheitlichen Kirchenbau schloss sich eine Vielzahl weiterer großer Backsteingebäude an, darunter auch das Marstallgebäude. Ein Teil des trutzigen Befestigungswalls um den Burgberg war zwischen den Mauern erkennbar. In jedem Winkel lungerten Söldner und Wachleute herum. Ihre Piken wie die gusseisernen Kanonen, auf die sie sich stützten, erinnerten Dora daran, wo sie sich befand – auf einer der mächtigsten Festungsanlagen Europas. Über die Schulter schaute sie zu ihrer Hütte, gewahrte den zweiten Wachmann gleich neben der Tür. Eine Flucht wäre sinnlos. Die Soldaten würden sich einen Spaß daraus machen, sie über den Burgberg zu jagen, um sie am Ende in einer der dunkelsten Ecken zu fassen zu kriegen.

»Da vorn!« Der erste Wachmann berührte sie sanft am Arm, deutete auf eine Ecke unweit der kleinen Kapelle schräg gegenüber des Hauses. Hin- und hergerissen, ob sie eher auf das Auftauchen eines königlichen Richters oder wenigstens Baranamis hoffen oder besser von einem neuerlichen Erscheinen des Priesters Clas Tönnies ausgehen sollte, spähte sie hinüber. Die Gestalt, die sie dort entdeckte, überraschte sie – Mathilda!

6

Das unerwartete Auftauchen der Base verwirrte Dora. »Ihr?«, krächzte sie heiser und ging zögernd auf sie zu. Der Wachmann folgte ihr in gebührendem Abstand, aber immer noch nah genug, sie im Falle eines Falles gleich packen und zu Boden werfen zu können. Kurz vor Erreichen des Zieles blieb sie stehen und krallte ihre Finger in die Falten des grünen Rockes.

»Dora, meine Liebe«, flötete Mathilda, als stünden sie einander nach längerer Trennung nicht gut bewacht im Vorhof des polnischen Königsschlosses, sondern in einer gepflegten Wohnstube oder einem Wirtshaus gegenüber. An ihrem Zögern, auf sie zuzugehen, las Dora dennoch deutlich den Widerwillen ab, den die besonderen Umstände ihr bereiteten. Sie konnte es ihr schlecht verdenken, ahnte sie doch nur zu gut, wie es sein musste, einer vermeintlichen Mörderin und Hexe gegenüberzustehen. Wenigstens war sie nicht mehr so zerlumpt und dreckig wie nach den zwei Wochen im Ratsgefängnis. Damals hatten die Läuse in ihrem Haar fröhliche Feste gefeiert, und in ihren Gewändern hatte nicht nur der Gestank des Krakauer Stadtgefängnisses sowie all seiner unzähligen Bewohner gehangen, sondern auch der Geruch eines Körpers, der nach dem Bad in einem Zuber mit Rosen- und Veilchenwasser dürstete, als wäre das das allein seligmachende Paradies. Noch bei der Erinnerung wurde Dora verlegen. Was mochten Clas Tönnies und Feliks Baranami bei der Begegnung im Kerker von ihr gehalten haben? »Wie schön, Euch gesund wiederzusehen.« Unverhofft stürzte Mathilda auf sie zu, umarmte sie aufs innigste.

Ob des befremdlichen Gefühlsausbruchs versteifte sich Doras Leib. Zum ersten Mal wurde sie gewahr, wie betörend gut Mathilda roch. Ihrem verstorbenen Gemahl Urban ähnlich umfing sie der Duft einer blühenden Veilchenwiese. Die Bänder ihrer Haube streiften Doras Wangen, ebenso spürte sie das Weiche des Damasts, aus dem ihr schwarzer Goller gefertigt war. Bei jeder Bewegung raschelte der Stoff. Dora wusste nicht, was sie von Mathildas ungewohntem Gebaren halten sollte, hatte sich die Base ihr gegenüber bislang nie zu mehr als den absolut notwendigen Höflichkeitsformen durchgerungen. Ausgerechnet jetzt, da sie dem Schafott näher war als der Rückkehr nach Königsberg, musste sich die Base zärtlich zu ihr hingezogen fühlen.

»Wie geht es Euch? Bringt man Euch ausreichend zu essen? Habt Ihr alles, was Ihr benötigt?« Endlich ließ Mathilda von ihr ab, trat einen Schritt beiseite und betrachtete erst sie, dann die Umgebung genauer. Beim Anblick des Wachmannes, der sich keine zwei Schritte von ihnen entfernt breitbeinig postiert hatte, runzelte sie missbilligend die Stirn. Am liebsten hätte Dora laut aufgelacht. Was hätte sie erst zu den finster ausschauenden Bütteln im Krakauer Rathaus gesagt?

»Hier oben geht es mir blendend«, erwiderte sie rasch. »Wären da nicht die Wachen, könnte ich glatt vergessen, eine Gefangene zu sein. Sogar mein Notizbuch und mein Schreibzeug hat man mir gebracht.«

»Das habt Ihr alles Jan Gottlieb zu verdanken.« Mathilda strahlte über das ganze Gesicht. Dora horchte auf. »Er hat das Wunder vollbracht, dass man Euch statt im Stadtgefängnis hier oben auf dem Wawel einsperrt. Ebenso war es ihm wichtig, Euch sowohl saubere Kleidung wie auch weitere Annehmlichkeiten zu ermöglichen. Deshalb hat er Euer Gepäck holen lassen. Trotz aller Vorwürfe seid Ihr nach wie vor die Witwe des ehrwürdigen Kammerrats Urban Stöckel, eines Weggefährten des königlichen Neffen.«

»Wieso soll Jan Gottlieb dafür gesorgt haben, mich hierher auf den Wawel zu verbringen? Der Kaufmann Feliks Baranami war es doch, der ...«

»Gebt bitte nichts auf das Geschwätz dieser elenden Kaufleute!« Verächtlich schnaubte die Base. »Kläglich im Stich gelassen haben uns die Herren. Angefangen bei unserem Freund Steinhaus aus dem Königsberger Kneiphof bis zu seinen treuen Freunden aus Krakau haben sie alle feige das Weite gesucht, sobald Euch der Gerichtsvogt und seine Schergen in den Kerker geworfen haben. Nicht einmal, als mich die Wirtin aus der Floriansgasse aus ihrem sauberen

Wirtshaus gejagt hat, haben die Herren das Maul aufgemacht.«

»Ihr wurdet meinetwegen aus dem Wirtshaus geworfen? Das tut mir sehr leid. Wo wohnt Ihr jetzt?« Gegen ihren Willen keimte in Dora Bewunderung für die Base auf. Nie hätte sie erwartet, dass sie ihretwegen derartige Unbill so gelassen auf sich nahm.

»Jan Gottlieb war so freundlich, mir in seinem Haus eine Unterkunft anzubieten«, erwiderte Mathilda. »Habt Ihr ihn einmal persönlich kennengelernt? Ein überaus kluger, weitsichtiger und sehr belesener Mann. Er hat Urban gekannt, ebenso den alten Singeknecht und auch den unsäglichen …«

»Ich kann es mir denken«, unterbrach Dora sie. Der Name des Hausvogts musste in ihrer Gegenwart nicht öfter als unbedingt notwendig fallen. »Ich danke Euch von Herzen, dass Ihr Eure Abneigung überwunden und meinetwegen einen Fuß ins Judenviertel gesetzt habt. Pfarrer Tönnies hat mir letztens schon von Eurem Bittgang erzählt. Ich weiß gar nicht, wie ich Euch das je vergelten …«

»Das ist doch selbstverständlich. Das bin ich Euch und Eurem Vater einfach schuldig.« Schmunzelnd winkte Mathilda ab. Ihr Blick schweifte hinüber zu den in der Mittagssonne glänzenden Kuppeln der Kapellen, die der Südostseite der Kathedrale vorgelagert waren. Dora betrachtete sie verstohlen. Die Erwähnung ihres Vaters wunderte sie, wie überhaupt das Auftreten der Base auf einmal schwer mit dem in Einklang zu bringen war, was sie bislang von ihr kannte. Lag es an der eigenen Verwahrlosung, oder besaß das Antlitz der Base auf einmal tatsächlich eine wahrhaft berückende Schönheit? Entweder war sie blind oder viel zu sehr mit sich selbst beschäftigt gewesen, dass ihr die bislang völlig entgangen war. Fasziniert musterte sie die Frau, die sich bereits in der

Mitte ihres vierten Lebensjahrzehnts befand und damit die besten Jahre weit hinter sich gelassen hatte. Dennoch wohnte dem ebenmäßigen Gesicht mit den hohen Wangenknochen, der langen, schmalen Nase und dem wohlgeformten Kinn eine geheimnisvolle Anziehungskraft inne. Ihr Blick glitt über die aufrechte, großgewachsene Gestalt, die nach wie vor in strenger Trauerkleidung steckte. Gerade das Schwarz aber betonte Mathildas Anmut.

»Jan Gottlieb also hat sich dafür eingesetzt, dass ich hier auf dem Wawel einsitze«, knüpfte sie wieder an das Gespräch an. »Das ist seltsam. Tönnies wird Euch sicherlich von dem beeindruckenden Auftritt Baranamis mit dem Gerichtsvogt Wierzynek im Ratsgefängnis berichtet haben. Dabei hat der Kaufmann davon gesprochen, dass er den König höchstpersönlich davon überzeugt habe, mir als lutherischer Hexe und vermeintlicher Mörderin meines Gatten …«

»Mag sein, dass der Kaufmann sich in ähnlicher Weise für Euch verwendet hat. Immerhin ist er ein guter Freund Gottliebs. Wahrscheinlich wird der ihn dazu angestiftet haben. Dennoch traue ich ihm nicht über den Weg. Sein Gehabe ist zu undurchsichtig. Wie Steinhaus und seine anderen Freunde hat er sich seit Eurer Verhaftung nicht mehr blicken lassen. Dabei hätten die Herren doch gewiss weitaus mehr Möglichkeiten, Euch beizustehen, als der alte Jude aus Kazimierz. Wie zögerlich aber waren sie schon, als es darum ging, Singeknecht zur Rede zu stellen, ob er nun Schuld am Tod unseres lieben Urban trägt oder nicht. Doch lassen wir das. Der alte Singeknecht scheint ebenso ein guter Freund Eures Gemahls gewesen zu sein wie auch Jan Gottlieb. Unerschütterlich hat sich Letzterer für Euch eingesetzt und damit weitaus mehr bewirkt als Baranami. Und das alles, ohne Euch näher zu kennen, und ungeachtet der Schwierigkeiten, die das mitunter für ihn selbst mit sich bringen könnte. Immerhin ist er weder Krakauer Bürger noch ein Christenmensch und deshalb beim Gerichtsvogt wohl kaum gut gelitten.«

»Wisst Ihr, was aus dem Werkmeisterbuch meines Ahns geworden ist?«, überging Dora Mathildas Anspielung auf Gottliebs Herkunft. »Es befand sich ebenfalls in meinem Felleisen.Es liegt mir sehr am Herzen. Sollte es verschwunden sein, könnte ich mir das nie verzeihen.«

»Gottlieb hat es in Sicherheit gebracht. Ebenso übrigens wie die Aufzeichnungen Eures verstorbenen Gemahls. Ich habe größtes Vertrauen zu ihm. Er weiß genau, was er tut. Das seht Ihr schließlich auch daran, wie Ihr hier behandelt werdet.«

»Wie wird es nun weitergehen? Habt Ihr von Gottlieb zufällig gehört, was man mit mir vorhat? Wann wird der Prozess gegen mich stattfinden?«

»Soweit es in Gottliebs Macht steht, wird er alles tun, einen solchen zu verhindern. Wie ich ist auch er zutiefst davon überzeugt, dass Ihr keine Schuld an Urbans schrecklichem Tod tragt.«

»Was?« Mathildas Eingeständnis überraschte Dora. Langsam drehte sie sich zu ihr um. Auch die Base hatte sich ihr zugewandt, und so blickten sie einander direkt in die Augen. Nie zuvor war Dora das Grün von Mathildas Blick derart schimmernd vorgekommen wie in diesem Moment.

»Der Pfarrer besitzt übrigens weitaus mehr Mut, als man ihm zutraut. Denkt nur, mitten in der ehrwürdigen Libraria der Krakauer Universität hatte er Urbans Bücher versteckt, bevor er sie mir übergeben konnte.«

»In der Bibliothek?« Ungläubig schüttelte Dora den Kopf. Ob der Pfarrer ahnte, dass auch Urban die gleiche Art des Verstecks gewählt hatte?

»Ich sage doch, wir sollten den Mann nicht unterschätzen. Dank seiner Weitsicht konnte ich die Chroniken meines Vetters nach Eurer Verhaftung in Ruhe studieren. Anschließend habe ich sie zu Gottlieb gebracht und mit ihm über die verworrene Geschichte geredet.« Mathildas Stimme klang ruhig und fest. »Wir sind uns einig, wie die Dinge in Wahrheit liegen. Göllner und Urban haben vor mehr als zwanzig Jahren noch zu Nürnberger Zeiten von Herzog Albrecht eine unsinnige Fehde um seine Gunst ausgetragen. Seinerzeit ging Urban als Sieger aus den Händeln hervor und entlarvte den jungen Egbert Göllner des schändlichen Betrugs bei Abrechnungen für den damaligen Hochmeister und späteren preußischen Herzog. Göllner dankte ihm das, indem er seine große Liebe schändete, was Urban ihm nie verzieh. Deshalb überzeugte er Albrecht, Göllner in Ungnade aus seinen Diensten zu entlassen. Vor wenigen Jahren gelang es Göllner allerdings, durch die Fürsprache des vorherigen Hausvogts, Caspar von Nostitz, in Albrechts Dienste zurückzukehren. Aus Rache für die alten Geschichten nutzte er gleich die erstbeste Gelegenheit, beim Herzog dieses Mal Urban in falsches Licht zu setzen. Unstimmigkeiten bei der Beauftragung von Handwerkern auf dem Schloss, schlechte Führung des herzoglichen Haushalts auf Ragnit, Eigenmächtigkeiten bei der Einrichtung der Universität und Ähnliches mehr will er sofort bei Amtsantritt in der Rentkammer aufgedeckt haben. Ihr erinnert Euch an Göllners Antrittsbesuch bei uns auf dem Mühlenberg? Damals versuchte er wohl noch, mit Eurem Gemahl einen Handel abzuschließen.«

Dora erschrak. Nur zu gut war ihr jener Morgen im März vor zwei Jahren, wenige Tage vor dem verheerenden Brand im Kneiphof, noch im Gedächtnis. In der vorangegangenen Nacht hatte sie jenen schicksalhaften Schafgarbentraum gehabt. Nie durfte die Base davon erfahren! Zu deutlich erinnerte sie sich ihres gehässigen Vorwurfs bei der Abreise nach Krakau. Sie schluckte, knetete die Finger, um nicht allzu offensichtlich an den rettenden Beutel mit der Ölphiole zu fassen.

»Doch Ihr wisst, wie Urban war. Stets rechtschaffen, hat er es entrüstet abgelehnt, auf Göllners Versuche einzugehen, sich gemeinsam an der herzoglichen Schatztruhe gütlich zu tun«, fuhr Mathilda fort. »Selbst als er den Verdacht hegte, dass Göllner seinen Schreiber Hubart für seine Ränkespiele gegen ihn gewonnen hatte, blieb er stur bei seiner ablehnenden Haltung. Seither hat Göllner alles darangesetzt, Urban in den Augen des Herzogs herabzusetzen, was letztlich darin gipfelte, dass Albrecht ihm statt eines wohlgepflegten das völlig morastige Grundstück am Ende der Junkergasse kurz vor Beginn des herzoglichen Schlossgartens zuteilte. Zwar hat Göllner damit sicher nicht Urbans Tod beabsichtigt, ihn aber gewiss mehr als begrüßt, insbesondere, als auch noch Veit Singeknecht dank Meister Miehlkes Anschuldigungen als der vermeintlich Verantwortliche aus der Stadt geflohen ist. Singeknechts Vater hat Urban vor zwanzig Jahren in Nürnberg geholfen, Göllner den Betrug nachzuweisen und ihn damit aus dem herzoglichen Dienst zu jagen. Somit hatte Göllner also zwei Fliegen auf einen Schlag erledigt, wenn auch im Falle der Singeknechts ungerechterweise der Junge für das Verhalten des Alten büßen musste.«

»Ihr erzählt mir nichts Neues«, stellte Dora nach einer kurzen Pause klar. »Dasselbe dachte ich, nachdem ich Urbans ersten Teil der Aufzeichnungen gelesen hatte. Deshalb beschloss ich, nach Krakau zu reisen und mit dem alten Veit Singeknecht zu sprechen. Er sollte mir in allen Einzelheiten von den Vorfällen in Nürnberg berichten und eine schriftliche Erklärung für den Herzog abfassen, die endlich Licht auf die dunkle Geschichte wirft und Göllners hinterhältige Niedertracht beweist. Er hat meinen Gemahl aufs schändlichste in Verruf gebracht. Das wollte ich ein für alle Mal klarstellen.«

»Und natürlich auch die Unschuld des jungen Singeknechts am Unglück auf der Baustelle beweisen.« Eindringlich sah Mathilda sie an.

Dora spürte die Röte auf ihren Wangen, zwang sich aber, dem Blick standzuhalten. »Ja, auch das«, stimmte sie zu, hielt abermals inne, bevor sie zögernd nachsetzte: »Es gibt da noch etwas, was ich in dem Zusammenhang gern von dem alten Singeknecht über Urban erfahren hätte.«

»Ich kann es mir denken.« Tröstend legte Mathilda ihr den Arm um die Schultern und drückte sie zärtlich. Wieder wunderte sich Dora über die unverhoffte Zuneigung. »Ihr wollt wissen, wer jene große Liebe Eures verstorbenen Gemahls gewesen ist, an der sich Göllner damals schadlos gehalten hat.«

»Woher wisst Ihr …«

»Aber Dora, Liebes!« Sie rückte zwar etwas von ihr ab, aber nur, um ihr mit der gepflegten schlanken Hand zärtlich über die Wange zu streichen. »Lasst es mich Euch erzählen«, begann sie, ließ die Hand wieder sinken und schaute mit verklärtem Blick in die Weite des sonnigen Augusthimmels empor. Träge weiße Wolkenschiffe schoben sich dort oben entlang. Ein Adler zog stolz seine Kreise, hielt die kleineren Vögel in niedrigeren Gefilden auf ehrfürchtigem Abstand. »Ich war gerade erst zwölf oder dreizehn, als mein gutaussehender junger Vetter des Öfteren im Haus meiner Eltern zu Gast war. Was hätte ich damals darum gegeben, erwachsen zu sein. Kaum einmal richtete mein Vetter das Wort an mich, und wenn, dann nur in jenem herablassend wohlwollenden Ton, den Erwachsene kleinen Kindern gegenüber anzunehmen pflegen. Was denkt Ihr, wie schlimm es für mich war, als mein Vater eines Tages berichtete, ausgerechnet die Schwester des Wirts aus der Schenke am Frauentor hätte das Herz meines stolzen Vetters erobert! Am liebsten wäre ich dorthin gestürmt und hätte der Frau eigenhändig die Augen ausgekratzt. Mit einem Schlag aber waren sowohl mein Vetter wie auch die junge Frau und noch einige andere junge Herren, die kurz zuvor noch die Straßen der Stadt mit ihren prächtigen Gewändern und die Häuser der Bürger mit ihren klugen Unterhaltungen geziert hatten, aus Nürnberg verschwunden. Es hieß, die Herren wären in jenes ferne Land im äußersten Nordosten zurückgekehrt, wo sie mit Luthers geistigem und Zygmunts weltlichem Beistand ein stolzes Herzogtum aufbauen würden. Zuerst dachte ich, mein Vetter hätte die Frau geheiratet, dann aber erfuhr ich, dass sie noch im Kindbett gestorben war. Damals beschloss ich, so schnell wie möglich meinem Vetter nachzureisen und ihm für den Rest meines Lebens aufopferungsvoll zur Seite zu stehen. Dass meine Familie deswegen mit mir brach und ich mir auf ewig den Zorn meines Vaters zuzog, habe ich nie bereut. Nicht einmal, als Urban zwar einerseits erfreut über mein Auftauchen in Königsberg war, sich andererseits aber nie dazu entschließen konnte, mich zu heiraten. Erst als Ihr dann als seine Frau ins Haus kamt und zwei Jahre später mit Eurer Schwägerin Gret noch jemand anderer auftauchte, der wie schon Ihr jener Frau in Nürnberg zum Verwechseln ähnlich sah, sind mir erhebliche Zweifel an der Lauterkeit seiner Gefühle gekommen.«

Sie senkte den Blick. Nun war es an Dora, die Hand nach der Base auszustrecken. Mehr wagte sie nicht, doch auch diese kleine Geste zauberte ein dankbares Lächeln auf Mathildas Antlitz. Als sie den Kopf wieder hob, stellte Dora erstaunt fest, dass ihre Wangen feucht glänzten. Nie zuvor hatte sie die Base weinen sehen, selbst an Urbans Sterbebett nicht.

»Wie aber muss es Euch erst ergangen sein, als Ihr das erkannt habt? Noch dazu, wo jene Frau mit dem honiggoldenen Haar zugleich Eure Schwägerin ist. Selbst Euer Bruder hat also das Abbild seiner heimlichen …«

»Genug!« Die Worte trafen Dora mitten ins Herz. Oft schon selbst geahnt, aber nie zu Ende gedacht, war es umso schlimmer, die Wahrheit über Jörg aus Mathildas Mund zu hören. Um Fassung ringend, wandte sie sich ab. »Warum tut Ihr das?«, fragte sie nach einer Weile und fügte, als die Base die Antwort schuldig blieb, hinzu: »Warum tut Ihr das alles für mich, wenn Ihr mich doch nach wie vor hasst, weil ich Euch Urban genommen habe?«

»Aber Ihr habt ihn mir doch gar nicht genommen!«, fuhr Mathilda auf, reckte das Kinn, spitzte den Mund. In ihren grünen Augen funkelte es vor Vergnügen. »Habt Ihr denn noch immer nicht begriffen, dass nicht *Ihr* Urbans Herz erobert habt, sondern nur die Erinnerung, die er in Euch zu sehen meinte? Die Erinnerung an jene lang verlorene, allein seligmachende große Liebe, der er in jungen Jahren in Nürnberg …«

»Hört endlich auf!« Dora presste sich die Hände auf die Ohren.

»Dora, Liebes!« Erneut legte Mathilda ihr den Arm um die Schultern, drückte sie zärtlich und hauchte ihr gar einen scheuen Kuss auf die Wangen. »Seid dankbar, dass es so um ihn und seine Liebe zu Euch bestellt war. Sehr gute Jahre habt Ihr gehabt, ein entzückendes kleines Mädchen miteinander gezeugt. Nun aber, da die Wahrheit endlich feststeht, eröffnet das auch Euch ein neues Leben. Denn auch Ihr habt in den letzten Monaten weniger Urban selbst als ein Abbild eines ganz anderen in der Liebe zu ihm geliebt. Gesteht Euch das ein und seid offen für das, was weiter geschehen wird.«

»Wozu? Das Einzige, für das ich angesichts meiner derzeitigen Lage noch offen sein muss, ist, entweder auf dem Wawel oder auf dem Krakauer Marktplatz als Hexe verbrannt zu werden.«

»Weder das eine noch das andere wird geschehen. Das wisst Ihr. Vertraut auf Eure innere Stimme, denkt fest daran, dass sie Euch den rechten Weg weisen wird. Ihr müsst nur bereit sein, auf sie zu hören.«

»Wie kommt Ihr darauf?« Verwundert starrte Dora Mathilda an. Die Worte erinnerten sie an Renata. Ähnliches hatte sie ihr geraten, als sie ihr vor einigen Monaten die Phiole mit dem blauen Öl der Schafgarbe anvertraut hatte. Die Base schmunzelte. Konnte es sein, dass die beiden Frauen weitaus mehr gemein hatten, als ihnen lieb war?

»Wisst Ihr«, meldete sich Mathilda mitten in ihre Gedanken, »viel zu lang habe ich meine eigene innere Stimme überhört. Als ich gegen den Willen meiner Familie aus Nürnberg fort bin, habe ich ihr für lange Zeit zum letzten Mal Beachtung geschenkt. Dann aber wollte ich nicht wahrhaben, dass sie mir nicht den schmucken Vetter Urban, sondern einen ganz anderen Mann ans Herz legen wollte. Lange habe ich das überhört, bin gegenüber allen gutgemeinten Ratschlägen taub gewesen. Richtig verbohrt war ich in meiner Vorstellung, allein Urban wäre der Richtige für mich, und Ihr hättet ihn mir weggenommen. Darüber hätte ich fast mein restliches Leben auf dem völlig falschen Weg zugebracht. Gerade noch rechtzeitig sind mir letztens die Augen aufgegangen.«

Sie brach ab, hob den Blick von neuem zum Himmel. Derselbe schwärmerische Ausdruck, der vorhin schon einmal ihr ebenmäßiges Gesicht verschönert hatte, machte sich wieder darauf breit. Dora hielt den Atem an. Es rührte sie, diesen Wandel der Base miterleben zu dürfen.

»Ich danke Euch, dass Ihr mich ins Vertrauen gezogen habt«, sagte sie leise.

»Jetzt wird sich alles zum Guten wenden.«

»Ja, jetzt bestimmt.«

Noch einmal umarmten sie einander, dann bedeutete ihnen der Wachmann, dass es Zeit sei, sich voneinander zu verabschieden.

Zurück in der Einsamkeit ihrer Dachkammer, zehrte Dora noch lange von der Erinnerung an Mathildas Besuch. Sie lehnte am offenen Fenster, den Blick auf den schmalen Ausschnitt Himmel oberhalb der Schlossmauer gerichtet. Die Nacht verabschiedete den Tag mit einer beiläufigen Leichtigkeit. Langsam wechselte das sommerabendliche Rotgelb in ein zartes Blaurot, das in einem immer dunkler werdenden Blaugrau aufging, bis daraus schließlich ein Schwarzgrau wurde. Gebannt beobachtete Dora das Schauspiel, in Gedanken ganz bei Mathilda. Wie verändert die Base auf einmal war. Etwas sehr Entscheidendes musste ihr geschehen sein, um diesen Wandel einzuläuten. Dora brannte darauf, eines Tages mehr davon zu erfahren. Falls sie diesen fernen Tag tatsächlich noch erleben sollte. Sie zwang sich, das Vertrauen zu bewahren, dass sich alles zum Guten wendete. Gedankenverloren glitten ihre Hände zu Renatas Phiole. Sie entkorkte sie und träufelte sich einen Tropfen Öl auf die Innenfläche der linken Hand. Die zauberhafte Frauengestalt fand rasch ihre Konturen in den Linien der Handinnenfläche. Je länger Dora sie betrachtete, umso sichtbarer wurde die Ähnlichkeit mit Mathilda. Behutsam schloss Dora ihre Hand, ballte sie zur Faust und hob sie vor den Mund. Den Blick starr auf das Nachtschwarz des Himmels, erfüllte sie die Gewissheit, dass alles gut würde. Die Liebe ebnete den Weg, darauf musste sie vertrauen.

7

Zuerst meinte Mathilda, sie wäre einer Sinnestäuschung aufgesessen. Beim besten Willen konnte der gedrungene Mann in dem zerschlissenen Rock und dem breitkrempigen Hut dort vorn an der Ecke zur Dominikanergasse nicht Polyphemus sein. Der herzogliche Hofbibliothekar befand sich Hunderte von Meilen entfernt im Westen, durchwühlte auf der Suche nach besonderen Schätzen in Leipzig die Stände und Buden der Drucker. Wie sollte er zeitgleich in der Krakauer Grodzka auftauchen? Dann aber hörte sie die Stimme des Mannes, beobachtete eine Weile die Art, wie er den Menschen, die ihn umringten, mit weit ausholenden Armbewegungen aufgeregt etwas erklärte. Fast konnte sie es sich sparen, näher auf ihn zuzugehen. Deutlich hatte sie bereits den Ausdruck auf seinem Gesicht vor Augen, mit dem er die Wirkung seiner Worte unterstrich. In den langen Stunden unter der engen Wagenplane auf der Reise von Königsberg nach Thorn hatte sie Zeit genug gehabt, um sein Gebaren ausreichend zu studieren.

Sie blieb stehen, überlegte, ob sie auf ihn zugehen sollte oder nicht. Der Kreis der Menschen um ihn wuchs stetig. Offenbar war etwas geschehen, was immer noch weitere Neugierige anlockte. Polyphemus' lebhafte Art, das Vorgefallene zu erklären, schien die Leute sehr zu belustigen. Immer wieder erntete er beifälliges Gelächter, schließlich sogar begeistertes Klatschen. Eine Weile beobachtete Mathilda das Geschehen von ihrem schattigen Platz an der Straßenecke. Ein angenehmer Lufthauch wehte von Osten her durch die Dominikanergasse und verschaffte ihr wohltuende Erfrischung. Seit Tagen hing die Augusthitze in den engen Straßen Krakaus, hatte lang schon die Erinnerung an den regenreichen Juli verdrängt. Dick lag der Staub auf dem Pflaster, stickig war die Luft. Unter der sommerlichen Dunstglocke verstärkten sich die Ausdünstungen von Mensch und Tier und bildeten mit den üblichen Gerüchen von fettigen Garküchen und rußigen Herdfeuern ein wahrhaft atemberaubendes Gemisch. Wie die meisten mied Mathilda deshalb seit Tagen jeden unnötigen Gang nach draußen, hielt sich am liebsten in den kühlen Erdgeschossräumen von Jan Gottliebs Anwesen in der Josefsgasse in Kazimierz auf. An diesem Tag aber hatte sie schon im frühen Morgengrauen eine seltsame Unruhe erfasst. Als sie wenige Schritte entfernt Polyphemus im vormittäglichen Trubel der Straßen entdeckte, war sie überzeugt, deren Ursache gefunden zu haben. Es hatte sich gelohnt, auf die innere Stimme zu hören und Gottliebs Empfehlung zum Trotz nach Krakau zu gehen.

»Wie kommt Ihr hierher?«, sprach sie den Königsberger Hofbibliothekar an, kaum dass sie sich unter lebhaftem Protest durch den Kreis der Menschen ganz nach vorn zu ihm gedrängt hatte. Bei genauerem Hinsehen erklärte schon der Zustand seiner Kleidung, wie es zu dem Aufruhr gekommen sein musste. Sein ohnehin recht fleckiger Rock war staubbedeckt, seine bereits reichlich gestopften Strumpfhosen an den Knien völlig aufgerissen. Ebenso lugte aus der Spitze seiner abgetragenen Kuhmaulschuhe ein alles andere als sauber zu bezeichnender Zeh neugierig heraus. Er musste auf das unebene Straßenpflaster gestürzt sein, denn seine Hände waren blutig aufgeschürft, sein wulstiges, bartloses Kinn wie auch die blaurote Knollennase stellenweise aufgekratzt. Besorgt setzte sie nach: »Was ist Euch zugestoßen?«

»Halb so schlimm«, winkte er ab. Seine hellen Augen strahlten unter dem löchrigen Hut hervor. Um seinen Mund spielte ein überlegenes Lächeln. »Den Lump, mit dem ich zusammengeprallt bin, hat es weitaus schlimmer erwischt. Kein Wunder! So eine halbe Portion wie der hat mir einfach nichts entgegenzusetzen. Das hat er halt davon, wenn er so kopflos aus dem Hof rennt, erst recht, wenn der Spitzbub sich zuvor so töricht als Dieb versucht. Jetzt hat er statt dem Huhn im Topf den Spott der Leute am Kopf.«

Wieder erntete er mit seiner Schilderung bei den Umstehenden großes Gelächter. Stolz sonnte er sich darin, schob den dicken Bauch noch ein wenig mehr heraus und schaute Mathilda erwartungsvoll von unten herauf an.

Im gnadenlosen Sommerlicht wirkte der Bibliothekar noch zerfledderter als sonst. Sie runzelte die Stirn. Sosehr sie Polyphemus' Frau, Katharina König, schätzte, so wenig mochte sie den aufgeblasenen Gockel leiden. Er war und blieb ein Schwätzer, der überall, wo er auftauchte, nur unnötigen Wirbel verursachte. So also auch jetzt in Krakau.

»Lasst uns gehen«, schlug sie vor. »Wir sollten dafür sorgen, dass Ihr Eure Kleidung in Ordnung bringen und Euch Gesicht und Hände waschen könnt. Auf den Schreck hin habt Ihr sicher Durst.«

»Gegen eine Erfrischung hätte ich wirklich nichts einzuwenden, meine Liebe«, erwiderte er weiterhin gutgelaunt. »Allerdings muss ich erst noch auf den Büttel warten, der diesen räudigen Strolch in den Kerker werfen soll. Immerhin habe ich verhindert, dass er mit seiner Beute einfach abhauen konnte.«

Verächtlich wies er mit dem Kinn zu Boden. Da erst entdeckte Mathilda das zusammengerollte Bündel Mensch. Es handelte sich eher um ein Kind denn um einen ausgewachsenen Übeltäter. Völlig verängstigt hatte es sich zu Füßen einer recht beleibten Frau zusammengerollt, die Hände schützend über den Kopf gezogen, am Leib heftig zitternd. Offenbar ahnte es, welche Strafe ihm drohte. Die dürren Arme und Beine, von denen nur wenig zu erkennen war, bewiesen Mathilda ebenso wie der schmächtige Körper, wie hart es eine Tracht Prügel treffen würde. Von einem Huhn, das es gestohlen haben sollte, war ohnehin weit und breit nicht einmal eine einzige gerupfte Feder zu entdecken. Plötzlich kam Mathilda eine gute Idee.

»Da habt Ihr wahrlich eine große Heldentat vollbracht«, erklärte sie und konnte ihre Verachtung kaum mehr unterdrücken. »Allerdings solltet Ihr es Euch überlegen, ob Ihr so gut daran tut, den kleinen Lumpen dem Büttel zu übergeben. So, wie der Erzbube aussieht, hat er durch den Zusammenprall mit Euch schon mehr als genug Strafe erfahren. Ich glaube kaum, dass er es so schnell noch einmal wagen wird, die Finger nach dem Hab und Gut seiner Mitmenschen auszustrecken.«

Ihre Worte verblüfften Polyphemus. Ungläubig starrte er sie an. »Gute Frau, was soll ich davon halten? Ihr seid doch sonst diejenige, die auf genaueste Einhaltung der Ordnung pocht. Ausgerechnet Ihr aber ratet mir nun, einen gemeinen Dieb einfach wieder laufenzulassen?«

»Seht Ihr denn nicht, wie es um den armen Burschen steht? Allein von dem Zusammenprall hat er schon die Hosen voll. Liefert Ihr ihn nun auch noch dem Büttel aus, wird er nach der zu erwartenden Tracht Prügel halb tot vor Angst im Straßengraben landen. Beweist Euren wahren Heldenmut und lasst den armen Kerl laufen.«

Unter den Umstehenden erhob sich beifälliges Raunen, bald stimmten die Ersten Mathilda zu. »Recht hat sie!« – »Habt Erbarmen!« – »Wir sollten ihm was zu essen geben, dann muss er es nicht stehlen.«

Die dicke Frau, vor deren Füßen der erbärmliche Strolch lag, bückte sich und zog ihn auf die Beine. Einige klatschten Beifall. Der Junge wagte kaum, den Blick zu heben. Die Frau flüsterte ihm etwas ins Ohr. Zuerst schüttelte er heftig den Kopf, dann, als sie ihm abermals etwas zuwisperte, streckte er widerwillig die Hand aus. Mathilda lächelte Polyphemus aufmunternd zu. Er zögerte. Ein grauhaariger Mann neben ihm stieß ihn in die Seite. Endlich nahm er die Hand des Jungen. »Also gut. Pack die Arme in die Hand und lauf los. Wenn du dich nicht beeilst, ist der Büttel gleich da. Hier«, er fischte eine Münze aus seiner Rocktasche und steckte sie ihm zu. »So sind wenigstens die Hühner wieder sicher vor dir.«

Ungläubig starrte der Junge erst auf die Münze in seiner Hand, dann auf Polyphemus, schließlich auf die Leute ringsum. Sie nickten zustimmend, traten beiseite, um ihm den Fluchtweg zu öffnen. Die Dicke versetzte ihm einen sanften Schubs, daraufhin rannte er los. Als er um die nächste Ecke bog, brandete Beifall auf. Stolz schaute Polyphemus umher und dankte mit einer leichten Verbeugung nach allen Seiten.

»Kommt.« Mathilda zog ihn am Arm mit sich fort. »Jetzt, da Ihr aus unerfindlichen Gründen hier aufgetaucht seid, muss ich mit Euch ein paar Dinge bereden.«

Widerwillig stolperte er neben ihr her, sichtlich bedauernd, so schnell den Ort seines Triumphs verlassen zu müssen. Gern hätte sie ihm auf den Kopf zugesagt, wie lächerlich er sich aufführte. In Erinnerung an die Freundschaft mit seiner Frau aber versagte sie sich diesen Wunsch. Schon an der nächsten Ecke liefen sie zwei Bütteln in die Arme, die offenbar unterwegs zum Ort des Zusammenpralls waren. Polyphemus' lädiertes Aussehen weckte sofort ihre Aufmerksamkeit, und sie versperrten ihnen den Weg.

»Seid Ihr der Mann, den der Dieb so übel zugerichtet hat?«

»Welcher Dieb?«, kam Mathilda Polyphemus eilig zuvor, um eine umständliche Erklärung zu verhindern, die sie nur wieder aufgehalten hätte. »Ihr seht doch, mein Gatte ist über seine eigenen Füße gestolpert. Das passiert ihm leider öfter. Er ist ein Mann des Buches. Viel zu tief pflegt er in seinen Gedanken zu versinken, da fällt er gern über einen winzigen Stein oder ein geflohenes Huhn, oft sogar einfach nur über die eigenen Füße.«

Die beiden Büttel stutzten, musterten eindringlich erst sie, dann den Bibliothekar, dann wieder sie. Verständnis heischend lächelte sie ihnen zu. Da verzog der eine das bärtige Gesicht zu einem frechen Grinsen und stieß seinen Gefährten in die Seite. »Wahrscheinlich ist Euer Gemahl nicht nur ein Mann der Wissenschaft, sondern auch des Bieres. Zu viel von beidem tut wahrlich nicht gut. Ihr solltet besser auf ihn aufpassen.«

Polyphemus schnaufte verärgert. Mahnend drückte Mathilda ihm den Arm. »Seid still«, raunte sie und beeilte sich, an den Bütteln vorbeizuschlüpfen. Erst als sie das Südende des Großen Marktplatzes erreichten, ließ sie den Arm des Bibliothekars los und atmete auf. Im Schatten der winzigen St.-Adalbert-Kirche blieb sie stehen und betrachtete den gedrungenen Mann in der abgerissenen Kluft eindringlich.

»Ein seltsamer Zufall führt uns beide ausgerechnet zur Kirche des polnischen Schutzpatrons.« Schelmisch grinste er. »Euch wird bekannt sein, dass er einst von Krakau aus die

Missionierung Preußens betrieb. Es passt bestens zu Euch, mir genau an dieser Stelle die Leviten zu lesen. Sicherlich wollt auch Ihr mich für eine Missionierung gewinnen.«

Schon wieder eine dieser eigenartigen Anspielungen des belesenen Mannes, mit denen er Eindruck schinden wollte. Statt einer Antwort schnaubte sie verächtlich.

Er aber gab noch immer keine Ruhe, hob gar den Zeigefinger, als wollte er sie ermahnen. »Täusche ich mich, oder sieht es gerade danach aus, als würdet Ihr alles daransetzen, den Krakauer Bütteln auszuweichen? Ihr habt doch nicht etwa was vor dem strengen Auge des Gesetzes zu verbergen?«

Wieder kostete es sie große Mühe, ihm nicht verärgert über den Mund zu fahren. Stattdessen zwang sie sich zu einem Verständnis heischenden Lächeln. »Möge St. Adalbert uns beiden Preußen hier in Krakau gnädig sein. Ihr habt das recht beobachtet, ich befinde mich auf einer Art Überzeugungsmission. Es gilt, die Wahrheit ans Licht zu bringen und die gewissenlosen Verleumder ihrer verabscheuungswürdigen Taten zu überführen. Deshalb kommt es mir gerade sehr gelegen, so wenig Aufsehen wie möglich zu erregen und mit den Bütteln nichts zu tun zu haben. Leider habe ich erst einmal schlechte Nachrichten für Euch. Sobald Ihr den Grund für mein Verhalten kennt, werdet auch Ihr alles tun, jedwedes unnötige Aufsehen in der Stadt zu vermeiden.«

»Es geht um Eure Base, nicht wahr?«

»Woher wisst Ihr …?«

»Genau deshalb bin ich ebenfalls hier. Oder denkt Ihr, ich sehe aus der Ferne tatenlos zu, wie die Stöckelin unschuldig an den Pranger gestellt wird?«

»Wenn es doch nur der Pranger wäre!« Verächtlich blies Mathilda eine Strähne ihres blonden Haares aus dem Gesicht und bemerkte dabei, wie sehr sie bereits wieder schwitzte. Ihr Hals war trocken. Es dürstete sie nach einem Becher Bier.

»Macht Euch keine Sorgen.« Polyphemus nahm den Hut vom Kopf, wischte sich mit den schmutzigen Fingern über die schweißnasse Stirn und verschmierte sie dabei noch mehr. Umständlich setzte er seinen breitkrempigen Hut wieder auf. »Dank Gottliebs Eingreifen ist Eure Base fürs Erste auf dem Wawel in Sicherheit.«

»Euer Wort in Gottes Ohr!« Vor Aufregung überschlug sich ihre Stimme, und sie vergaß völlig, nachzufragen, woher er den Namen Gottlieb überhaupt kannte. »Anscheinend wisst Ihr gar nicht genau, wessen man sie beschuldigt. Sie soll für den Tod ihres Gemahls verantwortlich sein! Wenn nicht ein Wunder geschieht, dann können wir die Tage zählen, die ihr auf Gottes wunderbarer Erde noch beschieden sind. Oder glaubt Ihr, es gelingt uns rechtzeitig, sowohl den polnischen König wie auch Herzog Albrecht in Königsberg von den wahren Hintergründen zu überzeugen?«

»So habt Ihr also die Aufzeichnungen Eures Vetters gelesen und wisst über die Vorgänge in Nürnberg vor zwanzig Jahren Bescheid?«

»Ihr etwa auch?«

»Es ist eine große Schwäche von mir, Bücher zu lesen, die mir in die Hände fallen. Leider habe ich nur die Aufzeichnungen aus den Königsberger Jahren gefunden, die entscheidenden über die frühe Zeit Stöckels an der Seite des Herzogs waren bei Eurer Base. Sobald ich allerdings gewahr wurde, um was es sich handelte, habe ich die Chronik Eures Vetters gleich wieder zugeschlagen und ihrer rechtmäßigen Besitzerin, also Eurer Base, übergeben. Auf mein Stillschweigen könnt Ihr Euch jederzeit verlassen, dessen seid versichert.«

Zur Bekräftigung seines Schwurs nahm er den Hut abermals vom Kopf, legte die rechte Hand aufs Herz und verneigte sich knapp. »Wie seid Ihr an die Bände gekommen?«, fuhr er fort, nachdem er den Hut wieder aufgesetzt und sich die feuchten Wangen gewischt hatte. Es zuckte Mathilda in den Fingern, ihm mit dem sauberen Zipfel ihrer Schürze das Antlitz zu säubern. Staub, Schweiß sowie die blutverkrusteten Schrammen verliehen ihm ein erschreckendes Aussehen. Er aber war ganz vertieft in seine Überlegungen, so dass ihn sein Äußeres gerade wohl am allerwenigsten kümmerte. »Ich hatte der Stöckelin geraten, Tönnies die beiden Bände anzuvertrauen, weil ich mir sicher war, er würde sie hier in Krakau in der Libraria des Collegium Maius verstecken.«

»Genau das hat er getan. Als meine Base jedoch für uns alle überraschend festgenommen wurde, hat er mir die Bücher übergeben. Ihm war wohl klar, dass sie eine entscheidende Rolle bei der ganzen Geschichte spielen.«

»Dann wisst Ihr auch schon, wer hinter alldem steckt?«

»Natürlich.« Sie nickte nachdenklich, um gleich nachzusetzen: »Woher wisst Ihr das eigentlich? Ihr hattet doch nur Urbans Aufzeichnungen aus den Königsberger Jahren in Händen. Darin wird zwar das Wiederauftauchen Göllners am herzoglichen Hof vor zwei Jahren geschildert, die Hintergründe für seine Rache an Urban finden sich aber im ersten Teil seiner Chronik über die Nürnberger Jahre. Unfassbar, dass er deswegen nun auch meine Base Dora sowie den jungen Singeknecht ins Unglück stürzt.«

»Wer Göllner kennt und den Verlauf der Ereignisse in den letzten beiden Jahren mitverfolgt hat, kann sich gut zusammenreimen, wie eins zum anderen passt. Da der Hausvogt sich übrigens längst auf der Reise hierher befindet, fällt es noch leichter zu durchschauen, welches Spiel er spielt.«

»Was? Göllner kommt hierher? Woher wisst Ihr das schon wieder?« Der Mann wurde ihr unheimlich. Auf einmal fiel ihr wieder ein, wie sehr es sie vorhin überrascht hatte, dass er nicht nur von Doras Verhaftung, sondern auch von ihrem derzeitigen Aufenthalt auf dem Wawel und Gottliebs Eintreten für sie bereits gehört hatte.

Gerade wollte sie nachhaken, als er zugab: »Bislang ist es nur reine Vermutung aufgrund dessen, was bisher geschehen ist.«

»Wahrscheinlich erklärt Ihr mir jetzt, dass es auch nur reine Vermutung über das Schicksal meiner Base war, die Euch hierher nach Krakau geführt hat. Oder woher sonst war Euch klar, dass ihr hier Schlimmes widerfährt? Da Ihr selbst unterwegs nach Westen wart, wird Euch schwerlich eine Nachricht erreicht haben. Vor allem, wer hätte Euch über Doras Schicksal informieren wollen?«

»Mir scheint, meine Liebe, Ihr unterschätzt uns Bibliothekare. Einerseits leben wir allein für unsere Bücher, andererseits aber sind wir trotz allem tief genug im wirklichen Leben verwurzelt, um mitzubekommen, wenn Gefahr am Horizont dräut. Mein alter Freund Benedykt Koźmin, dem Ihr in der hiesigen Universitätsbibliothek begegnet seid, hält mich selbstverständlich über alles auf dem Laufenden, was hier geschieht.«

»Dann hätte er Euch doch auch von Tönnies' und meinem Besuch in der Libraria berichten müssen«, warf sie verdutzt ein. »Eben aber wart Ihr völlig überrascht, dass ich …«

»Ihr habt recht, das hätte er. Dazu aber hätte ihm klar sein müssen, wie Tönnies und Ihr zur Stöckelin steht und dass Tönnies die Bücher in der Bibliothek versteckt hat, um sie Euch dort zu übergeben.«

»Stimmt, das haben wir ihm nicht gesagt.«

»Hellsehen können wir Bibliothekare leider nicht. Deshalb hat er mir nur von der aufsehenerregenden Verhaftung der Stöckelin im Gasthaus in der Floriansgasse berichtet. Ein guter Freund von uns soll daran maßgeblichen Anteil gehabt haben.«

Polyphemus schmunzelte verschmitzt. Mathildas Blick hing einen Moment länger als nötig auf seinem runden Gesicht. So widerlich sein Äußeres war, so musste sie sich doch eingestehen, dass ihr sein Verhalten und seine Gewitztheit zunehmend gefielen. Längst hätte sie sich denken können, dass sich ihre Freundin Katharina König nicht freiwillig mit einem Widerling abgab, sondern etwas Besonderes an dem feisten Mann gefunden haben musste.

»Wie aber hat Euch seine Nachricht unterwegs erreicht?«

»Ich war erst wenige Tage in Leipzig und hatte kaum die Angebote der ersten interessanten Buchdrucker und Verleger vor Ort studiert, als ich Koźmins Schreiben erhielt«, erzählte der Bibliothekar weiter. »Kaum reifte in mir der Gedanke, wie ich der Stöckelin aus der Ferne am besten Beistand leisten könnte, da folgte bereits eine Nachricht meiner Gemahlin aus Königsberg, die von Göllners Ränkespielen bei Albrecht berichtete. Also musste ich eigentlich nur zwei und zwei zusammenzählen, um mir seine nächsten Schritte zusammenzureimen. Er ist übrigens ein alter Freund von Jakub Wierzynek, dem berüchtigten Gerichtsvogt hier in Krakau. Wierzynek schuldet ihm noch einen großen Gefallen, was aus ihrer gemeinsamen Zeit in Prag herrührt. Ihr könnt Euch also denken, wie leicht es Göllner gefallen ist, Eure Base von ihm verhaften zu lassen.«

»Leider viel zu leicht«, pflichtete Mathilda bei. »Umso überraschender, dass Jan Gottlieb trotzdem das Wunder vollbracht hat, sie auf den Wawel überstellen zu lassen.«

»Für Euch vielleicht, für mich als alten Weggefährten des weisen Mannes allerdings nicht. Ihm wie auch unserem guten Freund Feliks Baranami war schnell klar, wie sie das am besten anstellen. Immerhin ist der polnische König weithin für seine offene Haltung Andersgläubigen gegenüber bekannt.«

»Baranami ist auch Euer Freund?«, überging Mathilda seine letzte Bemerkung. »Am Ende zählen wohl auch Piotr Bonter, Fedor Spiski und Stanisław Podski zu Euren Weggefährten?«

»Letztere weniger, aber was habt Ihr gegen die ehrbaren Kaufleute?« Nun war es an Polyphemus, verwundert zu sein.

»Hat Euch Koźmin nichts davon geschrieben, wie feige die verehrten Herren meine Base im Stich gelassen haben? Auch Götz Steinhaus aus Königsberg hat es plötzlich ganz eilig gehabt, ihr die alte Freundschaft aufzukündigen. Selbst mir wollte er nicht mehr beistehen, als mich die Wirtsleute aus dem Gasthaus in der Floriansgasse geworfen haben. Einzig Jan Gottlieb sowie Clas Tönnies leisten meiner Base und mir noch Beistand.«

»Das wundert mich nicht. Beide sind die aufrichtigsten Männer, die ich kenne.«

»So seid Ihr also auch mit Gottlieb befreundet?«

»Habe ich das noch nicht erwähnt? Wie habt Ihr mich vorhin gegenüber dem Büttel bezeichnet? ›Ein Mann des Buches‹, nicht wahr? Das trifft auf Gottlieb ebenfalls zu, wie Ihr gewiss längst selbst festgestellt habt. Männer der Bücher aber halten zusammen, egal, ob Bibliothekare, Gelehrte oder herzogliche Kammerräte wie Euer Vetter.«

Wieder erlaubte er sich das verschmitzte Lächeln, mit dem er bereits vorhin auf dem besten Weg gewesen war, ihre längst überfällige Zuneigung zu gewinnen. Je länger sie ihn ansah, je klarer wurde ihr, dass sie in den letzten Wochen trotz der traurigen Ereignisse um Dora eine Menge Gutes gelernt hatte. Die bedingungslose Bewunderung für Urban musste ihr Herz seit frühester Jugend derart in Beschlag genommen haben, dass sie anderen, mindestens ebenso reichen Begegnungen gegenüber völlig unempfänglich gewesen war. Welch großer Gewinn, das noch rechtzeitig erkannt und sich eines Besseren besonnen zu haben!

»Vorhin habe ich mich übrigens auf dem Weg nach Kazimierz befunden. Wenn mir der lausige kleine Hühnerdieb nicht den Weg versperrt hätte, säße ich längst bei meinem Freund in der Josefsgasse und könnte mit ihm beratschlagen, wie es mit der Sache der Stöckelin weitergehen sollte.«

»Das sollten wir schleunigst nachholen«, erwiderte Mathilda. »Mich hat am frühen Morgen eine unbegreifliche Unruhe aus dem Haus getrieben. Jetzt aber, da ich Euch getroffen habe, fühle ich mich weitaus besser. Lasst uns also zu unserem gemeinsamen Freund gehen und uns mit ihm beraten.«

8

Begleitet von den beiden Wachen, überquerte Dora den Vorhof des Wawels. Die Männer hatten es eilig. Gern hätte sie sie nach dem Grund gefragt, warum sie sie mitten am Tag aus ihrer Dachkammer bei der stummen Alten holten, doch die Männer gaben ihr keine Gelegenheit dazu. Sobald sie erkannte, dass sie geradewegs auf den Zugang zum eigentlichen Königsschloss im Nordosten des Wawel zuhielten, fürchtete sie das Schlimmste: Offenbar wurde sie nun tatsächlich ihrem Richter vorgeführt. Die Knie wurden ihr weich, kaum fühlte sie sich imstande, weiterzugehen. Ungeduldig aber stieß sie einer der Büttel von hinten an, der andere zerrte sie erbarmungslos weiter. In dem Getümmel von Händlern, Handwerkern, Soldaten und Hofbediensteten war es nicht einfach, mit ihnen Schritt zu halten. Immer wieder kam sie jemandem in die Quere, musste einem anderen ausweichen oder vor einem heranrollenden Karren beiseitespringen. Die Wachmänner aber achteten kaum darauf. Erst als an der Kathedrale das beeindruckende Läuten der Sigismundglocke einsetzte, blieben sie plötzlich stehen und schlugen ein Kreuz vor der Brust. Für einen Moment erstarrte das Treiben auf dem riesigen Gelände, alle senkten die Köpfe für ein knappes Gebet.

Das dumpfe Dröhnen der gewaltigen Glocke ging Dora durch Mark und Bein. Sooft sie es in den letzten Tagen gehört hatte, so neu erschien es ihr mit einem Mal. War es nicht das vorwurfsvolle Läuten zu Beginn ihrer letzten Stunden auf Erden? Sie biss sich auf die Lippen, verdrängte den quälenden Gedanken an das Leid, das sie der kleinen unschuldigen Johanna zufügte. Inständig flehte sie zu Gott, er möge ihrer Tochter eines Tages Verständnis für ihre unschuldig in irdische Ungnade gefallene Mutter einhauchen.

»Weiter!«, mahnte einer der Wachmänner und zog sie fort.

Ein kurzes Stück lief sie schneller, holte damit den vorderen Wachmann ein, der ihr gesprächiger schien als sein Kumpan, und wagte die bange Frage: »Geht es tatsächlich zum Gericht?«

»Wir bringen Euch ins Schloss«, erwiderte er knapp. Bevor sie weiterfragen konnte, wandte er sich zwei Burschen zu, die gerade ihren Karren vor ihnen in den schmalen Durchgang zum Königsschloss schieben wollten, und stieß sie unsanft beiseite. »Z drogi!« Das Brüllen hallte in dem langgezogenen Tonnengewölbe wider. Dora schien es, als duckten sich sämtliche Menschen ringsum erschrocken darunter hinweg.

Endlich erreichten sie den Innenhof des Schlosses. Doras Herz schlug heftiger, spürte sie doch, dass sie damit unweigerlich dem Zentrum der Macht nahe kamen, wo über ihr weiteres Schicksal entschieden wurde. Die Helle und Freundlichkeit, die ihr von dort entgegenschlugen, überraschte sie. Der lichte, von vielen Rundbögen, hohen Fenstern und weit schwingenden Treppen gezierte Bau erweckte den Eindruck einer betörenden Leichtigkeit, wie sie ihn nie zuvor empfunden hatte. Eine zarte Hoffnung keimte in ihr, dass ein König, der solche Kunst an seinem Hof förderte, sich auch in seinem sonstigen Gebrauch von Macht freundlich und aufgeschlossen zeigte.

»Weiter!«, brummte einer der Wachmänner und riss sie jäh aus ihrer Versunkenheit in die irdische Trübsal zurück. Zielstrebig führte er sie zu einer eher bescheiden wirkenden Tür in der nordöstlichen Ecke des Hofgevierts. Zwei pikenbewehrte Soldaten bewachten den Eingang mit finsterer Miene, woraus Dora schloss, dass er tatsächlich direkt in den Trakt des Königs führte. Hin- und hergerissen zwischen Furcht und Hoffnung, stolperte sie ungeschickt über die hohe Schwelle, wurde von einem Wachmann durch einen unsanften Griff unter den Arm vor dem Hinschlagen auf dem schwarz-weiß gewürfelten Steinboden bewahrt. Wortlos schleppten sie sie durch eine Vielzahl kleinerer und größerer Räume, die allesamt nur spärlich mit einigen wenigen Truhen und Tresoren möbliert waren. Dafür fielen die prächtigen Wandteppiche umso stärker auf. Schließlich erreichten sie ein großzügiges Treppenhaus. Auf breiten, erstaunlich flachen

Stufen ging es bis ins zweite Obergeschoss hinauf, das allein durch seine besondere Höhe die Pracht der unteren Räume in den Schatten stellte. Der vorgelagerte offene Hofumgang ließ von Süden her das Sonnenlicht durch die großen Fenster verschwenderisch hereinfluten. Zu Doras Erstaunen blieb der zweite Wachmann im Treppenhaus zurück, als sie mit dem ersten rechter Hand durch eine doppelflügelige Eichentür in einen düsteren Raum traten. Zum Glück hatten sie diesen finsteren Saal rasch durchschritten und erreichten nach zwei weiteren nahezu fensterlosen Räumen endlich einen helleren Saal, in dem lediglich einige Stühle an den Wänden sowie eine schmale Truhe standen. Dafür erlaubten die raumhohen Fenster an der Längsseite einen faszinierenden Ausblick über die nordwärts vorgelagerte Stadt.

Eine schlanke Frau mittleren Alters in hellblauem Gewand und einem farblich darauf abgestimmten Schleier kam ihnen leichtfüßig entgegen. Als würde sie Dora schon lange kennen und sich über ein Wiedersehen freuen, streckte sie ihr schon auf wenige Schritte Entfernung einladend die Arme entgegen. Beiläufig gab sie dem Wachmann einen Wink zu verschwinden und fasste Dora alsbald tatsächlich vertraulich an beiden Händen. Der Händedruck war fest und entschlossen, die Wärme und Weichheit der Haut zu spüren ermutigte Dora.

»Ihr seid also Dora Stöckelin aus Königsberg.« Das klang weniger wie eine Frage denn wie eine Feststellung. Zwei himmelblaue Augen strahlten Dora aus einem herzförmigen Gesicht mit rosigen Wangen und munteren Grübchen beidseits des kirschroten Mundes fröhlich entgegen. »Wie schön, Euch endlich kennenzulernen.«

Beiläufig strich sie ihren blaugestreiften Schleier über die Schulter zurück. Erst durch diese Bewegung wurde Dora auf die jüdische Tracht aufmerksam. Sie musste reichlich verdutzt aussehen, denn die andere lachte in glockenhellem Ton auf.

»Mein Name ist Chwałka, ich bin Jüdin und dennoch eine der Hofdamen von Königin Bona Sforza. Zu meiner größten Freude kann ich Euch versichern, sogar einer ihrer liebsten Vertrauensleute am Hof zu sein, und das schon seit vielen, vielen Jahren. Deshalb habe ich auch die große Ehre, Euch im Namen der Königin willkommen zu heißen. Gleich wird sie Euch empfangen.«

»Die Königin? Mich?« Dora begriff immer weniger. Wie kam Chwałka außerdem dazu, ihr Zusammentreffen als »große Ehre« zu bezeichnen? Hatte sie vergessen, dass sie eine Gefangene, eine des heimtückischen Mordes an ihrem Gatten und der Hexerei bezichtigten Übeltäterin war?

»Die Königin bedauert sehr, dass Ihr so lange warten musstet, bis sie endlich Zeit für Euch gefunden hat. Allerdings hat sie erst vor wenigen Tagen von Eurem Schicksal erfahren. Unser Freund Jan Gottlieb hat ihr von Euch berichtet.«

»Oh.« Allmählich gewann Dora den Eindruck, der rührige Jude aus Kazimierz erweise sich als der größte Schutzengel, den sie je auf Erden hatte. Es war ihr ein Rätsel, warum er sich derart für eine ihm völlig fremde Frau einsetzte. Noch dazu, wo doch Baranami angeblich ebenfalls sein Bestes für sie gab.

»Lasst gut sein, Chwałka, den Rest erzähle ich der Stöckelin selbst«, erklang eine erstaunlich tiefe, deutlich südländisch gefärbte Frauenstimme. Beide fuhren herum. In einer niedrigen Tür am anderen Ende des Saales tauchte eine dunkel gekleidete Frau auf. Weiße Spitzen zierten den Saum ihrer ebenso weißen Haube wie auch den Kragen und den Aufschlag an den Ärmeln ihres Kleides. Schwerfällig kam sie näher. Dora meinte ein leichtes Nachziehen des rechten Beines zu bemerken, was sie sogleich an Baranami und ihre Furcht erinnerte, der flammend rot behaarte Kaufmann wäre der Leibhaftige.

Die polnische Königin aber wirkte alles andere als teuflisch. Ihr Vollmondgesicht war von zwei kastanienfarbenen Augen, einer langen, schmalen Nase sowie einem entschlossen wirkenden Mund beherrscht. Obwohl sie mindestens das Alter ihres Vaters Wenzel erreicht haben musste, war ihre Haut makellos glatt, selbst um die Augen- und Mundpartie zeigten sich keinerlei Falten. Die in hohen Bogen geschwungenen Augenbrauen verliehen ihrem Gesicht einen allzeit erstaunten Ausdruck. Sobald sie auf ihrer Höhe war, eilte Chwałka nach einem Stuhl, den sie der Königin zum Sitzen heranrückte. Dora fand es ungehörig, so nah und aufrecht vor ihr zu stehen und auf sie hinabzusehen, wusste sich allerdings keinen Rat, wie sie aus dieser Lage herauskam. Bona Sforza schien es nicht zu stören. Gütig sah sie zu ihr auf. Um sie zum Sprechen zu bewegen, machte sie eine ausholende Armbewegung mit der rechten Hand. Erst da bemerkte Dora, dass sie in der linken einen ihr äußerst vertrauten, in braunes Leder eingeschlagenen Oktavband hielt – Laurenz Seleges Werkmeisterbuch!

»Baranami hat nicht zu viel versprochen, Ihr habt sehr besondere Augen.« Bona Sforzas Art zu sprechen glich einem leichten Singsang. Erst bei genauerem Hinhören wurde man gewahr, dass es allein das Befremdliche einer wenig gewohnten, dennoch gut beherrschten Sprache war, die diesen Eindruck hervorrief.

Dora schlug die Augen nieder. Mit der freien Hand berührte die Königin ihr Kinn, streckte sich dabei ein wenig aus dem Sitzen in die Höhe. Dora verstand das als Aufforderung, sie direkt anzusehen. Interessiert musterte Bona Sforza sie.

»Ihr müsst Euch dessen nicht schämen«, erklärte sie. »Es scheinen mir ausgesprochen kluge Augen zu sein, die zu einem ganz eigenen Blick auf die Welt befähigen.« Wieder hielt sie inne, schmunzelte versonnen. Zugleich hielt sie das Buch nah vor Dora. »Ihr freut Euch offenbar, dieses Buch wiederzusehen.« Zur Bestätigung reichte sie ihr das Buch.

Dora wollte jubeln. Kaum hatte sie mehr gehofft, es noch einmal in Händen zu halten. Zugleich schalt sie sich eine törichte Närrin. Es stand ihr Schlimmes bevor, und sie verging in der Freude über das Wiedersehen mit einem alten, reichlich abgegriffenen Notizbuch! Fest presste sie es an sich, als fürchtete sie, es gleich wieder abgeben zu müssen.

»Ihr seid eine begnadete Baumeisterin, erzählte mir Gottlieb«, fuhr die Königin fort. »Schon an diesem Buch habe ich erkannt, welch großes Talent in Eurer Familie liegt. Gottlieb hat es von Eurer Base erhalten und mir unlängst gebracht. Er erklärte mir, der Verfasser sei Euer Urahn und habe an den großen Ordensburgen Preußens mitgebaut. Die gut einhundert Jahre alten Zeichnungen und Anmerkungen zu studieren war sehr aufregend für mich. Wie Ihr vielleicht wisst, hege ich großes Interesse an der Baukunst. Mit der Unterstützung meines lieben Gemahls ist es mir gelungen, einige sehr bedeutende Schlösser in unserem geliebten Polen herzurichten. Dazu habe ich aus meiner alten Mailänder Heimat wie auch aus Florenz und natürlich aus Nürnberg einige große Künstler nach Polen rufen können. So lange ich mich schon mit der Baukunst auseinandersetze, ist mir bislang noch nie eine Frau begegnet, die sich ebenfalls damit beschäftigt. Auch das ist sehr außergewöhnlich an Euch.«

Erwartungsvoll sah sie Dora an. Dora fühlte sich außerstande, etwas Geistreiches auf diese unerwartete Lobpreisung zu erwidern. Fragend schielte sie zu Chwałka. Es schien ihr immer unwirklicher, sich mit der Königin über die Baukunst zu unterhalten, während das Henkerschwert weiterhin drohend über ihrem Kopf schwebte. Die jüdische Hofdame schmunzelte, was Dora noch mehr befremdete.

»Der einzige Makel, den ich an Euch feststelle, ist Euch selbst am allerwenigsten anzulasten. Vielmehr trägt mein Neffe mit seiner unerklärlichen Bewunderung des unglückseligen Luther und seiner Reformation Schuld daran. Oder seid Ihr weiterhin treu im katholischen Glauben verankert?«

Auf einmal wurde Bona Sforzas Blick streng. Dora wusste nicht so recht, was sie erwidern sollte. Eben noch schien sie eine leichte Hoffnung zu spüren, nun aber zeigte sich die Königin plötzlich unerbittlich, weil sie wie alle Preußen dem Luthertum angehörte. Das verwunderte sie, hatte sie doch bislang allerorts von der offenen Haltung der Jagiellonen in Religionsangelegenheiten reden hören. Unwillkürlich sank sie auf die Knie, beugte das Haupt und richtete die gefalteten Hände flehentlich zu Bona Sforza empor. »Bitte, Hoheit, Ihr müsst mir trotz alledem gnädigst beistehen. Wisst Ihr nicht, weshalb man mich vor einigen Wochen erst in Krakau im Stadtgefängnis eingekerkert und dann dank Baranamis Eingreifen auf den Wawel gebracht hat?«

Zwei warme, weiche Hände fassten sie an den Armen, zogen sie wieder auf die Füße. Zum ersten Mal gewahrte Dora, wie groß und kräftig Chwałka war. Ehe sie sichs versah, stand sie von neuem aufrecht vor der Königin. Deren dunkle Augen ruhten wieder gütig auf ihr, um ihren Mund spielte ein aufmunterndes Lächeln. Sie ergriff ihre Hand, drückte sie ebenso fest und entschlossen, wie Chwałka das vorhin schon getan hatte.

»Ihr habt recht, meine Liebe, die Frage des rechten Glaubens werden wir beide kaum klären. Solange Ihr mit einem Fuß auf dem Scheiterhaufen steht, sollten wir uns zudem besser über anderes als über Bauprojekte unterhalten. Sollte es mir gelingen, meinen Gemahl zu Euren Gunsten zu überzeugen, müsst Ihr mir allerdings versprechen, mir noch einiges über Eure Eindrücke zu den Bauwerken in Preußen und Polen zu erzählen.« Sie hielt inne, fischte ein weiteres Notizbuch aus ihrem Gewand. Dora erschrak abermals. Das waren ihre eigenen Notizen! Mathilda hatte also auch diese an Gottlieb weitergegeben, der sie auf den Wawel gebracht hatte. »In Euren Aufzeichnungen habe ich so manches gefunden, was mich an meine Gespräche mit einem jungen Nürnberger Baumeister erinnert«, fuhr Bona Sforza fort und bemerkte nicht das Geringste von Doras Entsetzen. »Gewiss seid Ihr ihm auch begegnet, als er sich vor zwei Jahren einige Zeit in Königsberg aufgehalten hat.«

Dora meinte, das Gehörte raubte ihr vollends die Sinne. Die Königin sprach von Veit! Anscheinend wusste sie aber weder von ihrer Verbindung zueinander noch von Veits Verwicklung in das Unglück auf Urbans Baustelle.

»Ihr seid wohl damit einverstanden, dass ich diese Bücher vorerst bei mir behalte. Seid versichert, bei mir befinden sie sich in guten Händen. Selbstverständlich werdet Ihr sie später zurückerhalten. Gewährt mir vorerst noch einige Tage, um sie noch einmal gründlich zu studieren.«

Damit machte sie Anstalten, sich von dem Stuhl zu erheben. Auffordernd streckte sie Dora die Hand entgegen. Es dauerte einige Momente, bis Dora begriff, dass sie das Werkmeisterbuch zurückhaben wollte. Die Königin nickte huldvoll und verließ den Saal in demselben schleppenden Gang wie vorhin.

Sobald sich die Tür hinter ihr geschlossen hatte, atmete Chwałka hörbar auf. »Das ist wunderbar! Ihr könnt Euch auf ihren Beistand verlassen. Ihre große Bewunderung für alles, was mit der Baukunst zusammenhängt, wird Euch von großem Nutzen sein. Es war ein kluger Schachzug von Jan Gottlieb, ihr Eure Aufzeichnungen zu überlassen.«

»Aber wie soll mir das helfen?« Dora erfasste tiefste Verzweiflung. »Sicher habt Ihr von Gottlieb gehört, dass man mich des Mordes an meinem Gemahl bezichtigt, weil ich zusammen mit Veit Singeknecht den Bau unseres neuen Hauses beaufsichtigt habe. Dabei ist eine Stützmauer eingestürzt und hat meinen Gemahl unter sich begraben. Jede Hilfe kam für ihn zu spät.«

»Das hat mir Gottlieb alles ganz genau berichtet. Aus diesem Grund haben wir der Königin die beiden Bücher zugespielt. Ihr habt es eben selbst gehört, wie sehr sie Veit Singeknecht schätzt. Das alles wird sie dazu bewegen, bei ihrem Gemahl Partei für Euch zu ergreifen.«

»Aber ich war es nicht!«, rief Dora. »Ebenso trifft Veit Singeknecht keine Schuld an dem Unglück.« Die Ausweglosigkeit ihrer Lage schien ihr immer bedrohlicher, gerade weil sie das Gefühl übermannte, die Königin wie auch Chwałka wären sich nicht im Geringsten bewusst, um was es wirklich ging. »Ich will nicht, dass mich der König begnadigt, weil seine Gemahlin mich für eine befähigte Baumeisterin hält, mit der sie sich über die Baukunst austauschen kann. Mein Gemahl ist auf der Baustelle zu Tode gekommen, weil der herzogliche Hausvogt Göllner ihm seit Jahren nach dem Leben trachtete. Seit Herzog Albrecht Göllner vor mehr als zwanzig Jahren auf Betreiben meines Gemahls aus seinem

Umfeld verbannte, wollte Göllner sich dafür rächen. Leider ist es ihm am Ende tatsächlich gelungen. Geschickt hat er Albrecht überredet, meinem Gemahl für den Bau seines Hauses ein völlig ungeeignetes Grundstück zu überlassen. Als die erste Mauer errichtet war, hat der Boden nachgegeben und meinen Gemahl unter sich begraben.«

»Seid Ihr sicher?« Chwałka machte keinen Hehl daraus, wie wenig sie das überzeugte. Dora musste selbst zugeben, dass die Geschichte verworren klang.

»Hat Jan Gottlieb Euch nichts von den beiden Chroniken meines Gemahls berichtet? Darin geht es um die alte Geschichte, die Göllners Rache an meinem Gemahl heraufbeschworen hat.«

Über ihren Worten hellte sich Chwałkas zuvor noch ungläubige Miene auf. Bald strahlte sie wieder so offen wie vorhin, als sie Dora begrüßt hatte. »Wir sollten unserem Freund vertrauen. Vermutlich will er ganz sichergehen und bringt die Aufzeichnungen Eures Mannes dem König zu Gehör, zugleich aber will er Bona Sforza als Eure Fürsprecherin mittels dieser Baumeisterbücher zusätzlich zur Seite haben.«

»Wollen wir hoffen, er weiß, was er tut.«

»Ganz bestimmt!«, versicherte Chwałka und tätschelte ihr wohlwollend den Arm. Dennoch war Dora nicht beruhigt.

»Da wäre leider noch etwas«, begann sie zögernd, um, als Chwałka sie interessiert anschaute, hinzuzufügen: »Baranami muss dem König weisgemacht haben, ich wäre eine Hexe. Denkt daran, was die Königin eingangs zu meinen Augen gesagt hat. Nur deshalb ist es Baranami gelungen, mich aus dem Stadtgefängnis hierherbringen zu lassen.«

»Und nun fürchtet Ihr, hier oben wenn nicht als Gattenmörderin, so doch als Hexe auf dem Schafott zu landen.«

»Ja.« Kaum wagte sie, die Jüdin anzusehen.

»Auch darüber solltet Ihr Euch nicht sorgen. Baranami und Gottlieb sind enge Freunde. Gewiss sprechen sie sich ab, wie sie sich für Euch beim König am besten verwenden.«

»Ich danke Euch«, war alles, was Dora dazu noch zu sagen wusste. Chwałka hatte recht, es blieb ihr nur, zu hoffen und zu vertrauen. Auch wenn es schwerfiel, lag ihr Schicksal doch in Händen von Menschen, denen sie kaum oder noch gar nicht begegnet war.

Auf demselben Weg, wie sie hereingekommen war, führte Chwałka sie aus dem Saal zurück ins Treppenhaus im Nordflügel des Schlosses. Gleich hinter der Tür nahmen die beiden Wachleute sie in Empfang. Eilig brachten sie sie zur Treppe, zögerten aber, hinunterzugehen. Deutlich erklangen eilige Stiefelschritte von unten, begleitet von zwei aufgeregten Männerstimmen. Dora schnappte einige deutsche Satzfetzen auf und wusste, noch ehe sie die Gesichter der Männer erblickte, dass neues Unheil dräute.

»Höchste Zeit, dem Herzog die Augen über die falsche Witwe zu öffnen!« – »Auch der König wird das Seine tun, verlasst Euch darauf.« – »Eine hinterhältige Tat wie diese muss gesühnt werden.« – »Keine Sorge, das wird geschehen. Dass sich ausgerechnet der Jude erdreistet, für sie einzutreten, spricht für sich.« – »Noch dazu, wo der rote Teufel von Baranami sich ebenfalls einmischt.« – »Der Rat wird den beiden das Handwerk legen.« – »Das will ich hoffen.« – »Ihr habt mein Wort.«

Erst auf der letzten Biegung der Treppe verstummten die Stimmen. Die beiden Männer, denen sie gehörten, mussten Dora und die Wachmänner am obersten Treppenabsatz erblickt haben. Sie wagte kaum, ihnen entgegenzusehen. Längst hatte sie die Stimmen erkannt. Auch die Wachleute an ihrer Seite nahmen Haltung an. Zu bedrohlich wirkten der düstere Krakauer Gerichtsvogt Wierzynek und sein in fahles Veilchenblau gewandeter Begleiter Egbert Göllner. Festen Schrittes stiegen sie die Treppen weiter hinauf. Göllners Gesicht verzog sich zu einem schiefen Lächeln. Die Warzen auf seiner Wange leuchteten rot im Sonnenlicht, die dunklen Ringe unter seinen Augen vertieften sich.

»Da haben wir ja unsere Witwe höchstselbst. Sieht ganz so aus, als besäße sie die Frechheit, auch noch hocherhobenen Hauptes auf dem Wawel herumzustolzieren.«

Dicht vor Dora kam er zum Stehen. Sosehr ihr Leib im Inneren vor Angst bebte, so ruhig blieb sie nach außen. Mühsam zwang sie sich ebenfalls zu einem Lächeln. »Gott zum Gruße, mein lieber Göllner. Zu viel der Ehre, dass Ihr meinetwegen nach Krakau gekommen seid.«

Um seine herabhängenden Mundwinkel zuckte es, mühsam beherrscht presste er die Lippen aufeinander. Zu ihrem Erstaunen schwieg der Gerichtsvogt.

»Göllner und Wierzynek, gut, dass Ihr kommt! Der König und sein Sohn warten nicht gern.«

Sobald die Stimme vom Seitentrakt des Gesandtensaales durch das Treppenhaus schallte, hellte sich Göllners Miene auf, auch Wierzynek wirkte wieder sicherer.

»Gott zum Gruße, verehrte Stöckelin«, tat der Hausvogt freundlich. »Ihr hört es, wir müssen leider zum König und können nicht länger mit Euch plaudern. Sieht so aus, als wären Eure Tage nicht nur auf dem wunderschönen Wawel bereits gezählt.«

Damit drängte er sie eilig beiseite. Wierzynek folgte ihm, versäumte allerdings nicht, ihr einen drohenden Blick zuzuwerfen. Abermals zwang sie sich, sich nichts anmerken zu lassen. Erst später in der Dachkammer gab sie sich ganz der Verzweiflung hin. Nur zu gut ahnte sie, was Göllners Auftauchen bedeutete – ihren sicheren Untergang.

9

An diesem Morgen meinte Gret gar nicht mehr aufstehen zu können. Einem riesigen Gebirge gleich wölbte sich erst ihre Brust, dann ihr Bauch vor ihr auf. Arme und Beine waren zu schwach, dieses Ungetüm von Körper auch nur wenige Zoll in Bewegung zu setzen. Sie fühlte sich wie ein Käfer, der hilflos auf dem Rücken lag, nur dass sie nicht einmal mehr mit den Armen und Beinen in der Luft zu rudern vermochte. Ein Wunder, dass sie die bislang eine Woche dauernde Reise von Königsberg bis nach Marienwerder überstanden hatte, noch dazu in der größten Augusthitze. Es war die reinste Tortur gewesen. Kaum wollte sie sich mehr vorstellen, wie sie Stunden über Stunden unter der stickigen Wagenplane ausgeharrt und das Ruckeln und Holpern des Fuhrwerks ertragen hatte. Allein bei dem Gedanken verkrampfte sich ihr Unterleib von neuem, und es würgte sie heftig. Zumindest hatte sie es bis Marienwerder geschafft. Dank ihrer Brautreise mit Veit und Jörg vor etwas mehr als zwei Jahren wusste sie dort in Baumeister Jagusch einen alten Freund der Seleges, den sie um Unterstützung bitten konnte.

Schweißüberströmt lag sie auf der Matratze in einem Gasthaus nahe des Marktes von Marienwerder und rang um Luft. Wo blieb Mechthild nur so lange? Sie drehte den Kopf zur Tür, starrte auf das dunkle Holz. Nichts tat sich. Ihr wurde übel. Welch törichter Plan hatte sie nur dazu bewegt, diese beschwerliche Reise auf sich zu nehmen? Noch dazu, wo sie wahrscheinlich völlig sinnlos war. Veit und sein Vater waren aus Krakau verschwunden, Dora schwebte in großer Gefahr, weil Göllner den Herzog überredet hatte, ihretwegen an seinen Oheim, den polnischen König, zu schreiben.

Wie aber wollte sie der Schwägerin beistehen? Nicht einmal aus dem Bett schaffte sie es noch allein. Erschöpft schloss sie die Augen und versuchte an den kleinen Rudolph zu denken. Sogleich fühlte sie sich besser.

»Alles wird gut!« Schwungvoll wurde die Tür aufgestoßen, und die bucklige Mechthild trat mit einem sonnigen Strahlen auf dem Gesicht ein. Die bunten Bänder an Haube und Kleid flatterten munter bei jeder Bewegung. Vor der Brust trug sie ein Tablett, auf dem Gret eine Kanne Bier, Brot, Schinken, Käse und eine Schale Obst erspähte. »Grohnert und die anderen sind soeben weitergefahren. Hoch und heilig haben sie mir versichert, sich gleich bei ihrer Ankunft in Krakau nach Eurer Schwägerin wie auch nach dem Verbleib Eures Oheims und Eures Vetters zu erkundigen. Außerdem schickt die Wirtin einen Boten zu Meister Jagusch. Ihr werdet sehen, heute Abend schon sitzen wir in seinem Haus und erfreuen uns seiner Gastfreundschaft, bis es Euch wieder bessergeht.«

»Falls es mir je wieder bessergeht.« Gret erschrak selbst über den jämmerlichen Tonfall, in dem sie das sagte.

»Das wird schon wieder.« Mechthild stellte das Tablett auf dem kleinen Tisch vor dem Fenster ab und trat zu Gret ans Bett. Behutsam legte sie ihr die flache Hand auf die Stirn. Die Ruhe der Magd ging bald auf sie über. Ihr Atem wurde gleichmäßiger. Mechthild schmunzelte zufrieden. »Zwei Kinder im Leib zu haben ist nun einmal weitaus schwerer als eines allein.«

»Was?« Entsetzt fuhr Gret auf. »Wieso zwei Kinder? Wie soll das gehen? Was redet Ihr da für einen Unsinn?«

»Beruhigt Euch, meine Liebe.« Sanft, aber bestimmt drückte sie sie auf die Matratze zurück. Ihre erfahrenen Hebammenhände tasteten über Grets Bauch. »So viel Aufregung schadet Euch nur. Es geht alles mit rechten Dingen zu, vertraut mir. Die Zeichen sind eindeutig. Oder habt Ihr Euch bislang noch nicht gewundert, warum Euer Leib schon seit Wochen so heftig aufquillt? Mal schauen, ob es die beiden tatsächlich noch bis Jahresende in Eurem Bauch hält. Bei zwei Kindern kommt es vor, dass sie schon vor der Zeit herauswollen. Dann heißt es achtgeben, damit sie die nötige Wärme auch außerhalb des Leibes bekommen und die Zeit gut zum Reifen nutzen.«

»Ihr macht mir Angst.« Die ersten Tränen kullerten Gret über die Wangen. »Habt Ihr das schon öfter erlebt, dass eine Frau zwei Kinder zugleich gebiert? Im Gasthaus meines Oheims habe ich reden hören, das wäre ein böses Zeichen. Untreu müsse die Frau gewesen sein, mit zwei Männern zugleich das Lager geteilt haben. Anders sei es nicht zu erklären, dass zwei Kinder zur selben Zeit gezeugt worden wären. Aber Ihr könnt mir glauben, nie im Leben würde ich meinen über alles geliebten Gemahl …«

»Törichtes Zeug!« Mechthild schüttelte den Kopf. »Vor langer Zeit schon hat man bei uns in Preußen aufgehört, solches zu behaupten. Zwillinge sind selten. Deshalb gibt es Gegenden, in denen man sie als besondere Gunst begreift. Möglicherweise hat es in Eurer Familie oder der Eures Gemahls schon einmal Zwillinge …«

»Nein!« Entschieden ging Gret dazwischen. Kaum hatte sie das gesagt, stieg eine lang verdrängte Angst in ihr hoch. Noch immer wusste sie nichts Genaues über ihren Vater. Sie konnte also gar nicht ausschließen, dass es unter seinen Vorfahren Zwillinge gegeben hatte. Was, wenn andere ihre Zwillinge als Beleg nahmen, um ihren wahren Vater zu entlarven? Sie biss sich auf die Lippen, hoffte, Dora rechtzeitig unter vier Augen sprechen zu können, bevor sie es von anderen erfuhr. Hätte sie doch nur Urbans frühe Aufzeichnungen aus Nürnberg gefunden!

»Verzagt nicht!« Mechthild legte ihr tröstend die Hand auf die Wange, wischte sacht die Tränen fort. »Ihr seid jung und kräftig. Ihr werdet auch zwei Kinder unbeschadet in Eurem Leib austragen und an Eurem Busen nähren.« Sie nahm die Hand wieder weg, suchte in dem Beutel an ihrem Gürtel, um ihr eine braune Glasphiole zu reichen. »Riecht ein wenig daran. Das blaue Öl der Schafgarbe wird Euch neue Zuversicht spenden.«

Gehorsam tat Gret, wie ihr geheißen. Als der krautige Geruch ihr in die Nase stieg, hatte sie plötzlich das Minnesangbuch vor Augen, das sie einst in der Werkstatt des Schwähers gefunden hatte. Getrocknete Schafgarbendolden hatten darin gelegen. Anscheinend setzte noch jemand aus der Familie auf die Kraft der Pflanze. Vielleicht half ihr das, Licht ins Dunkel all der drängenden Fragen zu bringen.

»Da kommt wer«, erklärte Mechthild unvermittelt und wandte sich horchend zur Tür.

»Ihr täuscht Euch. Wir erwarten keinen Besuch.« Gret brauchte eine Weile, bis sie ebenfalls Schritte vernahm. Sie wurden lauter, näherten sich eindeutig ihrer Tür. Es mussten Männerschritte sein. Verlegen zog sie das Bettlaken bis zum Kinn, schaute fragend auf Mechthild. »Da kommt wirklich wer. Wer wird das sein?«

Das Klopfen an der Tür machte eine Antwort überflüssig.

»Gret?«, erkundigte sich eine ihr vertraute, wohltönende Männerstimme. Veit! Erfreut und erstaunt zugleich klatschte sie in die Hände. Mechthild deutete das als Aufforderung, die Tür zu öffnen. Tatsächlich betrat kurz darauf Vetter Veit das Schlafgemach des Gasthauses und eilte mit ausgestreckten Armen auf sie zu. »Liebe Base! Wie kommst du hierher?«

»Mein lieber Veit! Wieso weißt du, wo ich bin? Warum bist du so plötzlich aus Krakau fort?«

»Eins nach dem anderen.« Nach einer herzlichen Umarmung löste er sich von ihr und schaute sie prüfend an. »In deinem Zustand solltest du dir die Aufregungen einer Reise ersparen. Zum Glück war ich vorhin bei Meister Jagusch, als der Bote die Nachricht von Eurer Ankunft überbracht hat. Was hast du vor? Wieso bist du allein von Jörg fort? Muss ich mir Sorgen um euch machen?«

Vorsichtig setzte er sich zu ihr auf die Bettkante, griff nach ihrer linken Hand. Sein Blick hing an der Wölbung ihres Bauches, die sich deutlich unter dem Laken abzeichnete. Verlegen zog sie die Beine vor den Leib und umschlang sie mit den Armen, um ihre Blöße besser zu verbergen.

»Es ist nicht, wie du denkst. Jörg ist mit meiner Reise einverstanden. So schnell wie möglich muss ich zu Dora nach Krakau und ihr beistehen. Sie schwebt in allergrößter Gefahr.«

»Wie kommst du darauf?« Ein Schatten huschte über sein Gesicht. Er wandte den Blick ab, sah zum Fenster. Sein markantes Profil zeichnete sich deutlich vor dem hellen Hintergrund ab. Während sie ihn genau betrachtete, verloren sich seine grünbraunen Augen im grellen Sonnenlicht, das durch das Glas hereinströmte. Staubfussel tanzten auf den milchigen Strahlen, sorgten mitten in der Stube für Nebeldunst. Langsam drehte Veit das Antlitz wieder zu ihr. Trotz seines Bemühens, unbekümmert zu wirken, sprang ihr die Angst deutlich daraus entgegen. »Vor wenigen Wochen erst habe ich sie bei einem Freund meines Vaters in Kazimierz getroffen«, erzählte er heiser. Es hörte sich an, als wollte er eher sich selbst als Gret davon überzeugen, wie gut es Dora ging. »Damals erfreute sie sich bester Gesundheit und schien genau zu wissen, was sie tut. Ihrem Rat habe ich es übrigens zu verdanken, rechtzeitig von Krakau aufgebrochen zu sein. Götz Steinhaus und einige Krakauer Kaufleute wollten mich zum Unglück auf der Baustelle vor zwei Jahren zur Rede stellen. Es hatte den Anschein, als stünde ihr Urteil allerdings schon fest, bevor sie meinen Bericht angehört hatten. Mach dir also keine unnötigen Gedanken um deine Schwägerin. Mit ihr ist alles in bester Ordnung. Längst wird sie auf der Rückreise nach Königsberg sein.«

»Wenn es doch nur so wäre!« Gret seufzte. »Warum aber schreibt sie uns keine einzige Zeile? Auch von ihrer Base, der Huttenbeck, hören wir nichts. Steinhaus dagegen schickt jede Woche eifrig Briefe an seine Familie, spart darin allerdings jeden Hinweis auf Dora und die Huttenbeck aus.«

»Das klingt in der Tat sehr merkwürdig.« Nachdenklich rieb sich Veit das kantige Kinn. »Aber vielleicht haben sie sich auch nur gestritten, und deine Schwägerin reist auf eigene Faust zurück. Mitunter kann sie sehr eigenwillig sein.«

Gret horchte auf, sah ihn an. Er wich ihr aus. Eine Weile ließ sie seine Worte nachklingen. Mechthild kam zu ihr, tupfte ihr mit einem Tuch die feuchte Stirn. Unwillig schob sie sie beiseite, schaute Veit wieder eindringlich an. Langsam wurde ihr zur Gewissheit, was sie schon vor zwei Jahren einmal vermutet, im Zuge der Ereignisse aber rasch wieder verdrängt hatte. Veit liebte Dora!

»Leider weißt du noch nicht, was in Königsberg in den letzten Wochen geschehen ist, sonst würdest du meine Befürchtungen umso besser verstehen.«

»Erzähl mir alles, Gret. Ich werde nach Krakau reisen, um Dora beizustehen.«

»Danke, Veit! Ich wusste, auf dich ist Verlass. Wann brechen wir auf?« Sie machte Anstalten, aufzustehen.

»Gleich nachher reite ich los. Tut mir leid, aber du wirst wohl kaum mitkommen können.«

»Natürlich komme ich mit! Es geht um Dora.«

»Und um dich! Glaub mir, Gret, es ist besser, wenn du nach Hause zurückkehrst. Schwebt Dora tatsächlich in Gefahr, kannst du als Frau ohnehin wenig ausrichten. Du solltest dich schonen, um das Kind in deinem Leib nicht zu gefährden.«

Streng suchte er ihren Blick. Sie drehte sich weg, damit er die aufsteigenden Tränen nicht entdeckte. Zu gut wusste sie, wie recht er hatte. Vorhin war ihr bewusst geworden, dass sie nicht mehr konnte. Trotzdem wollte sie nicht aufgeben. Zu ihrer eigenen Überraschung aber entschlüpfte ihr das Geheimnis: »Es ist nicht nur ein Kind. Es sind gleich zwei, wie mir Mechthild eben in Aussicht gestellt hat.«

»Zwillinge? O Gret, umso mehr musst du auf dich achten!« Wieder fasste er nach ihrer Hand, drückte sie fest. Ihr war das unangenehm. Schließlich ging es gerade um die Gefahr, in der Dora schwebte, nicht sie. Umso wichtiger, dass Veit schnell aufbrach. Allein zu Pferd war er weitaus schneller unterwegs.

»Hausvogt Göllner versucht Dora aus der Ferne zu schaden«, begann sie hastig, drückte seine Hand, um den Worten mehr Nachdruck zu verleihen. »Dazu hat er den Herzog überredet, einen Brief an seinen Oheim zu schreiben. Zygmunt soll Dora in Krakau verhaften lassen, weil sie angeblich wichtige Unterlagen des Herzogs aus dem Nachlass ihres verstorbenen Gemahls beiseitegeschafft hat. Dabei muss es sich allerdings genau um die Aufzeichnungen Urbans handeln, in denen er Göllners verwerfliche Machenschaften vor zwanzig Jahren in Nürnberg schildert. Derentwegen warf der Herzog ihn seinerzeit aus seinen Diensten, was Göllner

Urban nie verziehen hat. Nun will er seine wiedergewonnene Macht bei Hofe nutzen, um sich an Dora zu rächen. Dora soll dafür büßen, was ihr Gemahl einst angerichtet hat. Wahrscheinlich will Göllner obendrein Urbans Andenken noch nach seinem tragischen Tod in den Schmutz ziehen und seine Witwe vollends ins Unglück stürzen.«

Über ihren Worten war Veit immer blasser geworden. Ungnädig entlarvte das helle Licht im Schlafgemach die tiefe Bestürzung, die sich auf seinem Gesicht ausbreitete. Angestrengt rang er um Worte, bis er endlich heiser herauspresste: »Leider kann ich mir nur zu gut vorstellen, was Göllner da ausheckt. Mein Vater und Jan Gottlieb haben mir so einiges über ihn berichtet. Damals war ich noch zu klein, um viel von ihm und den Vorfällen um Albrecht mitzubekommen. Allerdings erinnere ich mich noch an das furchteinflößende Auftreten, das Göllner schon in jungen Jahren besaß. Ich werde alles tun, um ihm endlich das Handwerk zu legen.« Mit einem Satz war er auf den Beinen, wollte zur Tür eilen.

»Warte!« Gret bekam ihn noch am Arm zu fassen und hielt ihn zurück. »Du kannst nicht nach Krakau. Vorhin hast du erzählt, dass Dora dich gerade noch rechtzeitig gewarnt hat, von dort zu verschwinden. Kehrst du zurück, werden sie dich sofort des Mordes an Urban beschuldigen.«

»Dora braucht meine Hilfe. Das allein zählt.«

»Du liebst sie schon lange, nicht wahr?«

Verlegen senkte er den Blick. Gret schälte sich flink aus dem Bett heraus und umarmte ihn, drückte ihn eine Weile fest an ihre Brust.

»Pass gut auf dich auf! Wenn dir etwas zustößt, nützt das Dora am allerwenigsten. Ebenso, wenn sie dich in Krakau festnehmen und in den Kerker werfen. Vom Krakauer Stadtgefängnis erzählt man sich das Schlimmste.«

»Das werde ich zu verhindern wissen.« Er befreite sich aus ihren Armen, zog seinen dunklen Rock glatt. »Du aber musst auch gut auf dich achtgeben. Ich schicke dir gleich meinen Vater. Er wird dich und deine Magd nach Königsberg begleiten. Ohnehin wollte er in den nächsten Wochen dorthin reisen, um beim Herzog vorzusprechen. So, wie es aussieht, ist es höchste Zeit, dass er ihn an die Jahre in Nürnberg erinnert und daran, was sich dort damals alles zugetragen hat. Urban und Göllner sind ihm aus dieser Zeit bestens vertraut. Es wird kaum schaden, wenn Albrecht noch eine andere Geschichte über die alten Zeiten hört als nur die des Hausvogts.«

»Dein Vater ist auch hier?« Bei der Erinnerung an den Oheim wurde Gret warm ums Herz. Obwohl Wurfbein als der Bruder ihrer Mutter nach deren frühem Tod Vaterstelle an ihr vertreten hatte, war ihr der ruhige Singeknecht oft viel herzlicher entgegengetreten. Dabei war er nur ein Oheim vierten Grades.

»Gleich wird er bei dir sein, damit ihr alles Nötige für eure Weiterreise besprechen könnt.« Noch einmal beugte sich Veit vor und umarmte sie, dann eilte er zur Tür hinaus.

»Los, Mechthild, helft mir bitte rasch, mich anzuziehen«, wandte sich Gret an die Magd, die sich auf einen Schemel ins hintere Eck der Stube zurückgezogen hatte. Eine wilde Entschlossenheit hatte sie erfasst und die Schwerfälligkeit weggeblasen. »Ihr habt gehört, Veits Vater wird bald hier sein. Meinem Oheim kann ich unmöglich im Leinenhemd unter die Augen treten.«

Mechthild beeilte sich, Kleid, Schürze, Gürtel und Goller vom Wandhaken zu nehmen und zum Bett zu bringen. Umsichtig hielt sie ihr die Kleidungsstücke eins nach dem anderen hin, damit sie sie überstreifen konnte.

»Wie seid Ihr eigentlich mit den Singeknechts genau verwandt?«, erkundigte sie sich beiläufig.

»Veit ist mein Vetter, das habt Ihr vorhin doch gehört.«

»Welchen Grades?« Mechthild reichte die Antwort nicht.

»Vierten Grades. Warum wollt Ihr das so genau wissen? Da ich eine Waise bin, freue ich mich sehr darüber, wie sehr er sich um mich kümmert. Hätte ich je einen Bruder gehabt, hätte er so sein müssen wie Veit.«

»Das ist sehr ungewöhnlich.«

»Was ist daran ungewöhnlich?« Gret war damit beschäftigt, den Gürtel um den dicken Bauch zu schnallen. Längst hatte sie bereits das letzte Loch erreicht und fühlte sich dennoch sehr eingeengt. Zurück in der Domgasse, musste sie sich wohl einen längeren besorgen.

»Ihr beide habt eine gewisse Ähnlichkeit miteinander.«

»Ihr seid die Erste, die das behauptet.« Gret lachte auf. Die Vorstellung befremdete sie. Was sollte sie mit Veits kantigem Männergesicht gemein haben? Nicht einmal die gleiche Augen- und Haarfarbe hatten sie, auch in der Statur unterschieden sie sich naturgemäß deutlich voneinander. Endlich hatte sie es geschafft, den Gürtel zu schließen. Zufrieden tastete sie Geldbeutel, Besteck- und Nadelkästchen ab, flocht sich das honigblonde, dicke Haar.

»Die Ähnlichkeit zwischen Euch ist nur wenig offensichtlich«, setzte Mechthild von neuem an. »Eher eine vage Andeutung in der Art, wie Ihr schaut, auf gewisse Äußerungen reagiert.«

Gret zuckte verständnislos mit den Schultern. Es war ihr ein Rätsel, worauf die Hebamme hinauswollte. Ein vernehmliches Grummeln in ihrem Bauch hielt sie von weiteren Nachfragen ab. Lieber setzte sie sich an den Tisch und machte sich über den Imbiss her, den Mechthild vor einer Ewigkeit gebracht hatte.

Das Bier schmeckte längst schal, wenn es überhaupt je sonderlich genießbar gewesen war, ebenso fand sie den Schinken zäh, den Käse trocken und das Brot viel zu weich. Ihr Hunger aber ließ sie alles bis auf den letzten Krümel verzehren. Sogar die Schale mit den Zwetschgen schaffte sie ganz. Als sie den letzten Kern ausgespuckt und sich endlich satt den Mund gewischt hatte, klopfte es abermals an der Tür.

»Das wird mein Oheim sein.« Hastig richtete sie sich die Zöpfe. Die Haube aufzusetzen blieb keine Zeit mehr. Er würde ihr verzeihen, wenn sie ihm barhäuptig unter die Augen trat. Freudig rief sie: »Herein!«

Mechthild beeilte sich, die Tür für den Besuch zu öffnen.

»Welch große Freude!« So schnell es ihr schwangerer Leib zuließ, lief sie dem alten Singeknecht entgegen. Kurz vor ihm blieb sie stehen, verneigte sich artig.

»Gret, mein liebes Kind, ich freue mich sehr, dich wiederzusehen.« Er fasste ihr unters Kinn, hob ihr Antlitz nach oben, lächelte verschmitzt. »Ich sehe, die Ehe tut dir gut. In deinem Zustand solltest du jedoch keine weiten Reisen mehr wagen. Veit wird in Krakau alles zum Guten wenden. Auf ihn ist Verlass.« Zärtlich strich er ihr über die Wange. Gret wollte etwas sagen, er aber winkte ab. »Es ist das Beste, wenn er sich allein um die Belange der Stöckelin kümmert. Da ich ohnehin zu Herzog Albrecht möchte, werden wir beide morgen gemeinsam nach Königsberg fahren. Dank Meister Jagusch haben wir schon einen Kaufmannszug, der uns auf einem seiner Fuhrwagen mitnehmen wird. Zuvor aber sollst du mich zu Meister Jagusch begleiten. Er möchte dich unbedingt wiedersehen. Ich habe ihm bereits versprochen, dass du zum Mittagessen kommst.«

Galant bot er ihr den Arm. Gern willigte Gret ein und ließ sich von ihm nach draußen geleiten. Dabei warf sie Mechthild einen kurzen Blick zu. Die Magd lächelte und entblößte dabei kurz ihre großen, leicht schiefen, aber strahlend weißen Zähne. Ein aufmunterndes Zwinkern verriet, wie gut ihr der alte Singeknecht gefiel. Tatsächlich machte er trotz seines fortgeschrittenen Alters eine tadellose Figur. Ähnlich wie Veit war er groß gewachsen und von breiter, kräftiger Statur. Das kurze graue Haar blitzte unter dem schwarzen Barett hervor und umrahmte ein scharf gezeichnetes, von vielen Falten überzogenes Gesicht. Auch er wusste sich vornehm zu kleiden, ohne zu viel Aufhebens um seine Erscheinung zu machen. Gret fühlte den Stolz in sich aufkeimen, an der Seite dieses gepflegten Mannes durch Marienwerder zu wandeln.

Erst nach der abendlichen Vesper kehrte sie müde und erfüllt von vielen Erinnerungen in ihr Schlafgemach im Gasthaus zurück. Als sie die treue Mechthild dort geduldig wartend am Fenster erblickte, überfiel sie ein schlechtes Gewissen.

»Wie rücksichtslos von mir, Euch stundenlang allein zu lassen. Ich hoffe, die Wirtin hat Euch mit Essen und Trinken versorgt.«

»Macht Euch keine Gedanken. Schließlich bin ich nur Eure Magd. Ich weiß mir schon die Zeit zu vertreiben.« Sie wies auf das frisch aufgeschüttelte Bett, die sorgfältig gefalteten Kleidungsstücke. »Für unseren Aufbruch morgen früh ist alles bereit.«

»Das ist sehr weitsichtig von Euch.« Gret dankte ihr mit einem erleichterten Nicken. »Ich bin viel zu müde, um mich um Weiteres zu kümmern.«

»Wollt Ihr ein Bad nehmen? Nach dem heißen Sommertag tut es Euch sicher gut.«

Ehe Gret etwas erwidern konnte, war sie verschwunden, um die Wirtsmagd um den Badezuber und heißes Wasser zu schicken. Wenig später räkelte sich Gret in dem wohlriechenden Rosenbad und dankte der Vorsehung zum hundertsten Mal, vor wenigen Wochen dieser klugen Frau begegnet zu sein und sie in Dienst genommen zu haben. Behutsam schäumte sie ihr das Haar auf, seifte ihr den Rücken ein und massierte ihr den Nacken. Wie so oft wunderte sich Gret, wie Mechthilds große, auf den ersten Blick ungeschlacht wirkende Hände so zartfühlend sein konnten.

»Wie sieht eigentlich Euer Vater aus?«, erkundigte sich Mechthild in ähnlich beiläufigem Ton, in dem sie am Morgen schon nach der Verwandtschaft mit Veit gefragt hatte. Auf einen Schlag war Gret hellwach, alle Wohltat des Bades wurde durch diese Frage zunichtegemacht.

»Mein Vater ist schon lange tot. Ich habe ihn gar nicht gekannt«, hörte sie sich in trotzigem Ton erwidern. Starr sah sie zum Fenster, vor dem der Himmel gerade seinen abendlichen Feuerzauber entzündete. Das gelbrote, langsam ins Blaurote wechselnde Licht der versinkenden Abendsonne fand seinen Weg gespiegelt in den Glasscheiben des gegenüberliegenden Hauses sogar in den hintersten Winkel ihres Schlafgemachs. Wie betäubt von Mechthilds vermeintlich harmloser Frage folgte sie seinem Lauf. Die weißen Laken auf dem Bett waren von einem milden Gold überzogen, verwandelten die einfache Bettstatt in ein fürstliches Nachtlager. Das aber freute Gret wenig. Zu schwer lastete die Erinnerung an die Schmach ihrer ungewissen Herkunft auf ihr. Konnte es sein, dass die bucklige Magd ahnte, wie fehl am Platz ein uneheliches Balg wie sie in diesen bürgerlichen Stätten war?

»Das hat man Euch wohl immer so gesagt, nicht wahr?« Mechthild fischte nach dem Seifenstück, das ihr ins Wasser gefallen war, und legte es beiseite. Dann griff sie nach dem

Wasserkrug, der neben ihr auf dem Boden stand, und goss frisches Wasser über Grets Haupt, wusch die Seife sorgfältig aus dem langen Haar. Gret war froh, so einen Vorwand zu haben, um den Kopf zu senken. Die Magd sollte die Tränen nicht entdecken, die ihr reichlich über die Wangen rannen.

»Ihr aber spürt, dass er noch lebt, und deshalb versucht Ihr ihn zu finden.«

»Das ist nicht wahr!« Empört schlug Gret mit der flachen Hand aufs Wasser, so dass es heftig aufspritzte.

»Es tut mir leid, wenn Euch meine Vermutungen derart zu Herzen gehen.« Entgegen ihrer Beteuerung hörte sich Mechthilds Stimme nicht nach einer Entschuldigung an. Sie strich das Wasser aus Grets Haar, schlang den Schopf um ihre Hand und drückte ihn mit der anderen aus, bevor sie ein bereitliegendes Leinentuch um es schlang. »Dabei ist es doch nur allzu verständlich, wenn Ihr wissen wollt, wo Eure Wurzeln liegen. Verzagt nicht, die Wahrheit ist einem oft näher, als man denkt.«

»Was meint Ihr damit?« Kaum ausgesprochen, ärgerte sich Gret. Warum ging sie überhaupt auf das Gerede ein? Sie wusste doch längst, wer ihr Vater war und dass er vor zwei Jahren von der Stützmauer seines neuen Hauses erschlagen worden war. Oder zweifelte sie in Wahrheit doch daran?

»Ich bin mir sicher, Ihr hattet Euren Vater seit Eurem ersten Tag an immer nah bei Euch. Er hat sich Euch nur nicht zu erkennen gegeben. Stattdessen hat er aus sicherer Entfernung dafür gesorgt, dass es Euch an nichts fehlt.«

»Was soll das? Worauf wollt Ihr hinaus?« Entsetzt starrte Gret sie an. Mechthild erwiderte ihren Blick geradewegs. Auf einmal wusste sie es. »Ihr wollt doch nicht etwa sagen, der alte …«

»Die Wahrheit kann Euch nur Euer Herz verraten. Vertraut darauf. Die Bindungen zwischen Vater und Kind wie auch zwischen Geschwistern sind sehr viel stärker, als Ihr denkt. Auch wenn Ihr Euch nur entfernt verwandt wähnt, so bindet Euch in Wahrheit weitaus mehr aneinander, als es auf den ersten Blick scheint. Deshalb könnt Ihr auch so schlecht voneinander lassen.«

Die Sätze der Magd waren sehr verschlüsselt. Gret lehnte sich im Wasser zurück und versuchte in sich hineinzuhören. So rätselhaft sie das alles fand, so klar schien plötzlich alles vor ihr zu stehen. Sie brauchte Urbans Aufzeichnungen nicht mehr zu lesen, um das Geheimnis ihres Vaters zu entschlüsseln. Dank Mechthilds Hilfe wusste sie ihn seit heute längst treu an ihrer Seite. Es spielte keine Rolle, dass er sich nicht offen zu ihr bekannte. Was allein zählte, war, dass er sich für sie verantwortlich fühlte. Erleichtert schloss sie die Augen, fühlte sich zum ersten Mal in ihrem Leben ganz mit sich selbst versöhnt.

10

Dora zuckte zusammen. Die Nadelspitze hing in der Fingerkuppe des linken Zeigefingers. Noch spürte sie den Schmerz kaum. Zog sie gleich die Nadel vorsichtig heraus, würde es nicht nur heftig zu bluten beginnen, dann würde auch der pochende Schmerz erwachen. Schon rötete sich die Einstichstelle. Gebannt starrte sie auf den Finger. Ein kühner Gedanke kam ihr: Sie würde die Nadel einfach stecken lassen. Wozu sollte sie noch auf sich achtgeben? Die Tage verstrichen, ohne dass etwas für ihre Rettung geschah. Ihr Zusammentreffen mit der Königin und die leidige Begegnung mit Göllner lagen auch schon wieder mehr als eine Woche zurück. Weder hatte sie seither etwas von Bona Sforza gehört noch über deren jüdische Hofdame Chwałka eine Nachricht erhalten. Sie war wohl einem gewaltigen Irrtum aufgesessen, als sie geglaubt hatte, die Begeisterung der Königin für die Baukunst würde ihr das Leben retten. Wer war sie auch schon im Vergleich zu den großen italienischen Baumeistern, die sich bei Bona Sforza die Klinke in die Hand gaben? Gewiss hatte die Königin längst ihre Begegnung vergessen und auch die ihr so kostbaren Notizbücher achtlos beiseitegelegt. Bitterkeit machte sich in ihr breit. Sie presste die Lippen aufeinander, betrachtete weiter die gerötete Fingerkuppe mit der Nadel darin. Selbst von Mathilda verlautete nichts, und ihre angeblich so entschlossenen Retter Baranami und Gottlieb schienen wie vom Erdboden verschluckt. Je eher sie die Hoffnung begrub, jemals freizukommen, je leichter war das zu ertragen. Das Schlimme war jedoch weniger die Aussicht, für immer im Kerker zu vergammeln oder doch auf dem Scheiterhaufen zu landen. Die Vorstellung, Johanna nicht mehr wiederzusehen und zugleich zu wissen, als Mutter völlig versagt zu haben, bereitete ihr allergrößte Qualen. Bei dem Gedanken wurden ihr die Augen feucht.

Plötzlich aber versetzte ihr jemand einen heftigen Stoß in die Seite. Die taubstumme Alte gab ihr aufgeregte Zeichen, die Nadel endlich herauszuziehen. Als sie trotzdem zögerte, beugte sie sich über sie und tat es an ihrer Stelle. Dora unterdrückte einen leisen Fluch. Zugleich aber spürte sie Erleichterung in sich aufsteigen. Das Blut pochte nur kurze Zeit aus der Fingerkuppe. Geschickt schlang die Alte einen Leinenstreifen darum, band den Finger gekonnt ab. Sofort ließ der Schmerz nach.

Verwundert sah Dora auf das Nähzeug in ihrem Schoß. Kein einziger Tropfen Blut war darauf gefallen. Auch ohne dass die Alte sich verständlich machen konnte, ahnte sie, wie wichtig ihr das war. Immerhin handelte es sich um Wäsche aus dem Königsschloss, die auszubessern ihr anvertraut war. Es hatte Dora viel Überredungskunst gekostet, ihr dabei zur Hand gehen zu dürfen. Das tatenlose Herumsitzen in der Dachkammer hätte sie sonst zum Wahnsinn getrieben. Hätte sie jetzt aber das Weißzeug beschmutzt, hätte die Alte das an ihrer Stelle ausbaden müssen. Dabei wäre gewiss auch an höhere Stellen gemeldet worden, dass sie Dora eigenmächtig mit auf die Bank vor ihrem Haus genommen hatte. Die beiden Wachleute duldeten das zwar seit einigen Tagen stillschweigend, Dora war sich jedoch sicher, dass weder sie noch die Alte bei der entsprechenden Stelle um Erlaubnis gefragt hatten.

»Es tut mir leid«, erklärte sie und rang sich ein Lächeln ab. »Das war sehr ungeschickt von mir. Ich verspreche Euch, meine Gedanken künftig besser zusammenzuhalten, damit so etwas nicht mehr vorkommt.«

Einen Moment hatte es den Anschein, als verstünde die taubstumme Alte sie tatsächlich. Dora meinte ein verständnisvolles Zucken um ihre Mundwinkel zu erkennen. Dann aber verschloss sich ihre Miene wieder. Die Hand, die sie ausgestreckt hatte, um ihr das Nähzeug abzunehmen, verharrte allerdings noch kurz in der Luft, dann zog sie sie zurück und bedeutete ihr mit einem Nicken, weiternähen zu dürfen.

»Danke Euch!« Erleichtert griff Dora wieder nach der Nadel. Der Verband um den linken Zeigefinger erschwerte die Bewegungen zwar, zumal sie den Finger abspreizte, um sicherzugehen, dass das Leinen nicht durchblutete und das Nähzeug befleckte, dennoch war sie froh, weitermachen zu dürfen. Wieder allein in der Dachkammer zu versauern wäre eine furchtbare Strafe gewesen. Sie lehnte den Rücken gegen die sonnenwarme Hauswand und versank bald wieder in der Stopfarbeit, als hätte sie nie etwas anderes getan.

»Aufhören!« Die barsche Männerstimme ertönte direkt vor ihr. Als sie den Blick hob, gewahrte sie zunächst nur den riesigen Schatten, den der Wachmann über ihr warf. Geblendet vom grellen Sonnenlicht, blinzelte sie und ließ die Näharbeit wieder in den Schoß sinken. »Besuch.«

Mit dem Kopf deutete er über seine Schulter nach hinten. Dora erspähte im Schatten der nahen Linde Mathildas hochgeschossene, schlanke Gestalt sowie einen gedrungenen Mann in nachlässiger Kleidung.

»Polyphemus!« Sie sprang so rasch auf, dass das Weißzeug zu Boden fiel. Seufzend bückte sich die Alte und hob es aus dem Dreck. Dora schämte sich. Hastig beeilte sie sich, der Frau beim Ausklopfen des Staubs behilflich zu sein. Kaum wagte sie, ihr ins Gesicht zu sehen. »Verzeiht! Schon wieder habe ich nicht aufgepasst.«

Die Alte hob nicht einmal mehr den Blick. Kopfschüttelnd raffte sie das Nähzeug auf der Bank zusammen, packte auch den Stapel Wäsche, der noch zum Flicken auf einem Schemel bereitlag, und watschelte zur Haustür. Ohne Dora eines weiteren Blickes zu würdigen, verschwand sie nach drinnen.

»Was ist jetzt?« Der Wachmann rüttelte sie am Arm. Schweren Herzens folgte Dora ihm und seinem Gefährten zu den Besuchern.

Nah bei dem kleinen Brunnen, der die Mitte der Häuseransammlung vor der alten Burgkapelle zierte, durfte sie sich mit der Base und dem Bibliothekar unterhalten, während die beiden Wachleute sich an den Stamm der Linde lehnten und sie von dort aus träge beobachteten.

»Wie schön, Euch wiederzusehen, Stöckelin.« Der rundliche Bibliothekar gab sich alle Mühe, ihrem Zusammentreffen auf dem gut bewachten Vorhof des Wawel den Anstrich von Alltäglichkeit zu geben.

»Wie kommt Ihr hierher? Was ist mit der Messe in Leipzig und Eurer Reise nach Nürnberg?« Erstaunt schaute Dora ihn an. Seit ihrer letzten Begegnung in Thorn hatte er sich nur wenig verändert. Sein Rock war allenfalls noch etwas schmutziger, die Strumpfhosen waren noch fadenscheiniger geworden und die Schuhe weiter abgelaufen. Nach wie vor aber wippten die zerrupften Federn an seinem breitkrempigen Hut fröhlich bei jeder Bewegung, ebenso strahlten seine hellen Augen noch dieselbe Wachheit und Freude am Dasein aus. Lediglich an seinen Fingern fanden sich deutlich weniger Tintenflecken, was wohl daher rührte, dass er während des Reisens weniger über Büchern und Handschriften grübelte.

»Polyphemus und Gottlieb haben einen hervorragenden Plan, wie Eure Rettung aussehen kann«, platzte die Base gleich dazwischen, sobald sie Dora zur Begrüßung inständig an sich gedrückt hatte.

»So?«, war alles, was Dora dazu zu sagen wusste. Als sie die Enttäuschung ob ihrer fehlenden Begeisterung auf dem Gesicht der Base gewahrte, holte sie tief Luft und erklärte: »Mir scheint, als hätte es in den letzten Monaten mehrere Pläne gegeben, wie Jan Gottlieb oder Feliks Baranami mich hier herausholen wollten. Bislang aber ist leider gar nichts geschehen, außer, dass ich letztens eine sehr merkwürdige Unterhaltung mit der Königin hatte.«

»Ihr wart bei Bona Sforza?« Mathilda riss vor Staunen die Augen weit auf. »Das ist hervorragend! Also zeigt Gottliebs Vorgehen erste Erfolge.«

»Seither ist schon mehr als eine Woche vergangen, ohne dass Weiteres geschehen wäre.« Dora fiel es schwer, ihre Verbitterung nicht allzu offen zu zeigen. »Die Königin hat mir erzählt, wie sehr sie das Werkmeisterbuch meines Ahns begeistert. Außerdem hielt sie auch meine Aufzeichnungen in Händen. Ihr hättet das beides Gottlieb überlassen, damit er es ihr zeige, hat sie behauptet.«

»Es tut mir leid, dass ich das ohne Euer Einverständnis tun musste. Mir blieb jedoch keine Wahl. Gottlieb und ich waren uns einig, die Unterstützung der Königin auf diese Weise am besten gewinnen zu können. Sie wird Euch erzählt haben, wie sehr sie sich selbst mit der Baukunst beschäftigt. So, wie es aussieht, geht der Plan auf.«

»Die Frage ist nur, wie viel das noch bewirkt. Göllner ist am selben Tag hier bei Hof aufgetaucht.«

»Was?«, schrien Mathilda und Polyphemus gleichzeitig auf.

»Zusammen mit dem Krakauer Gerichtsvogt Wierzynek hat er beim König vorgesprochen«, fügte Dora hinzu.

»Auch wenn ich schon lange damit gerechnet habe, sind das in der Tat keine sonderlich guten Neuigkeiten.« Polyphemus senkte den Blick, rieb sich mit den schmuddeligen Fingern das bartlose, feiste Kinn, das sich nur wenig von seinem wulstigen Hals abhob.

»Eine Woche ist das her?«, hakte Mathilda unterdessen nach. »Das klingt doch gut.«

»Wie bitte?« Kaum gelang es Dora, ihre Ungeduld im Zaum zu halten. »Das einzig Gute daran ist, dass die beiden sich nicht hier im Vorhof bei mir zeigen. Falls sie seither noch öfter im Schloss waren, haben sie den direkten Weg gewählt und mir gnädigerweise ihren Anblick erspart.«

»Ihr habt mich falsch verstanden«, zeigte sich die Base von ihren Ausführungen unberührt. »Das Gute daran ist, dass seither schon mehr als eine Woche vergangen ist. Der König ist also nicht so leicht von den Anschuldigungen der beiden gegen Euch zu überzeugen, sonst hätte er Euch längst zu sich gerufen oder Euch vor den Richter gestellt.«

»Stimmt.« Der Bibliothekar hob den Blick. »Wir dürfen nicht vergessen, Wierzynek ist der städtische Gerichtsvogt. Schon lange schwelt der Zwist zwischen Krakau und dem königlichen Hof, weil sich die Stadt in Gerichtsangelegenheiten eigene Rechte herausnimmt. Deshalb hat Göllner auch über Wierzynek Eure sofortige Verhaftung bewirkt. Damit wollte er sichergehen, dass Ihr in jedem Fall im Gefängnis landet, ganz egal, wie der König auf das Schreiben seines Neffen aus Königsberg reagiert.«

»Ihr wisst über alles, was in den letzten Wochen geschehen ist, bestens Bescheid.« Neugierig wandte sie sich wieder an den Bibliothekar. »Warum habt Ihr all Eure Pläne umgeworfen und taucht plötzlich hier in Krakau auf?«

»Warum wohl?« Polyphemus strahlte sie an, als stünden sie einander zu Hause in Königsberg gegenüber und nicht auf dem Wawel, wo sie des heimtückischen Gattenmordes beschuldigt wurde. »Glaubt Ihr, ich hätte noch irgendeine Freude daran, neue Bücher aufzustöbern oder alte Freunde in Nürnberg wiederzusehen, während ich Euch hier im Kerker weiß? Zwar ist es meinen Freunden glücklicherweise rasch gelungen, Euch aus dem berüchtigten Stadtgefängnis zu befreien und auf den Wawel bringen zu lassen, dennoch wartet der Henker nach wie vor nur auf ein Zeichen, um Eurem Leben ein Ende zu bereiten. Also habe ich die erstbeste Gelegenheit ergriffen und bin hierhergeeilt. Die Messe und Nürnberg kann ich auch im nächsten Jahr noch besuchen. Für Euch aber könnte es dann leider schon zu spät sein.«

Bei seinen letzten Worten war die Munterkeit aus seinem Antlitz gewichen, sein Ton war gedämpfter geworden. Dora wurde die Kehle eng. Alles in ihr sträubte sich dagegen, ihre Lage für aussichtslos zu halten. Dennoch hatte Polyphemus recht, ein einziger Wink genügte, und der Henker schritt zur Tat. Ihr wurde übel.

»Mathilda, bitte!« Flehentlich ergriff sie die Hände der Base, suchte den Blick ihrer grünen Mandelaugen, ergötzte sich an den schönen Zügen ihres wohlgeformten Gesichts. »Reist, so schnell Ihr könnt, zurück nach Königsberg und nehmt Euch meiner Tochter an. Katharina König wird Elßlin und Renata zwar bestens zur Seite stehen, doch die Kleine braucht eine mütterliche Stütze, die ihr nur jemand aus der engeren Verwandtschaft geben kann. Gret ist mit ihrer eigenen Familie beschäftigt, deshalb seid Ihr die Einzige, die Johanna nahe genug steht. Bitte, versprecht mir, allzeit für sie zu sorgen und sie vor dem Übel in der Welt zu bewahren. Vielleicht gelingt es Euch sogar, Ihr ein wenig von mir zu erzählen. Versichert sie bitte, dass ich sie aus tiefstem Herzen geliebt habe.«

Die letzten Worte konnte sie nur unter größter Anstrengung hinauspressen. Verzweifelt umklammerten ihre Finger Mathildas Hände, froh, etwas Halt zu finden, sonst musste sie zu Boden sinken, so weich waren ihre Knie. Eine fleischige Hand legte sich ihr unbeholfen auf die Schulter, tätschelte sie sanft. Der strenge Geruch nach Schweiß, Tinte, modrigen Büchern und Staub verriet Polyphemus. Dennoch war Dora seine unverhoffte Nähe nicht sonderlich unangenehm. Auch Mathilda zog sie dichter zu sich heran, erwiderte ihren Händedruck.

»Verzweifelt nicht! Eure Tochter ist in guten Händen. Eure Mägde wie auch die König und Eure Schwägerin sind immer um sie herum. Ebenso werden sich Eure Brüder wie auch Euer Vater für das Mädchen verantwortlich fühlen. Ihr aber dürft hier nicht allein sein. Deshalb bleibe ich bei Euch.«

»Die Huttenbeck hat recht, so ist es am besten«, stimmte Polyphemus zu. »Ihr habt hier jeden Beistand nötig.«

Er trat wieder einen Schritt von ihr zurück, verschränkte die kurzen Arme hinter dem Rücken und wippte vor auf die Fußspitzen. Dem vorgereckten Kinn wie dem entschlossenen Ausdruck in seinen Augen war anzusehen, dass er zu einer wichtigen Erklärung ansetzte. Gespannt richteten Dora und Mathilda ihre Blicke auf ihn.

»Ich muss Euch etwas gestehen, Stöckelin.« Er nahm den Hut vom Kopf, presste ihn vor die breite Brust und senkte reumütig das Haupt.

»Bitte sagt mir sofort, um was es geht.« Dora packte eine ängstliche Ungeduld.

Erleichtert richtete der Bibliothekar sich auf, setzte erst umständlich den Hut wieder auf, bevor er fortfuhr: »Damals in Thorn habe ich Euch nicht alles gegeben, was ich von Eurem Gemahl in der herzoglichen Bibliothek gefunden habe.«

»Was? Wie kommt Ihr dazu …«, wollte Dora aufbrausen, doch Mathilda legte ihr beschwichtigend die Hand auf den Arm.

»Es ist unverzeihlich, ich weiß, doch Ihr werdet gleich verstehen, wie wohl ich daran getan habe. Die persönlichen Aufzeichnungen des Kammerrats habe ich Euch selbstverständlich vollständig überlassen, zumindest in der Form, wie ich sie fand. Die gehören Euch allein. Ihr seid seine Witwe, Euch allein steht es zu, darüber zu entscheiden, was weiter damit geschieht. Doch daneben fand ich noch Unterlagen, die zwar ebenfalls eindeutig von seiner Hand und der eines weiteren uns gut bekannten Herrn stammen, allerdings war mir auf den ersten Blick klar, dass es sich dabei um Schriftverkehr der herzoglichen Kammer beziehungsweise aus den frühen Jahren des damaligen Hochmeisters Albrecht in Nürnberg handeln musste. Bei näherem Studium erkannte ich genauer, was es war: Göllners und Stöckels Aufzeichnungen über Anschaffungen, Abrechnungen und Abmachungen mit Dritten, die zur Einrichtung der herzoglichen Hofhaltung in Königsberg nötig waren. Nachdem Euer Gemahl tot und mir Göllners Auftreten bei Hofe schon lange ein Dorn im Auge ist, hielt ich es für ratsam, diese Unterlagen vorerst bei mir zu behalten. Nach meiner Rückkehr nach Königsberg werde ich sie selbstverständlich dem Herzog übergeben.«

»Eure Ehrlichkeit rechne ich Euch hoch an, aber was hat das mit meiner derzeitigen Lage zu tun?« Dora äugte zu Mathilda, die ebenfalls etwas ratlos aussah.

»Das ist doch ganz offensichtlich!« Begeistert von den eigenen Überlegungen, reckte Polyphemus den Zeigefinger in die Luft und verharrte einen Moment auf den Zehenspitzen. »Zusammen mit den Chroniken Eures Gemahls liegen damit sämtliche Beweise vor, die Göllners unlautere Machenschaften damals in Nürnberg wie auch in den letzten Jahren in Königsberg belegen. So können wir seine bösen Absichten nachweisen und ihn als den entlarven, der er wirklich ist, als einen rachsüchtigen, hinterhältigen Betrüger, der immer nur den eigenen Vorteil im Sinn hat und deshalb blindlings jedem schadet, der ihm in die Quere kommt. Kein einziges Wort mehr wird der König ihm glauben und deshalb sämtliche Anschuldigungen gegen Euch fallenlassen.«

»Was aber ist mit Veit Singeknecht? Auch er wird beschuldigt, den Tod meines Mannes mit Absicht herbeigeführt zu haben«, gab Dora zu bedenken. Noch überzeugte sie Polyphemus' Argumentation wenig. »Steinmetzmeister Miehlke hat gleich …«

»Ich weiß«, wehrte der Bibliothekar ab. »Der gute Mann konnte gar nicht anders, als das zu behaupten. Er besaß doch nicht die geringste Ahnung, wie geschickt Göllner das alles eingefädelt hatte. Natürlich konnte der Hausvogt nicht vorhersehen, dass der morastige Baugrund dazu führen würde, dass die Mauer ausgerechnet in dem Moment einstürzte, als Euer Gemahl auf der Baustelle eintraf. Als es dann passierte, war er gewiss nicht sonderlich unglücklich, seinen Erzfeind auf diese Weise losgeworden zu sein. Noch dazu, wo der Verdacht gleich auf Singeknecht fiel. Der hatte sogar noch versucht durch das eilig verstärkte Fundament die schlechte Bodenbeschaffenheit auszugleichen. Leider vergeblich. Göllner allein trifft die ganze Schuld, weil er alles darangesetzt hat, Euren Gemahl in den Augen des Herzogs schlechtzumachen, bis Albrecht ihn letztlich mit dem morastigen Grundstück abfertigte. Göllner wollte eigentlich zwar nicht direkt Stöckels Tod, aber er wollte, dass er beim Herzog in Ungnade fiel und ungerecht behandelt wurde.«

»Um das noch besser zu belegen, müssen wir auf die Unterlagen aus Nürnberg hoffen«, schaltete sich Mathilda ein.

»Welche Unterlagen aus Nürnberg denn noch?« Dora verstand immer weniger.

»Gottlieb hat uns erzählt, dass der alte Singeknecht vor seiner überstürzten Abreise veranlasst hat, dass bestimmte Akten und Schriftstücke nach Kazimierz geschickt werden, die Urbans Schilderungen wie auch die mir vorliegenden Unterlagen ergänzen«, erklärte Polyphemus. »Damals hat er als Rechtsgelehrter Albrecht beratend zur Seite gestanden und deshalb so manche Verhandlung in seinem Auftrag geführt. Was genau das bedeutet, werden die Unterlagen zeigen.«

»Wollen wir hoffen, sie treffen noch rechtzeitig ein, und Gottlieb erhält damit Audienz beim König. Dann bleibt nur noch, den König auch davon zu überzeugen, dass ich keine Hexe bin.«

Kaum hatte Dora das angemerkt, tauchte ein pikenbewehrter Wachmann auf. Sofort schreckten die beiden anderen Wachleute auf. Bislang hatten sie die Gelegenheit genutzt und sich während des Gesprächs von Dora und ihrem Besuch im Schatten einer Linde ausgeruht. Schließlich wussten sie, dass Dora nicht fliehen würde. Ein drohender Blick des heraneilenden Pikeniers genügte, und sie stellten sich sofort dicht um Dora in Positur.

»Mitkommen!«, raunzte der fremde Wachmann Dora an und schob die anderen beiden schroff beiseite.

»Wohin?«, wagte sie zu fragen und, als er nicht antwortete, Mathilda und Polyphemus aufgeregt zuzurufen: »Geht schnell zu Gottlieb und fragt ihn nach den Papieren. Ruft Baranami. Ich glaube, meine Stunde ist gekommen.«

11

Als Dora den obersten Treppenabsatz im Königsschloss erreicht hatte, zwang der Wachmann sie mit einem kräftigen Stoß von hinten zur Tür auf der linken Seite. Kein gutes Zeichen! Bei ihrem letzten Besuch hatte die Königin sie in den Gemächern auf der rechten Seite empfangen, Göllner und Wierzynek aber waren zur Unterredung mit dem König nach links verschwunden. Auf dieser Seite mussten also Zygmunt und sein mitregierender Sohn Zygmunt August Hof halten.

»Dalej!«, knurrte der Wachmann, um sogleich auf Deutsch nachzusetzen: »Vorwärts!« Wieder ging es zunächst durch zwei Vorsäle, die spärlich eingerichtet, deren Wände aber von imposanten Tapisserien mit Jagdszenen beherrscht waren. Im Vorbeihasten erspähte Dora einen Löwen mit eindrucksvoller Goldmähne, der seine Zähne gefährlich fletschte, wovon sich eine Reihe gutgekleideter, auf Audienz wartender Bürger in ihren Unterhaltungen nicht stören ließen. Erst als Dora so offensichtlich an ihnen vorbeigeführt wurde, ohne dass der Wachmann die Rangfolge der Wartenden auch nur im Entferntesten würdigte, erhob sich ein Raunen. Im zweiten Saal blieb der Wachmann vor einer doppelflügeligen Tür stehen, pochte energisch gegen das Holz. Sogleich wurde geöffnet.

Bangen Herzens betrat Dora den Saal und blieb gleich auf der Schwelle entsetzt stehen. Hunderte von Augenpaaren starrten ihr entgegen! Unwillkürlich wollte sie sich wegdrehen, der Wachmann schubste sie jedoch unerbittlich in den Saal hinein. Die Augenpaare folgten jedem einzelnen ihrer Schritte. Vorsichtig spähte sie umher, bis ihr erleichtert auffiel, einer Täuschung aufgesessen zu sein. Die Augen gehörten zu Hunderten geschnitzter Köpfe entlang der Kassettendecke aus dunklem Holz. Sie waren so lebensecht, dass es tatsächlich wirkte, als stierten Menschen aus luftiger Höhe auf die Besucher des Thronsaales herab.

Fast vergaß Dora darüber, wo sie sich befand – im Audienzsaal des polnischen Königs. Tatsächlich erblickte sie den alten Zygmunt und den jungen Zygmunt August am Kopfende des Saales. Der junge König war etwa Mitte zwanzig, also ziemlich genau in Jörgs und Veits Alter. Sein länglicher

Kopf mit der hohen Stirn und dem spärlichen dunklen Haupthaar, das er mit einem schlichten schwarzen Barett bedeckte, war ebenso auffällig wie auch die schmale, große Nase und die riesigen Ohren. Um davon abzulenken, trug er den Kinnbart sorgfältig in zwei zylinderförmige Spitzen geteilt. Unter einem schwarzen Überwurf blitzte ein modischer, von Goldfäden reich durchwirkter Faltrock auf, der seine kräftige Statur in bestes Licht rückte. Allerdings neigte er zu langen, dünnen Storchenbeinen, die viel zu schwach für diese Last schienen. Tiefrote Strumpfhosen aus feinster Wolle versuchten ihnen zumindest einen Anflug von königlicher Würde zu verleihen. Er hielt sich leicht nach vorn gebeugt, so dass seine wahre Größe schwer einzuschätzen war. Hinter halb vorgehaltener Hand sprach er auf seinen in einem bequemen Ledersessel thronenden Vater ein. Zygmunt war deutlich von seinem hohen Alter gezeichnet. Dennoch war die Ähnlichkeit zwischen beiden unverkennbar, wenn auch Zygmunts Kopf auf dem von einem weiten roten Mantel umhüllten Leib winzig wirkte. Das mochte von der mächtigen schwarzen Pelzmütze rühren, die sein Haupt bekrönte. Wie bei Zygmunt August war auch sein Antlitz von der langen Nase sowie den großen Ohren und der hohen Stirn beherrscht. Anders als sein Sohn trug er den graumelierten Bart allerdings als struppige Fülle unter dem Kinn. Erschreckend dünne Arme und Beine ragten unter den Falten seines roten, mit schwarzem Pelzkragen verzierten Mantels hervor, auch dies eine auffällige Gemeinsamkeit mit seinem Sohn.

Beim Anblick des alten Königs erfasste Dora große Ehrfurcht. Zwar hatte sie gewusst, dass Zygmunt nahezu achtzig Jahre zählte und kaum mehr fähig war, die Amtsgeschäfte allein zu führen, dennoch erschien er ihr nach wie vor als sehr imposant, was vielleicht auch an der ehrfürchtigen Art lag, mit der ihm sein Sohn wie auch die ihn umgebenden Getreuen begegneten. Kaum einer wagte, die unsichtbare Grenzlinie von etwa einem halben Dutzend Schritten zum Thronsessel zu überschreiten. Die Unterhaltungen führten die Hofleute in gedämpftem Ton, scheinbar jederzeit bereit, auf einen kurzen Wink von Zygmunt August zum König vorzutreten und ihm auf eine Frage ergeben Rede und Antwort zu stehen. Lediglich einer stach aus der Reihe der Versammelten unangenehm hervor: Egbert Göllner.

Kaum gewahrte Dora die Gegenwart des herzoglichen Hausvogts aus Königsberg, schwand ihre Hoffnung. Mit einer beneidenswerten Sicherheit hielt er sich nur wenige Schritte von den beiden Königen entfernt und warf ihr aus seinen dunkel umschatteten Augen bedrohliche Blicke entgegen. Um den bartlosen Mund zuckte es verächtlich. Die Hände hinter dem veilchenblauen Faltrock verschränkt, machte er schließlich zwei Schritte zur Seite, wo zu allem Überfluss der finstere Krakauer Gerichtsvogt ausharrte. Verschwörerisch tuschelnd steckten die beiden ihre Köpfe zusammen, was Dora angesichts der Gegenwart von Zygmunt und Zygmunt August als ein geradezu herausforderndes Verhalten empfand. Die beiden polnischen Könige aber schien es nicht zu stören. Viel zu beschäftigt waren sie mit einem Dora unbekannten dritten Mann, den sie aufgrund seines langen schwarzen Kaftans und des gelben Rings auf der Brust als Juden erkannte. Sogar den vorgeschriebenen Spitzhut behielt er im Angesicht der beiden Majestäten auf dem Kopf. Ob das Jan Gottlieb war? Eigentlich hatte sie sich ihn älter vorgestellt, war dieser hier doch höchstens Mitte dreißig, wie sein dichtes schwarzes Haar und der üppige, lange, ebenso tiefschwarze Bart verrieten.

»Königliche Hoheit!«, brüllte der Wachmann und klopfte seine Pike auf den Steinboden. Sofort verstummten die Anwesenden, wandten sich neugierig um. Dabei wurden sie Dora gewahr. Manche runzelten die Stirn, andere schauten verwirrt, wieder andere rissen erstaunt die Augen auf. Dora war, als starrten selbst die Augen der geschnitzten Holzköpfe an der Decke wieder anklagend auf sie herunter. Ebenso laut wie vorhin setzte der Wachmann nach: »Dora Stöckelin aus Königsberg.«

Bei Nennung ihres Namens grinste Göllner spöttisch, während Wierzynek etwas in seinen dunklen Bart brummte. Der Jude wie auch Zygmunt und sein Sohn richteten ihre Blicke voller Neugier auf sie. Schweigend bildeten die übrigen Anwesenden eine Gasse, um ihr den Weg zu den beiden Königen zu bahnen, und verfolgten aufmerksam, wie der Wachmann sie schroff vor sich her nach vorn scheuchte. Sobald Dora vor den beiden Königen zu stehen kam, verneigte sie sich tief. Ein laut vernehmliches Räuspern von Zygmunt August bedeutete ihr, sich wieder aufzurichten.

Scheu hob sie das Antlitz. Der alte Zygmunt hatte offenbar Mühe, seinen unruhig flatternden Blick auf ihr zur Ruhe kommen zu lassen. Sie fuhr zurück, als sie erkannte, wie leer seine trüben Linsen wirkten. Endlich aber hatte er es geschafft und blickte sie ausdruckslos an.

»Schaut zu mir!« Ehe sie sichs versah, stand Zygmunt August vor ihr und zwang mit den Fingerspitzen ihr Kinn nach oben. Wie schon seine Mutter zeigte auch er sich brennend an ihren verschiedenfarbigen Augen interessiert. »In der Tat! Ein ganz besonderer Blick.«

Er wandte sich wieder ab und flüsterte seinem Vater etwas ins Ohr. Der alte Zygmunt nickte bedächtig, hob die Hand zum Kinn, strich mit den knotigen Fingern durch den graumelierten Bart. Als er den Mund zum Sprechen öffnete, gewahrte Dora die traurigen Zahnstümpfe in seinem Gebiss.

»So seid Ihr also von Gott mit Euren wundersamen Augen ausgezeichnet.«

»Oder vom Teufel«, gab der junge König zu Doras Entsetzen zu bedenken.

»Das hat mir Baranami auch schon weismachen wollen.« Zygmunt lachte auf. Plötzlich kam Leben in sein müdes Antlitz. Die Erinnerung an den rothaarigen Kaufmann schien ihn aufzuheitern. »Genau deshalb habe ich sie auf seinen Rat hin vor einigen Wochen aus dem Krakauer Gefängnis auf den Wawel bringen lassen.«

»Dabei hätte Wierzynek sie gern auf dem Krakauer Markt brennen sehen«, erwiderte der junge König nicht minder amüsiert. »Eine lutherische Hexe aus dem Land Eures geliebten Neffen aber müsst Ihr natürlich Eurer eigenen Gerichtsbarkeit unterstellen.«

»Das bin ich meinem Neffen wohl schuldig.«

»Die Königin hat sich sehr beunruhigt über den Blick der Stöckelin geäußert.« Zygmunt August wurde wieder ernst, verschränkte die Arme und schaute sich mit hochgezogenen Augenbrauen im Kreis der Hofleute um.

Göllner und der Gerichtsvogt wirkten noch leicht verunsichert ob der Bemerkungen vorhin. Die übrigen Herren spitzten die Ohren, versuchten mehr oder weniger auffällig Doras besondere Augenfarbe aus der Nähe zu betrachten.

»Aber Bona Sforza hat mich letztens selbst ihres Wohlwollens …«, versuchte Dora einzuwerfen, um sofort mit einem schroffen »Schweigt!« von Wierzynek zurechtgewiesen zu werden. Allein die Gegenwart der beiden Könige hielt ihn davon ab, die Hand gegen sie zu erheben. Auf Zygmunt Augusts Wink hin trat er nach hinten. Dennoch begann Dora zu zittern. Angst wie auch Wut stiegen in ihr auf. Göllners Grinsen wurde breiter. Eine eisige Hand umklammerte ihr Herz. Wenn die Königin sie tatsächlich mit dem Teufel in Verbindung brachte, erklärte das, warum sie nichts mehr von sich hatte hören lassen. Eine aufrechte Katholikin wurde Zygmunts fast dreißig Jahre jüngere Gemahlin genannt. Auch Dora gegenüber hatte sie letztens auf die Frage nach dem rechten Glauben angespielt. Die vielgerühmte Toleranz der Jagiellonen Andersgläubigen gegenüber musste der gebürtigen Mailänderin ein Dorn im Auge sein. Dora schalt sich ob ihrer Einfalt, vorschnell auf Bona Sforzas Großmut vertraut zu haben. Das war ein großer Fehler gewesen, wie sich nun zeigte.

»Gestattet mir anzumerken, dass ein rechtgläubiger Mensch wohl kaum mit solchen Augen auf die Welt blickt.«

Göllners Stimme klang unterwürfig. Eifrig buckelnd drängte er nach vorn, näher zu den königlichen Hoheiten hin.

»Ein rechtgläubiger Mensch?« Zygmunt gab sich von neuem belustigt. Seinem hohen Alter zum Trotz war sein Geist überraschend rege. »Das behauptet ausgerechnet Ihr, die Ihr wie die Stöckelin und all die anderen Preußen dank meines Neffen dem Lutherischen nacheifert?«

Bedächtig schüttelte er sein schweres Haupt. Der Hausvogt wich einige Schritte zurück, warf einen fragenden Blick auf den jungen König. Der war ganz in seine eigenen Überlegungen versunken. Den linken Arm vor der Brust angewinkelt, den rechten darauf abgestützt, strich er mit seinen langen, schlanken Fingern durch den zweiteiligen Bart.

»Die verschiedenfarbigen Augen der Stöckelin sind es nicht allein, die die Königin an der Frau beschäftigen«, begann er nachdenklich. »Ebenso verwundert sie das Trachten der Frau, in der Baukunst dem Talent eines Mannes ebenbürtig zu werden.«

»Aber sie selbst hat doch …«, entfuhr es Dora, um sogleich wieder zu verstummen. Zygmunt Augusts verärgertes Augenbrauenrunzeln war ihr Warnung genug. Ein Raunen durchlief die Reihe der Hofleute. Göllner und Wierzynek tauschten zufriedene Blicke. Dora biss sich auf die Lippen, zwang sich mit aller Kraft, stillzuhalten.

»Ganz zu Unrecht geschieht dies wohl nicht«, warf der alte König zu ihrer Erleichterung ein. »Die Königin hat mir die Aufzeichnungen der Stöckelin gezeigt, ebenso das Werkmeisterbuch ihres Ahns. Ihr wisst, wie bewandert Bona Sforza in solchen Dingen ist. Ihrer Meinung nach spricht ein großes Talent aus den Arbeiten der Stöckelin.«

»Dennoch hat Euch Euer Neffe ein Schreiben aus Königsberg geschickt, in dem schwere Vorwürfe gegen sie erhoben werden«, erinnerte der junge König seinen Vater an den eigentlichen Zweck der Anhörung, was Göllner mit einem lauten Aufatmen begleitete. »Zudem hat er in dieser Angelegenheit eigens seinen Hausvogt hierherreisen lassen.«

Ein lautes Brummen des Alten war zunächst die einzige Antwort. Zygmunts Kopf kippte nach vorn. Eine gespannte Stille breitete sich im Kreis der Versammelten aus. Schwerfällig hob Zygmunt schließlich wieder sein Haupt und drehte sich, um den Blick eine Weile schweigend auf dem Antlitz seines Sohnes ruhen zu lassen. Bedächtig nickte er, fuhr sich mit den knöchrigen Fingern abermals durch den graumelierten Bart.

»Du hast recht, mein Sohn. Lass uns hören, was der preußische Hausvogt über die Vorwürfe gegen die Stöckelin zu berichten hat. Es hat ganz den Anschein, als wäre er genau der Richtige, uns diesbezüglich aufzuklären. Danach werden wir weitersehen.«

Von neuem stieß er ein schwer zu deutendes Brummen aus. Allein das kurze Aufblitzen in seinen müden Augen weckte für einen Moment Doras Hoffnung, er würde Göllner nicht sonderlich über den Weg trauen. Dieses Gefühl erstarb jedoch gleich wieder, sobald Göllner auf Zygmunt Augusts Zeichen hin vor den Thron trat. Zwei Schritte entfernt von dem alten König blieb er stehen. Wohlgefällig richtete Zygmunt seinen Blick auf ihn und erteilte ihm mit einem Wink das Wort.

»Danke Euch vielmals für diese Gnade, Majestät.« Schwungvoll nahm Göllner das Barett vom Kopf, verneigte sich tief, bevor er Dora beim Aufrichten einen vernichtenden Blick zuwarf und sich mit einem zuvorkommenden Lächeln wieder bei den polnischen Herrschern anheischig machte. »Mit großem Interesse habe ich Eure Unterhaltung über diese Frau verfolgt. Gestattet mir, einiges zu ergänzen, ehe ich Euch über das Anliegen Eures Neffen unterrichte. Manches wird Euch dann in neuem Licht erscheinen.«

»Wohl denn«, forderte ihn der junge König leicht ungeduldig auf, der alte stützte den Kopf in die Hand und lauschte, während sich sein Blick in der Weite des Raums verlor.

»Diese Frau kennt leider keinerlei Scham. Sie schreckt nicht einmal davor zurück, die Königin für ihre Zwecke einzuspannen, wie Ihr eben selbst gehört habt. Durch solch unverfrorenes Verhalten machte sie bereits in Königsberg von sich reden. Den herzoglichen Kammerrat umgarnte sie ganz geschickt, beraubte den ehrwürdigen Mann jeder Vernunft, bis er sie trotz seines fortgeschrittenen Alters und seines selbstauferlegten Schwurs, niemals zu heiraten, vor vier Jahren schließlich zur Frau nahm.«

»Was?« Dora meinte ihren Ohren nicht zu trauen, welch dreiste Lügen der Hausvogt verbreitete.

»Schweigt!« Energisch verbat Zygmunt August ihr den Mund. Beschämt senkte sie das Antlitz.

»Mit der Heirat allein war es dem verruchten Weib allerdings nicht genug«, fuhr Göllner nach diesem kurzen Zwischenspiel siegesgewiss fort. »Dabei verschaffte ihr die Verbindung bereits höchstes Ansehen und ein großes Vermögen. Schamlos begann sie obendrein den Kammerrat für ihre Zwecke einzuspannen. Jeder an Albrechts Hofe wird Euch bestätigen, wie einfältig er seither in seinem Amt agierte. Ausgerechnet er, der seine Aufgaben stets mehr als korrekt ausgeführt hatte. Es war geradezu, als hätte er bei der Heirat den Verstand am Altar abgegeben. So versorgte er etwa den unfähigen Vater der Stöckelin mit Bauaufträgen bei Hofe. Dabei ist es ein offenes Geheimnis, wie wenig Wenzel Selege als Baumeister taugt.« Er hielt inne, faltete die Hände vor der Brust und sah den jungen König beifallheischend an. Der alte Zygmunt räusperte sich vernehmlich, also beeilte sich Göllner, fortzufahren: »Wie der Auftritt bei der Königin beweist, maßt sich die Stöckelin inzwischen selbst an, eine Baumeisterin zu sein. Bar jeder zünftigen Bindung und ohne jede ordentliche Ausbildung entwirft sie Gebäude und fertigt Risse. Ihren Gemahl, den Kammerrat, bedrängte sie gar, vom Herzog ein wertvolles Grundstück gleich neben dem herzoglichen Schlosspark zu fordern, weil sie darauf ein riesiges Gebäude errichten wollte. Angeblich, um das Ansehen ihres Gemahls zu steigern, in Wahrheit aber nur, um auf sich selbst und ihr angebliches Können aufmerksam zu machen.«

Von neuem legte er eine Pause ein, sah erst die beiden Könige, dann die Reihe der anderen Anwesenden entlang. In Dora brodelte es. Sie meinte an ihren Widerworten ersticken zu müssen. Zugleich aber spürte sie, dass sie mit einem Einspruch nur noch stärker den allgemeinen Unmut auf sich ziehen würde.

»Leider aber fällte der arme Kammerrat mit diesem Grundstück letztlich sein eigenes Todesurteil«, setzte Göllner scheinbar aufrichtig bedauernd nach und senkte kurz den Blick. Dora lief es eiskalt den Rücken hinunter. »Wie hätte er auch ahnen sollen, zu welch heimtückischen Plänen seine durchtriebene Gemahlin fähig ist?«

»Ihr lügt!«, entfuhr es ihr nun doch empört. Die im Halbkreis hinter ihr stehenden Hofleute reagierten mit entsetztem Getuschel, der Wachmann stieß sie mahnend in den Rücken. Haltsuchend krallten sich ihre Finger ins Grobgrün ihres Kleides, berührten den Beutel mit dem blauen Schafgarbenöl, um seine Kraft zu spüren. Hilfesuchend schaute sie erst Zygmunt August, dann Zygmunt und zuletzt wieder den jungen König an. Die Mienen der beiden Jagiellonen waren undurchdringlich. Verzweiflung stieg in ihr auf. Nach allem, was sie bislang von den polnischen Königen gehört hatte, hielt sie sie für überaus kluge, weise Männer. Sie mussten Göllners Verlogenheit doch durchschauen! Nach einigen tiefen Atemzügen gelang es ihr, in einigermaßen ruhigem Ton einzuwerfen: »Jeder an Albrechts Hof wird die Wahrheit über die tiefe Liebe meines verstorbenen Mannes und mir …«

»Still!«, fuhr ihr der Gerichtsvogt über den Mund. Zygmunt August schnaubte auf, auch der alte König wirkte plötzlich unwirsch. Es war jedoch nicht eindeutig, ob das Dora galt oder Wierzynek, der sich mit seinem Einwurf zu weit vorgewagt hatte. Den Mund verbieten durften im Thronsaal nur die Könige selbst. Eisiges Schweigen senkte sich über die Reihen der Umstehenden. Göllner erstarrte für einen Moment.

Neuen Beistand suchend, sah Dora umher, blieb schließlich an dem Juden hängen, der unmöglich Jan Gottlieb sein konnte. Nicht nur sein Alter sprach dagegen. Nach allem, was sie über den klugen Mann aus Kazimierz wusste, war sie sich sicher, dass er Göllners frechen Auftritt in dieser Form längst aufs schärfste widerlegt hätte. Zu weit hatte er sich mit all seinen Bemühungen, sie aus dem Kerker zu befreien, aus dem Fenster gelehnt, um dem Hausvogt den Sieg vor den Königen zu überlassen. Als der Jude ihren Blick bemerkte, drehte er sich zur Seite. Der neben ihm stehende Gerichtsvogt brummte böse. Im selben Moment räusperte sich der junge König und schaute Göllner erwartungsvoll an. Der nutzte sogleich erleichtert die Gelegenheit, weiterzureden. In seinen sonst so fahlen Augen glimmte ein Leuchten auf, die Warzen auf seiner linken Wange röteten sich unheilschwanger.

»Das ungebührliche Gebaren der Stöckelin vor Eurem königlichen Thron spricht wohl für sich. Eine Frau, die zu solch teuflischen Spielen mit einem ehrwürdigen Mann wie dem Kammerrat fähig ist, ist erst recht fähig, selbigen erbarmungslos zu töten, sobald sie ihre Ziele erreicht hat und zudem ein jüngerer Liebhaber am Horizont auftaucht. Es wird Euch wenig überraschen zu hören, dass es sich bei diesem um den Sohn eines Euch ebenfalls von früher gut bekannten Mannes handelt.« Bedeutungsvoll hielt er noch einmal inne, sonnte sich in der Aufmerksamkeit, die ihm gezollt wurde, und setzte schließlich nach: »Es handelt sich um den jungen Veit Singeknecht.«

Bei Nennung des Namens meinte Dora ein Flackern in den starren Augen des alten Zygmunts zu erkennen. Auch sein Sohn nickte verständig. Im Kreis der übrigen Zuhörer erhob sich Gemurmel, das schwer einzuschätzen war.

»Mit ihm heckte sie nicht nur den Plan aus, den armen Kammerrat unter der Stützmauer seines neuen Hauses zu begraben«, fügte Göllner unbeirrt hinzu, »mit ihm zusammen sorgte sie nach Stöckels Tod obendrein dafür, wichtige Unterlagen aus dem herzoglichen Schloss beiseitezuschaffen.« Er hielt kurz inne, verschnaufte, um dann leiser hinzuzufügen: »Genau das führt mich nun zu Euch, wie auch der Brief Eures Neffen und Vetters diese Angelegenheit bereits behandelt. Seit zwei Jahren versuche ich dieser Schriftstücke wieder habhaft zu werden. Ihr könnt Euch vorstellen, wie sehr Albrecht daran gelegen ist, sie zurückzuerhalten. Weder die Durchsuchung des Stöckelschen Hauses noch die Einkerkerung der Stöckelin im Krakauer Stadtgefängnis und die mehrmalige Androhung der Tortur haben sie bislang zur Rückgabe der Papiere bewegt. Ja, sie weigert sich sogar, zuzugeben, die Papiere überhaupt gestohlen zu haben. Auch das wiederum kann nur als Hinweis auf die teuflische Kraft dieser Frau gedeutet werden. Seht sie Euch an.« Anklagend schoss sein ausgestreckter Zeigefinger nach vorn, ein gutes Dutzend Augenpaare folgten der Bewegung. »Ein Blick in die Abgründe dieser eigenartigen Augen belegt, dass die Frau vom Leibhaftigen besessen ist. So erlaube ich mir also zu fragen, Majestät«, huldvoll presste er abermals die rechte Hand auf die Brust, verneigte sich besonders tief erst vor Zygmunt, dann vor Zygmunt August, bevor er im Aufrichten in feierlichem Ton nachsetzte: »Ist eine Frau, die derart schamlos agiert, Eurer Gnade würdig?«

Dora stockte der Atem. Der Blick, den der junge König ihr zuwarf, weckte in ihr den Wunsch, auf der Stelle im Boden zu versinken.

12

Göllners ungeheuerlicher Anklage folgte betretenes Schweigen. Dora musste sich gar nicht erst im Saal umsehen, um zu wissen, wie entsetzt die Hofleute mit den Schnitzköpfen an der Decke um die Wette auf sie blickten. Selbst die wilden Tiere und hochgerüsteten Ritter auf den Wandteppichen schienen zutiefst erschrocken ob der Beschreibung ihrer verdammenswerten Natur. Sie zwang sich, einen kühlen Kopf zu bewahren, tastete wieder nach dem Beutel mit dem Öl, rief sich seinen Duft wie auch das Bild der blauen Göttin vor Augen. Bestärkt von der Erinnerung, reckte sie das Kinn, suchte herausfordernd Göllners Blick. »Seid Ihr endlich fertig mit Euren Lügengeschichten?«

Ihr kühnes Auftreten überraschte ihn, wie das unsichere Flackern in seinen Augen bewies. Auch Gerichtsvogt Wierzynek knurrte verdutzt, ebenso murrten die Hofleute. Der alte König Zygmunt aber schaute sie neugierig an. Als Zygmunt August dem hinter ihr stehenden Wachmann ein Zeichen geben wollte, sie fester zu packen, wehrte Zygmunt ab. »Lass sie. Nachdem wir dem Hausvogt so geduldig Gehör geschenkt haben, steht ihr dasselbe Recht zu. Immerhin ist sie die Witwe des ehrwürdigen Kammerrats Stöckel.«

»Aber Vater!«, begehrte Zygmunt August auf, der Alte gab ihr jedoch ein Zeichen zu sprechen.

»Habt aufrichtigen Dank.« Sie versank in einem tiefen Knicks vor dem König, ehe sie mutig begann: »Leider habt Ihr, lieber Göllner, bei Euren ausführlichen Schilderungen vorhin einen sehr wichtigen Punkt vergessen. Dabei würde genau der den Majestäten den wahren Grund für Euer großes persönliches Interesse an den angeblich unterschlagenen Unterlagen des Herzogs begreiflicher machen und auch auf den Unfalltod meines Mannes ein völlig anderes Licht werfen. Ganz bewusst habt Ihr nämlich verschwiegen, dass Ihr vor gut zwanzig Jahren auf Betreiben meines Gemahls und des Nürnberger Rechtsgelehrten Singeknecht von Herzog Albrecht aus seinen Diensten entlassen wurdet.«

»Das ist doch …«, wollte Göllner dazwischengehen, doch ein Wink Zygmunt Augusts hieß ihn gleich wieder verstummen.

»Weiter!« Aufmunternd nickte der alte König ihr zu.

»In den besagten Papieren meines verstorbenen Mannes, deren Diebstahl ich vorhin bezichtigt wurde, findet sich eine genaue Schilderung der unsauberen Machenschaften, die zu Göllners damaliger Entlassung führten. Nicht der Herzog, sondern sein Hausvogt will die Unterlagen haben. Albrecht hat er nur eingeredet, es läge in seinem Interesse. Noch ehe der Herzog jedoch ein Auge darauf werfen kann, wird Göllner sie für immer vernichten. Damit wären ein für alle Mal die Beweise aus der Welt, was seinerzeit wirklich geschehen ist. Ebenso sollen auch Singeknecht und ich am besten für immer zum Schweigen gebracht werden. Deshalb hat Göllner Herzog Albrecht überredet, mich am Hof seines Oheims anklagen zu lassen. Singeknecht ist glücklicherweise noch rechtzeitig entwischt …«

»Milcz, małpa!«, zischte Wierzynek.

Göllner versetzte ihm einen sanften Stoß in die Seite und rang sich zu einem Lächeln durch. »Ich verstehe Eure Verzweiflung, liebe Stöckelin. Alles ist Euch recht, um Euren Kopf aus der Schlinge zu ziehen. Aber leider ist Euch da wohl im Eifer des Gefechts ein kleiner Fehler unterlaufen. Immerhin habt Ihr gerade selbst zugegeben, besagte Papiere zu besitzen. Wie sonst solltet Ihr wissen, was darin steht?« Er hielt inne, vergewisserte sich der Aufmerksamkeit der beiden Könige. Triumphierend kreiste alsdann sein Blick über die Gesichter der Hofleute, die zustimmend nickten. »Doch anders, als Ihr hier den Anschein erwecken wollt, wisst Ihr so gut wie ich, dass es sich bei den vom Herzog vermissten Unterlagen nicht um unverschämte Anschuldigungen gegen mich, sondern um wichtige Schriftstücke zur herzoglichen Haushaltsführung handelt. Wider besseres Wissen habt Ihr sie auf die Seite geschafft und tut jetzt einfach so, als ginge es um etwas ganz anderes. Das aber dient allein der Ablenkung von Eurem hinterhältigen Treiben!«

»Warum sollte ich Unterlagen zur herzoglichen Haushaltsführung beiseiteschaffen, wie Ihr es nennt?« Sie unterstrich das Abwegige dieser Vorstellung durch ein helles Auflachen, was, wie sie aus dem Augenwinkel bemerkte, bei Zygmunt August und einigen Umstehenden ein leichtes Schmunzeln auf die Lippen zauberte. Das bestärkte sie, fortzufahren. »Das Einzige, was ich nach dem Tod meines Gemahls aus dem Schloss an mich genommen habe, sind seine persönlichen Aufzeichnungen. Das wisst Ihr ebenso gut wie ich. Ihr habt mir schließlich seine Habseligkeiten aus der Rentkammer höchstpersönlich nach Hause gebracht. Darunter befanden sich natürlich auch besagte Chroniken.«

»Wie könnt Ihr …«, setzte Göllner an und erblasste.

Dora aber redete gleich weiter: »Gewiss wird niemand der hier Anwesenden in Abrede stellen wollen, dass ich als Witwe das Recht habe, die privaten Notizen meines verstorbenen Mannes an mich zu nehmen, noch dazu, wenn sie mir der herzogliche Hausvogt eigenhändig nach Hause liefert.«

Das beifällige Gemurmel ging in ein erstes zaghaftes Gelächter über. Zygmunts Augen erwachten aus ihrer Ausdruckslosigkeit. Über sein müdes Gesicht huschte ein Schmunzeln. Selbst Zygmunt August zeigte sich belustigt und beugte sich vor, um seinem Vater etwas auf Polnisch ins Ohr zu flüstern, was dieser mit einem beifälligen Nicken kommentierte.

Göllners Miene wurde starr. Ihm war anzusehen, wie angestrengt hinter seiner Stirn der Gedanke arbeitete, wann ihm dieser entscheidende Fehler unterlaufen sein konnte und er Dora die entscheidenden Papiere versehentlich überreicht haben mochte. Verwirrt schaute Wierzynek zwischen ihm und Dora hin und her. Offenbar überlegte er gerade, ob ihm diese Version der Geschichte womöglich besser gefiel als die seines bisherigen Freundes, zumal sie bei den Majestäten auf offene Ohren stieß. Göllner musste ihm entscheidende Einzelheiten verschwiegen haben, wie er wohl gerade feststellte.

»Die Chronik befand sich in der letzten Kiste, die mir von Euch gebracht wurde«, erlöste Dora den Hausvogt aus seinem Grübeln. »Also musste ich doch annehmen, sie war nicht für Interesse von Euch. Majestät«, wandte sie sich mit einer neuerlichen Verbeugung Zygmunt August und seinem Vater zu, »gewährt mir freies Geleit nach Kazimierz, und ich werde die beiden Oktavbände holen. Gern könnt Ihr selbst darin lesen und Euch von der Richtigkeit meiner Behauptung überzeugen. Punkt für Punkt hat mein Gemahl in seinen privaten Notizen festgehalten, wie der jetzige Hausvogt Göllner seinerzeit in Nürnberg das Vertrauen Herzog Albrechts missbraucht hat, um seine schändlichen Interessen durchzusetzen. Wenn Ihr noch einige Tage Geduld habt, kann ich Euch mit Hilfe eines guten Freundes sogar noch weitere Belege dafür vorlegen.«

Kaum zu Ende gesprochen, schloss sie die Augen und flehte bei Gott inständig um Beistand, die von Polyphemus erwähnten Papiere würden das Behauptete tatsächlich untermauern. Solange sie sie nicht selbst gesehen hatte, musste sie den Worten des Bibliothekars vertrauen. Ebenso hoffte sie, die von dem alten Singeknecht aus Nürnberg angeforderten Schriftstücke wären längst bei Gottlieb eingetroffen.

Im Saal erhob sich Unruhe. Verdutzt schaute Dora umher, meinte, ihre Worte wären Auslöser dafür gewesen. Dann aber bemerkte sie, wie alle zur Tür sahen. Im Vorraum des Gesandtensaales wurden empörte Stimmen laut. Anscheinend begehrte jemand an der langen Schlange der Wartenden vorbei Einlass. Zygmunt August gab den beiden Wachleuten an der Tür ein ungeduldiges Zeichen, draußen für Ruhe zu sorgen. Gerade wollte er sich seinem Vater zuwenden, um über Doras Bitte zu beraten, da wurde die Tür aufgestoßen, und eine Handvoll Männer stürmte an den verblüfften Wachen vorbei nach drinnen.

Doras Herz machte einen riesigen Satz, als sie erkannte, wer an der Spitze der Gruppe Richtung Thron eilte – Veit Singeknecht! Mit einigem Abstand folgten, ob des hohen Tempos heftig nach Atem ringend, der dicke Bibliothekar wie auch ein in Ehren ergrauter Jude und der rothaarige Feliks Baranami. Als die Wachen die Türflügel vor den sich heftig gegen das freche Vordrängeln Aufbegehrenden aus dem Vorraum wieder schließen wollten, schlüpften noch Mathilda, der Pfarrer Tönnies sowie die königliche Hofdame Chwałka hinein. In gebührendem Abstand bauten sie sich ebenfalls im Kreis um den Königsthron auf. Verwundert stellte Dora fest, wie Chwałka ihr ein Zeichen gab, das als beruhigendes Signal zu deuten war. Dora dachte daran, wie ungünstig nach Zygmunt Augusts Worten vorhin das Urteil der Königin angeblich über sie ausfiel. Durfte sie also doch hoffen, von dieser Seite Unterstützung zu erhalten?

»Verzeiht mein ungebührliches Auftreten, Majestät.« Veit hatte Doras Höhe erreicht, zwinkerte ihr aufmunternd zu und beugte vor den beiden Königen das Knie. In der Hand hielt er eine lederne Mappe, aus deren offener Seite ein dicker Stapel loser Papiere ragte. Eine verschlissene Schnur hielt sie notdürftig zusammen. Das mussten die besagten Unterlagen aus Nürnberg sein. Fragend schielte sie zu dem grauhaarigen Juden mit dem auffälligen Spitzbart. Er nickte ihr ebenfalls beruhigend zu. Das also war wirklich Jan Gottlieb.

»Was wollt Ihr, Singeknecht?« Zygmunt August zeigte sich wenig erfreut über den Auftritt.

»Gewährt mir die Gnade, mir eine Weile zuzuhören. Ich bringe Euch wichtige Unterlagen, die belegen, welch falsches Spiel dieser Mann dort treibt.« Veit wies auf Göllner, dessen Gesicht inzwischen kalkweiß war. Allein schon das gemeinsame Auftreten der Männer musste ihn ahnen lassen, wie bald er am Ende war. Die Lippen aufeinandergepresst, versuchte er dennoch Haltung zu bewahren. Im selben Moment jedoch trat der finstere Gerichtsvogt auffällig einen Schritt beiseite. Seine Entscheidung war gefallen. Er gab den Gefährten verloren. Kaum wurde Dora das gewahr, bemerkte sie, wie Göllner zu zittern begann und sich nur mühsam auf seinem Platz hielt.

Zygmunt August entging die Veränderung ebenfalls nicht, wie seine Miene verriet. Wieder neigte er sich zu seinem Vater vor und flüsterte ihm etwas zu. Der alte König räusperte sich daraufhin in die Faust und wandte sich an Veit: »So lasst denn hören, was Ihr in dieser Angelegenheit zu sagen habt. Aber seid Euch bewusst«, mahnend hob er den Zeigefinger und schaute Veit streng an, »dass der herzogliche Hausvogt als Gesandter meines geliebten Neffen an meinem Hof höchstes Gastrecht genießt. Solltet Ihr etwas gegen ihn vorzubringen haben, so solltet Ihr gute Gründe dafür zur Hand haben.«

»Die habe ich, Majestät. Niemals würde ich sonst wagen, Euch um Gehör zu bitten«, erklärte Veit und legte die rechte Hand feierlich wie zum Schwur aufs Herz. Dora zitterten die Knie, als ihr die Gefahr bewusst wurde, in die er sich damit begab. Er allerdings hob wohlgemut zu seiner Rede an. »Vor zwanzig Jahren schon missbrauchte Göllner sein Amt bei Herzog Albrecht, um Geschäfte zu seinem eigenen Vorteil zu tätigen. Mein Vater wie auch Urban Stöckel belegen das in diesen Papieren Punkt für Punkt. Natürlich erzählten sie auch dem Herzog davon, woraufhin der ihn unehrenhaft aus seinen Diensten entließ. Vor einigen Jahren kehrte Göllner an den preußischen Hof zurück und legte gefälschte Gegenbeweise vor, die ihn von aller Schuld freizusprechen schienen. Reumütig bestellte der Herzog ihn zum Hausvogt in Königsberg. Dieses Amt benutzte Göllner wiederum, um sich an Stöckel für die einst erlittene Schmach zu rächen und nun ihn in den Augen des Herzogs bei jeder Gelegenheit herabzusetzen. Das war wohl schwieriger als erwartet, weil Stöckel nicht den Fehler beging, auf seine listigen Versuche einzugehen, bei Betrügereien und Mauscheleien mitzumischen. Bei einem Überfall auf den Kammerrat wollte Göllner dann wenigstens dessen Aufzeichnungen an sich bringen, ahnte er doch, dass Stöckel darin all diese Dinge akribisch notiert hatte. Auch das missglückte. Der Kammerrat hatte von dem geplanten Überfall wohl rechtzeitig erfahren und jubelte den gedungenen Dieben belanglose Papiere unter. Stöckels plötzlicher Tod auf der Baustelle arbeitete Göllner erst einmal zu, war damit doch sein größter Feind aus dem Weg. Allerdings begriff er bald, dass ihm in Stöckels Witwe neue Gefahr erwuchs. Er hatte nämlich Grund zur Annahme, sie hätte die Chroniken wie auch die Beweise aus Nürnberg im Nachlass gefunden. Als er erfuhr, dass sie nach Krakau unterwegs war, wurde ihm klar, wie nah sie seinem düsteren Geheimnis gekommen sein musste. Deshalb überredete er den Herzog mittels falscher Anschuldigungen, Euch um die Festnahme der Stöckelin zu bitten. Frech unterstellte er ihr, wichtige Unterlagen aus dem Schloss unterschlagen zu haben. Um sicherzugehen, dass sie auch wirklich keinen Schaden anrichten konnte, bediente er sich zeitgleich noch seines Freundes, des Krakauer Gerichtsvogts Wierzynek, der die Stöckelin des angeblichen Mordes an ihrem Gatten wegen einkerkern sollte. Der handelte tatsächlich schneller als Ihr. Allein Feliks Baranamis Einfall, die Stöckelin der Hexerei zu bezichtigen, ist es zu verdanken, dass sie zumindest vom berüchtigten Stadtgefängnis in die Obhut Eurer Gerichtsbarkeit auf dem Wawel überstellt wurde. Vermutlich wäre sie sonst schon längst auf dem Krakauer Hauptmarkt als Gattenmörderin gerichtet worden. Untertänigst bitte ich Euch deshalb, diese Unterlagen wie auch Urban Stöckels Chroniken aufmerksam zu studieren, um dann zu entscheiden, welches Urteil in der Sache wirklich zu fällen ist.«

Er hielt inne, sah erst eindringlich zu Zygmunt August, dann zu Zygmunt, um sich schließlich mit liebevollem Blick Dora zuzuwenden. Ein inniges Lächeln tanzte um seine Lippen, seine grünbraunen Augen glänzten. Widerstrebend nur drehte er den Kopf wieder zum König.

»Eins kann ich Euch allerdings schon jetzt versichern, Majestät. Dass die Mauer über dem Haupt ihres Gemahls einstürzte, war ein tragischer Unfall. Leider kann so etwas auf Baustellen geschehen, wie Euch jeder Maurer- und Steinmetzmeister wie auch Zimmerleute bestätigen werden. Wenn dennoch dafür jemand zur Verantwortung gezogen werden muss, dann bin das ich ganz allein. Immerhin habe ich der

Stöckelin auf Wunsch ihres Gemahls als der weitaus erfahrenere Werkmeister beim Bau des Anwesens zur Seite gestanden. An mir wäre es gewesen, die Ausführung des Fundamentes noch genauer zu überprüfen, als ich es ohnehin schon tat, mich vielleicht noch ein weiteres Mal mit den anderen Handwerkern zu beraten, ob das verstärkte Fundament tatsächlich ausreichen würde. Schickt Eure besten Baumeister nach Königsberg, damit sie sich vor Ort davon überzeugen können, ob das Unglück angesichts des schlechten Bodens überhaupt zu verhindern war. Eins müsst Ihr dabei in jedem Fall bedenken: Göllner hat mit Bedacht genau dieses Grundstück ausgesucht und den Herzog überredet, es Stöckel zu überlassen. Er wollte, dass der Kammerrat keine große Freude an dem neuen Haus haben würde, und hat dieses Ziel leider auf sehr tragische Weise erreicht.«

»Elender Zungenklaffer!« Göllners Stimme wurde schrill. Außer sich vor Zorn, hob er den Zeigefinger, wollte Weiteres sagen, brachte aber plötzlich keinen Ton mehr heraus. Der finstere Wierzynek warf ihm vernichtende Blicke zu. Als Göllner Anstalten machte, sich auf ihn zu stürzen, sprangen sofort zwei Wachleute herbei und packten ihn. Entschlossen setzte er sich zur Wehr, schlug und trat um sich, bis ein weiterer Wachmann ihn mit einem gezielten Fausthieb außer Gefecht setzte.

»Lasst gut sein«, winkte Zygmunt August ab und strich sich grübelnd durch seinen zweigeteilten Bart. »Gebt mir diese Chroniken und Papiere, Singeknecht. Nach der Lektüre werde ich mit meinem Vater beraten, was wir dem Herzog in dieser Angelegenheit schreiben. Uns hat er lediglich gebeten, die Stöckelin wegen unterschlagener Geheimpapiere aus seiner Rentkammer festzusetzen. Von der angeblichen Schuld am Tod ihres Gemahls war in dem Schreiben keine

Rede. Die betreffende Anschuldigung hat Göllner allein vor der Krakauer Gerichtsbarkeit zu verantworten. So, wie es aussieht, beruht sie ohnehin auf einer bewussten Irreführung. Der Gerichtsvogt wird sich damit auseinandersetzen müssen.«

»Da gibt es wohl nicht viel, womit ich mich auseinandersetzen muss«, brummte Wierzynek mit seiner unheildröhnenden Bassstimme. »Göllner hat mich angelogen. Deshalb lasse ich meine Anklage gegen die Stöckelin fallen.«

Doras Herz machte einen Satz. Erleichtert klatschte sie in die Hände, was ihr einen vernichtenden Blick seitens der Wach- und Hofleute eintrug. Zerknirscht murmelte sie eine Entschuldigung.

»Noch haben wir die Angelegenheit nicht endgültig geklärt«, erinnerte Zygmunt August mit einem strafenden Blick auf sie. »Bis wir die Papiere durchgesehen und uns diesbezüglich beraten haben, bleibt die Stöckelin unter unserer Aufsicht im Gesindehaus auf dem Wawel. Egbert Göllner aber«, seine Miene wurde streng, »wird hier auf dem Schloss festgesetzt. Mir scheint, er hat uns wie auch den städtischen Gerichtsvogt unter Vorspiegelung falscher Tatsachen zu Handlungen veranlasst, die wir im Nachhinein nicht gutheißen können. Auch davon werden wir Herzog Albrecht nach Königsberg berichten müssen.«

Auffordernd streckte er Veit die Hand entgegen. Nach einer weiteren Verbeugung überreichte Veit ihm die Mappe mit den Unterlagen. Sofort trat der junge König zu seinem Vater und begann gemeinsam mit ihm den Inhalt der Mappe durchzublättern. Als Dora die beiden in Leder gebundenen Notizbücher Urbans darunter entdeckte, juckte es ihr in den Fingern, nach ihnen zu greifen. Eine unbändige Sehnsucht erfasste sie, Urbans gestochen scharfe Schrift zu sehen und seine Kommentare zu Göllners Machenschaften zu lesen. Ein kurzer Blick zu Veit genügte, diesen Wunsch vorerst hintanzustellen. Veit bedeutete ihr, alles sei in bester Ordnung. Gern hätte sie sich ihm entgegengeworfen, um ihm zu danken, doch im nächsten Moment schon wurden sie von den anderen umringt.

»Das ist noch einmal gutgegangen, Liebes.« Mathilda fiel ihr um den Hals.

»Noch ist nichts gewonnen«, erwiderte Dora. »Aber es sieht wohl gut aus.«

Aufmunternd klopfte Polyphemus ihr auf die Schulter. Sie dankte es ihm mit einem Lächeln, drückte auch Pfarrer Tönnies die Hand, bevor sie sich dem grauhaarigen Juden zuwandte.

»Ihr müsst Jan Gottlieb sein. Ich freue mich sehr, Euch endlich leibhaftig vor mir zu sehen. Nach allem, was Ihr für mich getan habt, stehe ich für immer in Eurer Schuld.«

»Es ist mir eine große Ehre, der Witwe meines geschätzten Freundes Stöckel wie auch der Freundin meiner lieben Freunde Singeknecht zur Seite zu stehen.«

»Auch Euch, lieber Baranami, bin ich zu tiefstem Dank verpflichtet.« Artig machte sie vor dem Krakauer Kaufmann einen Knicks. »Zwar habe ich erst große Befürchtungen gehegt, Ihr bringt mich tatsächlich noch als Hexe auf den Scheiterhaufen, inzwischen aber durchschaue ich Eure List.«

»Das war keine List, das war reine Notwendigkeit.« Vergnügt zwinkerte er ihr zu. »Rothaarige Männer mit Hinkefüßen besitzen nun einmal eine Schwäche für so bezaubernde, kluge Frauen mit verschiedenfarbigen Augen wie Euch.«

»Wie schade, dass man Eure Aufmerksamkeit nur mit solchen Eigentümlichkeiten erregt. Dabei wäre ich auch gern einmal mit einem rothaarigen Teufel im Bunde.«

Die Hofdame Chwałka tat betroffen. Der fröhliche Ton ihrer Stimme ließ jedoch keinen Zweifel, wie scherzhaft sie ihre Worte meinte. »Eine Jüdin und ein Teufel, das würde unseren armen Krakauer Gerichtshof wohl erst recht zur Verzweiflung bringen. Zuvor aber soll ich die Stöckelin zu Bona Sforza bringen. Die Königin dürstet danach, sich mit ihr über mögliche Pläne zu weiteren Umbauten auf dem südlichen Schlosshof zu unterhalten.«

»Will sie mich wirklich noch einmal empfangen?« Dora stutzte. »Dabei wurde vorhin erst darauf hingewiesen, wie misstrauisch es sie macht, dass eine Frau wie ich sich solch kühnen Gedanken zur Baukunst hingibt und sich obendrein noch anmaßt, es mit den Männern der Zunft aufnehmen zu können.«

»Da sie selbst des Öfteren solchen Verlockungen erliegt, muss Euch das wenig Sorgen bereiten. Bona Sforza weiß, was es heißt, als Frau einer Neigung nachzugehen, die man eigentlich nur Männern zubilligt. Zu gern setzt sie sich schließlich selbst mit der Kunst auseinander. Wer weiß, wäre sie keine Königin, würde sie sich vielleicht ähnlich wie Ihr als Baumeisterin versuchen.« Chwałka setzte wieder ihre schelmische Miene auf und zwinkerte Gottlieb beschwörend zu. »Es ist schon sehr bezeichnend, welchen Versuchungen sie als überzeugte Katholikin hier bei Hofe ausgesetzt ist. Sogar die Gesellschaft von uns Juden sucht sie sich gern. Dabei müssten wir ihr doch aus Glaubensgründen zutiefst zuwider sein. Aber so ist das wohl, wenn man als glaubensfeste Italienerin an den Hof der glaubensoffenen Jagiellonen heiratet.«

Sie nahm Dora am Arm, wollte sie mit sich wegführen. Dora aber bedeutete ihr, noch einen Moment zu warten. Einer aus der Runde fehlte ihr noch, bei dem sie sich noch nicht bedankt hatte. Zögernden Schritts trat sie auf Veit zu, der sich die ganze Zeit etwas abseitsgehalten und geduldig auf sie gewartet hatte. Verständnisvoll machten die anderen Platz.

»Euch, lieber Veit, gebührt mein allergrößter Dank. Nie werde ich Euch vergessen, welcher Gefahr Ihr Euch ausgesetzt habt, um mir hier beizustehen. Immerhin wurdet Ihr bezichtigt, meinen Gemahl willentlich getötet zu haben.«

»Dieser Vorwurf scheint endgültig ausgeräumt.« Er nickte zu den beiden polnischen Königen, die ganz vertieft in das Studium der Papiere waren. Göllner hatte man abgeführt, wie Dora beruhigt feststellte, auch der düstere Wierzynek war aus dem Saal verschwunden. Noch einmal atmete sie auf. Veit fasste sie an den Händen. »Es wird nur eine Frage weniger Tage sein, bis man Euch freies Geleit gewährt. Es wäre mir eine Ehre, Euch und Eure Base nach Königsberg zu begleiten. Mein Vater wartet dort bereits. So, wie es aussieht, haben wir alle bei Herzog Albrecht noch einiges klarzustellen.«

»Ich freue mich, dabei an Eurer Seite zu sein.« Versonnen suchte sie seinen Blick, genoss es, einige Atemzüge lang darin zu versinken. »Zuvor aber muss ich hier noch einer Einladung folgen.«

Noch einmal drückte sie fest seine Hände, dann wandte sie sich rasch ab, der Hofdame zur Königin zu folgen. Als sie den Saal des Königs verließ, meinte sie wieder die vielen hundert Blicke der geschnitzten Köpfe an der Decke im Rücken zu spüren. Anders als bei ihrem Eintreten aber schienen sie ihr nun wohlgesinnt. Selbst die wilden Tiere auf den Wandteppichen wie die tapferen Jäger und Helden in Rüstung sahen ihr lächelnd nach, als sie Chwałka in den nordwestlichen Flügel des Schlosses folgte.

13

Als sich der Fuhrwagen den drei Königsberger Städten von Südwesten her näherte, wagte Dora kaum den Blick nach draußen zu richten. Zu sehr fürchtete sie, es könnte sich zu viel verändert haben. Etwas mehr als vier Monate war sie fort gewesen. Im Rückblick betrachtet, mussten Jahre seit jenem Tag Ende Mai vergangen sein, als sie mit Götz Steinhaus, Polyphemus, Tönnies und Mathilda nach Krakau aufgebrochen war. So vieles war seither geschehen, was ihr künftiges Leben nachhaltig verändern würde.

Von den vier Reisegefährten kehrten nur zwei wieder mit ihr zurück an den Pregel. Götz Steinhaus hatte sich entschlossen, den Winter bei seinen Krakauer Freunden zu verbringen. Zusammen mit Stanisław Podski, Piotr Bonter und Fedor Spiski wollte er künftig seine Geschäfte enger mit den Kumpanen aus Petrikau abwickeln. Dem Kreis gehörte Feliks Baranami nicht mehr an. Er wollte sich fürderhin stärker mit den jüdischen Kaufleuten aus Kazimierz verbünden, wofür ihm die beiden polnischen Könige zahlreiche Privilegien zugesichert hatten. Auch dem Pfarrer Clas Tönnies winkten unter dem Schutz der Jagiellonen beste Aussichten am Collegium Maius, wo er die nächsten Jahre lehren sollte. Sosehr Dora den Abschied von Baranami und Tönnies bedauerte, so erleichtert war sie, die nächsten Monate sicher zu sein, Steinhaus in der Königsberger Heimat nicht zu begegnen. Bis er im nächsten Jahr wieder an den Pregel zurückkehrte, blieb ihr ausreichend Zeit, seine Feigheit und den mangelnden Beistand zu vergessen. Die neuen Aufgaben an der Seite Veit Singeknechts würden ihr dabei gewiss helfen.

Ein kühler Wind blies durch die Öffnung der Plane, bauschte die Leinwand auf. Längst hatte der Herbst Einzug gehalten. Die heftigen Stürme hatten das Laub von den Bäumen geweht, die abgeernteten Felder lagen in Erwartung des ersten Frostes brach. Bei dem Gedanken, in Kürze die kleine Johanna an ihre Brust zu drücken, wurde Dora ungeduldig. Würde das Mädchen sie noch als ihre Mutter erkennen? Als sie den Blick hob, streifte sie Mathildas fein gezeichnetes Gesicht. Die grünen Mandelaugen glänzten geheimnisvoll. Auch die Base sah einer entscheidenden Begegnung entgegen. Wie selbstverständlich streckte sie die Hand nach ihr aus. Dankbar griff Mathilda danach.

»Der Herbst ist die beste Zeit, die Ernte des Sommers einzufahren.« Zufrieden lächelte Polyphemus vor sich hin. »Wie die Bauern von ihren Feldern heimkehren, so kommen auch wir jetzt nach Hause zurück und können uns dessen erfreuen, was wir mit uns bringen – den Lohn einer erfolgreichen Arbeit.«

»Wie schön Ihr das sagt.« Mathilda nickte zustimmend. »Es ist gut, dass wir den Heimweg gemeinsam angetreten haben und Ihr Eure Reise nach Frankfurt und Nürnberg um ein Jahr verschoben habt. Auf Götz Steinhaus können wir gut verzichten. Dafür haben wir schließlich den jungen Singeknecht zur Seite. Nach allem, was wir in Krakau erlebt haben, scheint mir das die bessere Begleitung für uns.« Sie schenkte Dora einen bedeutungsschwangeren Blick.

»Die Gegenwart von Steinhaus wäre für uns alle schwer zu ertragen gewesen«, pflichtete Polyphemus bei. »Das hat er zum Glück selbst eingesehen. Bei Podski, Bonter und Spiski fühlt er sich die nächsten Monate sicher wohler.«

»Seid nicht so streng mit ihm«, bat Dora. »Künftig wird er jedes Mal, wenn wir ihm im Kneiphof begegnen, an sein feiges Betragen in Krakau erinnert. Das wird ihm Strafe genug sein, sich fortan besser zu überlegen, wie rasch er einem seiner Mitbürger in der Fremde den Beistand verweigert.«

»Ihr seid erstaunlich nachsichtig.« Polyphemus räkelte sich neben Mathilda behaglich auf dem schmalen Sitzbrett zurecht.

»Was geschehen ist, ist geschehen und kann nicht mehr rückgängig gemacht werden«, erwiderte sie. »Da ist es wohl besser, den Blick nach vorn zu richten und sich für eine bessere Zukunft zu rüsten.«

»Irgendwoher kenne ich diese Einsicht.« Versonnen schaute der Bibliothekar durch die schmale Öffnung der Wagenplane nach draußen, wo sich die wohlbekannte Silhouette der Königsberger Städte nebst den Türmen und Mauern des Schlosses abzeichneten. Ein milchiger Nebelschleier, den beiden Flussarmen des Pregels entstiegen, umhüllte zärtlich die Konturen. Die Abenddämmerung nahte. Eine beruhigende Stille senkte sich über das Land. »Diese Zeilen habe ich vor mehr als zwei Jahren in einer wunderschönen Handschrift gelesen, die mir Eure Schwägerin für wenige Tage überlassen hat. Glücklicherweise hat sie das kostbare Buch aus den Ruinen Eures abgebrannten Elternhauses retten können.«

»Hat das Minnesangbuch das Flammenmeer überstanden?« Erfreut rückte Dora auf ihrer Sitzbank nach vorn. »Nie hat meine Schwägerin mir erzählt, dass sie es an sich genommen hat. Es ist ein sehr altes Buch, das einem Oheim meiner Urahnin Agnes gehört haben muss. Er soll ein begeisterter Leser von Minnesang und Heldenepen gewesen sein.«

»Minne und Heldentum scheint unter Euren Vorfahren fast ähnliche Bedeutung besessen zu haben wie das Bierbrauen und die Baukunst.« Polyphemus lächelte verschmitzt. »Ihr wisst hoffentlich, wie wichtig es ist, die Traditionen der Vorväter nicht nur brav zu bewahren, sondern durch Leidenschaft lebendig zu halten, damit die Flamme weiter brennt und die Glut nicht erlischt.«

Wie zufällig wanderte sein Blick wieder nach draußen, wo gerade Veit Singeknecht auf seinem stolzen Braunen in Sicht kam. Als hätte er seine Worte verstanden, drehte er sich im Sattel um und winkte ihnen zu. »Bald haben wir das Ziel unserer Reise erreicht.«

Dora dankte es ihm mit einem seligen Lächeln.

Den Rest der holprigen Fahrt saßen sie schweigend unter der Plane, jeder seinen eigenen Gedanken ergeben. Vom Haberberg kommend, erreichten sie die Brücke über den alten Pregel und das südliche Tor in den Kneiphof. Sie hatten Glück. Ohne lang warten zu müssen, gelangten sie hinein.

Auf der Langgasse drängten sich die Händler, die nach erfolgreichen Geschäften wieder aus der Stadt herauswollten. Bald schon kam die Krämerbrücke in Sicht, und von dort war es eine kurze, auf dem letzten Teil des Mühlenbergs sehr steile Fahrt. Der Fuhrmann brachte den Wagen auf dem Vorplatz des Marstalls zum Stehen. Von dort liefen sie die wenigen Schritte bis zu Urbans Haus zu Fuß.

Dora eilte allen voran. Kaum konnte sie es erwarten, ihr Kind in die Arme zu schließen. Veit wich ihr nicht von der Seite. Die anderen folgten mit etwas Abstand. An der Tür angekommen, hörte Dora ein wohlvertrautes Miauen. Gleich strich ihr die dreifarbige Katze mit ihrem geschmeidigen Körper um die Beine. »Miranda!« Erfreut bückte sie sich, um die Katze aufzunehmen. Das kluge Tier sah ihr geradewegs in die Augen, bevor es sich schnurrend an sie schmiegte. Veit ließ den eisernen Klopfer auf die Tür fallen, doch schon im nächsten Moment wurde von innen geöffnet.

»Dora!« Die dürre Renata breitete die Arme aus, und Dora sank ihr entgegen. Mirandas Schnurren wurde lauter.

»Da bist du ja auch wieder.« Als sich Dora von ihr gelöst hatte, übernahm Renata mit einem Leuchten in den Augen die Katze und liebkoste sie zärtlich.

»Über Wochen war sie fort«, erzählte sie. »Ich wusste gleich, dass dir etwas Schlimmes zugestoßen sein muss. Wenn die Feuerkatze aus dem Haus verschwindet, bedeutet das großes Unglück.«

»Jetzt sind wir beide wieder zurück. Das Glück kann also wieder Einzug halten«, entgegnete Dora und schaute ungeduldig in die Diele. »Wo ist Johanna? Hat Elßlin gut auf sie aufgepasst?«

»Du wirst staunen. Sie ist ordentlich gewachsen«, erwiderte Renata und grinste verschmitzt. Endlich ließ sie auch Veit und die anderen eintreten. »Zum Glück ist der Bote mit der Nachricht von eurer Ankunft gestern schon eingetroffen. So haben wir oben alles in Ruhe herrichten können, um euch einen angemessenen Empfang zu bereiten.«

Wie zur Bestätigung ertönte im Obergeschoss ein heftiges Poltern, gefolgt von emsigem Topfgeklapper. Da erst wurde Dora des angenehmen Essensgeruchs gewahr, der durchs Haus zog.

»Mechthild, die neue Magd bei deinem Vater, versteht sich gut darauf, die Huttenbeck im Haus zu vertreten«, erklärte Renata. »Zusammen mit der König hat sie euch ein feudales Mahl bereitet.«

»Mein Vater hat eine neue Magd?«

»Eigentlich hat eher deine Schwägerin eine neue Magd. Du wirst sie gleich kennenlernen. Es hat sich einiges geändert. Geht nur rasch alle nach oben, dann werdet ihr es selbst feststellen.«

Mit der freien Hand scheuchte sie sie zur Treppe. Dora freute sich, die oft so verwirrte Magd wieder ganz in der früheren Bestimmtheit zu erleben. Anscheinend hatte sie sich endlich von den Schrecken des Feuers erholt. Beschwingt von der Aussicht, damit wieder ihre bewährte Unterstützung aus Kindertagen im Haus zu wissen, eilte sie die Treppe hinauf. Falls alles gutging, war es nur eine Frage der Zeit, bis Mathilda den Haushalt verließ, um künftig für ihren Vater Wenzel zu sorgen. Vorausgesetzt, sie kam mit der neuen Magd bei Gret klar.

Vollauf beschäftigt mit der Vorstellung, wie die neue Magd aussehen mochte, übersprang Dora gleich zwei Stufen auf einmal. Am oberen Treppenabsatz aber hielt sie so abrupt inne, dass Veit, der ihr dicht auf den Fersen war, in sie hineinlief. Sie stolperte und schwankte. Schützend breitete er die Arme nach ihr aus und drückte sie fest an sich.

»Ich fürchte mich so«, murmelte sie mehr zu sich selbst als zu ihm. Dennoch hatte er ihre Worte vernommen.

»Vertraut auf die Kraft der Liebe, dann wird sich alles finden.« Sanft strich er ihr über die Wange. Sie genoss es, die Wärme seiner Hand zu spüren, und hauchte einen Kuss darauf.

Hand in Hand gingen sie zur Wohnstube. Die Stille im Haus ließ jeden ihrer Schritte auf dem Dielenboden umso lauter erschallen. Längst mussten die Wartenden in der Stube wissen, dass sie gleich vor ihnen auftauchen würden. Das Schweigen hinter der Tür verriet, wie gebannt auch sie dem Moment entgegensahen. Mit zittriger Hand drückte Dora die Klinke herunter.

Wie erwartet sahen ihr von drinnen mehr als ein halbes Dutzend Augenpaare entgegen. Rasch glitt ihr Blick über die Köpfe, nickte der am Tisch sitzenden Gret, dem neben ihr stehenden Jörg wie auch dem Vater, Lienhart und der König zu. Dann endlich erreichte sie Elßlin, die am Kopfende auf Urbans früherem Platz thronte und ein erstaunlich großes

Kind auf den Armen hielt. Renata hatte recht, beide waren in den letzten Monaten erstaunlich gewachsen.

»Johanna!« Zärtlich rief Dora den Namen ihrer Tochter und näherte sich auf leisen Sohlen den beiden. Gebannt schaute ihr das Mädchen mit den dichten Locken entgegen. Im letzten Tageslicht leuchtete sein Haar noch bernsteingoldener auf. Als sie auf Armlänge heran war, blitzte etwas in den grünbraunen Augen auf. Auf einmal streckte es die kurzen Arme aus und begann unruhig auf Elßlins Armen zu zappeln. Die zierliche Magd hatte Mühe, es festzuhalten, wisperte ihm zugleich einige Silben eindringlich ins Ohr. Leicht wandte Johanna den Kopf, beobachtete aufmerksam, wie Elßlin die Lippen formte. Dann lachte die Kleine vergnügt auf, patschte in die Hände und jauchzte: »Ma-ma!«

Dora taumelte vor Freude, stürzte auf sie zu, hob sie hoch und drehte sich schwungvoll mit ihr auf den Armen einmal um die eigene Achse. Johannas Jauchzen wurde noch lauter. Auch wenn Dora wusste, dass Elßlin dem Kind die Silben eingeflüstert hatte und es wohl kaum deren Bedeutung ahnte, war es doch eine große Freude zu spüren, wie vertraut es gleich mit ihr tat. Also hatte Elßlin ihre Aufgabe sehr ernst genommen und der Kleinen deutlich gemacht, wie sie zueinander standen. Dankbar lächelte sie ihr über den duftenden Lockenschopf des Kindes zu.

Inzwischen waren auch die anderen in der Stube eingetroffen. Polyphemus war gleich zu seiner Gemahlin Katharina König geeilt und hatte sie innig umarmt. Mathilda begrüßte erst Gret und Jörg überraschend herzlich, strich dann Lienhart wohlwollend über das Haar, dann trat sie mit einem werbenden Lächeln auf dem Gesicht zu Wenzel. Der zog erstaunt die Augenbrauen nach oben und wusste wohl nicht so recht, wie ihm geschah.

»Ich freue mich sehr, Euch wiederzusehen, lieber Wenzel Selege«, sagte sie und suchte seinen Blick.

Zwar war es ungehörig, die beiden zu beobachten, dennoch konnte Dora die Augen nicht von ihnen abwenden. Mathilda war wieder die eindrucksvolle Schönheit, als die sie sie auf dem Wawel unverhofft erlebt hatte. Der Vater also war die Liebe, die der Base in Krakau den Weg zu sich selbst gewiesen hatte. Inständig wünschte sie ihr gutes Gelingen, ihn von ihrem Wandel zu überzeugen.

Auf Wenzels breitem Gesicht zeigte sich zunächst keinerlei Regung. Starr blickte er Mathilda an, die ebenso groß war wie er selbst. Ihre Lippen zuckten unruhig, die grünen Augen ruhten in seinen braunen. Dann huschte ein kaum merkliches Lächeln über sein Antlitz. Dora war, als zitterte sein graues Barthaar. »Alles wird gut«, hörte sie eine wohltönende Stimme in ihrem Ohr. Der warme Atem kitzelte ihr im Nacken. Johanna streckte neugierig die Hand nach Veits Nase aus, die er ihr über Doras Schulter hinweg entgegenhielt. Geduldig ertrug er, wie die kurzen Finger ihn in die Nasenspitze kniffen.

»Mathilda, meine Liebe!«, erklang plötzlich Wenzels Stimme vom anderen Ende des Tisches. »Die Freude, Euch wiederzusehen, ist ganz meinerseits. Ihr habt meiner Tochter so selbstlos beigestanden. Nie werde ich Euch das vergessen. Ich stehe tief in Eurer Schuld.«

Die Hand aufs Herz gelegt, deutete er eine Verbeugung an. Als er sich wieder aufrichtete, zögerten beide kurz, dann fielen sie einander aufs herzlichste in die Arme. Dora meinte, alle anderen im Raum atmeten im selben Moment auf. Sie äugte zu Gret und dem neben ihr stehenden Jörg. Beide erwiderten ihren Blick mit einem erleichterten Lächeln. Lediglich der zwölfjährige Lienhart schaute etwas verkniffen. Ihm graute offensichtlich davor, Mathilda könnte ihn zu streng behandeln, falls sie zu ihnen in den Haushalt zog. Schon beugte sich Jörg zu seinem jüngeren Bruder und wisperte ihm etwas ins Ohr. Sogleich hellte sich seine Miene wieder auf.

»Zeit zu essen!«, ertönte eine befehlsgewohnte Stimme von der Tür. Als Dora sich umdrehte, stand dort eine Frau mit einem auffälligen Buckel. Vor der Brust trug sie ein prall gefülltes Tablett mit unzähligen verheißungsvoll dampfenden Schüsseln. Beim Lächeln entblößte sie zwei Reihen riesiger schiefer Zähne. Trotz der offensichtlichen Verwachsungen strahlte sie eine Herzlichkeit aus, die sofort Vertrauen zu ihr fassen ließ. Hinter ihr reckte Renata ihren winzigen Schädel in die Höhe und gab Dora deutliche Zeichen der Zustimmung.

»Ihr seid also die neue Magd im Haushalt meines Vaters«, wandte sich Dora an die Frau. »Wie schön, Euch heute hier bei uns zu haben. Mir scheint, unsere Familie wird immer größer.«

Ihr Blick wanderte über die Tafel. Längst hatte Elßlin sich unauffällig von Urbans Platz erhoben und in aller Stille aufgedeckt. Ein Gedeck schien zu viel. Erstaunt zählte Dora noch einmal die Köpfe ab. Da erklangen Schritte auf der Treppe, und kurz darauf erschien jemand in der Tür. Bereitwillig machte die bucklige Magd Platz und hieß den Fremden eintreten.

So fremd schien er Dora allerdings nicht. Im Gegenteil. Kaum erblickte sie das Gesicht des Mannes, der etwa eine Handvoll Jahre mehr zählen mochte als ihr Vater Wenzel und ihr verstorbener Gemahl, glaubte sie ihn schon lange sehr gut zu kennen. Sehr viel hatte er von Urban. Ihr Schafgarbentraum kam ihr in den Sinn, das seltsame Gefühl, Urban darin in jungen Jahren gesehen zu haben. Kein Wunder, besaß doch auch der alte Singeknecht viele Züge, die an Urban erinnerten.

»Ihr müsst Veits Vater sein. Ich freue mich sehr, Euch endlich persönlich kennenzulernen.« Sogleich eilte sie auf ihn zu, um ihn willkommen zu heißen. Johanna zappelte auf ihren Armen ebenfalls fröhlich beim Anblick des Mannes. Sie schien ihn bereits zu kennen. Flink nahm Renata sie ihr ab und verließ mit Elßlin und der neuen Magd den Raum. »Mir ist, als gehörtet Ihr schon lange zu unserer Familie«, sagte Dora zu Veits Vater. »Durch die Aufzeichnungen meines Mannes aus seinen Nürnberger Jahren habe ich schon viel von Euch gehört, ebenso seid Ihr mir natürlich durch die Erzählungen Eurer Krakauer Freunde sehr ans Herz gerückt. Habt vielen Dank, dass Ihr die wichtigen Unterlagen aus Nürnberg an Gottlieb geschickt habt.«

»Das war doch selbstverständlich.« Er nickte bedächtig, dann trat er zu seinem Sohn, umarmte ihn herzlich. »Mein Junge, wie gut, dich wohlbehalten zurückzuhaben.«

Die beiden schienen tiefe Zuneigung füreinander zu empfinden, wie Dora gerührt feststellte. Zufällig streifte ihr Blick Gret und Jörg, die das Wiedersehen der beiden Singeknechts ebenfalls beobachteten, wanderte weiter zu Lienhart. Ob ihr Vater seine Söhne jemals so zärtlich in die Arme schließen würde? Ihr älterer Bruder schien ihre Gedanken zu ahnen. Verschmitzt zwinkerte er ihr zu, wies mit dem Kopf zu Wenzel, der sich abseits des Tisches leise mit Mathilda unterhielt.

»Väter und Söhne teilen manchmal mehr miteinander, als man meint«, stellte er fest. »Gerade, was verborgene Leidenschaften angeht.«

Fragend zog Dora die Augenbraue hoch. Ehe sie etwas erwidern konnte, erhob sich Gret schwerfällig von ihrem

Platz. Die Schwangerschaft hatte sie heftig aufgedunsen. In einem eigenartigen Entengang watschelte sie zu Veit und seinem Vater, umarmte erst den jungen, dann den alten Singeknecht.

»Ich freue mich, dass neben meinem Oheim auch mein Vetter wieder bei mir ist«, erwiderte sie. »Bei so viel Familie meines Mannes ist es mir wichtig, wenigstens zwei eigene Blutsverwandte bei mir zu haben.«

Noch einmal legte sie dem alten Singeknecht den Arm um die Schultern, drehte ihn wie zufällig leicht zu Dora hin und lächelte sie an. Die beiden so dicht beieinander zu sehen, meinte Dora auf einmal, eine deutliche Ähnlichkeit zwischen ihnen zu erkennen. Es war nicht allzu offensichtlich, aber wenn man sie einmal gewahr geworden war, ließ sie einen nicht mehr los: Beide hatten die gleiche Art, die Augen weit aufzureißen und ihr Gegenüber anzuschauen. Ebenso hielten sie die Köpfe in derselben Art kaum merklich schief. Ein kurzer Blick auf Veit versicherte sie, dass auch ihm diese Geste eigen war.

»Er ist dein …?«, wisperte sie leise, als Gret freudestrahlend zu ihr kam und sich bei ihr einhakte. Sie traten von den anderen weg, um sich in der Ecke nahe beim Fenster auszutauschen. Gret nickte glücklich. Dora taumelte, umklammerte haltsuchend Grets Arm. Die Angst, die sie kurz nach Urbans Hinscheiden beim Blick in Grets Augen beschlichen hatte, fiel von ihr ab. »Aber woher weißt du das? Hat er es dir selbst …«

»Ja, allerdings nicht ganz freiwillig«, wisperte Gret aufgeregt. »Bislang hielt ich ihn für meinen Oheim vierten Grades. Mechthild aber fand die Ähnlichkeit zwischen uns viel zu stark, um über so viele Ecken so deutlich sichtbar zu sein. Also habe ich auf unserer gemeinsamen Rückreise von Marienwerder nach Königsberg all meinen Mut zusammengerafft und ihn einfach gefragt.«

»Du hast was?« Dora war verblüfft. »Und er hat es zugegeben?«

»Was blieb ihm übrig?« Gret lächelte. »Von Anfang an hat ihn wohl das schlechte Gewissen geplagt. Immerhin wollte er meine Mutter erst nur trösten. Im letzten Moment hatte er sie damals in Nürnberg vor Göllner gerettet. Stell dir vor, allein aus Wut über Urban wollte der sie tatsächlich ...«

»Schon gut«, unterbrach Dora sie. Diesen Teil der Geschichte kannte sie zur Genüge. »Wie kommt es, dass ein so ehrwürdiger Mann wie Singeknecht ...«

»Meine Mutter muss wirklich sehr schön gewesen sein. Als er sie nach Urbans Weggang vor Göllner beschützte, fühlte sie sich wohl sehr zu ihm hingezogen. Vergiss nicht: Urban war für immer aus ihrem Leben verschwunden, Göllner eine weiterhin dräuende Gefahr und Singeknecht der selbstlose Retter, noch dazu mit einer gewissen Ähnlichkeit zu Urban. Es kommt durchaus vor, dass man in jemandem das Abbild des fernen Geliebten sieht, sich ihm hingibt, obwohl man eigentlich den anderen meint.«

Sie hielt inne, schenkte Dora einen vielsagenden Blick. Verlegen senkte Dora die Augen.

»Sobald meine Mutter merkte, dass sie schwanger war, wollte er alles Erdenkliche für sie tun. Sie aber fühlte sich schuldig, schickte ihn zu seiner Frau und seinem Sohn zurück und nahm ihm das Versprechen ab, sich künftig für einen entfernten Oheim auszugeben. Nach ihrem Tod im Kindbett hat er all die Jahre schützend seine Hand über mich gehalten.«

Die letzten Worte erstickten in aufsteigenden Tränen. Verstohlen wischte sie sich die Augenwinkel. Dora strich ihr tröstend über die Schultern. Gret dankte ihr das mit einem neuerlichen Lächeln und beschwor sie: »Versprich mir, Veit gegenüber nie ein Wort darüber zu verlieren. Bitte!«

»Wenn dir das so wichtig ist, verspreche ich es dir.« Noch einmal schlang sie die Arme um die Schwägerin.

»Ich sehe schon, ihr beide seid sehr froh, euch wiederzuhaben. Ist in eurem Bund noch Platz für einen Dritten?«

Augenzwinkernd stand Veit plötzlich neben ihnen. Sie erschraken, wechselten besorgte Blicke, ob er etwas von ihrem Gespräch mitbekommen haben mochte. Seine ungebremste Fröhlichkeit aber zerschlug ihre Befürchtungen sogleich wieder. Derart unbeschwert würde er nach einer solchen Nachricht über seinen Vater wohl kaum auftreten.

»Natürlich nehmen wir dich gern mit dazu, lieber Vetter«, gewann Gret als Erste ihre Fassung wieder.

»Bei so viel Familie sollten auch wir unsere Bande endlich besiegeln«, wandte Veit sich an Dora und legte ihr ebenfalls den Arm um die Schultern. »Die Zeit der Trauer ist vorbei. Deshalb bitte ich Euch um Eure Hand.«

Dora zögerte nicht lang, sondern fiel ihm wortlos um den Hals. Begeistert klatschte Gret in die Hände, trat zwei Schritte von den Liebenden zurück, um Jörg an ihre Seite zu winken.

Veit küsste Dora mitten auf den Mund. Überglücklich schloss sie die Augen und gab sich ganz der Zärtlichkeit hin.

Endlich wurde ein langgehegter Traum wahr. Wie zufällig streiften ihre Finger den Beutel mit dem Schafgarbenöl an ihrem Gürtel. In vielen, vielen Jahren würde sie Johanna von dem alten Brauch mit der Schafgarbendolde unter dem Kopfkissen erzählen. Wie früher Renata ihr würde auch sie der Tochter versichern, dass der nächtliche Traum ihr immer die Wahrheit offenbarte. Mit einem seligen Lächeln schlug sie die Augen wieder auf und badete sich im Glanz von Veits grünbraun schimmernden Augen.

Epilog

KÖNIGSBERG
August 1547

Die Hausruine befand sich auf der rechten Seite der Kneiphofer Langgasse, schräg gegenüber des Badehauses und von Kaufmann Tschakerts Anwesen. Zu dieser frühen Morgenstunde, in der die Träume der Nacht widerstrebend dem anbrechenden Tag wichen, lag eine angenehme Ruhe über dem Kneiphof. Eine Handvoll Knechte eilte zur Krämerbrücke. Die geschulterten Werkzeuge und Balken wiesen sie als Zimmerleute aus. Verschlafen wankte eine Magd vorbei, die Haube noch nicht ordentlich auf dem ungekämmten Haar befestigt, das Gesicht mürrisch verkniffen. Dora lächelte ihr aufmunternd zu und postierte sich in wenigen Schritten Entfernung vor dem verwüsteten Grundstück.

Verzückt schweifte ihr Blick über die gesamte Länge der Hausstelle. Vormals hatte das Grundstück einem Tuchhändler gehört, der nach London gezogen war, von wo aus er sich bessere Geschäfte erhoffte. Ein rätselhaftes Feuer hatte das Gebäude im letzten Winter bis auf die Grundmauern zerstört. Seither lag das Grundstück brach. Dank der Unterstützung des Herzogpaares hatten Dora und Veit es vor wenigen Tagen erworben. Im Nordwesten grenzte es an den Zusammenfluss des Neuen in den Alten Pregel, an den Längsseiten wuchsen die Seitenwände der Nachbargebäude drei Geschosse hoch in den Himmel.

Die im Osten aufgehende Augustsonne schmeichelte den verkohlten Mauerresten und umhüllte sie zärtlich mit ihrem milden Morgenlicht. Hie und da sprossen Grasbüschel und Löwenzahn aus den aufgesprungenen Mauerritzen, bedeckten den in der Mitte ansteigenden Schutthügel mit einem zartgrünen Flaum. Obenauf plusterte sich eine Krähe, schlug wild mit ihren Flügeln und stieß empörte Schreie aus. Eine schwarze Katze schlich sich an. Die Krähe ließ sie auf wenige Schritt herankommen, um ihr mit einem schadenfrohen Krächzen in die Lüfte zu entfliehen. Verdutzt sah die Katze ihr nach, wie sie auf der Krone der benachbarten Brandmauer ihren unerreichbaren Aussichtspunkt bezog.

»In einem Jahr schon wird es hier ganz anders aussehen«, sagte Dora.

»Ich sehe es schon ganz genau vor mir.« Veits Mund umspielte ein stolzes Lächeln.

»Trotzdem wirst du eine kleine Überraschung erleben.« Verschmitzt zwinkerte sie ihm zu. Er zog fragend die Augenbraue hoch, sie aber enthielt sich vorerst einer Erklärung.

Ihr Blick wanderte über die benachbarten Hausfassaden. Über den weit in die Gasse ragenden Beischlägen wuchsen die mehrgeschossigen Backsteingebäude empor, die dem Betrachter schon von weitem dank des überbordenden Schmucks an Erkern, Fenstern und Gesimsen das Selbstbewusstsein ihrer Besitzer verrieten. Mächtige Säulen flankierten die Eingänge, darüber angebrachte Tafeln mit Sinnsprüchen kündeten vom Motto der jeweiligen Familie. Auf den einzelnen Stufen der Giebel reihten sich Figuren aus Bibel- und Sagenwelt aneinander, gelegentlich bevölkerten Neptun und andere Meeresbewohner die Absätze. Auf den Spitzen thronten prächtige Schiffe, tapfere Drachenbezwinger oder goldverzierte Sonnen.

»So brav sich die Baumeister bemühen, die Gebäude möglichst einhellig zu gestalten, so gut ist es ihnen doch gelungen, mit wenigen Elementen jeder Familie in ihrer Besonderheit gerecht zu werden«, sinnierte Dora. »Genau darauf kommt es mir auch bei meinem Entwurf an. Schon von weitem wird sich unser Haus aus der Reihe der anderen herausheben, ohne zu auffällig und beladen zu sein oder sich gar zu offensichtlich in den Vordergrund zu drängen.«

»Du hast deine Lektion bestens gelernt.« Veit klopfte ihr anerkennend auf die Schulter. »Die Reise nach Krakau hat dir für so manches die Augen geöffnet, was dir weder das Studium der alten Werkmeisterbücher noch die Beschäftigung mit den hiesigen Baumeistern vermitteln konnten.«

»Es mag zwar sein, dass mir durch die Zeit in der Fremde erst so richtig die Augen aufgegangen sind, dennoch handelt es sich um eine ganz alte Lektion. Schon bei Urbans Haus wollte ich sie beherzigen, wie du sicher noch weißt.«

Einen Moment senkten sie beide den Blick. Die Erinnerung an das schreckliche Unglück überschattete nach wie vor ihr gemeinsames Arbeiten an einem neuen Anwesen. Dann gab Dora sich einen Ruck, sah Veit liebevoll an.

»Ihr wahrer Gehalt ist mir allerdings erst jetzt so richtig klargeworden. Alles hat seine Zeit. Das gilt für die Baukunst wie für alles andere. Deshalb sollte jedes Haus nicht allein die Eigenart seiner Besitzer widerspiegeln, sondern auch die Zeit und die mit ihr verbundenen Herausforderungen, unter denen es entstanden ist. Die Ordensburgen und Häuser hier in Königsberg, wie mein Ahn Laurenz sie mit errichtet und für uns Nachgeborene so ausführlich beschrieben hat, dienten ursprünglich als Ausdruck der Macht der Kreuzherren wie auch als Beweis des frühen Bürgerstolzes, den rauhen Gefilden im prußischen Norden etwas abgetrotzt zu haben. Das lässt sich an den gewaltigen Mauern wie an den trutzigen Wällen und Türmen der alten Burgen ablesen. Auch die Häuser künden trotz ihrer hoch in den Himmel ragenden Giebel noch von diesem kämpferischen Anspruch. Erst allmählich gewinnen sie durch vorgelagerte Säulen, verspielte Ornamente an den Gesimsen oder Steinfiguren am Giebel etwas mehr Freundlichkeit. Noch immer aber wollen sie vor allem die Macht ihrer Besitzer zeigen. In Krakau dagegen erschienen mir die Bauwerke rund um den Großen Markt und entlang der Grodzka wie auch der Wawel selbst von einer ursprünglichen Leichtigkeit. Zwar soll auch der Wawel die Gegner schon allein durch seine Ausmaße abschrecken, allerdings tut er das auf eine viel beiläufigere Weise als etwa Herzog Albrechts Schloss oberhalb der Königsberger Altstadt oder gar die Marienburg. Ebenso wollen die Häuser in der polnischen Residenzstadt dem Betrachter eher gefallen und ihn galant umgarnen als ihn kleinmachen. So will ich es auch bei unserem Haus halten.«

Sie hielt inne, suchte seinen Blick. Aufmerksam sah er sie an. Beruhigt, dass er ihren Gedankengängen folgen konnte, fuhr sie fort: »Einerseits darf es keinesfalls aus der Reihe tanzen, muss wie seine Nachbarn den breiten Aufgang am vorgezogenen Beischlag sowie üppige Reliefs um Portal und Fensterbögen aufweisen wie auch den üblichen Schmuck auf dem

Stufengiebel tragen. Dennoch werde ich durch die Gestaltung der Gesimse mit möglichst einfachen Ornamenten sowie dem bewussten Verzicht auf Erker, Wimperge und Fialen ein Zeichen setzen. Das brauchen wir nicht, um uns von den anderen abzuheben. Im Innern können wir dagegen mit der Wahl besonderer Materialien eine ganz eigene Wirkung erzielen. So werde ich für die Steinfliesen in der Diele ein eindrucksvolles Muster entwerfen und ein ganz dunkel gebeiztes Holz für die Treppe wählen. Ähnlich wie die Rektorentreppe im Collegium Maius in Krakau soll sie durch reiche Drechselarbeiten einen Blickfang bieten. In Erinnerung an Urban habe ich übrigens schon einige Wandteppiche in Flandern bestellt. Kaufmann Tschakert war so freundlich …«

»Ich sehe schon«, fiel Veit ihr ins Wort, »bis in die kleinsten Einzelheiten hast du alles bereits ausgefeilt.«

»Ich wollte dich nicht übergehen«, entschuldigte sie sich. »Du hattest in den letzten Wochen nur so viel mit den Umbauarbeiten am Schloss zu tun. Der Herzog und sein Hofbaumeister Römer haben dich ganz mit Beschlag belegt. Die Einrichtung von Albrechts neuen Privatgemächern erfordert wohl allerhöchste Aufmerksamkeit. Da wollte ich dich nicht mit diesen nebensächlichen Dingen belästigen.«

»Niemals kannst du mich mit irgendwelchen Nebensächlichkeiten belästigen.« Zärtlich strich er ihr über die Wange. »Dazu bist du viel zu wichtig für mich. Du wirst das alles bestens gestalten. Als künftige Hausherrin obliegt es dir ohnehin, über die angemessene Einrichtung zu entscheiden. Wie schön zu hören, dass du dafür auch die vielfältigen Eindrücke deiner Reise durch Westpreußen und Polen hast nutzen können.«

»Das hilft mir dabei, die beschwerlichen Stunden zu vergessen, die ich in Krakau erlebt habe. Schließlich geht es doch darum, nicht allein die Tradition der Ahnen weiterzuführen, sondern sie auch mit einem Funken eigener Leidenschaft zu füllen«, erwiderte sie. »Genau das habe ich in den letzten Jahren gelernt. Mitunter waren es zwar sehr schmerzliche Lektionen, aber zum Glück hat sich am Ende alles zum Guten gewendet.«

»Vor allem mit uns beiden«, fügte er hinzu und schloss sie in die Arme.

Sie hob den Kopf, bot ihm die Lippen für einen langen, atemberaubenden Kuss. Den Geliebten endlich ganz bei sich zu haben, war die Erfüllung ihrer kühnsten Träume.

»So früh am Morgen schon ganz in der Arbeit versunken«, riss sie die wohlbekannte Stimme des herzoglichen Bibliothekars in die Wirklichkeit zurück. Jäh gab Veit sie frei. Verlegen sortierte sie Haar und Haube, strich mit den Fingern den dunkelroten Samtrock glatt. Auch Veit wirkte beschämt. Polyphemus grinste und ergötzte sich an der Überraschung, die er ihnen bereitet hatte. »Ihr ahnt nicht, wie sehr es mich freut, Euch beide so glücklich zu sehen. Immerhin darf ich mich ganz unbescheiden rühmen, eine Kleinigkeit zu Eurem Glück beigetragen zu haben.«

»Das werden wir Euch nie vergessen«, pflichtete Veit rasch bei und griff Dora an den Händen. »Deshalb werdet Ihr und Eure Frau zu den ersten Gästen zählen, die wir in unserem neuen Heim empfangen.«

»Wie kommt es, Euch so früh im Kneiphof zu treffen?«, erkundigte sich Dora. »Seid Ihr wieder einem besonderen Buch auf der Spur?«

»Ihr kennt mich fast schon besser als meine eigene Frau.« Der Bibliothekar kramte in den Weiten seines Umhangs, zog ein dünnes Buch hervor und reichte es ihr mit einer übertriebenen Verbeugung. »Das ist ein wahrer Schatz, den ich soeben bei Götz Steinhaus abholen durfte. Der Gute grämt sich nach wie vor seines feigen Verhaltens Euch gegenüber in Krakau. Deshalb bietet er mir immer wieder ganz besondere Kostbarkeiten an, die er bei eigenen Reisen durch Polen oder dank der Beziehungen zu ebenfalls weitgereisten Kaufleuten auftreibt. Dieses hier ist übrigens eine handgeschriebene Chronik aus Prag. Sie umfasst etwa die Jahre, in denen unser vormaliger Hausvogt Egbert Göllner sich anschickte, in die Dienste von Herzog Albrecht in Nürnberg …«

»O bitte, verschont uns mit weiteren Aufzeichnungen über jene Zeit.« Abwehrend hob Dora die Hände. »Ich bin froh, dass sich alle Fragen geklärt haben, die die Belange meines verstorbenen ersten Gemahls und meines jetzigen Schwähers anbetreffen. Weiteres zu Göllner möchte ich gar nicht erst erfahren. Das Kapitel ist für mich abgeschlossen.«

»Schade.« Polyphemus betrachtete eine Weile ganz versunken das Buch, dann seufzte er und steckte es wieder ein. »Göllner wurde von Herzog Albrecht so schmählich des Landes verwiesen, dass er zeit seines Lebens einen weiten Bogen um Preußen und Polen schlagen wird. Von ihm habt Ihr also ganz bestimmt nichts mehr zu befürchten. Dieses Buch aber enthält außer den Schilderungen über jene Jahre auch ganz wunderbare Beschreibungen der Braukunst. Wie Ihr sicherlich wisst, versteht man sich in Böhmen ebenfalls bestens auf dieses Handwerk. Wahrscheinlich ist es jedoch sinnvoller, wenn ich das Buch zum Haus Eures Bruders in die Domgasse bringe. Eure Schwägerin und Euer Vater werden ihre helle Freude daran haben. Ach, es ist doch immer wieder eine Freude zu sehen, wie sehr sich Euer Vater verändert hat. Seit er sich zugesteht, im Brauen seine wahre Leidenschaft gefunden zu haben, strahlt er jeden Tag mit der Sonne um die Wette.«

»Daran hat auch seine Frau Mathilda ihren Anteil«, warf Dora ein.

»Die Liebe vollbringt in der Tat die größten Wunder«, ergänzte Veit mit einem vielsagenden Lächeln zu Dora.

»Wie schön, dass alle in unserer Familie ihre wahren Leidenschaften entdeckt haben. Jetzt gilt es, das an die nachfolgenden Generationen weiterzugeben.« Sie zwinkerte ihm verschmitzt zu.

»Da seid Ihr auf dem besten Weg«, mischte sich Polyphemus abermals ein. »Wie ich gehört habe, darf Euer Bruder Lienhart nächstes Jahr nach Lübeck und später nach Einbeck gehen, um sich das dortige Bierbrauen anzuschauen. Auch der Erstgeborene Eures älteren Bruders wird eines Tages das Erbe würdig fortführen.«

»Das vorherzusagen scheint mir doch noch etwas früh. Rudolph ist gerade erst zweieinhalb«, warf Dora ein. »Auch bei meiner Tochter Johanna wage ich noch keine Voraussage, welche besonderen Fähigkeiten sie besitzt.«

»Falls der kleine Rudolph weder Bierbrauer noch Baumeister werden will, so wird wohl einer der Zwillinge Eures Bruders sich für eines der beiden Gewerke interessieren. Letztlich findet sich in einer Familie doch immer jemand, um die alten Traditionen mit neuem Leben zu füllen.«

Polyphemus schien ihren Einwand völlig überhört zu haben. Kopfschüttelnd wandte Dora sich ab, sah wieder auf die Ruinen, aus denen bald ihr neues Heim erwachsen sollte.

»Viel wichtiger, als die Tradition der Alten nur halbherzig fortzuführen, ist es doch, einen eigenen Weg daraus abzuleiten und ihn dann voller Leidenschaft zu beschreiten.«

Sie löste sich von Veit und betrat das Grundstück. Suchend glitt der Blick ihrer verschiedenfarbigen Augen über die Schuttreste. Hatte sie sich getäuscht? Eben hatte sie es doch ganz deutlich aufblitzen sehen. Sie schaute sich um, dann erspähte sie das Gesuchte. Rasch eilte sie hin, bückte sich und pflückte die Dolde mit den unzähligen kleinen weißen Blüten. Der krautige Geruch schien ihr der wundervollste Duft, den es auf Erden gab. Versonnen schnupperte sie an der Schafgarbe, dann lief sie leichtfüßig zurück zu ihrem Gemahl. Noch immer stand er neben dem Bibliothekar, der inzwischen wieder eifrig auf ihn einredete. Dora schnappte einzelne Worte auf wie »Berichte aus dem hohen Norden«, »einzigartige Überlieferungen« und »das sollte der Herzog mit eigenen Augen sehen«. Als sie die beiden Herren erreichte, wirkte Veit erleichtert, sich von Polyphemus abwenden zu dürfen.

»Was hast du mit der Schafgarbe vor?«

»Dir steht noch eine ganz besondere Probe bevor. Vertrau mir, du wirst sie gut meistern. Schließlich kennt die Schafgarbe die Wahrheit.«

»Hast du das auch aus einem Buch deiner Ahnen gelernt?«

»Das hat mir das Buch des Lebens bewiesen.«

Ohne sich um Polyphemus zu kümmern, fiel sie dem Gemahl abermals um den Hals. Als sie die Augen schloss, stieg ein vertrautes Traumbild in ihr auf. Längst genoss sie es, war doch die alte Angst verloren, darin die falsche Augenfarbe oder ein Abbild des Liebsten in Jahren ferner, unbekannter Leidenschaften zu erblicken. Sie schickte einen innigen Gruß an den verstorbenen Urban, dann öffnete sie die Augen und strahlte Veit an.

Mit ihm zur Seite würde sie künftig jede Wahrheit aushalten, ganz egal, was das Leben an neuen Proben bereithielt.

Anhang

NACHBEMERKUNG

»Je mehr ich von meinem lieben vaterlande hore oder lese, je lenger, je lustiger ich werd davon zu horen oder zu lesen«, schrieb in der ersten Hälfte des 16. Jahrhunderts der Königsberger Chronist Paul Pole[1]. So ähnlich geht es mir mit (Ost-) Preußen, obwohl es weder mein »Vaterland« noch die Heimat meiner Vorfahren ist. Je intensiver ich mich mit seiner Geschichte beschäftige, je mehr Details finde ich, die mich zu weiteren Romanen anregen. So liefern die Ereignisse aus Preußens Vergangenheit nun also schon den Stoff für meinen vierten Roman. Nach der Zeit des Großen Kurfürsten im 17. Jahrhundert *(Hexengold und Bernsteinerbe)* sowie den Preußischen Städtekriegen im 15. Jahrhundert *(Gold und Stein)*

1 Gestorben 1533, hier zitiert nach Fritz Gause: *Die Geschichte der Stadt Königsberg in Preußen*, Bd. 1, Köln 1965, S. 285

bildet dieses Mal die Herrschaft des ersten preußischen Herzogs Albrecht Mitte des 16. Jahrhunderts den historischen Hintergrund für *Die Liebe der Baumeisterin.* Wie bei den anderen Romanen gibt auch hier die Ereignisgeschichte allerdings nur den Anstoß für den Einstieg in die Alltagsgeschichte der gewöhnlichen Bürger. »Nicht erzählen, wie es war, sondern, wie es gewesen sein könnte« (Gert Hofmann, 1931–1993) – das geht am besten, wenn man das Schicksal derjenigen in den Mittelpunkt rückt, die die Auswirkungen der »großen« Politik am eigenen Leib erfahren haben.

In Ergänzung zum Romangeschehen möchte ich im Folgenden noch einige Anmerkungen nachreichen, die die Zeit, in der meine Figuren agieren, geprägt und damit ihr Dasein nachhaltig beeinflusst haben.

Die Ära Herzog Albrechts

Albrecht von Brandenburg-Ansbach (1490–1568) wurde im Jahr 1511 zum 37. Hochmeister des Deutschen Ordens ernannt. Wie seine Amtsvorgänger verweigerte auch er dem polnischen König Zygmunt I. (1467–1548) den Lehnseid, wie er seit dem Zweiten Frieden von Thorn 1466 eigentlich vorgesehen war. Der deutsche Kaiser Maximilian I. entzog dem Ordensstaat jedoch die bislang gewährte Unterstützung in diesem Dauerkonflikt, und so schlitterten die Kreuzherren 1520 in einen für sie aussichtslosen Krieg gegen Polen. König Zygmunt I., zugleich als Bruder von Albrechts Mutter sein leiblicher Onkel, gewährte 1521 einen vierjährigen Waffenstillstand. Albrecht verbrachte diese Jahre im Kreis enger Vertrauter in Nürnberg, wo er ab 1522 mit dem Gedankengut der Reformation in Berührung kam. Der Theologe Andreas Osiander (1498–1552) stellte für ihn den direkten Kontakt zu

Martin Luther her, von dem sich Albrecht Rat zur Reformierung des Deutschen Ordens erbat. Letztlich führte dieser Austausch dazu, dass Albrecht das Amt des Hochmeisters niederlegte und den kirchlichen Ordensstaat in ein weltliches Herzogtum umwandelte. Beistand erhielt er dabei von seinem Onkel, dem polnischen König Zygmunt I., der darin die Chance erkannte, dem deutschen Kaiser einen wichtigen Einflussbereich im Osten Europas abspenstig zu machen. Am 8. April 1525 legte Albrecht auf dem Krakauer Markt feierlich den Lehnseid ab. Damit begann die Geschichte des ersten protestantischen Herzogtums. Die Herzogwürde war fortan erblich, das polnische Königshaus behielt allerdings die Lehenshoheit über das Territorium. Dabei blieb es bis zur Zeit des Großen Kurfürsten im 17. Jahrhundert. Der deutsche Kaiser weigerte sich, das preußische Herzogtum anzuerkennen, und setzte Herzog Albrecht 1532 unter Bann. Allein schon die geographische Nähe zu Polen-Litauen und die räumliche Ferne zum Heiligen Römischen Reich sorgten allerdings dafür, dass dieser Zwist mit dem Kaiser kaum spürbare Folgen für das neugeschaffene Herzogtum hatte.

Während der Amtszeit Albrechts erlebte Preußen nicht nur eine mehrere Jahrzehnte dauernde Friedenszeit, sondern auch einen wirtschaftlichen wie kulturellen Aufschwung. Zwar war die Reformation für die Untertanen gleichsam »von oben« verordnet worden, so dass alle Preußen protestantisch sein *mussten,* doch genossen Andersgläubige wie z. B. polnische und litauische Katholiken dennoch einen besonderen Schutz. Das Bestreben, im Zuge der lutherischen Lehre für die Verbreitung der Heiligen Schrift in den Volkssprachen zu sorgen, führte zur landesweiten Einrichtung von Druckereien. Damit wurde gleichzeitig auch der Druck und die Verbreitung polnischsprachigen Schrifttums gefördert.

Großen Wert legte Albrecht auf den Ausbau des Schul- und Bildungswesens, was ebenfalls der polnischen und litauischen Minderheit zugutekam. In den Städten wurden Lateinschulen eingerichtet, in Königsberg selbst kam es 1540 zur Gründung des ersten Gymnasiums und 1544 zur Einrichtung der bis heute bestehenden und nach ihm benannten Universität Albertina. Zahlreiche Gelehrte wie z.B. Osiander zog es schon zu Albrechts Lebzeiten an den Pregel. Im 17. Jahrhundert setzte sich diese Tradition mit dem Wirken des barocken Dichterkreises um Simon Dach sowie im späten 18. Jahrhundert mit dem allseits geachteten Gelehrten Immanuel Kant fort. Auch Albrecht selbst fühlte sich der Kunst verpflichtet und verfasste protestantische Kirchenlieder, die sich auch heute noch in den Gesangbüchern finden. Zudem baute er erst in Tapiau, später auf dem Königsberger Schloss und schließlich in der Albertina eine umfangreiche Bibliothek auf. In Mode kam unter seiner Herrschaft die Niederschrift von Chroniken, die die Ereignisse in der Stadt und dem Herzogtum aus Sicht der Bürger festhielten. Daneben sammelte er Porträts von Herrschergeschlechtern seiner Zeit sowie flämische Tapisserien.

Enge Beziehungen zu Krakau und Nürnberg

Die geographische Nähe sowie die engen familiären Bindungen zum polnischen Königshaus ermöglichten einen regen Austausch zwischen Preußen und Polen. Mehrfach hielt sich Albrecht selbst am Hof seines Onkels auf, darüber hinaus sind die Einflüsse Krakaus auf verschiedene Bereiche seiner Herrschaft in Preußen unverkennbar, so etwa, was die Förderung von Baukunst und Schulwesen anbelangt.

Die Regentschaft Zygmunt I., der ab 1529 gemeinsam mit seinem Sohn, Zygmunt August (1520–1572), als König von

Polen und Großfürst von Litauen auf dem Thron saß, zählt zum Goldenen Zeitalter des Großreichs Polen-Litauen. Zygmunts Gemahlin, die aus Mailand stammende Bona Sforza (1494–1557), galt nicht nur als kluge Wirtschaftspolitikerin, sondern zeichnete sich auch als große Förderin der Baukunst aus. Ebenso sorgte sie für den Ausbau des Hospital- und Schulwesens. Auf dem Krakauer Königsschloss, dem Wawel, sind bis zum heutigen Tag die regen Bautätigkeiten jener Epoche zu bewundern, die dem Schloss wie auch der Kathedrale (und dort insbesondere der Zygmunt-Kapelle) ihr eigenes Gesicht verliehen. Italienische Künstler wurden eigens an den Hof geholt, um dort ihre Meisterwerke zu schaffen, so etwa Francesco Florentino oder der Meister der Zygmunt-Kapelle, Bartolomeo Berecci, der 1536 auf dem Krakauer Marktplatz von einem Landsmann aus Eifersucht erstochen wurde. Oftmals setzten diese Künstler ihre Tätigkeit auch in der Stadt Krakau fort, wie etwa die prunkvollen Patrizierhäuser rund um den Großen Markt (Rynek) belegen. Bis in die kleinsten Gassen der Altstadt hinein sind die italienischen Einflüsse auch heute noch zu bewundern.

Eine ganz eigene Tradition besaß der rege Austausch Krakaus mit Nürnberg. Seit dem Spätmittelalter bestanden enge wirtschaftliche Beziehungen zwischen beiden Städten. Auf künstlerischem Gebiet stellte das jahrzehntelange Wirken des Bildhauers Veit Stoß (1447–1533) in Krakau einen besonderen Höhepunkt dar. Sein Hochaltar in der Marienkirche gilt als sein Hauptwerk. Ebenso schuf Hans Beheim (1455/60–1538) 1520 auf dem Wawel mit der Sigismundglocke wahrhaft Großartiges. Mit ihren knapp elf Tonnen war sie nahezu fünfhundert Jahre lang die größte Glocke Polens. Am Hof des Königs stand für einige Jahre der jüngere Bruder von Albrecht Dürer, Hans Dürer (1490–1534), in Diensten. Ab 1527 bis zu seinem Tod wirkte er als Hofmaler im Königsschloss und war, wie Abrechnungen belegen, der bestbezahlte Künstler in Zygmunts Diensten.

Dem Vorbild seines Onkels folgend, unterhielt auch der preußische Herzog Albrecht zeit seines Lebens enge Kontakte zu Nürnberg, berief von dort nicht nur bedeutende Theologen und Wissenschaftler nach Königsberg, sondern auch Handwerksmeister und Künstler, so etwa Christoff Römer (um 1510–1580), einen der wichtigsten Baumeister für die Umgestaltung der ehemaligen Ordensburg in ein repräsentatives Fürstenschloss.

Die Baukunst im Spätmittelalter

Dass man Christoff Römer sowie einige seiner Vorgänger und Zunftgenossen tatsächlich belegen kann, ist eine Erscheinung des 16. Jahrhunderts. Erst ab dieser Zeit begann man namentlich festzuhalten, welche Baumeister an der Errichtung bedeutender Bauwerke beteiligt waren. Das deutet auf einen Wandel im Selbstverständnis dieses damals noch als reinen Handwerksberuf verstandenen Metiers, sind doch aus dem Mittelalter nur eher zufällig einzelne Namen von Künstlern bekannt. Diese Entwicklung zeichnet der Roman *Die Baumeisterin* nach. Der Urgroßvater der Hauptfigur Dora, Laurenz Selege (vgl. *Gold und Stein*), war Mitte des 15. Jahrhunderts als Baumeister im Ordensland sowohl auf Baustellen des Deutschen Ordens wie auch bei der Errichtung von Wohnhäusern und städtischen Einrichtungen beschäftigt. Seine persönliche Leistung spielte eine untergeordnete Rolle und wurde nicht eigens erwähnt. Das änderte sich in den nächsten Generationen, in denen sich auch der Wirkungskreis der Baumeister wie auch die Einflüsse, unter die sie gerieten, entscheidend wandelten.

Verantwortlich für das Bauen waren im Mittelalter die sogenannten Bauhütten, wie sie bis heute für den Dombau etwa in Köln oder Passau noch bekannt sind. Die spärliche Überlieferung von Namen verwundert umso mehr, da gerade in der Baukunst des Spätmittelalters immer wieder das Exempel, also das Vorbild der alten Meister sowie das Anknüpfen an jahrhundertelange Traditionen heraufbeschworen wurde. Diesen fühlten sich die Baumeister über Generationen hinweg verpflichtet.[2] Deshalb änderte sich lange Zeit nur wenig daran, wie und womit gebaut wurde. Angefangen vom ersten Entwurf über die Planung und Berechnung der einzelnen Baukörper, der Zeichnung der Grund- und Aufrisse bis hin zur Erstellung der Schnurgerüste blieb die Vorgehensweise gleich. Auch bei der Ausführung der Bauwerke folgte man den alten Mustern, organisierte den gesamten Baubetrieb, wie die Väter es schon getan hatten, verwendete dieselben Gerätschaften und hielt sich auch beim Zusammenwirken der einzelnen am Bau beteiligten Gewerke an das Beispiel der Alten. Selbst die Vorschriften, wie die Werkmeister ausgebildet wurden, blieben über mehrere Menschenalter hinweg gültig.

Neben der praktischen Lehre waren auch die sogenannten Musterbücher für die Weitergabe der alten Verfahrens- und Ausbildungsweise hilfreich. Eines der ältesten bis heute erhaltenen Werke ist das Werkmeisterbuch von Villard de Honnecourt aus der Zeit um 1235, das Skizzen und Aufzeichnungen

---

2 Die Ausführungen zur spätmittelalterlichen Baukunst fußen im Wesentlichen auf dem Standardwerk von Paul Booz, *Der Baumeister der Gotik*, München, Berlin 1956, sowie auf den verschiedenen Publikationen von Günther Binding, etwa *Baubetrieb im Mittelalter*, Darmstadt 1993, *Meister der Baukunst*, Darmstadt 2004, und *Bauen im Mittelalter*, Darmstadt 2010.

zu Bauten, Bautechniken, Bauwerkzeugen und Gestaltungsprinzipien enthält. Darin finden sich außerdem anschauliche Beispiele für Figuren, Tiere und weiteres Schmuckwerk, um die Gebäude zu verzieren. Vergleichbare Werke sind erst wieder aus dem 15. Jahrhundert bekannt, so etwa das *Fialenbuch* des Matthias Roritzer (1486) und das Werkmeisterbuch von Hans Schmuttermayer aus Nürnberg. Eine Abschrift der *Unterweisung* Lachers an seinen Sohn Moritz aus dem Jahr 1593 verweist auf ein im Original um 1516 entstandenes Werk, das sich nicht nur auf alte Meister und Musterbücher beruft, sondern auch die Praxis des Baumeisters und Steinmetzes am Bau sehr detailliert beschreibt. Das lässt es als Lehrbuch für die Ausbildung bestens geeignet erscheinen.

Bei einer so eng verstandenen Tradition, die mittels Musterbüchern sehr anschaulich überliefert ist, blieb nur wenig Spielraum für persönliche Gestaltungsmöglichkeiten des einzelnen Baumeisters. Hinzu kam, dass im Mittelalter in größeren Städten strenge Bauordnungen üblich waren, an die sich jeder zu halten hatte. Gerade der Deutsche Orden erließ im 14. Jahrhundert nicht nur für die Errichtung seiner Ordensburgen und Befestigungsanlagen, sondern auch für die Planung und Anlage der von ihm in Preußen gegründeten Siedlungen sehr strenge Verordnungen. Im Zuge des Preußischen Städtekrieges 1454–1466, als die Bürger die Burgen des Deutschen Ordens stürmten und abrissen, um mit dem erbeuteten Baumaterial ihre eigenen Häuser aus- und umzubauen, verloren diese Vorschriften erheblich an Bedeutung. Damit eröffnete sich endlich die Chance für Baumeister, Neues zu wagen und auszuprobieren.

Albrecht, der Preußen ab 1525 als säkulares Herzogtum führte, verstand sich ganz in der Tradition der Renaissance als großer Förderer der Künste. Intensiv bemühte er sich um den Umbau der ehemaligen Ordensfestung Königsberg in ein repräsentatives Fürstenschloss und berief dazu immer wieder auch Baumeister aus Nürnberg oder anderen Städten Süddeutschlands. Um sie an der Weiterentwicklung der Künste teilhaben zu lassen, schickte er sie auf Reisen, wie etwa Römers Vorgänger Friedrich Nußdörfer nach Straßburg und Basel oder Christoff Römer selbst nach Flandern und Nürnberg. So sorgte er dafür, dass die anderswo bereits fortgeschrittene Kunst der Renaissance nach und nach auch Eingang in Königsberg fand.

Die Figuren wie die Handlung des Romans *Die Liebe der Baumeisterin* sind frei erfunden. Lediglich einige wenige Persönlichkeiten, von denen kaum mehr als Name und Lebensdaten bekannt sind, wurden mit Leben gefüllt, damit erzählt wird, wie es damals gewesen sein *könnte.* Zu diesem Zweck wurden auch einige Geschehnisse wie etwa der große Brand im Kneiphof und der Irrlauf einer vom Feuer traumatisierten Frau wenige Tage später aus den Chroniken des Jahres 1544[3] in das fiktive Geschehen eingegliedert. Meiner Phantasie entsprungen ist jedoch der Wald der tanzenden Bäume am Flusslauf der Inster. Das reale Vorbild dafür findet sich heute im russischen Teil der Kurischen Nehrung und geht auf die 1920er Jahre zurück. Entdeckt habe ich diesen geheimnisvollen Wald auf meiner Rechercheреise ins Kaliningrader Gebiet dank Eduard Politiko vom Adebar Reiseteam.

Heidi Rehn, Winter 2012

---

3 F. A. Meckelburg (Hg.), *Die Königsberger Chroniken aus der Zeit Herzog Albrechts,* Königsberg 1865

FIGUREN

(Historisch belegte Personen sind kursiv gesetzt)

Baranami, Feliks Kaufmann in Krakau
Bona Sforza (1494–1557) Königin von Polen und Großfürstin von Litauen
Chwałka jüdische Hofdame der polnischen Königin Bona Sforza auf dem Krakauer Wawel
Dora Tochter des Baumeisters Wenzel Selege, Ehefrau von Urban Stöckel
Dorothea (1504–1547) dänische Prinzessin und Herzogin von Preußen, Ehefrau von Herzog Albrecht
Elßlin vierzehnjährige Magd bei Dora
Findeisen, Gisa Frau eines Schmiedemeisters aus der Altstadt
Göllner, Egbert Hausvogt im herzoglichen Schloss
Gottlieb, Jan jüdischer Gelehrter in Kazimierz
Gret Ehefrau von Jörg
Hubart Schreiber in der herzoglichen Rentkammer
Jörg angehender Baumeister und Doras Bruder
Johanna Doras Tochter, geb. 23. 12. 1544
Katharina (König) Ehefrau von Polyphemus
Koźmin, Benedykt Bibliothekar der Krakauer Universität
Lienhart jüngster Bruder Doras
Löwener Schreiber im herzoglichen Schloss
Matas litauischer Brauknecht
Mathilda Huttenbeck Base 3. Grades von Urban Stöckel
Mechthild zweite Magd der Seleges im Kneiphof
Miehlke, Hans Steinmetzmeister aus der Altstadt
Miranda dreifarbige Katze im Haus am Mühlenberg
Necker, Carl Zimmermann aus der Altstadt

Polyphemus (um 1500–1549) eigentlich *Felix König*, erster Bibliothekar am Hofe Herzog Albrechts
Renata Magd erst bei Wenzel Selege, dann bei Dora
Rudolph Sohn von Gret und Jörg
Selege, Wenzel Baumeister im Kneiphof
Singeknecht, Veit Baumeister aus Nürnberg
Singeknecht, Veit, der Alte Rechtsgelehrter aus Nürnberg, Vater des Baumeisters gleichen Namens
Stanisław Podski, Piotr Bonter und Fedor Spiski Krakauer Kaufleute
Steinhaus, Götz Kaufmann aus dem Kneiphof
Stöckel, Urban Kammerrat im herzoglichen Schloss
Szymon polnischer Brauknecht
Tönnies, Clas Pfarrer aus Palmnicken
Tschakert Kaufmann aus der Kneiphofer Langgasse
Wierzynek, Jakub Gerichtsvogt in Krakau
Zahnke Maurermeister aus der Altstadt
Zygmunt I. (1467–1548) König von Polen, Großfürst von Litauen
Zygmunt August (1520–1572) letzter Jagiellonenkönig von Polen und Großfürst von Litauen

ÜBERSETZUNG AUS DEM POLNISCHEN

Cicho! Ruhe!
Czy pani mówi po niemiecku? Sprechen Sie Deutsch?
Dalej! Vorwärts!
Dokąd ci się tak spieszy? Wohin so eilig?
Małpa! Miststück!
Milcz! Schweig!
Milcz, małpa! Schweig, Miststück!

Podły kurwa! Elende Hure!
Stój! Halt!
Z drogi! Aus dem Weg!

GLOSSAR

Afterbier Nachbier. In Nürnberg wird im 15./16. Jahrhundert dreierlei Bier unterschieden: Vorder-, Mittel- und After- bzw. Nachbier. Dabei gilt das Vorderbier als das beste, das Mittel- und Afterbier darf dagegen nach der Gärung miteinander gemischt und als solches zu einem geringeren Preis verkauft werden.

Akzise eine Art Steuer bzw. Abgabe auf den Verbrauch bestimmter Güter, insbesondere solche des täglichen Bedarfs wie etwa Lebensmittel

Altstadt älteste der drei Städte Königsbergs, die erst 1724 offiziell zu einer Stadt vereinigt wurden; 1256 erstmals gegründet, wenig später von den Prußen zerstört und 1263 neu aufgebaut, 1286 mit dem Stadtrecht versehen

Aufriss Darstellung eines Bauwerks in der Senkrechte

Barchent Mischgewebe aus Baumwolle und Leinen, aus dem vor allem die Kleidung der einfachen Bevölkerung hergestellt wurde

Barett flache, runde oder eckige Kopfbedeckung ohne Schirm und Krempe aus Wolle, Samt oder gefütterter Seide. Ursprünglich Zeichen von Gelehrten, war es im 16. Jahrhundert eine bei allen Ständen sehr beliebte Kopfbedeckung.

Beischlag erhöhter terrassenartiger Vorbau vor dem Eingangsbereich eines Hauses. Er reicht über die gesamte Hausbreite und soll das Erdgeschoss vor Überschwemmungen schützen. Seit dem 14. Jahrhundert vor allem im Ostseeraum üblich, so z. B. in Danzig und auch Königsberg.

Bierkieser Nürnberger Bezeichnung für Bierbeschauer

Biermuster Bierrezeptur

Blindriss Vorzeichnung eines Entwurfs auf den Zeichengrund mittels eines Reißstifts aus Blei oder Messing. Die dabei entstandenen leichten Rillen werden später mit Tinte oder Tusche nachgezogen.

Brau die Menge Bier, die ein Brauberechtigter in einer bestimmten Zeitspanne (zumeist aufs Jahr gerechnet) brauen darf. Will er nicht selbst brauen, darf er sein Brau an andere Brauberechtigte weiterverkaufen.

Bundhaube Kugelhaube, die vorn am Kopf eng anliegt und das Gesicht fest umschließt, sich am Hinterkopf allerdings mittels eines Drahtgestells halbkugelförmig aufbauscht

Burgfreiheit Freiheiten sind von der Burg oder den Städten, in deren Gebiet sie liegen, abhängige Siedlungen.

Dansker nach Westen gerichteter Bauteil an den meisten preußischen Ordensburgen, der im Angriffsfall als Zuflucht vor dem Feind diente, ansonsten wurde er als Abort benutzt. Der Name leitet sich vermutlich von Danzig ab und ist eine Verballhornung der in Preußen früher wenig beliebten Stadt.

Dominsel letztlich die Stadt Kneiphof, die auf der Insel zwischen den beiden Pregelarmen liegt und den 1333 geweihten Königsberger Dom beherbergt

Eidam alte Bezeichnung für Schwiegersohn

Einspänniger Stadtknecht, reitender Bote in einer Stadt

Elle altes Längenmaß; nach dem 1233 im Ordensland eingeführten alt-kulmischen Maß etwa 0,58 m

Faltrock Oberteil, das von Männern über oder anstelle des Wamses getragen wurde. Es reichte bis zu den Knien und besaß einen in tiefe Falten gelegten charakteristischen Schoß.

Felleisen abgeleitet von franz. v*alise,* ist eine Art Rucksack oder Tasche, meist aus Leder gefertigt, mit einem eisernen Bügel als Verschluss

Fiale von ital. *foglia* = Nadel, aus Stein gemeißelte schlanke, spitze Türmchen, die in der gotischen Architektur Wimperge und Strebepfeiler optisch erhöhen, z. T. auch mit statischer Funktion, um die Konstruktion mit ihrem Gewicht zu stärken

Fleminger Einwohner West- oder Ostflanderns

Freiheiten Siedlungen vor den Toren der Städte Königsbergs (Tragheim, Sackheim, Rossgarten, Steindamm ...)

Fürkauf im Mittelalter Bezeichnung für den Ankauf und das Horten von Waren zu Spekulationszwecken

Gebietiger hoher Amtsträger innerhalb des Deutschen Ordens, an dessen Spitze die fünf Großwürdenträger oder Gebietiger stehen, die den engeren Rat bilden und dem Hochmeister zur Seite stehen

Georgi 23. April

Goller großer Kragen, der ursprünglich zum Verhüllen eines weiten Halsausschnitts diente und auch nach Verschwinden des Dekolletés über dem Oberteil getragen wurde

Graumäntler Sariant- oder Halbbruder in einem Ritterorden, dem aufgrund seiner nichtadeligen Herkunft die Laufbahn als Ritterbruder verwehrt ist

Grobgrün franz. *gros grain,* mhd. *Grobgrien,* starkfädiges Mischgewebe aus Wolle oder Seide minderer Qualität, im 16. Jahrhundert gern für Kleider der Bürgerinnen verwendet

Gugel mittelalterliche Kopfbedeckung vor allem des einfachen Volkes, ursprünglich kapuzenförmig und Hals und Schultern gleichermaßen mit bedeckend, entwickelt sie sich weiter zu einer Art Kegelform

Hausvogt hat im Wesentlichen die Aufgaben eines Burgvogts inne, beaufsichtigt die bauliche Unterhaltung des Schlosses, seine Wirtschaftlichkeit sowie die Sicherheit und Ordnung auf dem Schloss

Heuke ärmelloser, glockenförmig geschnittener und etwa bis zur Wade reichender Mantelumhang

Höker Kleinkrämer, Hausierer, die vor allem auf Märkten und Straßen ihre Waren anpreisen

Hufe Flächenmaß, das in der altpreußischen Form etwa 7,66 ha entspricht und damit in etwa die Fläche umfasst, die ein Bauer mitsamt seiner Familie mit einem Pflug bestellen kann

Italienischer Zwerg im Spätmittelalter in Krakau beliebtes Sitzmöbel, ein bequemer, geschwungener Lehnsessel

Japper holzgeschnitzte Menschenfratze mit gekröntem Kopf am Altstädter Rathaus, die zur vollen Stunde das Maul aufriss und die Zunge herausstreckte (sicher erst ab 1725 belegt, vermutlich aber schon seit Einbau der mechanischen astronomischen Uhr 1528 in Gebrauch)

Kellerschotten Seit der Ordenszeit sind schottische Händler in den Königsberger Städten ansässig, dürfen allerdings keinen Grundbesitz erwerben und wohnen demzufolge oft in Buden und Kellern, deshalb abfällig »Kellerschotten«.

Kieze offenes Tragegestell bzw. Tragekorb für den Rücken

Klafter altes preußisches Längenmaß, entspricht sechs kulmischen Fuß, also etwa 1,73 m

Klepper/in mittelhochdeutsches Schimpfwort für Schwätzer/in

Kneiphof auf der ursprünglich Dom-, später einfach nur Pregelinsel liegende dritte Stadt Königsbergs, 1327 gegründet

Kolbe im 16. Jahrhundert populäre Haartracht. Dabei wird das Haar ohne Scheitel glatt heruntergekämmt und gerade geschnitten, so dass Ohren und Nacken frei bleiben.

Komtur in der Ordenszeit Amtsbezeichnung für den Leiter und Verwalter einer Niederlassung (Komturei), dem die Güter eines Unterbezirks unterstanden und in denen er als Statthalter des Hochmeisters fungierte

Krabbe in der Kunstgeschichte Bezeichnung für aus Stein gemeißelte, faltig gebogene Blätter, vor allem Stilelement in der (Spät-)Gotik

Krame vom Rat einer Stadt fest errichtete Verkaufsstelle für Krämer

Kreuzblume blumenähnliches Ornament aus Naturstein an gotischen oder neugotischen Bauwerken, meist an Giebelspitzen, Fialen oder Turmpyramiden

Kreuzherren Ritter des Deutschen Ordens, abgeleitet von dem schwarzen Kreuz auf ihren weißen Mänteln

Krug alte Bezeichnung für Wirtshaus

Kunstdiener Geselle eines Werkmeisters, der in der Regel zwei von ihnen fördern durfte, um sie für die nächste Stufe – den Parlier – auf dem Weg zum Werkmeister weiterzubilden

Laetare nach katholischer und lutherischer Liturgie vierter Sonntag der Fastenzeit und somit »Mittfasten«

Lastadie abgeleitet von lat. *lastadium* oder *lastagium* für »Schiffsballast« wird damit der Landeplatz (auch Dock, Mole, Pier oder allgemein Hafen) für Schiffsgüter bezeichnet

Lieger Handelsvertreter holländischer Firmen in Königsberg

Lischke kleine, regellose Siedlung mit einfacher Palisadenumzäunung, meist schon in der Ordenszeit entstanden

Löbenicht zweitälteste der drei Städte Königsbergs, im Jahr 1300 östlich der Altstadt angelegt

Michaeli 29. September

Mittelbier s. o. Afterbier

Morpheus Gestalt aus der griech. Mythologie, Sohn des Hypnos, d. i. der Gott des Schlafes

Oktavband alte Buchgröße, abgeleitet von der Größe der darin eingebundenen Papierlagen

Polyphem(us) in der griech. Mythologie belegter einäugiger Zyklop, bei Homer Sohn des Poseidon und der Meeresnymphe Thoosa

Reißstift Stift aus Silber, Messing oder einem vergleichbaren Material, mit dem z.B. auf Pergament, Papier, Holz, Wachs die geometrische Vorzeichnung des späteren Entwurfs »gerissen«, also mittels leichter Rillen eingekerbt wird.

Remter Speise- und Versammlungssaal der Ritter in den Ordensburgen

Rentmeister niederer »Beamter« in der herzoglichen Rentkammer, der den Schreibern und weiteren Hilfskräften (Gesellen) vorsteht, ist den höherrangigen Kammerräten unterstellt

Richtscheit meist Latte aus Holz, um kleinere Höhenunterschiede in ebenen Flächen zu überprüfen; beim Zeichnen eine Art Lineal

Rotte von lat. *rupta,* d.h. versprengte Schar; im Militär eine kleine Einheit, hier im Bauwesen eine kleine Gruppe (ungelernter) Tagelöhner, die mit niederen Arbeiten beauftragt werden

Rute altes preußisches Längenmaß, etwa 15 kulmische Fuß, das sind etwa 4,32 m

Schalk, Schelkin hinterlistiger, boshafter Mensch

Schamlot altfranz. *camelot,* mlat. *camelotum,* feiner Wollstoff aus Kamelhaar

Schaube mantelartiger, im 16. Jahrhundert dank enormer Stoffmengen weit fallender Umhang mit einem großen, oft pelzverbrämten Kragen, ebenfalls weiten, bauschigen Ärmeln. Bei Männern etwa knielang, hält die Schaube auch Einzug in die Damenbekleidung. Statt des breiten Kragens erhält sie dort zumeist einen Stehkragen, die Ärmel sind auf lange Schlitze verkürzt, dafür reicht die Schaube in der weiblichen Form bis zu den Füßen.

Schnur alte Bezeichnung für Schwiegertochter

Schuffenbräuer gewerbsmäßige Brauer, die in Königsberg eigentlich das Schiffsbier brauen und von den Brauberechtigten beauftragt werden, in ihrem Haus zu brauen oder beim Brauen zu helfen

Schwäher alte Bezeichnung für Schwiegervater

Schwendtag auch »verworfener Tag«, gilt als Unglückstag

Sommerbier In Nürnberg nannte man so das dank einer größeren Zugabe von Hopfen und Gerste länger haltbare Bier (im Unterschied zum Winterbier; beide wurden untergärig gebraut).

Starost in Polen-Litauen Titel für einen Angehörigen des mittleren Adels, vergleichbar etwa dem Freiherrn, zudem ein Amt ähnlich dem Landrat

Todaustragen alter Brauch in weiten Teilen Mittel- und Südosteuropas, am Sonntag Lätare (d.i. der vierte Fasten- und dritte Sonntag vor Ostern), um den Winter auszutreiben

Tresor alte Bezeichnung für einen abschließbaren Schrank

Trippen Unterschuhe aus Holz, die man im Mittelalter zum Schutz vor Straßendreck unter die eigentlichen Schuhe geschnallt hat. Im Lauf des 15. Jahrhunderts kommen *Patten* auf, die aus Eisen gefertigt bis ins 19. Jahrhundert üblich waren.

Vorderbier s.o. Afterbier

Werkmeister Baumeister

Werkmeisterbuch beschäftigt sich mit dem Entwurf und der Ausführung vor allem von gotischen Sakralbauten und gibt zudem Informationen über das Baumeisterwesen, Ausbildung, Gerätschaften etc. Im deutschen Sprachraum sind eigentlich nur sechs solcher Bücher aus dem 15. und 16. Jahrhundert erhalten.

Willkür rechtlich bindender Erlass im Rahmen der städtischen Verfassung zu einem bestimmten Gebiet/Thema wie z.B. Bierbrauen oder kaufmännischer Warenhandel

Wimperg in der Architektur der Gotik eine giebelartige Bekrönung über Portalen und Fenstern, oft mit Fialen (s. d.) und weiterem Schmuckwerk verziert. Das Wort bedeutet ursprünglich wohl »was vor dem Wind schützt«.

Winterbier In Nürnberg kannte man das zu sofortigem Verkauf im Winterhalbjahr gebraute Winterbier, das eine geringere Menge Hopfen und Malz aufwies als das zum Einlagern bestimmte Sommerbier (s. o.).

Woiwode in Polen oberster Repräsentant der Verwaltungseinheit Woiwodschaft, die seit dem späten Mittelalter bis in die heutige Zeit gebräuchlich ist

Zungenklaffer mittelalterliches Schimpfwort: Schwätzer, Verleumder

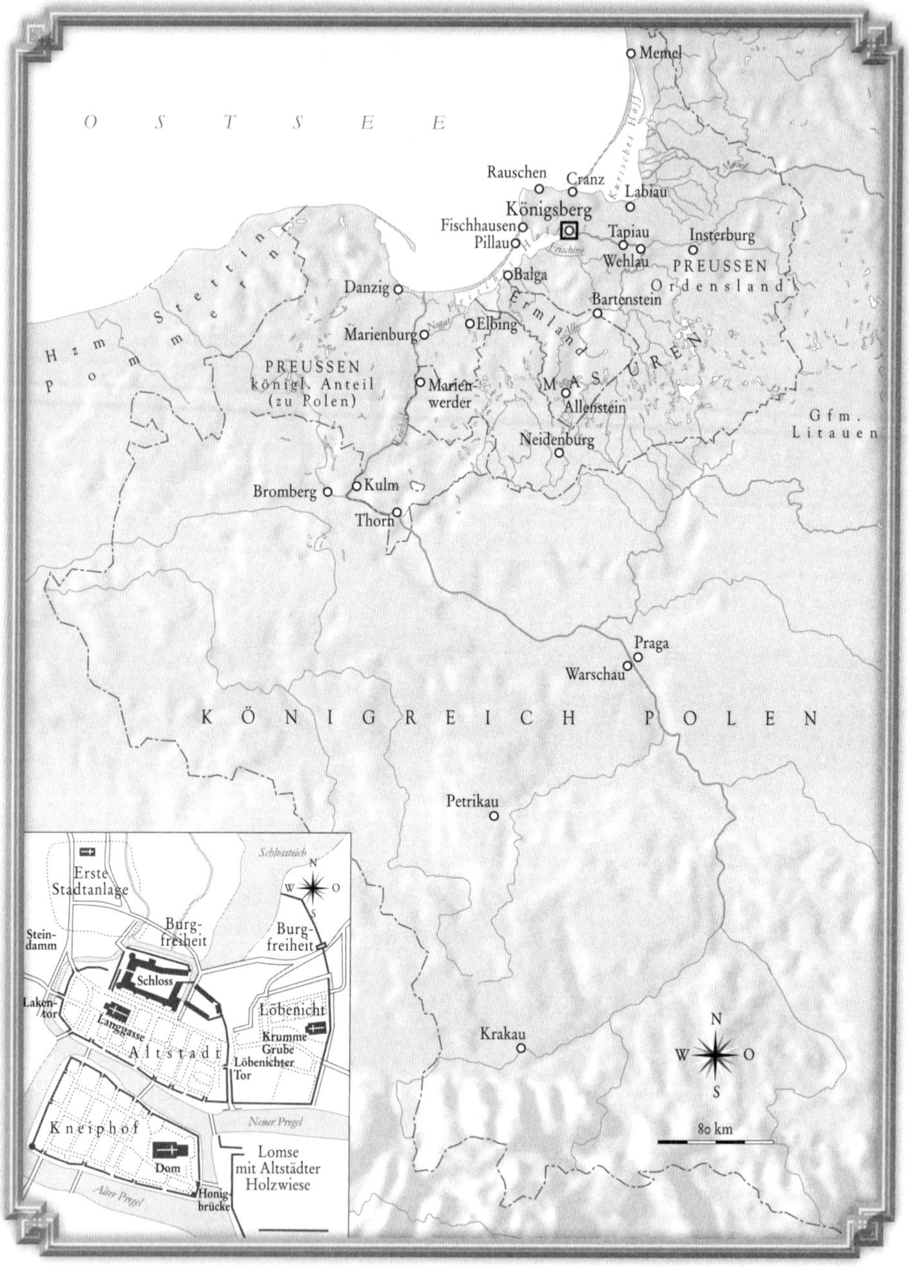

O S T S E E
Memel
Rauschen
Cranz
Labiau
Königsberg
Fischhausen
Pillau
Tapiau
Wehlau
Insterburg
PREUSSEN
Ordensland
Balga
Danzig
Bartenstein
Ermland
Marienburg
Elbing
Hzm. Stettin
Pommern
PREUSSEN
königl. Anteil
(zu Polen)
Marienwerder
MASUREN
Allenstein
Gfm. Litauen
Neidenburg
Bromberg
Kulm
Thorn
Praga
Warschau
KÖNIGREICH POLEN
Petrikau
Krakau
N
W
O
S
80 km
Erste Stadtanlage
Schlossteich
Burgfreiheit
Steindamm
Burgfreiheit
Schloss
Lakentor
Löbenicht
Langgasse
Krumme Grube
Altstadt
Löbenichter Tor
Neuer Pregel
Kneiphof
Dom
Lomse mit Altstädter Holzwiese
Alter Pregel
Honigbrücke

Die große Königsberg-Saga!

Heidi Rehn

Gold und Stein

Roman

Das Städtchen Wehlau in Preußen, im Jahre 1452. Hier leben die fünfzehnjährige Agnes und ihre Mutter Gunda als angesehene, wohlhabende Bierbrauerinnen. Doch so tatkräftig Gunda nach außen scheint, so deutlich spürt ihre Tochter, dass mit ihr etwas nicht stimmt, dass sie ein düsteres Geheimnis hütet. Als 1454 die Truppen der Deutschordensritter Wehlau belagern, fliehen Mutter und Tochter nach Königsberg. Hier begegnet Agnes dem gleichaltrigen Caspar. Auf seltsame Weise fühlen sich die beiden jungen Leute zueinander hingezogen. Agnes ist dadurch zutiefst verunsichert, schließlich gehört ihr Herz doch einem anderen. Ihre Verwirrung wächst, als sie an Caspars Nacken dasselbe Feuermal entdeckt, mit dem auch sie selbst gezeichnet ist …

KNAUR

Liebe in Zeiten des Krieges

Heidi Rehn
Die Wundärztin

Roman

Deutschland im Dreißigjährigen Krieg: Die kluge Söldnertochter Magdalena arbeitet als Wundärztin im kaiserlichen Tross. Bald entbrennt sie in großer Liebe zu dem Kaufmannssohn Eric, der seit dem Tod seiner Eltern allein lebt. Doch es ist eine verbotene Liebe, denn die Väter der beiden standen sich einst in Feindschaft gegenüber. Nach einer Schlacht verschwindet Eric spurlos – und Magdalena muss eine folgenschwere Entscheidung treffen …

»Perfekte Recherche und eine wunderbare Heldin, die in den Wirren des Dreißigjährigen Krieges ihrer großen Liebe folgt und die Leiden der Kranken lindert. Ich konnte das Buch nicht aus der Hand legen.« *Iny Lorentz*

Die neuen Abenteuer der schönen und mutigen Wundärztin Magdalena

Heidi Rehn
Hexengold

Roman

Deutschland zehn Jahre nach dem Ende des Dreißigjährigen Krieges: Eigentlich könnte die ehemalige Wundärztin Magdalena mit ihrem geliebten Eric ein glückliches Leben in Frankfurt führen, wo er sich als Kaufmann etabliert hat. Doch da erfährt sie, dass ihr Mann ihr offensichtlich Nachrichten über ihre verschollene Familie in Königsberg verheimlicht hat. Gründet ihr ganzes Glück auf einer Lüge? Als Eric spurlos verschwindet und Magdalena plötzlich mittellos dasteht, macht sie sich auf nach Königsberg, um das Geheimnis ihrer Familie zu enthüllen und damit auch Erics Vergangenheit auf den Grund zu gehen.

KNAUR

Die Abenteuer der schönen
Wundärztin Magdalena gehen weiter!

Heidi Rehn
Bernsteinerbe

Roman

Herbst 1662: In den Wirren des Königsberger Aufstandes trifft Carlotta, die Tochter der einstigen Wundärztin Magdalena, ihre erste Liebe Mathias wieder. Als Offizier der Kurfürstlichen Armee gehört er zu den Belagerern der Stadt – ihre Beziehung steht unter keinem guten Stern. Als sich die politische Lage in Königsberg zuspitzt, geraten Carlotta und ihre Mutter in Verdacht, wichtige Geheimnisse an die Belagerer verraten zu haben. Ihnen bleibt nur die Flucht aus der Stadt …